善書坊

罗锦堂曲学研究丛书

元杂剧本事考

罗锦堂 著

陕西师範大学出版总社

图书代号：WX16N0276

图书在版编目（CIP）数据

元杂剧本事考/罗锦堂著. —西安：陕西师范大学出版总社有限公司，2017.4
（罗锦堂曲学研究）
ISBN 978-7-5613-8928-7

Ⅰ.①元… Ⅱ.①罗… Ⅲ.①杂剧－文学研究－中国－元代 Ⅳ.①I207.37

中国版本图书馆CIP数据核字（2017）第030361号

元杂剧本事考
YUANZAJU BENSHI KAO

罗锦堂　著

出版统筹	刘东风　陈维礼
选题策划	郭永新　任祚旺
责任编辑	彭　燕
特邀编辑	赵晓龙　王慧子
装帧设计	观止堂_未氓
出版发行	陕西师范大学出版总社
	（西安市长安南路199号　邮编：710062）
网　　址	http://www.snupg.com
印　　刷	中煤地西安地图制印有限公司
开　　本	787mm×1092mm　1/16
印　　张	26
插　　页	4
字　　数	314千
版　　次	2017年4月第1版
印　　次	2017年4月第1次印刷
书　　号	ISBN 978-7-5613-8928-7
定　　价	98.00元

读者购书、书店添货或发现印装质量问题，请与本公司营销部联系、调换。
电话：(029) 85307864　85303629　传真：(029) 85303879

序

罗锦堂教授小我六岁，又是甘肃老乡，自然感到亲切。由于他在新中国建立前就去了台湾，并在胡适先生主试下以博士论文《元杂剧本事考》成为台湾教育领域授予"文学博士"的第一人，他毕生从事曲学研究，著作等身，享誉中外。但因他的著作大多在海外出版，大陆比较难找，时为大陆喜好其著作者感到遗憾。这次欣闻陕西师范大学出版总社即将出版其曲学著作，颇感高兴。余以为此可谓曲学界一件极有意义的事情。

翻阅厚厚的长达千页的书稿《元杂剧本事考》《中国散曲史》《北曲小令谱·南曲小令谱》《明代剧作家考略》，有如下感受：

首先，资料丰富、考证有据，具有极高的学术价值。罗锦堂教授是一位真正的读书人，他几十年潜心学问，尤其是对曲学的研究，更是造诣极深，其成果具有极高的学术价值。譬如他的博士论文《元杂剧本事考》根据剧本内容将元杂剧分为八类：历史剧、社会剧、家庭剧、恋爱剧、风情剧、仕隐剧、道释剧和神怪剧，对研究元杂剧的分类影响很大。更有价值的是他对现存一百六十一种元杂剧的本事渊源进行深入细致考证，像他在该书《自序》中说"参考群籍，搜索其渊源，辨析其同异,则不唯可以增加读者欣赏之兴趣,更可窥见作者剪裁穿插,处理剧情之用心",对读者全面了解元杂剧的故事流变、体味文化精神具有很大的启迪作用。再如,他的《中国散曲史》最大特点是线索清楚,勾勒清晰,内容丰富,正如他在《自序》中所说:"我之所以写《中国散曲史》,主要目的,就是要把整个散曲的发展情形给大家做一个概括的介绍。"再如他所搜集整理的《北曲小令谱》《南曲小令谱》都具有较高的学术价值,尤其是《南曲小令谱》,如今较少见,故其出版,对今人写作南曲小令有极大的帮助。《明代剧作家考略》材料丰富,考证精确,显现出先生扎实的文献学功底,故所得结论可信。

其次,论证充分,结论令人信服。罗锦堂教授不是抓住只言片语而加之主观的猜度性阐释,而是本着有一分材料说一分话的原则,对中国戏曲的相关材料进行了细致入微的、可谓拉网式的梳耙,力图做到大量引用文献资料,然后再充分论证,水到渠成地得出结论,故结论具有较强的可信度。如《元杂剧本事考》在考述一个剧目的故事流变时,往往是在丰富的资料引证的基础上论证,故具有很强的说服力。譬如在考论马致远的《黄粱梦》时,锦堂教授由《列仙传》卷六吕岩条引述,再说到《太平广记》卷八十二所收唐人沈既济的《枕中记》;再由《文苑英华》本谈及《容斋四笔》卷一,从而对这一故事的演变作了清晰的勾勒:"以此推论《搜神记》及《列子》所记,源本佛经之可能性。再由《枕中记》敷衍而成《黄粱梦》杂剧,其渊源永可寻绎而得也。"再如《中国散曲史》里论述"散曲的起源"等问题都具有这一特点。

再次,丰富的阅历、海外汉学的视野,增加了其著作的文化意义。罗教授1927年生于甘肃陇西的一个书香门第,1948年以优异成绩被保送上海国立复旦大学,旋即转赴台湾大学攻读中文,从而与曲学结下不解之缘。他又是台湾地区第一个文学博士。因为曲学研究,他与国学大师胡适、大书法家于右任、爱国名将张学良等有过密切交往。他先后在中国台湾、日本、中国香港等地的多所大学任教,后被聘为夏威夷大学东亚语言与文学系教授。如是的丰富阅历,增加了他的知名度,尤其是他长久的海外学术生涯使之具有融通中西的学术视野,掌握了海外汉学的动态,这些对促进国内的曲学研究具有一定的意义。

总之,不管从学术价值还是文化意义,以及两岸文化交流的角度来说,罗锦堂教授的曲学著作都值得在大陆出版,故在此我也要感谢陕西师范大学出版总社。我更坚信,其在大陆出版,必将惠及读者,也会受到广大读者的赞誉。

霍松林
2016年7月于陕西师范大学唐音阁

自 序

杂剧为元代盛行之文体，其为体也，纵横寰宇，上下古今，历史之伟迹，市井之琐闻，英雄风云之气，儿女眷恋之情，兼收并蓄，尽态极妍。其体物之工与写情之妙沁人心脾，爽人耳目，远非当时渐趋衰敝之诗词所能比拟，故能代表一代之文学而睥睨千古。当时风尚所趋，自名公巨卿以至"才人倡夫"，皆聚毕生之精力，以从事于此"移宫换羽""搜奇索古"之作，合观元末以至近代各家曲籍之所记载，元代杂剧之有目可稽者共七百三十余本，诚所谓洋洋大观也。

明初数十年间，杂剧之余波尚传，而其本质已渐趋改变。嘉靖以后，曲盛于南，传奇大兴，杂剧遂一蹶不振。有清一代，正统文学之观念深入人心，戏曲小说皆被视为小道末枝，学士文人大抵屏元剧而不读，更无论于写作。虽有二三开明之士，如焦循、姚燮等人，著书为文，弘扬倡导，终未能挽回元剧之颓势，于是此曾经盛行一时之文体，其不绝盖如缕矣。直至民国初年，新文化运动兴起，戏曲小说之文学地位渐为众所公认，研究元剧之学乃蔚成风气。五十年来学者辈出，而湮没多年之曲籍、散在各处之资料，在多人搜求之下亦陆续出现。研究之方法日益精密，研究之对象日益广泛。时至今日，元剧之创作或难复活，元剧之研究实方兴而未艾也。作者素嗜文学，尤耽词曲，前就读台湾大学文科研究所时，在郑因百师指导下，曾撰有《中国散曲史》一书，略述元明清三朝散曲之沿革流变。今复蒙因百师指导写成兹编，期于元剧之学贡其一得，学浅年轻，难言述作，借以求教于先进云尔。

本编共分三章：第一章为现存元人杂剧总目，第二章为现存元人杂剧本事考，第三章为现存元人杂剧之分类。今就各章大旨，分别说明如后。

第一章：现存元人杂剧总目。元人杂剧之有目可考者，虽有七百余种，而历年六百年，屡经散佚，流传至今者已不足原数五分之二。本编研究对象为现存元剧，自应首先考定其名目及数量，以确定研究之范围。近代著录元剧之书，如姚燮之《今乐考证》、王国维之《曲录》、马廉之《录鬼簿新校注》，皆兼收存佚两项。唯吴梅之《元剧研究》及日本青木正儿之《元人杂剧序说》，均附有元人杂剧现存书目。然二书搜辑未备，考订偶疏，或属明人之作而误收，或系元人之作而漏列。今博采前人曲籍，重新整理，考定有撰人名氏者四十八家，作品一百本，又无名氏作品六十一本，共一百六十一本。较之吴目多出四十二本，较之青木目多出二十九本。传世元人杂剧之可信者，盖尽于此矣。若夫残存于戏曲选中之单折，既非全曲，又无宾白，其详细情节无从得知，不再本编范围之内，故均未收录。

第二章：现存元人杂剧本事考。此章乃全编之主干，故即取以命名。盖杂剧之构成，不外曲文与本事。非曲文无以被之管弦，演于歌场；非本事则不能贯穿全局，动人听闻。此二者相互关联，缺一不可，正如花叶之与枝条、肌肤之与骨骼也。元剧曲文所写者多为句中人之感想与情绪；本事进行则寓于宾白。而元剧宾白冗漫者多，遂使读者于曲文及本事难于兼顾。一编在手，每感茫然，若游骑之无所归。是以简述情节、清理头绪之本事提要，实为一般元剧读者之所急需。抑有进者，元人作剧固多谬悠之说、荒唐之言，然亦非完全出于一己之冥想，往往于有意无意中，或依据史册旧籍，或掇拾民间传说，或假托增新，或借题翻案，以至取眼前见闻所及之奇异事实，加以分析组合、随手点窜，剧中之人物事实其来固有自也。吾人若能根据诸剧本事，参考群籍，搜索其渊源，辨析其同异，则不唯可以增加读者欣赏之兴趣，更可窥见作者剪裁穿插、处理剧情之用心，此与本事、提要二者，其重要实不分轩轾，盖皆研究古代戏剧者所应从事也。清人黄文旸撰《曲海总目提要》，近人王季烈撰《孤本元明杂剧提要》，其目的皆在于此。然黄书收剧虽多而著名之作反有遗漏，叙述考证又每伤芜蔓，有时更与元剧不合；王书收剧甚少，仅限于所谓孤本，且叙述考证失之简略。此二书皆非合于理想之作也。今取第一章总目所考定之现存元剧一百六十一本，逐一细读，提纲挈领，撰为提要；黄、王二书已有者重写之，二书所无者补充之。然后参考正史、小说、笔记及其他剧本，分别考证其本事之来源，及其与明清传奇之关系。旨在使读者先将全剧情节了然胸中，再进而欣赏其文字技巧，于其源流演变亦得洞若观火。如是则有径可循，省时节力，庶不致有前文所述茫然无归之感矣。

第三章：现存元人杂剧之分类。此章以第二章考证所得之各剧本事为依据，分类探讨，借以窥知元代杂剧作者处理各种题材、描写不同事物之技巧，以及对于人生、社会诸问题所持之态度，进而观测当时政治社会之现状与一般文人才士之心情。不仅使研究元剧中各项问题者有所取材，亦可为研究元代历史者之旁证。元人杂剧之分类法前已有之，如明初朱权之《十二科》是也。然朱氏所分，既嫌琐碎，又与近代观点不合，无论其为转述当时通行之分类，或为朱氏自出机杼，其不适宜则一也。今重行分析，定为八类，取现存之一百六十一本杂剧，各归所属，依次叙述之。间有一剧可归入两类者，则就其主要关目及全剧所显示之中心情调，酌归一类。不设互见之例，以省烦琐。

本论文虽三章平列，实以第二章为主干。第一章定研究之范围，第三章述研究之结论，性质上皆附属于第二章，故第二章篇幅独多。此为本论文内容之大略也。

一九五九年十二月

目次

第一章　现存元人杂剧总目
第一节　总目凡例 …………………… 001
第二节　撰人可考者 ………………… 006
第三节　无名氏作品　上 …………… 057
第四节　无名氏作品　下 …………… 065

第二章　现存元人杂剧本事考
第一节　撰人可考者 ………………… 076
第二节　无名氏作品　上 …………… 273
第三节　无名氏作品　下 …………… 306

第三章　现存元人杂剧之分类
第一节　历史剧 ……………………… 378
第二节　社会剧 ……………………… 381
第三节　家庭剧 ……………………… 387
第四节　恋爱剧 ……………………… 389

第五节　风情剧…………………………… 393
第六节　仕隐剧…………………………… 395
第七节　道释剧…………………………… 397
第八节　神怪剧…………………………… 399

第一章　现存元人杂剧总目[①]

第一节　总目凡例

一、本目根据下列诸书著录元代及明初杂剧之现存者，并考订各剧名目及作者之异同。所谓现存，指全本而言，其仅存残折者从略。

（一）前人著录

　　1. 元锺嗣成《录鬼簿》通行本（《簿甲》。括弧内为各书简称，下同。）

　　2.《录鬼簿》明钞本（《簿乙》）

　　3. 明贾仲名《录鬼簿续编》（《簿续》。此书或云出于明初无名氏手，非贾作。）

　　4. 近人马廉《录鬼簿新校注》（《簿注》）

　　5. 明宁献王朱权《太和正音谱》（《正音》）

　　6. 明臧懋循《元曲选》卷首附载杂剧目录（《臧目》。此目全钞《正音》，偶有不同，故附于《正音》之后。）

[①] 本章凡例及关汉卿部分，遵用郑因百师成说，稍有增改，师说见《大陆杂志》十七卷十号。

7.《永乐大典》杂剧目录（《大典》）

8.清黄文旸《曲海总目》（《黄目》）

9.近人任中敏《曲海总目拾遗》（《拾遗》）

10.清支丰宜《曲目表》（《支表》）

11.清姚燮《今乐考证》（《今乐》）

12.近人王国维《曲录》（《曲录》）

13.近人周明泰《读曲类稿》（《类稿》）

（二）公私各家书目

14.明晁瑮《宝文堂书目》（《宝文》）

15.明高儒《百川书志》（《百川》）

16.明祁彪佳《祁氏书目》（《祁目》）

17.清钱曾《也是园书目》（《钱目》）

18.清顾修《汇刻书目》（《汇刻》）

19.清丁丙《八千卷楼书目》（《丁目》）

20.《国立北平图书馆善本书目》甲乙编（《馆目》）

（此外国内外各图书馆及私家藏目偶录曲籍，无关紧要者从略。）

（三）杂剧汇刻

21.元刊《古今杂剧三十种》（《元刊》）

22.明息机子编刊《元人杂剧选》（《息机》）

23.明顾曲斋编刊《元人杂剧选》（《顾曲》）

24.明陈与郊编新安徐氏刊行《古名家杂剧》及其《续编》（《名家》）

25.涵芬楼图书馆影印本《元明杂剧》（《元明》。此书系影印徐刊杂剧之一部分，故附于其后。）

26.明黄正位编刊《阳春奏》（《阳春》）

27.明李开先《改定元贤传奇》（《改定》）

28. 明臧懋循编刊《元曲选》（《元曲选》）

29. 《元曲大观》（上海书坊影印元曲选残本）（《大观》）

30. 明万历金陵陈氏继志斋刊本《元人杂剧》（《继志》）

31. 明孟称舜编刊《柳枝集》（《柳枝》）

32. 明孟称舜编刊《酹江集》（《酹江》）

33. 明赵琦美《脉望馆钞校古今杂剧》（《赵校》。此书即所谓也是园旧藏古今杂剧。）

34. 《孤本元明杂剧》（《孤本》。此书系排印赵氏钞校诸剧之别无传本者。）

35. 近人王季烈《孤本元明杂剧提要》（《孤本提要》）

36. 近人孙楷第《述也是园旧藏古今杂剧》（《孙述》。以上两书，并非剧本汇刻，但其中多关于赵氏钞校诸剧之考订，故附于此。）

37. 《童云野刻杂剧》（《童刻》。原书未见，据汇刻书目引。）

38. 近人郑氏编《世界文库》（《文库》。世界文库，并非专收戏曲，所以取者，因其中曾选录元人《绯衣梦》《西游记》等剧，足资考订故也。）

39. 《元人杂剧全集》（《全集》。此书仅印行一部分，实非全集。）

40. 《扬州丛刊》（《扬州》）

41. 《古本戏曲丛刊初集所收元剧》（《丛刊》）

（四）曲选

42. 明无名氏编《盛世新声》（《新声》）

43. 明张禄编《词林摘艳》（《摘艳》）

44. 明郭勋编《雍熙乐府》（《雍熙》）

45. 明止云居士编《万壑清音》（《清音》）

46. 近人吴梅《古今名剧选》（《吴选》）

47. 近人童斐《选注元曲》（《童选》）

（五）曲谱

48. 明朱权《太和正音谱》（《正音》。互见前一项。）

49. 清李玄玉等《北词广正谱》（《广正》）

50. 清庄亲王等《九宫大成南北词宫谱》（《大成》）

51. 清叶堂《纳书楹曲谱》（《纳书楹》）

（六）元明笔记杂著

52. 元夏庭芝《青楼集》（《青楼》）

53. 明陶九成《辍耕录》（《辍耕》）

54. 明蒋一葵《尧山堂外纪》（《外纪》）

55. 明姚桐寿《乐郊私语》（《乐郊》）

56. 明李开先《词谑》（《词谑》）

（明人曲话中涉及元人杂剧部分，多属空论，甚少具体事实，本目偶有征引，不详列其目。）

二、元末作家，入明者不乏其人，如王子一、贾仲名诸人皆是；无名氏诸作，其时代为元为明，尤难考定。明初杂剧，大体不失元人矩矱，与元剧并列一编，原自无妨。故本编虽为《现存元人杂剧总目》而兼收明初人作，分为元人及无名氏两部。无名氏作品，又分两类：一为存本原题有主名而经考定实为无名氏者；一为元明间无名氏，以示区别。又在无名氏中，以旦本汇列于前，末本汇列于后。本此原则，凡载于正、续《录鬼簿》《太和正音谱》《永乐大典目录》三书之杂剧，均行著录；因以上三书所书各剧，其时代至晚在永乐末年也。

三、通行本《录鬼簿》（《簿甲》）有六种版本：

（一）孟称舜《酹江集》附刻本（不全，简称《孟本》。）

（二）《明钞说集本》（简称《说集本》。原书未见，据孙楷第《释录鬼簿的次本》文中所引。）

（三）曹寅刻《楝亭十二种本》（简称《曹本》。）

（四）刘世珩暖红室覆刻清初尤贞起钞本（简称《尤本》。）

（五）清乾隆时戴光曾钞本（简称《戴钞本》。原书未见，据孙楷第引。）

（六）王国维据明钞校本（简称《王校本》。）

（各本大致略同，《尤本》最佳。今以《尤本》为主，以余本参校。）

四、《明钞本录鬼簿》及其《续编》（《簿乙》及《簿续》），脱字误字甚多，无他本可校。本目所引该书原文，均行补正，并注明根据何书。未注明者，系编者以意补正，皆形近音讹，文意显而易见者。

五、正、续《录鬼簿》（正编包括通行及明钞两本）及《太和正音谱》为著录元人杂剧之原始资料，最早最详最可信。本目著录诸剧，凡此二书俱曾著录者，即注"全录"二字，他书有无著录，不再记出。二书或录或否，或二书未录而见于他书者，则详为注明。

六、附录各家小传，其资料以正、续《录鬼簿》为主。元剧作家，多江湖隐沦之士，事迹不彰；虽尝于《元史》及诸元人别集中寻求各家传记资料，所获甚少，几于缘木求鱼，不只披沙拣金也。

七、各书所载诸剧作者如有歧异，均详为考定。

八、本书著录诸剧，概书总题，题目正名（正目）及简题均予照录，诸本总题简题或正目如有异同，均详为校勘。所谓总题，即剧本之全名；简题即简称也。

九、本目著录诸剧，其格式如下：

（一）首列总题，总题后注明：1.旦本或末本（旦本列前，末本列后）。2.见于何书著录。总题后注明。3.现存全剧之版本。各书所载总题文字歧异及有关全剧之考订按语，书于总题下。

（二）其次为简题及正目、与简题及正目有关之考订按语，书于总题下。

第二节 撰人可考者
（四十八人　一百本　各家次序依《录鬼簿》）

一、关汉卿 （十四本）

关汉卿，自号已斋叟，大都人①。曾官太医院尹。性乐易坦率，好谈妖鬼，所著有《鬼董》②。毕生致力杂剧，作品之多，为元人冠，描写范围甚广，各极其致。所撰凡六十四本，存十四本：旦本十一，末本三。散曲则多写儿女柔情，数量并不多，盖以余力为之，今有任中敏辑本。汉卿为元曲初期作家，生年疑在金末，卒年不详。③

《闺怨佳人拜月亭》　旦本。全录。《元刊》《全集》。

《曹本》《簿甲》"亭"作"庭"。《钱目》作《王瑞兰私祷拜月亭》。

王德信（实甫）有"才子佳人拜月亭"，《今乐》《簿注》均以为与关作同目，王作今不存，无从考订；但恐非同一故事，关作拜月者只有佳人，才子并不在场。

高儒《百川书志》卷六《史部外史门》著录"贞淑秀拜月诉衷肠"一卷（按：《百川》著录杂剧，均以一本为一卷）。注云："元关汉卿撰，《太和谱》（按：即《太和正音谱》）名为《拜月亭》。"其下又有小字一行云："《续考》，明广阳蔡昂编。"盖初据拜月二字，臆定此剧为关作，后始考出为蔡作也。

---

① 汉卿籍贯，说者不一。按元之大都，即今之北平，然临近诸县皆可称大都人；《祁州志》以汉卿为祁州（即今河北安国市）人，可备一说。又有称汉卿为山西解县人者，则是因其姓关之故，殊不足信。
② 见明蒋一葵《尧山堂外纪》。
③ 《尧山堂外纪》谓汉卿官太医院尹在金时，入元不仕。邾经《青楼集·序》亦称汉卿为金遗民。其说并无确据。汉卿时代，似不如此之早。此问题二十余年前即曾引起学术界之争辩，始终难得确定之结论，然总以胡适之先生"关汉卿非金遗民"之说，最为可信。

简题：拜月亭

正目：无考

《诈妮子调风月》 旦本。全录。《元刊》《文库》《全集》。

《大典》"调"误作"讽"。

简题：诈妮子（《簿乙》）

又： 调风月（《正音》）

正目：双莺燕暗争春

　　　诈妮子调风月（《簿乙》《元刊》）

《钱大尹智宠谢天香》 旦本。全录。《元曲选》、《名家》、《全集》、《阳春》（未见）、《大观》。

简题：谢天香

正目：柳耆卿错怨开封宰

　　　钱大尹智宠谢天香（《簿乙》《元曲选》）

　　　《元曲选》"宰"作"主"。

《烟月救风尘》 旦本。全录。《元曲选》、《名家》、《全集》、《童刻》（未见）。

《曹本》《簿甲》"救"作"旧"，今从《尤本》《簿甲》及《簿乙》。《钱目》作《赵盼儿风月救风尘》。

简题：救风尘

正目：虚脾瞒俏倬

　　　烟月救风尘（《簿乙》）

又： 念彼观音力

　　　还归于本人

　　　虚脾瞒俏倬

　　　烟月救风尘（《名家》）

又： 安秀才花柳成花烛

　　　赵盼儿风月救风尘（《元曲选》）

《包待制三勘蝴蝶梦》 旦本。《簿乙》《正音》《钱目》《元曲选》《名家》《全集》《大观》。

《簿甲》著录为萧德祥作,非是。

简题：蝴蝶梦

正目：开封府单问后姚婆

　　　包待制三勘蝴蝶梦（《簿乙》）

又：　葛皇亲挟势行凶横

　　　赵顽驴偷马残生送

　　　王婆婆贤德抚前儿

　　　包待制三勘蝴蝶梦（《元曲选》《名家》）

"单问"，谓单独审问，乃元曲中常见之词。《簿乙》"单"作"卑"，形近之误。

《杜蕊娘智赏金线池》 旦本。全录。《元曲选》《顾曲》《名家》《柳枝》《全集》。

《簿乙》"杜蕊如智赏金线池"。"如"乃"娘"之误。

简题：金线池

正目：韩解元轻负花月约

　　　老虔婆故阻燕莺期

　　　石好问复任济南府

　　　杜蕊娘智赏金线池

诸本俱同。

《感天动地窦娥冤》 旦本。《簿乙》《正音》《钱目》《元曲选》《名家》《酹江》《全集》。

简题：窦娥冤

正目：汤风冒雪没头鬼

　　　感天动地窦娥冤（《簿乙》）

又：　秉鉴持衡廉访法

感天动地窦娥冤（《元曲选》《酹江》）

又： 后嫁婆婆忒心偏

　　　守志烈女志自坚

　　　汤风冒雪没头鬼

　　　感天动地窦娥冤（《名家》）

《望江亭中秋切鲙旦》 旦本。全录。《元曲选》《息机》《全集》。

《尤本》《簿甲》"鲙"作"鱼"。《簿乙》及《正音》"鲙"作"鲙"。

"旦"谓剧是旦本，如罟罟旦，货郎旦皆是。

简题：切鲙旦（《簿乙》《正音》）

又： 望江亭（《元曲选》）

正目：洞庭湖半夜赚金牌

　　　望江亭中秋切鲙旦（《息机》）

又： 清安观邂逅说亲

　　　望江亭中秋切鲙（《元曲选》）

《钱大尹鬼报绯衣梦》 旦本。全录。《顾曲》《名家》《文库》《全集》《赵校》。

《簿乙》《顾曲》《名家》"鬼报"均作"智勘"。《簿乙》"绯"作"非"。

按：剧中有"非衣两把火"之语，合为"裴炎"二字，即剧中主要人物之一；《簿乙》作"非衣"，原自不误，诸书皆作"绯衣"，盖取此二字现成易解。

《正音》误分《钱大尹鬼报》为一剧，《绯衣梦》为一剧。

《赵校》总题作《王闰香夜月四春堂》，不署作者姓氏。

简题：绯衣梦

正目：王闰香夜宴四春园

钱大尹智勘非衣梦（《簿乙》）

又： 王闰香夜闹四春园

　　　钱大尹智勘绯衣梦

　　　李庆安绝处幸逢生

　　　狱神庙暗中彰显报（《顾曲》《名家》）

此四句次序与惯例不合，应以第三、四句与第一、二句互易。《钱目》又有《王闰香夜月四春园》，题无名氏撰，不知与关作是否一剧。

《邓夫人哭存孝》 旦本。全录。《孤本》。

《钱目》作《邓夫人痛苦哭存孝》，《孤本》作《邓夫人苦痛哭存孝》。

简题：哭存孝

正目：无考（《孤本》不载正目）

《状元堂陈母教子》 旦本。《簿乙》《正音》《钱目》《孤本》。

简题：陈母教子

正目：翰林院学士加官

　　　状元堂陈母教子（《簿乙》）

　　　《簿乙》原脱"院"字。

又： 待漏院招贤纳士

　　　状元堂陈母教子（《孤本》）

《关张双赴西蜀梦》 末本。全录。《元刊》《全集》。

简题：双赴梦（《簿乙》《正音》）

正目：荆州牧阆州牧二英魂

　　　关云长张翼德双赴梦（《簿乙》）

《关大王单刀会》 末本。全录。《元刊》《孤本》《全集》。

钱目作《关大王独赴单刀会》，《百川》作《关大王单刀赴会记》。

简题：单刀会

正目：鲁子敬索荆州

　　　关大王单刀会（《簿乙》）

又：　乔国老谏吴帝

司马徽休官职

鲁子敬索荆州

关大王单刀会（《元刊》）

《元刊》原缺"马""徽""鲁""子""关"五字。据文意补。

又：　孙仲谋独占江东地

请乔公言定三条计

鲁子敬设宴索荆州

关大王独赴单刀会（《孤本》）

《温太真玉镜台》　末本。全录。《元曲选》《名家》《柳枝》《全集》《大观》。

简题：玉镜台

正目：晋公子水墨宴

温太真玉镜台（《簿乙》）

又：　王府尹水墨宴

温太真玉镜台（《元曲选》诸本同）

以上现存汉卿作杂剧十四本。尚有《鲁斋郎》《五侯宴》《裴度还带》《单鞭夺槊》四本，旧题关作，实误。吾师郑因百先生于《元剧作者质疑》（见《大陆杂志特刊》第一辑）一文中云："《裴度还带》，收入《孤本》，从《赵钞》题关汉卿撰。按：《鬼簿》《正音》汉卿名下具有此目，赵题不为无据。惟《簿续》贾仲名名下亦有之，盖仲名时代晚于钟嗣成，《鬼簿》根本未及其人，《正音》则成于仲名死前二十余年（《正音》序文题戊寅，是为洪武三十一年，仲名则永乐二十年尚在，见《簿续》小传。）故未及全录其作品也。《簿续》贾剧正目云：'长安市璩涯报恩，山神庙裴度还带。'今剧云：'邮亭上琼英卖诗，山神庙裴度还带。'琼英为剧中女主角，报恩、卖诗、山神庙，俱见于今剧，琼璩通用，英涯双声，当即一人。是今剧与贾剧相同也。《簿甲》关剧题为《晋国公裴度还带》。今剧演至裴度中状元与琼英婚配为止，无封晋国公事；《簿乙》关剧题为《香山庙裴度还带》。今剧云山神庙，未云香山庙。是今剧与关剧不合也。据此两点，今剧应改为贾仲名撰。曲文清丽流畅而略伤甜熟，无元初泼辣雄直之气，亦为是贾非关之证。"今取其曲文验之信然。当列无名氏上。《五侯宴》亦收入孤本中，从《赵钞》题为关汉卿撰。郑因百师于前揭文中又云："按：《鬼簿》汉卿名下有《曹太后死哭刘夫人》，又有《刘夫人救哑子》（当作"亚子"），无《五侯宴》。今剧文笔恶劣，不唯去汉卿远甚，亦不类元人，复不见于《簿续》及《正音》无名氏项下；观其排场、笔墨，盖明代伶工所编之历史故事剧耳。赵氏考定作者仅据《正音》一书，于《鬼簿》毫不措意（赵氏考定剧名及作者之疏谬附会，孙楷第《述也是园旧藏古今杂剧》文中已言之。），《正音》例用简题，故于汉卿名下之曹太后剧省作刘夫人（《正音》汉卿名下别有《救哑子》剧，故知刘夫人为曹太后剧之简题。），赵氏未详查《鬼簿》，不知其为曹太后剧之简题，仅见刘夫人三字相同，遂以《刘夫人庆赏五侯宴》当之。此君既好附会，此固不足异也。钱遵王《也是园书目》著录元明杂剧，作者题名均从《赵钞》；姚燮《今乐考证》，王国维《曲录》补《五侯宴》入汉卿名下，皆据《钱目》；王季烈著《孤本元明杂剧提要》，遂据以为元初已有一剧五折之证；其始误者固赵氏也。"此说至当，故从之。列无名氏上。至《单鞭夺槊》及《鲁斋郎》二剧，取各本对勘，亦非汉卿手笔。按《单鞭夺槊》，《赵校》题关汉卿撰，根本无据。《名家》及《元曲选》均题元尚仲贤作。按：尚氏著有《尉迟恭三夺槊》剧，今存，本剧亦非尚作，宜列无名氏下中。《鲁斋郎》，《元曲选》题元关汉卿撰，亦无确据，故移列无名氏上。

二、高文秀 （四本）

高文秀，东平人（今山东东平县），《录鬼簿》云："都下人，府学生员，早卒"，作剧三十余本，时人以"小汉卿"呼之。现存四本，皆为末本。文秀好以武侠英烈事迹为题材，而尤喜描述黑旋风李逵事。所作有关李逵杂剧，除现存之《黑旋风双献功》外，尚有《黑旋风诗酒丽春园》《黑旋风大闹牡丹园》《黑旋风敷衍刘耍和》《黑旋风斗鸡会》《黑旋风乔教学》《黑旋风穷风月》《黑旋风借尸还魂》七本。此外如项羽、班超、樊哙、伍子胥、廉颇、武松、刘备等雄武之士，皆曾以杂剧传之，惜与黑旋风诸剧俱已散佚。

《须贾谇范睢》　末本。全录。《息机》《元曲选》《酹江》《全集》。

《息机》总题如右，《元曲选》及《酹江》均题作《须贾大夫谇范叔》。诸本俱未题撰人姓氏。

简题：谇范叔

正目：须大夫轻谇范叔

　　　张相君大报冤仇（《息机》）

又：　须大夫谇范叔

　　　张禄丞相报魏齐（《元曲选》《酹江》）

《好酒赵元遇上皇》　末本。全录。《元刊》《孤本》《全集》。

简题：赵元遇上皇（《正音》）

又：　遇上皇（《簿乙》）

正目：丈人丈母狠心肠

　　　司公倚势要红妆

　　　雪里公人大报冤

　　　好酒赵元遇上皇（各本同）

《黑旋风双献功》　末本。全录。《赵校》《元曲选》《全集》。

《簿甲》"功"作"头"；《赵校》不标作者姓字。郑因百师《元剧作者质疑》云："《元曲选》有《黑旋风双献功》，题高秀文撰，《赵钞》改题无名氏。按：《鬼簿》文秀名下有《黑旋风双献头》，《正音》省为《双献头》，俱无《双献功》之目，赵氏改题，似非无因。但今剧情节与《簿乙》所注正目'孙孔目上东岳。黑旋风双献头'完全相同；剧尾宋江念词亦有'黑旋风拔刀相助，双献头号令山前'之语。可知《双献功》与《双献头》实为一剧。其所以歧异，乃因今本正目为'及时雨单责状，黑旋风双献功。'故臧氏编《元曲选》时亦改头为功也。此种歧异，实系后人为求对仗工整，且嫌献头之不雅驯而改定者。赵氏未见《簿乙》所注正目，仅据《正音》之简题，遂致误改。赵氏又以无名氏之《双献头武松大报仇》题为高文秀作，则系附会《双献头》三字，而忘记《鬼簿》文秀名下之《双献头》为黑旋风而非武松也。"

简题：黑旋风（《元曲选》）

又：　双献功（《黄目》）

又：　双献头（《正音》《赵校》）

正目：及时雨单责状

　　　黑旋风双献功（《元曲选》）

又：　孙孔目上东岳

　　　黑旋风双献头（《簿乙》）

《刘玄德独赴襄阳会》　末本。全录。《孤本》。

简题：襄阳会

正目：徐元直用计破曹仁

　　　刘玄德独赴襄阳会（《孤本》）

《簿甲》及《正音》，均作《刘先主襄阳会》。

以上现存全剧四本。尚有《渑池会》一剧，《孤本》据《赵校》题文秀作。按：《正音》及各本《录鬼簿》，高氏名下均无此剧，《赵校》或因文秀有"廉颇负荆"之目（见《簿甲》及《正音》）乃误作一剧，非是，当移列无名氏上。

三、郑廷玉　（五本）

郑廷玉，彰德人（今河南彰德县），生平无考。所作杂剧二十四本，存五，皆为末本。其取材多偏重于乡土奸杀谋财等类公案故事，用笔老辣，不事雕琢，以质朴见长。

《楚昭公疏者下船》　末本。全录。《元刊》《赵校》《元曲选》《全集》。

简题：楚昭公

正目：伍子胥怀冤雪恨

　　　楚昭公疏者下船（《赵校》）

又：　伍子胥一战入郢

　　　楚昭公疏者下船（《元曲选》）

《布袋和尚忍字记》　末本。全录。《息机》《元曲选》《全集》。

简题：忍字记

正目：乞儿点化看钱奴

　　　布袋和尚忍字记（《息机》《元曲选》《全集》）

又：　筝板乞儿硬化看钱女

　　　布裂和尚醉屈忍字记（《簿乙》）

《包龙图智勘后庭花》　末本。全录。《名家》《元曲选》《元曲大观》《全集》。

简题：后庭花（《簿乙》）

又：　智勘后庭花（《正音》）

正目：把平人屈送在黄沙

　　　天对付相逢两事家

　　　老廉访匹配翠鸾女

　　　包待制智勘后庭花（《名家》）

又：　老廉访恩赐翠鸾女

　　　包待制智勘后庭花（《元曲选》）

又：　宋仁宗御赐翠鸾女

　　　包待制智勘后庭花（《簿乙》）

　　　《簿乙》正目原误列入《金凤钗》下，今改正。

《宋上皇御断金凤钗》 末本。全录。《孤本》。

简题：金凤钗

正目：穷秀才暗宿状元店

张商英私见小御阶

杨太尉屈勘银匙箸

宋上皇御断金凤钗（于小谷钞本）

又： 穷秀才暗宿状元店

张商英私地叩御阶

杨太尉屈勘银匙箸

宋上皇御断金凤钗（《孤本》）

按：《孤本》据《赵校》排印，于小谷本则赵氏所据以校其钞本者也。《于钞》今已不存，故前文所列参考书内未之及。

《看钱奴买冤家债主》 末本。全录。《元刊》《息机》《元曲选》《全集》。

《簿甲》无"买"字。《息机》"钱"作"财"。《元刊》及《元曲选》，均未标作者姓字。

简题：看钱奴（《黄目》《今乐》《曲录》《类稿》）

又： 冤家债主（《簿乙》《正音》）

正目：疏财汉典孝子贤孙

看钱奴买冤家债主（《元刊》）

又： 穷秀才卖嫡亲儿男

看钱奴买冤家债主（《息机》《元曲选》）

又： 贪财汉空使幸劳神

看钱女买冤家债主（《簿乙》）

以上五本。尚有《断冤家债主》，《赵校》题元郑廷玉撰，殆以郑氏有《看钱奴买冤家债主》而附会，实不足据，当列入无名氏上。

四、白朴 （二本）

白朴，字仁甫，改字太素，号兰谷，真定人（今河北正定县）。父华，字文举，金枢密院判官，儒者知兵，有谋略，金亡不仕。朴数岁时，曾鞠养于元好问处，后随父隐居。既长，博学能文，自以生丁丧乱，亡国失母，恒郁郁不乐，漫游南北，绝意仕进。史天泽经略河南，将荐之于朝，逊谢不应。至元一统后，徙家金陵，诗酒优游以终。后以子贵，赠嘉议大夫，掌礼仪院太卿。散曲不多作，无专集，散见元人选本。卢前辑为一卷，名《天籁集摭遗》，收入《饮虹簃所刻曲》中。所作杂剧四本，存二（旦本一，末本一）。其《梧桐雨》杂剧，沉雄悲壮，号称元曲冠冕。金哀宗正大三年生，元世祖至元二十八年六十六岁尚存，卒年不详。

《裴少俊墙头马上》 旦本。全录。《名家》《元明》《元曲选》《柳枝》《全集》。

《簿甲》作《鸳鸯简墙头马上》。

简题：墙头马上

正目：李千金月下花前
　　　裴少俊墙头马上（《元曲选》）

又：　千金女眼角眉尖
　　　裴少俊墙头马上（《簿乙》）

又：　千金守志等儿夫
　　　裴少俊墙头马上（《名家》）

又：　游春郊彼此窥望
　　　动关心两情狂荡
　　　李千金守节存贞
　　　裴少俊墙头马上（《柳枝》）

《唐明皇秋夜梧桐雨》 末本。全录。《名家》《元明》《顾曲》《继志》《改定》《元曲选》《大观》《酹江》《全集》《吴选》。

简题：梧桐雨

正目：安禄山反叛兵戈举

陈玄礼拆散鸳鸯侣

杨贵妃晓日荔枝香

唐明皇秋夜梧桐雨（《元曲选》）

又： 高力士离合鸳鸯侣

安禄山反叛兵戈举

杨贵妃晓日荔枝香

唐明皇秋夜梧桐雨（《名家》《顾曲》《继志》《酹江》）

以上现存全剧两本。尚有《东墙记》一本，《赵钞》题白朴撰。按：《簿甲》《正音》仁甫名下具有此目，然今剧决非仁甫作，郑因百师于《元剧作者质疑》中辨之甚详，其文云："盖一剧二本，或为元明间人依仁甫原本重作，综其论据，共有三端，此剧曲白、关目与《西厢记》《㑇梅香》雷同之处极多，而曲白则拊扯拼凑，关目则草率拙劣，抄袭之迹显然。《西厢记》作者王实甫年辈晚于仁甫，《㑇梅香》作者郑德辉则为元后期作家。且今所得见之《西厢记》，实为元末明初人增改之本，余别有专文详论。《㑇梅香》及今本《西厢记》行世之时，仁甫已近百龄，墓木拱矣，又何从而抄袭之？更不必论作《梧桐雨》手笔之不肯抄袭他人作品也。此其一。此剧时而生唱，时而旦唱，时而贴唱，大违北剧一人独唱之例。此例元人守之甚严，现存元剧百余种从无例外，有之自今本《西厢》始。是为元明之间此剧受南戏影响而生之变化。元初作者守律既严，南戏亦未流行，仁甫实无从尝试此例外之作。且主角称生而不称末，亦是南戏规矩。此其二。全剧笔墨甜熟，丽而不清，似雅实俗，是元剧末期风格，非初期面目。此其三。据此三事，剧为元末明初之《东墙记》，非白仁甫之《东墙记》，盖可断言。《广正十六帙》引越调《斗鹌鹑》《东原乐》《绵塔絮》三曲，全同今本，亦注白仁甫撰《东墙记》，如非《广正》编者所见之本即已误题作者，即是今本有一部分曲文抄袭仁甫原作。明初人每取元人旧剧而重作之，曲文则间袭原本；剧名则或改或否；如谷子敬《城南柳》之于马致远《岳阳楼》，朱有燉《曲江池》之于石君宝《曲江池》，皆是。今之《东墙记》或其此也。"当移列无名氏上。

五、马致远 （七本）

马致远，号东篱，大都人（说见《关汉卿传》），曾任江浙行省务官。所作散曲无专集，散见元人选本中；近人任中敏辑为《东篱乐府》一卷，收入《散曲丛刊》。所撰杂剧凡十七本，存七，旦本一，末本六，其笔墨典雅清丽，超逸雄爽，有性情，有襟抱，为元人第一。朱权《太和正音谱》取冠"古今群英"，称为"朝阳鸣凤"，良非虚誉。生平事迹无考，良可慨也。约生于世祖中统初，卒于泰定帝时。

《江州司马青衫泪》 旦本。全录。《名家》《顾曲》《改定》《元曲选》《大观》《柳枝》《全集》。

简题：青衫泪

正目：浔阳商妇琵琶行

江州司马青衫泪（《元曲选》）

又： 一曲拨成莺燕约

四弦续上鸳鸯会

浔阳商妇琵琶行

江州司马青衫泪（《名家》《顾曲》《柳枝》）

《簿乙》与《元曲选》同，唯脱"商"字。

《破幽梦孤雁汉宫秋》 末本。全录。《名家》《元曲选》《大观》《酹江》《全集》《童选》。

简题：汉宫秋（《簿乙》《正音》）

又： 孤雁汉宫秋（《簿甲》）

正目：毛延寿报国开边衅

汉元帝一身不自由

　　　　沉黑江明妃青冢恨

　　　　破幽梦孤雁汉宫秋（《名家》《酹江》）

　　又：　沈黑江明妃青冢恨

　　　　破幽梦孤雁汉宫秋（《元曲选》《顾曲》）

《泰华山陈抟高卧》　末本。全录。《元刊》《改定》《名家》《息机》《阳春》《元曲选》《全集》。

　　《簿甲》"泰"作"太"；《簿乙》"泰"作"西"。

　　简题：陈抟高卧

　　正目：识真主汴梁卖课

　　　　念故知征贤敕佐

　　　　寅宾馆天使遮留

　　　　西华山陈抟高卧（《元曲选》）

　　又：　识真主买卦汴梁

　　　　醉故知征贤敕佐

　　　　寅宾馆敕使遮留

　　　　西华山陈抟高卧（《名家》《息机》《阳春》）

《半夜雷轰荐福碑》　末本。《簿乙》《继志》《名家》《元曲选》《酹江》《全集》。

　　简题：荐福碑

　　正目：三封书谒扬州牧

　　　　半夜雷轰荐福碑（《元曲选》）

　　又：　三载谩思龙虎榜

　　　　十年身到凤凰池

　　　　三封书谒扬州牧

　　　　半夜雷轰荐福碑（《继志》《名家》）

《吕洞宾三醉岳阳楼》　末本。全录。《名家》《元曲选》《大观》《全集》《吴选》。

简题：岳阳楼

正目：郭上灶双赴灵虚殿

吕洞宾三醉岳阳楼（《元曲选》《簿乙》）

又：　徐神翁斜缆钩鱼舟

汉钟离番作抱官囚

郭上灶双赴灵虚殿

吕洞宾三醉岳阳楼（《名家》）

《马丹阳三度任风子》　末本。全录。《元刊》《名家》《元曲选》《赵校》《酹江》《全集》。

《簿甲》作《王祖师三度马丹阳》。

简题：任风子

又：　马丹阳（《簿乙》《正音》）

正目：甘河镇一地断荤腥

马丹阳三度任风子（《元曲选》《赵校》《酹江》）

又：　为神仙休了脚头妻

菜园中摔杀亲儿死

王祖师双赴玉虚宫

马丹阳三度任风子（《元刊》）

《簿乙》正目作："王祖特重创七香堂，马丹阳三度任风亭。"按："特"乃"师"之误；"亭"乃"子"之误。

《邯郸道省悟黄粱梦》　末本。全录。《名家》《元曲选》《吴选》《全集》。

《名家》及《元曲选》俱题马致远撰。《簿乙》在李时中名下，并注："一折马致远，一折红字李二，一折花李郎，一折李时中。"《正音》注："第三折花李郎，第四折红字李二。"《簿甲》注："第一折马致远，第二折李时中，第三折花李郎学士，第四折红字李二。"王国维《曲录》从《簿甲》。今观全剧笔势格调，一气呵成，并无隔断之处，仍应视为同一人手笔。

简题：黄粱梦

正目：汉钟离度脱唐吕公

　　　邯郸道省悟黄粱梦（《元曲选》）

又：　劝修行离却利名卿

　　　别尘世双赴蓬莱洞

　　　汉钟离度脱唐吕公

　　　邯郸道省悟黄粱梦（《名家》）

又：　钟离单化吕纯阳

　　　开坛阐教黄粱梦（《簿乙》）

六、李文蔚　（二本）

李文蔚，真定人（今河北石家庄市正定县），曾任江州路瑞昌县尹。所作杂剧十二本，存二，皆为末本。

《同乐院燕青博鱼》　末本。《簿甲》《正音》《赵校》《元曲选》《酹江》《全集》。

《簿甲》作《报冤台燕青扑鱼》。

简题：燕青博鱼（《元曲选》）

又：　燕青摸鱼（《正音》。按：摸字实误，因博鱼为本剧关目也。）

正目：杨衙内倚势行凶

　　　同乐院燕青博鱼（《赵校》）

又：　梁山泊宋江将令

　　　同乐院燕青博鱼（《元曲选》《酹江》）

《张子房圯桥进履》　末本。全录。《孤本》。

简题：圯桥进履

正目：黄石公说授兵书

　　　孙子房圯桥进履

以上两本。尚有《破苻坚蒋神灵应》一本，《孤本》据《赵校》题李文蔚撰，实误。按《正音》于李氏名下有《破苻坚》一目，《簿乙》同，下注"谢玄淝水破苻坚"，《簿甲》作"谢玄破苻坚"，无"蒋神灵应"等字样。剧名既异，风格亦殊，其文笔平庸低劣，不类元人，而极似明代伶工所编历史故事剧。《赵校》仅据"破苻坚"三字，遂附会为李作。当移列无名氏上。

七、李直夫 （一本）

李直夫，或作真夫，又名蒲察李五，女真人，寄居德兴（即今河北省涿鹿县）。乃至元延祐间人，官至湖南肃政廉访使。所作杂剧十二本，仅存其一。

《便宜行事虎头牌》 末本。全录。《元曲选》《全集》。

《簿甲》作《武元皇帝虎头牌》。

简题：虎头牌

正目：枢院相公大断案

　　　便宜行事虎头牌（《元曲选》）

又：　行院相公大断案

　　　武文皇帝虎头牌（《簿乙》）

八、吴昌龄 （一本）

吴昌龄，西京人（今山西大同市），工乐府。所作杂剧九本，存一。

《花间四友东坡梦》 末本。《簿乙》《正音》《元曲选》《全集》。

简题：东坡梦

正目：云间一派老婆禅

　　　花间四友东坡梦（《元曲选》）

《簿乙》"一派"误作"五派"。

以上一本。尚有《西游记》，存本题吴昌龄撰，据孙楷第之考证，实为杨景言作。吴氏所作者，为《唐三藏西天取经》，《簿甲》及《正音》均有著录，今只存二套。一双调套，见《万壑清音》《北词广正谱》《九宫大成谱》《纳书楹曲谱》等书，题为《回回迎僧》。一仙吕套，见《万壑清音》及《纳书楹曲谱》，题为《诸侯饯别》或《北饯》。又有《张天师断风花雪月》一剧，《元曲选》本题吴昌龄撰，《赵校》不题作者姓字。按吴氏有《张天师夜祭辰钩月》杂剧，今佚，《元曲选》殆即以此误题，当移列无名氏上。

九、王实甫 （三本）

王实甫，名德信，以字行，大都人，生平未详。所作杂剧十四本，存三本，旦本二，末本一。

《崔莺莺待月西厢记》 旦本。全录。

此剧版本甚多，不具录。今流传明清旧本，多至三十余种，而以《古本戏曲丛刊初集》影印之明弘治戊午刊本为最早。全剧共五本（今作一本计）。此剧作者传说不一，有谓其第五本为关汉卿所续者。郑因百师谓明以来流行之西厢，非实甫原作，乃元末明初人据实甫原作所改编者（见《大陆杂志·关汉卿杂剧总目》）。

  简题：西厢记
  正目：郑太后开宴北堂春
     张君瑞待月西厢记（《簿乙》）
    按："后"字应是"君"字之误。
  又： 老夫人闭春院
    崔莺莺烧夜香
    俏红娘怀好事
    张君瑞闹道场（第一本）
  又： 张君瑞破贼计
    莽和尚生杀心

　　　　小红娘昼请客

　　　　崔莺莺夜听琴（第二本）

　又： 老夫人命送士

　　　　崔莺莺寄情诗

　　　　小红娘问汤药

　　　　张君瑞害相思（第三本）

　又： 小红娘成好事

　　　　老夫人问由情

　　　　短长亭斟别酒

　　　　草桥店梦莺莺（第四本）

　又： 郑衙内施巧计

　　　　老夫人悔姻缘

　　　　杜将军大断案

　　　　张君瑞两团圆

　又： 张君瑞要做东妆婿

　　　　法本师住持南赡地

　　　　老夫人开燕北堂春

　　　　崔莺莺待月西厢记（第五本）

《吕蒙正风雪破窑记》 旦本。全录。《孤本》。

《明钞说集本》《录鬼簿》本剧著录于实甫名下并注有"旦本"二字。（《说集》未见，据孙楷第《论元曲次本》中所引。）

简题：破窑记

正目：刘员外云锦百尺楼

　　　吕蒙正风雪破窑记

《簿甲》于关汉卿、王实甫名下俱有此目，《簿乙》则仅汉卿名下有之。据《说集》所注"旦本"二字，知此剧当有旦末二本，《说集》既云王作是旦本，今本此剧恰为旦本，故从其说定为王作。《簿乙》王氏名下未收，想是偶然脱落也。

《四丞相歌舞丽春园》 末本。全录。《名家》《元曲选》《酹江》《全集》。

《簿甲》作《四大王歌舞丽春台》。又萧德祥名下亦有此目，唯"台"作"园"。《簿乙》作《十天王歌舞丽春园》。

简题：丽春堂（《正音》《名家》《元曲选》《酹江》）

　　　丽春园（《簿乙》）

正目：乐善公遭贬济南府

　　　四丞相歌舞丽春堂（《名家》）

又：　李监军大闹香山会

　　　四丞相高宴丽春堂（《元曲选》《酹江》）

十、武汉臣 （二本）

武汉臣，济南人（今山东济南市），生平未详，所作杂剧十本，存二，皆为末本。

《散家财天赐老生儿》 末本。全录。《元刊》《元曲选》《酹江》《全集》《童选》。

简题：老生儿

正目：举家妻从夫别父母

　　　卧冰儿祭祖废家私

　　　指绝地死劝糟糠妻

　　　散家财天赐老生儿（《元刊》）

又：　指绝地苦劝糟糠妻

　　　散家财天赐老生儿（《元曲选》《酹江》）

《簿乙》同此，唯"赐"误作"得"。

《虎牢关三战吕布》 末本。全录。《孤本》。

此剧存本题郑德辉撰，实误。说见郑德辉条下。

简题：三战吕布

正目：辕门外单气张飞

　　　　虎牢关三战吕布（《孤本》）

《簿乙》同，唯"辕门外"作"元帅府"。

以上两本。尚有《李素兰风月玉壶春》，《元曲选》题武汉臣作，实误，说见贾仲名条下。又《包待制智勘生金阁》一剧，《元曲选》题武汉臣撰，亦无据，今依《簿乙》，改列无名氏上。

十一、王仲文　（一本）

王仲文，大都人。所作杂剧十本，仅存其一。

《救孝子贤母不认尸》　旦本。全录。《元曲选》《全集》。

简题：救孝子（《元曲选》）

又：　不认尸（《簿乙》《正音》）

正目：送亲嫂小叔枉招罪

　　　　救孝子贤母不认尸（《元曲选》）

又：　金义军清官大断案

　　　　救孝子烈母不认尸（《簿乙》）

十二、李寿卿　（二本）

李寿卿，太原人，曾任将仕郎，除县丞。所作杂剧十本，存二，俱为末本。

《月明和尚度柳翠》　末本。全录。《息机》《元曲选》《柳枝》《全集》。

诸本均未题作者姓字，唯《柳枝本》注："或云王实甫作"。各本《录鬼簿》及《正音谱》则均著录李寿卿名下。《簿甲》著录为《月明三度临歧柳》，《正音》略称为"临歧柳"，王国维《曲录》卷二据此定为李寿卿作，今从之。

简题：度柳翠

又： 临歧柳（《簿乙》《正音》）

正目：风光独占出墙花

　　　月明和尚度柳翠（《息机》）

又： 显孝寺主诵金经

　　　月明和尚度柳翠（《元曲选》《柳枝》）

又： 风月独占出墙花

　　　月明三度临歧柳（《簿乙》）

《说鱄诸伍员吹箫》 末本。全录。《元曲选》《全集》。

简题：伍员吹箫

正目：断浣纱渔翁伏剑

　　　说鱄诸伍员吹箫

十三、尚仲贤 （三本）

尚仲贤，真定人（今河北正定县），曾任江浙行省务官，所作杂剧十本，存三本，旦本一，末本二。

《洞庭湖柳毅传书》 旦本。全录。《顾曲》《元曲选》《柳枝》《全集》。

简题：柳毅传书

正目：泾河岸三娘诉恨

　　　洞庭湖柳毅传书（各本同）

又： 钱塘江大龙认女

　　　洞庭湖柳毅传书（《簿乙》）

《汉高皇濯足气英布》 末本。全录。《元刊》《元曲选》《大观》《全集》。

《簿甲》"皇"作"祖"。《正音》《臧目》著录在无名氏条下，作《濯足气英布》。存本均未标作者姓字。

简题：气英布

正目：张子房附耳妒随何

　　　汉高皇濯足气英布（《元刊》）

又：　随大夫衔命使九江

　　　汉高皇濯足气英布（《元曲选》）

《尉迟公三夺槊》　末本。全录。《元刊》《全集》。

《簿乙》及《正音》"尉"作"蔚"。《簿甲》"公"作"恭"。

简题：三夺槊

正目：齐元吉两争锋

　　　尉迟恭三夺槊（《元刊》《簿乙》）

以上三本。尚有《尉迟公单鞭夺槊》，《元曲选》《元明》《名家》并署尚仲贤撰，恐系因与前叙之《三夺槊》题名类似而致误者。《三夺槊》，《簿甲》及《正音》俱著录为尚作。以元刊《三夺槊》与《元曲选》"单鞭夺槊"相较，则曲白关目各异。疑"单鞭夺槊"为后所改作者，《赵校》题关汉卿作，亦无据。当隶无名氏上。

十四、石君宝　（四本）

石君宝，平阳人，工乐府。所作杂剧十本，存四本，旦本三，末本一。

《鲁大夫秋胡戏妻》　旦本。全录。《元曲选》《全集》。

简题：秋胡戏妻

正目：贞烈妇梅英守志

　　　鲁大夫秋胡戏妻（《元曲选》《全集》）

又：　采桑女按英诉恨

　　　贤大夫秋胡戏妻（《簿乙》）

"按"乃"梅"之误。

《诸宫调风月紫云庭》 旦本。全录。《元刊》《全集》。

《簿甲》于戴善甫名下有《诸公调风月紫云亭》。石君宝名下又有《诸公调风月紫云亭》。《簿乙》则仅君宝名下有之,此剧似当属石作。

简题:紫云亭(《正音》)

　　　　象板银锣可意娘

　　　　玉鞭骄马画眉郎

　　　　两情迷到志刑处(志刑应是忘形之误)

　　　　落絮随风上下狂(按:此四句是散场诗)

正目:灵春马适意误功名

　　　　韩楚兰守志待前程

　　　　小秀才琴书青琐帏

　　　　诸宫调风月紫云亭(《元刊》)

又:　韩秀才诗礼青云路

　　　　诸宫调风月紫云寺(《簿乙》)

"寺"乃"亭"之误。

《李亚仙花酒曲江池》 旦本。全录。《顾曲》《元曲选》《大观》《全集》。

简题:曲江池

正目:老虔婆烟月鸣珂巷

　　　　小姨夫云雨缘扬堤

　　　　郑元和风雪悲田院

　　　　李亚仙花酒曲江池(《顾曲》)

又:　郑元和风雪卑田院

　　　　李亚仙花酒曲江池(《元曲选》《簿乙》)

《李太白匹配金钱记》 末本。全录。《名家》《元明》《顾曲》《元曲选》《大观》《柳枝》。

本剧原误作乔吉撰,今移君宝名下。说见乔吉剧后。

简题：金钱记

正目：韩飞卿醉赶柳眉儿

　　　李太白匹配金钱记（《元曲选》）

又：　韩老卿勅赐锦花袍

　　　唐明皇御断金钱记（《簿乙》）（"老"乃"飞"之误。）

又：　老相公不许招良婿

　　　俏书生强要成佳配

　　　韩飞卿醉赶柳眉儿

　　　李太白匹配金钱记（《名家》《顾曲》《柳枝》）

十五、杨显之　（一本）

杨显之，大都人，与关汉卿为莫逆交，凡所作，必与关氏研讨，世称为杨补丁云。所作杂剧八本，仅存其一。

《临江驿潇湘夜雨》　旦本。全录。《顾曲》《元曲选》《大观》《柳枝》《全集》。

《柳枝》作《秋夜潇湘雨》。

简题：潇湘雨（《元曲选》）

又：　潇湘夜雨（《簿乙》《正音》）

正目：赏中秋人月团圆

　　　临江驿潇湘夜雨（《顾曲》）

又：　淮河渡波浪石尤风

　　　临江驿潇湘秋夜雨（《元曲选》《柳枝》）

又：　秦川道烟寺晚钟

　　　临江驿潇湘夜雨（《簿乙》）

以上一本。尚有《郑孔目风雪酷寒亭》一剧，《元曲选》及《影印元明杂剧》俱题杨显之撰。郑因百师《元剧作者质疑》云："按《簿甲》《正音》显之名下俱有此目；《正音》有注云：'旦本二本'。《簿乙》则显之及花李郎名下俱有之。证以《正音》之注，此剧之有二本自无可疑，《簿甲》《正音》于花李郎名下偶遗之耳。今剧作者为杨为李，因之遂成问题。若谓为杨作，则有三事可疑。其一，《簿甲》杨剧题云：《萧县君风雪酷寒亭》，萧县君见于今剧，为主角郑孔目之妻，于第一折中即已死去，与后文酷寒亭上情事毫无关系。其二，《簿乙》杨剧正目云：'孙□君托梦秦川道，郑孔目风雪寒亭。'今剧虽亦题为'郑孔目风雪酷寒亭'，但无孙□君托梦事。其三，《簿乙》李剧正目云：'壮士宋彬（原误兵）遭迭（原误失）配，像生栾子酷寒亭。'宋彬迭配事却为今剧主要线索。据此三事，今剧作者应是花李郎而非杨显之。今剧系末本，失传者当为旦本，据《萧县君风雪酷寒亭》之题推测，杨剧当是以旦扮萧县君为主角，或萧未死，或于后部用魂旦，情节与今剧不同。至于《簿乙》杨剧正目改萧县君为郑孔目，恐是后人所改，盖此剧无论旦本、末本均有郑在内也。成问题者，'像生栾子'亦不见于今剧，不知是何关目耳。"今据移花李郎名下。

十六、戴善甫 （二本）

戴善甫，《簿乙》作善夫，真定人，曾任江浙行省务官。所作杂剧五本，存二，俱为旦本。

《陶学士醉写风光好》 旦本。全录。《名家》《阳春》《曲选》《大观》《全集》。

《簿甲》作《陶秀宝（实）醉写风光好》。

简题：风光好

正目：韩熙载暗算文章老

宋丞相明宣闲花草

秦若兰错寄断肠诗

陶学士醉写风光好（《名家》《阳春》）

又： 宋齐丘明识新词藻

　　　韩熙载暗遣闲花草

　　　秦若兰羞寄断肠诗

　　　陶学士醉写风光好（《元曲选》）

又： 秦若兰新配凤鸾吟

　　　陶学士醉写风光好（《簿乙》）

《李岳诗酒玩江亭》 旦本。《簿乙》《孤本》。

《孤本》题戴善甫撰，今从之。

简题：玩江亭

正目：牛员外得悟平康巷

　　　瘸李岳诗酒玩江亭（《孤本》）

又： 朱员外花下平康巷

　　　病李岳诗酒玩江亭（《簿续》）

十七、费唐臣 （一本）

费唐臣，大都人，君祥之子。所作杂剧三本，仅存其一。

《苏子瞻风雪贬黄州》 末本。全录。《孤本》。

简题：贬黄州

正目：王安石执拗行新法

　　　李御史举劾报私仇

　　　杨太守奸邪攻逐客

　　　苏子瞻风雪贬黄州

十八、李好古 （一本）

李好古，《簿甲》云保定人，或云西平人，《簿乙》云东平人。所作杂剧三本，仅存其一。

《沙门岛张生煮海》 旦本。全录。《元曲选》《柳枝》《全集》。

《正音》及《明钞》本下注"二本"。

简题：张生煮海

正目：石佛寺龙女听琴

　　　沙门岛张生煮海（各本同）

十九、张国宾　（三本）

张国宾，字酷贫[①]，大都人，为教坊勾管（即乐工）。所作杂剧四本，存三，皆为末本。

《严子陵垂钓七里滩》　末本。《簿乙》《元刊》。

王国维《曲录》谓："各家均未著录，唯《录鬼簿·宫天挺》条下有'严子陵钓鱼台'；此剧气骨亦与宫氏《范张鸡黍》相似，疑或即此本。"今按《簿乙》国宾名下有此目，当从之。

简题：七里滩

正目：刘文叔醉隐三家店

　　　严子陵垂钓七里滩

《薛仁贵衣锦还乡》　末本。全录。《元刊》《元曲选》《全集》。

简题：薛仁贵（《元曲选》）

又：　衣锦还乡（《簿乙》）

正目：白袍将朝中隐福

　　　黑心贼雪上加霜

　　　唐太宗招贤纳士

　　　薛仁贵衣锦还乡（《元刊》）

又：　徐茂公比射辕门

　　　薛仁贵荣归故里（《元曲选》）

又：　张仕贵赖功治罪

[①] 《簿甲》作张国宝，《簿乙》作张国宾，《正音》书其字作张酷贫。

薛仁贵衣锦还乡（《簿乙》）

《相国寺公孙汗衫记》 末本。全录。《元刊》《赵校》《元曲选》《全集》。

简题：汗衫记（《簿乙》《正音》）

又： 合汗衫（《元曲选》）

正目：马行街姑侄初结义

黄河渡妻夫相抛弃

金山院子父再团圆

相国寺公孙汗衫记（《元刊》）

又： 金山院子父再团圆

相国寺公孙汗衫记（《赵校》）

又： 东岳庙夫妻占玉绞

相国寺公孙合汗衫（《元曲选》）

又： 金山院父子再团圆

相国寺公孙汗衫记（《簿乙》）

"院"字原缺，今补。

以上三本。尚有《罗李郎大闹相国寺》，存本题张国宾撰，各本《录鬼簿》及《正音》张氏名下均无此目，《簿续》失名氏下载有《相国寺》，《正音》无名氏下有《大闹相国寺》，当即此本。故移列无名氏上。

二十、王伯成 （一本）

王伯成，涿州人（今河北涿州市），与马致远为忘年友，与李仁卿为莫逆交。有《天宝遗事诸宫调》行于世，独超众类。撰杂剧二本，存一。

《李太白贬夜郎》 末本。全录。《元刊》《全集》。

简题：贬夜郎

存本未标正目。

二十一、岳伯川 （一本）

岳伯川，济南人，或云镇江人。所作杂剧二本，存一。

《吕洞宾度铁拐李岳》 末本。全录。《元刊》《元曲选》《酹江》《全集》。

《元刊》本作《岳孔目借铁拐李还魂》，《钱目》作《铁拐李借尸还魂》。

简题：铁拐李（《元曲选》）

又： 铁拐李岳（《簿乙》《正音》）

正目：岳孔目借尸还魂

　　　吕洞宾度脱李岳（《元刊》）

又： 韩魏公断借尸还魂

　　　吕洞宾度铁拐李岳（《元曲选》《酹江》）

又： 韩魏公谮托柄曹司

　　　吕洞宾度铁拐李岳（《簿乙》）

二十二、康进之 （一本）

康进之，一云姓陈，棣州人（今山东惠民）。所作杂剧二本，存一。

《梁山泊李逵负荆》 末本。全录。《元曲选》《酹江》《全集》《童选》。

《簿甲》及《酹江》作《梁山泊黑旋风负荆》。

简题：李逵负荆（《元曲选》）

又： 杏花庄（《簿乙》《黄目》《类稿》）

又： 黑旋风负荆（《正音》）

正目：杏花庄王林告状

　　　梁山泊李逵负荆（《元曲选》）

又： 杏花庄老王林告状
　　　梁山泊黑旋风负荆（《簿乙》《酹江》）

二十三、石子章（一本）

石子章，大都人，疏狂放浪，妙解音律。所作杂剧二本，仅存其一。

《秦翛然竹坞听琴》 旦本。全录。《顾曲》《名家》《元明》《元曲选》《柳枝》《全集》。

简题：竹坞听琴

正目：惜花人引转真心
　　　知音人还遇知音
　　　郑彩鸾茅庵慕道
　　　秦翛然竹坞听琴（《顾曲》名家）

《柳枝》本同，唯"真"作"花"；"慕"作"悟"。

又 ： 郑彩鸾草庵学道
　　　秦翛然竹坞听琴

《簿乙》同，唯"草庵学道"作"茅庵悟道"。

二十四、李行道 （一本）

李行道，一作行甫；绛州人（今山西绛县），《簿甲》均作李行甫，《明钞本》又云名潜夫。所作杂剧一本，今存。

《包待制智赚灰阑记》 旦本。全录。《元曲选》《全集》。

简题：灰阑记

正目：张海棠屈下开封府
　　　包待制智勘灰阑记（《元曲选》）

又： 张海棠屈死下阴牢
　　　包待制智勘灰阑记（《簿乙》）

二十五、狄君厚 （一本）

狄君厚，平阳人，生平未详。所作杂剧一本，今存。

《晋文公火烧介子推》 末本。全录。《元刊》《全集》。

简题：介子推（《簿乙》）

又：　火烧介子推（《正音》）

正目：晋文公火烧介子推

二十六、孔文卿 （一本）

孔文卿，名学诗，以字行。平阳人（今山西平阳县），生于中统元年（1260），卒于至正元年（1341），年八十二。所作杂剧一本，今存。

《秦太师东窗事犯》 末本。全录。《元刊》《文库》《全集》。

《簿甲》于孔文卿、金仁杰名下，皆著录此剧。《簿乙》著录于孔文卿名下者，有附注十六字，同《元刊本》正名；著录于金仁杰下者，则注"次本"两字，是今所传者，实为孔文卿之作。又按《簿甲》下注"一云杨驹儿作"，《簿乙》下注"二本杨驹儿按"。

简题：东窗事犯

正目：岳枢密为宋国除患

　　　秦太师暗结勾反谏

　　　何宗立勾西山行者

　　　地藏王证东窗事犯（《元刊》）

又：　何宗立勾西山行者

　　　地藏王证东窗事犯（《簿乙》）

二十七、张寿卿 （一本）

张寿卿，《簿甲》云东平人，《簿乙》云东都人，曾任浙江省椽吏，又为皮货所提举，在王彦博左丞席上赋"博山铜细袅香风"之句，人争传之。所作杂剧一本，今存。

《谢金莲诗酒红梨花》 旦本。全录。《名家》《元明》《顾曲》《元曲选》《大观》《柳枝》《全集》。

简题：红梨花

正目：赵汝州风月白纨扇
　　　谢金莲诗酒红梨花（各本同）

二十八、花李郎 （一本）

花李郎，为教坊刘耍和婿，与马致远同时，所作杂剧五本，存一。

《郑孔目风雪酷寒亭》 末本。全录。《名家》《元明》《元曲选》《全集》。

存本题杨显之撰，无据。说见杨显之条下。

简题：酷寒亭

正目：后尧婆淫乱辱门庭
　　　泼奸夫狙诈占风情
　　　护桥龙邂逅荒山道
　　　郑孔目风雪酷寒亭（各本同）

又：　孙□君托梦秦川道
　　　郑孔目风雪酷寒亭（《簿乙》）

二十九、宫天挺 （一本）

宫天挺，字大用，大名人（今河北大名县），历学官，除钓台书院山长，卒于常州。所作杂剧六本，现仅存其一。又《严子陵垂钓七里滩》，元刊本《古今杂剧》收之，未题作者姓字，而《簿甲》于天挺名下有《严子陵钓鱼台》一种，王国维《曲录》谓元刊者即宫作。今按《簿乙》于张国宝名下有此目，已据其说列入张撰杂剧，王说存疑可也。

《死生交范张鸡黍》 末本。全录。《元刊》《息机》《元曲选》《酹江》《吴选》。

简题：范张鸡黍

正目：义烈传子母荣华

　　　死生交范张鸡黍（《息机》）

又：　义烈传子母褒扬

　　　死生交范张鸡黍（《元曲选》《酹江》）

又：　第五伦举善荐贤

　　　死生交范张鸡黍（《簿乙》）

三十、郑光祖　（四本）

郑光祖，字德辉，山西平阳人（今山西临汾县）。《录鬼簿》云："以儒补杭州路吏，为人方直，不妄与人交，故诸公多鄙之，久则见其情厚，而他人莫之及也。病卒，火葬于西湖之灵芝寺。"所作散曲，仅小令三首，套数两套。杂剧有十五本，存四本。旦本二，末本二。德辉喜写儿女情态，辞藻艳丽，名噪闺阁，伶伦辈皆称郑老先生而不名。

《迷青琐倩女离魂》 旦本。全录。《名家》《顾曲》《元曲选》《柳枝》《全集》。

简题：倩女离魂

正目：调素琴王生写恨

　　　迷青琐倩女离魂（《元曲选》）

又：　凤阙诏催征举子

　　　阳关曲惨送行人

　　　调素琴书生写恨

　　　迷青琐倩女离魂（《名家》《顾曲》《柳枝》）

《顾曲》《柳枝》"写恨"作"寄恨"。《正音》于《倩女离魂》下注"二本"；《簿乙》下注"次本"。

《㑳梅香骗翰林风月》 旦本。全录。《息机》《顾曲》《元曲选》《柳枝》《全集》。

《簿甲》无"骗"字。

简题：㑳梅香（《元曲选》）

又： 翰林风月（《簿乙》《正音》）

正目：挺学士傲晋国婚姻

　　　㑳梅香骗翰林风月（各本同）

又： 枢学士傲晋国烟花

　　　㑳梅香骗翰林风月（《簿乙》）

《醉思乡王粲登楼》 末本。全录。《名家》《元明》《元曲选》《酹江》《全集》《吴选》。

简题：王粲登楼

正目：假托名蔡邕荐士

　　　醉思乡王粲登楼（《元曲选》《酹江》）

又： 穷书生一志绸缪

　　　望中原有国难投

　　　荐贤士蔡邕背稿

　　　醉思乡王粲登楼（《名家》）

又： 不纳贤蔡公闭阁

　　　醉思乡王粲登楼（《簿乙》）

《辅成王周公摄政》 末本。全录。《元刊》《全集》。

《簿甲》作《周公辅成王摄政》。

简题：周公摄政

正目：说武庚管叔流言

　　　辅成王周公摄政（《元刊》）

以上现存全剧四本，尚有：《二战吕布》《老君堂》《伊尹耕莘》《智勇定齐》四本，存本均题郑作，实误，故不收。郑因百师《元剧作者质疑》一文中，曾讨论《三战吕布》及《老君堂》，谓《三战吕布》系武汉臣撰，《老君堂》乃无名氏之作，今从之。原文略谓：《三战吕布》，收入《孤本》，从《赵钞》题郑德辉（光祖）撰。按：《鬼簿》《正音》汉臣、德辉二人名下皆有此目；今剧实为武作。《簿甲》郑下有注云："末旦头折"，意谓头折上场人物既有末又有旦，所以示别于武剧也。今剧头折有末无旦，是为不出德辉之证。再就风格言之，汉臣作品苍劲而超脱，德辉作品清丽而稍嫌滞弱；汉臣为前期北方作家，为本色派；德辉乃后期南方作家，为文采派，试以《三战吕布》与武作老生儿（须看《元刊三十种本》）；郑作《倩女离魂》，《㑳梅香》诸剧比较，实极似汉臣，而异于德辉，其为武作，殆无可疑。郑剧既为次本，或即是次武本。《广正一帙》引【黄钟·水仙子】断句"双股剑左右看"，注云："武汉臣《三战吕布》，今剧无黄钟套。"此事似为吾说之反证，然细观全剧，此实不成问题；盖今剧第二楔子及第四折为明代内府伶工之所增易，非汉臣原本也。今剧第四折文笔远逊于前三折，且前三折写张飞牢骚兀傲之气，嬉笑怒骂，跃然纸上。第四折仍是张飞唱，语气忽变庸俗空泛，极为不类，其千篇一律歌颂太平之吉祥语，则与明代内府所编诸剧相同。第二楔子赏花时曲，平铺杂凑，亦远不如第一楔子赏花时之泼辣浑成。剧之经过增换可以断定。元剧惯例，凡战争之剧，其第四折常用探子唱，由其口中叙出阵上情形，所用宫调则为黄钟，汉臣原作盖用此例，《广正》所引【黄钟·水仙子】当即原作第四折中之一支。至明代内府伶工，或欲改换排场，或不愿用黄钟套，或欲使张飞始终出场以求整齐，乃改作此折为正宫套，以张飞代探子出场。试观《广正》所引双股剑之语，一见于第二楔子赏花时云："大哥哥双股剑冷飕飕"。再见第四折【脱布衫】曲云："大哥哥双股剑实难措手"，是即改本变动原作之痕迹也。流传至今者恰为此改定之本，汉臣原作之第四折遂不可复见矣。今据此说移列无名氏上。

　　《老君堂》《赵校》题无名氏撰；今收入《孤本》，改题郑德辉撰，据原无名人跋语也。郑师文云："此人或云是董其昌。原跋文云：'是集予于内府阅过，乃系元人郑德辉笔，今则宜置郑下。'按：《鬼簿》《正音》德辉名下均无此剧，虽以赵琦美之喜附会，亦未言其为郑作。今据来历不明、空言无据之跋语，遽尔定题，殊为武断。全剧笔墨庸俗，有时竟至不通，作《王粲登楼》《翰林风月》手笔何至为此？观其末折排场，盖亦明人所编历史故事剧耳。"今据此移列无名氏上。

《伊尹扶汤》《智勇定齐》两剧，风格排场全是明代内府伶工所编历史剧，不仅不类郑氏手笔，亦全不似元人。《赵校》《附会》《鬼簿》《正音》题为郑撰，并无确据，今俱移列无名氏上。

三十一、金仁杰　（一本）

金仁杰，字志甫，杭州人。建康崇宁务官。仁杰与钟嗣成为莫逆交，二十年如一日。嗣成称之云："所述虽不骈丽，而大概多有可取焉。"所作杂剧七本，仅存其一。

《萧何月夜追韩信》　末本。全录。《元刊》。

简题：追韩信

正目：霸王垓下别虞姬
　　　高皇亲挂元戎印
　　　漂母风雪叹王孙
　　　萧何月夜追韩信

三十二、范康　（一本）

范康，字子安（《簿乙》作子英），杭州人。明性理，善讲论，能辞章，通音律。因王伯成有《李太白贬夜郎》乃编《杜子美游曲江》，一下笔即新奇，盖天资卓异，人不可及也。所作杂剧二本，仅存其一。

《陈季卿悟道竹叶舟》　末本。全录。《元刊》《元曲选》。

简题：竹叶舟

正目：吕纯阳显化沧浪梦

　　　　陈季卿悟道竹叶舟（《元刊》）

又：　吕洞宾显化沧浪梦

　　　　陈季卿误上竹叶舟（《元曲选》）

又：　吕洞宾显化沧浪梦

　　　　陈季卿悟道竹叶舟（《簿乙》）

三十三、乔吉 （二本）

乔吉，一名吉甫，字梦符。号笙鹤翁，又号惺惺道人。太原人（今山西太原市），流寓杭州。美容仪，能辞章，以威严自饰，人皆敬畏之。散曲集有《乔梦符小令》《梦符散曲》二种。所作杂剧十一本，存二。旦末各一，皆甚有名。生于世祖至元十七年（1280），卒于顺帝至正五年（1345），六十六岁。

《玉箫女两世姻缘》　旦本。全录。《名家》《元明》《息机》《顾曲》《改定》《元曲选》《大观》《柳枝》。

简题：两世姻缘

正目：韦元帅重谐配偶

　　　　玉箫女两世姻缘（《元曲选》）

又：　韦元帅百年风月

　　　　玉箫女两世姻缘（《簿乙》）

又：　梓潼君谪降金仙

　　　　张延赏大闹西川

　　　　韦元帅重谐配偶

　　　　玉箫女两世姻缘（《名家》《顾曲》《柳枝》）

《息机》正目首句作"韦元帅百年风月"。余均与《名家》等同。

《杜牧之诗酒扬州梦》　末本。全录。《名家》《元明》《继志》《改定》《元曲选》《大观》《柳枝》《丛刊》。

简题：扬州梦

正目：张好好花月洞房春

　　　杜牧之诗酒扬州梦（《名家》《继志》《元曲选》《柳枝》）

又：　李梦娥花月洞房春

　　　杜牧之诗酒扬州梦（《簿乙》）

以上两种。尚有《金钱记》一本，见《元曲选》，又有影印《元明杂剧本》，俱题乔梦符撰。郑因百师《元剧作者质疑》云："《元明杂剧本》正目云：'老相公不肯招良婿，俏书生强要成佳配。韩飞卿醉赶柳眉儿，李太白匹配金钱记。'《元曲选》仅有后两句。按《簿甲》著录《金钱记》有两本。其一在石君宝名下，题：《柳眉儿金钱记》，其一在乔名下，题《唐明皇御断金钱记》，《簿乙》于石剧注正名云《李太白匹配金钱记》，于乔剧注正目云：'韩飞（原误作老）卿敕赐锦花袍，唐明皇御断金钱记。'今剧正名与石剧同；第四折有冲末扮李太白'奉圣命与他成此一门亲事'，情节亦合。乔剧之韩飞卿赐袍事，则不见于今剧，亦无唐明皇出场下断。疑今剧应属石君宝撰，题乔梦符者误也。"今据此文，移列石君宝名下。

三十四、秦简夫　（三本）

秦简夫，里居不详，《簿乙》谓大都人，或可从信。后游杭州，不知所终。所作杂剧五本，存三，旦本一，末本二，结构紧密，文辞多本色，以《东堂老》为其代表作。

《陶母剪发待宾》　旦本。全录。《孤本》。

《簿甲》作《陶贤母剪发待宾》。

简题：剪发待宾

正目：范学士荐贤举善

　　　晋陶母剪发待宾

《簿乙》"举"误作"气"。

《东堂老劝破家子弟》　末本。全录。《息机》《元曲选》《酹江》《吴选》《童选》。

　　简题：东堂老（各本同）

　　又：　破家子弟（《簿乙》《正音》）

　　正目：西邻友生不肖儿男

　　　　　东堂老劝破家子弟（《息机》《簿乙》）

　　又：　西邻友立托孤文书

　　　　　东堂老劝破家子弟（《元曲选》《酹江》）

《孝义士赵礼让肥》　末本。全录。《息机》《赵校》《元曲选》。

　　简题：赵礼让肥

　　正目：宜秋山马武施恩

　　　　　李义士赵礼让肥（《簿乙》《息机》《赵校》）

　　又：　虎头寨马武仗义

　　　　　宜秋山赵礼让肥（《元曲选》）

三十五、陆登善　（一本）

陆登善，字仲良，一云姓陈，祖籍扬州人，其父以典椽居杭，因而家焉。为人沉重简默，能词，能浙讴，有《乐府隐语》成集，今不传。所作杂剧二本，存一。

《河南府张鼎勘头巾》　末本。《簿甲》《名家》《元曲选》《全集》。

《簿续》及《正音》著录为无名氏，《簿乙》不载，《元曲选》题孙仲章撰，《簿甲》著录为陆登善作。按《簿甲》作者钟嗣成列登善于"相知者"之列，其说较为可信，今从之。

　　简题：勘头巾

　　正目：赵令史为吏见钱亲

　　　　　王小二好斗祸临身

望京店庄家索冷债

　　　河南府张鼎勘头巾（各本同）

　又：　望京店庄家索冷债

　　　开封府张鼎勘头巾（《簿乙》）

尚有《包待制陈州粜米》一剧，《簿甲》于陆登善名下有《开仓粜米》一目，马廉氏疑即本剧，但无确据，《元曲选》《黄目》《曲录》等，均题无名氏作，当从之，今列无名氏上。

三十六、朱凯　（一本）

朱凯，字士凯，里居未详，疑是杭州人。与钟嗣成交谊颇深，曾为之撰《录鬼簿》后序。自幼"孑立不俗，与人寡合"。所编《升平乐府》甚工，又类集当时群公隐语，标曰《包罗天地》。又有《谜韵》一集。所作杂剧二本，存一。

《昊天塔孟良盗骨》　末本。《簿甲》《元曲选》。

《簿乙》未著录，《簿续》《正音》俱云无名氏，《元曲选》亦不标作者姓氏。今从簿甲定为凯作，钟嗣成与凯为至交，其记录自可信也。

　简题：昊天塔（《元曲选》）

　又：　孟良盗骨殖（《簿甲》）

　又：　盗骨殖（《续编》）

　又：　孟良盗骨（《正音》）

　正目：瓦桥关令公显神

　　　昊天塔孟良盗骨（《元曲选》）

　又：　杀人和尚退敌兵

　　　放火孟良盗骨殖（《簿续》）

以上一本。尚有《黄鹤楼》剧，《孤本》题朱凯撰，今移列无名氏上，说见彼条。

三十七、王晔 （一本）

王晔，字日新，《簿甲曹本》作日华，杭州人，体丰肥而善滑稽，能辞章乐府，临风对月之际，所制工巧。有与朱凯合题《双渐小卿问答》，人多称赏之。所作杂剧三本，仅存其一。

《破阴阳八卦桃花女》 旦本。《簿甲》《赵校》《元曲选》《大观》。

《簿续》载失名条下，题作《桃花女》；《正音》亦载无名氏下，作《智赚桃花女》。

简题：桃花女

正目：老筴铿夜祭北斗星

讲阴阳八卦桃花女（《赵校》）

又： 七星官增寿延彭祖

桃花女破法嫁周公（《元曲选》）

又： 祭北斗七星老筴铿

破阴阳八卦桃花女（《簿续》）

三十八、杨梓 （三本）

杨梓，海盐人（今浙江海盐县），至元十三年（1276）为宣慰司，从征爪哇有功，为安抚总使，旋为杭州路总管。卒谥康惠。梓性节侠风流，尤善音律，所作杂剧教家童歌之，州人传其家法，以能歌闻于浙右。作剧若干未详，今存三本，皆为末本。

《忠义士豫让吞炭》 末本。《正音》《今乐》《曲录》《类稿》《名家》《元明》。

简题：豫让吞炭

正目：赵襄子避兵逃难

张孟谈兴心反间

贪地土智伯灭身

　　忠义士豫让吞炭

《承明殿霍光鬼谏》　末本。《正音》《今乐》《曲录》《类稿》《元刊》。

简题：霍光鬼谏

正目：长安城霍山造反

　　　海温县庆王遭难

　　　长信宫宣帝登基

　　　承明殿霍光鬼谏

《功臣宴敬德不伏老》　末本。《正音》《今乐》《曲录》《类稿》《赵校》《文库》（据明富春堂刻本《金貂记传奇附录》排印）。

《赵校》作《下高丽敬德不伏老》。

简题：敬德不伏老

正目：职田庄茂公亲探病

　　　下高丽敬德不伏老（《赵校》）

以上三本。《簿甲》未著录，《正音》列入无名氏下，存本亦不标作者姓字，唯元姚桐寿著《乐郊私语》，谓系杨梓匿名之作，王国维《曲录》据以考定作者。今《簿续》亦均著录于梓名下，足证姚氏所言不误。

三十九、李致远　（一本）

李致远，里居、年代未详，至元中，尝客溧阳，与仇远交谊甚契。所作杂剧一本。

《都孔目风雨还牢末》　末本。《正音》《名家》《元明》《赵校》《元曲选》。

《名家》题马致远撰，盖误，今从《元曲选》定为李作。

简题：还牢末

正目：烟花则说他人过

僧住赛娘遭折挫

山儿李逵大报恩

镇山孔目还牢末（《名家》《赵校》）

又：　李山儿生死报恩人

都孔目风雨还牢末（《元曲选》）

四十、高茂卿　（一本）

高茂卿，涿州人。所作杂剧一本，今存。

《翠红乡儿女两团圆》　末本。《簿续》《正音》《息机》《元曲选》。

《正音》著录杨文奎名下，《息机》《元曲选》亦同。唯郑因百师《元剧作者质疑》云："按：《簿甲》《簿乙》俱无文奎之名，《簿甲》且并《两团圆》之剧名亦未著录。《簿乙》及《正音》著录之《两团圆》则共有四本。其一在《正音》杨文奎名下，仅有《两团圆》三字简题，无正目，不知内容为何。其二在《簿乙》无名氏下，正目云：'金斗郡夫妻双拆散，豫章城人月两团圆。'盖演双渐小卿事，与今剧演韩弘道事不同。其三在《簿乙》高茂卿名下，正目云：'鸳鸯村夫妻双拆散，翠红乡儿女两团圆。'与今剧正合，仅村名易白鹭为鸳鸯。其四在《簿乙》杨讷（景贤）名下，注云'次本'而无正目，不知所次何本。据此四者，今剧自以题高茂卿撰最为妥当。藏懋循似未见于《鬼簿》，仅据《正音》所载《两团圆》之简称而题为杨撰，殊难令人置信。"今从之，改隶茂卿名下。

简题：儿女团圆（《元曲选》）

又：　两团圆（《簿续》）

正目：白鹭村夫妻双拆散

翠红乡儿女两团圆（《元曲选》）

又：　鸳鸯村夫妻双拆散

　　　　翠红乡儿女两团圆（《簿续》）

四十一、李唐宾 （一本）

李唐宾，广陵人（今江苏扬州市江都区），号玉壶道人，官淮南省宣使。贾仲名《续录鬼簿》称为"衣冠济楚，人物风流，文章乐府俊丽。"所作杂剧二本，存一。

《李云英风送梧桐叶》 旦本。《簿续》《今乐》《曲录》《类稿》《名家》《元明》《顾曲》《元曲选》。

简题：梧桐叶

正目：任继图天配鸾凤交

　　　　李云英风送梧桐叶（《元曲选》）

《名家》《顾曲》"天配"作"重匹"，"鸾凤"作"凤鸾"。

四十二、刘君锡 （一本）

刘君锡，燕山人（今河北蓟县），元省吏。性方介，人或有短，正色责之。《隐语》为燕南独步，人称为白眉翁。所作杂剧三本，存一。

《庞居士误放来生债》 末本。《簿续》《元曲选》《大观》。

简题：来生债

正目：灵兆女点化丹霞师

　　　　庞居士误放来生债（《元曲选》）

又：　灵昭女显化度丹霞

　　　　庞居士误放来生债（《簿续》）

四十三、孟汉卿 （一本）

孟汉卿（孟，《钱目》作梦，《簿甲》作孟），亳州人（今安徽亳县）。生平未详，所作杂剧一本，今存。

《张鼎智勘魔合罗》 末本。全录。《元刊》《名家》《元曲选》

《酹江》《全集》。

《元曲选》作《张孔目智勘魔合罗》。

简题：魔合罗（《正音》《元曲选》）

又： 魔盒罗（《簿乙》）

正目：小叔图财欺嫂嫂

　　　故将毒药摆哥哥

　　　高山屈下河南府

　　　张鼎智勘魔合罗（《名家》）

又： 李文道毒药摆哥哥

　　　萧令史暗里得钱多

　　　高老儿屈下河南府

　　　张平叔智勘魔合罗（《元曲选》《酹江》）

又： 曹司屈推货郎汉

　　　张鼎智勘魔合罗（《簿乙》）

四十四、罗本 （一本）

罗本，字贯中，太原人，号湖海散人，与人寡合。《乐府隐语》极为清新，与贾仲名为忘年交。曾著有《三国志演义》《水浒传》《平妖传》《粉妆楼》诸小说，为人习知。所作杂剧三本，存一。

《宋太祖龙虎风云会》 末本。《簿续》《息机》《名家》《元明》《阳春》《顾曲》《酹江》。

《正音》著录无名氏条下。《簿续》"宋"作"赵"。

简题：风云会（《簿续》）

又： 龙虎风云会（《正音》）

正目：伏降四国咨谋议

　　　雪夜亲临赵普第

　　　君相当时一梦中

今朝龙虎风云会（各本同）

四十五、杨景贤　（一本）

杨景贤，名暹，以字行，又名景言（《正音》《今乐》作景言）。后改名讷，号汝斋。本蒙古人，因从姐夫杨镇抚，人以杨姓称之。善琵琶，好戏谑，乐府出人头地，"锦阵花营，悠悠乐志。"与贾仲名相交五十年之久。永乐初，与汤舜民等甚蒙明成祖宠遇，后卒于金陵。所作杂剧十八本，仅存其一。

《西游记》　末本。《簿续》《明刊杨东来评本》《日本重印本》《文库》《全集》《丛刊》（现行诸本皆自《明刊杨评本》出）。

存本题元吴昌龄撰，误，说见吴昌龄条下。

简题：西游记

正目：贼刘洪杀秀士

　　　老和尚救江流

　　　观音佛说因果

　　　陈玄奘大报仇（卷一）

又：　唐三藏登途路

　　　村姑见逞嚣顽

　　　木叉送火龙马

　　　华光下宝德关（卷二）

又：　李天王捉妖怪

　　　孙行者会师徒

　　　沙和尚拜三藏

　　　鬼子母救爱奴（卷三）

又：　朱太公告官司

　　　裴海棠遇妖怪

　　　三藏托孙悟空

二郎收猪八戒（卷四）

又：　女人国遭崄难

　　　采药仙说艰难

　　　孙行者借扇子

　　　唐僧过火焰山（卷五）

又：　胡麻婆问心字

　　　孙行者答空禅

　　　灵鹫山广聚会

　　　唐三藏大朝元（卷六）

除《西游记》外，尚有《马丹阳度脱刘行者》一剧，《正音》著录无名氏条下，《簿续》失载名氏及杨景贤条下均有其目；失载名氏条下注正目云："王祖师单化邓夫人，马丹阳三度刘行首。"杨景贤条下则注"王祖师三化刘行者"。存本均题杨景贤撰，恐误，姑列无名氏上，以俟再考。

四十六、谷子敬　（一本）

谷子敬，金陵人（今南京），枢密院椽史。明《周易》，通医道，口才捷利，《乐府隐语》盛行于世。蒙下堂而伤一足，终身有忧色，乃作《耍孩儿乐府》十四煞，以寓其意，极为工巧。所作杂剧五本，仅存其一。

《吕洞宾三度城南柳》　末本。《簿续》《正音》《息机》《名家》《元曲选》《大观》《柳枝》。

简题：城南柳（《簿录》）

又：　三度城南柳（《正音》）

正目：岳阳楼自造仙家酒

　　　截头渡得遇空纶叟

　　　西王母重餐天上桃

吕洞宾三度城南柳（各本同）

又： 西池母重令天上桃

　　吕洞宾三度城南柳（《簿续》）

四十七、王子一　（一本）

王子一，元末明初人，《正音》列为国初十六杂剧作家之一。与刘东山、谷子敬、汤舜民、杨景言、杨文奎、贾仲名等同时。所作杂剧三本，仅存其一。

《刘晨阮肇误入天台》　末本。《正音》《息机》《名家》《元明》《改定》《元曲选》《大观》《柳枝》《全集》《吴选》。

《元曲选》"天台"作"桃源"。

简题：误入桃源（《元曲选》）

又： 刘阮天台（《正音》）

正目：太白金星降临凡世

　　　紫霄玉女夙有尘缘

　　　青衣童子报知仙境

　　　刘晨阮肇误入桃源

四十八、贾仲名　（五本）

贾仲名，或作明，山东人，自号云水散人。天性明敏，博究群书，善吟咏，尤精于乐章隐语。尝侍明成祖于燕邸，甚宠爱之，每有宴会应制之作，无不称赏。仲名丰神秀拔，衣冠济楚，量度汪洋，天下名士大夫咸与相交，著有《录鬼簿续编》，以补钟嗣成《录鬼簿》，为曲学要籍。所作杂剧十四本，现存五本，旦本二，末本三。

《荆楚臣重对玉梳记》　旦本。《簿乙》《名家》《元明》《顾曲》《元曲选》《柳枝》。

简题：对玉梳

又： 玉梳记（《簿乙》）

正目：顾玉香双美锦堂欢

　　　荆楚臣重对玉梳记

各本同，唯《簿乙》"对"误作"学"。

《萧淑兰情寄菩萨蛮》 旦本。《簿乙》《名家》《顾曲》《元曲选》《柳枝》《吴选》。

简题：菩萨蛮

正目：贤嫂嫂合成金贯锁

　　　亲哥哥配上玉连环

　　　张世英饱存君子志

　　　萧淑兰情寄菩萨蛮（各本同）

又： 张云杰饱存君子志

　　　萧淑兰情寄菩萨蛮（《簿乙》）

《李素兰风月玉壶春》 末本。《簿乙》《息机》《元曲选》《大观》《全集》。

《簿甲》《正音》及《息机》等不题作者姓字，《元曲选》本题武汉臣撰，按汉臣另有《郑琼娥梅雪玉堂春》一剧，正音略为《玉堂春》，臧氏以此而误题。又按此剧文辞，取以与武汉臣《老生儿》相较，则《老生儿》曲辞质朴，此剧文采典丽，不类武氏手笔，今据《簿乙》定为贾作。

简题：玉壶春

正目：甚黑子花柳鸣珂巷

　　　李素兰风月玉壶春（两本同）

又： 玉壶春勅赐金花诰

　　　李素兰风月玉壶春（《簿乙》）

《铁拐李度金童玉女》 末本。《正音》《名家》《继志》《元曲选》《大观》。

简题：度金童玉女（《正音》）

又： 金童玉女（《黄目》）

又： 金安寿（《元曲选》）

正目：金安寿收意马心猿

　　　铁拐李度金童玉女（各本同）

《山神庙裴度还带》　末本。《簿乙》《孤本》。

存本题关汉卿撰，实误。说见关汉卿条下。

简题：裴度还带

正目：邮亭上琼英卖诗

　　　山神庙裴度还带（《孤本》）

又：　长安市璃涯报恩

　　　山神庙裴度还带（《簿乙》）

以上五本。另有《升仙梦》，存本题贾仲名撰。按《正音》及各本《录鬼簿》，贾氏名下均无此剧；且杂剧采用南北合套者，以前未见，而此剧内正有合套，是否确系贾作，尚难论定，当移列无名氏上，以示慎重。

第三节　无名氏作品　上
（二十二本）

本节所收各剧，乃今存本原有作者名氏而实考定属误题或无从确定者，其误题或存疑之作家，共计有关汉卿、高文秀、郑廷玉、郑德辉、白朴、纪君祥、武汉臣、张国宝、吴昌龄、李文蔚、贾仲名、陆登善、尚仲贤、史敬先、杨景贤、曾瑞卿、刘唐卿、萧德祥、朱凯等十九人，杂剧二十二本；旦本六，末本十六。

《刘夫人庆赏五侯宴》　旦本。《今乐》《曲录》《类稿》《孤本》。

存本题元关汉卿撰，实误，说见关汉卿条下。

简题：五侯宴

正目：王阿三子母两团圆

　　　刘夫人庆赏五侯宴

《王翛然断杀狗劝夫》 　旦本。《簿甲》《赵校》《元曲选》《文库》。

郑因百师《元剧作者质疑》云："《元曲选》无名氏撰，《簿续》《正音》并同。唯《簿甲》萧德祥（天瑞）名下有此剧，近人遂有认为萧作者。按：《正音》无德祥其人，《簿乙》有之而名下未著一剧，仅《簿甲》德祥名下有剧五本。此五本皆与他人互见，又无一剧注'二本'或'次本'，事殊可疑。《簿甲》德祥小传云：'凡古文俱檃括为南曲，街市盛行，又有南曲戏文等。'《簿乙》略同。元末明初南戏常重演北剧故事而袭用旧名；颇疑此五本为德祥所撰南戏，故与他人互见而不注'二本'或'次本'，此剧之《杀狗劝夫》仍应从《元曲选》及《簿续》《正音》定为无名氏撰也。"今从之。

简题：杀狗劝夫

正目：杨氏女劝弟兄和睦

　　　王翛然断杀狗劝夫（《赵校》）

又：　孙虫儿挺身认罪

　　　杨氏女杀狗劝夫（《元曲选》）

又：　王翛然屏邪归正

　　　贤达妇杀狗劝夫（《簿乙》）

《钟离春智勇定齐》 　旦本。《簿乙》《正音》《钱目》《曲录》《今乐》《类稿》《赵校》《孤本》。

简题：智勇定齐

　　　齐丑后（《曹本》《今乐》）

　　　丑无盐破环（《簿乙》）

　　　无盐破环（《正音》）

正目：晏平仲文才安国

　　　　钟离春智勇定齐

《钱目》正名，别作《钟离春智勇济》，"济"乃"齐"之误。《曲录》于《丑齐后无盐破连环》外，复重出《钟离春智勇济》，"济"亦"齐"之误。

《董秀英花月东墙记》　旦本。全录。《孤本》。

存本题白朴撰，无据。说见白朴条下。

简题：东墙记

正目：老夫人急配好姻缘
　　　小梅香暗把诗词递
　　　马文辅平步上鳌头
　　　董秀英花月东墙记（《孤本》）

又：　马君卿寂寞看孝斋
　　　董秀英花月东墙记（《簿乙》）

"孝"斋，疑是"书"斋之误。

《张天师断风花雪月》　旦本。《今乐》《黄目》《曲录》《类稿》《赵校》《元曲选》《大观》《全集》。

《元曲选》题吴昌龄撰，《赵校》不题作者姓字。按吴氏有《张天师夜祭辰钩月》杂剧，臧氏或即以此误题。

简题：张天师

正目：长眉仙遣梅菊莲桃
　　　张天师断风花雪月

正目各本俱同，唯《元曲选》"莲"作"荷"。

《王月英元夜留鞋记》　旦本。《簿续》《正音》《息机》《元曲选》。

《元曲选》题曾瑞卿（瑞）撰，王国维亦以为《簿甲》曾瑞所作《佳人才子误元宵》之改题，青木正儿《元人杂剧序说》谓《正音》曾瑞卿条下有《才子佳人误元宵》，无名氏条下有《留鞋记》，二者明系两剧，不当认此为曾氏之作，今从之。

简题：留鞋记

正目：贤府尹断成匹配

小梅香说合和谐

郭明卿灯窗误酒

王月英元夜留鞋（《息机》）

又： 郭秀才沉醉误佳期

王月英元夜留鞋记（《簿续》）

《赵氏孤儿大报仇》 末本。全录。《元刊》《元曲选》《酹江》《全集》。

存本题纪君祥撰，恐误。郑因百师《元剧作者质疑》云："此剧为纪君祥（一云天祥）撰，诸书俱同，向无疑问。唯《元曲选》本第五折庸弱松解，与前四折不类。元刊《杂剧三十种》本则仅四折，至赵孤立志报仇为止，未实叙其事。然自十二月带尧民歌以下数曲，将报仇情形用想象语写出，剧情已完。此正手法高妙处，今第五折用实写，转成蛇足。文笔既不相类，结构上亦嫌多余，其为后人所添无疑。《元曲选》本前四折与《元刊》本歧异处，几无一语无逊色，其庸弱却与第五折相同，第四折末数曲尤可看出系为增添第五折而改作者。谓添此折者为即编《元曲选》之臧懋循，虽无确据，亦不甚远。元剧例为四折，五折者仅此剧及《东墙记》《五侯宴》《降桑椹》等四本。《东墙记》非白朴作，《五侯宴》非关汉卿作，《降桑椹》是否刘唐卿作，亦大成问题；均见另条。然则元剧之真出元人者，殆无五折之例也。"今从之。

简题：赵氏孤儿

正目：韩厥救舍命烈士

陈英说妒贤送子

义逢义公孙杵臼

冤抱冤赵氏孤儿（《元刊》）

又： 公孙杵臼耻勘问

赵氏孤儿大报仇（《元曲选》《酹江》）

又： 象公逢公孙杵臼

冤抱冤赵氏孤儿（《簿乙》）

《包待制智赚生金阁》 末本。《簿续》《息机》《元曲选》《全集》。

《元曲选》题作武汉臣作，实误，说见武汉臣条下。

简题：生金阁

正目：依条律赏罚断分明

包待制智赚生金阁（《息机》）

又： 李幼奴挞伤似玉颜

包待制智赚生金阁（《元曲选》）

又： 庞衙内打点没头鬼

包待制智赚生金阁（《簿续》）

《罗李郎大闹相国寺》 末本。《簿续》《正音》《名家》《元明》《元曲选》《全集》。

存本题张国宾撰，实误，说见张国宾条下。

简题：罗李郎（《元曲选》《元明》）

又： 相国寺（《簿续》）

又： 大闹相国寺（《正音》）

正目：泼奴胎勤要从良字

老业人果有悽惶事

赛曾参崄钉远乡牌

罗李郎大闹相国寺（《元曲选》）

又： 赛曾参崄打李乡口

罗李郎大闹相国寺（《簿续》）

"李乡口"疑是"远乡牌"之误。

《破苻坚蒋神灵应》 末本。《今乐》《曲录》《类稿》《孤本》。

存本题李文蔚撰，非是，说见李文蔚条下。

简题：蒋神灵应

正目：淝水河谢玄大功

　　　破苻坚蒋神灵应

《吕洞宾桃柳升仙梦》　末本。《今乐》《曲录》《类稿》《名家》《孤本》。

存本题贾仲名撰，不确。说见贾仲名条下。

简题：升仙梦

正目：汉钟离助道用机关

　　　吕纯阳桃柳升仙梦

《包待制陈州粜米》　末本。《今乐》《黄目》《曲录》《类稿》《元曲选》。

存本未题作者姓氏，《类稿》从马廉氏之说，径题陆登善撰，实误。说见陆登善名下。

简题：陈州粜米

又：　范天章政府差官

　　　包待制陈州粜米

《尉迟恭单鞭夺槊》　末本。《今乐》《类稿》《名家》《元明》《赵校》《元曲选》《全集》。

存本题尚仲贤撰，实误。说见尚仲贤条下。

简题：单鞭夺槊

正目：单雄信割礼断义

　　　尉迟恭单鞭夺槊（《名家》）

又：　单雄信割袍断义

　　　尉迟恭单鞭夺槊（《赵校》）

又：　单雄信断袖割袍

　　　尉迟恭单鞭夺槊（《元曲选》）

《老庄周一枕蝴蝶梦》　末本。《今乐》《曲录》《类稿》《孤本》。

存本题史九敬先撰。按：《正音》史氏名下有《庄周梦》，《簿甲》作《花间四友蝴蝶梦》，《簿乙》作《庄周梦》，下注"去酒色财气添园春，破莺燕蜂蝶庄周梦。"《也是园旧藏》又有《庄周半世蝴蝶梦》一目，已佚，与今本未必尽合，作史九敬先者恐误。

简题：庄周梦

正目：太白星三燕莺忙度

　　　老庄周一枕蝴蝶梦

《马丹阳度脱刘行者》　末本。《正音》《簿续》《名家》《元明》《元曲选》。

存本题杨景贤撰，不足据，说见杨景贤条下。

简题：刘行者（《簿续》《元曲选》）

又：　柳梢青（《黄目》）

正目：大夫松假作章台柳

　　　顷刻花能造逡巡酒

　　　醉猱儿磨障欠先生

　　　马丹阳度脱刘行者（《名家》）

又：　北邙山倡和柳梢青

　　　马丹阳度脱刘行者（《元曲选》）

又：　王祖师单化邓夫人

　　　马丹阳三化刘行者（《簿续》）

《降桑椹蔡顺奉母》　末本。《簿甲》《正音》《簿续》《孤本》。

本剧《赵校》题无名氏撰，今收入《孤本》，改隶刘唐卿名下，郑因百师《元剧作者质疑》云："按：《簿甲》唐卿名下有《蔡顺摘椹养母》，《簿乙》《正音》均无之，《正音》《簿续》无名氏下则均有蔡顺分椹。各书著录撰人不同，与今剧名目亦不一致，今剧作者是否唐卿，殊成问题。其排场之热闹，宾白之繁冗，曲文之平庸，均近于明代伶工所续故事剧，谓为元人作品，亦嫌不类，应题无名氏撰。"又按

《簿续》于《蔡顺分椹》下，复注题目正名为"起义心樊崇助粟，行孝道蔡顺分椹。"亦与今本不合。

简题：降桑椹

正目：报恩义延岑举荐

　　　降桑椹蔡顺奉母

《包待制智斩鲁斋郎》　末本。全录。《名家》《元曲选》《全集》。

《元曲选》题关汉卿撰，不足据。说见关汉卿条下。

简题：鲁斋郎

正目：三不知同会云台观

　　　包待制智斩鲁斋郎

《程咬金斧劈老君堂》　末本。《今乐》《曲录》《类稿》《孤本》。

存本题郑德辉撰，不足据。说见郑德辉条下。

简题：老君堂

正目：唐秦王悮看金墉府

　　　程咬金斧劈老君堂

《立成汤伊尹耕莘》　末本。《今乐》《曲录》《类稿》《孤本》。

存本题郑德辉撰，盖误，说见郑德辉条下。

简题：伊尹耕莘

正目：修德政天乙诛夏

　　　立成汤伊尹耕莘

《保成公径赴渑池会》　末本。《今乐》《曲录》《类稿》《孤本》。

存本题高文秀撰，实误，说见高文秀条下。

简题：渑池会

正目：赵廉颇伏礼亲赴荆

　　　保成公径赴渑池会

刘玄德醉走黄鹤楼　末本。《正音》《内府》《孤本》。

存本题朱凯撰，非是。郑因百师《元剧作者质疑》云："《赵钞》题无名氏撰,今收入《孤本》,改题朱凯。按:《簿甲》朱名下虽有是目,今剧却非朱作。《广正四畎》引【南吕·一枝花】'趁着这满江烟水澄'曲,注云:'朱士凯撰醉走黄鹤楼。此曲全套见于明止云居士所编《万壑清音》,用尤候韵,其情节略同今剧第三折,但今剧第三折则为【双调·新水令】套,用支思韵,文字亦不相袭。今剧第四折为【南吕·一枝花套】,情节、文字、韵部全异《万壑清音》所引。'据此推定此剧实有二本,今剧不知何人所作,但决非朱凯耳。"今从之。

简题:黄鹤楼

又: 醉走黄鹤楼(《正音》)

正目:刘玄德醉走黄鹤楼

《崔府君断冤家债主》 末本。《黄目》《今乐》《曲录》《类稿》《赵校》《元曲选》《全集》。

青木正儿《元人杂剧现存书目》云:"《元曲选》中无名氏撰,王国维据清初《也是园书目》,定为郑廷玉作。正说今虽盛行,然实属错误。此剧《录鬼簿》亦不见,《正音谱》郑廷玉条虽著录《冤家债主》,然此必为《看钱奴冤家债主》之略称。《也是园书目》殆误认之为《崔府君断冤家债主》欤?"

简题:冤家债主　张善友(《黄目》《类稿》)

正目:张善友论十地阎神
　　　崔府君断冤家债主

各本同,唯《元曲选》"论"作"告"。

第四节　无名氏作品　下
(三十九本)

本节所收杂剧,皆各家著录现存诸本未题作者姓名之作,且本十,末本二十九。

《萨真人夜断碧桃花》 旦本。《黄目》《今乐》《曲录》《类稿》《息机》《元曲选》《大观》。

简题：碧桃花

正目：张斗南断弦应再续

　　　萨真人夜断碧桃花（《息机》）

又：　张明府醉题青玉案

　　　萨真人夜断碧桃花（《元曲选》）

《冯玉兰夜月泣江舟》 旦本。《黄目》《今乐》《曲录》《类稿》《元曲选》。

简题：冯玉兰

正目：金御史清霜飞白简

　　　冯玉兰夜月泣江舟

《郑月莲秋夜云窗梦》 旦本。《簿续》《正音》《孤本》。

简题：云窗梦（《簿续》《孤本》）

又：　秋夜云窗梦（《正音》）

正目：张君卿奋登龙虎榜

　　　郑月莲秋夜云窗梦（《簿续》）

《赵匡义智娶符金锭》 旦本。《类稿》《息机》《文库》。

简题：符金锭

正目：强风情韩松抢绣毯

　　　赵匡义智娶符金锭

《关云长千里独行》 旦本。《曲录》《类稿》《孤本》。

简题：千里独行

正目：霸陵桥曹操赐袍

　　　关云长千里独行

《两军师隔江斗智》 旦本。《黄目》《今乐》《曲录》《类稿》《元曲选》《酹江》。

简题：隔江斗智

正目：两军师隔江斗智

刘玄德巧合良缘

《孟光女举案齐眉》 旦本。《簿续》《正音》《赵校》《元曲选》。

简题：孟光举案（《簿续》）

又：　举案齐眉（《正音》）

正目：梁伯鸾攀蟾折桂

孟光女举案齐眉（《赵校》）

又：　梁伯鸾甘贫守志

孟德耀举案齐眉（《元曲选》）

又：　义烈士梁鸿作歌

贤达妇孟光举案（《簿续》）

《谢金吾诈拆清风府》 旦本。《黄目》《今乐》《曲录》《类稿》《元曲选》。

此剧《元曲选》不标作者姓字，但附目中注云："一云《私下三关》"。按：《簿甲》王仲元名下有《私下三关》一目；《簿乙》不载；《簿续》著录于失载名字下，并有正名云："王枢密知流二国，杨六郎私下三关。"《正音》亦于无名氏下著录之。本剧是否即仲元之《私下三关》，尚待考定。

简题：谢金吾

正目：杨六使私下瓦桥关

谢金吾诈拆清风府

《风雨像生货郎旦》 旦本。《簿续》《正音》《赵校》《元曲选》《吴选》。

简题：货郎旦

正目：抛家失业李彦和

风雨像生货郎旦（《元曲选》）

《簿续》同，唯"失"作"弃"。

《玉清庵错送鸳鸯被》 旦本。《簿续》《正音》《息机》《名家》《元曲选》《大观》。

　　简题：鸳鸯被（《簿续》）

　　又：　错送鸳鸯被（《正音》）

　　正目：张瑞卿寓舍会佳期

　　　　　玉清庵错送鸳鸯被（《名家》《息机》）

　　又：　金闻客解品凤凰箫

　　　　　玉清庵错送鸳鸯被（《元曲选》）

　　又：　黄金殿名题龙虎榜

　　　　　玉清庵错送鸳鸯被（《簿续》）

《鲠直张千替杀妻》 末本。《正音》《簿续》《元刊》。

　　简题：张千替杀妻（《正音》）

　　又：　替杀妻（《簿续》）

　　正目：悍妇贪淫生恶计

　　　　　良人好义结相知

　　　　　贤明待制翻疑狱

　　　　　鲠直张千替杀妻

　　又：　贤明待制番终狱

　　　　　刎颈张千替杀妻（《簿续》）

"终"乃"疑"之形误。

《小张屠焚儿救母》 末本。《类稿》《元刊》。

　　简题：小张屠

　　正目：炳灵公府君神怒

　　　　　速报司梦中分付

　　　　　王员外好赂贪财

小张屠焚儿救母

《诸葛亮博望烧屯》　末本。《簿续》《正音》《元刊》《孤本》。

简题：博望烧屯

正目：曹丞相发马用兵

　　　夏侯淳进退无门

　　　关云长白河放水

　　　诸葛亮博望烧屯（《元刊》）

又：　关云长提闸放水

　　　诸葛亮博望烧屯（《孤本》）

又：　关云长白河放水

　　　诸葛亮博望烧屯（《簿续》）

《张公艺九世同居》　末本。《今乐》《曲录》《类稿》《息机》《孤本》。

简题：九世同居

正目：忠孝门三朝旌表

　　　张公艺九世同居

《狄青复夺衣袄车》　《孤本》《簿续》《正音》。

简题：衣袄车（《簿续》）

又：　复夺衣袄车（《正音》）

正目：黄轸军前赖功劳

　　　狄青复夺衣袄车

又：　刘庆重征延安府

　　　狄青复夺衣袄车（《簿续》）

《阀阅舞射柳捶丸记》　末本。《今乐》《曲录》《类稿》《孤本》。

简题：射柳捶丸

正目：显英才丑虏走边疆

　　　阀阅舞射柳捶丸记

《刘千病打独角牛》　末本。《簿续》《正音》《孤本》。

简题：独角牛（《簿续》）

又：　病打独角牛（《正音》）

又：　病刘千（《孤本》）

正目：般般社火上东岳

　　　刘千病打独角牛（《孤本》）

又：　诸直神火初献仁安殿

　　　刘千和尚病打独角牛（《簿续》）

《十探子大闹延安府》　末本。《簿续》《孤本》。

简题：十探子（《孤本》）

又：　延安府（《簿续》）

正目：八府相聚集枢密院

　　　十探子大闹延安府

又：　众宰相聚集待漏院

　　　十探子大闹延安府（《簿续》）

《鲁智深喜赏黄花峪》　末本。《簿续》《孤本》。

简题：黄花峪

正目：李山儿打探水南寨

　　　鲁智深喜赏黄花峪

又：　黑旋风答救李幼奴

　　　鲁智深大闹黄花峪（《簿续》）

《二郎神醉射锁魔镜》　末本。《拾遗》《今乐》《曲录》《类稿》《名家》《孤本》。

《孤本》"神"下无"醉"字。

简题：锁魔镜

正目：三太子大闹黑风山

　　　二郎神醉射锁魔镜

又: 都天大帅降妖怪

二郎神射锁魔镜(《孤本》)

《庞涓夜走马陵道》 末本。《簿续》《正音》《赵校》《元曲选》。

简题: 马陵道(《簿续》)

又: 夜走马陵道(《正音》)

正目: 孙膑晚下云梦山

庞涓夜走马陵道

《赵校》及《簿续》同,唯"晚"均作"悔"。

《金水桥陈琳抱妆盒》 末本。《正音》《元曲选》。

简题: 抱妆盒(《元曲选》)

又: 抱妆匣(《正音》)

正目: 李美人御苑拾弹丸

金水桥陈琳抱妆盒

《雁门关存孝打虎》 末本。《簿续》《正音》《孤本》。

简题: 雁门关(《孤本》)

又: 存孝打虎(《簿续》《正音》)

正目: 张归霸布阵排兵

李克用扬威耀武

长安城黄巢篡位

雁门关存孝打虎(《赵校》引《于小谷本》)

又: 雁门关箭射双雕

飞虎峪存孝打虎(《赵校》引《内府本》)

《施仁义刘弘嫁婢》 末本。《正音》《孤本》。

简题: 刘弘嫁婢

正目: 受贫穷李逊托妻

施仁义刘弘嫁婢

《小尉迟将斗将认父归朝》 末本。《黄目》《今乐》《曲录》《类稿》《赵校》《元曲选》。

　　简题：小尉迟

　　正目：老尉迟鞭对鞭父子团圆

　　　　　小尉迟将斗将将鞭认父（《赵校》）

　　又：　老尉迟鞭对鞭当场赌胜

　　　　　小尉迟将斗将认父归期（《元曲选》）

《摩利支飞刀对箭》　末本。《簿续》《正音》《孤本》。

　　简题：飞刀对箭

　　正目：薛仁贵跨海征东

　　　　　摩利支飞刀对箭

　　又：　薛仁贵三定天山

　　　　　莫离支飞刀对箭（《簿续》）

《锦云堂暗定连环计》　末本。《正音》《息机》《元曲选》。

　　简题：连环计（《元曲选》）

　　又：　王允连环计（《正音》）

　　正目：银台门吕布刺董卓

　　　　　锦云堂美女连环计（《息机》）

　　又：　银台门诈传授禅文

　　　　　锦云堂暗定连环计（《元曲选》）

《朱太守风雪渔樵记》　末本。《簿续》《息机》《元曲》《大观》《全集》。

　　简题：渔樵记

　　正目：王安道水陆会宾朋

　　　　　王鼎臣风雪渔樵记（《息机》）

　　《簿续》与《息机》同，唯"朋"作"友"。

　　又：　严司徒荐达万言书

　　　　　朱太守风雪渔樵记（《元曲选》）

《随何赚风魔蒯通》　　末本。《正音》《赵校》《元曲选》。

简题：赚蒯通

正音：萧何智淮阴韩信

　　　随何赚风魔蒯通（《赵校》）

又：　萧何害功臣韩信

　　　随何赚风魔蒯通（《元曲选》）

《玎玎珰珰盆儿鬼》　　《赵校》《元曲选》《簿续》《正音》。

简题：盆儿鬼

正目：哀哀怨怨瓦窑神

　　　玎玎珰珰盆儿鬼（《赵校》）

又：　咿咿哑哑乔捣碓

　　　玎玎珰珰盆儿鬼（《元曲选》）

又：　张撇骨诈哀哀怨怨瓦神

　　　包待制断丁丁当当盆儿鬼（《簿续》）

《神奴儿大闹开封府》　　末本。《簿续》《正音》《元曲选》。

简题：神奴儿

正目：包龙图单见黑旋风

　　　神奴儿大闹开封府

又：　包龙图威振汴梁城

　　　神奴儿鬼闹开封府（《簿续》）

《冻苏秦衣锦还乡》　　末本。《簿续》《元曲选》。

简题：冻苏秦（《元曲选》）

又：　苏秦还乡（《正音》）

又：　张良冻苏秦（《正音》）

正目：冰雪堂张仪用智

　　　冻苏秦衣锦还乡

又：　秦张仪为官忘旧

　　　　冻苏秦衣锦还乡（《簿续》）

《朱砂担滴水浮沤记》　末本。《簿续》《正音》《赵校》《元曲选》。

　　简题：朱砂担（《元曲选》）

　　又：　浮沤记（《簿续》）

　　又：　滴水浮沤记（《正音》）

　　正目：铁幡竿白正暗图财

　　　　　朱砂担滴水浮沤记（《赵校》）

　　又：　铁幡竿图财致命贼

　　　　　朱砂担滴水浮沤记（《元曲选》）

　　又：　铁幡竿致命暗图财

　　　　　朱砂担滴水浮沤记（《簿续》）

《包龙图智赚合同文字》　末本。《簿续》《息机》《元曲选》。

　　简题：合同文字

　　正目：狠伯娘打伤孝顺侄男

　　　　　包待制智赚合同文字（《息机》）

　　又：　刘安住归认祖代宗亲

　　　　　包龙图智赚合同文字（《元曲选》）

　　又：　伯娘妒亲生侄儿

　　　　　清官断合同文字（《簿续》）

《汉钟离度脱蓝采和》　末本。《今乐》《曲录》《类稿》《名家》《元明》。

　　简题：蓝采和

　　正目：引儿童到处笑呵呵

　　　　　老神仙捆手醉高歌

　　　　　吕洞宾点化伶伦客

　　　　　汉钟离度脱蓝采和

《龙济山野猿听经》 末本。《正音》《名家》《元明》。

　　简题：猿听经

　　正目：大惠堂修公设讲

　　　　　龙济山野猿听经

《苏子瞻醉写赤壁赋》 末本。《正音》《名家》《元明》。

　　简题：赤壁赋

　　又：　醉写赤壁赋（《正音》）

　　正目：王安石谗课满庭词

　　　　　苏子瞻醉写赤壁赋

《争报恩三虎下山》 末本。《簿续》《元曲选》。

　　简题：争报恩

　　正目：屈受罪千娇赴法

　　　　　争报恩三虎下山（《元曲选》）

　　又：　好结义一身系狱

　　　　　争报恩三虎下山（《簿续》）

《逞风流王焕百花亭》 末本。《黄目》《今乐》《曲录》《类稿》《赵校》《元曲选》《大观》。

　　简题：百花亭

　　正目：赏名园贺氏千金笑

　　　　　逞风流王焕百花亭（《元曲选》）

　　又：　花艳里贺怜赏郊园

　　　　　逞风流王焕百花亭（《赵校》）

第二章　现存元人杂剧本事考

第一节　撰人可考者

一、关汉卿　（十四本，次序旦本在前，末本在后，下同）

《拜月亭》

本剧演蒋世隆、王瑞兰于兵乱中邂逅，几经波折，终为夫妇事。略云：

金章宗时，为番兵（即蒙古）侵界，迁都汴梁，时有中都人蒋世隆者，偕妹瑞莲逃难，并有王尚书之女瑞兰，亦奉母避难。途中为番兵所迫，兄妹、母女各相失散。世隆寻妹沿途频呼"瑞莲"，瑞兰适至，以莲、兰音近，误为呼己。及晤蒋面，始知为一秀才，仓皇之际，不遑论礼，遂相携而去。瑞兰之母王夫人，亦以寻女之故而呼其名，瑞莲亦误听以为呼己，寻声而来，遂认为母女，与之俱行。世隆与瑞兰投宿旅店中，经店主为媒，结为夫妇，旋以世隆病发，遂羁留旅店。瑞兰父王尚书适以公务途经此处，亦寓店中，得悉瑞兰情况，怒其不告而嫁，强令与世隆绝，携之他去。父女行至孟津驿，夜中闻有妇人女子号寒之声，招而诘之，则其夫人与瑞兰也，互惊奇遇，乃以瑞莲为义女，四人同赴汴梁。瑞兰至汴后，思念世隆不已，某夕，情不能堪，窃于花荫下拜月祝祷，瑞莲窃知其情，出问所祷，则其兄也。此节为本剧之高潮，亦即剧名之由来。既而世隆病愈赴试，中状元，其结义兄弟陀满兴福亦中武状元，王尚书欲为二女招赘，托媒谋之，真相始明。世隆与瑞兰，兴福与瑞莲，遂各结佳偶，吉庆终场。

按除汉卿是作外，王实甫亦是有才子佳人《拜月亭》剧。实甫与汉卿前后同时，其所谱者，皆金南迁时事，事在宣宗贞祐之初，距金亡二十年，或二人均及见此事，或据同一传闻而各自操觚也。又此剧情节，为明初施惠（字君美）《幽闺记传奇》（一名《拜月亭》）所本，关目俱同而又往往蹈袭汉卿原作词句。其《走雨》一折最为出名，即大半袭用此剧第一折。故王国维云："此剧纪事与南曲《拜月亭记》同，皆谱金章宗南迁时事，乃南曲所从出也。明人如何元朗、臧晋叔辈，激赏南《拜月亭》，以为在《琵琶》之上，然南曲佳处，多出此剧，盖何臧诸氏均未见此本也。"又按徐文长《南词叙录》中，有宋元旧编《蒋世隆拜月亭》，如即系今本，则宋元旧编之说殊不可信，盖宋元时南剧尚未发展至此种形式也。

《调风月》

本剧演黠婢燕燕与小千户某情事。略云：

有小千户某作客某氏，某夫人命婢燕燕服侍之。燕燕颇有姿色，性复灵巧，颇得小千户垂青，遂相私昵，而外人不知也。夫人有女未嫁，小千户以燕燕乃婢女，不堪作正室，乃使媒通意，欲求夫人女为婚，其意固欲并得燕燕也。燕燕不解千户用意，乃暗中百般阻难，谓小千户嗜酒成癖，难结佳偶。然夫人以千户爵为世袭，且马匹车辆备极豪华，卒允婚事。燕燕见大势已定，回天乏术，待千户与夫人女合卺后，亦设计得为妾媵，乃与千户团聚云。

此剧今本仅有曲文而无宾白，故剧中人除燕燕外，皆不详其姓名。剧情亦只能根据曲文约略推定，无从知其全貌。

按宋元人所编戏文，有《诈妮子莺燕争春》，见徐文长《南词叙录》及《永乐大典》，或与本剧同一题材，惜今不传，无法印证。观元剧曲文情节，乃系适合一般观众之嬉戏剧，别无深意可求也。

《谢天香》

本剧演柳永与官妓谢天香相恋，经开封府尹钱可之成全，结为眷属事。略云：

钱塘郡人柳永，字耆卿，性风流，迷恋花酒，与开封府上厅行首（官妓）谢天香狎昵。永以应考赴京，乃命天香往谒同堂故友开封大尹钱可，求其照拂。钱欣然允之；但思天香身为上厅行首，长此迎新送旧，有辱耆卿声名，乃佯言收天香为侍妾，除名乐籍。天香既入钱府，倏焉三载，而大尹固未尝一亲芳泽，天香亦不解其意。未几，耆卿在京钦授状元，夸官之日，大尹命张千候于途中，强邀至府，把酒设筵，以示庆贺，耆卿坚辞不饮，盖已闻知大尹纳天香为妾而怒其负己也。大尹遂召天香出堂劝酒。天香出，见座中贵官乃耆卿，不觉惊喜交集，耆卿亦然，因碍于大尹，未能一叙旧情。大尹乃尽吐真情，然后命送天香至状元府，与耆卿团聚。至是，耆卿、天香始悟大尹之苦心，拜谢不置云。

按柳永生平，《宋史》不载，仅散见于《能改斋漫录》《画墁录》《后山诗话》《石林避暑录话》《情史》《山堂肆考》《清平山堂话本》《新编醉翁谈录》《古今小说》等书中。诸家传述虽互有详略，但咸称永倜傥不羁，词华绝世，以失意于功名，溷迹烟花丛中，日与诸妓饮酒填词，备受妓辈拥戴。其《鹤冲天》一词，即自述其身世者，词云：

黄金榜上，偶失龙头望。明代暂遗贤，如何向？未遂风云便，争不恣游狂荡？何须论得丧。才子词人，自是白衣卿相。　烟花巷陌，依约丹青屏障。幸有意中人，堪寻访。且恁偎红倚翠，风流事，平生畅。青春都一饷。忍把浮名，换了浅斟低唱。

今此剧所演，亦永之本色。然所云状元及第他书不载，是为小说戏剧惯例，并非事实。永为仁宗景祐元年（1034）进士，后官屯田员外郎，非第一人也。又永乃福建崇安人，而剧中云钱塘郡人，亦与事实不合。《清平山堂话本》等书中皆云永尝作余杭县宰，窃疑即由此误传作钱塘郡人耳。

谢天香，其人无考，据诸书所载，柳永往来之妓有：陈师师、徐冬冬、赵香香、周月仙、谢玉英等，并无谢天香。谢玉英事见《古今小说·众名妓春风吊柳》七篇，略谓：柳永赴余杭县宰任时，尝过江州，访名妓谢玉英，玉英慕其名，遂订白首之盟。三年后，永任满还乡，再赴江州访之。玉英自永别后，杜门谢客。逾年，为生计所迫，始重理旧业。永既至江州，闻悉其情，愤而遗诗讽之，径返东京。玉英见诗追踪至京，见永于陈师师寓，遂重谐旧好，同居若夫妇。及永殁，玉英为之衰绖守孝；不久，哀伤以死，葬于乐游原柳永墓旁云。其事与此剧迥异，则谢玉英并非谢天香也。

剧云钱可字可道，钱塘人。考诸载籍，并无其名，而又见于关汉卿所作《绯衣梦》杂剧中，或为当时传说中人物。剧云其人为官清廉，断决如神明，殆包龙图之流亚也。又考《清平山堂话本》所载"简帖和尚"一篇，其充当判官者亦为钱大尹，并称其为"两浙钱王子，吴越国王孙"，此与杂剧所云钱塘人正相吻合。按宋郑克《折狱龟鉴》（四库本卷七）包拯条云"按近时小说载朝散大夫钱龢一事云……"并载有钱龢官秀州嘉兴知县时，断狱之逸事。日本吉川幸次郎博士《元杂剧研究》中，以可、龢二字发音近似，疑为一人。且据赵景深《小说闲话》，谓钱龢系钱勰之弟，果如此，钱龢乃钱彦远之子，钱易之孙，吴越废王钱俶之曾孙也，正与"两浙钱王子，吴越国王孙"相合。据此推知，剧中所谓钱大尹者，如实有其人，盖钱王之后而为当时名宦也。

又北宋都开封，剧中既言者卿居于开封，而又谓其长行上京应试，未知所上何京？及既中状元，夸官之日，则又在开封，时地不辨，殊为可哂，然此固元人通病，不独关氏为然也。

《救风尘》

本剧演歌妓宋引章误嫁恶人周舍，其旧日同伴赵盼儿设计援救，使得脱离周手，改嫁秀才安秀实事。略云：

汴梁歌女宋引章与郑州人周同知之子周舍瞎（舍为宋元间一种称谓，其意义同于今语之"少爷"），周欲娶之为妻，引章欣然允之。另有秀才安秀实者，亦曾与引章有白首之盟。既闻周事，乃托引章同伴姊妹赵盼儿，通辞于引章以探其意。盼儿，妓中之豪也，慧而识人，力劝引章当从秀实；引章不听，竟嫁周舍。秀实既见拒，乃赴京应举，以取功名。盼儿曰："子且待！我当有以相复也。"周舍挟引章归郑州，未及半载，日加鞭挞，引章不能堪，作书致盼儿求救，且深悔不从昔日之言。盼儿乃盛服装具，买车游郑州，止宿逆旅，浓妆艳抹，嘱张小闲者往勾引周舍。周舍果至，盼儿以情挑之，周乃又欲得盼儿。盼儿遂乘势罗箱箧，陈酒馔，诱以财色，使周舍休弃引章，而阴使引章至旅邸争斗。周舍既恋盼儿，又怒引章，遂毅然以休书付引章。盼儿预约引章至旅寓，相挈潜行。又索所得休书，易以他纸。周舍既知盼儿与引章俱遁，追及于路，夺休书毁之，告于官，然不知休书之已易他纸也。周谓盼儿设计诳其妇，盼儿亦控周占有夫之妇，且既已具休书，又复诬告，因出真休书为据，而指秀实为引章夫，盼儿为其媒证。舍不能辩，官乃杖舍，以引章归秀实云。

据小说所载诸女子，有能识英雄未遇者，如红拂之于李卫公，梁夫人之于韩蕲王是也。有能成人之美者，如欧阳彬之歌人，董国度之妾是也。有为豪侠而诛薄情者，如女商荆十三娘是也。剧中所称赵盼儿，其事之有无，原不可考，盖作者取诸女杰之长为之，以讽世俗耳。

《蝴蝶梦》

本剧演包拯梦见蝴蝶而断狱事。略云：

开封府尹包拯,一日昼寝,梦两小蝴蝶先后坠入蛛网中,皆为一大蝴蝶飞来救去;后又有一小蝴蝶坠网,大蝴蝶虽见之而不救,且飞腾远去。拯梦醒,正惊异间,适中牟县解送人命一案:有老人王姓,为葛彪打死,老人子三人,曰王大,名金和,王二,名铁和,王三,名石和,亦合力打死葛彪。中牟县论三人并抵罪。及拯覆谳,其母乃自承为己所杀,以释三子,而三子亦各认己罪,相争不已。拯乃判只令一人抵罪,余可开释。先定金和,其母不可;次定铁和,其母又不可;再定石和,其母遂首肯。拯疑石和非其所生,委曲审问,始悉金、铁乃前妻所留,而石和正其亲生也。于是并下三人于狱,而默令胥役于狱中细察之,果无异情。盖母宁死己子,而不忍杀前妻之子也。于是拯大感动,以他死囚代幼子盆(盆为"盆吊"之简语,以土囊压囚首使窒息而死也)死狱中,而尽释三子,且为具题旌表焉。

按本剧关目,盖从《列女传》卷五《节义传》,齐义继母事脱出,传文云:

齐义继母者,齐二子之母也。当宣王时,有人斗死于道者,吏讯之,被一创,二子兄弟立其傍。吏问之,兄曰:"我杀之"。弟曰:"非兄也,乃我杀之。"期年,吏不能决,言之于相,相不能决,言之于王。王曰:"今皆赦之,是纵有罪也。皆杀之,是诛无辜也。寡人度其母,能知子善恶。试问其母,听其所欲杀活。"相召其母问之,曰:"母之子杀人,兄弟欲相代死,吏不能决,言之于王。王有仁惠,故问母何所欲杀活?"其母泣而对曰:"杀其少者。"相受其言,因而问之,曰:"夫少子者,人之所爱也,今欲杀之,何也?"其母对曰:"少者,妾之子也;长者,前妻之子也。其父疾且死之时,嘱之于妾曰:'善养视之。'妾曰:'诺!'今既受人之托,许人之诺,岂可以忘人之托而不信其诺耶!且杀兄活弟,是以私爱废公义也;背言忘信,是欺死者也。夫言不约束,已诺不分,何以居世哉?子虽痛乎,独谓行何?"泣下沾襟。相入,言于王,王美其义,高其行,皆赦不杀,而尊其母，号曰"义母"。君子谓义母信而好义，洁而有让。诗曰："恺悌君子，四方为则。"此之谓也。

今剧与此文所载大略相同。唯剧中言三子之杀人为报父仇，则其罪本不当诛，盖作者但设此事，以见兄弟既争死而不推诿，其母复力救前妻之子，是皆人所极难，不复计其犯由何若也，元人杂剧之不拘常情往往如此。元萧德祥亦有《包待制三勘蝴蝶梦》杂剧，今不传。清无名氏又有《双蝴蝶传奇》，其名略同，而关目、姓氏皆与此剧迥异。

《金线池》

本剧演韩辅臣、杜蕊娘离合事。略云：

洛阳人韩辅臣与济南府尹石敏为同窗好友。辅臣游学至齐，谒敏，敏设宴款待，宴中有妓女杜蕊娘，酒次私相慕悦，遂定情焉。未几，敏还京，蕊娘假母乃设辞不令辅臣与蕊娘往还，辅臣心悦蕊娘，而又愤其母女之无情。适敏复任济南，辅臣往诉；敏以显加之罪，则难再合，不若善处。于是阴以资结众妓，使置酒于金线池，谕蕊娘以复合之意。众妓故劝蕊娘醉，而令辅臣往见，蕊娘终不为礼，辅臣愈愤，敏亦怒，乃收其母女，欲置之法。蕊娘急求之辅臣，辅臣为请释，敏取俸银百斤与母，以蕊娘归辅臣，永偕缱绻云。

按本剧故事，来源无考，然《唐诗纪事》载杜牧事云：杜牧佐宣城，游湖州，刺史崔君张水戏，使州人毕观，令牧闲行阅奇丽，见垂髫者十余岁云云。剧中石府尹为韩作合，盖略如崔刺史之意也。

《窦娥冤》

本剧演窦端英冤死，六月飞雪事。略云：

长安有饱学之窦天章，以时运不济流落楚州。妻早亡，仅七龄幼女端英相伴度日。以欠债无力偿还，乃以端英许蔡婆为养媳，天章偿债之余，又得银十两，赴京应试，自此久无音讯。端英后与蔡婆之子成婚，改名窦娥。复三载，蔡子病故，窦娥伴婆寡居。一日，蔡婆赴城中药商赛卢医处索债，卢医贫无以债，心生毒计，诱蔡婆至郊外荒僻处，勒毙之，以了债务，为路人张老及子驴儿所救。张氏询知蔡婆家中尚有一媳，遂起不良之念，强与俱还，张老逼蔡婆成婚，驴儿则思占窦娥。窦力拒之，始终凛然不可犯。驴儿迁怒蔡婆，复觊觎财产，乃至赛卢医处胁以往事，买得毒药一包，投之汤中，欲毒死蔡婆。蔡婆接汤欲饮，忽觉头昏目眩，不思进食，转授张老，张老食之而死。驴儿反诬窦娥毒死其父，谓能成婚，则可免究；窦娥宁死不允，遂诉之官府。楚州太守桃杌屈打成招，判以死刑。出斩之日，窦娥以含冤难伸，乃于刑场上向天发三愿，曰："若窦娥果系冤枉，一要死时血不沾尘土，尽染于旗枪上之白练。二要天降大雪，掩妾尸体，毋使暴露。三要楚州大旱三载。"及窦娥受刑，但见满腔鲜血尽飞溅白练之上，且天气骤寒，立降大雪，掩窦娥尸。时正六月酷暑，人咸惊讶，乃知窦娥之死，必含深冤也。此后三年楚州果大旱。窦娥之父天章，时已发迹，官两淮廉访使。适因公过楚州，忙于刷卷审囚，无暇访亲。一夜，正阅至窦娥谋杀公公一案，忽见鬼魂至前，曰："儿即窦娥，小字端英，含冤受戮，赖父伸冤。"天章闻言，悚然而起，了无所见，呼之不应，大为惊悼。翌晨乃拘张驴儿、赛卢医、蔡婆等亲自审问，窦娥冤魂亦上堂作证，驴儿惧，俯首认罪，案情大白。天章判驴儿凌迟处死，赛卢医终身充军，复痛责庸吏桃杌，蔡婆则由天章收养云。

按《汉书》卷七十一《于定国传》载东海孝妇事云：

东海有孝妇，少寡亡子，养姑甚谨，姑欲嫁之，终不肯。姑谓邻人曰："孝妇事我勤苦，哀其亡子守寡；我老，久累丁壮，奈何？"其后，姑自经死。姑女告吏："妇杀我母！"吏捕孝妇，孝妇辞不杀姑；吏验治，孝妇自诬服；具狱上府。于公（于定国父，时为狱吏。）以为此妇养姑十余年，以孝闻，必不杀也。太守不听，于公争之弗能得，乃抱其具狱，哭于府上，因辞疾去。太守竟论杀孝妇。郡中枯旱三年。后太守至，卜筮其故，于公曰："孝妇不当死，前太守强断之，咎傥在是乎？"于是杀牛自祭孝妇冢，因表其墓，天立大雨，岁熟。

又晋干宝《搜神记》卷十一亦载有东海孝妇事。云：

> 汉时，东海孝妇养姑甚谨。姑曰："妇养我勤苦，我已老，何惜余年，久累年少。"遂自缢死。其女告官云："妇杀吾母！"官收系之，拷掠毒治；孝妇不堪苦楚，自诬服之。时于公为狱吏，曰："此妇养姑十余年，以孝闻彻，必不杀也。"太守不听。于公争不得理，抱其狱词，哭于府而去。自后郡中枯旱，三年不雨。后太守至，于公曰："孝妇不当死，前太守枉杀之，咎当在此。"太守即时身祭孝妇家，因表其墓。天立雨，岁大熟。长老传云："孝妇名周青，青将死，车载十丈竹竿，以悬五旛，立誓于众曰：'青若有罪愿杀，血当顺下；青若枉死，血当逆流。'既行刑已，其血青黄，缘旛竹而上标，又缘旛而下云。"

今剧即源于此，但以周青为窦端云，并增益张老父子事，益显窦娥之贞烈，蔡婆之昏庸。又谓蔡婆以高利贷之故，几死于赛卢医之手，盖寓因果报应之意也。至于六月降雪，则古有五月降雪之说，《御览》十四引《淮南子》（今本《淮南子》无此文）云：

> 邹衍事燕惠王，尽忠。左右谮之王，王系之狱。仰天哭，夏五月，天为之下雪。

明叶宪祖有《金锁记传奇》，清袁令昭有《窦娥冤传奇》，皆演此事，今有《六月雪》，即演窦娥赴斩降雪被救一段。盖此故事在元剧中本为一大悲剧，叶撰《金锁记》，改为团圆结局，后人因之，悲剧气氛不复存在矣。要之，此故事无论剧中所示结局如何，皆足为听讼者戒也。《艺舟双楫》云：

> 甚矣，折狱之难也。人知刑求之词不可恃，谓熬审之词可恃乎？孰知到案即承之词之尤不可恃也。故刑求翻异者十五六，熬审而翻异者十二三，到案即承，则断无翻异已！受辞者方自诩以为得情，岂知其沉冤而更甚于刑求者乎？汉东海孝妇事，明书史册，杂见记载。孙转运谓其诬服为不欲罪坐小姑，似矣。然抑安知其逆料尸居者之听必不聪，而不忍以纯白之身，见辱伍伯，为此自承耶！故临刑而以旛竿自雪，则知

孝妇之冤结无可告诉者，非极至隔绝天地之和，历三年之久，毒流千里不止也。且其时守令之听此狱也，非有所为而为，而祸已如此，良可惧矣。世所传《六月雪传奇》，或借孝妇为言，而别有所寄，非传本事。近人作《东海记》以纪其实，顾以现行事例，又其词不文，不足以耸动视听。太仓王君季旭更之，其词旨悱恻，其节奏简易，吾知坐华屋绮筵而征新曲者，必有思齐内省之心，一时并发，勃然而不能自遏者矣。是季旭之志也。

又据传今连云市新县北三里有娘娘庙，即窦娥祠，每年三月三日有会场，盖为窦氏之生辰云。

《望江亭》

本剧演谭记儿骗取杨衙内势剑金牌以救其夫白士中事。略云：

潭州理官白士中之任，过清安观，观主即其姑也。士中往谒姑，诉以失偶。时有学士李希颜妾谭记儿新寡，美而多才，与白姑善，姑遂为之作合，令与士中谐伉俪，携赴潭州。黠弁杨衙内者，初闻谭美，欲娶为妾，闻其归白，甚衔之，乃奏白迷恋花酒，不任公职，请得势剑金牌文书，自往潭州杀白。白母知其事，甚惊惧，修书报白。谭云，彼欲谋我，不足累君，请毋忧。杨弁欲掩白不备，独携二仆，泊舟望江亭。时值中秋，乃于江上玩月。忽见一渔舟鼓棹而至，舟上渔妇甚美，篮提金色鲤鱼，登杨舟云："为官人献新切鲙。"杨睹其美，心甚荡，命坐共饮。妇问至潭州何为？杨遽以实告，妇为作歌劝饮，杨不觉沉醉，二仆亦醉，妇乃诱杨出势剑金牌，杨与之，而未察知其诳也。妇乃窃剑牌去。及旦，杨大骇，欲收捕白，已失所据。白反出势剑金牌云："渔妇告汝中秋欲占奸为妾。"杨犹抵饰，白令妻出见，乃知渔妇即记儿伪装，杨至此亦无可奈何矣。湖南都御史李秉忠访得其事，奏于朝，诏杖杨，夺其职，白仍理潭州云。

按本剧系凭空结撰，来源无考；或系杂拾诸事而缀成之，以为倚势夺人妻妾之戒耳。

《绯衣梦》

本剧演王闰香之未婚夫李庆安被诬杀人，钱大尹（可）断狱平反事。略云：

汴梁有王员外者，人以其巨富，呼之为"王半州"。尝与同城财主李十万指腹为婚。后王得一女名闰香，李获一男曰庆安。闰香十七岁时，王员外以李十万家道式微，乃命人赍银两及闰香手制布鞋一双，赴李宅悔亲。此鞋盖欲庆安着破之，以示两家从此决绝之意也。后庆安因放风筝为戏，风筝落于王氏后花园，乃去鞋上树取之，适闰香至，睹己手制之鞋，遂邀与会晤。知庆安穷乏，无力成婚，乃约其午夜再来，命侍女梅香持财物相赠，以为迎娶之资。入夜有歹徒裴炎者，因与王员外有隙，欲入内宅行凶，适逢梅香，恐其发觉，挥刀斩之，启包裹视之，尽皆财物，遂持之逃逸。庆安既至，睹一女尸僵卧血泊中，惧奔返家，双手推门而入。闰香久不见梅香至，知必有异，自往视之，见状震惧，莫知所措。乃以实情告之家人，王员外乃控庆安以杀人之罪。开封府尹钱可公平清正，剖决如神。据前官定案，庆安当斩，正欲提笔判刑时，笔端忽有飞蝇缠扰不去，疑有冤狱，请梦于神，乃知凶手为裴炎。下令以计捕之，不日果至；拘而审之，承认不讳，于是案情大白。以裴炎抵梅香命，庆安获释，与闰香结为夫妇，一门团圆云。

按本剧所演故事，来源无考，或系民间传闻；但流传极广，今秦腔及越剧中有《血手印》（又称《血手拍门》）一剧，所演与此相似。又秦腔有《黄莺记》，其关目亦与此戏略同，唯易放风筝为放黄莺耳。

又剧中所称断案府尹钱可，疑即宋郑克《折狱龟鉴》（四库本卷七）中所称朝散大夫钱穌，乃吴越废王钱俶曾孙，钱易之孙，钱彦远之子，钱勰之弟。说见《谢天香》杂剧。

《哭存孝》

本剧演李克用义子存孝为李存信、康君立谗死，克用夫人刘氏为存孝雪冤事。略云：

唐末时，晋王李克用义子存孝、存信二人不睦，存信乃与克用部将康君立合力，时欲谋陷存孝。存孝力破黄巢，定唐有功，克用本许以潞州上党郡镇守，后以存信、君立之请，改命存孝镇守邢州，潞州上党郡则令存信、君立往焉。存孝虽内怀不服，而亦无如之何也。存孝既至邢州，存信又与君立谋，传克用意旨，命存孝改用原名（安敬思），存孝不疑而遵其命。存信与君立遂谮之于克用，以为存孝擅复本姓，有反叛意，欲举兵讨伐。克用夫人刘氏不以为然，奉命亲往探询，存孝果改名安敬思，然已知中存信、君立之计也。刘夫人因劝存孝往见克用释疑。存孝既至，存信、君立恐祸及己，乘克用酒醉之际取得乱命，将存孝五裂身死。存孝既死，其妻邓氏往哭之，是为剧名之所由来。克用酒醒，闻刘夫人之说，始知存信、君立之奸谋，遂命亦车裂二竖，为存孝报冤云。

按本剧所演，大半与正史相符。《新五代史》列传第二十四《义儿传》云：

存孝，代州飞狐人也，本姓安，名敬思。太祖掠地代北得之，赐姓名，以为子。存孝猨臂善射，身被重铠，囊弓坐矟，手舞铁挝，出入阵中，以两骑自从，战酣易骑，上下如飞。初，存孝取潞州，功为多，而太祖别以大将康君立为潞州留后，存孝为汾州刺史，存孝负其功，不食者数日。大顺二年，徙邢州留后。存孝素与存信不睦，存信谮之曰："存孝有二心。"存孝不自安，乃附梁通赵，自归于唐，因请会兵伐晋。明年，赵与晋和，反助晋击存孝，太祖自将兵围之。存孝城中食尽，登城呼曰，儿蒙王恩，位至将相，岂欲舍父子而附仇雠，乃存信构陷之耳。愿生见王，一言而死。太祖哀之，遣刘夫人入城慰谕，刘夫人引与俱来。存孝泥首请罪曰："儿于唐，有功而无过，所以至此，由存信为之耳。"太祖叱之曰："尔为书檄，罪我百端，亦存信为之邪？"缚载后车，至太原，车裂之以徇。然太祖惜其材，怅然恨诸将之不能容也，为之不视事者十数日。康君立素与存信善，二人交恶，君立每左右存信以倾之。存孝已死，太祖与诸将语及存孝，流涕不已。君立以为不然，太祖怒，酖杀君立。

又云：

存信本姓张，与存孝俱为养子，材勇不及存孝，而存信不为之下，由是交恶；存孝卒得以罪死。存信救朱宣，为罗弘信所击败，及讨刘仁恭，又大败于安塞。太祖大怒，将杀之，存信叩头谢罪而免。由是大惧，常称疾，天复二年卒。

又按《旧五代史·唐书》第二十九列传五，亦载存信、存孝事。至康君立事迹，见同书列传第七。其文云：

康君立，蔚州兴唐人，世为边豪……文德初，李罕之既失河阳，来归于武皇，且求援焉。乃以君立充南面招讨使，李存孝副之，师二万，助罕之攻取河阳。三月，与边将丁会、牛存节战于沇河，临阵之次，骑将安休休叛入汴军，君立引退。八月，授汾州刺史。大顺元年，潞州小校安居受反，武皇遣君立讨平之，授点校左仆射，昭仪节度使。自武皇之师连岁略地于邢洺，攻孟方立，君立常率泽潞之师以为掎角。景福初，检校司徒，食邑千户。二年，李存孝据邢州叛，武皇命君立讨之，以功加检校太保。乾宁初，存孝平，班师。存孝既死，武皇深惜之，怒诸将无解愠。初，李存信与存孝不协，屡相倾夺，而君立素与存信善。九月，君立至太原，武皇会诸将酒博，因语及存孝事，流涕不已。时君立以一言忤旨，武皇赐酖而殂，时年四十八。明宗即位，以念旧之故，诏赠太傅。

汉卿此剧多本史实。唯将存孝附梁通燕、叛晋诸事，讳而不言；又将康君立之死，及存信之罪加以粉饰，谓存信与康君立亦皆车裂，为存孝复仇，非其实也。剧中之亚子哥哥即唐庄宗。《五代史》卷二十七《伶官传》云"庄宗知音能度曲，其小字亚子，当时人或谓之亚次，又别为优名以自目，曰李天下"，是其证也。剧以庄宗为刘夫人之亲子，亦属附会。

《陈母教子》

本剧演陈母冯氏早寡抚孤，三子皆中状元事。略云：

汉陈平之后陈某乃宋朝宰相，不幸早逝，遗三子一女。妻冯氏通书知礼，治家有方，严训三子，课读于第中之状元堂。后长子陈良资联科应举，次子陈良叟俱得状元。三科三子陈良佐应举得探花，误报以为状元，而实为王拱辰所得，陈母乃以女梅香嫁之。陈良佐以未得大魁，于庆贺其母生辰之日，备受家人奚落，于是愤而赴京应举，果得状元荣归。途经西川绵州，当地父老赠良佐孩儿锦一段，良佐欲抵家后献此锦为母缝衣，冯氏以良佐未尝为官，先受民财，有辱先祖，以杖叩之。事为寇莱公得悉，乃请旨封陈母为贤德夫人，长子良资为翰林学士，次子良叟为国子祭酒，三子良佐为太常博士，婿王拱辰为参知政事，吉庆终场云。

按本剧乃一寻常庆喜之作，无来源可靠。金末考试科目甚宽，元灭金后仅行科举一次，旋又废去，至仁宗皇庆二年（1313）始复，其间相隔八十年之久。状元之名，自宋以来，久为士林渴慕，汉卿以满腹经纶，竟不得一第，常以为憾，乃面壁构此，以餍其奢想，亦望梅画饼意也。

《西蜀梦》

本剧演关羽、张飞死后，梦中与先主相会事。略云：

三国蜀将关羽、张飞与先主刘备为结盟兄弟，共起逐鹿。不意关羽战死荆州，张飞为之复仇，中途反遇害。先主遂尽起西蜀之师为二人雪恨；且朝夕哀悼，思念不已。关、张魂知其情，乃同赴西蜀，与先主梦中相会，略叙平生。无奈残月西沉，天色将曙，复双双别去，临行复嘱先主以国是云。

按此剧所演关、张赴梦事，正史固不载，亦不见于今本《三国演义》，疑为汉卿根据宋元时流传之三国故事增饰而成。

《单刀会》

本剧演鲁肃设计索取荆州，关羽单刀赴会事。略云：

孙权令鲁肃向刘备索还荆州，然以其地为关羽镇守，恐不易取，肃乃暗定三计，谋使羽就范然后荆州可得。第一计为设宴江下，邀羽赴宴，共贺刘备称王汉中，于席间以礼索取荆州。若羽不允，则第二计为江上所有战船尽行拘收，不放关羽回荆，俟羽淹留日久，自知中计，悔而允还荆州。若此计不可行，则第三计为壁衣内暗藏甲士，酒酣之际，击金钟为号，伏兵尽出，擒关羽囚之江下。荆州主将既失，守众必乱，肃领兵大举，荆州可一鼓而下。三计既定，肃乃与乔国老谋，乔老不以为然。复与隐士水鉴先生司马徽议，并约陪羽共宴，司马徽因系羽挚友，亦坚不欲往。羽既得肃邀请，单刀赴会，不带兵马。席间，肃果与之争论，力逼归还荆州，羽怒，持刀欲斩肃，肃惧，伏兵未及动，而羽已挟肃驰马至江上，羽子关平率兵迎之，遂平安旋荆云。

按本剧所述关羽单刀赴会事，多据史实，稍加点染，非尽出虚构。《三国志·吴书》卷九《鲁肃传》云：

备诣京见权，求都督荆州，惟肃劝权借之，共拒曹公。曹公闻权以土地业备，方作书，落笔于地。周瑜疏请以肃代己，拜奋武校尉，代瑜领兵。备既定益州，权求长沙、零、桂三郡，备不承旨，权遣吕蒙率众进取，备闻，自还公安，遣羽争三郡。（按此乃孙刘相失之始，先主已定益州之后，吴始索地，然未全索荆州，只求三郡也。《演义》谓，刘琦死，鲁肃即索荆州，未确。又言先主立一纸文书，云俟得西川，便还荆州，孔明居间，鲁肃为保人，直与民间借券相似，殊可哂也。）肃住益阳与羽相值，肃邀羽相见，各住兵马百步上，但诸（一本作请）将军单刀俱会。（此即《单刀会》之由来。）肃因责数羽曰："国家区区本以土地借卿家者，卿家军败远来，无以为资故也。今已得益州，既无奉还之意，但求三郡，又不从命。"语未究竟，坐有一人曰："夫土地者，惟德所在耳，何常之有？"肃厉声呵之，辞色甚切。（此人不载何名，乃诸将军中之一人也，今《单刀会》剧，惟周仓持刀在旁，然其名正史不载。）羽操刀起，谓曰："此自国家事，是人何知，目使之去。"备遂湘割水为界，于是罢军。

同传裴注引《吴书》：

肃欲与羽会语，诸将疑恐有变，议不可往。肃曰："今日之事，宜相开譬。刘备负国，是非未决，羽亦何敢重欲干命？"乃趋就羽。羽曰："乌林之役，左将军身在行间，寝不脱介，戮力破魏，岂得徒劳，无一块壤，而足下来欲收地耶？"肃曰："不然，始与豫州观于长坂，豫州之众，不当一校，计穷虑极，志势摧弱，图欲远窜，望不及此。主上矜愍豫州之身，无有处所，不爱土地士人之力，使有所庇荫，以济其患。而豫州私独饰情，愆德隳好，今已藉手于西州矣，又欲翦并荆州之土。斯盖凡夫所不忍行，而况整领人物之主乎？肃闻贪而弃义，必为祸阶，吾子属当重任，曾不能明道处分，以义辅时，而负恃弱众，以图力争，师曲为老，将何获济？"羽无以答。

又《正俗考》云：

元人关汉卿《单刀会》杂剧，盛称鲁肃陈兵设伏，邀侯（关羽）临江亭宴会，擒侯以夺荆州。侯单刀往赴，掀髯谈笑，肃慑服莫敢出气，尽撤陆口伏兵，送侯还营。其词曲发扬蹈厉，观者咸拊手击节。综其实不然，是时子敬与侯相距益阳。侯来争三郡，军容甚盛，子敬邀侯会语，诸将皆惧有变，力阻勿往，子敬曰："正欲开譬是非，彼亦何敢重于国命？"乃合诸将单刀俱会，往复辩论，遂割湘水为界，罢军。是则单刀约会子敬也，非侯也。子敬力劝孙权以荆州借刘，中分之后，立谋在东西一家，戮力破魏。今之为传奇者，但为侯描画英雄生面，而于子敬之老谋苦心，则抹杀无余矣。余故伸而明之，抑亦侯之所默许也。

据《蜀志（卷五）·诸葛亮传》，亮对先主曰："荆州北据汉、沔，利尽南海，东连吴会，西通巴蜀；此用武之国，而其主不能守，此殆天所以资将军。"（按先主见亮于草庐，首建此策，即所谓《隆中对》也。主不能守，谓刘表父子。）又云：曹公败于赤壁，引军归邺，先主遂收江南，以亮为军师中郎将，使督零陵、桂阳、长沙三郡。《三国演义》第六十六回："关云长单刀赴会，伏皇后为国捐生"，即述此事。

又按明无名氏撰《四郡记传奇》，亦收入《单刀赴会》一节，曲辞多袭用本剧。《纳书楹》所收《刀会》一出，即本剧之第四折。《缀白裘·收刀会》题为《三国志》，误。又两书所收《训子》一出，均题作《三国志》，实即本剧之第三折。

《玉镜台》

本剧演温峤计娶表妹刘倩英为妻事。略云：

翰林学士温峤，字太真，奉姑母之命，授表妹倩英以习字操琴。倩英豆蔻年华，风姿绝世，峤一见倾心，惊为天人，乃借教琴之际，以情挑之，飘飘然以为一生艳福尽于此矣。后姑命峤于翰林学士中择一佳婿，以为倩英终身之托，峤遂设订自荐，姑无奈许之。峤以玉镜台为聘礼。洞房之夜，倩英以峤骗婚，且嫌其年老，不允与之亲近。事为峤故友王府尹知悉，设水墨宴请峤赋诗，峤援笔立就，极为府尹赞赏。倩英喜峤之文采，改颜相就，从此夫唱妇随，一家欢庆云。

按《玉镜台》为一喜剧，故事源出《世说新浯·假谲》篇，其文云：

温公（按：即峤）丧妇，从姑刘氏家值乱离散，惟有一女，甚有姿慧，以属公觅婿。公密有自婚意，答云："佳壻难得，但如峤比云何？"姑曰："丧败之余，乞粗存活，便足慰吾余年，何敢希汝比！"却后少日，公报姑曰："已觅得婚处，门发粗可，壻身名宦，尽不减峤。"因下玉镜台一枚。姑大喜，既婚，交礼，女以手披纱扇，抚掌大笑曰："我固疑是老奴，果如所卜。"玉镜台是公为刘越石长史，北征刘聪所得。

原文记事甚为简略，杂剧据此而增益倩英从峤习字、操琴，及婚后拒不纳峤，赖王府尹之水墨宴卒归和好等关目，则较原文曲折多趣而富有戏剧性矣。明人朱鼎臣有《玉镜台记传奇》（《曲品》《传奇品》《今乐考证》《曲录》《读曲类稿著录》，有汲古阁六十种曲本）即本此敷衍而成，又明末范文若撰《花筵赚传奇》亦谱此事。与其所作《鸳鸯捧》《梦花酣》合称范氏三种，国立北平图书馆有藏本。

二、高文秀 （四本）

《谇范叔》

本剧演魏须贾馆客范叔，为贾构罪，笞掠几死。后睢易名张禄，逃入秦，为相而报宿仇事。略云：

战国时七雄并立，其中齐魏两国有积世之仇。马陵之战，魏大将庞涓阵亡，长公子申为齐所虏。丞相魏齐遣中大夫须贾使齐，求放申归，贾荐馆客范睢字叔者同往。睢能言善辩，齐王重其才，大喜，遂放归申，齐魏两国于焉修好。辞别之日，齐王令中大夫邹衍于驿亭宴睢，赐以金帛，睢辞不受。时须贾亦至，衍礼甚恭而颇慢贾。贾疑睢以魏阴事告齐，复知其不受金，则又疑睢之避嫌也。于是归谮睢于魏齐，魏齐大怒，时值严冬会饮，乃擒睢拷讯。睢与辩，贾复质之，于雪中剥衣痛笞，饲以粪草，睢遂闷绝，弃置厕中。久之始苏，恳一苍头濯秽，苍头怜之，赠衣一袭，银五两，纵之远遁。睢易姓名曰张禄，遁入秦，仕秦以贤能称。后代穰侯为相，召六国大夫入贺。贾亦奉命往，既至秦，适遇风雪，诣相府，不得见，车避檐下。睢忽至，状如旧日，而衣衫破敝。贾初疑睢入秦必得志，询之，睢云："观衣即知矣。"贾乃云："范叔一寒如此。"遂赠以绨袍，并云欲见丞相张禄。睢伪称曰："睢与丞相有旧，可为先容，子姑待之。"遂并车至相府，睢入，不复出，贾询诸仆，乃知睢即张禄也。方惶悚间，睢召诸大夫会宴，时邹衍亦在座，贾入，负荆伏罪。睢谓衍曰："睢昔曾以魏阴事告齐耶？"衍曰："无之！"睢遂命役笞贾，亦饲以粪草，欲杀之，众为恳恕，苍头时在相府，亦入请。睢念绨袍之赠，尚有故人之情，乃释之，令归献魏齐头来，贾唯唯而出去。

按本剧所演，皆据史传。《史记》卷七十九列传第十九《范睢蔡泽列传》云：

范睢者，魏人也，字叔。游说诸侯，欲事魏王，家贫无以自资，乃先事魏中大夫须贾。须贾为魏昭王使于齐，范雎从。留数月，齐襄王闻雎辨口，乃使人赐雎金十斤及牛酒；雎辞谢不敢受。须贾知之，大怒，以为雎持魏国隐事告齐，故得此馈。令雎受其牛酒，还其金。既归，心怒雎，以告魏相。魏相，魏之诸公子，曰魏齐。魏齐大怒，使舍人笞击雎，折胁折齿，雎伴死，即卷以箦，置厕中。宾客饮者醉，更溺雎，故僇辱以惩后，令无妄言者。雎从箦中谓守者曰："公能出我，我必厚谢公。"守者乃请出弃箦中死人。魏齐醉，曰："可矣！"范雎得出。后齐悔，复召求之。魏人郑安平闻之，乃遂操范雎亡，伏匿，更名姓曰张禄。当此时，秦昭王使谒者王稽于魏，郑安平诈为卒，侍王稽。王稽问："魏有贤人可与俱西游者乎？"郑安平曰："臣里中有张禄先生，欲见君言天下事。其人有仇，不敢昼见。"王稽曰："夜与俱来！"郑安平夜与张禄见王稽，语未竟，王稽知范雎贤，谓曰："先生待我于三亭之南。"与私约而去。王稽辞魏去，过载范雎入秦。至湖关，望见车骑从西来。范雎曰："彼来者为谁？"王稽曰："秦相穰侯。"范雎曰："吾闻穰侯专秦权，恶内诸侯客！此恐辱我，我宁且匿车中。"有顷，穰侯果至，劳王稽，因立车而言曰："关东有何变？"曰："无有！"又谓王稽曰："谒君得无与诸侯客子俱来乎？"王稽曰："不敢！"即别去。范雎曰："吾闻穰侯智士也，其见事迟，乡者疑车中有人，忘索之。"于是范雎下车走，曰："此必悔之！"行十余里，果使骑还索车中，无客乃已。王稽遂与范雎入咸阳。已报使，因言曰："魏有张禄先生，天下辩士也。臣故敢载来。"秦王弗信，使舍食草具，待命岁余。及穰侯为秦将，且欲越韩魏而伐齐纲寿，欲以广其陶封。范雎乃上书，昭王大悦，拜范雎为客卿。范雎日益亲，因请间说秦王，乃拜范雎为相，收穰侯之印，使归陶，封范雎以应，号为应侯。范雎既相秦，秦号曰张禄，而魏不知，以为范雎已死久矣。魏闻秦且东伐韩、魏，魏使须贾于秦。范雎闻之，为微行，敝衣闲步之邸，见须贾。须贾见而惊曰："范叔固无恙乎？"范雎曰："然！"须贾笑曰："范叔有说于秦邪?"曰:"不也。雎前日得过于魏相,故亡逃至此,安敢说乎?"须贾曰:"今叔何事?"范雎曰:"臣为人庸赁。"须贾意哀之,留与坐,饮食。曰:"范叔一寒如此哉!"乃取其一绨袍以赐之。须贾问曰:"秦相张君,公知之乎?吾闻幸于王,天下之事,皆决于相君。今吾事之去留在张君,孺子岂有客习于相君者哉?"范雎曰:"主公翁习知之,唯雎亦得谒,雎请为君见于张君。"须贾曰:"吾马病,车轴折,非大车驷马吾不出。"范雎曰:"愿为借大车驷马于主人翁。"范雎归,取大车驷马为须贾御之,入秦相府。府中望见,有识者皆避匿,须贾怪之。至相舍门,谓须贾曰:"待我!我为君先入通于相君。"须贾待门下,持车良久,问门下曰:"范叔不出何也?"门下曰:"无范叔!"须贾曰:"乡者与我载而入者。"门下曰:"乃吾相张君也。"须贾大惊,自知见卖,乃肉袒膝行,因门人请罪。于是范雎盛帏帐,侍者甚众,见之。须贾顿首言罪死,曰:"贾不意君能自致于青云之上,贾不敢复读天下之书,不敢复与天下之事,贾有汤镬之罪,请自屏于胡貉之地,唯君死生之。"范雎曰:"汝罪有几?"曰:"擢贾之发,以续贾之罪,尚未足。"范雎曰:"汝罪有三耳!公前以雎为外心于齐而恶雎于魏齐,公之罪一也。当魏齐辱我于厕中,公不止,罪二也。更醉而溺我,公其何忍乎?罪三矣。然公之所以得无死者,以绨袍恋恋故人之意,故释公。"乃谢罢,入言之昭王,罢归须贾。须贾辞于范雎,范雎大供具,尽请诸侯使与坐堂上,饮食甚设,而坐须贾于堂下,置莝豆其前,令两黥徒夹而马食之。数曰:"为我告魏王,急持魏齐头来;不然者,我且屠大梁。"须贾归,以告魏齐。魏齐恐,亡走赵,匿平原君所。范雎于是散家财物,尽以报所尝困厄者。一饭之德必偿,睚眦之怨必报。秦昭王闻魏齐在平原君所,欲为范雎必报其仇,乃佯为好书遗平原君曰:"寡人闻君之高义,愿与君为布衣之友,君幸过寡人,寡人愿与君为十日之饮。"平原君畏秦,且以为然,而入秦见昭王。昭王与平原君饮数日,昭王谓平原君曰:"范君之仇,在君之家,愿使人归取其头来，不然，吾不出君于关。"平原君曰："魏齐，胜之友也，在固不出也，今又不在臣所。"昭王乃遗赵王书曰："王之弟在秦，范君之仇魏齐，在平原君之家。王使人急持其头来，不然，吾举兵而伐赵，又不出王之弟于关。"赵孝成王乃发卒围平原君家急。魏齐夜亡，出见赵相虞卿。虞卿度赵王终不可说，乃解其相印，与魏齐亡。间行，念诸侯莫可急抵者，乃复走大梁，欲因信陵君以走楚。信陵君闻之，畏秦，犹豫未肯见，魏齐闻怒而自颈。赵王闻之，卒取其头与秦。秦昭王乃出平原君。后应侯任郑安平，使将击赵，郑安平为赵所困，急，以兵二万人降赵；王稽为河东守，与诸侯通，坐法诛。而应侯日以不怿。昭王临朝叹息，欲以激励应侯。应侯惧，不知所出。蔡泽闻之，往入秦。蔡泽者，燕人也。闻应侯任郑安平、王稽，皆负重罪于秦，应侯内惭，蔡泽乃西入秦说应侯。应侯延入坐为上客。后数日，入朝言于秦昭王曰："客新有从山东来者曰蔡泽，其人辩士，明于三王之事，五伯之业，世俗之变，足以寄秦国之政；臣之见人甚重，莫及，臣不如也，臣敢以闻。"秦昭王召见与语，大说之，拜为客卿。应侯因谢病请归相印。昭王强起，应侯遂称病笃。范雎免相，昭王新悦蔡泽计画，逐拜为秦相。

据此知传中并无邹衍事，而本剧添出，盖作者敷衍关目而借用其名也。唐人高适有五言诗以咏此事云："尚有绨袍赠，应怜范叔寒。不知天下士，犹作布衣看。"盖纪实也。明无名氏有《绨袍记》，与本剧无大异，唯增出范雎妻苏琼琼及妾苏简简，则史无其人。又谓魏齐逼其妻为子妇之事，更系凭空撰出。

又按本剧所演各节，亦可与《东周列国志》（据《七国讲史》改编）第九十七回："死范雎计逃秦国，假张禄廷辱魏使"一节参看。

《赵元遇上皇》

本剧演酒徒赵元为妻所陷，于酒肆中巧遇宋太祖，得其救援，免获刑罪事。略云：

宋汴梁人赵元，入赘刘二公家为婿。元妻月仙以元好酒，不务正业，欲与之离异，改嫁臧府尹。府尹乃派元往西京递公文，以旧例，递公文误三日者处斩，元好酒慵懒，必误程期，派其为此，即所以陷之也。元果因途中遇雪，延误半月，自分无生理，乃入酒肆借酒解闷。适遇太祖微服与楚昭辅、石守信亦来饮酒，以未携钱为酒保所窘，元乃代偿。太祖因问元何以至此，元忽悲叹，因将妻与臧府尹设计谋陷等情详陈之。太祖乃认元为义弟，于元臂上写字画押，令往示宰相赵普。普见之，即免元误期之罪，且除元为东京府尹。并治臧府尹、刘月仙及月仙父母以罪云。

按本剧所述，其事有无已不可考，或本诸传闻敷衍而成者也。

《黑旋风》

本剧演梁山黑旋风李逵救友杀奸事。略云：

郓城县孔目孙荣与妻郭念儿，曾许泰安州神庙香愿三年，欲往还愿，而时多盗贼，畏路难行。荣与宋江有旧，因至梁山泊借一"护臂"。江下令，黑旋风李逵愿行，江遂令立军状，改姓名，易农家服，偕荣去。江知逵好斗，临行时嘱以忍事饶人。吴学究恐逵有失，隐令神行太保戴宗尾随之。先是荣妻念儿与白衙内者通奸，设计于此行令衙内先往旅店相候，以"眉儿恁常挖皱，夫妻每醉了还依旧"为口号。欲乘荣不备，互听口号，相率而逃。荣、逵等既至泰安，留念儿于旅店，同往庙中，择房为念儿宿处，念儿遂乘机与衙内潜逃。荣与逵追赶不及，诉之于官，而不知官即白也，白遂下荣于狱。逵闻之，念在山寨立状保荣，若坐视不救，难以回寨。乃伪为荣义弟，入狱中送饭，阴置蒙汗药于食物中，赚狱卒食，狱卒昏倒，荣得脱，先驰归梁山。逵又伪作祗候，以酒入衙内室，杀念儿及衙内，取两人头献之山寨，枭于梁山泊前，警谕众庶。故本剧又曰《双献头》，或云《双献功》也。

按本剧情节皆今本《水浒》所无。盖水浒故事，自宋以来流传民间，既深且广，今本《水浒》所载不过其中之一部分，故元明杂剧所演，多出今本之外也。

《襄阳会》

本剧演刘先主赴襄阳与刘表会，为表次子琮所困，马跳檀溪，卒获救事。略云：

刘先主为曹操败于徐州后，辗转至古城与关羽、张飞重聚。自分孤立无援，以荆州刘表有旧，欲往依之，乃遣简雍持书往借一城屯兵。刘表见书，请先主于三月三日赴会襄阳。时表年老，欲退休传子，席间与先主议其事，先主有立长不立庶之言。表次子琮，庶出也，闻之深恨先主，欲杀之而后快。表长子琦知其谋，示意先主速遁。琮复遣蒯越、蔡瑁擒先主，越又令家将王孙往盗先主所乘的卢马，则先主无所逃遁。王孙盗马为先主所见，先主因告以本末，王孙谓此乃琮之过，乃仗义送先主出城。至檀溪无津渡，的卢一跃而过，遂免于难。路遇水镜先生司马徽谓先主手下少运筹之士，劝谒庞德公，庞德公乃荐徐庶出山，先主拜之为师。适曹操派许褚下战书至，谓有曹章、曹仁二将领兵前来与先主交锋，先主谋之徐庶，庶乃令关、张、赵云分路迎拒，曹兵大败，并俘回曹章斩之，先主设宴庆功云。

按本剧所演各节，皆与《三国演义》第三十四回之"蔡夫人隔屏听密语，刘皇叔跃马过檀溪"、第三十五回之"玄德南漳逢隐沦，单福新野遇英主"及第三十六回之"玄德用计袭樊城，元直走马荐诸葛"相合，唯《演义》中所谓襄阳会，乃因玄德于刘表席上曾有下述情事，略云：

酒半酣，表忽潸然下泪。玄德问其故，表曰："吾有心事，前者欲诉于贤弟，未得其便。"玄德曰："兄长有何难决之事？倘有用弟之处，弟虽死不辞。"表曰："前妻陈氏所生长子琦，为人虽贤，而柔懦不足立大事；后妻蔡氏所生少子琮，颇聪明。吾欲废长立幼，恐碍于礼法；欲立长子，争奈蔡氏族中，皆长军务，后必生乱，因此委决不下。"玄德曰："自古废长立幼，取乱之道。若忧蔡氏权重，可徐徐削之，不可溺爱而立少子也。"表默然。（第三十四回）

其后蔡氏族人蔡瑁闻之，力谋害先主，乃设计请先主赴襄阳会，瑁于席间欲刃先主，为伊籍所暗示，先主驰马逃遁，瑁追之不及云云。而此剧情节前后穿插，虽不尽合，然其取材则大要与《演义》相似也。

三、郑廷玉 （五本）

《楚昭公》

本剧演楚昭公为吴所败，举家出奔，途中骨肉生离。后申包胥借秦兵来援，终得复国重聚事。略云：

吴王阖庐以伐越得宝剑三柄：一曰鱼肠，二曰纯钩，三曰湛卢。后湛卢失其所在，闻知飞入楚国，吴王屡遣使以金币索取不得。吴伍员以楚杀其父兄，力说伐楚之利。令孙武为军师，伍员为先锋，领兵击楚取剑。战书至楚，楚昭王召上卿申包胥商讨对策，包胥请自往西秦借兵以御吴。包胥去后，伍员等领兵围楚，楚兵大败。昭王与弟芊旋及夫人、公子等乘舟出奔，行至江中，风浪大作，舟轻人众，不能尽载，芊旋欲下，公止之，谓妻之亲不及弟也。乃依亲疏次第，先令夫人投江，舟犹不能胜，复令公子亦投江，仅留芊旋与俱。包胥至秦，谒秦昭公乞师，公不肯，包胥乃于驿亭中依墙而哭，七日七夜，水浆不入口。公哀之，乃命姬辇将兵十万援楚。伍员知救兵至，因与包胥为故友，遂率兵还，不与战。昭王得复入楚，而投江之夫人公子，江神以其贤孝，救入芦苇中，为申屠氏所养，至是亦皆来归，家人卒复团聚。昭王赏包胥，与秦结姻，永为唇齿云。

按本剧演吴楚事，与元李寿卿之《伍员吹箫》略同，而此剧重在申包胥之乞师复楚。皮黄戏及秦腔均有《哭秦庭》，即演此也。

按伍员伐楚之因，事见昭公二十年《左传》及《史记》卷六十六列传第六《伍子胥传》。《伍传》云：

伍子胥者，楚人也，名员。员父曰伍奢，员兄曰伍尚。其先曰伍举，以直谏事楚庄王，有显，故其后世有名于楚。楚平王有太子名曰建，使伍奢为太傅，费无忌为少傅，无忌不忠于太子建。平王使无忌为太子取妇于秦，秦女好，无忌驰归报平王曰："秦女绝美，王可自取而更为太子取妇。"平王遂自取秦女而绝爱幸之，生子轸。更为太子取妇。无忌既以秦女自媚于平王，因去太子而事平王。恐一旦平王卒而太子立杀己，乃因谗太子建。建母，蔡女也，无宠于平王，平王稍益疏建，使建守城父，备边兵。顷之，无忌又日夜言太子短于王曰："太子于秦女之故，不能无怨望，愿王少自备也。自太子居城父将兵外交诸侯，且欲入为乱矣。"平王乃召其太傅伍奢考问之。伍奢知无忌谗太子于平王，因曰："王独奈何以谗贼小臣，疏骨肉之亲乎？"无忌曰："王今不制，其事成矣，王且见禽。"于是平王怒，囚伍奢，而使城父司马奋扬往杀太子。行未至，奋扬使人先告太子："太子急去，不然将诛！"太子建亡奔宋。无忌言于平王曰："伍奢有二子，皆贤，不诛，且为楚忧。何以其父质而召之，不然且为楚患。"王使使谓伍奢曰："能致汝二子则生，不能则死。"伍奢曰："尚为人仁，呼必来；员为人刚戾忍诟，能成大事，彼见来之并禽，其势必不来。"王不听，使人召二子曰："来吾生汝父，不来令杀奢也。"伍尚请往，员曰："楚之召我兄弟，非欲以生我父也，恐有脱者，后生患，故以父为质，诈召二子。二子去则父子俱死，何益父之死？往而令仇不得报耳！不如奔他国，借力以雪父子耻。俱灭无为也。"伍尚曰："我知往，终不能全父命，然恨父召我以求生而不往，后不能雪耻，终为天下笑耳！"谓："员可去矣，汝能报杀父之仇，我将归死。"尚既就执，使者捕伍胥，伍胥贯弓执矢向使者，使者不敢进，伍胥遂亡。闻太子建之在宋，往从之。奢闻子胥之亡也，曰："楚国君臣且苦兵矣。"伍尚至楚，楚并杀奢与尚也。伍胥既至宋，宋有华氏之乱，乃与太子建俱奔于郑，郑人甚善之。太子建又适晋，晋顷公曰："太子既善郑，郑信太子，太子能为我内应，而我攻其外，灭郑必矣。灭郑而封太子。"太子乃还郑，事未会，会自私欲杀其从者，从者知其谋，乃告之于郑，郑定公与子产诛杀子建。建有子名胜。伍胥惧，乃与胜俱奔吴。到昭关，昭关欲执之，伍胥遂与胜独身步走，几不得脱。追者在后，至江，江上有一渔父乘船，知伍胥之急，乃渡伍胥。伍胥既渡，解其剑曰："此剑直百金，以与父。"父曰："楚国之法，得伍胥者赐粟五万石，爵执珪，岂徒百金剑邪？"不受。伍胥未至吴而疾，止中道乞食。至于吴，吴王僚方用事，公子光为将，伍胥乃因公子光以求见吴王。久之，楚平王以其边邑钟离，与吴边邑卑梁氏俱蚕，两女子争桑相攻，乃大怒，至于两国举兵相伐。吴使公子光伐楚，拔其钟离、居巢而归。伍子胥说吴王僚曰："楚可破也，愿复遣公子光。"公子光谓吴王曰："彼伍胥父兄，为戮于楚而劝王伐楚者，欲以自谋其仇耳！伐楚未可破也。"伍胥知公子光有内志，欲杀王而自立，未可说以外事，乃进鱄诸于公子光，退而与太子建之子胜，耕于野。五年，而楚平王卒。初平王所夺太子建秦女生子轸，及平王卒，轸竟立为后，是为昭王。吴王僚因楚丧，使二公子将兵往袭楚，楚发兵绝吴兵之后，不得归，吴国内空，而公子光乃令鱄诸袭刺吴王僚而自立，是为吴王阖庐。阖庐既立，得志，乃召伍员以为行人，而与谋国事。楚诛其大臣郤宛、伯州犁，伯州犁之孙伯嚭亡奔吴，吴亦以嚭为大夫。前王僚所遗二公子将兵伐楚者，道绝不得归。后闻阖庐弑王自立，遂以其兵降楚，楚封之于舒。阖庐立三年，乃兴师与伍胥、伯嚭伐楚，拔舒，遂禽故吴反二将军，因欲至郢。将军孙武曰："民劳未可，且待之。"乃归。四年，吴伐楚，取六与灊。五年，伐越败之。六年，楚昭王使公子囊瓦将兵伐吴，吴使伍员迎击，大破楚军于豫章，取楚之居巢。九年，吴王阖庐谓子胥、孙武曰："始子言郢未可入，今果何如？"二子对曰："楚将囊瓦贪，而唐、蔡皆怨之，王必欲大伐之，必先得唐、蔡乃可。"阖庐听之，悉兴师与唐、蔡伐楚。与楚夹汉水而陈。吴王之弟夫概将兵请从，王不听，遂以其属五千人击楚将子常。子常败走，奔郑，于是吴乘胜而前五战，遂至郢。己卯，楚昭王出奔。庚辰，吴王入郢，昭王出亡，入云梦，盗击王，王走郧。郧公弟怀曰："平王杀我父，我杀其子，不亦可乎！"郧公恐其弟杀王，与王奔随。

至于吴师伐楚，时当周敬王十四年，即公元前506年。鲁定公四年《左传》有云：

初，伍员与申包胥友。其亡也，谓包胥曰："我必复楚国。"申包胥曰："勉之！子能灭之，我必能兴之。"及昭王在随，申包胥如秦乞师，曰："吴为封豕、长蛇，以荐食上国，虐始于楚。寡君失守社稷，越在草莽，使下臣告急。曰：'夷德无厌，若邻于君，疆场之患也。逮吴之未定，君其取分焉。若楚之遂亡，君之土也。若以君灵抚之，世以事君。'"秦伯使辞焉，曰："寡人闻命矣。子姑就馆，将图而告。"对曰："寡君越在草莽，未获所伏，下臣何敢即安！"立，依于庭墙哭，日夜不绝声，勺饮不入口七日。哀公为之赋《无衣》，九顿首而坐，秦师乃出。

又鲁定公五年《左传》有云："申包胥以秦师至，败吴师，楚子入于郢。"

剧谓吴有宝剑曰鱼肠、纯钩、湛卢，伐越所得，吴王常珍之。按《吴越春秋》：欧冶子作名剑五，一曰纯钩，二曰湛卢，三曰豪曹，四曰鱼肠，五曰巨阙。又《蜀志》薛烛曰："造此剑时，赤堇山破出锡，若耶溪出铜，虽城量金珠，犹不可得。"

剧谓湛卢飞入楚，吴索诸楚，楚不与，吴遂兴师。而《左传》定公四年曰，伍员为吴行人以谋楚，伯州犁之孙嚭为吴太宰以谋楚。楚自昭王即位，无岁不有吴师，蔡侯因之。定公四年冬，蔡侯以吴子，及楚人战于柏举，楚师败绩。剧称因求剑不与而兴师，乃小说家言，非事实也。

剧谓吴伐楚之后，以孙武为军师，伍员为元帅。按军师、元帅，战国时尚无之。

剧谓申包胥劝昭公坚守不战，己则往秦乞师。昭公使费无忌率师拒吴，无忌与员战败，被擒。而《左传》定公四年谓左司马戌与子常分师抗吴，史皇说子常速战，吴师大败之，子常奔郑，无被擒事。

剧谓吴师入郢，楚昭公与其弟芈旋，及夫人公子出奔。渡江遇大风，舟人以舟小不能尽载，请弃一人。芈旋欲下，昭公曰："疏者下，谓妻之亲，不及弟也。"夫人投于江。风愈大，舟人复请弃一人，旋又欲下。昭公曰："疏者下。"揽旋袂曰："子之亲，亦不敌弟也。"公子复投于江。乃得济岸，兄弟各投他国。按《左传》定公四年，吴破郢，楚子取其妹季芈畀我以出。涉雎，针尹固与王同舟，王使执燧象以奔吴师。又云，楚子涉雎济江，入于云中。王寝，盗攻之，以戈击王，王孙由于以背受之，中肩。王奔郧，钟建负季芈以从。若是，则从王奔者，乃妹季芈，无所谓弟芈旋也，剧特假女弟为弟耳！

剧谓申包胥至秦乞师，秦昭公不允。按实为哀公，非昭公也。

剧谓包胥止驿亭中，依墙而哭，七昼夜不绝，秦君臣感动，乃命姬辇将兵十万，同包胥救楚。而定公五年《左传》则曰：申包胥以秦师至，子蒲、子虎帅五百乘以救楚。剧云姬辇，失考。

剧谓吴师退，昭公复入郢，芈旋亦归，夫人公子之投于江也，江神以其贤孝，救入芦苇中，投申屠氏。申屠氏知为贵人，奉养半年。至是闻楚复，皆来归，于是兄弟夫妇父子重聚。赏申包胥，与秦结婚姻，永为唇齿。而《左传》定公五年云，楚子入于郢，赏申包胥。申包胥曰："吾为君也，非为身也，君既定矣，又何求？"遂逃赏。王将嫁季芈，季芈辞曰："所以为女子远丈夫也，钟建负我矣？"以妻钟建，以为乐尹。

由上所引《左传》原文以观，剧中事虽不尽实，然申包胥之志节，楚昭王之友爱，以及夫人公子之贤孝，皆足以风世也。

又按本剧亦可与《东周列国志》（据《七国讲史》改编）第七十六回："楚昭王弃郢西奔，伍子胥掘墓鞭尸。"及第七十七回："泣秦庭包胥借兵，退吴师楚昭返国"相参看。

《忍字记》

本剧演弥勒佛以忍字度化刘均佐事。略云：

第十三尊罗汉宾头卢尊者，在灵山会上不听经典，一念思凡，遂降谪下方，投胎于汴梁刘氏，名刘均佐，妻王氏，生子名佛留，女名僧奴。刘氏为汴梁首富，均佐为人，悭恪刻苦，视钱如命。某年，均佐生日，家人置酒，方饮宴间，门前忽有一胖和尚负布袋大笑而呼曰："刘均佐看财奴，供我一斋，当以大乘佛法传尔。"且索纸书佛法，均佐惜其费纸，乃伸手掌与之书，和尚为书一"忍"字，顷之，不见。均佐呼水洗手，愈洗愈明。以手巾拭之，满巾皆"忍"字，方大怪异。俄有乞者刘九儿，亦呼均佐名而讹索之。均佐不能忍，举手推九儿，九儿立殒，胸前亦印一"忍"字。均佐惊恐，欲逃匿，而布袋和尚忽至，责均佐不忍。因救九儿苏而劝均佐出家。均佐辞以未能，愿即所居屋后结庵修持，以妻子产业托其义弟均佑。居久之，其子佛留来告，谓其母与均佑同坐而饮，均佐复不能忍，持刀排闼，欲往杀之，至则不见均佑，而刀柄有"忍"字。复见和尚，又劝以"忍"。于是再促均佐，休妻弃子女出家，均佐强从之。和尚乃引均佐至岳林寺，命其徒定慧为之师，教以参禅念佛，以"忍"为上。均佐方坐禅，忽忆家资万贯，不知若何，慧师呵之。稍间，均佐复忆其妻之美，又忆其子女之娇，屡为慧所斥。俄而均佐梦与其妻相见，叙绸缪，见其妻手中有"忍"字，子女额上亦有"忍"字，迷离恍惚，似梦非梦。又见布袋和尚率其妻子绕场而过。乃疑和尚之赚己出家而奄有其妻子，更不能忍。遂辞慧还乡。既至，过祖茔小憩，见一人年可八十余，呵均佐曰："至我家墓何所为？"均佐谓此我家墓也，何反被呵。因细诘之，则此老人乃均佐之孙，其时去均佐出家百十余年矣。其妻与子女皆已入土，旁设庐墓，即均佐也。均佐至是始大悟浮生之幻，时布袋和尚亦至，告以前世乃宾头卢尊者，妻王氏为骊山老母，子为金童，女为玉女，刘九儿乃伏虎禅师所化，己身则为弥勒尊佛，恐汝堕落而来度脱也，遂各念佛而去。

考佛家有无生忍法，出《大藏般若经》，则"忍"字本释典要旨。

按《晋书》卷六十六《陶侃传》有云："相者师圭谓侃曰：'君左中指有竖理当为公，若彻于上，贵不可言。'侃以针决之，见血洒壁而为'公'字，以纸泯手，'公'字愈明。"此或剧中情节所本。

又按：《四十二章经》云："阿罗汉能飞行变化，住寿命如天地。"学佛至证入阿罗汉，已为佛大弟子，为百祖式，为天人师，必不退转。剧云：第十三尊罗汉思凡降生，殊不可信。宾头卢尊者，见于东坡禅月所画十八大罗汉中，乃第十八尊，此剧称为第十三尊，亦非是。特其所撰，足以破除鄙吝，警醒痴愚，不可谓无补于世耳！

布袋和尚事，见《释氏稽古略》。谓其在明州奉化县，常以杖荷一布袋，携破席，凡供身之具尽贮袋中。入市见物则乞，或醯醢鱼菹，才接入口，分少许投囊中。时号长汀子。后梁贞明二年（916）三月三日，坐于岳林寺廊下，说偈曰："弥勒真弥勒，分身千百亿。时时示时人，时人自不识。"偈已，安然而化。其后，他州复见其负囊而行，竞图其像而奉祀之。又《传灯录》云：布袋和尚，形材猥矮，蹙额皤腹，以杖荷一布囊，供身之具，尽贮囊中。白鹿和尚问如何是布袋，师便放下布袋？又问如何是布袋下事？师便负之而去。或云是弥勒化身，故今佛寺塑弥勒像，其旁或置布袋。弥勒佛当继释迦牟尼佛出世，故称当来弥勒佛，所谓未来佛也。

《后庭花》

本剧演刘天义与女鬼翠鸾相遇旅邸以《后庭花》词唱和，遂被诬控私匿民女，包拯勘问，明其冤抑事。略云：

汴梁人赵忠，官廉访使。妻张氏无子，钦赐一女翠鸾为侍婢，忠不敢留，乃令侍仆王庆领之往见张氏。张见翠鸾年少貌美，妒甚，密令王庆杀之。庆胆怯，谋于祗侯李顺。顺嗜酒，其妻张氏与庆旧有私。子福童，幼而哑。庆乃告张以翠鸾事。张设计使顺纵翠鸾母女，夺其首饰。而自向王庆说明为顺所纵，令庆诘顺。庆乃乘此逼顺休妻，顺不得已从之，而仍有怨词，庆闻，遂杀顺投于井中，而据顺妻。翠鸾母女逃出后，与巡卒遇，惊慌失散。鸾投狮子店，店小二见鸾心动，欲逼之为妻，鸾不肯，乃杀之，以桃符插鬓，沉诸井。有秀才刘天义，应举宿店中，与鸾阴魂相遇，把盏对饮，并唱和《后庭花》词，而天义不知其为鬼也。鸾母继至，闻店中女声，知为翠鸾，因叩门相索，女忽不见，唯见鸾所书词及名姓尚留纸上。遂执天义送府尹包拯，谓其私匿翠鸾。时赵廉访亦疑翠鸾事，以王庆送尹。拯反复勘问，观翠鸾所作《后庭花》词有"不见天边雁，相侵井底蛙"句，穷治之。乃于井中得顺尸，哑童证是其父，乃定王庆及顺妻之罪。又于天义所宿店中得桃符，于店小二井中获鸾尸，又定小二罪，而天义得释云。

按《妒记》载唐兵部尚书任环，帝赐二女，妻灼其发秃。太宗赐金瓶酒，云"饮之立死，不妒不须饮"。柳氏拜敕曰："诚不如死，乞饮尽。"太宗谓环曰："人不畏死，卿其奈何？"二女别宅安置。剧云赵廉访妻妒钦赐之女，盖即影借此事也。按《旧唐书》卷五十九列传第九《任环传》有云："妻刘氏妒悍无礼，为世所讥。"《妒记》之言，盖有所本。《唐书》又言高宗幸汾阳宫，道出妒女祠，俗云盛服过者致风雷，季冲元发卒改驰道，狄仁杰曰："天子何避女郎耶？"由是以见女性多妒，自古有之也。

剧谓翠鸾为人击杀，以桃符插鬓沉诸井。按《风俗通》云，东海度索山大桃，蟠屈数千里，卑枝向北曰鬼门，有二神曰神荼、郁垒，主领众鬼。黄帝因立桃板于门，画二神以御凶神，此桃符之始也。《荆楚宋时记》亦载之，其文曰："帖画鸡户上，悬苇索于其上，插桃符其房，百鬼畏之。"《白孔六帖》云："正月一日，造桃符着户，名仙木，百鬼所畏。"马鉴《续事始》谓桃符即桃板，云："《玉烛宝典》云：'元日造桃板着户，谓之仙木，以郁林山桃，百鬼畏之。'即今之桃符也。其上或书神荼郁垒之事。"按至五代时，又于桃板上题联语亦谓之桃符。《宋史·蜀世家》："孟昶命学士为题桃符，以其非工，自命笔题曰：'新年纳余庆，佳节号长春。'"是也。明人沈璟乃本此剧而改作《桃符记》。此剧以刘天义与翠鸾唱和《后庭花》，故以《后庭花》为名，而沈作以借桃符而获案，故曰《桃符记》。

《金凤钗》

本剧演赵鹗为恶人李虎栽赃诬陷，无以自明，赖张天觉奏请复审，沉冤得雪事。略云：

有赵鹗者，寒士也，寓状元店中，因乏无以为生。其妻不安于贫，屡索休书别嫁，鹗无奈，遂赴京应举，居然状元及第，乃以谢恩失仪，竟尔落职。复还家，穷困无聊。某日，至周桥卖诗，得钱二百，路遇谏议大夫张天觉，私行察访民情，为无赖李虎所窘，鹗遂以卖诗所得钱为之调解。天觉询知鹗为落职状元，因赠以金凤钗十支。鹗以一支付店主作房资，九支埋于门后。其时李虎甫从郊外杀死杨衙内仆人六儿，夺其银匙十把，亦投状元店宿，闻知鹗埋金凤钗，暗中挖出，易以银匙而遁。其后杨衙内各处搜查凶手，于鹗处获真赃，遂以鹗为杀人犯。鹗亦不解金钗埋地，何以变为银匙而无以自明。狱定，将行刑，张天觉知其冤，奏请复审。会有小二持金钗一支向银炉兑现，而李虎亦以金钗九支来卖，于是小二、银匠同擒李虎，为鹗申冤，其事遂大白云。

按本剧所述，乃杂取民间传闻，撮合而成，无可考索，然曲文关目则皆可取，故王季烈《孤本元明杂剧·提要》谓："关目至为周密，曲文亦朴茂而兼清新，洵为元曲中之上驷。"云云。

《看钱奴》

本剧演贾仁于梦中受命借财事。略云：

汴梁曹州人周荣祖，字伯成，妻张氏，子长寿。先世广有家财，其祖周奉记，敬重佛门，曾建佛院一所，以为薰修之地。后其父为修理宅舍，需木石，乃毁佛院取之，旋得病而亡，人皆以为不信三宝之故。荣祖学成，欲应举，以祖上遗金悉藏地窖中，率妻及子同赴京求官。有打墙人贾仁者，贫甚，不胜其苦，至东岳庙中祈佑于庙神灵派侯；侯向之增福神，核其籍应饿死。今圣帝有旨，以曹州周家世积阴功，宜享福报，而荣祖之父，一念差误，子孙合受折罚，今以其家藏金暂借与仁，期以二十年后归还本主。仁于梦中受命，醒而为人打墙，果于墙下得藏金，遂致富。然仁悭吝异常，一钱不肯轻出，其自奉之薄无异打墙时也。荣祖赴举不第，归求藏金于故处，则已不翼而飞，复投奔姻故，皆不遇，于是潦倒不堪。偶遇贾仁门，见其门客陈德甫，知仁无子，欲求他人子为义儿，乃鬻其子长寿与仁，仁又不肯多出钱，德甫支己俸钱，并给荣祖。越二十年，贾仁死，长寿尽有其业。至岳庙进香，与荣祖遇，父子久别，两不相识，梦神告之，亦不悟。及明，荣祖之妇患心痛，至药铺中求药，而药主人则陈德甫也。陈乃引与长寿相见，具道所以。于是厚酬德甫，父子重合，检其藏锱，尚有周奉记之名云。

考"守钱奴"一词，古人常言。如《后汉书》卷二十三《五行志》云："客谓邓彪曰：'终不如临沮邓生为守钱奴。'"又《后汉书》卷五十四列传第十四《马援传》："援曰：'凡殖货财产，贵其能施赈也。否则，守钱奴耳！'尽以颁昆弟故旧。"作者盖本此意，以劝世之重财轻义者，其事与周鉴喷借张车子财事相同。其文见《搜神记》卷十，记云：

周鉴喷者，贫而好道，夫妇夜耕困，息卧，梦天公过而哀之，敕外有以给与，司命按籍录云："此人相贫，限不过此，惟有张车子，应赐钱千万。车子未生，请以借之。"天公曰："善！"曙觉言之，于是夫妇戮力，昼夜治生，所为辄得资，至千万。先时，有张妪者，尝往周家佣赁，野合有身，月满当孕，便遣出外驻车屋下，产得儿。主人往视，哀其孤寒，作粥糜食之，问："当名汝儿作何？"姬曰："今在车屋下而生，梦天告之，名为车子。"周乃悟曰："吾昔梦从天换钱，外白以张车子钱贷我，必是子也，财当归之。"自是居日矣（以）衰减，车子长，大富于周家。

按《太平广记》载李虚还魂事云：

唐开元十五年，有敕，天下佛堂小者并拆，大者封闭。不信之徒，望风毁拆。新息令李虚，嗜酒倔强，方醉而州符至，仍限三日报。虚怒，约胥，界内毁拆者死，于是一界并全。虚病死三日而苏曰："初为两卒拘至王前，未见王，见典吏曰：'长官平生嗜杀害，今当受报，若何？'虚惧请救，吏曰：'去岁拆佛堂，长官界内独全，此功德弥大。少间，王问，更勿多言，但以此对。'虚索善恶簿，即有人招来一通案至，大合抱，吏读曰：'专好割羊脚，合割其身肉百斤。'虚曰：'去岁拆佛堂，界内独存，此可折罪否？'王惊曰：'审有此否？速检福簿！'吏至天堂件得，唯一纸，读曰：'去岁拆毁佛堂，新息一坟独全；合折一生中罪，延年三十，仍生善道。'"言毕，罪簿轴中火出，焚烧之尽。王曰："送李明府归！"仍敕两吏送出城南门，二吏推之，遂得苏。

此剧云，周荣祖之父以拆毁佛院得疾而亡，适可与李虚事互为印证，其可信与否，存而不论可也。

《古今逸史》载一书生，穴官库钱，欲携揭，忽见一金甲神持戈曰："要钱，取尉迟公帖来！"生访求尉迟敬德，时敬德未遇，方袒露蓬首煆冶。生拜之，乞钱五百贯济贫，敬德怒。生曰："足下他日富贵，但求一帖。"敬德不得已与之，生至库，复见神，令以帖至梁上，与之钱。后敬德赐钱一库，计其数，缺五百千，欲罪主者。忽得梁上帖云云，此与剧中贾仁借钱事相类。《太平广记》卷一百四十六定数类一亦载之。据此益见钱财本有定分，不可幸获也。

清人所作《状元旗传奇》，乃本此剧而成。

四、白朴 （二本）

《墙头马上》

本剧演裴少俊与李千金相恋，私订终身，且已生育子女，历经困阻，终为正式夫妇事。略云：

唐裴尚书行俭，子少俊，官工部尚书舍人，才貌双全，弱冠未娶。奉高宗命往洛阳买花栽子，偶过洛阳总管李世杰家。世俊乃汉李广之后，有女千金，在京为官时，曾与裴尚书有婚约，后以官路相左，遂置不议，而少俊不知也。少俊既过李氏园，马上见墙头有女子（即千金）云鬟雾鬓，冰肌玉骨，遂作诗投之。其诗云："只疑身在武陵游，流水桃花隔岸羞。咫尺刘郎肠已断，为谁含笑倚墙头。"女答之云："深闺拘束暂闲游，手捻青梅半掩羞。莫负后园今夜约，月移初上柳梢头。"少俊乃乘夜逾墙而入，与女相会。为千金乳媪所知，密令二人遁去。至长安，不敢告父母，匿居于后花园者七年，生子端端已六岁，女重阳已四岁。其年清明祭奠，裴夫人柳氏率少俊同往，而行俭以小恙留于家，偶至花园，见端端兄妹，询得缘由，恶其不告而娶为非礼，逼令少俊作休书，逐女归，而留其子女。千金归，其父母已逝，守节于家。后少俊举进士，适官洛阳令，迎父母至任所，行俭怜千金守节不移，且知是世杰之女，曾与议婚者，遂使二人正式结为夫妇云。

按白居易《长庆集》新乐府五十首中有《井底引银瓶》诗云：

井底引银瓶，银瓶欲上丝绳绝；石上磨玉簪，玉簪欲成中央折。瓶坠簪折两若何？似妾今朝与君别。忆昔在家为女时，人言举动有殊姿。婵娟两鬓秋蝉翼，宛转娥眉绕山色。笑随戏伴后园中，此时与君未相识。君骑白马傍垂杨，妾折青梅倚短墙。墙头马上遥相顾，一见知君即断肠。知君肠断共君语，君指南山松柏树。感君松柏化为心，暗合双鬟逐君去。到君家舍五六年，君家大人频有言："聘则为妻奔是妾，不堪主祀奉蘋蘩。"终知君家不可住，其奈出门无去处。岂无父母在高堂，亦有亲情满故乡。潜来更不通消息，此日悲羞归不得。感君一日恩，误妾百年身。寄言痴小人家女，慎勿将身轻许人。

乐天此篇小序云："止淫奔也。"故篇末以告诫痴小女子为言，则其时社会风俗与男女婚嫁之关系可知。诗中"墙头马上遥相顾"，即本剧剧名所自。又言"瓶坠簪折两若何？似妾今朝与君别"云云，即剧中磨簪汲瓶，裴尚书逼少俊写休书逐女一节所本。次如"感君松柏化为心，暗合双鬟逐君去"云云，即本剧全面之主题也。诗言"到君家舍五六年，君家大人频有言，聘则为妻奔是妾，不堪主祀奉蘋蘩"云云。

而剧曰女至裴宅七年，与此相仿佛。又裴尚书曰"聘则为妻，奔则为妾"，乃直引白诗也。又按刘向《古列女传》卷四魏曲沃妇条，亦有此语，或为乐天所本，今不具引。

元微之《莺莺传》载双文报张生书略云："婢仆见诱，遂致私诚，儿女之心，不能自固。君子有援琴之挑，鄙人无投梭之拒。及荐枕席，义盛意深。愚陋之情，永谓终托。岂期既见君子，而不能定情，致有自献之羞，不复明侍巾帻。没身永恨，含叹何言……如或达士略情，舍小从大，以先配为丑行，谓要盟为可欺。则当骨化形销，丹诚不泯，因风委露，犹托清尘。存没之诚，言尽于此。"观此，则乐天诗中之句，即双文书中之言，此盖古昔社会上男女间习见之现象也。

《稗史》又有《青梅歌》，言室女金英，闲步后园，因戏青梅，窥见墙外俊士，骑马而过，彼此相悦，女背其亲相从。及后相弃，悔恨无及，乃作《青梅歌》以自解。此及白诗皆与本剧情节相符。如剧中言少俊作诗云："只疑身在武陵游，流水桃花隔岸羞。咫尺刘郎肠已断，为谁含笑倚墙头。"此即白诗"知君肠断共君语"之意也。又女答诗云："深闺拘束暂闲游，手捻青梅半含羞。莫负后园今夜约，月移初上柳梢头。"此言"手捻青梅"，即《稗史》所载《青梅歌》之意。青梅句，原出李白《长干行》，诗有云："妾发初覆额，折花门前剧。郎倚竹马来，绕床弄青梅。同居长干里，两小无嫌猜。十四为君妇，羞颜未尝开。低头向面壁，千唤不一回。"此乃词人作男女相慕悦事用青梅之滥觞也。

又按元人《秋千会记》云："大德二年戊戌，孛罗拜宣徽院使，宣徽生自相门，穷极富贵……私居后有杏园一所，取'春色满园关不住，一枝红杏出墙来'之意。花卉之奇，庭榭之好，冠于诸贵家。每年春，宣徽诸妹诸女邀院判、经历、宅眷于园中设秋千之戏……自二月末至清明后方罢，谓之秋千会。适枢密同金帖木耳不花子拜住过园外，闻笑声于马上，欠身望之，正见秋千竞就，欢哄方浓，潜于柳阴中窥之，睹诸女皆绝色，遂久不去，为关者所觉，走报宣徽，索之亡矣。"（按此段情节，又与宋人苏轼"花褪残红青杏小。燕子飞时，绿水人家绕。枝上柳绵吹又少，天涯何处无芳草。墙里秋千墙外道。墙外行人，墙里佳人笑。笑渐不闻声渐悄，多情却被无情恼"一词相似。）拜住归，具白于母，母解意，用遣媒于宣徽家求亲。宣徽曰："得非窥墙儿乎？遣来一观，果佳，则当许也。"同佥饰拜住以往，宣徽见其美少年，心喜……试之曰："尔喜观秋千，以此为题，菩萨蛮为调，赋南词一阕，能乎？"拜住挥笔以国字写之曰："红绳画板柔荑指，东风燕子双双起。夸俊要争高，更将裙系牢。牙床和困睡，一任金钗坠。推枕起来迟，纱窗月上时。"宣徽虽爱其敏捷，恐是预构……再命作满江红咏莺，拜住拂拭剡藤，用汉字书呈宣徽……其末云："入柳穿花来又去，欲求好友真无计。望上林，何日得双栖？心迢递。"宣徽喜曰得婿，遂面许第三夫人女速哥失里为姻……择日遣聘，礼物之多，词翰之雅喧传都下，以为盛事。既而同佥……以墨败，拜住……财散人亡，宣徽将呼拜住回家，教而养之。三夫人坚然不肯……决意悔亲，速哥力谏不听，别议平章阔阔出之子……暨成婚，速哥行至中道，潜解脚纱缢于轿中。夫人悉倾家奁及夫家聘物殓之。暂寄清安僧寺。拜住闻变，夜往哭之，扣棺曰："拜住在此！"应曰："我活矣！"……乃谋于僧……斧其盖，女果活……挈走上都，住一年……宣徽出尹开平，下车之始，即求馆客，召之，则拜住也。问娶谁氏？拜住实告，舁至，则真速哥……夫妇愧叹，待之愈厚。收为赘婿，终老其家。按拜住乃英宗时宰相，《元史》卷一百三十六列传第二十三有传。

宋人有裴少俊伊州。宋元南戏戏文有《裴少俊墙头马上》，见徐文长《南词叙录》。金院本又有《鸳鸯简》及《墙头马上》各一本。明初无名氏有《马上郎传奇》，乃依本剧渲染而成，足见此事流播之广。

《梧桐雨》

本剧演唐明皇杨贵妃事，大部皆依据史传及白居易《长恨歌》。

略云：

张守珪为幽州节度使，裨将安禄山因奉命讨奚、契丹败北，罪当斩，守珪惜其骁勇，乃械送至京，听取圣断。明皇喜禄山应付称旨，留为白衣将领。丞相张九龄谓禄山有反相，请诛之，明皇不从。又因禄山善胡旋舞，杨贵妃甚悦，明皇乃命禄山为妃义子，并赐洗儿钱以宠之。复加封为平章政事，出入宫掖不禁，后以杨国忠、张九龄屡谏，乃出为范阳节度使。禄山去后，妃曾于七月七日侍明皇，宴于长生殿，明皇赐妃以金钗、钿盒。因感牛女事，对星而盟，愿生生世世为夫妇。天宝十四载秋日，明皇与妃宴于御园，适逢四川道送荔枝至，方共食之际，左丞相李林甫报禄山反叛，兵势浩大，无可与敌。明皇乃仓皇幸蜀。次马嵬驿，军哗不进，龙武将军陈玄礼请诛杨国忠以平军心。国忠既诛，军仍不行，玄礼复以贵妃为请。明皇见势不可止，乃令高力士引贵妃至佛堂中自缢，六军始行。肃宗收京即位，尊明皇为太上皇，退居西宫，悬贵妃画像于宫中，朝夕相对。一夕，梦与妃相见，忽为窗前梧桐雨声惊醒，追思往事，哀怨不置云。

按本剧所演全局皆据正史以立意，间有采及其他传记者，皆渊源有自，非虚构也。所采诸书如《唐书》纪传、《杨太真外传》《长恨歌》《长恨歌传》《明皇杂录》《开天传信纪》《安禄山事迹》《酉阳杂俎》《开元天宝遗事》《明皇十七事》及《次柳氏旧闻》等。所述明皇贵妃事甚详，兹摘录与本剧有关者于后。如白居易《长恨歌》云：

汉皇重色思倾国，御宇多年求不得。杨家有女初长成，养在深闺人未识。天生丽质难自弃，一朝选在君王侧。回眸一笑百媚生，六宫粉黛无颜色。春寒赐浴华清池，温泉水滑洗凝脂。侍儿扶起娇无力，始是新承恩泽时。云鬓花颜金步摇，芙蓉帐暖度春宵。春宵苦短日高起，从此君王不早朝。承欢侍宴无闲暇，春从春游夜专夜。后宫佳丽三千人，三千宠爱在一身。

金屋妆成娇侍夜，玉楼宴罢醉和春。姊妹弟兄皆列土，可怜光彩生门户。遂令天下父母心,不重生男重生女。骊宫高处入青云,仙乐风飘处处闻,缓歌慢舞凝丝竹,尽日君王看不足。渔阳鼙鼓动地来,惊破霓裳羽衣曲。九重城阙烟尘生,千乘万骑西南行。翠华摇摇行复止,西出都门百余里。六军不发无奈何,宛转蛾眉马前死。花钿委地无人收,翠翘金雀玉搔头。

君王掩面救不得,回看血泪相和流。黄埃散漫风萧索,云栈萦纡登剑阁;峨眉山下少人行,旌旗无光日色薄。蜀江水碧蜀山青,圣主朝朝暮暮情;行宫见月伤心色,夜雨闻铃肠断声。天旋日转回龙驭,到此踌躇不能去;马嵬坡下泥土中,不见玉颜空死处。君臣相顾尽沾衣,东望都门信马归。归来池苑皆依旧,太液芙蓉未央柳,芙蓉如面柳如眉,对此如何不泪垂?

春风桃李花开日,秋雨梧桐叶落时。西宫南内多秋草,落叶满阶红不扫;梨园子弟白发新,椒房阿监青娥老。夕殿萤飞思悄然,孤灯挑尽未成眠;迟迟钟鼓初长夜,耿耿星河欲曙天。鸳鸯瓦冷霜华重,翡翠衾寒谁与共?悠悠生死别经年,魂魄不曾来入梦。临邛道士鸿都客,能以精诚致魂魄,为感君王辗转思,遂教方士殷勤觅。排空驭气奔如电,升天入地求之遍,上穷碧落下黄泉,两处茫茫皆不见。忽闻海上有仙山,山在虚无缥缈间。楼阁玲珑五云起,其中绰约多仙子,中有一人字太真,雪肤花貌参差是。金阙西厢叩玉扃,转教小玉报双成。闻道汉家天子使,九华帐里梦魂惊。揽衣推枕起徘徊,珠箔银屏迤逦开;云髻半偏新睡觉,花冠不整下堂来。风吹仙袂飘飘举,犹似霓裳羽衣舞,玉容寂寞泪阑干,梨花一枝春带雨。含情凝睇谢君王,一别音容两渺茫;昭阳殿里恩爱绝,蓬莱宫中日月长。回头下望人寰处,不见长安见尘雾。唯将旧物表深情,钿合金钗寄将去。钗留一股合一扇,钗擘黄金合分钿。但教心似金钿坚,天上人间会相见。临别殷勤重寄辞,词中有誓两心知。七月七日长生殿,夜半无人私语时:在天愿作比翼鸟,在地愿为连理枝。天长地久有时尽,此恨绵绵无尽期。

又如陈鸿《长恨歌传》云：

唐开元中，泰阶平，四海无事。明皇在位岁久，倦于旰食宵衣，政无大小，始委于右丞相，深居游宴，以声色自娱。先是元献皇后武淑妃，皆有宠，相次即世。宫中虽良家子千数，无可悦目者，上心忽忽不乐。时每岁十月，驾幸华清宫，内外命妇，燿燿景从，浴日余波，赐以汤沐，春风灵液，澹荡其间。上心油然，恍有所遇，顾左右前后，粉色如土，诏高力士潜搜外宫，得弘农杨元琰女于寿邸。既笄矣，鬓发腻理，纤秾中度，举止闲冶，如汉武帝李夫人。别疏汤泉，诏赐澡莹，既出水，体弱力微，若不任绮罗，光彩焕发，转动照人。上甚悦，进见之日，奏《霓裳羽衣曲》以导之；定情之夕，授金钗钿合以固之。又命戴步摇，垂金珰。明年册为贵妃，半后服用。由是冶其容，敏其词，婉娈万态，以中上意。上益嬖焉。时省风九州，泥金五岳。骊山雪夜，上阳春朝，与上行同辇，止同室，宴专席，寝专房。虽有三夫人、九嫔、二十七世妇、八十一御妻，暨后宫才人、乐府妓女，使天子无顾盼意。自是六宫无复进幸者，非徒殊艳尤态独能致是，盖才智明慧，善巧便佞，先意希旨，有不可形容者焉。叔父昆弟，皆在清贵，爵为通侯，姊妹封国夫人，富埒王室，车服邸第，与大长公主侔，而恩泽势力，则又过之；出入禁门不问，京师长吏为之侧目。故当时谣咏有云："生女勿悲酸，生男勿喜欢。"又曰："男不封侯女作妃，看女却为门上楣。"其为人心羡慕如此。

天宝末，兄国忠盗丞相位，愚弄国柄。及安禄山引兵向阙，以讨杨氏为辞。潼关不守，翠华西幸，出咸阳，道次马嵬亭，六军徘徊，持戟不进。从官郎吏，伏上马前，请诛错以谢天下。国忠奉牦缨盘水，死于道周。左右之意未惬。上问之。当时敢言者，请以贵妃塞天下之怒。上知不免，而不忍见其死，反袂掩面，使牵之而去。仓皇展转，竟就绝于尺组之下。

既而明皇狩成都，肃宗受禅灵武，明年大凶归元，大驾还都，尊明皇为太上皇，就南宫，迁于西内。

时移事去，乐极悲来，每至春之日，冬之夜，池莲夏开，宫槐秋落，梨园弟子，玉管发音，闻《霓裳羽衣》一声，则天颜不怡，左右歔欷。三载一意，其念不衰，求之梦魂，杳不能得。

适有道士自蜀来，知上皇心念杨妃如是，自言有李少君之术。明皇大喜，命致其神。术士乃竭其术以索之，不至；又能游神驭气，出天界，没地府以求之，不见。又旁求四虚上下，东极大海，跨蓬莱，见最高仙山，上多楼阁，下多栏阙，西厢下有洞户，东向阖其门，署曰"玉妃太真院"，方士抽簪叩扉。有双鬟童女出应其门，方士造次未及言，而双鬟复入。俄有碧衣侍女至，诘其所从来，方士因称唐天子使者，且致其命，碧衣云："玉妃方寝，请少待之。"于是云海沉沉，洞天日晓，琼户重阖，悄然无声，方士屏息，敛足拱手门下。久之，碧衣延入，且曰："玉妃出。"见一人冠金莲，披紫绡，佩红玉，曳凤舄，左右侍者七八人，揖方士，问皇帝安否？次问天宝十四载已还事，言讫悯默。指碧衣女，取金钗钿合各折其半，授使者曰："为谢太上皇，谨献是物寻旧好也。"方士受辞与信，将行，色有不足。玉妃固征其意，复前跪致辞："乞当时一事，不为他人闻者，验于太上皇。不然，恐钿合金钗，负新垣平之诈也。"玉妃茫然退立，若有所思。徐而言曰："昔天宝十载，侍辇避暑骊山宫，秋七月，牵牛织女相见之夕，秦人风俗，是夜张锦绣，陈饮食，树瓜果，焚香于庭，号为'乞巧'，宫掖间尤尚之。时夜殆半，休侍卫于东西厢，独侍上。上凭肩而立，因仰天感牛女事，密相誓心：'愿世世为夫妇。'言毕，执手各呜咽，此独君王知之耳。"因自悲曰："由此一念又不得居此，复堕于下界，且结后缘，或为天或为人，决再相见，好合如旧。"因言："太上皇亦不久人间，幸唯自爱，无自苦耳。"使者还奏太上皇，皇心震悼，日日不豫。其年夏四月，南宫晏驾。

元和元年冬十二月，太原白乐天，自校书郎，尉于盩厔，鸿与琅邪王质夫，家于是邑，暇日相携，游仙游寺，话及此事，相与感叹。质夫举酒于乐天前曰:"夫希代之事,非遇出世之才润色之,则与时消没,不闻于世,乐天,深于诗,多于情者也。试为歌之如何?"乐天因为《长恨歌》,意者不但感其事,亦欲惩尤物窒乱阶,垂于将来也。歌既成,使鸿传焉。世所不闻者,予非开元遗民不得知,世所知者,有《明皇本纪》在。今但传《长恨歌》云尔。

其次《旧唐书·肃宗本纪》云:

天宝十三载,安禄山来朝,上(肃宗)尝密奏曰:"禄山有反相。"玄宗不听。十四载十一月,禄山果叛……以诛杨国忠为名,由是军民皆切齿于杨氏。

《次柳氏旧闻》云:

天宝中,安禄山每来朝,上特异待之,每为致殊礼,殿偏西张金鸡障,其来辄赐坐。肃宗曰:"天子殿无人臣坐礼,陛下宠之甚已,必将骄也。"上呼太子前曰:"此胡有奇相,吾以此厌弭之尔。"

《禄山事迹》云:

召禄山入内,贵妃以绣绷子绷禄山,令内人以彩舆舁之,欢呼动地。玄宗使人问之,报云:"贵妃与禄山作三日洗儿,洗了又绷,禄山是以欢笑。"玄宗就观之,大悦,因加赏赐贵妃洗儿金银钱物,极乐而罢。自是宫中皆呼禄山为禄儿,不禁其出入。

《旧唐书·玄宗本纪》(下)云:

丙辰次马嵬驿,诸卫顿军不进,龙武大将军陈玄礼奏曰:"逆胡指阙,以诛国忠为名,然中外群情,不无嫌怨。今国步艰阻,乘舆震荡,陛下宜徇群情,为社稷大计,国忠之徒,可置之于法。"会吐蕃使二十一人遮国忠告诉于驿门,众呼曰:"杨国忠连番人谋逆。"兵士围驿四合,及诛杨国忠。众方退,一族兵犹未解,上令高力士诘之,回奏曰:"诸将既诛国忠,以贵妃在宫,人情恐惧。"上即命力士赐贵妃自尽。

《太真外传》云:

上乃出驿门劳军,六军不解围……上入行宫,抚妃子出于厅门,至马道北墙口而别之，使力士赐死。妃泣涕呜咽，语不胜情，乃曰："愿大家（玄宗）好住，妾诚负国恩，死无恨矣，乞容礼佛。"帝曰："愿妃子善地受生力（乃）可之。"缢于佛堂前之梨树下。才绝而南方进荔枝至，上睹之，长号叹息，使力士曰："与我祭之。"祭后，六军尚未解围，以绣衾覆妆置驿庭中，敕玄礼等人入驿视之，玄礼抬其首知其死，曰："是矣！"而围解。

玄虚子《长恨歌传》跋云：

马嵬变后，明皇朝夕思惟，形神憔悴，有道士以少君术见，上极其宠待，冀得复见。道士出袖中笔墨，索细黄绢，诵咒呵笔，画一女人像，若天师所画将符，仅类人形而已！使上斋戒怀之，凝神定意，想其平日，三日夜不懈。道士曰："得之矣。"上出像观之，乃真贵妃面貌也。上喜甚，道士笑曰："未也，请具五色帐，结坛璧而供之。"索十五六聪慧端正之女二十四人，齐声歌子建《步虚词》。复焚符诵叩，吸烟呵像，次命诸女如方呵之，至定昏时，请上自秉烛入帐中。先是道士以五色石示上，谓之衡遥，以少许研极细，和以诸药，令作烛，外画五色花，谓之还形烛。上既入，道士命侍者出，反闭金扉，以葳蕤锁锁之。于是太真在帐中见上泣曰："以天下之主不能庇一弱女，何面颜复见妾乎？沈香亭下，月中之誓何在也？"上亦泪下，言马嵬之变，出于不意；其言甚多，太真意少释，与上曲尽绸缪，胜于平日，脱臂上玉环内上臂。天未明，道士启扉曰："宜别矣。"上出帐回视，不复更见，惟玉环宛然在臂耳，道士具言太真所以尸解，今见为某洞仙甚悉，多所秘。道士姓王名舟，不知何许人，要其术过于李夫人是邪非邪远矣。

女虚子此跋，即本剧第四折画像入梦一节之所本。与《长恨歌》异，姑存之以备考。

此外，有关明皇太真事，演为诸宫调、杂剧、传奇者尤多，如元王伯成《天宝遗事诸宫调》，散见于《雍熙乐府》《纳书楹曲谱》即收其《马践》一折，仁甫又有《唐明皇游月宫》。明屠长卿有《彩毫记》，清洪昇有《长生殿》，皆惆怅切情，哀感顽艳。至于佚而不传者，如关汉卿之《唐明皇哭香囊》，岳伯川之《杨贵妃》，庾吉甫之《杨太真霓裳怨》《杨太真华清宫》等，仅于钟嗣成《录鬼簿》，涵虚子《太和正音谱》中，存其目而已！

五、马致远 （七本）

《青衫泪》

本剧演白居易与歌妓裴兴奴离合事，即就《琵琶行》本事妆点改编以成杂剧也。略云：

太原人白居易，唐宪宗时为吏部侍郎，与元稹、贾岛、孟浩然相契厚。长安名妓裴兴奴者，多才艺，尤善琵琶。居易与贾、孟同往访之，裴重居易文采，一见许以终身。居易后以言官劾其好吟诗掇文，不恤政事，左迁江州司马。居易去后，江西茶商刘一郎闻兴奴貌美，欲娶之。母利其财，令裴嫁刘，裴以与居易有约，坚拒不允。母与刘计议，令人伪造居易遗书，谓白已死，以绝兴奴之念，刘遂强娶兴奴以归。兴奴随刘南下，偶过江州夜泊，知为居易生前任所，悼念不已，月下拨琵琶以自遣。适元稹采访江南，过居易，居易往江上送别，忽闻舟中有琵琶声，异于俗手，疑必裴所弹，乃移船访之，果兴奴也。兴奴见白，以为鬼魂，骇甚，既知其未死，乃泣诉始末，寄意于琵琶，声甚凄婉。稹令毕其词，居易感发而作《琵琶行》。旋乘刘一郎醉卧之际，稹令兴奴过居易舟，载之归。稹采访回京，奏居易罪可免，诏复起为侍郎。时刘亦追踪至京，稹又奏刘伪书诳妄，宪宗乃以兴奴赐居易而治刘之罪云。

本剧系根据白居易《琵琶行》增饰而成，其诗云：

浔阳江头夜送客，枫叶荻花秋瑟瑟。主人下马客在船，举酒欲饮无管弦。醉不成欢惨将别，别时茫茫江浸月。忽闻水上琵琶声，主人忘归客不发。寻声暗问弹者谁？琵琶声停欲语迟。移船相近邀相见，添酒回灯重开宴。千呼万唤始出来，犹抱琵琶半遮面。转轴拨弦三两声，未成曲调先有情。弦弦掩抑声声思，似诉平生不得意。低眉信手续续弹，说尽心中无限事。轻拢慢捻抹复挑，初为霓裳后六幺。大弦嘈嘈如急雨，小弦切切如私语。嘈嘈切切错杂弹，大珠小珠落玉盘。间关莺语花底滑，幽咽泉流水下滩。水泉冷涩弦凝绝，凝绝不通声渐歇。别有幽愁暗恨生，此时无声胜有声。银瓶乍破水浆迸，铁骑突出刀枪鸣。曲终收拨当心画，四弦一声如裂帛。东船西舫悄无言，唯见江心秋月白。沉吟放拨插弦中，整顿衣裳起敛容。自言本是京城女，家在虾蟆陵下住。十三学得琵琶成，名属教坊第一部。曲罢常教善才伏，妆成每被秋娘妒。五陵年少争缠头，一曲红绡不知数。钿头银篦击节碎，血色罗裙翻酒污。今年欢笑复明年，秋月春风等闲度。弟走从军阿姨死，暮去朝来颜色故。门前冷落车马稀，老大嫁作商人妇。商人重利轻别离，前月浮梁买茶去。去来江口守空船，绕船月明江水寒。夜深忽梦少年事，梦啼妆泪红阑干。我闻琵琶已叹息，又闻此语重唧唧。同是天涯沦落人，相逢何必曾相识。我从去年辞帝京，谪居卧病浔阳城。浔阳地僻无音乐，终岁不闻丝竹声。住近湓城地低湿，黄芦苦竹绕宅生。其间旦暮闻何物，杜鹃啼血猿哀鸣。春江花朝秋月夜，往往取酒还独倾。岂无山歌与村笛？呕哑嘲哳难为听。今夜闻君琵琶语，如听仙乐耳暂明。莫辞更坐弹一曲，为君翻作琵琶行。感我此言良久立，却坐促弦弦转急。凄凄不似向前声，满座重闻皆掩泣。就中泣下谁最多，江州司马青衫湿。

  以此诗观之，知本剧之作，事多不实。居易与元稹固为挚友，然居易在江州时，稹亦方贬官，无采访江南之事。居易由中书舍人贬，非侍郎，亦未尝为吏部也。贾岛虽与元白同时，颇少赠答。孟浩然乃开元天宝时人，与乐天年代相去悬绝，屡入其中，尤为荒诞。以东篱之学问，非不知此，特故为不经之谈，以抒其胸中郁积烦闷耳。《琵琶行》有"老大嫁作商人妇"及"商人重利轻别离，前月浮梁买茶去"等语，东篱欲求其人以实之，乃假名于当时教坊名乐工裴兴奴，并谓嫁与茶商，兴奴以拢捻擅名，故设想及之也。

《乐府杂录》（上）琵琶条略云："贞元中有王芬、曹保保，其子善才，其孙曹纲，皆袭所艺；次有裴兴奴，与纲同时。曹纲善运拨，若风雨，而不事叩弦；兴奴长于拢捻，不拨稍软。时人谓曹纲有右手，兴奴有左手。"按唐时男子有以奴字为乳名者，如李太白子名"明月奴"，白乐天之幼弟名"金刚奴"是。陈寅恪先生于《琵琶行笺证稿》中亦曾论及，故知兴奴不必是女子，本剧特假其名，自不必深考也。

又按洪迈《容斋三笔（六）》"白公夜闻歌者"条云："白乐天《琵琶行》，盖在浔阳江上为商人妇所作。而商乃买茶于浮梁，妇对客奏曲，乐天移船，夜登其舟与饮，了无顾忌，岂非以其长安故倡女不以为嫌邪？集中又有一篇，题云《夜闻歌者》（见《白氏长庆集（十）》），时自京城谪浔阳，宿于鄂州，又在《琵琶行》之前。其词云：'夜泊鹦鹉洲，秋江月澄澈。邻船有歌者，发调堪悲绝。歌罢继以泣，泣声通复咽。寻声见其人，有妇颜如雪。独倚帆樯立，娉婷十七八。夜泪似珍珠，双双坠明月。借问谁家妇，歌泣何凄切。一问一沾襟，低眉终不说。'陈鸿《长恨歌传》云：'乐天深于诗，多于情者也。'故所遇必寄之吟咏，非有意于渔色。然鄂州所见，亦一女子独处，夫不在焉。瓜前李下之疑，唐人不议也。今诗人罕谈此章，聊复表出。"又《容斋五笔（七）》"琵琶行海棠诗"条云："白乐天《琵琶行》一篇，读者但羡其风致，敬其词章，至形于乐府，咏歌之不足，遂以谓真为长安故倡所作，予窃疑之。唐世法网虽于此为宽，然乐天尝居禁密，且谪宦未久，必不肯乘夜入独处妇人船中，相从饮酒，至于极弹丝之乐，中夕方出，岂不虞商人者它日议其后乎？乐天之意，直欲摅写天涯沦落之恨尔。"赵翼《瓯北诗话》亦云："《琵琶行》亦是绝作……盖特香山借以为题，发抒其才思耳！"洪、赵二氏之论，以为居易官其地，岂有唤商妇至船，与客饮酒之事，疑系假托。此剧竟谓夺之以归，更失官箴矣。明顾大典有《青衫记》，即本此而作。

《汉宫秋》

本剧演昭君和番事。略云：

汉元帝时，后宫妃嫔皆姿色寻常，帝每愀然不乐，乃从中大夫毛延寿之请，命延寿赍领诏书，遍行天下刷选美女。延寿领旨后，以选美为名，大索贿赂。既至成都秭归县，有农夫王长者之女，名嫱，字昭君；姿色艳丽，光彩射人；延寿允予选列第一，唯需付黄金百两，以为画像润资。昭君家境清寒，无法应付；延寿不悦，乃将其图影点破，俾之发入冷宫，永无荣显之日。昭君既入宫，索居永巷，郁郁寡欢。每当夜深人静之际，唯弹琵琶以寄恨。一夜，元帝万机稍暇，乘兴游行后宫，忽闻琵琶之声，凄楚哀怨，帝乃传令召见，不胜惊异。乃曰："卿体态若此动人，如何不得近幸？"昭君具道所以，帝大怒，立即降旨，命斩延寿以报。延寿闻讯，乃逃归单于，怀昭君图以献。单于先已遣使至汉，请婚公主，既见图，惊喜雀跃，复请番官率领部从入汉按图索昭君。帝坚不肯予，大臣谏以国事民命为重，昭君深明大义，慨然请往，以安社稷。元帝无法，勉允所请。将行，帝亲送昭君于灞陵桥上，两情依依，不允遽别。番使再三催促，始能成行。单于既见昭君，即封为宁胡阏氏。阏氏者，王后之谓也。行至黑龙江番汉交界处，昭君乃谓单于曰："愿大王假酒一杯，望南浇奠，以永辞汉土。"单于允之，昭君乃乘间投水而死。单于感其义，葬之江边，号云青冢。旋思此祸，皆毛延寿所致，于是缚延寿送汉，以结旧好。昭君去后，元帝在宫中，思念不已，形诸梦寐。时方秋夜，帝恍惚间，见昭君私自奔回，喜出望外，忽闻天际鸿雁长鸣一声，乃知其为梦也。正回念间，会番使解延寿至，元帝立命斩首，以祭昭君。并命大排筵席，犒赏来使云。

按昭君和番事，见《汉书》卷九十四下，列传第六十四《匈奴传》下，传略谓：竟宁元年（公元前33），呼韩邪单于复入朝，自言愿婿汉氏以自亲，元帝以后宫良家子王嫱字昭君，赐单于。王昭君号宁胡阏氏，生一男……呼韩邪死，立雕陶莫皋为后株累若鞮单于……复妻王昭君，生二女。《后汉书》卷一百一十九，列传第七十九《南匈奴传》又云："昭君，字嫱，南郡人。初，元帝时，以良家子选入掖庭。时呼韩邪来朝，帝敕以宫女五人赐之。昭君入宫数岁，不得见御，积悲怨，乃请掖庭令求行。呼韩邪临辞大会，帝召五女以示之；昭君丰容靓饰，光明汉宫，顾景裴回，悚动左右。帝见大惊，意欲留之，而难于失信，遂与匈奴。及呼韩邪死，其前阏氏子代立，欲妻之，昭君上书求归，成帝敕令从胡俗，遂复为后单于阏氏。"据此则昭君实有其人，故唐宋以来，见于歌咏者极夥；演为戏剧则以此剧为首。剧中所载画工毛延寿事，见于《西京杂记》卷二，《杂记》云：

元帝后宫既多，不得常见，乃使画工图形，案图召幸之。诸宫人皆赂画工，多者十万，少者亦不减五万，独王嫱不肯，遂不得见。匈奴入朝，求美人为阏氏。于是上按图，以昭君行。及去召见，貌为后宫第一，善应对，举止闲雅，帝悔之，而名籍已定，帝重信于外国，故不复更人。乃穷案其事，画工皆弃市，籍其家资皆巨万。画工有杜陵毛延寿，为人形，丑好老人，必得其真。安陵陈敞，新丰刘白、龚宽，并工为牛马飞鸟众势，人形好丑，不逮延寿。下杜阳望，亦善画，尤善布色，樊育亦善布色，同日弃市，京师画工，于是差稀。又《琴操》云："（嫱）本齐国王穰女，端正闲丽，未尝窥看门户，穰以其异，人求之不与。年十七，进之，帝以地远不幸。欲赐单于美人，嫱对使者越席请往，后不妻其子，吞药而卒。"所记与前后《汉书》不同，则是后人曲为之讳，自当以正史为准也。

此剧情节颇有与前人记载龃龉之处，盖作者欲其回荡动人，遂多增饰变更。即如言昭君投江而死，事本失真，良由惜其沦落，故幻设剧情以洁其身耳！此较之《琴操》所记又进一步矣。元关汉卿亦有《汉元帝哭昭君》一剧，惜今不传。又明人所作《和戎记》即本此增饰而成。

《文选》卷二十七《石季伦王明君词·序》云："王明君者，本是王昭君，以触文帝讳改焉。匈奴盛，请婚于汉，元帝以后宫良家子昭君配焉。昔公主嫁乌孙，令琵琶马上作乐，以慰其道路之思，其送明君，亦必尔也。"傅玄《琵琶赋序》，与此略同。唐代变文亦有《明妃传》，传唱其事，散藏巴黎、伦敦等地。

《陈抟高卧》

本剧演陈抟卖卜，遇宋太祖，及太祖登极后礼遇陈抟事。略云：

太华山隐士陈抟，卖卜于汴梁竹桥边，适有赵玄朗（宋太祖）、郑恩二人前来卜卦，抟知赵日后必为太平天子，遂邀至酒肆中庆贺。及太祖登极，乃令党继恩以安车蒲轮往西华山迎抟入京。抟谓己本物外之人，无心名利，坚辞不肯。太祖乃先赠抟以"希夷先生"道号，赐鹤氅、金冠、玉圭，抟不得已入京朝会。太祖复强之为官，抟仍不就。太祖又令汝南王郑恩领御酒十瓶，御膳一席，宫中美女十人往抟处劝诱。不意酒肴歌舞仍不能动其心，抟且齁齁入睡，直至翌晨。郑恩无法，叹为难得，即回奏太祖，于宫中筑庵，请抟久住，并封一品真人云。

按陈抟事迹见《列仙全传》卷二，又见《宋史》卷四百五十七列传第二百十六《隐逸传》及庞觉《希夷先生传》，而以《宋史》所载为详。《宋史》本传略云：

抟，字图南，亳州真源人。始四五岁，戏涡水岸侧，有青衣媪乳之，自是聪悟日益。及长，读经史百家之言，一见成诵，悉无遗忘，颇以诗名。后唐长兴中，举进士不第，遂不求禄仕，以山水为乐。自言尝遇孙君仿、獐皮处士，二人者，高尚之人也，语抟曰："武当山九室岩可以隐居。"抟往栖焉。因服气辟谷，历二十余年，但日饮酒数杯。移居华山云台观，又止少华石室，每寝处，多百余日不起。（按《翰府名谈》云：陈希夷先生每睡，则半载或数月，近亦不下月余。）周世宗好黄白术，有以抟名闻者。显德三年，命华山送至阙下，留止禁中月余，从容问其术。抟对曰："陛下为四海之主，当以致治为念，奈何留意黄白之事乎？"世宗不之责，命为谏议大夫，固辞不受。既知其无他术，放还所止，诏本州长吏，岁时存问。五年，成州刺史朱宪陛辞赴任，世宗令赍帛五十匹，茶三十斤赐抟。太平兴国中来朝，太宗待之甚厚。九年复来朝，上益加礼重，谓宰相宋琪等曰："抟独善其身，不干势利，所谓方外之士也。"抟居华山已四十余年，度其年近百岁，自言经承五代离乱，幸天下太平，故来朝觐，与之语，甚可听。因遣中使送至中书，琪等从容问曰："先生得玄默修养之道，可以教人乎？"对曰："抟，山野之人，于时无用，亦不知神仙黄白之事、吐纳养生之理，非有方术可传，假令白日冲天，亦何益于世？今圣上龙颜秀异，有天人之表，真有道仁圣之主也。正君臣协心同德，兴化致治之秋，勤行修炼，无出于此。"琪等称善，以其语上，上益重之，下诏赐号"希夷先生"，（按老子："视之不见名曰夷，听之不闻名曰希"）仍赐紫衣一袭，留抟阙下。令有司增葺所止云台观，上屡与之属和诗赋，数月，放还山。端拱初，忽谓弟子贾得昇曰："汝可于张超谷凿石为室，吾将憩焉。"二年秋七月，石室成，抟手书数百言为表其略云："臣抟大数有终，圣朝难恋，已于今月二十二日，化形于莲华峰下张超谷中。"如期而卒，经七日，支体犹温，有五色云蔽塞洞口，弥月不散。好读《易》，手不释卷。常自号扶摇子，著《指玄篇》八十一章，言导养及还丹之事。又云：抟逆知人意，斋中有大瓢挂壁上，道士贾休复心欲之，抟已知其意，谓休复曰："子来非有他，盖欲吾瓢尔！"呼侍者取以与之，休复大惊，以为神。有郭沆者，少居华阴，夜宿云台观。抟中夜呼令趋归，沆未决。有倾，复曰："可勿归矣。"明日沆还家，果中夜母暴得心痛，几死，食顷而愈。

此外，庞觉《希夷先生传》谓唐僖宗时，封先生为清虚处士。仍以宫女三人赐先生，先生为奏谢书曰："性如麋鹿，迹若萍蓬，飘然从风之云，泛若无缆之舸。臣遣女复归清禁，及有诗上浼听览。诗云：'雪为肌体玉为腮，深谢君王送到来。处士不生巫峡梦，虚劳云雨下阳台。'"以奏付宫使，即时遁去。本朝真宗皇帝闻之，特遣使就山中宣召先生，先生曰："极荷圣恩，臣乞且居华山。"意甚坚。使回，具奏其事；真宗再遣使赍手诏、茶药等，仍仰所属太守、县令礼以遗之。先生回奏谢上，中有云："数行紫诏，徒烦彩凤衔来；一片闲心，却被白云留住。"据传当时有一学士，以先生累诏不起，因为诗讥之曰："底是先生诏不出，若还出也没般人。"先生复答云："万顷白云独自有，一枝仙桂阿谁无。"后亦稀到人间。《青琐记》所载，与此略同。

按《宋史》以抟为太宗时自至京师，后于真宗端拱二年卒，而庞传则以为真宗时累召不起，自应从正史。剧中演此事，又以为太祖时召至京，尤属不合。郑恩、党继恩亦系撮撰。唯剧中入酒肆一事则见于《列仙传》卷二，其文云：初兵纷时，太祖之母，挑太祖、太宗于篮以避乱。陈抟遇之，即吟曰："莫道当今无天子，都将天子上担挑。"又遇太祖、太宗与普游长安市，先生因同入酒肆，普坐太祖、太宗之右，先生曰："汝紫微垣一小星尔，辄处上次可乎？"文中先生即谓希夷，当为东篱所本。

考小说有《希夷梦》，又名《海国春秋》，即演宋事。《花朝生笔记》谓：符命之说，贤者弗道，然有不可解者。宋艺祖以乙亥命曹翰取江州，后三百年乙亥，吕师夔以江州降元。以丙子受江南李煜降，后三百年丙子，少帝为元所虏。以己卯灭汉，混一中原，后三百年己卯，宋亡于崖山。艺祖生于丁亥，建国于庚申，元太祖之降生与建国之年亦同。宋兴于周显德七年，时恭帝八岁，亡之于德祐元年，少帝四岁。讳显，显德二字，不期而合，又同庙号，亦曰恭帝。周有太后在上，禅位于太祖，宋亦有太后在上，归命于胡元。故昔人诗云："当日陈桥驿里时，欺他寡妇与孤儿。谁知三百余年后，寡妇孤儿亦被欺。"凡此岂皆偶然者，何其奇也。

又考《古今小说》第十四卷有"陈希夷四辞朝命"一文，情节较本剧为详，读者可取以参看。

《荐福碑》

本剧演张镐数奇，寄居荐福寺，寺僧欲拓寺中颜真卿所书碑文与之济贫，夜半碑为雷电击毁事。略云：

宋人张镐，落魄不得志，暂栖张浩家，以训蒙为活。后遇友人范仲淹，乃为之修荐函三封，着其投奔权贵，复携镐所撰万言长策进奏天子。镐既去，天子诏下，命镐为吉阳县令。浩以镐既远出，而浩、镐音同，遂冒名顶替，赴官上任。张镐以所投权贵皆已去世，无可淹留，乃决意返归。路途中与张浩邂逅相逢，浩恐事泄，派人暗刺之，镐百般求饶，方免一死。寄宿荐福寺中，寺僧怜其命蹇，拟拓送唐颜真卿所书一统碑，令之出售，以为川资。不意当晚忽雷雨大作，击碑碎裂，盖镐前此曾于无意间得罪龙神，神乃毁碑以窘之也。镐至此始心灰意懒，而萌厌世之念，正欲自裁，忽传范仲淹寻访，因与共赴京师，得中状元，治张浩以罪云。

按本剧剧情，系取宋释慧洪《冷斋夜话》（卷二）所载范仲淹事增饰而成。其文曰：

范文正镇鄱阳曰，有书生献诗甚工，文公礼之。书生自言天下至寒饿者，无在某右。时盛重欧阳荐福寺碑，本直千钱，文正欲为打千本，售于京师。纸墨已具，一夕雷击碎其碑。时人为之语曰："有客打碑来荐福，无人骑鹤上扬州。"东坡《穷措大诗》曰"一夕雷轰荐福碑"，盖即本此。

据此。则知碑本为欧阳询书，而今作颜真卿；拟拓碑乃范仲淹事，而今作寺僧。其书生本未具名，而今云张镐，其为捏造无疑。按张镐本唐人，其事略见新、旧《唐书》。肃宗时拜同平章事，代宗时封平原郡公。镐本起自布衣，二期至宰相，居身清廉，议论持大体。在位虽浅，人咸推为旧德焉。又谓镐触龙神怒，以致遭雷击，且言镐因仲淹之助得官，张浩以姓名相同冒认之官，复谋杀镐以灭口等情，皆凭空臆造。剧中之宋公序即宋庠字。《宋史》卷二百八十四有传，传谓天圣（仁宗）

初举进士，累试皆第一。官至兵部尚书，同平章事，枢密使。英宗时封郑国公，出判亳州，以老乞致仕。其人生卒年代较仲淹为晚，盖以其仕履文名，皆与仲淹相若，故随意点人也。

明蒋一葵《尧山堂外纪》云："饶州鲁公亭在荐福山，山有唐欧阳询所书荐福寺碑，颜鲁公真卿尝覆以亭，后人因名。"又考《一统志》云："荐福山在饶州府城东三里，上有荐福寺、鲁公亭。"又云："荐福寺，元季毁，永乐间（明成祖）重建。"作者或因颜鲁公尝覆碑以亭而误作曾书碑文也。

《岳阳楼》

本剧演吕洞宾度化岳阳楼前柳树精及梅花精共成仙道事。略云：

八仙中之吕洞宾，赴蟠桃会饮宴，忽见下界岳州一带有青气一道，上彻云霄，料必有异人。于是按落云头，扮为卖墨先生，径赴岳阳楼饮酒。楼下有老树一株，又有杜康庙前白梅花一株，俱因年久成精，而梅精每夜在楼下作祟，柳精乃常往巡查，盖恐梅精之伤人也。柳遇吕，知其为仙，貌甚恭顺。吕劝之修道，柳以未得人身，土木形骸，不能成道为辞。洞宾令其投胎楼下卖茶人郭姓家为男，复令梅花精托生贺姓为女，共成夫妇，相约于三十年后再来度脱。柳精降世后名郭马儿，梅精名贺腊梅，夫妇在岳阳楼下开茶坊。不觉已三十年，吕果至，欲度郭马儿，而郭已忘前因。吕三至，郭仍不悟，又易茶坊为酒肆。吕饮其酒，以一剑授郭，令杀妻出家修道。郭本无杀妻意，姑携剑至家，腊梅头忽自落，马遂控吕于官，洞宾则谓腊梅未死。官问何在，洞宾一呼而至，官遂坐郭以诬告之罪。郭甚恐，赖吕救免。熟视问官，则八仙中之钟离先生也。郭睹此神异，始自悟前生为柳树，腊梅前生为梅花，遂皆从洞宾入道云。

按本剧题材，系取自宋叶梦得《岩下放言》（卷中），其文云：

世传神仙吕洞宾，名喦，洞宾其字也，唐吕渭之后。五代从钟离权得道。权汉人不死者。自本朝以来，与权更出入人间。权不甚灵，而洞宾踪迹数见，好道者每以为口实。余记童子时，见大父魏公自湖外罢官还，道岳州，客有言洞宾事者云：近岁尝过城南一古寺，题诗二首壁间而去。其一云："朝游岳鄂（一作北海）暮苍梧，袖里青蛇胆气粗。三下岳阳人不识，朗吟飞过洞庭湖。"其一云："独自行时独自坐，无恨时人不识我。惟有城南老树精，分明知道神仙过。"说者云：寺有大古松，吕始至时，无能知者，有老人自松颠徐下致恭，故诗云然。先大父使余诵之。后得李观所记洞宾事，碑与少所闻正同。青蛇，世多言吕初由剑侠入，非是，此正道家以气镖剑者，自有成法。神仙事渺茫不可知，疑信者盖相半，然是身本何物，故自有主知之者。区区百骸，亦何足言，弃之则为佛，存之则为仙。洞宾虽非余所得见，然世要必有此人也。

此故事及诗，郑景望《蒙斋笔谈》《古今诗话》《吕岩集》等载之。又洪迈《夷坚志》云：

岳州城南有吕仙翁诗，所谓唯有城南老树精，分明知道神仙过也。至建炎（宋高宗）中，松犹存。绍兴二十三年，大风拔树无数，此松遂枯。有道人适至，折已仆一枝插于旁，咒曰："彼处难安身，移来这里活。"自是日益畅茂，即今糵松也。道人盖翁云。然则此松当日，固在人耳目前，岂得改为柳也。

又考各种稗乘，吕真人留题处甚多，而楚中为最。真人尝行巴陵市，太守怒其不避，顷忽失之，留诗曰："暂别蓬莱海上游，偶逢太守问根由。身居北斗星杓下，剑挂南宫月角头。道我醉来真个醉，不知愁是怎生愁。相逢何事不相认？却驾白云归去休。"又《襄阳雪中剑画》诗曰："岘山一夜玉龙寒，风林千树梨花老。襄阳城里没人知，襄阳城外江山好。"又《洞庭君山颂》曰："午夜君山玩月回，西邻小圃碧莲开。天香风露苍华冷，云在青霄鹤未来。"又有《赠太平观道士诗》《鄂渚悟道歌》等，皆清雅可颂，无尘世烟火气。他如游长沙持小瓦罐乞钱，得钱无算，而罐常不满，口占诗，皆见本集。

复按真人名嵒，一作岩，字洞宾，号纯阳子，亦称回道人，即俗传八仙之一，又称为吕祖，京兆人。喜戴华阳巾，衣黄白襕衫，系大皂绦，状类张子房。咸通（唐懿宗）中及第，两调县令。值黄巢乱，移家终南，得道，莫测所往。《唐诗鼓吹》有吕洞宾诗一首。《宋史·隐逸传》上《陈抟传》又云吕洞宾为关西逸人，世以为神仙，数来陈抟斋中，人咸异之。又小说中有洞宾三戏白牡丹之说，乃明道士颜洞宾，非吕洞宾也。

《任风子》

本剧演马丹阳度化屠户任风子成道事。略云：

汉伏波将军之裔马丹阳得道后，誓欲度脱众生，按天、地、人三才顶分三髻，正一髻去人、我、是、非四罪，右一髻去名、利、富、贵四罪；左一髻去酒、色、财、气四罪。偶因望气知终南山甘河镇有一屠，号曰风子，有半仙之分，遂至镇中点化。因任氏以屠为业，直接劝其戒杀不易，乃先度一镇之人，皆断荤茹素，使其不易售卖，必来理论，乘间可引之入道。任屠果与众屠谋，谓屠业萧条，盖缘此三髻道人度化吃斋之故，必杀之而后快。众推任屠有勇力，任乃乘醉持刀入草庵欲杀丹阳，而己反为护法神所杀，向丹阳索头，丹阳令其自摸，头固在也，不觉猛然省悟，投刀再拜，愿随丹阳学道。丹阳命其担水泼畦，诵经修行，精进勤苦。任屠之妻率其子女到庵劝任还俗，任意念至坚，不为稍动，且摔杀其幼子，以示决绝。嗣屡经丹阳指点，去尽酒、色、财、气，一空人、我、是、非，十年后终成正果云。

按径山书：广颡屠儿，在涅槃会上，放下屠刀，立地成佛。屠儿既能作佛，自可成仙，总在一念之转移耳！此盖作者本意也。考任风子事，历世真仙通鉴中不载，唯明人编《列仙全传》卷八，有《任风子传》，传云：

任风子，范阳人，状貌奇异，少孤，为酒家佣。遇真人授以仙术，遂修炼于安平镇之真武庙。经旬不食，虽隆冬，单衣行乞于市。气体完粹，双目炯然，言休咎立应。弘治（明孝宗）甲子冬，端坐而尸解。后有人见其在辽阳。

此传所载任风子籍贯事迹，既与本剧不符，其人又系生于明代，自非本剧之任风子也。

又按马丹阳，一云名裕，字义辅，道号丹阳抱一真人，乃王真人嚞之弟子，所谓丘、刘、谭、马、郝、孙、王七真人之一也。一云名从义，字宜甫，后改名钰，字元宝，扶风人，汉马伏波之后，登金贞元进士。大定间，遇重阳子王嚞，授以道术，与妻孙氏同时出家，孙先仙去。钰后游莱阳，因或云莱阳人。入游仙宫羽化，授白云洞主，丹阳抱一无为普化真人。盖神仙本变化无常，姓名亦多不一，未知孰是。考《元史》卷二百零三，列传第八十九《丘处机传》谓"（丘）年十九，为全真学于宁海之昆仑山，与马钰、谭处端、刘处玄、王处一、郝大通，孙不二同师重阳王真人"。剧中所指，盖即此马钰。唐时释教有南北二宗，金元时道教亦有南北两宗，丘处机等七人，谓之七真，乃北宗也。

复考《金莲正宗仙源像传》有云：

重阳（王嚞）仙化，（邱）处机与马（钰）谭（处端）刘（处玄）三友举祖师仙蜕葬于刘蒋村……丹阳（马钰）于师卒后，遂顶分三髻；嚞者，三吉字以象师名。

此即本剧顶分三髻之所自而又更易者也。

《黄粱梦》

本剧演吕洞宾感黄粱梦境，叹人世之虚幻，乃随钟离权学道事。略云：

士人吕洞宾赴京应试，与钟离权遇于邯郸道黄化店，店中王婆方炊黄粱作饭，饭未熟而洞宾倦睡。遂入梦中：一举登第，官拜天下兵马大元帅，并入赘权贵高太尉家，生子女二人。会吴元济反，洞宾领兵讨之，太尉设宴送行，洞宾饮酒呕血，因此断酒。及阵前，受吴元济金珠，不战而回。入家门，适遇其妻方与人私通，妻畏罪，密告洞宾纳贿纵敌，朝旨遂流配洞宾往沙门岛。洞宾与妻离异，率子女共赴配所，因此断财又断色。行至深山中，朔风凛冽，饥寒交迫，投一老母家，其子猎回，摔杀洞宾子女，洞宾方怒，其人复追杀洞宾，不觉惊惧而醒，始知纷纷攘攘只一梦耳，于是怒气亦断。见王婆所炊黄粱尚未熟，而己则在梦中业经十八年酒、色、财、气；人、我、是、非；贪、嗔、痴、爱；风、霜、雨、雪之阅历，于是看破红尘，从钟离学道云。

按本剧系由《列仙传》卷六"吕岩"条采撷而来。传云：

吕岩，字洞宾，唐蒲州永乐县人，祖渭礼部侍郎，父让海州刺史。贞元十四年四月十四日巳时生，因号纯阳子。初母就蓐时异香满室，天乐浮空，一白鹤自天而下，飞入帐中不见。生而金形木质，道骨仙风，鹤顶象背，虎体龙腮，凤眼朝天，双眉入鬓，颈修颧露，额阔身圆，鼻梁耸直，面色白黄，左眉角一黑子，足下纹起如龟。少聪明，日记万言，矢口成文。身长八尺二寸，喜顶华阳巾，衣黄襕衫，系太皂绦，状类张子房。二十不娶。始在襁褓，马祖见之曰："此儿骨相不凡，自是风尘外物，他时遇庐则居，见钟则扣，留心记取。"后游庐山，遇火龙真人传天遁剑法。唐会昌中，两举进士不第，时年六十四岁。游长安酒肆，见一羽士，青巾白袍，偶书三绝句于壁。其一曰："坐卧常携酒一壶，不教双眼识皇都。乾坤许大无名姓，疏散人间一丈夫。"其二曰："得道真仙不易逢，几时归去愿相从。自言住处连沧海，别是蓬莱第一峰。"其三云："莫厌追欢笑语频，寻思离乱可伤神。闲来屈指从头数，得到清平有几人。"洞宾讶其状貌奇古，诗意飘逸，因揖问姓氏，再拜延坐。羽士曰："可吟一绝，予欲观子之志。"洞宾援笔书曰："生在儒家遇太平，悬缨重滞布衣轻。谁能世上争名利，欲事天皇上玉清。"羽士见诗曰："吾云房先生也，居在终南鹤岭，子能从游乎？"洞宾未应，云房因与同憩肆中，云房自为执炊，洞宾忽就枕昏睡。梦以举子赴京，状元及第，始自郎署，擢台谏翰苑秘阁，及诸清要无不备。历两娶富家女，生子，婚嫁蚤毕。孙甥振振，簪笏满门，如此几四十年,又独相十年,权势薰炙。偶被重罪,籍没家资,分散妻孥,流于岭表,一身孑然。穷苦憔悴,立马风雪中,方兴浩叹,恍然梦觉,炊尚未熟。云房笑吟曰:"黄粱犹未熟,一梦到华胥。"洞宾惊曰:"先生知我梦耶?"云房曰:"子适来之梦,升沉万态,荣悴千端,五十年间一瞬耳,得不足喜,丧何足悲?世有大觉,而后知人世一大梦也。"洞宾感悟,遂拜云房求度世术。云房试之曰:"子骨节尚未完,欲求度世,须更数世可也。"翩然别去,洞宾即弃儒归隐,云房自是十试洞宾,皆过。第一试,洞宾自外远归,忽见家人皆病死,洞宾心无悔恨,但厚备葬具而已,须臾死者皆起无恙。第二试,洞宾鬻货于市,议定其价,市者幡然止酬其直之半,洞宾无所争,委货而去。第三试,洞宾元日出门,遇丐者倚门求施,洞宾即与钱物,而丐者索取不厌,且加谇詈,洞宾惟再三笑谢。第四试,洞宾牧羊山中,遇一饿虎奔逐群羊。洞宾蔽羊下阪,独以身当之,虎乃释去。第五试,洞宾居山中草舍读书,一女年可十七八,容华绝世,光艳照人。自言归宁母家,迷路,日暮足弱,借此少憩。既而调弄百端,夜逼同寝,洞宾竟不为动,如是三日始去。第六试,洞宾一日郊出,及归,则家赀为盗劫尽,殆无以供朝夕。洞宾了无愠色,躬耕自给,忽锄下见金数十片,速掩之,一无所取。第七试,洞宾遇卖铜器者,市之以归,皆金也,即访卖主还之。第八试,有风狂道士,陌上市药,自言服者立死,再世得道。旬日不售,洞宾买之。道士曰:"子速备后事可也。"辄服无恙。第九试,春潦泛溢,洞宾与众共涉至中流,风涛掀涌,众皆危惧,洞宾端坐不动。第十试,洞宾独坐一室,忽见奇形怪状鬼魅无数,有欲击者,有欲杀者,洞宾绝无所惧。复有夜叉数十,械一死囚,血肉淋沥,号泣言汝宿世杀我,今当偿我命。洞宾曰:"杀命偿命,宜也。"起,索刀欲自尽偿之,忽闻空中一叱声,鬼神皆不复见。一人抚掌大笑而下,即云房也。曰:"吾十试子,子皆心无所动,得道必矣。"

后云房(钟离)四化,亦本《列仙传》钟离十试吕洞宾意,而变易其事迹，又引东华真人、骊山老母点缀生色，则非《仙传》所有也。

又按《太平广记》卷八十二收唐沈既济《枕中记》，谓卢生入邯郸，与吕翁遇，其事颇仿佛，文云：

开元七年，道士有吕翁者，得神仙术，行邯郸道中，息邸舍，摄帽弛带，隐囊而坐。俄见旅中少年，乃卢生也。衣短褐，乘青驹，将适于田，亦止于邸中，与翁共席而坐，言笑殊畅。

久之，卢生顾其衣装敝亵，乃长叹息曰："大丈夫生世不谐，困而是也！"翁曰："观子形体，无苦无恙，谈谐方适，而叹其困者，何也？"生曰："吾此存生耳，何适之谓？"翁曰："此不谓适，而何谓适？"答曰："士之生世，当建功树名，出将入相，列鼎而食，选声而听，使族益昌而家益肥，然后可以言适乎。吾尝志于学，富于游艺，自惟当年青紫可拾。今已壮适，犹勤畎亩，非困而何？"言讫，而目昏思寐。时主人方蒸黍。翁乃探囊中枕以授之曰："子枕吾枕，当令子荣适如志。"

其枕青瓷，而窍其两端，生俛首就之，见其窍渐大，明朗。乃举身而入，遂至其家数月，娶清河崔氏女。女容甚丽，生资愈厚。生大悦，由是衣装服驭，日益鲜盛。明年，举进士，登第，释褐，秘校，应制，转渭南尉，俄迁监察御史；转起居舍人，知制诰。三载，出典同州，迁陕牧。生性好上功，自陕西凿河八十里，以济不通。邦人利之，刻石纪德。移节汴州，领河南道采访使，征为京兆尹。是岁，神武皇帝方事戎狄，恢宏土宇，会吐蕃悉抹逻及烛龙莽布支攻陷瓜沙，而节度使王君㚟新被杀，河湟震动。帝思将帅之才，遂除生御史中丞、河西节度使。大破戎虏，斩首七千级，开地九百里，筑三大城以遮要害。边人立石于居延山以颂之。归朝册勋，恩礼极盛。转吏部侍郎，迁户部尚书兼御史大夫。时望清重，群情翕习。大为时宰所忌，以飞语中之，贬为端州刺史。三年，征为常侍。未几，同中书门下平章事。与萧中令嵩、裴侍中光庭同执大政十余年，嘉谟密令，一日三接，献替启沃，号为贤相。同列害之，复诬与边将交结，所图不轨。制下狱。府令引从至其门而急收之。生惶骇不测，谓妻子曰："吾家山东，有良田五顷，足以御寒馁，何苦求禄？而今及此。思衣短褐，乘青驹，行邯郸道中，不可得也。"引刃自刎。其妻救之，获免。其罹者皆死，独生为中官保之，减罪死，投驩州。数年，帝知冤，复追为中书令，封燕国公，恩旨殊异。生五子：曰俭、曰传、曰位、曰倜、曰倚，皆有才器。俭进士登第，为考功员外；传为侍御史；位为太常丞；倜为万年尉；倚最贤，年二十八，为左襄。其姻媾皆天下望族。有孙十余人。两窜荒徼，再登台铉，出入中外，徊翔台阁，五十余年，崇盛赫奕。性颇奢荡，甚好佚乐，后庭声色，皆第一绮丽。前后赐良田、甲第、佳人、名马，不可胜数。后年渐衰迈，屡乞骸骨，不许。病，中人候问，相踵于道，名医上药，无不至焉。将殁，上疏曰："臣本山东诸生，以田圃为娱。偶逢圣运，得列官叙。过蒙殊奖，特秩鸿私，出拥节旄，入升台辅。周旋中外，锦历岁时。有忝天恩，无裨圣化。负乘贻寇，履薄增忧，日惧一日，不知老至。今年逾八十，位极三事，钟漏并歇，筋骸俱耄，弥留沈顿，待时益尽。顾无成效，上答休明，空负深恩，永辞圣代。无任感恋之至。谨奉表陈谢。"诏曰："卿以俊德，作朕元辅，出拥藩翰，入赞雍熙。升平二纪，实卿所赖。比婴疾疹，日谓痊平。岂斯沈痼，良用悯恻。今令骠骑大将军高力士就第候省。其勉加针石，为予自爱。犹冀无妄，期于有瘳。"是夕薨。卢生欠伸而悟，见其身方偃于邸舍，吕翁坐其傍，主人蒸黍未熟，触类如故。生蹶然而兴曰："岂其梦寐也？"翁谓生曰："人生之适，亦如是矣。"生怃然良久，谢曰："夫宠辱之道，穷达之运，得丧之理，死生之情，尽知之矣。此先生所以窒吾欲也。敢不受教。"稽首再拜而去。

沈氏此文，唐时已收入陈翰所编之《异闻集》（今已佚）《太平广记》即据《异闻集》录入，而题为吕翁者也。《文苑英华》卷八百八十三亦载之，与《广记》稍异。上文乃据《文苑英华》本校录者。由此记观之，邯郸道上度人者乃吕翁，受度者为卢生，俱与吕洞宾无涉。洞宾乃中唐时人，吕翁度卢生事则在盛唐，盖后人因洞宾负盛名，适又姓吕，遂误合为一，此剧则又演为洞宾受度于钟离也。他如宋洪迈《容斋四笔》卷一，引《列子》载周穆王时西极化人之说，谓：

《列子》载周穆王时，西极之国有化人来，王敬之若神。化人谒王同游，王执化人之袪，腾而上者中天乃止，暨及化人之宫，自以居数十年，不思其国。复谒王同游，意迷精丧，请化人求还。既寤，所坐犹响者之处，侍御犹响者之人，视其前，则酒未清肴未晞。王问所从来，左右曰："王默存耳！"穆王自失者三月，复问化人，化人曰："吾与王神游也，形奚动哉？"予然后知唐人所著《南柯太守》《黄粱梦》《樱桃》《青衣》之类，皆本乎此也。

按《樱桃》《青衣》一条见《太平广记》卷二百八十一，今不具引。又近人《中国小说史略》云："《枕中记》……虽诡幻动人，而并非出于独创。干宝《搜神记》有焦湖庙祝以玉枕使杨林入梦事，大旨悉同，当即此篇所本。"近人所云焦湖庙事，谓出《搜神记》，盖本诸《太平寰宇记》，今本《搜神记》并无此条，考《太平广记》卷二百八十三，则谓出《幽明录》，当从《广记》为是。又霍世休于《唐代传奇文印度故事》文中（见《文学》二卷六号），谓洪氏与近人之说各对一半，盖《列子》与《搜神记》，其共同来源为印度故事也。并引《杂宝藏经》卷二"娑罗那比丘为恶生王所苦恼缘中尊者迦旃延为娑罗那现梦"一段，又谓鸠摩罗什所译《大庄岩论经》卷十二第六十五故事，亦大体相同。以此推论《搜神记》及《列子》所记，源本佛经之可能性。再由《枕中记》敷衍而成《黄粱梦》杂剧，其渊源永可寻绎而得也。

与致远同时之李时中亦有《开坛阐教黄粱梦》杂剧，其后明苏汉英有《吕真人黄粱梦境记》（见《曲海总目提要》《读曲类稿》）无名氏有《吕翁三化邯郸店》（见《今乐考证》《曲录》《读曲类稿》）汤显祖有《邯郸记》（见《曲海总目提要》《今乐考证》《曲录》《读曲类稿》）。又车任远之《四梦记》中有《邯郸梦》（见李斗《扬州画舫录》）皆自本剧点染而出者也。清蒲松龄《聊斋志异》中之《续黄粱》，亦全由此系统而来，其结局则稍加变化耳！

焦循《剧说》卷五谓："吕翁祠在邯郸县北二十里黄梁店，李长沙诗云：'举世空中梦一场，功名无地不黄粱。凭君莫向痴人说，说与痴人梦转长。'端溪王崇庆诗云："曾闻世有卢生梦，只恐人传梦未真。一笑乾坤终有歇，吕翁亦是梦中人。'乃元人马致远《黄粱梦》杂剧，为钟离度吕洞宾事，梦中吕作元帅征吴元济，则宪宗时事矣。汤若士本之作《邯郸梦》，则为吕翁度卢生，而为开元时事。按：吕洞宾，关右人，唐咸通中举进士不第，值巢贼为梗，携家隐终南山。《锦绣万花谷》引此言，云见《雅言杂载》，则宪宗时已非，开元时尤非，《真仙通鉴》有卢生事，恐未然耳。"此文考证甚详，录出以供参览。

六、李文蔚　（二本）

《燕青博鱼》

本剧演梁山燕青以目疾觅医，流落汴梁，与燕和、燕顺兄弟结纳。和为其妻之奸夫杨衙内恃势凌逼，青助和抗之，同归梁山事。略云：

梁山泊宋江以重阳节给假，令众头目下山游赏，仍立限回山。燕青以违限十日，罪当诛，吴用等为之请免，乃杖六十，青以气愤而目失明。江令下山觅医，青遂流落汴梁。汴梁人燕和，其妻王腊梅有淫行，和弟顺恶其嫂，弃家去。腊梅与奸夫杨衙内约，三月三日会于同乐院。及期，杨跨马赴院，青以目盲被杨撞倒，青欲牵马，反遭殴击。杨驰去，青误扭一人，乃燕顺也。顺善针灸，怜青以目盲受辱，为下针治之，青目复明，通姓名，结为兄弟。青方困乏，借资本贩鲜鱼以自给。复值三月三日，青至酒店博鱼，遇燕和夫妇在店饮，青与和博，和得鱼，青告苦于和，和乃还其鱼。青负担欲去，值杨衙内至店，又与青相撞。杨恶青不回避，夺其担折之，并摔碎鱼盆。青询和乃知即年前殴己者，还殴之，杨狼狈走避。和见青拳勇，亦与之结为兄弟，引至家留养。中秋节日，腊梅又约杨到后园饮，为青所见，报和，持刀将杀杨，杨逸去，又欲杀腊梅。和犹豫未决，而杨已率众至，缚和及青，付官下狱。青与和越狱走，杨与腊梅复追之，将及，与顺遇，时顺已入籍梁山，闻和及青受冤，乃挟赀来救也。遂合力擒杨及腊梅，俱归梁山。宋江乃令俱杀之，并设筵为青等洗尘云。

按本剧所用人名，如宋江、燕青等皆见于《水浒传》，其事则为今本《水浒传》所无。盖宋元以来，梁山泊故事流传至多且广，大部分为明人收入《水浒传》，此外则散见于元明杂剧中也。

又按古者乌曹作博，以五木为子，有枭、卢、雉、犊，为胜负之采。《潜确类书》云："博局戏，以五木为子，有枭、卢、雉、犊为胜负之采。"唐元稹诗："心情且强掷枭卢。"

《山堂肆考》云："古博戏以五木为子，有枭、卢、雉、犊、塞为胜负之采。博头有刻枭形者为最胜，卢次之，雉犊又次之，塞为最下。"《楚辞》："篦蔽象棋有六博，分曹并进尤相迫，成枭而卢呼五百。"《晋书》卷八十五《刘毅传》："毅㧖蒱大掷数百万，人并黑犊，唯毅得雉，大喜，褰衣绕床叫曰：'非不能卢，不事此耳。'刘裕恶因援五木曰，老兄试为卿答：'而四子俱黑，一子转跃未定，裕厉声喝之，即成卢。毅殊不快。'又宋武帝与侍中颜师伯樗蒲，帝得雉大悦，师伯后得卢，帝失色，师伯遂敛手曰，几得卢。"《情史》载："上（明皇）尝与贵妃采戏，将北，惟重四可转败为胜，连叱之，骰子宛转而成重四，遂命高力士赐绯。骰子四用朱染，始此。"又《庄子》："以瓦注者巧，以钩注者惮，以金注者殙。"注云：注，射也。射而睹物曰注，即孤注之注。又后汉梁冀有意钱之戏，即摊钱也。

又按：卢，黑色也。释名："土黑曰卢。"五木之名，见《卢蒲经》云："古斩木为子，一具凡五子，故名五木，后世传而用石、用玉、用象牙、用骨。"

《演繁露》云："五木之形，两头尖锐，故可转跃，中间平广，故可镂采。凡一子悉为两面，一面涂黑，画犊；一面涂白，画雉。投子者，五皆现黑，名曰卢。为最高之采四黑一白，名曰雉，降卢一等，自此而降，白黑相杂，或名为枭，或名为犍。后世骰子之制，即祖袭五木。五木止有两面，骰子则有六面，盖截去五木两头尖锐，而蹙长为方也。"按五木博法，今已不传，诸书所载，亦代异其制。《御览》七百二十六引《博物志》："老子入西戎，造樗蒲。"樗蒲一作樗蒲，又作樗蒲。《唐国史补》云："樗蒲，古博戏也。三分其子三百六十，限以二关，人执六马，其骰五枚，分黑下白。黑者刻为二犊，白者刻为二犊。掷之全黑者为卢，其采十六；二雉三黑为雉，其采十四；二犊三白为犊，其采十；全白为白，其采八；四者，贵采也……六者，杂采也。"

《圯桥进履》

本剧演张良博浪刺秦不中，逃至下邳，遇黄石公，圯桥进履，得授兵书，其后佐汉开国事。略云：

张良，字子房，韩国阜城人也。其先五世相韩。韩为秦所灭，良欲复仇，击秦皇于博浪沙，不中，李斯下令捕之。良逃窜入山，遇大雪，迷失路径，因太白金星指引，令往下邳，当遇明师。子房既至下邳，乃寄食李思中寓，思中劝其仕进，并请往下邳圯桥边卖卦先生处一卜休咎。子房至圯桥，遇一老人，直呼孺子，并令为彼拾桥下堕履着之。子房愕然，忍而未发。老人悦其可教，相期于五日后原地会晤，允传以安邦定国之书。五日后，子房往，老人已先在，怒子房之后至，又期以五日，如是者再三，子房始先至，老人乃授以奇书三卷，凡一千三百三十六余言。子房感老人之德，欲知其名姓，老人曰："尔后亲至济北谷城山下，见一黄石，即我也。"言讫而去。子房得此奇书，朝夕勤研，尽通兵甲之策，乃离下邳，入咸阳，投沛公刘邦麾下为将。沛公豁达大度，纳谏如流，子房乃得屡建大功，官居重职。先后用计擒申阳陆贾，与灌婴、张耳、樊哙等皆受赐赏，韩信奉命于元帅府为之开宴庆功云。

按本剧所演诸事，系取史乘加以编串，而非全合。作者意在敷衍圯桥进履一节，其他皆属陪衬之笔，无关宏旨，兹将《史记》卷五十五，《留侯世家》中圯桥进履一节录出如下：

留侯张良者，其先韩人也。大父开地，相韩昭侯、宣惠王、襄哀王；父平，相厘王、悼惠王。悼惠王二十三年，平卒。卒二十岁，秦灭韩。良年少，未宦事韩，韩破，良家僮三百人，弟死不葬，悉以家财求客刺秦王，为韩报仇。以大父、父五世相韩故。良尝学礼淮阳，东见仓海君，得力士，为铁椎，重百二十斤。秦皇帝东游，良与客狙击秦皇帝博浪沙中，误中副车。秦皇帝大怒，大索天下，求贼甚急，为张良故也。良乃更姓名，亡匿下邳。良尝闲从容步游下邳圯上。有一老父，衣褐，至良所，直堕其履圯下，顾谓良曰："孺子下取履。"良愕然，欲殴之，为其老，强忍下取履。父曰："履我！"良业为取履，因长跪履之。父以足受笑而去。良殊大惊，随目之。父去里所，复还，曰："孺子可教矣！后五日平明，与我会此。"良因怪之，跪曰："诺！"五日鸡明，良往，父已先在，怒曰："与老人期，后，何也？"去曰："后五日早会。"五日鸡鸣，良往，父又先在，复怒曰："后，何也？"去曰："后五日复早来！"五日，良夜未半往，有顷，父亦来，喜曰："当如是！"出一编书，曰："读此，则为王者师矣，后十年兴，十三年，孺子见我济北谷城山下，黄石，即我矣！"遂去，无他言，不复见。旦日视其书，乃《太公兵法》也。良因异之，常习诵读之。

居下邳，为任侠。项伯常杀人，从良匿。后十年，陈涉等起兵，良亦聚少年百余人，景驹自立为楚假王，在留，良欲往从之，道遇沛公。沛公将数千人，略地下邳西，遂属焉。沛公拜良为厩将。良数以《太公兵法》说沛公，沛公善之，常用其策。良为他人言，皆不省。良曰："沛公殆天授。"故遂从之。

汉王之国良送至褒中，遣良归韩，良因说汉王曰："王何不烧绝所过栈道，示天下无还心，以固项王意？"乃使良还，行，烧绝栈道。良至韩，韩王成以良从汉王故，项王不遣成之国，从与俱东。良说项王曰："汉王烧绝栈道，无还心矣！"乃以齐王田荣反，书告项王，项王以此无西忧汉心，而发兵北击齐。项王竟不肯遣韩王，乃以为侯，又杀之彭城良亡，间行归汉王。汉王亦已还定三秦矣。复以良为成信侯，从东击楚至彭城，汉败而还，至下邑，汉王下马踞鞍而问曰："吾欲捐关以东等弃之，谁可与共功者？"良进曰："九江王黥布楚枭将，与项王有郄；彭越与齐王田荣反梁地，此两人可急使。而汉王之将，独韩信可属大事，当一面。即欲捐之，捐之此三人，则楚可破也。"汉王乃遣随何说九江王布，而使之连彭越及魏王豹反，使韩信将兵击之。因举燕代齐赵。然卒破楚者，此三人力也。张良多病，未尝特将也，常为画策臣，时时从汉王。

汉六年正月，封功臣，良未尝有战斗功，高帝曰："运筹策帷帐中，决胜千里外，子房功也。自择齐三万户！"良曰："始臣起下邳，与上会留，此天以臣授陛下。陛下用臣计，幸而时中，臣愿封留足矣，不敢当三万户。"乃封张良为留侯，与萧何等俱封。

留侯性多病，即道引不食谷，杜门不出。岁余，上欲废太子，立戚夫人子赵王如意。大臣多谏争，未能得坚决者也。吕后恐，不知所为。人或谓吕后曰："留侯善用计策，上信用之。"吕后乃使建成侯吕泽劫留侯曰："君常为上谋臣，今上欲易太子，君安得高枕而卧乎？"留侯曰："始，上数在困急之中，幸用臣策。今天下安定，以爱，欲易太子，骨肉之间，虽臣等百余人，何益？"吕泽强要曰："为我画计！"留侯曰："此难以口舌争也！顾上有不能致者，天下有四人。四人者年老矣，皆以为上慢侮人，故逃匿山中，义不为汉臣。然上高此四人，今公诚能无爱金玉璧帛，令太子为书卑辞安车，因使辩士固请，宜来。来以为客，时时从入朝，令上见之，则必异而问之。问之，上知此四人贤，一助也。"于是吕后令吕泽使人奉太子书，卑辞厚礼，迎此四人。四人至，客建成侯所。

汉十二年上从击破布军归疾益甚，愈欲易太子。留侯谏，不听，因疾不视事。叔孙太傅称说引古今，以死争太子，上详许之，犹欲易之。及燕，置酒，太子侍四人从太子，年皆八十有余，须眉皓白，衣冠甚伟。上怪之，问曰："彼何为者？"四人前对，各言名姓，曰："东园公，甪里先生，绮里季，夏黄公。"上乃大惊曰："吾求公数岁，公避逃我，今公何自从吾儿游乎？"四人皆曰："陛下轻士善骂，臣等义不受辱，故恐而亡匿。窃闻太子为人仁孝，恭敬爱士，天下莫不延颈欲为太子死者，故臣等来耳。"上曰："烦公，幸卒调护太子。"四人为寿已毕，趋去，上目送之，召戚夫人，指示四人者曰："我欲易之，彼四人辅之，羽翼已成，难动矣，吕后真而主矣。"戚夫人泣，上曰："为我楚舞！吾为若楚歌。"歌曰："鸿鹄高飞，一举千里，羽翮已就，横绝四海，横绝四海，当可奈何？虽有矰缴，尚安所施？"歌数阕，戚夫人嘘唏流涕，上起去，罢酒。竟不易太子者，留侯本招此四人之力也。留侯乃称曰："家世相韩，及韩灭，不爱万金之资，为韩报仇强秦，天下振动。今以三寸舌为帝者师，封万户，位列侯，此布衣之极，于良足矣。愿弃人间事，欲从赤松子游耳。"乃学辟谷，道引轻身。会高帝崩，吕后德留侯，乃强食之，曰："人生一世间，如白驹过隙，何至自苦如此乎！"留侯不得已，强听而食。后八年卒，谥为文成侯，子不疑代侯。子房始所见下邳圯上父老与《太公书》者，后十三年，从高帝过济北，果见谷城山下黄石，取而葆祠之。留侯死，并葬黄石冢。每上冢伏腊，祠黄石。

王季烈谓本剧"四折前后情形，既不甚联贯，末折寥寥三曲，尤为草率了事，曲文亦平平"，盖为拉杂凑集所成之剧本也。唯第一折乔仙所唱上小楼四支，转多清新及本色语，如云："家住在深山里头，好吃的是牛肉羊肉。"又云："俺那里人烟稀，鸟声绝，灯消火灭。伴了些树梢头晓星残月。"若此类言语，自非元人莫辨也。

七、李直夫　（一本）

《虎头牌》

本剧演女真人山寿马罚不避亲事。略云：

金源时，有女直人完颜氏，小字山寿马，世居渤海，幼孤，其叔银住马抚之成立，官金牌上千户。后以功擢为天下兵马大元帅行枢密院事，并赐双虎符金牌，令其佩带，便宜行事。又许以所授金牌随举一人授之，守夹山口。会其叔银住马自渤海来探视，闻有是命，使其妻与寿马之妻茶茶言，欲得金牌守夹山口。山寿马知其叔嗜酒，恐误军政，难之。银住马言得官后誓止酒不饮，山寿马乃以牌委之而去。亲友来贺，银住马不觉复醉，其兄金住马切戒之，银住马恃其侄为元帅，不以为意，酒中屡失事。值中秋夕，又与众痛饮，夹山口遂为敌所破，掠去人口牛马。次日，银住马领头目夺之回，又举酒相庆。山寿马以其失职，行文勾捕，银住马反答捕者以杖。山寿马复遣曳剌缚诣帅府，撰责状数罪，使其画字，银住马醉中具服，山寿马将依法诛之。银住马妻及茶茶求免，叱退之；军吏皆为之请，具不听。银住马酒醒，始追忆夺回人口牛马事，愿以功抵罪，山寿马乃释而杖之。山寿马既申军法，乃置酒请罪，叔侄复和好如初云。

按何良俊《四友斋曲说》云："虎头牌，是武元皇帝事。金武元皇帝未正位时，其叔饯之出镇。"武元皇帝即金太祖，见《金史》卷二，《本纪》第二，姓完颜，名阿骨打，后更名旻，出于女真，世居松花江之东，属辽而不系籍，号为生女真。宋仁宗时，有乌古乃者，受辽主命，为生女真节度使。五传至阿骨打，桀黠有勇略，叛辽称帝，国号金，都会宁，以次吞并辽之疆土，在位九年。

考女直，即女真，盖辽兴宗名宗真，避其讳而改之也。如洪迈《松漠纪闻》云："女真，即古肃慎国也。东汉谓之挹娄，元魏谓之勿吉，隋唐谓之靺鞨……五代时始称女真……其后避契丹讳,更为女直,俗讹为女质。"

又完颜,即汉姓王氏。考《金史语解》曰:"完颜汉姓曰王。"是即本剧所称"完颜女直人王氏"之来源。元曲《勘头巾》一剧第二折中白云:"小官完颜女直人氏,完颜姓王,普察姓李。"以见金之完颜氏即汉语王氏之证。洪迈《松漠纪闻》则曰:"完颜,犹汉言王也。"盖以王为帝王之王,含有尊称酋长之义,恐非是。

剧中有金牌千户之语。考金兵制,军中符验,有金牌、银牌、木牌三种。金牌以授万户,银牌以授猛安,木牌则谋克蒲辇所佩者也。谓之曰信牌,军中传递以为信。元因之,万户金虎符(汉制,郡国必有虎符而后发),千户金符,百户银符。盖前言猛安者,为蒙古语曰Mingken,满语曰Minggen,其义均为千,猛安即千户也。至谋克,原为东胡族之语言,其义已不能详知。不过满洲语谓部族之族曰木昆,而木昆,实即谋克之同名异译,如《隋书》卷八十四《奚传》云:"奚,本曰库莫奚,东部胡之种也……初臣于突厥,后稍强盛,分为五部;一曰辱纥王,二曰莫贺弗,三曰契箇,四曰木昆,五曰室得。"由是以观,谋克一语在女真语中,则并无百户之义。盖金之初兴实无制度可言,其士兵每就各部征调而来,既无系统之编制,故仅就各部族之兵为一单位,而名之曰某谋克,义即某部族之兵也。其后或因部族太多,不得不扩大组织,遂有千户之名,义即很多谋克之组织也。或因其猛安确有千户之众而名曰千户。但女真语谋克并无百户之义,至于解作百户,实系与猛安对称,并非真有千百之别。

《金史》谓"天会十三年,立三省枢密院",故剧中有行枢密院事之语,至所谓兵马大元帅,则小说家言也。

又剧中山寿马罚其叔之责状有云:"完颜阿可阿可,见年(见年,即现年也。)六十岁,无病疾,系京都路忽里打海世袭民安下女直氏。"考《辽史》中所称女直,大都均在女直之上冠以地名,如《辽史·百官志·属国诸部》条云"曷苏馆路女直国大王府""长白山女直国大王府""鸭绿江女直大王府""濒海女直国大王府""黄龙府女直部大王府"。又《兵卫志·属国军》条亦云"南京女直"。又《营卫志·部族》条亦云"奥衍女直部""乙典女直部"等,皆属此类也。且女直一名之语义,原即为金,因而女直国号"大金"之由,实系由部族之名相沿而成国号者。作者李直夫,本女真人,故此剧所写亦女真事。剧中所用调名如阿那忽、也不啰、醉也摩娑、风流体、忽都白、唐兀歹等,亦皆女真乐曲,其或有所本,而非妄作也。周德清《中原音韵》卷下云:"如女真风流体等乐章,皆以女真人音乐歌之。"果如是,则于此剧不仅见女真风俗,亦且知女真之乐曲矣。

八、吴昌龄 （一本）

《东坡梦》

本剧演苏东坡欲令妓女白牡丹诱僧了缘还俗,牡丹反为了缘度脱,皈依佛法事。略云:

宋端明殿大学士苏东坡以谏阻青苗法,及续作《黄花诗》触怒王安石,被谪黄州。路过浔阳驿琵琶亭,于太守贺方回席上见一歌妓,曰白牡丹,云是唐白乐天之后,聪慧异常,东坡挈之游庐山。时庐山东林寺主持了缘俗名谢端卿,亦称佛印禅师,乃东坡之故友也。坡欲使牡丹招了缘还俗,缘终不为动,而以神通遣花间四友夭桃、嫩柳、翠竹、红梅引东坡入梦。饮以酒,坡尽醉,为各赋诗。明日,了缘升坐说法,东坡不能难,及与白牡丹问答数语,牡丹言下省悟,愿削发为尼,并有诗云:"礼拜庐山出世僧,一心向佛苦修行。免教莺燕频来往,不在尘中挂孽名。"东坡本欲以牡丹魔障了缘,今反为了缘度脱,坡不觉爽然,益悟色即是空,空即是色云。

按《西湖志余》谓苏子瞻守杭州日,有妓名琴操,颇通佛书,解言辞,子瞻喜之。一日游西湖,戏语琴操曰:"我作长老,汝试参禅!"琴操敬诺。子瞻问曰:"何谓湖中景?"对曰:"落霞与孤鹜齐飞,秋水共长天一色。""何谓景中人？"对曰："裙拖六幅湘江水，髻挽巫山一段云。""何谓人中意？"对曰："随地杨学士，鳖杀鲍参军。"（琴操又曰）"如此究竟何如？"子瞻曰："门前冷落车马稀，老大嫁作商人妇。"琴操言下大悟，削发为尼云云。此又见《泊宅编》及《宋人轶事汇编》卷十二，与剧中了缘度白牡丹事颇相类，然地点、人名皆不合，盖作者故为更易耳。

所言白牡丹，实无其人，作者盖以子瞻用白居易诗而悟琴操，故附会以为乐天之后也。按《中吴纪闻》曾载张敏叔尝以牡丹为贵客，梅为清客，菊为香客，瑞香为佳客，丁香为素客，兰为幽客，莲为净客，荼蘼为雅客，蔷薇为野客，桂为仙客，茉莉为远客，芍药为近客，各赋一诗，吴中至今传诵。此即花间四友之所本也。

又按世传东坡、佛印问答禅语甚多，其最著者为金山寺之问答。东坡曾以七绝二首赠金山寺长老了缘云："病骨难堪玉带围，钝根仍落箭锋机。欲教乞食歌姬院，故与云山旧衲衣。"又云："此带阅人如传舍，流传到我亦悠哉！锦袍错落真相称，乞与佯狂老万回。"施元之注云：佛印禅师，法名了元，饶州人。公久与之游，时住持润州金山寺，公赴杭过润，为留数月。一日，值师挂牌，与弟子入室，公便服入方丈见之。师云："内翰（翰林学士之别称，见《鹤林玉露》）何来？此间无坐处。"公戏曰："暂借和尚四大，用作禅床。"师云："山僧有一转语，内翰言下即答，当从所请，如稍涉拟议，愿留玉带以镇山门。"公许之，便解玉带置几上。师云："山僧四大本无，五蕴非有，内翰欲于何处坐？"公拟议未即答，师急呼侍者云："收此玉带，永镇山门。"公笑而与之，师取衲裙相报云云。

据《东坡外集》谓东坡于元丰（宋神宗）末年，得请归耕阳羡，舟次瓜步，以书抵金山寺了元禅师曰："不必出山，当学赵州三等接入。"元得书径来，东坡迎笑问之，以偈为献，曰："赵州当日少谦光，不出山门见赵王。争似金山无量相，大千都是一禅床。"东坡抚掌称善。

《绿窗新话》卷下，有"苏东坡携妓参禅"一节，谓出《冷斋夜话》，其文云：

东坡居士在钱塘，无日不在西湖。尝携妓谒大通禅师，师愠形于色，东坡作《南柯子》，使妓歌之曰："师唱谁家曲？宗风嗣阿谁？借君拍板与门锤，我也逢场作戏莫相疑。溪女方偷眼，山僧莫眨眉，却愁弥勒下生迟，不见阿婆三五少年时。"时仲殊在，闻而和之曰："解舞《清平乐》，如今说与谁？红炉片雪上钳锤，打就金毛狮子也堪疑。木女明开眼，泥人暗皱眉，蟠桃已是着花迟，不向东风一笑待何时？"涪翁见而赏之曰："此檀越并此门僧，非取次者所为尔。"

又《调谑录》云：

大通禅师者，操律高洁，人非斋沐，不敢登堂。东坡一日挟妙妓谒之，大通愠形于色。公乃作《南柯子》一首，令妙妓歌之，大通亦为解颐。公曰："今日参破老禅矣。"

九、王实甫　（三本）

《西厢记》

本剧演张生、崔莺莺离合事。略云：

唐德宗时，西洛人张珙，字君瑞，赴京应试，路经蒲关，旅居普救寺中。适逢故相崔珏女莺莺，偕母郑氏扶珏柩寓此。生邂逅见之，惊为天人，欲与通辞，苦无绍介。会有丁文雅部将孙飞虎称乱，大掠蒲人。闻莺莺有姿色，以兵围寺，强令婚嫁。郑氏扬言有能退贼兵者，即以女许之。张闻言大悦，倩寺僧慧明送书与故友杜确乞援。确时官征西大元帅，镇守是邦，号白马将军。确至而围解，郑氏德之，设宴谢张。张既至，郑令莺莺出拜，事以兄礼，而不言他事。张不悦，质诸郑氏，郑氏谓先已许配其侄郑恒矣。张无奈，私就谋于莺婢红娘，红言莺善属文，若以诗乱之，可得也。张立缀春词二首以授之。是夕，红娘复至，持丝笺以授张曰："莺所命也。"题其篇曰"明月三五夜"，其词曰"待月西厢下，迎风户半开。拂墙花影动，疑是玉人来"。张亦微喻其旨。既望之夕，张逾墙而达西厢。及莺至，则端服俨容，不敢稍犯，复幡然而逝，张自失者久之，复踰墙而出。数夕之后，红娘忽携琴枕而至，抚张曰："至矣！至矣！"遂及于乱。天将晓，红娘又捧之而去。自是，同会于曩所谓西厢者几一月。事闻，夫人怒斥之，旋因红娘之请，勉允婚事，但命张往长安求仕，待得第归来，然后合卺。莺等送之长亭，怅然而别。行至草桥店，离情难遣，形诸梦寐。莺觉而醒，益不自怿。生至长安，一举得状元及第，授河中府尹，归里将婚。时郑恒亦来求配，不偕，触树而死，于是崔张遂得结为夫妇云。

按《太平广记》卷四百八十八，杂传记类有元稹《莺莺传》，乃此剧所本，其文云：

贞元中，有张生者，性温茂，美风容，内秉坚孤，非礼不可入。或朋从游宴，扰杂其间，他人皆汹汹拳拳，若将不及，张生容顺而已，终不及乱。以是年二十三，未尝近女色。知者诘之，谢而言曰："登徒子非好色者，是有凶行。余真好色者，而适不我值。何以言之？大凡物之尤者，未尝不留连于心，是知其非忘情者也。"诘者识之。无几何，张生游于蒲。蒲之东十余里，有僧舍曰普救寺，张生寓焉。适有崔氏孀妇，将归长安，路出于蒲，亦止兹寺。崔氏妇，郑女也。张出于郑，绪其亲，乃异派之从母。是岁，浑瑊薨于蒲。有中人丁文雅，不善于军，军人因丧而扰，大掠蒲人。崔氏之家，财产甚厚，多奴仆。旅寓惶骇，不知所托。先是，张与蒲将之党有善，请吏护之，遂不及于难。十余日，廉使杜确将天子命以总戎节，令于军，军由是戢。郑厚张之德甚，因饰馔以命张，中堂宴之。复谓张曰："姨之孤嫠未亡，提携幼稚，不幸属师徒大溃，实不保其身。弱子幼女，犹君之生，岂可比常恩哉！今俾以仁兄礼奉见，冀所以报恩也。"命其子曰欢郎，可十余岁，容甚温美。次命女："出拜尔兄，尔兄活尔。"久之，辞疾。郑怒曰："张兄保尔之命，不然，尔且掳矣，能复远嫌乎？"久之，乃至。常服睟容，不加新饰，垂鬟接黛，双脸销红而已。颜色艳异，光辉动人。张惊，为之礼。因坐郑旁，以郑之抑而见之，凝睇怨绝，若不胜其体者。问其年纪，郑曰："今天子甲子岁之七月，终今贞元庚辰，生年十七矣。"张生稍以词导之，不对，终席而罢。张自是惑之，愿致其情，无由得也。崔之婢曰红娘。生私为之礼者数回，乘间遂道其衷。婢果惊沮，腆然而奔。张生悔之。翌日，婢复至。张生乃羞而谢之，不复云所求矣。婢因谓张曰："郎之言，所不敢言，亦不敢泄。然而崔之姻族，君所详也。何不因其德而求娶焉？"张曰："余始自孩提，性不苟合。或时纨绮闲居，曾莫流盼。不为当年，终有所蔽。昨日一席间，几不自持。数日来行忘止，食忘饱，恐不能逾旦暮，若因媒氏而娶，纳采问名，则三数月间，索我于枯鱼之肆矣。尔其谓我何？"婢曰："崔之贞慎自保，虽所尊不可以非语犯之。下人之谋，固难入矣。然而善属文，往往沉吟章句，怨慕者久之。君试为喻情诗以乱之。不然，则无由也。"张大喜，立缀春词二首以授之。是夕，红娘复至，持彩笺以授张曰："崔所命也。"题其篇曰《明月三五夜》。其词曰："待月西厢下，迎风户半开。拂墙花影动，疑是玉人来。"张亦微喻其旨。是夕，岁二月旬有四日矣。崔之东有杏花一株，攀援可逾。既望之夕，张因梯其树而逾焉。达于西厢，则户半开矣。红娘寝于床。生因惊之。红娘骇曰："郎何以至？"张因绐之曰："崔氏之笺召我也，尔为我告之。"无几，红娘复来。连曰："至矣！至矣！"张生且喜且骇，必谓获济。及崔至，则端服严容，大数张曰："兄之恩，活我之家，厚矣。是以慈母以弱子幼女见托。奈何因不令之婢，致淫逸之词。始以护人之乱为义，而终掠乱以求之。是以乱易乱，其去几何？诚欲寝其词，则保人之奸，不义。明之于母，则背人之惠，不祥。将寄于婢仆，又惧不得发其真诚。是用托短章，愿自陈启。犹惧兄之见难，是用鄙靡之词，以求其必至。非礼之动，能不愧心，特愿以礼自持，毋及于乱！"言毕，翻然而逝。张自失者久之。复逾而出，于是绝望。数夕，张生临轩独寝，忽有人觉之。惊骇而起，则红娘敛衾携枕而至，抚张曰："至矣！至矣！睡何为哉？"并枕重衾而去。张生拭目危坐久之，犹疑梦寐。然而修谨以俟。俄而红娘捧崔氏而至，至则娇羞融冶，力不能运支体，曩时端庄，不复同矣。是夕，旬有八日也，斜月晶莹，幽辉半床。张生飘飘然，且疑神仙之徒，不谓从人间至矣。有顷，寺钟鸣，天将晓，红娘促去。崔氏娇啼宛转，红娘又捧之而去，终夕无一言。张生辨色而兴，自疑曰："岂其梦邪？"及明，睹妆在臂，香在衣，泪光荧荧然，犹莹于茵席而已。是后又十余日，杳不复知。张生赋《会真诗》三十韵，未毕，而红娘适至，因授之，以贻崔氏。自是复容之。朝隐而出，暮隐而入，同安于曩所谓西厢者，几一月矣。张生常诘郑氏之情，则曰："我不可奈何矣。"因欲就成之。无何，张生将之长安，先以情谕之。崔氏宛无难词，然而愁怨之容动人矣。将行之再夕，不可复见，而张生遂西下。数月，复游于蒲，会于崔氏者又累月。崔氏甚工书札，善属文，求索再三，终不可见。往往张生自以文挑，亦不甚睹览。大略崔之出人者，艺必穷极，而貌若不知，言则敏辩，而寡于酬对。待张之意甚厚，然未尝以词继之。时愁艳幽邃，恒若不识，喜愠之容，亦罕形见。异时独夜操琴，愁弄凄恻。张窃听之。求之，则终不复鼓矣。以是愈惑之。张生俄以文调及期，又当西去。当去之夕，不复自言其情，愁叹于崔氏之侧，崔已阴知将诀矣，恭貌怡声，徐谓张曰："始乱之，终弃之，固其宜矣。愚不敢恨。必也君乱之，君终之，君之惠也，则没身之誓，其有终矣。又何必深感于此行？然而君既不怿，无以奉宁，君常谓我善鼓琴，向时羞颜，所不能及。今且往矣，既君此诚。"因命拂琴，鼓《霓裳羽衣序》，不数声，哀音怨乱，不复知其是曲也。左右皆欷歔，崔亦遽止之，投琴，泣下流连，趋归郑所，遂不复至。明旦而张行。明年，文战不胜，张遂止于京。因贻书于崔，以广其意。崔氏缄报之词，粗载于此曰："捧览来问，抚爱过深。儿女之情，悲喜交集。兼惠花胜一合，口脂五寸，致耀首膏唇之饰。虽荷殊恩，谁复为容？睹物增怀，但积悲叹耳。伏承便于京中就业，进修之道，固在便安。但恨僻陋之人，永以遐弃。命也如此，知复何言！自去秋已来，常忽忽如有所失。于喧哗之下，或勉为语笑，闲宵自处，无不泪零。乃至梦寐之间，亦多感咽，离忧之思，绸缪缱绻，暂若寻常，幽会未终，惊魂已断。虽半衾如暖，而思之甚遥。一昨拜辞，倏逾旧岁。长安行乐之地，触绪牵情何幸不忘幽微，春念无斁，鄙薄之志，无以奉酬。至于终始之盟，则固不忒。鄙昔中表相因，或同宴处，婢仆见诱，遂致私诚。儿女之心，不能自固。君子有援琴之挑，鄙人无投梭之拒。及荐寝席，义盛意深。愚陋之情，永谓终托。岂期既见君子，而不能定情。致有自献之羞，不复明侍巾帻。没身永恨，含叹何言！倘仁人用心，俯遂幽眇，虽死之日，犹形之年。如或达士略情，舍小从大，以先配为丑行，以要盟为可欺。则当骨化形销，丹诚不泯，因风委露，犹托清尘。存没之诚，言尽于此。临纸呜咽，情不能申，千万珍重，珍重千万！玉环一枚，是儿婴年所弄，寄充君子下体所佩。玉取其坚润不渝，环取其终始不绝。兼乱丝一绚，文竹茶碾子一枚。此数物不足见珍。意者欲君子如玉之真，弊志如环不解。泪痕在竹，愁绪萦丝。因物达情，永以为好耳。心迩身遐，拜会无期。幽愤所钟，千里神合。千万珍重！春风多厉，强饭为嘉。慎言自保，无以鄙为深念。"张生发其书于所知，由是时人多闻之。所善杨巨源好属词，因为赋《崔娘诗》一绝云："清润潘郎玉不如，中庭蕙草雪销初。风流才子多春思，肠断萧娘一纸书。"河南元稹亦续生《会真诗》三十韵。诗曰："微月透帘栊，莹光度碧空。遥天初缥缈，低树渐葱茏。龙吹过庭竹，鸾歌拂井桐。罗绡垂薄雾，环珮响轻风。绛节随金母，云心捧玉童。更深人悄悄，晨会雨濛濛。珠莹光文履，花明隐绣龙。瑶钗行彩凤，罗帔掩丹虹。言自瑶华浦，将朝碧玉宫。因游洛城北，偶向宋家东。戏调初微拒，柔情已暗通。低鬟蝉影动，回步玉尘蒙。转面流花雪，登床抱绮丛。鸳鸯交颈舞，翡翠合欢笼。眉黛羞偏聚，唇朱暖更融。气清兰蕊馥，肤润玉肌丰。无力慵移腕，多娇爱敛躬。汗流珠点点，发乱绿葱葱。方喜千年会，俄闻五夜穷。留连时有恨，缱绻意难终。慢脸含愁态，芳词誓素衷。赠环明运合，留结表心同。啼粉流宵镜，残灯远暗虫。华光犹苒苒，旭日渐瞳瞳。乘鹜还归洛，吹箫亦上嵩。衣香犹染麝，枕腻尚残红。幂幂临塘草，飘飘思渚蓬。素琴鸣怨鹤，清汉望归鸿。海阔诚难渡，天高不易冲。行云无处所，萧史在楼中。"张之友闻之者，莫不耸异之，然而张志亦绝矣。稹特与张厚，因征其词。张曰："大凡天之所命尤物也，不妖其身，必妖于人。使崔氏子遇合富贵，乘宠娇，不为云，不为雨，为蛟，为螭，吾不知其所变化矣。昔殷之辛，周之幽，据百万之国，其势甚厚。然而一女子败之。溃其众，屠其身，至今为天下僇笑。予之德不足以胜妖孽，是用忍情。"于时坐者皆为深叹。后岁余，崔已委身于人，张亦别有所娶。适经所居，乃因其夫言于崔，求以外兄见。夫语之，而崔终不为出。张怨念之诚，动于颜色。崔知之，潜赋一章，词曰："自从消瘦减容光，万转千回懒下床。不为旁人羞不起，为郎憔悴却羞郎。"竟不之见。后数日，张生将行，又赋一章以谢绝云："弃置今何道，当时且自亲。还将旧来意，怜取眼前人。"自是，绝不复知矣。时人多许张为善补过者。予尝于朋会之中，往往及此意者，夫使知者不为，为之者不惑。贞元岁九月，执事李公垂宿于予靖安里第，语及于是。公垂卓然称异，遂为《莺莺歌》以传之。崔氏小名莺莺，公垂以命篇。

后人以张生赋《会真诗》三十韵，故又名其文为《会真记》。在本剧之前，唐人以诗文张之者，尚有元稹《续会真诗》，河中杨巨源有《崔娘诗》，亳州李绅有《莺莺歌》。宋赵令畤惜其不能播之声乐，乃谱商调《蝶恋花》十阕以述其事，见所著《侯鲭录》。金章宗时，有董解元所撰《西厢记》，全书今存，所谓《弦索西厢》是也，亦称《董西厢》。本剧即依董作复杂缀传记而成。其后，明有李日华《南西厢记》，陆天池《南西厢记》，周公鲁《翻西厢记》。至清查继佐又有

《续西厢》杂剧。他如市面流传所谓《续西厢》《翻西厢》《竟西厢》《后西厢》者，辞旨猥琐，皆不著撰人。流传至今，推为美谈。于是词人韵事，传播艺林，皆推本于微之一传，而益加恢张者也。

世传《莺莺传》乃元稹实事，而嫁名于张生者。按稹所作姨母郑氏墓志，谓其既丧夫，遭军乱，微之为保护其家备至，与传中所叙正合。又白居易作《稹墓志》，以太和五年薨，年五十三。则当以大历十四年己未生，至贞元十六年庚辰，正二十三岁，与传所谓生年二十三合。又韩愈作稹妻韦业志文，婿韦氏时，微之始以选为校书郎。按贞元十八年，微之始中书判拔萃，授校书郎，年二十四岁。正传所谓后岁余，生亦有娶者也。又稹作《陆氏姊志》，言其外祖父为睦州刺史郑济；白居易作稹母《郑夫人志》，亦言郑济女；而唐《崔氏谱》：永宁尉鹏，亦娶郑济女。则莺莺者，乃崔鹏之女，于稹为中表，正传所谓郑氏为异派之从母者也。又稹春词二首，其间皆隐"莺"字，传亦言立缀春词二首，意谓二莺字为双文也。莺嫁郑恒，则据恒墓志云，娶博陵崔氏，本传但云委身于人也。苏轼赠张子野诗云："诗人老去莺莺在。"注言所谓张生乃张籍也。据稹所作会真事，在贞元十六年春。又言生明年文战不利，乃是十七年。而唐《登科记》张籍于贞元十五年登科，既先二年，则非张籍明矣。近人陈寅恪撰《读崔莺莺传》一文，论之至详，见陈著《元白诗笺证稿》，今以文长不录。

至于剧中言崔张于僧殿相逢，秋波微转。孙飞虎围寺，老夫人许退兵者，即以莺婚。张生乃修书乞兵，杜确为之解围后，夫人又改婚姻为兄妹。于是张怨而红亦忿，乃为之寄柬传书。此类关目，皆巧作安排，点缀生姿，不必与传全合。其长亭送别、草桥惊梦，更非记中所有。后人又添出张生登第归里、成婚诸事，盖古代戏剧收局必然之势。其实莺实归郑，即传所谓委身于人也。而剧中言恒求亲不得，至于身殉，作者乃本诸但愿天下有情人皆成眷属之意，作团圆结局以餍惬人心耳。

西厢传本至多，卷帙浩繁，若欲详为考订，仅此一剧即可成数十万言之巨著，断非本书所能罄述。以上所言，盖举其荦荦大者也。

《破窑记》

本剧演吕蒙正少时贫困，寄食白马寺中。及得官归，观寺中旧题处，皆为碧纱所笼事。略云：

吕蒙正未达时，与其友寇准同居破窑中攻读，遇洛阳富人刘仲实，令女月娥抛彩球招婿，适中吕，月娥遂嫁之，同居破窑中，无悔意。蒙正一贫如洗，常赴白马寺乞斋度日，既久，为寺僧所厌，改为饭后鸣钟以拒之，且倍加讥刺。蒙正不堪，乃于寺壁书"男儿未遇气冲冲，懊恼阇黎饭后钟"二语而去。刘仲实既以女嫁蒙正，嫌其贫窭，欲令女与之离异，女不肯，仲实怒，尽毁窑中诸物而去。寇准知悉，乃挽蒙正赴京求官。十年后，蒙正显达，得洛阳县令，准亦状元及第，拜莱国公之职。蒙正为探其妻贞节与否，微行访之。知其贤，始相团聚。再入白马寺中，则见寺僧珍护往昔题句，笼以碧纱，蒙正乃索笔续之曰："十年前时尘土暗，今朝始得碧纱笼。"寺僧并告蒙正，向日之所以饭后鸣钟，盖为妇翁刘仲实阴使，以激励蒙正上进者，于是翁婿父女，欢好如故云。

按饭后鸣钟见《摭言》，乃唐王播少时事。《摭言》（学津讨源本）卷七云："王播，少孤贫，尝客扬州惠昭寺木兰院，随僧斋餐。诸僧厌怠，播至已饭。后二纪，播自重位出镇是邦，因访旧游，向之题，已皆碧纱幕其上。播继以二绝句曰：'三十年前此院游，木兰花发院新修。而今再到经行处，树老无花僧白头。''上堂已了各西东，惭愧阇黎饭后钟。二十年来尘扑面，如今始得碧纱笼。'"此又与《北梦琐言》所记唐段文昌少时事相类。明来集之作《碧纱笼传奇》，清张韬作《木兰诗》杂剧，皆演此事，而与蒙正无涉。又按宋吴处厚《青箱杂记》云："魏仲先，寇莱公游陕郊僧寺，多留题。后同到，见寇诗用碧纱笼，魏诗尘皆满壁，官妓以衣袖拂之，仲先曰：'若得时将红袖拂，也应胜似碧纱笼。'"据此，则碧纱笼诗，本传说不一，而此剧以为蒙正者，亦是附会其说也。

《文献通考》："太平兴国二年，进士一百九人，状元吕蒙正。"又按《宋史》卷二百六十五列传第二十四《蒙正本传》及《尧山堂外纪》，皆载吕蒙正父龟图多内宠，与妻刘氏不睦，并蒙正出之，颇沦踬窘乏，刘誓不复嫁。或谓其尝处破窑中，所作自叹诗有："十谒朱门九不开，满头霜雪却归来。还家羞对妻儿面，拨尽寒炉一夜灰。"及蒙正登仕，迎二亲，同堂异室，奉养备至云云。然则，蒙正之母为刘氏，曾见逐于夫，而与蒙正同遭困乏。剧中误母为妻，又误刘氏之见逐于夫为见逐于父。后有无名氏《彩楼记传奇》，亦沿其误。小说戏剧与正史往往不合，无足怪也。元关汉卿亦有《吕蒙正风雪破窑记》杂剧。马致远有《吕蒙正风雪斋后钟》杂剧。宋元南戏文有《吕蒙正风雪破窑记》，见徐文长《南词叙录》。由斯以见吕蒙正事流传至广。叶盛《水东日记》云："今书坊相传射利之徒，伪为小说杂书。南人喜谈如汉小王光武、蔡伯喈（邕）、杨六使（文广）；北人喜谈如继母大贤等事甚多。农工商贩，抄写绘画，家畜而人有之，女妇尤所酷好，好事者因目为《女通鉴》。甚则晋王休征、宋吕文穆（蒙正谥）、王龟龄诸名贤，至百态诬饰，作为戏剧，以为佐酒乐客之具。意者出于轻薄子一时好恶之为，如《西厢记》《碧云騢》之类，流传之久，遂以泛滥而莫之捄欤！"其言甚是，特录出以供参览。

《丽春堂》

本剧演金右相乐善以御宴失仪被谪闲居，后起复招抚群寇，并与致乐善失仪之监军使李圭言归于好事。略云：

蕤宾令节，金帝赐群臣御园射柳，射中者赏，连中三矢者，赐锦袍玉带。有监军使李圭，斗筲器也，以诏得显官，驰骑争先，不能获隽。右丞相乐善连中三矢，受赐袍带，圭惭而退。射毕，赐宴香山。圭欲以双陆取胜。圭出八宝珠，善出宝剑，善复胜圭。圭惭甚，必欲胜善，且言若胜，则搽善黑脸以雪耻。善谓此非大臣所为，因是相诟詈，遂殴圭。押宴官左丞相徒单克宁以情奏，诏谪善济南闲住。善乃欣然别妻子，居于济南，唯以山水自娱，披蓑戴笠，持竿垂钓。济南尹重其清高，常携樽就饮。后值土寇扰民，起善招抚。归见妻子，鬓发已苍。出军未几，贼皆安戢，诏旨嘉奖，就其第丽春堂赐群臣宴贺，令圭诣善谢罪。圭负荆伏地，善扶之起，邀同畅饮，人咸服其雅量云。

按本剧系演金源时事而于史无征。乐善、李圭之名，亦不见载籍。唯剧中所言徒单克宁，《金史》卷九十二列传第三十有传，传云其人本名习显，祖籍金源，后徙莱州。为人浑厚寡言笑，善骑射，通女直、契丹二国文字。大定初，以左翼都统从讨契丹，平之。又败宋将魏胜，取楚州，累树大功。于世宗时拜平章政事，持正守大体。章宗时拜太师，封淄王，勋业甚著，卒谥忠烈。

剧谓蕤宾令节，帝赐群臣御园射柳。按古乐十二律，阴阳各六，阳六为律，其四曰蕤宾，位于午，在五月，辰在鹑首。《礼·月令》："仲夏之月，其音徵，律中蕤宾。"注："蕤宾者，应钟之所生，三分益一，律长六尺八十一分寸之二十六，仲夏气至，则蕤宾之律应。"故蕤宾节即端阳节也。射柳、击球，本因辽俗，金尤尚之。《金史》卷二十八《礼志》谓："重五日拜天礼毕，插柳球场为两行，当射者以尊卑序，各以帕识其枝，去地约数寸，削其皮而白之，先以一人驰马前导，后驰马，以无羽横镞箭射之。既柳断，又以手接而驰去者为上；断而不能接去者次之；或断其青处，及中而不能断，与不能中者为负。"既毕，赐宴，岁以为常云云，由此可窥知其大概矣。

元萧德拜有《四大王歌舞丽春园》杂剧，惜今不传。

十、武汉臣　（二本）

《老生儿》

本剧演刘从善散财济贫，老年得子事。略云：

东平府人刘从善，娶妻李氏，年已六十无子，有女曰引张，赘婿曰张郎。从善之弟从道早亡,有子曰引孙,从善抚如己生,唯李氏憎之,尤为张郎、引张所不容。从善乃以银百两,草房一间与引孙,令独居训蒙以自活。从善家本富厚,愤妻女及婿之不容其侄,乃取藏券悉焚之。从善有婢小梅怀孕,偶他出,嘱妻女善视之,盖切盼其孕之为男也。女及妻相与谋曰,若小梅生子,则家产无望矣,乃移置小梅于别所,与从善妻同告从善,谓小梅私奔,不知所之。从善心疑之,然无奈何,浩叹之余,因念老而无子,皆宿业所致,于是至开元寺舍财布施,济困恤贫。时引孙亦来求钞,而钱锁为张婿掌握,不肯给钞,从善乃阴以银二锭付引孙去。旋值清明节,从善命婿备祭具扫墓,并嘱其夫妇先往墓所陈设。二老继至,不见张郎夫妇,唯见张氏墓所,设祭品甚丰,刘氏墓所,则仅焚纸一陌,浇酒一杯。从善大悲恸,从善妻亦悟婿之不可为后也。俄而引孙荷锸来增土,乃知即此一陌一杯,亦引孙所奠而非张也。于是夫妇皆持引孙而泣,携之归,产业尽付之,拒张郎夫妇于门外,不令入见,张夫妇皆内惭。时小梅已生子三岁矣。盖小梅虽移置别所,而张夫妇仍不时以衣食稍稍给之,故得存活。张夫妇求盖前愆,乃于从善生辰,引小梅往见,具言其详。从善大喜,分家赀为三,一以与女,一以与侄,一以与其子云。

按本剧所演情节,其事无考。《曲海总目提要》谓有小说载此事者则云刘女甚贤,与此略异。按陶诗云:"弱女虽非男,慰情聊胜无。"言无男则女亦可自慰也。《汉书》云:"生女不生男,缓急非可益。"言缓急之际,女不如男也。至于旧时礼俗,以为承祧嗣续,则女不但不如男,并不可与兄弟之子同语。盖作者本孟子所言"不孝有三,无后为大"之意,欲以深诫妒妇之宠女而忘其夫之乏嗣者。后人本此剧改编为短篇小说,收入《今古奇观》中,题曰"念亲恩孝女藏儿",盖为凌氏《初二拍》之佚文,结构虽同,而描写神情,则远不如本文也。

《三战吕布》

本剧演张飞于虎牢关大破吕布事。略云:

汉末，袁绍率诸侯讨伐董卓，与卓大将吕布相持于虎牢关下，绍独战不能胜，乃会合十八路诸侯，与布交锋。时曹操赴青州催粮，路过德州平原县，遇刘备、关羽、张飞三人，劝三人至虎牢关，战胜吕布，以图进取，三人从之。至关，谒元帅孙坚，坚傲不为礼，张飞乃怒击其卒子，且詈之。坚罚三人于辕门外，手捏鞋鼻，打躬施礼。适吕布指名索坚应战，坚畏惧不出，伪称腹痛。飞又讥诮之，坚欲杀飞，会曹操催粮归，力劝方免。吕布又来索战，坚乃命飞出击，备、羽助之，大败吕布，得胜而回。袁绍遂宣旨加官赐赏，封曹操为左丞相之职，整朝纲执掌兵权，封刘备为越殿襄王，关云长为荡寇将军，张飞为车骑将军，并大设华筵，为曹、刘、关、张等庆功云。

按本剧所演各节，系与《三国演义》第五回之"发矫诏请镇应曹公，破关兵三英战吕布"及第六回之"焚金阙董卓行凶，匿玉玺孙坚背约"近似，然不尽相合，盖取传闻随意点窜也。全剧关目生动，曲文率直，排场亦甚热闹，乃舞台之剧，非案头之曲也。

十一、王仲文　（一本）

《救孝子》

本剧演孝子杨谢祖为人诬以杀害亲嫂，将抵罪，适谢祖兄从军归，破案而惩真凶事。略云：

大兴府尹王翛然奉郎主命，随处勾迁义细军。至开封府西军庄，有军户杨氏兄弟二人，长曰兴祖，娴武术，次曰谢祖，通文墨。兴祖娶妻春香，谢祖未娶。二人中当以一人为军，翛然问其母李氏，二子之中愿以谁往？李氏以兴祖对，而谢祖以得吉梦愿往，其母不从。翛然疑兴祖必非李出，故留之而遣兴祖，详诘之，则兴祖实李出，而谢祖乃妾康氏所生，未弥月而母亡。其夫遗言，以儿嘱李，李守此言，故预使兴祖习武，而命谢祖攻诗书，盖不欲其远离也。翛然深叹其贤，敬礼之，而率兴祖去。兴祖有一刀，其妻春香之弟曾索之。至是，以刀遗春香，令遗其弟。春香以未奉姑命，必告姑，始肯收，夫妇相语，为翛然所闻，乃知春香亦贤妇也。春香母家东军庄，屡欲其女归宁。农事稍暇，李氏命谢祖送其嫂往。而谢祖恐嫂叔嫌疑，行至近庄林浪嘴，以行李付嫂而归。时有恶徒赛卢医，因与婢昵有孕，诱于郊外杀之灭口。春香适至，卢医乃夺春香衣覆于婢尸上，掠春香而去。春香母讶女久不至，亲至西军庄询之，李氏言已令谢祖送归。春香母遽疑谢祖欲奸嫂不遂而杀之。及与李氏同至林浪嘴访问，果见有尸在地，刀置其旁，适劝农官至，春香母乃报谢祖鸣冤。时尸已腐，官不细检，令领归焚化，李坚执不认，官乃严拷谢祖取供，又令李氏押。谢祖既诬服，而李氏复不肯，狱悬未决。久之兴祖从军立功为金牌上千户，告归省亲，路逢春香于井旁汲水，惊问之，知为卢医所掠，强逼为妻，不从，勒令汲水浇畦也。兴祖乃执卢医，偕春香至官。会翛然至河南审囚刷卷，采访孝子贤孙，已将杨氏一门贤孝上闻，而阅卷乃有杨谢祖欺兄杀嫂事，深讶之。方提谢祖审问，兴祖携春香及卢医适至，于是知春香尚在，死者为另一人，而杀人者乃赛卢医也。翛然乃正卢医罪，释谢祖，表贤母李氏为义烈夫人，兴祖妻春香为贤德夫人，加谢祖为翰林学士，兴祖为帐前指挥使，一门欢庆云。

按剧中之府尹王翛然及歹人赛卢医于元剧中屡见，盖当时实有一贤良府尹名王翛然，恶徒名赛卢医，故作剧时每多称引之也。（翛然事另有考证，见第二章社会剧）

剧中第一折王翛然白谓：奉郎主之命随处勾迁义细军。所谓郎主，即君主也。按仆称主人曰郎，唐书宋璟谓郑善果曰："君非其家奴，何郎之云？"其后乃郎主二字连接而为复词矣。其言勾迁义细军，考《元史》卷九十八《兵志》第四十六云：世祖时，颇修官制，内立五卫，以总宿卫诸军。又有蒙古军，探马赤军。蒙古军皆国人，探马赤军则诸部族也。平宋，立汉军。河洛山东，则蒙古探马赤军，列大府以屯之。江淮南海，各以汉军新府军戍焉，有万户府、千户所以镇之。后立义兵万户，又有团练安抚劝农司，招集义旅，其法甚密。终元之世，以兵籍系军机重务，内外多寡，虽枢密近臣，不能尽知。所谓勾迁义细军，当是汉军之属义兵万户者。

剧中又言兴祖从军，以翛然荐立功为金牌上千户。按元兵制，置行枢密院，有万户金虎符，千户金符，百户银符。所谓金牌上千户者，当即给金符之千户，属行枢密院也。

十二、李寿卿 （二本）

《度柳翠》

本剧演观音净瓶中杨柳，谪降尘寰为妓女柳翠，月明尊者度之重归正果事。略云：

南海观世音菩萨净瓶内杨柳枝，因叶上偶污微尘，谪降人间，转入轮回，在杭州抱剑营街，积妓墙下为妓女，名曰柳翠。翠风姿绰约，与富户牛璘相得。一日，值翠父逝世十周年祭，翠母向璘乞钞一千贯，请嵩亭山显孝寺僧十众，为夫作佛事。而寺僧能诵经者只九人，不得已以厨下烧火风和尚补之。和尚即第十六尊罗汉月明尊者，观世音菩萨恐翠迷却正道，乃令尊者降凡以度之也。和尚甫至柳翠门，即劝之出家，翠不肯。后复于茶坊劝之，亦不肯。及和尚讲法，又劝之，并设幻境下翠魂于阴司，备受惊惧。及醒，数数问答，翠言下省悟，遂披剃为尼。牛璘寻至，以偈嘲翠，欲使还俗，其偈云："昔年曾到柳门傍，几度欢娱几断肠。借问佳人情意允，还如织女嫁牛郎。"翠亦答之云："曾向章台舞细腰，行人几度折柔条。自从落在禅僧手，一任东风再不摇。"璘知其禅意甚坚，情不可动，乃归。翠不久坐化，月明亦乘云而去，同登佛会云。

据《释典》所载，观世音大士，佛法之广大教化主也。过去已成正法明如来，逆来示菩萨相，立大愿，不度尽众生，誓不成佛。称观世音者，谓观世间众生称名，悉蒙救拔离苦，从他机而立名也。又称观自在者，谓一身现千手眼，随类应化，圆融无碍，从自行而立名也。所谓净瓶杨柳者，乃变现千手眼中，执持法宝之一。浸润菩提，包涵甘露，方以此遍洒大千世界，普救一切众生，安得微尘可污，宿债可填乎？作者亦借此敷衍，未免亵渎。

此剧由柳翠为其亡父逝世十周年作佛事，引起月明度柳翠事，是成佛生天，皆自孝亲一念而来也。《佛说四十二章经》云，凡人事天地鬼神，不如孝其二亲，二亲最神也。他若报恩地藏心地观诸经，劝人忠孝，最为详切，与圣贤大旨不殊。此剧于儒说佛法俱相合，以主旨言，实佳构也。

宋人话本有《五戒禅师私红莲》一则。明初朱有燉之《惠禅师三度小桃红》及嘉靖间徐渭作《四声猿》中之《翠乡梦》，即本此剧；而临川吴士科作《红莲案》，则又本之《翠乡梦》，插入徐渭事。明陈太乙又以五戒后身为东坡，红莲后身为坡妾朝云，作《红莲债传奇》。日本青木正儿有《柳翠传说考》，盖于此一故事各有所述也。

《也是园》藏曲中有《月明和尚度柳翠》，系古名家杂剧本，与《元剧选本》全殊；《曲海》以《度柳翠》为王实甫撰，非是；或即指《也是园藏本》。

按本剧故事，见李调元《雨村剧话》卷，其文云：

《月明度柳翠》剧，见姚靖《西湖志》："宋绍兴间，柳宣教履临安尹任，僧玉通不赴庭参，柳便用红莲计破其戒，玉通惭悔而死，托生于柳，隶乐籍，报之。久之，皋亭山僧清了以化缘诣柳翠，为戴面具，现身说法，示彼前因。翠悟，沐浴而化。"清了，一名月明，故曰"月明和尚度柳翠"也。元李寿卿撰曲，见臧晋叔选《百种曲》中。考《咸淳临安志》《五灯会元》，皆无柳宣教、月明之名。今所演盖《武林旧事》所载，元夕舞队之《耍和尚》也。

李氏此文，与《古今小说》第二十九卷"月明和尚度柳翠"一则略同，盖即此剧所本而非尽合，今以文长不录。

《伍员吹箫》

本剧演伍员去楚奔吴，以吴兵破楚报家仇事。略云：

楚太傅伍奢为少傅费无忌所谗，楚王杀奢及其长子伍尚。奢次子伍员，字子胥，时为樊城太守，有勇力，无忌畏之，乃遣其子费得雄往赚之入朝，欲并杀害，以除后患。楚公子芈建，得悉无忌阴谋，乃携子芈胜私奔樊城，通报子胥。未几，费得雄果至，子胥怒逐之，遂与芈建偕奔郑国借兵，以报父兄之仇。无忌知子胥等奔郑，令中大夫养由基追击，芈建为乱军所杀，子胥乃携芈胜脱逃，乞食以自活，路逢漂女，赐济之。又遇渔夫闾丘亮，本楚国大夫，年迈归隐于渔。亮助子胥过江，子胥以白金剑为谢，亮拒不受。子胥既至郑，在丹阳县以吹箫度日。又逢专诸，子胥嘉其膂力过人，挽之为父兄复仇。郑国上卿子产，畏楚之强，不容子胥久住，子胥乃偕芈胜及专诸夜过昭关奔吴。子胥借吴精兵十万以伐楚，生擒费无忌，斩之辕门，直捣郢城。时楚平王已殁，子胥掘其尸，鞭之三百。楚昭公遂与二公子芈旋出亡，吴大胜而还。子胥又举兵伐郑，郑召闾丘亮子退子胥兵。吴王阖闾乃下令重赏专诸及漂女、渔夫家属，为伍子胥报恩云。

按本剧所演伍子胥事，乃融会《春秋左传》《史记》及《吴越春秋》等书点缀翻换而成者，可与郑廷玉《楚昭公疏者下船》一剧合看。《左传》昭公二十年云："费无极言于楚子曰：'建与伍奢将以方城之外叛，自以为犹宋、郑也。齐晋又交辅之，将以害楚，其事集矣。'王信之，问伍奢。伍奢对曰：'君一过多矣，何信于谗？'王执伍奢……无极曰：'奢之子材，若在吴必忧楚国，盖以免其父召之，彼仁，必来；不然，将为患。'王使召之曰：'来！吾免而父。'棠君尚（按伍员兄伍尚，春秋时为棠邑宰，多惠政，民称棠君）谓其弟员曰：'尔适吴，我将归死。吾知不逮，我能死，尔能报。'……伍尚归，奢闻员不来，曰：'楚君、大夫，其旰食乎？'楚人皆杀之。员如吴，言伐楚之利于州子，公子光曰：'是宗为戮，而欲反其仇，不可从也。'员曰：

'彼将有他志，余姑为之求士而鄙以待之。'乃见专设诸（即专诸）焉，而耕于鄙。"

《史记》卷六十六列传第六《伍子胥传》云："伍胥未至吴而疾，止中道，乞食。"

《春秋经》定公四年："冬，十有一月庚午，蔡侯以吴子及楚人战于柏举，楚师败绩。楚囊瓦（即子常）出奔郑。庚辰，吴入郢。"

《吴越春秋》云渔父渡伍员歌曰："日月昭昭乎寝已驰，与子期兮芦之漪。日已夕矣，余心忧悲。月已驰兮，何为渡为？事寝急兮将奈何？芦中人兮，岂非穷士乎？"按楚捕子胥急，至江上，有父老知子胥急，渡之。子胥解剑与渔父，父曰："楚法，得子胥，赐粟五万石，爵执珪，岂徒百金之剑乎？"辞不受。胥后每食必祝曰："江上丈人！"

剧中所言昭关，乃山名。《和州志》谓在小岘山西。即今安徽省含山县西北，一名小砚山，因山为关，春秋时为吴楚往来之冲。伍子胥逃吴奔楚，即取道于此。宋绍兴时，张浚尝因山筑城，置水柜以遏金兵。又有投金濑，《溧阳志》谓在溧阳县，即今江苏省溧阳市之溧水；或云溧水，一名濑水，又称陵水。伍子胥过昭关至溧水，漂女即饭子胥于此。后子胥欲报，不谙其址，乃投金濑水而去，故名投金濑也。

本剧所演伍子胥事，又散见《东周列国志》（据《七国讲史》改编）第七十一回："晏平仲二桃杀三士，楚平王娶媳逐世子。"第十二回："棠公尚捐躯奔父难，伍子胥微服过昭关。"及第七十三回："伍员吹箫乞吴市，专诸进炙刺王僚。"读者可取以参看。

剧中大略，不外以上所述诸书，特以费得雄为费无极子，而以浣婆婆为漂女之母，以江上丈人阊丘亮子曰邘庳，则皆凭空杜撰，无可考也。吴师至郢，楚王命费无极将兵拒吴，无极为子胥所禽，斩之辕门云云，亦属虚构。按费无极为楚大夫，善谗，尝谮赵大夫朝吴，出蔡侯朱，谮太子建，杀连尹伍奢。其后又谗左尹却宛于令尹囊瓦（即子常），瓦杀却宛，人谤令尹，沈尹戌言于瓦，谓其爱谗自危。瓦于是杀无极，灭其族，谤乃止。事见《左传》昭公二十七年。杀无极者，子常也，此剧乃云为子胥所杀，盖为子胥泄愤而云然，戏曲小说固不必强合于史传也。

又按唐代变文有《列国传》，盖亦述子胥事，散存伦敦及巴黎图书馆中。

十三、尚仲贤 （三本）

《柳毅传书》

本剧演唐人柳毅为洞庭龙女传书，卒成夫妇事。略云：

唐仪凤二年，淮阴人柳毅因应举不第，将还湘滨。有故友官泾阳，便道往访之。路遇一妇人，颦眉凝睇，若有所失，毅怪而问之。自谓乃洞庭湖龙女三娘，嫁泾河小龙为妻，小龙惑于仆婢，日见厌薄，复为舅姑不容，迫于泾河岸牧羊，饱受风霜之苦。言下啼泣，不胜酸楚，乞毅传书于其父救之。毅曰："洞庭水府，尘凡隔阻，宁可致耶？"女曰："洞庭湖畔，有一庙宇，庙中香案旁有金橙一株，里人呼为社橘，以吾金钗叩之，即有应者，便可入内。"毅至洞庭，依言而行，果有夜叉导入，谒洞庭府君，府君得书大怒。会府君弟钱塘火龙亦至，知其情，举兵直捣泾河。小龙见状走避，化为小蛇，藏入淤泥，钱塘君获而食之，凯旋返里。洞庭钱塘感毅之恩，欲以龙女三娘妻毅，毅婉谢辞归，娶范阳卢氏女。花烛之夕，始知卢氏即龙女化身也。颜色举止一如往昔，遂相偕重回洞庭云。

按本剧取自唐人李朝威《柳毅传》，此略而传详，仅小节稍异，元人杂剧之取材唐宋小说者，以此为最忠于本传也。兹录李传于后。

仪凤中，有儒生柳毅者，应举下第，将还湘滨。念乡人有客于泾阳者，遂往告别。去至六七里，鸟起马惊，疾逸道左。又六七里，乃止。见有妇人牧羊于道畔。毅怪视之，乃殊色也。然而蛾脸不舒，巾袖无光，凝听翔立，若有所伺。毅诘之曰："子何苦而自辱如是？"妇始笑而谢，终泣而对曰："贱妾不幸，今日见辱问于长者。然而恨贯肌骨，亦何能愧避，幸一闻焉。妾，洞庭龙君小女也，父母配嫁泾川次子，而夫婿乐逸，为婢仆所惑，日以厌薄。既而将诉于舅姑，舅姑爱其子，不能御。迨诉频切，又得罪于舅姑。舅姑毁黜以至此。"言讫，歔欷流涕，悲不自胜。又曰："洞庭于兹，相远不知其几多也？长天茫茫，信耗莫通。心目断尽，无所知哀。闻君将还吴，密迩洞庭。或以尺书，寄托侍者，未卜将以为可乎？"毅曰："吾义夫也。闻子之说，气血俱动，恨无羽毛，不能奋飞，是何可否之谓乎！然而洞庭，深水也。吾行尘间，宁可致意邪？惟恐道途显晦，不相通达，致负诚托，又乖恳愿。子有何术，可导我邪？"女悲泣谢曰："负载珍重，不复言矣。脱获回耗，虽死必谢。君不许，何敢言。既许而问，则洞庭之与京邑，不足为异也。"毅请闻之。女曰："洞庭之阴，有大橘树焉，乡人谓之社橘。君当解去兹带，束以他物。然后叩树三发，当有应者。因而随之，无有碍矣。幸君子书叙之外，悉以心诚之话倚记，千万无渝。"毅曰："敬闻命矣。"女遂于襦间解书，再拜以进，东望愁泣，若不自胜。毅深为之戚。乃置书囊中，因复问曰："吾不知子之牧羊，何所用哉？神祇岂宰杀乎？"女曰："非羊也，雨工也。""何为雨工？"曰："雷霆之类也。"毅顾视之，则皆矫顾怒步，饮龁甚异，而大小毛角，则无别羊焉。毅又曰："吾为使者，他日归洞庭，幸勿相避。"女曰："宁止不避，当如亲戚耳。"语竟，引别东去。不数十步，回望女与羊，俱亡所见矣。

其夕，至邑而别其友，月余到乡。还家，乃访于洞庭。洞庭之阴，果有社橘。遂易带向树，三击而止。俄有武夫出于波间，再拜请曰："贵客将自何所至也？"毅不告其实，曰："走谒大王耳。"武夫揭水指路，引毅以进。谓毅曰："当闭目，数息可达矣。"毅如其言，遂至其宫。始见台阁相向，门户千万，奇草珍木，无所不有。夫止毅，停于大室之隅，曰："客当居此以伺焉。"毅曰："此何所也？"夫曰："此灵虚殿也。"谛视之则人间珍宝，毕尽于此。柱以白璧，砌以青玉，床以珊瑚，帘以水精，雕琉璃于翠楣，饰琥珀于虹栋。奇秀深香，不可弹言。然而王久不至。毅谓夫曰："洞庭君安在哉？"曰："吾君方幸玄珠阁，与太阳道士讲《火经》，少选当毕。"毅曰："何谓《火经》？"夫曰："吾君龙也。龙以水为神，举一滴可包陵谷。道士，乃人也。人以火为神圣，发一灯可燎阿房。然而灵用不同，玄化各异。太阳道士精于人理，吾君邀以听焉。"语毕而宫门辟，景从云合，忽见一人，披紫衣，执青玉。夫跃曰："此吾君也。"乃至前以告之。君望毅而问曰："岂非人间之人乎？"对曰："然。"毅乃设拜，君亦拜，命坐于灵虚之下。谓毅曰："水府幽深，寡人暗昧，夫子不远千里，将有为乎？"毅曰："毅，大王之乡人也。长于楚，游学于秦。昨下第，闲驱泾水之涘，见大王爱女牧羊于野，风鬟雨鬓，所不忍视。毅因诘之。谓毅曰：'为夫婿所薄，舅姑不念，以至于此。'悲泗淋漓，诚怛人心。遂托书于毅，毅许之，今以至此。"因取书进之。洞庭君览毕，以袖掩面而泣曰："老父之罪，不诊鉴听，坐贻聋瞽，使闺窗孺弱，远罹构害。公乃陌上人也，而能急之。幸被齿发，何敢负德！"词毕，又哀咤良久，左右皆流涕。时有宦人密侍君者，君以书授之，令达宫中，须臾，宫中乃恸哭。君惊谓左右曰："疾告宫中，无使有声，恐钱塘所知。"毅曰："钱塘，何人也？"曰："寡人之爱弟。昔为钱塘长，今致政矣。"毅曰："何故不使知？"曰："以其勇过人耳。昔尧遭洪水九年者，乃此子一怒也。近与天将失意，塞其五山。上帝以寡人有薄德于古今，遂宽其同气之罪。然犹縻系于此，故钱塘之人，日来候焉。"语未毕，而大声忽发，天坼地裂，宫殿摆簸，云烟沸涌。俄有赤龙长千余尺，电目血舌，朱鳞火鬣，项掣金锁，锁牵玉柱，千雷万霆，激绕其身，霰雪雨雹，一时皆下，乃擘青天而飞去。毅恐蹶仆地，君亲起而持之曰："无惧，固无害。"毅良久稍安，乃获自定。因告辞曰："愿得生归，以避复来。"君曰："必不如此。其去则然，其来则不然。幸为少尽缱绻。"因命酌互举，以款人事。俄而祥风庆云，融融怡怡，幢节玲珑,箫韶以随。红妆千万,笑语熙熙,中有一人,自然蛾眉,明珰满身,绡縠参差。迫而视之,乃前寄辞者。然而若喜若悲,零泪而泣。须臾红烟蔽其左,紫气舒其右,香气环旋,入于宫中。君笑谓毅曰:"泾水之囚人至矣。"君乃辞归宫中。须臾,又闻怨苦,久而不已。有顷,君复出,与毅饮食。又有一人,披紫裳,执青玉,貌耸神溢,立于君左。君谓毅曰:"此钱塘也。"毅起,趋拜之。钱塘亦尽礼相接,谓毅曰:"女侄不幸,为顽童所辱,赖明君子信义昭彰,致达远冤。不然也,是为泾陵之土矣。飨德怀恩,词不悉心。"毅撝退辞谢,俯仰唯唯。然后回告兄曰:"向者辰发灵虚,巳至泾阳,午战于彼,未还于此。中间驰至九天,以告上帝。帝知其冤,而宥其失。前所谴责,因而获免。然而刚肠激发,不遑辞候。惊扰宫中,复忤宾客。愧惕惭惧,不知所失。"因退而再拜。君曰:"所杀几何?"曰:"六十万。""伤稼乎?"曰:"八百里。""无情郎安在?"曰:"食之矣。"君怃然曰:"顽童之为是心也,诚不可忍。然汝亦太草草,赖上帝灵圣,谅其至冤;不然者,吾何辞焉。从此已去,勿复如是。"钱塘复再拜。是夕,遂宿毅于凝光殿。明日,又宴毅于凝碧宫。会友戚,张广乐,具以醪醴,罗以甘洁。初,笳角鼙鼓,旌旗剑戟,舞万夫于其右。中有一夫前曰:"此《钱塘破阵乐》。"旌鏦杰气,顾骤悍栗,座客视之,毛发皆竖。复有金石丝竹,罗绮珠翠,舞千女于其左,中有一女前进曰:"此《贵主还宫乐》。"清音宛转,如诉如慕,坐客听下,不觉泪下。二舞既毕,龙君大悦,赐以纨绮,颁于舞人。然后密席贯坐,纵酒极娱。酒酣,洞庭君乃击席而歌曰:"大天苍苍兮,大地茫茫。人各有志兮,何可思量。狐神鼠圣兮,薄社依墙。雷霆一发兮,其孰敢当。荷贞人兮信义长,令骨肉兮还故乡。齐言惭愧兮何时忘!"洞庭君歌罢,钱塘君再拜而歌曰:"上天配合兮,生死有途。此不当妇兮,彼不当夫。腹心辛苦兮,泾水之隅。风霜满鬓兮,雨雪罗襦。赖明公兮引素书,令骨肉兮家如初。永言珍重兮无时无。"钱塘君歌阕,洞庭君俱起,奉觞于毅。毅踧踖而受爵,饮讫,复以二觞奉二君,乃歌曰:"碧云悠悠兮泾水东流,伤美人兮,雨泣花愁。尺书远达兮,以解君忧。哀冤果雪兮,还处其休。荷和稚兮感甘羞,山家寂寞兮难久留,欲将辞去兮悲绸缪。"歌罢,皆呼万岁。洞庭君因出碧玉箱,贮以开水犀。钱塘君复出红珀盘,贮以照夜玑,皆起进毅,毅辞谢而受。然后宫中之人,咸以绡彩珠璧,投于毅侧。重叠焕赫,须臾埋没前后。毅笑语四顾,愧揖不暇。洎酒阑欢极,毅辞起,复宿于凝光殿。翌日,又宴毅于清光阁。钱塘因酒作色,踞谓毅曰:"不闻猛石可裂不可卷,义士可杀不可羞邪?愚有衷曲,欲一陈于公。如可,则俱履云霄;如不可,则皆夷粪壤。足下以为何如哉?"毅曰:"请闻之。"钱塘曰:"泾阳之妻,则洞庭君之爱女也。淑性茂质,为九姻所重。不幸见辱于匪人,今则绝矣。将欲求托高义,世为亲戚。使受恩者知其所归,怀爱者知其所付,岂不为君子始终之道耶?"毅肃然而作,歘然而笑曰:"诚不知钱塘君孱困如是!毅始闻夸九州,怀五岳,泄其愤怒,复见断锁,金掣玉桂,赴其急难。毅以为刚决明直,无如君者。盖犯之者不避其死,感知者不爱其生,此真丈夫之志。奈何箫管方洽,亲宾正和,不顾其道,以威加人?岂仆之素望哉!若遇公于洪波之中,玄山之间,鼓以鳞须,被以云雨,将迫毅以死,毅则以禽兽视之,亦何幸哉!今体被衣冠,坐谈礼义,尽五常之志性,穷百行之微旨。虽人世豪杰,有不如者。况江河灵类乎?而欲以蠢然之躯,悍然之性,乘酒假气,将迫于人,岂近直哉!且毅之质,不足以藏王一甲之间,然而敢以不伏之心,胜王不道之气。惟王筹之!"钱塘乃逡巡致谢曰:"寡人生长宫房,不闻正论。向者词述疏狂,妄突高明,退自循顾,戾不容责。幸君子不为此乖间可也!"其夕,复欢宴,其乐如旧。毅与钱塘,遂为知心友。明日,毅辞归。洞庭君夫人别宴毅于潜景殿,男女仆妾等悉出预会。夫人泣谓毅曰:"骨肉受君子深恩,恨不得展愧戴,遂至睽别。"使前泾阳女当席拜毅以致谢。夫人又曰:"此别岂有复相遇之日乎?"毅始虽不诺钱塘之请,然当此席,殊有叹恨之色。宴罢,辞别,满宫悽然。赠遗珍宝,怪不可述。毅于是复循途出江岸,见从者十余人,担囊以随,至其家而辞去。毅因适广陵宝肆,鬻其所得。百未发一,财已盈兆。故淮右富族,咸以为莫如。遂娶于张氏,亡,又娶韩氏。数月,韩氏又亡,徙家金陵。常以鳏旷多感,或谋新匹。有媒氏告之曰:"有卢氏,范阳人也。父名曰浩,尝为清流宰。晚岁好道,独游云泉,今则不知所在矣。母曰郑氏。前年适清河张氏,不幸而张夫早亡。母怜其少,惜其慧美,欲择德以配焉,不识如何?"毅乃卜日就礼。既而男女二姓,俱为豪族,法用礼物,尽其丰盛。金陵之士,莫不健仰。居月余,毅因晚入户,视其妻,深觉类于龙女,而逸艳丰厚,则有过之。因与话昔事,妻谓毅曰:"人世岂有如是之理乎?"经岁余,有一子,毅益重之。既产,逾月,乃饰换服,召亲戚。相会之间,笑谓毅曰:"君不忆余之于昔也?"毅曰:"夙为洞庭君传书,至今为忆。"妻曰:"余即洞庭君之女也,泾川之冤,君使得白。衔君之恩,誓心求报。洎钱塘季父论亲不从,遂至睽违,天各一方,不能相问。父母欲配嫁于濯锦小儿某。惟以心誓难移,亲命难背,既为君子弃绝,分见无期。而当初之冤,虽得以告诸父母,而誓报不得其志。复欲驰白于君子,值君子累娶,当娶于张,继而又娶于韩。迨张韩继卒,君卜居于兹。故余之父母乃喜余得遂报君之意。今日获奉君子,感喜终世,死无恨矣。"因呜咽,泣涕交下,对毅曰:"始不言者,知君无重色之心。今乃言者,知君有感余之意。妇人匪薄,不足以确厚永心,故因君爱子,以托相生。未知君意如何?愁惧兼心,不能自解。君附书之日,笑谓妾曰:'他日归洞庭,慎无相避。'诚不知当此之际,君岂有意于今日之事乎?其后季父请于君,君固不许。君乃诚将不可邪,抑念然邪?君其话之!"毅曰:"似有命者。仆始见君于长泾之隅,枉抑憔悴,诚有不平之志。然自约其心者,达君之冤,余无及也。以言慎勿相避者,偶然耳,岂有意哉?洎钱塘逼迫之际,唯理有不可直,乃激人之怒耳。夫始以义行为之志,宁有杀其婿而纳其妻者邪？一不可也。其素以操真为志尚，宁有屈于己而伏于心者乎？二不可也。且以率肆胸臆，酬酢纷纶，唯直是图，不遑避害。然而将别之日，见有依然之容，心甚恨之。终以人事扼束，无由报谢。吁，今日，君，灵氏也，又家于人间，则吾始心未为惑矣。从此以往，永奉欢好，心无纤虑也。"妻因深感娇泣，良久不已。有顷，谓毅曰："勿以他类，遂为无心，固当知报耳。夫龙寿万岁，今与君同之，水陆无往不适，君不以为妄也。"毅嘉之曰："吾不知国客乃复为神仙之饵。"乃相与觐洞庭。既至，而宾主盛礼，不可具纪。后居南海，仅四十年，其邸第舆马珍鲜服玩，虽侯伯之室，无以加也，毅之族咸遂濡泽。以其春秋积序，容状不衰，南海之人，靡不惊异。洎开元中，上方属意于神仙之事，精索道术。毅不得安，遂相归洞庭。凡十余岁，莫知其迹。至开元末，毅之表弟薛嘏为京畿令，谪官东南。经洞庭，晴昼长望，俄见碧山出于远波，舟人皆侧立，曰："此本无山，恐水怪耳。"指顾之际，山与舟相逼，乃有彩船自山驰来，迎问于嘏。其中有一人呼之。曰："柳公来候耳。"嘏省然记之，乃促至山下，摄衣疾上。山有宫阙如人世，见毅立于宫室之中，前列丝竹，后罗珠翠，物玩之盛，殊倍人间。毅词理益玄，容颜益少。初迎嘏于砌，持嘏手曰："别来瞬息，而发毛已黄。"嘏笑曰："兄为神仙，弟为枯骨命也。"毅因出药五十丸遗嘏曰："此药一丸，可增一岁耳。岁满复来，无久居人世，以自苦也。"欢宴毕，嘏乃辞行。自是已后，遂绝影响。嘏常以是事告于人世。殆四纪，嘏亦不知所在。陇西李朝威叙而叹曰："五虫之长，必以灵者，别斯见矣。人裸也，移信鳞虫。洞庭含吐大直，钱塘迅疾磊落，宜有承焉。嘏咏而不载，独可邻其境。愚义之，为斯文耶。"

  本文见《太平广记》四百九十卷引《异闻集》，题曰《柳毅》，无传字。唐末复有本此而作之《灵应传》，见《太平广记》四百九十二卷引。又《绿窗新话》之《柳毅娶洞庭龙女》《情史》之《洞庭君女》等篇皆演述此事，而详略各有不同，盖皆出于李作也。

宋人大曲有《柳毅大圣乐》，宋元南戏文有《柳毅洞庭女》（见徐文长《南词叙录》），明黄维楫有《龙绡记》，许自昌有《橘浦记》，皆本此文而益为传会者也。清李渔有《蜃中楼记》，乃纽合本剧及《张生煮海》两剧而成。

《气英布》

本剧演汉高祖欲挫降将英布锐气，故濯足媟慢以激之，布为气愤事。略云：

楚霸王项羽与汉高祖刘邦战于灵壁，汉军败绩，屯兵荥阳。时英布为当阳君，以精兵四十万驻九江。项王征布击汉，楚将龙且嫉忌布，托病不赴，且谮其有叛心，项亦惑焉。汉王与张良、曹参辈议招布降。典谒官随何少与布有旧，请往说。沛公言："随何乃竖儒，不足成大事，犹持蝇钓鳖，徒供其一啜耳！"何颇自负，坚请往，以二十骑诣布营。布度必下说，列刀斧以慑之。何从容谓布曰："予无所惧，惟尔祸将及身，是当忧也。"布遂延坐以询，何云："公比范增若何？"布云："增系项谋臣，且尊为亚父，某何敢与较！"何云："以增之尊，且见疑而逐，何况君乎？今项征尔击汉，不赴且受谮，能无疑乎？祸至必矣。"布犹豫未决，适楚使至，何伏屏后。使以项命慰布疾，何出谓楚使云："余汉臣也，布已归汉，俞某来迎。"使愕然，何谓布曰："使归告项，祸及矣，宜速逐之。"布遂杀楚使，引兵归汉。至成皋关，并无迎者，布不怿，何请先入关通报，布立马待。久之，何始出，徐谓云："沛公昔与项王会广武江，数项王十大罪，项以伏弩损王足指。今未瘳，不能出，请往见。"及布入，沛公倨坐，令宫人濯足，佯不为礼，布愧甚，欲撤兵返楚，恐为项王耻笑；留则受辱，乃让何以巧言绐己，遂引刀自刎，何劝止之。又欲领大军入骊山，落草为寇，而沛公率众忽至，于布营大设筵宴鼓乐，谓曰："公锐气勃勃，故少加折挫耳！"乃亲致酒跪拜以谢。授布九江侯，使击楚。沛公又为布捧毂推轮，布感公德，引兵破项奏捷云。

按沛公气英布事，见《史记》卷九十一列传第三十一《黥布列传》，传云：

黥布者，六人也，姓英氏，秦时为布衣。少年，有客相之曰："当刑而王。"及壮坐法，黥布欣然笑曰："人相我当刑而王，几是乎？"人有闻者，共俳笑之。布已论输丽山，丽山之徒数十万人，布皆与其徒长豪杰交通，乃率其曹偶，亡之江中为群盗……项王封诸将，立布为九江王……汉三年，汉王击楚，大战彭城，不利，出梁地至虞。谓左右曰："如彼等者，无足以计天下事！"谒者随何进曰："不审陛下所谓？"汉王曰："孰能为我使淮南，令之发兵倍楚，留项王于齐数月，我之取天下，可以百全。"随何曰："臣请使之！"乃与二十人俱使淮南。至，因太宰主之，三日不得见。随何因说太宰曰："王之不见？何必以楚为强，以汉为弱？此臣之所以为使。使何能见，言之而是邪，是大王所欲闻也；言之而非邪，使何等二十人伏斧质淮南市，以明王倍汉而与楚也。"太宰乃言之王，王见之。随何曰："汉王使臣敬进书大王御者，窃怪大王与楚何亲也？"淮南王曰："寡人北乡而臣事之。"随何曰："大王与项王，俱列为诸侯，北乡而臣事之，必以此为强，可以托国也。项王伐齐，身负板筑，以为士卒先。大王宜悉淮南之众，身自将之，为楚军前锋，今乃发四千人以助楚。夫北面而臣事人者，固若是乎？夫汉王战于彭城，项王未出齐也，大王宜骚淮南之兵渡淮，日夜会战彭城下，大王抚万人之众，无一人渡淮者，垂拱而观其孰胜。夫托国于人者，固若是乎？大王提空名以乡楚，而欲厚自托，臣窃为大王不取也。然而大王不背楚者，以汉为弱也。夫楚兵虽强，天下负之不义之名，以其背盟约而杀义帝也。然而楚王恃战胜自强，汉王收诸侯，还守成皋、荥阳，下蜀、汉之粟，深沟壁垒，分卒守徼乘塞。楚人还兵，间以梁地，深入敌国，八九百里，欲战则不得，攻城则力不能，老弱转粮千里之外。楚兵至荥阳、成皋，汉坚守而不动，进则不得攻，退则不能解，故曰楚兵不得恃也。使楚胜汉，则诸侯自危惧而相救。夫楚之强，适足以致天下之兵耳，故楚不如汉，其势易见也。今大王不与万全之汉，而自托于危亡之楚，臣窃为大王惑之。臣非以淮南之兵，足以亡楚也。夫大王发兵而倍楚，项王必留，留数月，汉之取天下可以万全。臣请于大王提剑而归汉，汉王必裂地而封大王，又况淮南，淮南必大王有也。故汉王敬使使臣进愚计，愿大王之留意也。"淮南王曰："请奉命。"阴许畔楚与汉，未敢泄也。楚使者在，方急责英布发兵，舍传舍。随何直入，坐楚使者上坐曰："九江王已归汉，楚何以得发兵？"布愕然，楚使者起。何因说布曰："事已构，可速杀楚使者，无使归，而疾走汉并力。"布曰："如使者教，因起兵而击之耳。"于是杀使者，因起兵而攻楚，楚使项声、龙且攻淮南，项王留而攻下邑。数月，龙且击淮南，破布军，布欲引兵走汉，恐楚王杀之，故间行与何俱归汉。淮南王至，上方踞床洗，召布入，布甚大怒，悔来，欲自杀。出就舍，帐御饮食如汉王居，布又大喜过望，于是乃使人入九江。楚已使项伯收九江兵，尽杀布妻子。布使者，颇得故人幸臣，将众数千人归汉，汉益分布兵，而与俱北收兵至成皋。（汉）四年七月，立布为淮南王。与击项籍。汉五年，布使人入九江，得数县。六年，布与刘贾入九江，诱大司马周殷，周殷反楚，遂举九江兵与汉击楚，破之垓下。项籍死，天下定。

据此文，知本剧与史虽不尽合，而大致不差。《史记》布本传张守节《正义》云："高祖以布先分为王，恐其自尊大，故峻礼令布折服。已而美其帷帐，厚其饮食，多其从官，以悦其心，权道也。"其言至当。

《三夺槊》

本剧演李元吉与尉迟敬德比武，敬德三夺其槊事。略云：

唐高祖李渊有三子，长子建成，次子世民，三子元吉。高祖举兵，平定天下，以秦王李世民之功居多，而太子建成，不为中外所属，乃与齐王元吉私议，谋篡帝位。然惧世民部将尉迟敬德之威勇，不敢轻动，遂设计诬云敬德必叛,囚于军中,奏请杀之,为世民所救免。后敬德从世民猎于榆窠,遇王世充率兵挑战,世充勇将单雄信跃马直趋世民,敬德飞骑击退雄信,护世民出重围,恩赐甚厚。敬德善避矟,元吉亦颇骁勇,长于使矟,欲自试其强,乃命敬德与较,思借此杀之。两马既交,元吉竟不能中,三战而为敬德三夺其矟,元吉其以为耻。后遇机辄欲陷害敬德,计皆不逞,及玄武门之役,反为敬德所杀云。

按本剧无宾白,略观所述各节,大半皆据史实,见《旧唐书》卷六十八列传第十八《尉迟敬德传》,传云:

尉迟敬德,朔州善阳人。大业末,从军于高阳讨捕群贼,以武勇称,累授朝散大夫,刘武周起,以为偏将……武德三年,太宗讨武周于柏壁,武周令敬德与宋金刚来拒王师于介休,金刚战败,奔于突厥。敬德收其余众,城守介休,太宗遣任城王道宗、宇文士及往谕之,敬德与寻相举城来降,太宗大悦,赐以曲宴,引为右一府统军,从击王世充于东都。既而寻相与武周下降将皆叛,诸将疑敬德必叛,囚于军中。行台左仆射屈突通、尚书殷开山咸言:"敬德初归国家,情志未附,此人勇健非常,縶之又久,既被猜贰,怨望必生。留之恐贻后悔,请即杀之。"太宗曰:"寡人所见,有异于此。敬德若怀翻背之计,岂在寻相之后耶?"遽命释之,引入卧内,赐以金宝,谓曰:"丈夫之意气相期,勿以小疑介意,寡人终不听谗言,以害忠良,公宜体之,必应欲去,今以此物相资,表一时共事之情也。"是日因从猎于榆窠,遇王世充领步骑数万来战。世充骁将单雄信领骑直趋太宗,敬德跃马大呼横刺,雄信坠马,贼徒稍却,敬德翼太宗以出贼围,更率骑兵与世充交战,数合,其众大溃,擒伪将陈智略,获排稍兵六千人。太宗谓敬德曰:"比众人证公必叛,天诱我意,独保明之,福善有征,何相报之速也。"特赐金银一箧,此后恩眄日隆。敬德善解避矟,每单骑入贼阵,贼矟攒刺,终不能伤。又能夺取贼矟,还以刺之。是日出入重围,往返无碍。齐王元吉,亦善马矟,闻而轻之,欲亲自试,命去矟刃,以竿相刺。敬德曰："纵使加刃，终不能伤，请勿除之。"敬德稍谨当却刃，元吉竟不能中。太宗问曰："夺稍避稍，何者难易？"对曰："夺稍难！"乃命敬德夺元吉稍。元吉执稍跃马，志在刺之，敬德俄顷三夺其稍。元吉素骁勇，虽相叹异，甚以为耻。

剧言夺槊，此言夺稍，按棚与稍同，矛长丈八曰槊。此段大意，刘𫗧之《隋唐嘉话》亦已收入。传又言：

元吉将谋害太宗，密致书以招敬德曰："愿迂长者之眷，敦布衣之交，幸副所望也。"仍赠以金银器物一车。敬德辞曰："敬德起自幽贱，逢遇隋亡，天下土崩，窜身无所，久沦逆地，罪不容诛。实荷秦王（太宗）惠以生命。今又隶名藩邸，唯当以身报恩于殿下，无功不敢谬当重赐，若私许殿下，便是二心，徇利忘忠，殿下亦何所用？"建成怒，是后遂绝。敬德寻以启闻，太宗曰："公之素心，郁如山岳，积金至斗，知公情不可移，送来但取，宁须虑也。若不然，恐公身不安。且知彼阴谋计，足为良策。"元吉等深忌敬德，令壮士往刺之，敬德知其计，乃重门洞开，安卧不动，贼频至其庭，终不敢入。元吉乃谮敬德于高祖，下诏狱，讯验将杀之，太宗固谏得释。

剧中情节，乃参合此文，前后颠倒，渲染而成。元无名氏有《尉迟恭单鞭夺槊》，《元曲选》等误以为即本剧。其取材皆自敬德本传脱出，然曲文关目各异，疑后人本《三夺槊》而改作者，说见第一章总目尚仲贤条下。

十四、石君宝　（四本）

《秋胡戏妻》

本剧演秋胡新婚从军，离家十载，其妻守节不移。胡得官归来，终得重聚事。略云：

鲁人秋胡，父早亡，母刘氏。胡娶罗大户女梅英为室，新婚甫三日，即出从军。梅英家居，以蚕桑养姑。胡久游不归，有李大户者，知梅英貌美，欲谋为室。绐其父曰：秋胡已殁军中，乃强委红定，逼其父曲从。与胡母议，劝女改嫁，然梅英以守节自矢，姑与父皆不能夺也。十年后，胡以在军中累立奇功，昭公授中大夫，赐金一饼，令归省母。抵故里，见一女采桑林中，貌绝婉媚，试挑之，女正色力拒。胡复遗以金，女愈恚，奔去。秋胡亦归家，系马门外，忽见女侍母侧，询知即其妻梅英也。胡愧赧无地，母述梅英守节奉姑情状，不胜感叹，乃擒李治其罪。然梅英薄其夫无行，羞与为偶，且欲自尽，姑等同加劝慰，胡亦谢罪愧悔，始复谐伉俪云。

剧中谓李大户伪言秋胡已殁，父与姑皆令其妻改嫁，颇与后汉《孔雀东南飞》中焦仲卿妻兰芝事相类。其误报夫亡，又与唐公乘亿事近似。谓亿赴长安应举，或报其妻，云亿已殁，妻子身单骑访之。至中道，亿成进士归，见服縗骑驴者，乃其妻也，相持感涕，易服并还。按秋胡事，刘向《列女传》、冯梦龙《情史》《山东通志》诸书皆载之，今但录《列女传》文如后：

洁妇者，鲁秋胡子妻也。既纳之五日，去而官于陈，五年乃归。未至家，见路傍妇人采桑，秋胡子悦之，下车谓曰："若曝采桑，吾行道远，愿托桑荫下餐下赍休焉。"妇人采桑不辍。秋胡子谓曰："力田不如逢丰年，力桑不如见国卿。吾有金，愿以与妇人。"妇人曰："嘻！夫采桑力作，纺绩织纴，以供奉衣食，奉二亲，养夫子，吾不愿人之金也。金，所愿卿无有外意，妾亦无淫佚之志。收子之赍与笥金。"秋胡子遂去。至家，奉金遗母，使人唤妇至，乃向采桑者也。秋胡子惭，妇曰："子束发辞亲往仕，五年乃还，当所悦驰骤扬尘疾，至今也乃悦路傍妇人，下子之粮，以金予之，是忘母也。忘母不孝，好色淫佚，是污行也。夫事亲不孝，则事君不忠；处家不义，则治官不理；孝义并忘，必不遂也。妾不忍见子改娶矣，妾亦不嫁。"遂去而东走，投河而死。

据此，则秋胡之妻实本投水自尽，而本剧曰复偕伉俪，盖欲以团圆作结也。又谓胡妇名梅英，及李大户谋娶，皆无可稽考，乃作者所添饰。此云五年，而剧谓十年乃归，亦作者随意点窜也。

宋颜延年作《秋胡诗》九章，直叙其事，最为古雅，载《文选》卷二百十一。其诗云："椅梧倾高凤，寒谷待鸣律。影响岂不怀，自远每相匹。婉彼幽闲女，作嫔君子室。峻节贯秋霜，明艳侔朝日。嘉运既我从，欣愿自此毕。"其二云："燕居未及好，良人顾有违。脱巾千里外，结绶登王畿。戒徒在昧旦，左右来相依。驱车出郊郭，行路正威迟。存为久别离，没为长不归。"其三云："嗟余怨行役，三陟穷晨暮。严驾越风寒，解鞍犯霜露。原隰多悲凉，回飙卷高树。离兽起荒蹊，惊鸟纵横去。悲哉宦游子，劳此山川路。"其四云："迢遥行人远，宛转年运徂。良时为此别，日月方向除。孰知寒暑积，僶俛见荣枯。岁暮临空房，凉风起坐隅。寝兴日已寒，白露生庭芜。"其五云："勤役从归愿，反路遵山河。昔辞秋未素，今也岁载华。蚕月观时暇，桑野多经过。佳人从所务，窈窕援高柯。倾城谁不顾，弭节停中阿。"其六云："年往诚思劳，事远阔音形。虽为五载别，相与昧平生。舍车遵往路，凫藻驰目成。南金岂不重，聊自意所轻。义心多苦调，密比金玉声。"其七云："高节难久淹，朅来空复辞。迟迟前途尽，依依造门基。上堂拜嘉庆，入室问何之。日暮行采归，物色桑榆时。美人望昏至，惭叹前相持。"其八云："有怀谁能已，聊用申苦难。离居殊年载，一别阻河关。春来无时豫，秋至恒早寒。明发动愁心，闺中起长叹。惨凄岁方晏，日落游子颜。"其九云："高张生绝弦，声急由调起。自昔枉光尘，结言固终始。如何久为别，百行愆诸己。君子失明义，谁与偕没齿。愧彼《行露》诗，甘之长川泛。"

秦腔、皮黄、梆子戏，均有《桑园会》，即此事。尚小云曾排演皮黄戏全本《秋胡戏妻》。

又汉乐府中，有《陌上桑》一首（一名《艳歌罗敷行》），其情节略与此同，互为表里，兹录之以供参考：

日出东南隅，照我秦氏楼。秦氏有好女，自名为罗敷。罗敷善采桑，采桑城南隅。青丝为笼系，桂枝为笼钩。头上倭堕髻，耳中明月珠。缃绮为下裙，紫衣为上襦。行者见罗敷，下担捋髭须。少年见罗敷，脱帽著悄头。耕者忘其犁，锄者忘其锄。来归相怨怒，但坐观罗敷。使君从南来，五马立踟蹰。使君遣吏往，问是谁家姝？秦氏有好女，自名为罗敷。罗敷年几何？二十尚不足，十五颇有余。使君谢罗敷，宁可共载不？ 罗敷前致辞，使君一何愚。使君自有妇，罗敷自有夫。东方千余骑，夫婿居上头。何用识夫婿？白马从骊驹。青丝系马尾，黄金络马头。腰中鹿卢剑，可值千万余。十五府小吏，二十朝大夫，三十侍中郎，四十专城居。为人洁白皙，鬑鬑颇有须。盈盈公府步，冉冉府中趋。 坐中数千人，皆言夫婿殊。

《古今注》云："《陌上桑》出秦氏女子。秦氏，邯郸人，有女名罗敷，为邑人千乘王仁妻。王仁后为越王家令。罗敷出，采桑於陌上，赵王登台，见而悦之，因饮酒欲夺焉，罗敷乃弹筝，作《陌上歌》以自明。"此显系秋胡事迹之化身，不过彼为散文叙述，而此以韵语出之，以便入乐歌唱耳！其后如辛延年之《羽林郎》，宋子侯之《董娇娆》，以及唐代张籍之《节妇吟》，又皆自《陌上桑》故实转化而来。其中主人公屡有更易，文体亦自有别，而其情节则未尝全变，无非奖饰女子之洁身自爱，以及侍夫之坚贞不渝，借以敦风励俗耳！叶树藩不察，遂妄言："刘子玄谓秋胡妻者，寻其始末，了无才行可称。直以怨怼其夫，投川而死。轻生同于古冶，殉节异于曹娥，实凶险之顽人，强梁之悍妇，颜氏赋诗，过于称述，殆未察其所以死尔。"（见叶氏海录轩刻本《文选》按语）后人歌咏甚众，皆非如叶氏所言之乖异也。又剧中所引七绝云："郎恩叶薄妾冰清，郎予黄金妾不应。若使偶然通一语，半生谁信守孤灯。"遣词命意，深中情理也。

又按《西京杂记》卷六有云：

杜陵秋胡者，解通尚书，善为古隶字，为翟公所礼，欲以兄女妻之。或曰："秋胡已经娶而失礼，妻遂溺死，不可妻也。"驰象曰：

"昔鲁人秋胡，娶妻三月而游宦，三年休还家。其妇采桑于郊，胡至郊而不识其妻也，见而悦之，乃遗黄金一镒。妻曰：'妾有夫宦游不返，幽闺独处，三年以兹，未有被辱于今日也。'采不顾，胡惭而退。至家，问家人妻何在？曰：'行采桑于郊，未返。'既还，乃向所挑之妇也。夫妻并惭，妻赴沂水而死。今之秋胡，非昔之秋胡也。"

由是可见秋胡事，汉时已盛传民间，唯妇孺学疏，以口耳相传，遂有此误。《陌上桑》《羽林郎》《董娇娆》诸乐府之产生，盖势所必然耳！石君宝因之，乃作为杂剧以传。

《紫云庭》

本剧演歌妓韩楚兰与秀才灵春马离合事。略云：

有歌妓韩楚兰与秀才灵春马私情甚笃，本拟日偕缱绻，以托终身。奈楚兰假母逼生上京求官，以是分离。楚兰乃送之驿亭，把酒饯别，嘱其早日归里。生去后，久无音讯，楚兰眠思梦想，了无生趣，辄于歌舞场中时时唱双渐小卿事以自拟，而感叹其身世之飘零，故有"一股鸾钗半边镜，世间多少断肠人"之语。

按本剧故事无考，今本只存曲文而无宾白，其情节亦无从详知也。

《曲江池》

本剧演郑元和、李亚仙事，即取唐白行简所撰《李娃传》点染而成者也。略云：

洛阳府尹郑公弼，荥阳人也，所生子曰元和，弱冠，有辞藻，公弼命应举入长安。长安有大户赵牛筋者，挟其妓刘桃花，及桃花之姨李亚仙同游曲江赏春，与元和遇。元和悦亚仙之貌，坠鞭者三，而亚仙亦不觉情动，回眸凝睇，意甚相慕，遂邀元和同饮。元和属牛筋通辞，至亚仙家，倾囊结欢。金尽，为鸨母所逐，流落不堪，乃至为人送殡唱挽歌度日。公弼讶其子久绝音耗，适有从仆至，报元和流落状。公弼恨其玷辱门楣，遂亲赴京，见元和唱歌怒甚，呼至旅第杏园中挞之垂死，投于荒郊。亚仙闻之，奔救得苏，欲留于家，而鸨母不容。元和愈落魄，沿途乞食，唯求一饱。亚仙犹不忘旧情，阴使牛筋招之，出私蓄付鸨母为饩资，而与元和同居，劝其励志功名。元和一举登第，授洛阳县令。上官日，先谒府尹。府尹，即其父公弼也。及相见，公弼因知为元和，而元和佯不识。公弼亲诣县署，召见亚仙，亚仙责元和背父，晓以大义。元和感悟，叩首请罪，遂为父子如初。公弼尤喜其得贤妇，乃杀羊置酒，共祝欢庆云。

按本剧取材于唐白行简之《李娃传》，见《太平广记》卷四百八十四，其文云：

汧国夫人李娃，长安之倡也。节行瑰奇，有足称者，故监察御史白行简为传述。天宝中，有常州刺史荥阳公者，略其名氏，不书。时望甚崇，家徒甚殷。知命之年，有一子，始弱冠矣，隽朗有词藻，迥然不群，深为时辈推伏。其父爱而器之，曰："此吾家千里驹也。"应乡赋秀才举，将行，乃盛其服玩车马之饰，计其京师薪储之费，谓之曰："吾觉尔之才，当一战而霸。今备二载之用，且丰尔之给，将为其志也。"生亦自负，视上第如指掌。自毗陵发，月余抵长安，居于布政里。尝游东市还，自平康东门入，将访友于西南。至鸣珂曲，见一宅，门庭不甚广，而室宇严邃，阖一扉。有娃方凭一双鬟青衣立，妖姿要妙，绝代未有。生忽见之，不觉停骖久之，徘徊不能去，乃诈坠鞭于地，候其从者，敕取之。累眄于娃，娃回眸凝睇，情甚相慕，竟不敢措辞而去。生自尔意若有失，乃密征其友游长安之熟者，以讯之。友曰："此狭邪女李氏宅也。"曰："娃可求乎？"对曰："李氏颇赡，前与通之者多贵戚豪族，所得甚广。非累百万，不能动其志也。"生曰："苟患其不谐，虽百万何惜。"他日，乃洁其衣服，盛宾从，而往扣其门。俄有侍儿启扃。生曰："此谁之第耶？"侍儿不答，驰走大呼曰："前时遗策郎也！"娃大悦曰："尔姑止之，吾当整妆易服而出。"生闻之私喜，乃引至萧墙间，见一姥垂白上偻，即娃母也。生跪拜前致词曰："闻兹地有隙院，愿税以居，信乎？"姥曰："惧其浅陋湫隘，不足以辱长者所处，安敢言直耶？"延生于迟宾之馆，馆宇甚丽，与生偶坐，因曰："某有女娇小，技艺薄劣，欣见宾客，愿将见之。"乃命娃出。明眸皓腕，举步艳冶。生遂惊起，莫敢仰视。与之拜毕，叙寒燠，触类妍媚，目所未睹。复坐，烹茶斟酒，器用甚洁。久之，日暮，鼓声四动。姥访其居远近，生绐之曰："在延平门外数里。"冀其远而见留也。姥曰："鼓已发矣，当速归，无犯禁。"生曰："幸接欢笑，不知日之云夕，道里辽阔，城内又无亲戚，将若之何？"娃曰："不见责僻陋，方将居之，宿何害焉？"生数目姥，姥曰："唯唯。"生乃召其家僮，持双缣，请以备一宵之馔。娃笑而止之曰："宾主之仪，且不然也。今夕之费，愿以贫窭之家，随其粗粝以进之，其余以俟他辰。"固辞，终不许。俄徙坐西堂，帷幕帘榻，焕然夺目；妆奁衾枕，亦皆侈丽。乃张烛进馔，品味甚盛。彻馔，姥起。生娃谈话方切，诙谐调笑，无所不至。生曰："前偶过卿门，遇卿适在屏间。厥后心常勤念，虽寝与食，未尝或舍。"娃答曰："我心亦如之。"生曰："今之来，非直求居而已，愿偿平生之志，但未知命也若何？"言未终，姥至，询其故，具以告。姥笑曰："男女之际，大欲存焉。情苟相得，虽父母之命，不能制也。女子固陋，曷足以荐君子之枕席？"生遂下阶，拜而谢之曰："愿以己为厮养。"姥遂目之为郎，饮酺而散。及旦，尽徙其囊橐，因家于李之第。自是生屏迹戢身，不复与亲知相闻。日会倡优侪类，狎戏游宴，囊中尽空，乃鬻骏乘，及其家童。岁余，资财仆马荡然。迩来姥意渐怠，娃情弥笃。他日，娃谓生曰："与郎相知一年，尚无孕嗣，常闻竹林神者，报应如响，将致荐酹求之，可乎？"生不知其计，大喜，乃质衣于肆，以备牢醴，与娃同谒祠宇而祷祝焉，信宿而返。策驴而后，至里北门，娃谓生曰："此东转小曲中，某之姨宅也，将憩而觐之，可乎？"生如其言，前行不逾百步，果见一车门。窥其际，甚弘敞，其青衣自车后止之曰："至矣。"生下，适有一人出访曰："谁？"曰："李娃也。"乃入告。俄有一妪至，年可四十余，与生相迎曰："吾甥来否?"娃下车,妪迎访之曰:"何久疏绝?"相视而笑。娃引生拜之。既见,遂偕入西戟门偏院。有山亭,竹树葱蒨,池榭幽绝。生谓娃曰:"此姨之私第耶?"笑而不答,以他语对。俄献茶果,甚珍奇。食顷,有一人控大宛,汗流驰至,曰:"姥遇暴疾颇甚,殆不识人,宜速归!"娃谓姨曰:"方寸乱矣,某骑而前去,当令返乘,便与郎偕来。"生拟随之,其姨与侍儿偶语,以手挥之,令生止于户外,曰:"姥且殁矣,当与之议丧事以济其急,奈何遽相随而去?"乃止,共计其凶仪斋祭之用。日晚,乘不至。姨言曰:"无复命,何也?郎骤往觇之,某当继至。"生遂往,至旧宅,门扃锁甚密,以泥缄之。生大骇,诘其邻人。邻人曰:"李本税此而居,约已周矣,第主自收。姥徙居,而且再宿矣。"征徙何处,曰:"不详其所。"生将驰赴宣阳,以诘其姨,日已晚矣,计程不能达。乃弛其装服,质馔而食,赁榻而寝。生惠怒方甚,自昏达旦,目不交睫。质明,乃策蹇而去。既至,连扣其扉,食顷无人应。生大呼数回,有宦者徐出。生遽访之:"姨氏在乎?"曰:"无之。"生曰:"昨暮在此,何故匿之?"访其谁氏之第。曰:"此崔尚书宅,昨者有一人税此院,云迟中表之远至者,未暮去矣。"生惶惑发狂,罔知所措,因返访布政旧邸,邸主哀而进膳。生怨懑,绝食三日,构疾甚笃,旬余愈甚。邸主惧其不起,徙之于凶肆之中,绵缀移时,合肆之人共伤叹而互饲之。后稍愈,杖而能起。由是凶肆日假之,令执穗帷,获直以自给。累月,渐复壮,每听其哀歌,自叹不及逝者,辄呜咽流涕,不能自止,归则效之。生,聪敏者也。无何,曲尽其妙,虽长安无有伦比。初,二肆之佣凶器者,互争胜负。其东肆车舆皆奇丽,殆不敌,唯哀挽劣焉。其东肆长知生妙绝,乃醵钱二万索顾焉。其党耆旧,共较其所能者阴,教生新声,而相赞和累旬,人莫知之。其二肆长相谓曰:"我欲各阅所佣之器于天门街,以较优劣。不胜者罚直五万,以备酒馔之用,可乎?"二肆许诺。乃邀立符契,署以保证,然后阅之。士女大和会,聚至数万。于是里胥告于贼曹,贼曹闻于京尹。

四方之士，尽赴趋焉，巷无居人。自旦阅之，及亭午，历举辇舆威仪之具，西肆皆不胜，师有惭色。乃置层榻于南隅，有长髯者拥铎而进，翊卫数人，于是奋髯扬眉，扼腕顿颡而登，乃歌《白马》之词。恃其夙胜，顾眄左右，旁若无人。齐声赞扬之，自以为独步一时，不可得而屈也。有顷，东肆长于北隅上设连榻，有乌巾少年，左右五六人，秉翣而至，即生也，整衣服，俯仰甚徐，申喉发调，容若不胜。乃歌《薤露》之章，举声清越，响振林木，曲度未终，闻者欷歔掩泣。西肆长为众所诮，益惭耻，密置所输之直于前，乃潜遁焉。四座愕眙，莫之测也。先是，天子方下诏，俾外方之牧，岁一至阙下，谓之入计。时也适遇生之父在京师，与同列者易服章窃往观焉。有老竖，即生乳母壻也，见生之举措辞气，将认之而未敢，乃泫然流涕。生父惊而诘之。因告曰："歌者之貌，酷似郎之亡子。"父曰："吾子以多财为盗所害，奚至是耶？"言讫，亦泣。及归，竖间驰往，访于同党曰："向歌者谁？若斯之妙欤？"皆曰："某氏之子。"征其名，且易之矣，竖凛然大惊。徐往，迫而察之，生见竖色动，回翔将匿于众中。竖遂持其袂曰："岂非某乎？"相持而泣，遂载以归。至其室，父责曰："志行若此，污辱吾门，何施面目，复相见也。"乃徒行出，至曲江西杏园东，去其衣服，以马鞭鞭之数百。生不胜其苦而毙，父弃之而去。其师命相狎昵者阴随之，归告同党，共加伤叹。令二人赍苇席瘗焉。至，则心下微温，举之，良久，气稍通。因共荷而归，以苇筒灌勺饮，经宿乃活。月余，手足不能自举。其楚挞之处皆溃烂，秽甚，同辈患之。一夕，弃于道周。行路咸伤之，往往投其余食，得以充肠。十旬，方杖策而起。被布裘，裘有百结，褴褛如悬鹑。持一破瓯，巡于闾里，以乞食为事。自秋徂冬，夜入于粪壤窟室，昼则周游廛肆。一旦大雪，生为冻馁所驱，冒雪而出，乞食之声甚苦。闻见者莫不凄恻，时雪方甚，人家外户多不发。至安邑东门，循里垣北转第七八，有一门独启左扉，即娃之第也。生不知之，遂连声疾呼："饥冻之甚！"音响凄切，所不忍听。娃自阁中闻之，谓侍儿曰："此必生也，我辨其音矣。"连步而出。见生枯瘠疥厉，殆非人状。娃意感焉，乃谓曰："岂非某郎也？"生愤懑绝倒，口不能言，颔颐而已。娃前抱其颈，以绣襦拥而归于西厢，失声长恸曰："令子一朝及此，我之罪也！"绝而复苏。姥大骇，奔至，曰："何也？"娃曰："某郎。"姥遽曰："当逐之奈何令至此？"娃敛容却睇曰："不然，此良家子也。当昔驱高车、持金装，至某之室，不逾期而荡尽。且互设诡计，舍而逐之，殆非人令其失志，不得齿于人伦。父子之道，天性也。使其情绝，杀而弃之，又困踬若此。天下之人尽知为某也。生亲戚满朝，一旦当权者熟察其本末，祸将及矣。况欺天负人，鬼神不佑，无自贻其殃也。某为姥子，迨今有二十岁矣。计其赀，不啻直千金。今姥年六十余，愿计二十年衣食之用以赎身，当与此子别卜所诣。所诣非遥，晨昏得以温清，某愿足矣。"姥度其志不可夺，因许之。给姥之余，有百金。北隅因五家税一隙院。乃与生沐浴，易其衣服。为汤粥，通其肠，次以酥乳润其脏。旬余，方荐水陆之馔。头巾履袜，皆取珍异者衣之，未数月，肌肤稍腴。卒岁，平愈如初。异时，娃谓生曰："体已康矣，志已壮矣。渊思寂虑，默想曩昔之艺业，可温习乎？"生思之，曰："十得二三耳。"娃命车出游，生骑而从。至旗亭南偏门鬻坟典之肆，令生拣而市之，计费百金，尽载而归。因令生斥弃百虑以志学，俾夜作昼，孜孜矻矻。娃常偶坐，宵分乃寐。伺其疲倦，即谕之缀诗赋。二岁而业大就，海内文籍，莫不该览。生谓娃曰："可策名试艺矣。"娃曰："未也，且令精熟，以俟百战。"更一年，曰："可行矣。"于是遂一上登甲科，声振礼闱。虽前辈见其文，罔不敛衽敬羡，愿友之而不可得。娃曰："未也。今秀士，苟获擢一科第，则自谓可以取中朝之显职，擅天下之美名。子行秽迹鄙，不侔于他士。当砺淬利器，以求再捷。方可以连衡多士，争霸群英。"生由是益自勤苦，声价弥甚。其年，遇大比，诏征四方之俊。生应直言极谏科，策名第一，授成都府参军。三事以降，皆其友也。将之官，娃谓生曰："今之复子本躯，某不相负也。愿以残年，归养老姥。君当结媛鼎族，以奉蒸尝。中外婚媾，无自黩也。勉思自爱，某从此去矣。"生泣曰："子若弃我，当自到以就死。"娃固辞不从，生勤请弥恳。娃曰："送子涉江，至于剑门，当令我回。"生许诺。月余，至剑门。未及发而除书至，生父由常州诏入，拜成都尹，兼剑南采访使。浃辰，父到。生因投刺，谒于邮亭。父不敢认，见其祖父官讳，方大惊，命登阶，抚背恸哭移时，曰："吾与尔父子如初。"因诘其由，具陈其本末，大奇之。诘娃安在。曰："送某至此，当令复还。"父曰："不可。"翌日，命驾与生先之成都，留娃于剑门，筑别馆以处之。明日，命媒氏通二姓之好，备六礼以迎之，遂如秦晋之偶。娃既备礼，岁时伏腊，妇道甚修，治家严整，极为亲所眷。向后数岁，生父母偕殁，持孝甚至。有灵芝产于倚庐，一穗三秀，本道上闻。又有白燕数十，巢其层甍。天子异之，宠锡加等。终制，累迁清显之任。十年间，至数郡。娃封汧国夫人，有四子，皆为大官，其卑者犹为太原尹。弟兄姻媾皆甲门，内外隆盛，莫之与京。嗟乎，倡荡之姬，节行如是，虽古先烈女，不能逾也。焉得不为之叹息哉！予伯祖尝牧晋州，转户部，为水陆运使，三任皆与生为代，故暗详其事。贞元中，予与陇西李公佐话妇人操烈之品格，因遂述汧国之事。公佐拊掌竦听，命予为传，乃握管濡翰，疏而存之。时乙亥岁秋八月，太原白行简云。

传云天宝中，有常州刺史荥阳公，而本剧则云荥阳郑公弼为洛阳府尹，与传略异。复次，传云元和访友至鸣珂巷，见娃，乃诈坠鞭于地，候其从者取之。而本剧则云亚仙游曲江，与元和遇，元和悦亚仙之貌，坠鞭者三，亦与传异。又本剧谓元和为父挞之垂死，投于荒郊，亚仙奔救得苏，其事为传中所无。明薛近衮又有《绣襦记》，敷衍《李娃传》情节，较本剧为详。而曰绣襦者，取传中元和落魄时，娃以绣襦拥之而归也。至本剧命名曰《李亚仙花酒曲江池》者，盖曲江为唐人游赏最盛之地，故取之以为渲染，非本传所有也。皮黄戏有《绣襦记》，乃荀慧生所排演，颇声色动人。

《金钱记》

本剧演唐明皇遣李太白主持韩翃与柳眉儿成婚事。略云：

唐玄宗时，长安府尹王辅，字公弼，夫人早亡，有女曰柳眉儿，年已及笄，尚未字人，辅尝以御赐开元通宝金钱十五文与之佩戴。时逢三月上巳，都人仕女，俱游九龙池赏杨家一捻红，辅命女往。有秀才韩翃，字飞卿，洛阳人，颇有文名，性复倜傥，与贺知章、李太白友善。是日，飞卿与知章等共饮，闻龙池之盛，乃逃席往游，与眉儿邂逅，目成心许，眉儿遂以所佩金钱抛地而去，作为信物。翃拾之，乘醉随眉儿车径至其家，既入后园，徘徊张望，若有所失。值辅退朝，见其形迹可疑，缚而吊之。适知章赶至，具道所以。辅素闻翃高才雄笔，文采富丽，急令释之，置酒谢罪，并请知章为介，欲馆翃于园中，为其子课读。知章以翃性傲难谐，设辞婉却，辅再三强之，知章不得已，乃商诸翃。翃以有机可乘，欢然允之。一日，辅置酒与翃共饮，言谈之际，忽于翃书中，见其女所佩金钱，知必有暗昧情事，怒甚，欲声其罪。适知章又至，谓："上见翃文卷，谓此子文章，不在李太白之下，有旨宣入朝，将加以官。"翃既见上，对策称旨，擢为状元，并加授翰林学士。辅因知章陈说，乃结彩楼欲招翃为婿，翃以曾受辅辱不肯。事闻于明皇，遂敕命李太白宣旨成亲。翃不敢违，始与眉儿行交杯之礼，永偕缱绻云。

按韩翃（一作翊，乃形近之误，说见后），唐大历间人，与卢纶、钱起、李端、吉中孚、司空曙、苗发、崔峒、耿㵆、夏侯审等俱以诗名，号称"大历十才子"。翃字君平，而剧曰飞卿，盖以温庭筠，字飞卿，亦有才名，好为艳诗，故合以寓意也。君宝此剧，系以唐人许尧佐《章台柳传》为蓝本，传云：

天宝中，昌黎韩翃（原文作翊，下同。）有诗名，性颇落拓，羁滞贫甚。有李生者，与翃友善，家累千金，负气爱才。其幸姬曰柳氏，艳绝一时，喜谈谑，善讴咏。李生居之别第，与翃为宴歌之地，而馆翃于其侧。翃素知名，其所候问，皆当时之彦。柳氏自门窥之，谓其侍者曰："韩夫子岂长贫贱者乎？"遂属意焉。李生素重翃，无所吝惜，后知其意，乃具膳请翃饮。酒酣，李生曰："柳夫人容色非常，韩秀才文章特异，欲以柳荐枕于韩君，可乎？"翃惊栗，避席曰："蒙君之恩，解衣缀食久之，岂宜夺所爱乎？"李坚请之。柳氏知其意诚，乃再拜，引衣接席。李坐翃于客位，引满极欢。李生又以资三十万，佐翃之费。翃慕柳氏之色，柳氏慕翃之才，两情皆获，喜可知也。明年，礼部侍郎杨度擢翃上第，屏居间岁。柳氏谓翃曰："荣名及亲，昔人所尚。岂宜以濯浣之贱，稽采兰之美乎？且用器资物，足以待君之来也。"翃于是乎省家于清池。岁余，乏食，鬻妆具以自给。天宝末，盗覆二京，士女奔骇。柳氏以艳独异，且惧不免，乃剪发毁形，寄迹法灵寺。是时，侯希逸自平卢节度淄青，素藉翃名，请为书记。及宣皇帝以神武返正，翃乃谴使间行求柳氏，以练囊盛麸金，题之曰："章台柳，章台柳，昔日青青今在否？纵使长条似旧垂，亦应攀折他人手。"柳氏捧金呜咽，左右悽恻，答之曰："杨柳枝，芳菲节，所恨年年赠离别。一叶随风忽报秋，纵使君来岂堪折？"无何，有蕃将沙吒利者，初立功，窃知柳氏之色，劫以归第，宠之专房。及希逸除右仆射，入觐，翃得从行。至京师，已失柳氏所止，叹息不已。偶于龙首冈见苍头以驳牛驾辎軿，从两女奴，翃偶随之。自车中问曰："得非韩员外乎？某乃柳氏也。"使女奴窃言失身于沙吒利，阻同车者，请诘旦幸相待于道政里门。及期而往，以轻素结玉合，实以香膏，自车中授之，曰："当遂永诀，愿置诚念。"乃回车，以手挥之，轻袖遥遥，香车辚辚，目断意迷，失于惊尘，翃大不胜情。会淄青诸将，合乐酒楼，使人请翃，翃强应之，然意色皆丧，音韵悽咽。有虞侯许俊者，以材力自负，拥剑言曰："必有故，愿一效用。"翃不得已，具以告之。俊曰："请足下数字，当立致之。"乃衣缦胡，佩双鞬，从一骑，遥造沙吒利之第。候其出，行里余,乃被衽执辔,犯关排闼,急趋而呼曰:"将军中恶,使召夫人。"仆侍辟易,无敢仰视,遂升堂,出翃札示柳氏,挟之跨鞍马,逸尘断鞅,倏急乃至,引裾而前曰:"幸不辱命。"四座惊叹。柳氏与翃,执手涕泣,相与罢酒。是时,沙吒利恩宠殊等,翃俊惧祸,乃诣希逸。希逸大惊曰:"吾平生所为事,俊乃能尔乎?"遂献状曰:"检校尚书金部员外郎兼御史韩翃,久列参佐,累彰勋效,顷从乡赋;有妾柳氏,阻绝凶寇,依止名尼。今文明抚运,遐迩率化。将军沙吒利,凶恣挠法,凭恃微功,驱有志之妾,干无为之政。臣部将兼御使中丞许俊,族本幽蓟,雄心勇决,欲夺柳氏,归于韩翃。意切中抱,虽昭感激之诚;事不先闻,故乏训齐之令。"寻有诏,柳氏宜还韩翃,沙吒利赐钱二百万。柳氏归翃,翃后累迁至中书舍人。

此篇见《太平广记》卷四百八十五,孟棨《本事诗·情感》第一亦载之。文虽略异,事则全同。剧谓王辅之女,小子柳眉,盖借韩妾章台柳之意,复添入贺知章作衬,以醒人耳目。又因传中有李生,故借太白点染。元代钟嗣成有《章台柳》。明万历间,梅鼎祚有《玉合记》,即据柳氏本传,但无金钱事。又如张四维《章台柳》,吴长儒《练囊记》皆传此事。南戏文有《章台柳旧传奇》,见沈伯明《南词新谱》。又有名《金钱记》者,见《风月锦囊》,乃述何友仁事。其名虽同,其剧情节则与此无关。降及清代,张国寿复作《章台柳》,亦据前引诸书增减而成。

至于剧中谓翃荣获状元一节,不见载籍,盖自《全唐诗话》附会而来。其文曰:"侯希逸镇淄青,翃为从事。罢府,闲居十年。李勉镇夷门,辟为幕属,时已迟暮,不得意。一日,夜将半,客叩门急,贺曰:'员外除驾部郎中知制诰。'翃愕然曰:'误矣!'客曰:'邸报制诰阙人,中书两进名不从,又具二人同进。'御披曰:'春城无处不飞花,寒食东风御柳斜。日暮汉宫传蜡烛,轻烟散入五侯家。'又披曰:'与此韩翃!'翃曰:'是不误。'时建中初也。"剧中所谓状元,盖附会此事也。据此同时有两韩翃之记载，知飞卿之名一作韩翊，乃形近之误。

剧中有所谓九龙池者，按远在中宗时，沈佺期辈所唱和诗俱有龙池篇。而《唐逸史》中亦有所谓龙池故实，其文云："明皇在东都，昼梦一女子，容艳异常，谒帝曰：'妾凌波池中龙女也，愿赐一曲，以光族类。'帝为歌凌波池曲。及寤，尽记之。因宴于池，奏新声。忽池波涌起，有神女出于波心，乃梦中女也，望拜御座，良久方没。因置祠池上祀之。"剧又言龙池所赏之杨家一捻红，乃因贵妃得名，宋刘斧《青琐高议》曰："杨家红者，贵妃匀面，脂在手，印花上。来岁花开，上有指即红迹，帝名为'一捻红'。"

十五、杨显之　（一本）

《潇湘雨》

本剧演崔甸士负心改娶，并刺配其未婚妻张翠鸾，巧遇翠鸾父张商英，为之申理，乃得重谐事。略云：

宋谏议大夫张商英，字天觉，以权奸高俅、杨戬、童贯、蔡京等苦害黎庶，累谏不从，反为所逐，谪官江州，携女翠鸾偕行。渡淮覆舟，父女相失。翠鸾为渔父崔文远救归，收为义女。文远之侄甸士将应举，来辞。父远见其年貌与翠鸾相若，遂许为夫妇，约以成名后即来相迎。甸士得第，上司赵钱友以女妻之，甸士不辞，授秦川县令，携赵女赴任。翠鸾闻甸士得官，日望其来迎，久候不至，因只身往秦川觅之。甸士既负心，而赵女复悍妒。翠鸾至，甸士诬为逃婢，刺配沙门岛。商英落水时，亦以救脱，至是已历官至天下提刑廉访使，赐上方剑，得便宜行事。与翠鸾相遇于临江驿，时值大雨，翠鸾饥饿啼哭，惊动商英，拘之讯问，乃其女也。因问何以至此，翠鸾具道其详。商英闻言大恸且怒，乃亲诣秦川缚甸士及赵女，数其罪，将杀之，适文远至，力救获免。翠鸾自念无改适理，复请于父，还甸士官，与俱之任，而以赵女为侍妾焉。

按《曲海总目提要》谓后人仿此作《江天雪》，改崔通曰崔君瑞，张商英曰苏尚书。实则宋元人南戏文已有《崔君瑞江天暮雪》，见徐文长《南词叙录》，当为清无名氏《江天雪》所本。所异者，本剧以秋雨相遇于临江驿，而《江天雪》则以冬雪完聚于江天驿耳。《江天雪》全剧未见，《纳书楹曲谱》收其《走雪》一出。

又按张商英为宋时宰相，其女断无此事，盖作者有意假托前贤，以醒观众耳目也。其本事卷十四《漠口铺韩玉父题诗》一篇正相类似。《情史》所记略云：玉父，宋南渡时女子也，其题《漠口铺》诗云："南行逾万山，复入武阳路。黎明与鸡兴，理发漠口铺。盱江在何处？极目烟水暮。生平良自珍，羞为浪子妇。知君非秋胡，强颜目西去。"其序云："妾本秦人，先大父尝仕于朝，因乱，遂家钱塘。幼时，易安处士（按：即李易安。）教以学诗。及笄，父母以妻上舍林子建。去年，林得官归闽，妾倾囊以助其行。林许秋冬间遣其迎妾，久之杳然，何其食言邪？不免携女奴自钱塘而之三江。比至，林已官盱江矣。因而复回延平，经由顺昌，假道昭武而去。叹客旅之可厌，笑人事之多乖，因理发漠江铺，漫题数语于壁云，然不知其究竟。"又《情史》卷十四载新嘉驿女子题壁云："余生长会稽，幼工书史，年方及笄，嫁与燕客。具林下之风致，事负腹之将军；加以河东狮子，日吼数声。今早，薄言往诉，逢彼之怒，鞭笞乱下，辱等奴婢，气填胸臆，几不能起。嗟乎！余笼中人耳，死何足惜，但恐委身草莽，湮没无闻，故忍死须臾，俟同类睡熟，窃至后庭，以泪和墨，题三诗于壁，庶知音读之，悲余生之不辰，则余死且不朽。"诗云："银红衫子半蒙尘，一盏残灯伴此身，恰似梨花经雨后，可怜零落不成春。""终日如同虎豹游，含情默坐憾悠悠。老天生妾非无意，留与风流作话头。""万种忧愁诉与谁？对人强笑背人悲。此诗莫作寻常看，一句诗成千泪垂。"此诗一传，人争和之。杨氏盖杂取各家传闻，稍加增减，改易其姓氏，而幻成关目，以警天下负心男子，为蛾眉吐气耳！近演皮黄戏中，有《临江馆》一折，即演此事，乃马连良所排。

十六、戴善甫 （二本）

《风光好》

本剧演陶榖出使南唐，与歌妓秦若兰离合情事。略云：

宋太祖平定四方，以南唐犹未臣服，乃集大臣议下江南之策。翰林学士陶榖，有辩才，太祖遣往说降。榖既至南唐，宰相宋齐丘谙其来意，乃命昇州太守韩熙载留之驿馆，佯言后主有疾，不令进见。亦不使返，如是月余。一夕，榖闲行馆中，秋月当空，砧声断续，不禁客怀难遣，乃学春秋隐语，题十二字于壁曰："川中狗，百姓眼。虎扑儿，公厨饭。"少焉，韩太守率歌妓秦若兰来至馆中，设宴陈乐，邀榖入席。席间，太守命若兰进酒，榖故作矜持，斥若兰退，自言不与妇人轻昵。太守乃录榖壁上题句以进齐丘，齐丘笑曰："川中狗者，蜀犬也；蜀犬为独。百姓眼者，民目也；民目为眠。虎扑儿者，爪子也；爪子为孤。公厨饭者，官食也；官食为馆。此'独眠孤馆'之隐语也。"于是知榖意已动，遂命若兰伪装一素衣女子，月夜烧香自祷。榖见而情动，而不忆其为若兰也，乃拥之入卧。若兰索榖题词，以为留念，榖立书《风光好》一词云："好姻缘，恶姻缘，奈何天。只得邮亭一夜眠，别神仙。琵琶拨尽相思调，知音少。待得鸾胶续断弦，是何年？"翌日，丞相设宴，酒半酣，命若兰即席歌其词，榖闻之，知中计，汗颜无以自容，佯醉而罢。榖自思有辱君命，无颜北返，乃赴杭州投吴越王钱俶。钱王盖榖之故友也。若兰实与榖有真情，自榖行后，闭门不复酬客。无何，宋太祖遣曹彬军临江左，若兰离家逃亡，为吴越士卒所得，献之钱王。钱王知其为榖所爱，设计令相见，共叙离散之情，于是乃结为夫妇，共谢钱王不置云。

按陶榖，字秀实，邠州新平人，传为晋陶潜之后。先仕周，后归宋。宋太祖时官至翰林学士，甚有文名，博通经史，诸子佛老，咸所总览。以朝廷待词臣不厚，乞罢禁林。太祖曰："此官职甚难做，依样葫芦，且作！且作！"不许罢。后不进用，因题玉堂壁云："官职须由生处有，文章不管有时无。堪笑翰林陶学士，年年依样画葫芦。"太祖见之，愈不悦，卒不大用。太祖又尝谓陶穀一双鬼眼云。生平事迹，详《宋史》本传（《宋史》卷二百六十九列传第二十八），传中并无奉使入南唐事。但于《宋人笔记》中数见之，如洪迈《侍儿小名录》云：

  国初朝，朝廷遣陶穀使江南，以假书为名，实使觇之。丞国李献以书抵韩熙载，谓所亲曰："陶秀实非端介者，其守可隳，当使诸君一笑。"因令宿，俟誊录朝书，半年乃毕。熙载使歌姬秦若兰衣敝衣为驿卒女，穀见之而喜，遂犯慎独之戒，作长短句赠之。明日，中主宴客，穀凛然不可犯。中主持觥立，使若兰出歌续断弦之曲，穀大惭而罢。词名风光好："好姻缘，恶姻缘，只得邮亭一夜眠，别神仙。琵琶拨尽相思调，知音少。再把鸾胶续断弦，是何年？"

郑文宝《南唐近事》云：

  陶穀学士奉使，恃上国势，下视江左，辞色毅然不可犯。韩熙载命妓秦若兰诈为驿卒女，每日弊衣持帚扫地。陶悦之，与狎，因赠一词，名《风光好》云："好姻缘，恶姻缘，只得邮亭一夜眠，别神仙。琵琶拨尽相思调，知音少。待得鸾胶续断弦，是何年？"明日，后主设宴，陶醉色如前，乃命若兰歌此词劝酒。陶大沮，即日北归。

以上二说，大略相似。或宋时确有此种传说，杂剧即据此敷衍而成。唯第四折若兰终嫁陶穀之情节为作者所增益。盖以团圆之结句迎合观众，固系旧日戏剧之风气使然。明沈练川《四节记》第四卷为《陶秀实邮亭记》（见《曲江总要提要》《传奇汇考》《今乐考证》《曲录》《读曲类稿》）即本此剧增减而成也。

又按《江南野录》则以为此系曹翰事。记云："曹翰使唐，严重。韩熙载谋，使官妓以红丝标杖，引弄花猫诱之，伪曰娼家。翰因命至，且撰《春光好》遗之。"《巢云编》则以秦若兰为任杜娘，记云："宋初，陶穀奉使吴越，颇自矜重。当事者遣娼任杜娘诈饰民间女求逸犬，至馆以诱縠。縠惑焉，为作《春光好》词曰：'好姻缘，恶姻缘，只得邮亭一夜眠，别神仙。琵琶拨尽相思调，知音少。待得鸾胶续断弦，是何年？'且赠以厚资。已縠入谢，王因重宴，使乐妓歌其词。縠知见欺，乃痛饮数月而归。杜娘竟落发为尼，以所得资，刱仁王院居之。"

《野云锻排杂说》云："陶尚书縠使江南，邂逅驿女秦女若兰，犯谨独之戒。或以为曹翰者，沈叡达（辽）。《巢云编》独以为陶使吴越，惑娼任杜娘，此娼亦不凡矣。叡达杭人，所闻当不谬。今城中吴山，自有仁王院，建于近年。"

《绿窗新话》中亦有《陶奉使犯驿卒女》一节。此外《南唐遗事》《冷斋夜话》《玉壶清话》《宋人轶事汇编》诸书中皆载之，微有异同。

《玩江亭》

本剧演李铁拐度金童牛璘、玉女赵江梅重登仙籍事。略云：

西王母殿前金童玉女因一念思凡，谪降下界。男为牛璘，女为赵江梅。璘入赘江梅家，结为夫妇。璘资产甚丰，人皆以员外呼之。一日，值江梅生辰，璘于玩江亭置酒相庆。先是东华帝君恐牛赵贪恋尘缘，迷却仙道，乃于八仙中择铁拐李往度脱之。至是铁拐李乃径赴玩江亭寿筵前，劝牛赵修道，而皆不悟。复入牛所设酒店中，亦不见容。最后于郊野点化之，令寒波造酒，枯树开花，璘始知铁拐李必为异人，遂从之修行。又归家说其妻，于梦中设境，妻亦省悟，李因率二人同日证果云。

按本剧情节，与贾仲名《铁拐李度金童玉女》杂剧略同，唯人名稍异耳。王季烈谓其"关目习见，曲文率直，其藻丽不及明代神仙诸作，而朴实处，不失元人本色"。今观其宾白多而唱词少，至第四折草率了事，实所谓"强弩之末"也。

十七、费唐臣　（一本）

《贬黄州》

本剧演苏东坡与王安石政见不合，安石乃贬东坡于黄州事。略云：

宋神宗时宰相王安石施行新法，翰林学士苏轼上疏诋之，谓安石奸邪，蠹政害民；且往往形诸吟咏，倍加讥讽。安石恨之，乃授意李定等劾轼吟诗怨谤君上。帝震怒，将置之死地，因谢职宰相张方平之请，乃免死，贬置黄州，为团练副使。安石憾犹未已，令黄州杨太守绝其资粮，以致轼妻子冻饿，幸赖州人马正卿之周济，得以维生。不久，神宗念轼高才，不宜终身斥逐，乃命使臣领敕，宣召回京。神宗见轼大喜，因杨太守妒贤欺善，有怀奸结党之嫌，乃削去官职，而以马正卿有恩于东坡，封为京兆府云。

按本剧所述东坡事皆本史传。《宋史》卷三百三十八列传第九十七东坡本传云：

王安石执政，素恶其议论异己……（元丰二年七月）徙知湖州，上表以谢；又以事不便民者不敢言，以诗托讽，庶有补于国。李定、舒亶、何正臣，摭其表语，并媒蘖所为诗，以为讪谤。逮赴台狱，欲置之死，锻炼久之不决。神宗独怜之，以黄州团练副使安置。轼与田父野老，相从溪山间，筑室于东坡，自号"东坡居士"。三年，神宗数有意复用，辄为当路者沮之。神宗尝语宰相王珪、蔡确曰："国史至重，可命苏轼成之。"珪有难色，神宗曰："轼不可姑，用曾巩。"巩进《太祖总论》，神宗意不允，遂手扎移轼汝州，有曰："苏轼黜居思咎，阅岁兹深，人材实难，不忍终弃。"轼未至汝，上书自言饥寒，有田在常，愿得居之。朝奏入，夕报可……至常，神宗崩，哲宗立，复朝奉郎，知登州，召为礼部郎中。

又按《坚瓠集》：

世传王介甫咏菊，有"黄昏风雨过园林，残菊飘零满地金"之句，苏子瞻续云："秋花不比春花落，为报诗人仔细吟。"因得罪介甫，谪子瞻黄州。菊惟黄州落瓣，子瞻见之，始愧服。

又《邵氏闻见录》云：

王介甫与子瞻初无隙，吕惠卿忌子瞻，辄间之。神宗欲以子瞻为同修起居注，介甫难之。又意子瞻文士，不晓吏事，故用为开封府推官以困之。子瞻益论事无讳，拟廷试策，献万言书，论时政甚危，介甫滋不悦。子瞻外补官。中丞李定，介甫客也。定不服母丧，子瞻以为不孝，恶之。定以为恨，劾子瞻作诗谤讪。下御史狱，欲杀之，神宗终不忍，贬散官，黄州安置。移汝州，过金陵，见介甫甚欢。子瞻曰："某欲有言于公！"介甫色动，意子瞻辨前日事也。子瞻曰："某所言者，天下事也。"介甫色定，曰："姑言之！"子瞻曰："大兵大狱，汉唐灭亡之兆，祖宗以仁厚治天下，正欲革此。"

复考东坡本集，与秦太虚书有云："初到黄州，廪入既绝，人口不少，私甚忧之，但痛自节俭，日用不过百五十钱。"其后马正卿为请得故营地数十亩，使得躬耕其中也。本剧所演情节，与此略同，为元代杂剧中雅驯之作。官阶偶有牵合改易之处（如谓东坡时为翰林学士），则是戏剧本色，若全据本传，则又有冷饭化粥之感矣。

十八、李好古　（一本）

《张生煮海》

本剧演张羽得仙人之助，煮海求婚龙女，终为夫妇事。略云：

潮州人张羽，字伯腾，自幼父母双亡，饱读诗书，以功名未遂，闲游海上，寓居石佛寺，清夜抚琴遣闷。有东海龙王第三女曰琼莲者，闻琴声窃听。琴弦忽断，羽知有异，出门视之，乃一美女，遂延入室，欢谈竟夕，两相爱慕。龙女约羽于中秋夕至海上，将招为婿，并出鲛绡帕以为凭信。及期，羽持帕至海岸，大水茫茫，莫知所之。忽遇一道姑，乃秦时毛女也。女谓龙王性躁难犯，恐不许婚，须先有以降伏之。乃以银锅一、金钱一、铁勺一授羽，令舀海水，投钱于锅煮之，煮至锅中水浅，则海水亦浅。龙王觉之，必来告哀，事庶可谐也。羽如法施行，海水果浅而将涸。龙王大窘，觇知羽意，乃浼石佛寺僧为媒，愿招羽为婿。僧引羽入龙宫与龙女成婚，夫妇皆感毛女之恩。时东华仙忽至，谓二人乃瑶池金童玉女，因一念思凡，谪罚下界，今夙契已偿，当离水府，重返瑶池，共证前因。遂相携离海上升，同归仙位云。

按《张生煮海》杂剧，亦本唐人《柳毅传》脱出。《韵府》载有僧讲经，一叟来听，曰："某山下龙也，幸岁旱，得闲来此。"僧曰："能救旱乎？"曰："上帝封江湖，有水不得用。"僧曰："此砚水可用乎？"及吸去，是夕大雨。龙能听经，则亦自能听琴，故作者稍事变易而贯穿之也。

又按扶风马孺子，戏郊亭上，有奇女坠地，少年光艳，孺子骇且悦之。女怒曰："我故居钧天，帝言我心侈大，被谪七日，当复去。"后化为龙。事见柳宗元《龙城录》，与此颇相类。

《后汉书》卷一百一十二下列传第七十二《方术下·徐登传》云："徐登者，闽中人也。本女子，化为丈夫，善为巫术。又赵炳，字公阿，东阳人，能为越方（注云：越方，禁咒也），时遭兵乱，疾疫大起，二人遇于乌伤溪水之上，遂诘言，约共出其术疗病。各相谓曰：'今既同志，且各试所能！'登乃禁溪水，水为不流。炳复次禁枯树，树即生荑。二人相视而笑，共行其道焉。"又《幽怪录》："叶静能闲居，有白衣老父来，泣拜曰，职在小海，有僧善术，来喝水，海水十涸七八。静能使朱衣人执黄符，往投之海水复旧。白衣老父，乃龙也。"观此，则仙家煮海之术，抑或有之。

金院本有《张生煮海》。元尚仲贤亦有《张生煮海》杂剧。清李渔《蜃中楼记》，即取此与《柳毅传书》并和穿插而成。

十九、张国宾 （三本）

《七里滩》

本剧演严子陵不仕光武，归隐富春事。略云：

王莽篡汉，在位一十七年，先后剪灭刘氏宗室一万五千七百余人，以绝后患。有刘秀者，字文叔，乃高祖后裔，因惧莽祸，改名金和秀才。与严光为至交，每醉饮三家店中，以此为乐。光，字子陵，性洒脱不求仕进，优游于山水间，而文叔则以匡复汉室为己任。后文叔起兵伐莽。约十年，莽平，文叔乃首途入京。既相见，欢然道故，文叔待之甚厚，劝为官，光坚辞，因备述山林之趣。文叔知其不可久留，乃放之还山，垂钓七里滩，以此终老云。

按严子陵事，见《后汉书》列传第七十三卷，其文云：

严光，字子陵，一名遵，会稽余姚人也。少有高名，与光武同游学。及光武即位，乃变名隐身不见，帝思其贤，乃令以物色访之。后齐国上言，有一男子披羊裘钓泽中。帝疑其光，乃备安车玄纁，遣使聘之。三反而后至，舍于北军，给床褥，太官朝夕进膳。司徒侯霸与光素旧，遣使奉书，使人因谓光曰："公闻先生至，区区欲即诣造，迫于典司，是以不获，愿因日暮自屈语言。"光不答，乃投札与之，口授曰："君房足下，位至鼎足，甚善，怀仁辅义天下悦，阿谀顺旨要领绝。"霸得书，封奏之。帝笑曰："狂奴故态也。"车驾即日幸其馆，光卧不起。帝即其卧所，抚光腹曰："咄咄子陵，不可相助为理邪？"光又眠不应，良久！乃张目熟视曰："昔唐尧著德，巢父洗耳，士故有志，何至相迫乎？"帝曰："子陵，我竟不能下汝邪？"于是升舆太息而去。复引光入，论道旧故，相对累日。帝从客问光曰："朕何如昔时？"对曰："陛下差增于往。"因共偃卧，光以足加帝腹上。明日，太史奏客星犯御坐甚急，帝笑曰："朕与故人严子陵共卧耳！"除为谏议大夫，不屈，乃耕于富春山，后人名其钓处为严陵濑焉。建武十七年，复特征，不至。年八十，终于家。帝伤惜之，诏下郡县，赐钱百万，谷千斛。

《会稽典录》《艺文类聚》《高士传》《会稽名贤传》等，皆载其事，微有差异。宋人范仲淹有《严先生祠堂记》，亦备述子陵高行，其结句云："云山苍苍，江水泱泱。先生之风，山高水长。"剧中亦征引之。近人王国维先生谓："此剧文字雄劲遒丽，有健鹘摩空之致。"今以其曲文验之，信然。

又按本剧可与后汉《通俗演义》第十七回："抗朝命甘降公孙述，重士节亲访严子陵"相参看。

《薛仁贵》

本剧演唐名将薛仁贵从征高丽有功，衣锦还乡事。略云：

薛仁贵，小字驴哥，山西绛州龙门镇大黄庄人，妻柳氏。父母皆务农，仁贵独好刺枪弄棒，不习耕作。适绛州出黄榜招聚义军，仁贵往投之，隶总管张士贵麾下，从征高丽。高丽王闻唐将秦琼已故，敬德年老，乃派摩利支葛苏文领十万军马，下寨于鸭绿江白额坡前，与唐交战。士贵大败，赖有白袍小将出马，以三箭定天山，转败为胜。小将前后立五十四大功劳，班师还朝，士贵皆掩为己有。还朝后，相争不已。军师英国公徐勣，字茂功，为之调解，并请兵部尚书杜如晦印证，亦不得平。乃令士贵与白袍小将于辕门外比武，悬金钱校射。士贵一不能中，而小将三发三中，此将即仁贵也。于是逐士贵，而以仁贵功奏闻，授天下都元帅，衣锦还乡，奉旨以徐茂功女嫁仁贵，与柳氏并封夫人云。

按《旧唐书》卷八十二列传第三十三《薛仁贵传》谓：仁贵自恃骁勇，欲立奇功，乃异其服色，着白衣，握戟，腰鞬张弓，大呼先入，所向无敌，太宗遥望见之，遣驰问先锋白衣者为谁？特引见，赐马两匹、绢四十匹。则俗传为白袍小将，固有征矣。高宗称其北伐九姓，东檄高丽，汉北辽东，咸遵声杀者，并卿之力也。其为一朝名将，固不待言。其子讷，自有传，亦久当边政之任，累有战功，复拜左羽林军大将军，封平阳郡公。讷弟楚玉，开元中为幽州大都督府长史。讷子畅，拜朝散大夫，皆可考也。

又按仁贵本传，谓太宗初得仁贵，语曰："古有射贯七札者，卿试以五甲射焉，一发洞贯。"是以仁贵勇力，果能过绝于人。其后破九姓突厥于天山，发三矢，杀三人，余皆请降。军中歌曰："将军三箭定天山，壮士长歌入汉关。"是仁贵射法，果能百发百中，有穿杨贯虱之技。本剧即因三箭定天山事而点缀成编也。天山在西北，即是雪山，作者误以为征高丽，不实。按太宗亲征高丽，高丽倾国以抗王师，六军为高丽所乘，太宗命视黑旗。黑旗者，英公（徐勣）之麾也。候者告黑旗被围，帝大恐。须臾，复曰围解，高丽哭声动山谷，勣军大胜，斩首数万，俘亦数万，详见刘餗之《隋唐嘉话》。盖征高丽，乃徐勣之功劳居多。勣字懋功，小说戏剧多视作茂公。《太平广记》卷一百九十骁勇类一，有薛仁贵条，注出《谭宾录》。

清铁笛道人据此作南曲《定天山传奇》（见《曲海总目提要》《今乐考证》《曲录》《读曲类稿》），增饰甚多，与此各异。如定天山曰十大功劳，而本剧则曰五十四件。彼云遵敬德白其功绩，而此则云杜如晦。彼谓张士贵为女婿薛宗显冒功，而此直谓系士贵。其他相违处尚多，不备举。

此外，元无名氏有《跨海东征》及《龙门隐秀》杂剧，皆演薛仁贵征高丽事，见孤本《元明杂剧》。通俗小说中亦有薛仁贵征东一书，言仁贵从太宗征高丽事，更能引人入胜，为市井所乐道也。

《新唐书》卷九十二列传第十七，《张士贵》传云：

张士贵，虢州卢氏人，本名忽峰。弯弓百五十斤，左右射无空发。隋大业末，起为盗，攻剽城邑，当时患之，号忽峰贼。高祖移檄招之，士贵即降，拜右光禄大夫。从征伐有功，赐爵新野县公。又从平洛，受虢州刺史，帝曰："顾令卿衣锦昼游耳！"进封虢国公、右屯卫大将军。贞观七年（633），为龚州道行军总管。破反獠还，太宗闻其冒矢石先登，劳之曰："尝闻以忠报国者不顾身，于公见之。"累迁左领军大将军。显庆初卒，赠荆州都督，陪葬昭陵。

据是，则士贵固亦唐良将也。本剧旨在彰仁贵之功，故从小说（《隋唐讲史》《说唐全传》）家言，竟述士贵为奸臣矣。

《合汗衫》

本剧演张义父子祖孙为恶人陈虎所害，家败人离，终得团聚事。

略云：

南京马行街竹竿巷张义，字文秀，所设解典铺，以金狮子为号，人乃称金狮子张员外。家素丰，妻赵氏，子名孝友，媳李玉娥。岁晚登楼赏书，见一人冻倒雪中，孝友掖之上楼，灌以酒，问其姓名，则曰陈虎，徐州人。孝友见其状貌颇伟，留于家，结为兄弟，托以收债。翌日，复有徐州刺配人赵兴孙，亦以雪天冻饿卧于张氏之门，孝友父令济以银钱，陈虎阻之，张父子不听。虎又私抑其数，兴孙谢张诟虎而去。玉娥孕十八月不产，孝友疑为鬼胎。虎绐以徐州岳庙有玉杯珓者，灵验异常，孝友夫妇乃偕往卜之，虎亦随行。张老及赵氏念唯此一子，不欲远离，急追之，挽使归，不听。赵氏母乃取一汗衫分作二，一自携，一付媳，欲其夫妇相忆早归也。孝友既登程，途中为虎推坠河中，劫玉娥去。不数日，玉娥生子，虎以为己子，取名陈豹。豹年十八，即娴武艺，母命其应举，出所藏汗衫与子，嘱其访金狮子张员外夫妇，而不言其故。张老夫妇送孝友归旋遭祝融之灾，资产荡然，以至行乞。后豹中武状元，授本处提察使，于相国寺中散斋济贫。张老夫妇投斋，见豹状似孝友，因忆其子，哀不自胜，忽啼忽笑，豹问之，具道所以。豹乃以汗衫示之，赵氏亦出所携一半，合之无异，遂大恸。豹心疑之，而未知其为祖父母也，助以路资，嘱先行至徐州相会。豹归，叩其母，母乃详告本末。而陈虎乃父仇，所遇二老，即豹祖父母。时虎适山行，豹即驰骑往，将缚而杀之，以报父仇。追将及，虎觉而逃，遇本地巡检领兵至，见虎，缚送于豹。此巡检盖即赵兴孙，发配沙门后，遇赦立功。适遇张老夫妇，已知其详，正欲杀虎，为张报仇而泄己怨也。豹既获虎，与祖父母及母同至金沙院追荐其父孝友亡灵。而院中一僧即为孝友，盖坠河时遇救，得脱为僧也。于是父子祖孙夫妇皆得团圆，从虎于官治之以法云。

按本剧关目与《太平广记》卷一百二十一引《原化记》所载崔尉事及明人作《白罗衫传奇》相近似。但《白罗衫》与小说中之《苏知县罗衫再合》，姓名事迹皆符，而《合汗衫》与崔尉则姓名各异，其入手处亦不尽同。或即一事，而作者增损更易，或别是一事而偶有相同处也。兹引录《原化记》如后，以资参照：

唐天宝中，有清河崔氏，善治生，家颇富。有子策名京都，受吉州大和县尉。其母恋故产不之官，为子娶太原王氏女，与财数十万，奴婢数人，赴任，乃谋赁舟而去。仆人曰："今有吉州人孙姓，云空舟欲返，佣价极廉，倘与商量，亦恐稳便。"遂择发日，崔与王氏及婢仆列拜堂下，泣别而登舟。不数程，晚登野岸，舟人素窥其橐，伺崔尉不意，遽推落深潭，佯为拯溺之势。退而言曰："恨力救不及矣！"其家大恸，孙以刃示之，皆惶惧，无复喘息。是夜，即纳王氏。王方娠，遂以财物居于江夏。后王氏生男，舟人养为己子，极爱焉。其母窃诲以文字，亦不告其由。崔之亲老在郑州，讶久不得消息，积望数年，天下离乱，人多漂流，崔母分与子永隔矣。尔后二十年，孙氏因崔财致产极厚，养子年十八九，学艺已成，遂遣入京赴举。此子西上，途过郑州，去州约五十里，遇夜迷路，常有一火前引而不见人。随火而行二十余里，至庄门，扣关寄宿，主人容之，舍于厅中，乃崔庄也。其家窃窥，报其母曰："门前宿客，貌似郎君，言语行步，辄无少异。"母欲自审之，遂召入升堂与之语话，一如其子，问乃孙氏矣。母垂涕，其子不知所以。母曰："郎君远来，明日且住一食。"此子不敢违长者之意，遂诺之。明日，母见此子将去，遂发声恸哭，谓此子曰："郎君勿惊，昔年唯有一子，顷因赴官，遂绝消息，已二十年矣。今见郎君貌状，酷似吾子，不觉悲恸耳！郎君西去，回日必须相过，老身心孤，见郎君如己儿也。亦有奉赠，努力早回。"此子至京应举，不捷却旧至郑州，还过母庄。母见欣然，遂停数日。临行，赠资粮，兼与衣一副，曰："此是吾亡子衣服，去日为念，今既永隔，以郎君貌似吾子，便以奉赠。"号哭而别。谓他将过此，亦须相访。此子却归，亦不为父母言之。后忽著老母所遗衣衫，下襟有火烧孔。其母惊问何处得此衣，乃述本末。母因屏人泣与子言其事："此衣是吾与汝父所制，初熨之时，误遗火所爇。汝父临发之日，阿婆留此以为念，比为汝幼小，恐申理不了，岂期今日神理昭然。"其子闻言恸哭，诣府论冤，推问果伏。诛孙氏，而妻以不早自陈，断合从坐，其子哀请而免。

又按珓，即俗所用筊，当有玉为之者，故曰玉杯珓。考韩愈诗："手持称珓导我掷，云此最吉亦难同"即指此也。明沈璟有《合汗衫传奇》，见《今乐考证》《曲余》《读曲类稿》，即本此剧敷衍而成者也。

二十、王伯成　（一本）

《贬夜郎》

本剧演李白事，大致均本古籍，略云：

唐玄宗时，诗人李白尝梦跨白鹤上升，自知非凡器，然清狂嗜酒，不求仕进。玄宗闻其名召之，时白正醉卧长安酒肆中。既入大内，玄宗与杨妃同赴沉香亭赏芍药，命白撰词入乐，白乃把笔挥毫，贵妃亲捧砚，高力士亦为之脱靴搔痒，遂成《清平调》词三首。力士素骄贵，甚耻为白脱靴，时谮白于妃，故终身不复得官。后白以附永王璘，罪当斩，郭子仪力救之，始免，流贬夜郎。遇赦，召还。游采石矶，醉饮舟中，见江心明月一轮，随波荡漾，心甚爱之，乘兴捉月，坠水而死云。

按杜甫《饮中八仙歌》有云："李白斗酒诗百篇，长安市上酒家眠。天子呼来不上船，自称臣是酒中仙。"剧中第一折，即本此诗也。

又按李白事见《新唐书》列传第一百二十七及《太真外传》《唐摭言》。传云：

白，字太白，兴圣皇帝九世孙。其先隋末以罪徙西域。神龙初，遁还，客巴西。白之生，母梦长庚星，因以命之。生于青莲乡，号青莲居士。白天才英特，然喜纵横，击剑为任侠。至长安，往见贺知章，知章见其文，叹为谪仙。因言于玄宗，召见金銮殿，论当世事，奏颂一篇。帝赐醉于市。帝坐沉香亭子，意有所感，欲得白为乐章，召入而白已醉，左右以水颒面，稍解，援笔成文，婉丽精切无留思。帝爱其才，数宴见。白尝侍帝，醉使高力士脱靴。力士素贵，耻之，擿其诗以激杨妃。帝欲官白，妃辄沮止。白自知不为亲近所容，益骜放不自修，浮游四方。尝乘月与崔宗之自采石至金陵，著宫锦袍坐舟中，旁若无人。后至江州，永王璘辟为府僚佐，璘起兵，逃还。璘败，当诛，至是，（郭）子仪请解官以赎，诏长流夜郎，会赦还。代宗立，以左拾遗召，而白已卒，年六十余。白晚好黄老，度牛渚矶至姑孰，悦谢家青山，欲终焉。及卒，葬东篭。

《太真外传》云：开元中，禁中重木芍药，即今牡丹也。得数本红紫绿红通白者，上因移植于兴庆池东沉香亭前。会花方繁开，上乘照夜白，妃步辇从，诏选梨园弟子中尤者，得乐十六色。李龟年以歌擅一时之名，手捧檀板，押众乐前，将欲歌之。上曰："赏名花，对妃子，焉用旧乐词为？"遽命龟年持金花笺，宣赐翰林学士李白立进《清平乐词》三篇，承旨犹苦宿醒，因援笔赋之，第一首："云想衣裳花想容，春风拂槛露华浓。若非群玉山头见，会向瑶台月下逢。"第二首："一枝红艳露凝香，云雨巫山枉断肠。借问汉宫谁得似？可怜飞燕倚新妆。"第三首："名花倾国两相欢，长得君王带笑看。解释春风无限恨，沉香亭北倚阑干。"龟年捧词进，上命梨园弟子略约词调，抚丝竹，遂促龟年以歌。妃持玻璃七宝杯，酌西凉州葡萄酒，笑领歌意甚厚。上因调玉笛以倚曲，每曲遍将换，则迟其声以媚之。妃饮罢，敛绣巾再拜。上自是顾李翰林，尤异于他学士。会力士终以脱靴为耻。异日，妃重吟前词，力士戏曰："始谓妃子怨李白深入骨髓，何翻拳拳如是耶？"妃子惊曰："何学士能辱人如斯？"力士曰："以飞燕指妃子，贱之甚矣。"妃深然之。上尝三欲命李白官，卒为宫中所捍而止。

又《唐摭言》云："李白游采石江中，因醉入水捉月而死。"故唐诗即有"李白骑鲸鱼"之句。明嘉靖中，王世贞《题李白匡山读书处歌》亦云："浔阳雨，夜郎雾，采石捉月月不顾。"然以范传正志文考之，白卒后葬于宣城谢公山，无坠江事也。又考李阳冰《草堂集序》：草稿万卷，手集未修，枕上授简，俾予为序。李华作《太白墓志》，亦云赋临终歌而卒，则《撼言》所云捉月事，良不足信。

明屠隆有《彩毫记》，载子普有《青莲记》，吴世美有《惊鸿记》。清尤侗有《清平调》，蒋士铨有《采石矶》，张韬亦有《清平调》（即续《四声猿》第四折），无名氏有《沉香亭》，皆演李白事。

二十一、岳伯川 （一本）

《铁拐李》

本剧演吕洞宾度化李铁拐前身岳寿，借尸还魂，终登仙道事。略云：

郑州奉宁人岳寿，官六案都孔目，有干办才，然怙势习恶，有大鹏金翅鸟之号。吕洞宾以寿具宿缘，恐迷却正道，奉钟离老祖之命，化颠道人诣门度化之。忽啼忽笑，呼其子福童曰无爷小孽重，呼其妻李氏曰寡妇。寿归，妻子以告，欲擒吕，吕以言警寿云。闻采访韩魏公（琦）将抵任，汝乃污史，当必被戮。寿益怒，缚吕于梁，适韩魏公私行至，放吕去。寿隶役张千，向韩讹索，韩于怀中露金牌字示之，张知即韩，急奔告寿。寿知韩真来，遂惊悸成疾。及韩抵任，察寿所行案卷，无分毫失职处，以为能吏。闻其病，令吏孙福赐药饵以慰之，而寿已不起矣。李氏殓而焚之，训子守节，韩并为书额褒美。而寿以生前吏权太重，造孽极多，游地府，将受油镬之刑，吕乃现身云，尔省悟否？寿觇之，即疯道人也。知必神仙，求其化度。吕为语冥官，使复还阳。冥官以其"屋舍"（即躯体）已毁，有屠户李氏子，殁三日，气尚温，可借尸还魂，但粗陋瘤跛耳。吕属寿云，复到人间，勿恋酒色财气、人我是非、贪嗔痴爱。双名李岳，道号铁拐。寿魂果附李尸复苏，自悟前身，绐李妻曰：人有三魂，吾尚遗一魂，今在城隍庙中，须前往收取。于是乘间归家，见妻子述返魂事，李屠则谓岳家误认其子，诉于韩琦。琦细鞫之，果系岳尸还阳，而两家犹相争不已。吕忽至云："毋相争，余即洞宾也，寿有仙缘，当度，唯暂令其还阳入道耳。"遂偕铁拐去，后成上仙，至今犹象其跛脚持杖，状貌甚陋云。

按八仙之中铁拐李，见《列仙全传》卷一，其文云：

铁拐先生，李其姓也。质本魁梧，早得道。修真岩穴时，李老君与宛丘先生（按：宛丘先生，服制命丸得道，至殷汤之末世，已千余岁。以方传弟子姜若春，服之，三百年，视之如十五岁童子。彭祖师之，受其方三首。事见《列仙全集》卷一），尝降山斋，诲以道教。一日，先生将赴老君之约于华山，嘱其徒曰："吾魄在此，倘游魂七日而不返，若甫可化吾魄也。"徒以母疾，迅归，六日而化之。先生至七日果归，失魄无依，乃附一饿殍之尸而起，故形跛恶，非其质矣。

据此，则剧中所演各节，当系本此文增饰而成。添出吕洞宾、岳寿韩琦、李屠等以实之，情节穿插，似较灵活。

二十二、康进之 （一本）

《李逵负荆》

本剧演李逵性鲁莽，误以为宋江、鲁智深劫良家女而诟辱宋、鲁，后知己罪，负荆请罪事。略云：

有王林者，于杏花庄开一酒店，店与梁山泊相近，宋江所部头领，多至其家饮酒。一日，有宋刚、鲁智恩二人，伪称为宋江、鲁智深。林本不识宋、鲁，敬礼之，并出女满堂娇劝酒。刚解红绢褡与女，掠女而去。时值清明，江令所部头领皆下山祭扫，限三日回寨。李逵下山，过林家买酒，见林状甚悲苦，诘之，林告以宋江夺女事。逵怒甚，许林索女还。乃持斧奔入寨，砍倒杏黄旗，欲杀宋江及智深。江不知所以，令吴用详问，始得其故。江谓实无此事，乃依草附木者所为。逵不信，以红绢褡为据，必欲杀江而后快。于是江令立军状与逵赌，欲偕智深及逵至林家，以辨事之有无。有则江愿自尽，无则取逵头。及问林，林乃曰非此二人。江归，逵大惧，负荆请罪，吴用等皆为之请。江令如能擒得假江、深，即可抵罪。时王林既知劫其女者为假宋江，方念逵恩，恐其因赌输见杀。值假宋江又至，林乃潜通知寨中。逵至，擒刚及恩，获满堂娇还林。江乃令枭刚、恩示众，并于聚义堂中设宴为逵庆功云。

按通行七十回本《水浒传》不载李逵负荆事，一百二十回本第七十三回"黑旋风乔捉鬼，梁山泊双献头"所载情节与此剧大略相同，唯稍易其人名及地名耳。

又按京剧中有《丁甲山》一剧，虽演此事，而亦与本剧略异。盖言伪称宋江及鲁智深者，乃丁甲山之强盗，所劫者为太平庄陈员外之女，并非杏花庄王林之女也。又言李逵下山，意在寻访公孙先生，非为清明饮酒。其余则两剧全同。

二十三、石子章　（一本）

《竹坞听琴》

本剧演秦翛然、郑彩鸾婚姻离合事。略云：

礼部尚书郑某女彩鸾，与工部尚书秦思远子翛然指腹为婚。后两家父母俱亡，遂不通音问。有郑州尹梁公弼者，翛然父执也。值土寇扰攘，与妻郑氏相失于途中，郑遂往郑州尼庵为道姑。时彩鸾年已十八，美才色，通音律，当时法定女二十不嫁者问罪。彩鸾知有指腹之约，不愿另嫁，乃毅然投郑为弟子，隐于别墅之竹坞草庵。翛然亦因乱无所依，往投公弼，公弼遇之甚厚。偶踏青郊外，暮不及归，诣竹坞草庵借宿。时鸾方抚琴，翛然闻琴声凄婉，叩之，鸾启扉邀入，互道姓氏，乃知即当年指腹为婚者，于是各述颠沛始末，情不能已，遂与狎昵。嗣后翛然昼则读书署中，暮则栖于竹坞。公弼颇觉之，虑其废业，嘱乳媪谓之曰："是庵有女祟，尝迷年少者，已毙数人矣。"翛然大惧，辞公弼赴试，而彩鸾不知也。翛然既去，公弼乃访鸾，讯其家世，知为宦家女，且即翛然幼所订婚者。然未与明言，公弼故不以实告鸾，仅令其移居衙署旁白云观中为住持。不久，翛然擢大魁，奏公弼教育恩，请归省亲，诏即授郑州通判。及至，公弼设宴白云观，令鸾出现，翛然惊以为鬼，斥不许近。公弼始道其情，令偕伉俪。初，公弼失妻，遍访不获，至是，老道姑亦即公弼妻，闻弟子彩鸾还俗，急往白云观阻之。公弼一见大骇，喜不自胜，于是道姑亦还俗，夫妇各团圆云。

按：本剧来源无考，唯其关目与张寿卿《红梨花》杂剧相似。明徐复祚《红梨记》，即本此二剧点窜而成者也。

二十四、李行道 （一本）

《灰阑记》

本剧演马均卿妾张海棠为大妇诬以杀夫且冒认亲子，官已定谳，赖包拯覆勘，沉冤得雪事。略云：

郑州张海棠，本良家女，以贫为母所迫，流为娼妓。兄张林愤其败坏门风，痛詈之，离家往汴京访其舅行商。海棠与马员外均卿厚，委身为妾，生一子。马正妻与赵令史私通，欲谋杀马而嫁赵，且占其家业，乃购毒药藏之，未得其便。适海棠兄林，因经商失利，落魄而归，投妹求贷。海棠念已曾受林斥辱，不与。均卿妻说海棠，使尽脱其衣饰，伪为己物，以畀林，而谮海棠与均卿，谓其以衣饰与奸夫。均卿怒张海棠，而林已去，无从置辩。马妻既伏此线索，又令海棠作汤，而阴投毒药于汤中，马饮之立毙，乃以杀夫诬海棠。马妻素欲夺海棠子为己子，至是乃谓海棠曰："若留子远去则已，否则声其事于官。"海棠自念无罪，又不忍离其子，遂相偕至官。妻与令史合谋，伪言子实妻出，并强邻作证。官亦以海棠本出青楼，因奸杀夫，事无可疑，煅炼成狱。牒上开封府，府尹包拯疑之，提海棠及其子亲质，妻又促赵令史贿嘱解子，于中途杀海棠以灭口。海棠适与兄林遇，悉其冤，与俱行，得至府，拯详鞫之。均卿子幼，妻妾争以为己出，莫能辩。拯乃命取石灰，于阶下画一栏，置儿其中，使两妇互拽之，谁能拽出者即其生母。妻屡拽屡出，海棠则屡拽不能出。盖栏与儿相隔远，重拽之，则伤儿；轻拽之，则不得出。海棠唯恐伤其子，故不得出；妻恐儿不出而不顾其伤也，故得出。拯既得其情，乃鞫妻。妻供出赵令史，遂并收赵，又得张林为证，海棠冤始大白云。

按此系龙图公案之一，其事有无，已不可考，亦不见于今本包公案。然其决疑断狱，颇得情理，足为吏治之助，非仅笔墨之戏也。

二十五、狄君厚　（一本）

《介子推》

本剧演晋献公纳骊姬之言，杀世子申生，介子推等乃护公子重耳出亡。及重耳返国即位，遍赏有功者而不及子推，子推乃隐绵山。文公求之不得，纵火焚山。子推终不肯出，竟死火中事。略云：

春秋时晋献公宠幸骊姬，朝纲不振，且大兴土木，滥征民夫，怨声载道。大臣皆不敢言，谏议大夫介子推独上书谏之，献公不纳。骊姬有子曰奚齐，欲立为世子不得，乃谋陷世子申生，申生被迫自刎。申生弟公子重耳，恐祸将及己，于是出奔，子推从之。临行，恐不得脱，子推子介林遂替重耳死。重耳流亡在外，凡十九年，始归即位，是为文公。文公既立，下令赏从亡者。皆有厚赐，而不及子推。子推乃撰《龙蛇歌》一篇，悬之宫门而归，谓其母云：晋侯忘旧，是不道也。其母劝以诉于文公。子推不肯，奉母隐于绵山。文公知子推隐，急下令求之于绵山，不获，遂纵火焚山以逼促之，而子推终不出，遂死于绵山云。

按本剧所演，大要皆据史实，非尽虚构。今将史乘所载，关于骊姬乱朝，申生自刎，重耳出奔返国，及子推归隐各节，摘要录出，以便参览：

《古列女传》卷七，晋献骊姬条云：

骊姬者，骊戎之女，晋献公之夫人也。初，献公娶于齐，生秦穆夫人及太子申生。又娶二女于戎，生公子重耳、夷吾。献公伐骊戎，克之，获骊姬以归，生奚齐、卓子。骊姬嬖于献公，齐姜先死，公乃立骊姬以为夫人。骊姬欲立奚齐，乃与弟谋，曰："一朝不朝，其间容刀。逐太子与二公子而可间也。"于是骊姬乃说公曰："曲沃，君之宗邑也，蒲与二屈，君之境也。不可以无主。宗邑无主则民不畏；边境无主则开寇心。夫寇生其心，民慢其政，国之患也。若使太子主曲沃，二公子主蒲与二屈，则可以威民，而惧寇矣。"遂使太子居曲沃，重耳居蒲，夷吾居二屈。晋献骊姬既远太子，乃夜泣，公问其故。对曰："吾闻申生，为人甚好仁而强，甚宽惠而慈于民，今谓君惑于我必乱国，无乃以国民之故，行强于君，君未终命而殁，其奈何？胡不杀我，无以一妾乱百姓。"公曰："惠其民，而不惠其父乎？"骊姬曰："为民与为父异。夫杀君利民，民孰不戴？苟父利而得宠，除乱而众说，妾不欲焉。虽其爱君，欲不胜也。若纣有良子，而先杀纣母，彰其恶，钧死也。母必假手于武王，以废其祀，自吾先君武公兼翼而楚穆弑成，此皆为民而不顾亲，君不早图，祸且及矣。"公惧，曰："奈何而可？"骊姬曰："君何不老而授之政，彼得政而治之，将始释君乎？"公曰："不可！吾将图之。"由此疑太子。骊姬乃使人以公命告太子曰："君梦见齐姜，亟往祀焉。"申生祭于曲沃，归福于绛。公田不在，骊姬受福，乃置鸩于酒，施毒于脯。公至召申，将胙，骊姬曰："食自外来，不可不试也。"覆酒于地，地坟，申生恐而出。骊姬与犬，犬死。饮小臣，小臣死之。骊姬乃仰天叩心而泣，见申生哭曰："嗟乎！国子之国，子何迟为？君有父恩，忍之，况国人乎！弑父以求利，人孰利之？"献公使人谓太子曰："尔其图之？"太傅里克曰："太子入自明，可以生，不则不可以生。"太子曰："吾君老矣！若入而自明，则骊姬死，吾君不安。"遂自经新城庙。公遂杀少傅杜原款，使阉楚刺重耳，重耳奔狄。使贾华刺夷吾，夷吾奔梁。尽逐群公子，乃立奚齐。献公卒，奚齐立，里克杀之。卓子立，又杀之。乃戮骊姬，鞭而杀之。于是秦立夷吾，是为惠公。惠公死，子圉立，是为怀公。晋人杀怀公于高梁，立重耳，是为文公。乱及五世，然后定。诗曰："妇有长舌，惟厉之阶。"又曰："哲妇倾城。"此之谓也。

《春秋左氏传》僖公四年云：

（晋献公以骊姬为夫人），生奚齐，其娣生卓子。及将立奚齐，既与中大夫成谋。姬谓太子（申生）曰："君梦齐姜，必速祭之。"太子祭于曲沃，归胙于公。公田，姬置诸宫六日。公至，毒而献之。公祭之地，地坟；与犬，犬毙；与小臣，小臣亦毙。姬泣曰："贼由太子。"太子奔新城。公杀其傅杜原款。或谓太子："子辞，君必辩焉！"太子曰："君非姬氏，居不安，食不饱。我辞，姬必有罪。君老矣，吾又不乐。"曰："子其行乎？"大子曰："君实不察其罪，被此名也以出，人谁纳我？"十二月，缢于新城。姬遂谮二公子，曰："皆知之！"重耳奔蒲，夷吾奔屈。

《春秋左氏传》僖公二十四年云：

（子推）从晋文公出亡十九年，及还，晋侯赏从亡者，介之推不言禄，禄亦弗及。推曰："献公之子九人，唯君在矣。惠怀无亲，外内弃之。天未绝晋，必将有主，主晋祀者，非君而谁？天实置之，而二三子以为己力，不亦诬乎？窃人之财，犹谓之盗，况贪天之功，以为己力乎？下义其罪，上赏其奸，上下相蒙，难与处矣。"其母云："盍亦求之，以死谁怼？"对曰："尤而效之，罪又甚矣，且出怨言，不食其食。"其母曰："亦使知之，若何？"对曰："言，身之文也，身将隐，焉用文之？是求显也。"其母曰："能如是乎？与女偕隐。"遂隐而死。晋侯求不获，以绵上为之田。曰："以志吾过，且旌善人。"

《荆楚岁时记》云：冬节一百五日，即有疾风甚雨，谓之寒食，禁火三日。注：据历合在清明前二日，亦有去冬至一百六日者。相传晋文公焚林求介之推，之推抱木而死，文公哀之，禁人是日举火，后世始有寒食之俗。按《御览》引刘向《别录》：寒食蹋蹴，黄帝所作兵势也。是三代前已有寒食之名。《周礼》：司烜氏、仲春以木铎修火禁于国中。是禁火盖周之旧制，其以为之推者，始于桓谭《新论》及《后汉书》列传第五十一《周举传》。《新序》亦曰:"晋文公反国,介子推无爵,遂去而之介山之上。文公求之不得,乃焚其山,推遂不出而焚死。"《齐民要术》并云:"介子推抱树而死,百姓哀之,忌日为之断火,煮醴而食之,名曰寒食,盖清明前一日也。"《御览·琴操》又以为在五月五日,则为相传之误。

又按:介山,位今山西沁原、灵石、介休三县之界,亦名绵山,盘亘百里,即介子推及其母隐所。清宋清魁有《介山记传奇》,皮黄戏有《焚棉山》,秦腔有《蜜蜂记》,其关目大略相同。

又按本剧可取《东周列国志》(据《七国讲史》改编)第三十七回"介子推守志焚绵上,太叔带怙宠入宫中"相参看。

二十六、孔文卿 （一本）

《东窗事犯》

本剧演秦桧于东窗下谋杀岳飞后遭阴报事。略云:

南宋大将军岳飞,飞子云及张宪三人,为太师秦桧诬以谋反被杀。飞既死,桧屡有噩梦,遂乘游西湖之便,向灵隐寺祈祷。地藏神恶桧奸恶,乃来寺中,化为呆行者,持大帚,自云"扫秦"。对桧倍加讽詈。秦归,命何中立者捕捉之,而行者忽失所在。唯留诗一章,诗云:"弃了袈裟别了参,不来尘世住心庵。三时斋粥无心恋,薄利虚名不易贪。性似白云离岭岫,心如孤月下寒潭。丞相问我归何处,家住东南第一山。"宗立未及复命桧即病亡,而宗立不知也。恍惚间,忽有人引宗立至阴司,见桧披枷戴锁,状极凄惨,谓宗立曰:"为我告夫人,东窗事犯矣!"盖先是桧下飞于狱,欲杀之而未决,方于东窗下沉吟。其妻王氏见之曰:"擒虎易,纵虎难。"飞遂遇害。此即所谓东窗事也。宗立又见飞等三人,奉上帝命托梦高宗,言桧奸计。及宗立归,详言其事,桧妻王氏闻之,大惧,旋亦病卒云。

按本剧所演秦桧、岳飞事,系杂拾各载籍,复加以变易而成,兹摘其有关者于后，以资印证：

《建炎以来系年要录》云："少保醴泉观使岳飞下大理寺。先是枢密使张俊言，张宪供通为收岳飞处文字后谋反，行府已有供到文状。左仆射秦桧乘此欲诛飞，乃送飞父子于大理狱，命御史中丞何铸，大理卿周三畏鞫之。"

《北盟会编》：桧力谋杀飞，以万俟卨与飞有怨，俟卨劾飞捕下狱。初命何铸鞫之，飞裂裳以背示铸，有"尽忠报国"四大字，深入肤理。既而阅实无左验，铸明其无辜，改命卨，卨入台月余，狱遂上。

《坚瓠集》：秦桧矫诏逮岳飞父子下棘寺狱，遣万俟卨锻炼之，拷掠无全肤，终无服辞。一日，桧于东厢窗下画灰密谋，其妻王氏赞成之曰："擒虎易，放虎难。"飞遂死狱中。张宪、岳云戮于市，流徙两家妻孥，赀产皆没官。后桧挈家游西湖，忽得暴疾，昏闷之际，见一人披发瞋目，厉声责曰："汝误国害民，杀害忠良，我已诉于天，当受铁杖于太祖皇帝殿下。"桧自此怏怏不怿以死。未几，子熺亦死。方士伏章，见熺荷铁枷，因问"秦太师何在？"熺泣曰："吾父现在丰都。"方士如其言以往，果见桧与万俟卨俱荷铁枷囚铁笼中，备受诸苦。桧嘱方士曰："可烦传语夫人，东窗事犯矣。"卨在铁笼下与桧争辩杀岳飞之事。至理宗朝，有考试官归自荆湖，暴死旅舍，其仆未敢殓也。官复苏曰："适为看阴间赵宋断秦桧为臣不忠，欺君误国事，桧受铁杖，押往某处受报矣。"

《朝野遗记》：秦桧妻王氏，素阴险，出其夫上。方岳飞狱具，一日，桧独居书室食柑玩皮，以爪划之，若有思者。王氏窥见笑曰："老汉何一无决耶？捉虎易，放虎难也。"桧犁然当心，致片纸付入狱，是日岳王薨于棘寺。

《迪吉录》：岳侯狱成，桧居东窗下，以爪划柑皮，如有所思。桧妻王氏云云，桧即书片纸付狱，是日岳侯缢死。王氏无子，未几亦死。有押衙何立者，桧差往东南第一峰勾干。恍惚人引至阴司，见夫人带枷备刑，楚毒难堪，语何立曰："告相公，东窗事发矣。"押衙复命言其事，桧忧骇皇皇，数日亦死。何立复往山修行，成地仙。

《江湖杂记》：秦桧置岳飞于狱，欲杀之。未果，于东窗下捪橘皮沉吟不决。妻王氏问故，桧以告。王曰："岂不闻缚虎容易纵虎难？"桧计遂定。片纸传狱，即报飞死矣。（按此节与《朝野遗记》同）飞既死，桧向灵隐寺祈签，有一行者持大筒，乱言讥桧。问其居址，即赋诗曰："弃了袈裟别了参，不来尘世住心庵。二时斋粥无心恋，薄利虚名不道贪。性似白云离领岫，心如孤月下寒潭。丞相问我归何处，家住东南第一龛。"僧去，桧立遣隶皂何立物色追之，至一宫殿，甚严邃，僧坐决事，即作诗僧也。问傍人，曰："地藏方决阳间秦桧杀岳飞事。"须臾数卒引桧至，身荷铁枷，囚首垢面，见立呼告曰："传语夫人，东窗事犯矣。"秦桧号秦长脚，桧妻王氏，宰相王圭女孙，号长舌妇。

《樵书》：钱希言作《剪头仙人传》云，陕西延安府葭州山中有剪头仙人，日祗饮净水三瓯，间用法水疗疾。延绥开府郑汝璧，榆关大师李如璋，敦请至榆林城，偶论《宋史》及冤死岳家父子事，仙人辄大恸泪下。质其姓名年纪，默然不应，已而强应曰："姓周。"昼夜百余人环卫，忽逸去，不知所之。数日后，抚师两府内，各见空中坠下名纸一束，中有"周三畏拜谢"五大字，余空纸。考之《通鉴》，则中丞何铸，大理寺卿周三畏，勘武穆，为白其冤，而桧乃命万俟、桧等罗织之也。应以此时弃官入山而得道耳。《金陀粹编》《吁天辨证录》皆遗三畏之名。

又按《岳侯传》记万俟卨与罗振推问飞事又云："侯向万俟卨、罗振曰：'对天盟誓，吾无所负国家，汝等皆掌正法，且不可陷忠臣，吾到冥司，与汝等面对不休'……侯知众人皆是秦桧门下，既见不容理诉，长呼一声云：'吾方知已落国贼秦桧之手，使吾为国忠心，一旦都休。'道罢合眼，任其考掠。"然据史籍，此时罗振已不为御史，万俟卨亦未为中丞，其后卨迁中司，振迁谏议，而振实不与此，《岳传》所云恐误。至飞言"吾到冥司,与汝等面对不休"云云,或则后人所附会"风僧冥报"诸事,明人熊大木编《武穆演义》乃剿其说。其后与飞有关诸书,如于华玉之《精忠报国传》,邹元标之《精忠全传》,钱彩(金丰增订)之《说岳全传》等,皆循此一途径发展而来,唯于氏《精忠报国》芟其繁芜,尽据史实,而失小说戏剧之情趣矣。

《纳书楹曲谱》所收《扫秦》一出,即本剧第二折。元无名氏有《宋大将岳飞精忠报国》杂剧,元人南戏文有《秦桧东窗事犯》,俱见徐文长《南词叙录》。此外明无名氏有《岳飞破虏东窗记》,姚静山有《精忠记》,李梅实有《精忠旗》,皆演武穆事。除《破虏东窗记》有北平图书馆藏明本,《精忠旗》有冯梦龙改定本外,余皆不传。

二十七、张寿卿 （一本）

《红梨花》

本剧演赵汝州与官妓谢金莲结合事。略云:

刘辅,字公弼,为洛阳太守。有同窗故友赵汝州,因久别,以书招之。汝州回书云,洛阳女子谢金莲者,有美名,来日欲求一见。金莲时为上厅行首,辅预属署中人。汝州至,问谢,即以适人对。汝州见辅,果首以谢为问,闻已适人,即欲辞去。辅强留之,馆于后园,而密令金莲伪称王同知女,夜至园中看花,汝州见而悦之,引至书斋同饮。次夜女携酒一樽,红梨花一瓶赠赵,以为答礼,复相与作诗唱和,情好益笃。正当酬唱之际,忽闻母命呼女,女遂归。汝州则孑然以相思为苦。辅因公下乡劝农,恐汝州恋女不肯赴试,复命一妪伪作卖花者,携筐至园采花,谓有王同知女,死葬园中,往往夜出魅人,吾子即为其魅死。汝州询其状,与夜中所见无异,顿时惊惧失色,不敢复留,即日赴京应举,得状元及第,除为洛阳县令。既至洛,辅于后园亭中设宴款之,召金莲持扇插花而侍,汝州见而大惧,斥不令前。辅始以实告,汝州大喜,即结为夫妇云。

按赵汝州与谢金莲事，收入《情史》卷十二赵汝舟条，其文云：

樊城赵生汝舟，字君牧，年少负才，未获佳偶。有谢姁携女自洛阳来，寓居南曲，女名素秋。才色无双，誓非才士必不失身。时人为之语曰："男中赵汝舟，女中谢素秋。"生闻之，因往访焉，不遇。邸庭间红梨花盛开，因题诗于壁云："换却冰肌玉骨胎，丹心吐出异香来。武陵溪畔人休说，只恐夭桃不敢开。"女归，读其诗甚悔，因和云："本分天然白雪香，谁知今日却浓妆。秋千院落溶溶月，羞睹红脂睡海棠。"以诗寄生，且订期晤。有无赖子，挟势求欢，女不从，逐之使行，遂还洛阳。生怅怏不已，适故人刘辅为洛阳太守，遣使招生。生喜，即日束装赴之，及相见，首以谢素秋为问。刘本意虑生花柳荡志，欲令习静理业，得问茫然，乃伪令人征素秋侑觞，而以疾死还报，冀绝其念。生叹悼不已，馆于王参军废园，因而成病，辅为求医，却之曰："吾病非药饵可疗，除是素秋重生耳。"辅乃授计于素秋，使伪为王参军女，月夜彷徨园庭。生望之心动，遽前挑之，宛转成好，郁抱顿开。久之，试期前逼，生恋女，未有行色。辅复嘱卖花姁携筐诣园，伪为奠其亡儿者，生问之，对曰："昔王参军有女甚美，亡瘗园中红梨树下，每月明之夜，往往出现魅人，吾子以是妖死，今忌日，故奠之耳！"生询女状貌服色相类，大惧，即夕携寓他室。及明，遂辞辅诣临安，辅厚赠资斧。生是岁登第，得还乡，道从洛阳谢辅，辅觞之，命素秋见，生大骇，辅笑述始末，生喜极，辅为治婚礼，竟为夫妇。

按传作汝舟，而剧作汝州；传云樊城人，而剧不载。传云谢姁携女至樊城，寓居南曲，汝舟访之不晤，庭有红梨，作诗留题。女归，和诗寄之，且订晤期。有无赖子，挟势求欢，女不从，逐之使行，遂还洛阳，生怅怏不已。此段缘起，剧中不载。又谢女名素秋，故有男中赵汝舟，女中谢素秋之语，而本剧改女名为金莲，不唯互异，且失韵语之意。其他微异处尚多，无关宏旨，不备举。

明徐复祚所作《红梨记》即本此，而姓名略异。其第二十一出《咏梨》即此剧第二折，其第二十三出《计赚》即此剧第三折，其第二十九出《宦游》即此剧第四折。而对本剧第四折，则大变其趋向，构成第十九出初会以前诸关目。剧中以魅诳人，情节略与《竹坞听琴》杂剧相似。《缀白裘》收入《赏灯》《踏月》《窥醉》《盘秋》《亭会》《访素》《草地》《北醉》《花婆》《赶车》《解妓》十一出。《纳书楹》收入《问情》《诗要》《拘禁》《访素》《赶车》《草地》《路叙》《托寄》《窥醉》《亭会》《咏梨》《花婆》《三错》《解妓》十四出。又收入《卖花》一出，亦从此剧第三折脱出，可知此剧流传之广。

此外，金院本有《红梨花》，在此作之前；明无名氏亦有《红梨花》，在徐作之前。今俱佚不可考。

二十八、花李郎 （一本）

《酷寒亭》

本剧演郑嵩误娶恶妓，虐待子女，并与人私通。嵩杀妓，刺配，中途为故友宋彬解救事。略云：

郑州孔目郑嵩，妻萧县君，子僧住，女赛娘。有护龙桥人宋彬，犯法当死，嵩以彬仗义杀人，言于府尹李公弼，公弼乃改案为误伤，刺配沙门岛。彬感泣，与嵩结为兄弟别去。嵩与官妓萧娥来往，曾言于尹，除名乐籍，听其从良。娥贪嵩富，欲嫁之，而妒其有妇，遂留嵩不使归。嵩妇见嵩久不归，托祇候赵用赚之，言妇病死，嘱其急归看儿女。娥固知其诳也，乃故着凶服号哭登其堂，嵩妇竟以此急，怒气绝身死，娥遂居其室。久之，嵩奉尹命，同赵用赍文往京师，以儿女嘱娥。嵩既出，娥日挞儿女，适用以遗落文书一纸，复回嵩家取之。见嵩儿女苦状，痛骂萧娥而去。然娥终不悛，凌虐愈甚。且娥素与祇侯高成通，虽嫁嵩，而仍不时往还。嵩出，成常在嵩家；嵩归，尚未返家，饮于张氏酒店。酒保不识嵩，以娥虐待儿女事，并与成通奸事告。嵩闻之大愤。既归，适遇成与娥并作饮酒，遂杀娥，而成逃去。嵩自首于尹，杖八十，迭配远戍军州。押解者适为高成，行至酷寒亭，子僧住，女赛娘行乞送饭。先是，宋彬刺配，于途中杀解子，流为盗。至是闻嵩事，率党徒赴郑州劫狱，相遇于亭，乃缚高成，凌迟处死，而拉嵩及其儿女俱入山，以待招安云。

按本剧事虽无考，然为元人所艳称，或若《水浒》诸剧然。如《曲江池》第三折有云："又不曾亏负了萧娘的惟命，虽同姓你又不同名。你本是郑元和，也上酷寒亭。"（【十二月·尧民歌】）所谓萧娘，即指郑嵩前妻萧县君也。又《货郎旦》第一折云："那其间便是你郑孔目风流结果，只落得酷寒亭前则留下一个萧娥。"（【鹊踏枝】）又《东堂老》第三折曲文中劝诫放荡之扬州奴云："勿、勿、勿，少不得风雪酷寒亭。"（【三煞】）由此以见酷寒亭本事，元人皆作典故称引，或实有其事也。南戏文亦有《郑孔目风雪酷寒亭》，见《永乐大典》目录。

二十九、宫天挺　（一本）

《范张鸡黍》

汉山阳金乡人范式，字巨卿。与张劭，字元伯，结为生死之交。又与孔嵩，字仲山，王韬，字仲略等人，同在帝学。嵩多才艺，以所撰万言长策求韬献之当道。韬知文美，匿为私有，因而得官。一日，式将归里，劭等送之驿亭，并约定于两年后某月某日相会于劭家，当登堂拜母。二年后，劭克日设宴候之，其母以为妄。未移时而式果至，其母叹曰："巨卿，真信士也。"乃尽欢而别。劭谓式曰："来年九月十五日，当至君家赴鸡黍会。"劭归后，未及一载，身染重疾，回生乏术，弥留时谓其母曰："儿不久人世，然以与挚友范式相约，期一见为快。死后，请暂勿发丧，以待式至。"劭亡后，恐式不知，复于梦中，告以己身已故。式醒，知必有异，急命驾奔丧。劭母不堪久待，七日后即出殡，而棺重不可拽。顷之，范式至，以自撰文祭之，棺始可动。既葬，式乃筑室坟侧，栽松种柏以伴死友。先是，诏命第五伦者四方访贤。本拟荐式入朝，以式奔劭丧未果。至此，伦又来请式赴京，式并以老友孔嵩荐，于是拜式为御史中丞，嵩为尚书吏部，而治韬以诈欺之罪云。

按范、张事，见《后汉书》列传第七十一《独行传》，其文云：

范式，字巨卿，山阳金乡人也，一名汜。少游太学，为诸生，与汝南张劭为友。劭字元伯。二人并告归乡里，式谓元伯曰："后二年当还，将过拜尊亲见孺子焉。"乃共克期日，后期方至，元伯具以白母，请设馔以候之。母曰："二年之别，千里结言，尔何相信之审耶？"对曰："巨卿信士，必不乘违。"母曰："若然，当为尔酝酒。"至其日，巨卿果到，升堂拜饮，尽欢而别。式仕为郡功曹。复元伯寝疾，笃，同郡郅君章、殷子征晨夜省视之。元伯临尽，叹曰："恨不见死友。"子征曰："吾与君章尽心于子，是非死友，复欲谁求？"元伯曰："若二子者，吾生友耳，山阳范巨卿，所谓死友也。"寻而卒。式忽梦见元伯玄冕垂缨屣履而呼曰："巨卿，吾以某日死，当以尔时葬，永归黄泉。子未我忘，岂能相及？"式怳然觉寝，悲叹泣下，具告太守，请往奔葬。太守虽心不信，而重违其情，许之。式便服朋友之服，投其葬日，驰往赴之。式未及到而丧已发引。既至圹，将窆，而柩不肯进。其母抚之曰："元伯岂有望耶？"遂停柩移时。乃见素车白马，号哭而来。其母望之曰："是必范巨卿也。"巨卿既至，叩丧言曰："行矣元伯，死生路略，永从此辞！"会葬者千人，咸为挥涕，式因执绋而引柩，于是乃前。式遂留冢次，为修坟树，然后乃去。后到京师，受业太学……举州茂才，四迁荆州刺史。友人南阳孔嵩，家贫亲老，乃变姓名，佣为新野县阿里街卒。式行部到新野，而县选嵩为导骑迎式。式见而识之，呼嵩把臂，谓曰："子非孔仲山耶！"对之叹息，语及平生，曰："昔与子俱曳长裾，游集帝学，吾蒙国恩，致位牧伯，而子怀道隐身，处于卒伍，不亦惜乎？"嵩曰："侯嬴长守于贱业，晨门肆志于抱关，子欲居九夷不患其陋，贫者士之宜，岂为陋哉？"……遂辟公府……官至南海太守。

以此与杂剧对读，乃知剧中事事皆实，唯所言王韬，则无其人，想系作者因便增益之耳。又按式本传亦无鸡黍字，而唐人孟浩然《过故人庄》诗云："故人具鸡黍，邀我至田家。绿树村边合，青山郭外斜。开轩面场圃，把酒话桑麻。待到重阳日，还来就菊花。"剧中张劭谓范式有来年九月十五日，当于范宅赴鸡黍会之语，盖袭此也。又按《欹枕集》上卷中有"死生交范张鸡黍"一文，盖亦述此事，惜其不全。又在《蒙求》中，范张鸡黍为著名故事之一，本剧或据《蒙求》改作者。《古今小说》第十六卷有"范巨卿鸡黍死生交"一文，亦可与本剧相参看。

三十、郑光祖 （四本）

《倩女离魂》

本剧演张倩女生魂离体，往觅其未婚夫王文举事，略云：

张公弼夫人李氏，早寡，有女名倩女，与衡州王同知公子文举为指腹婚。后同知夫妇谢世，家道中落。文举虽知指腹之约，然而无力完婚也。文举赴长安应试，便道探望张氏母女。倩女时年十七，张夫人命以兄妹礼与文举相见，而不言亲事。文举询张，张云："吾家三代不招白衣秀士，君功名未成，故收为兄妹，待得官归来，犹未为晚也。"于是文举拜别，倩女目送其行，黯然魂销，自是朝夕思唯，无心茶饭，恹恹成疾。一夕忽魂离其体，飘飘然往寻文举。时文举正夜泊江上，以客途岑寂，坐船头操琴遣闷。一曲未终，忽闻岸上足音跫然，视之则倩女焉。文举谓当以礼为婚，不可私奔为他人谈笑，促其速返。女曰："恐君得官之后，不复以妾为念矣。"文举感其诚意，遂同舟进京。不久，文举荣获状元，乃修书以告张夫人，谓得官后，即携小姐同返。其时夫人在宅，正以倩女卧病不起，忧心惶惶。一日倩女告夫人曰："王生得官矣！"果然书至，倩女阅之，以为文举另有新欢，顿时惊怒昏倒。未几复醒，乃长叹曰："王生负我！"文举既归，入门即请见张夫人谢携女入京之罪。张氏谓倩女卧病日久，未尝一日离枕席，此事何来？文举犹未致答而倩女魂亦至，夫人惊曰："此必妖孽。"文举逻出剑斩之，女魂急趋内宅，与原体复合，卧病倩女，如梦初醒，谓前赴京者妾之离魂耳。于是家人皆称奇，不置，安排成婚云。

按离魂情事，至为怪诞，无可理解，但古今艳称，诗歌引用，遂成典实。《太平广记》三百五十八，有题为"王宙"者，下注出《离魂记》，记为大历时人陈玄祐所撰，《异文集》及《绿窗新话》皆载之，兹检录《广记》原文如后：

天授三年（唐武后年号，692），清河张镒因官家于衡州，性简静，寡知友，无子，有女二人。其长早亡，幼女倩娘，端妍绝伦。镒外甥太原王宙，幼聪悟，美容范。镒常器重，每曰："他时，当以倩娘妻之。"后各长成，宙与倩娘相爱，常私感于寤寐，家人莫知其状，后有宾寮之选者求之，镒许焉。女闻而郁抑，宙亦深恚恨，托以当调，请赴京。止之不可，遂厚遣之，宙阴恨悲恸，诀别上船。日暮，至山郭数里，夜方半，宙不寐。忽闻岸上有一人行，声甚速，须臾，至船。问之，乃倩娘，徒行跣足而至。宙惊喜发狂，执手问其从来，泣曰："君厚意如此，寝梦相感。今将夺我此志，又知君深情不易，思将杀身奉报，是以亡命来奔。"宙非意所望，欣跃特甚，遂匿倩娘于船，连夜遁去，倍道兼行，数月至蜀。凡五年生两子，与镒绝信。其妻常思父母，涕泣言曰："吾曩日不能相负，弃大义而来奔君，今向五年，恩慈间阻，覆载之下，胡颜独存也？"宙哀之，曰："将归，无苦！"遂俱归衡州，既至，宙独身先至镒家，首谢其事。镒曰："倩娘病在闺中数年，何其诡说也？"宙曰："见在舟中。"镒大惊，遂促人验之，果见倩娘在船中，颜色怡畅。讯使者曰："大人安否？"家人异之，疾走报镒，室中女闻，喜而起，饰妆更衣，笑而不语，出与女相迎，翕然合而为一体，其衣裳皆重。其家以事不正，秘之。惟亲戚间有潜知之者。后四十年间，夫妻皆丧。两男并以存廉擢第，至丞尉，事出陈玄祐《离魂记》云（按以上九字疑衍）。玄祐少常闻此说，而多异同，或谓其虚。

大历末，遇莱芜县令张仲规，因备述其本末。镒则仲规堂叔，而说备悉，故记之。

杂剧即本此而成，稍有出入，《情史》（《情史》卷九中又有柳氏女、石氏女、董子马姬、观灯美妇、刘道济诸条，皆言离魂事）、《情典》皆转录存之。其实类此者尚有数事，如《幽明记》之《庞问》、《灵怪录》之《郑生》、《独夷志》之《韦隐》（俱见《太平广记》三百五十八）等皆是，唯此事独盛传耳。又元赵公辅有《栖凤堂倩女离魂》杂剧，已佚，殆为德辉所本。明无名氏有《离魂记传奇》亦演此事。

又按秦少游有《调笑转踏词》，亦咏其事，词云：

深闺女儿娇复痴。春愁春恨那复知。舅兄唯有相拘意，暗想花心临别时。离舟欲解春江暮。冉冉香魂逐君去。重来两身复一身，梦觉春风话心素。

心素，与谁语，始信别离情最苦。兰舟欲解春江暮，精爽随君归去。异时携手重来处，梦觉春风庭户。

句工词雅，颇称确切。

《㑇梅香》

本剧演白敏中与裴度之女小蛮婚姻事。略云：

唐晋国公裴度征讨淮西，为贼所困，白敏中之父白参军时为步将，苦战救脱，身被六创，竟以不治身死。弥留时，以照拂敏中为请。晋国公德之，以女小蛮许字敏中，并赠玉带为凭证。及参军殁，晋国公亦不久谢世，敏中乃携玉带往探晋国夫人。夫人韩氏，韩吏部愈之妹也。既相见，使小蛮与敏中以兄妹相称，而绝口不及婚事。小蛮私以香囊侑诗遗敏中，敏中乃相思致病，托侍女樊素通辞，约小蛮夜会。甫见而夫人至，知出樊素之谋，痛加鞭斥。素反责夫人以四罪，谓一不能从相国遗言，二不能治理家政，三不能报白氏之恩，四不能蔽骨肉之丑。夫人闻言，遂不了了之，乘便激使敏中入朝应举。临行，小蛮赠敏中玉簪、金凤钗各一。敏中入京，及第为翰林。尚书李绛奉朝命，令敏中为裴婿，敏中以夫人韩氏尝待以冷面，故见韩时不为礼，若不相识者，赖樊素数加调侃，始欢然如初云。

按本剧乃杂取唐人故实，任意点窜而成者。敏中乃白居易从弟，字用晦，少孤，承学诸兄，长庆初进士，由翰林学士至宰相，以太子太师致仕卒。小蛮、樊素，皆居易侍妾。又因裴度、韩愈私交最契，剧遂以韩妹为裴妻，殊可哂也。考《全唐诗话》，樊素善歌，小蛮善舞，皆乐天之姬人。有诗曰："樱桃樊素口，杨柳小蛮腰。"至乐天年高而小蛮方丰艳，因为杨柳枝词以托意曰："一树春风万万枝，嫩于金色软于丝。永丰坊里东南角，尽日无人属阿谁？"及宣宗朝，国乐唱是词，帝问永丰在何处？左右具以对。因命取永丰柳两枝，植于禁中。白感上知，又为诗云："一树衰桐委泥土，双枝移植种天庭。定知此后天文里，柳宿光中添两星。"洛下文士，无不继作。又按裴度尝以马赠居易，侑以诗云："君若有心求逸足，我还留意在名姝。"剧以小蛮为裴女名，真故为狡狯。

又史载裴度征淮西，无白参军相救事，盖作者臆造。至谓晋公以玉带与白，则有因，盖度尝有御赐玉带，临终作表缴还。又小说有裴度还带事，见《唐摭言》，故影借之。

《王粲登楼》

本剧演蔡邕激励王粲，使成功名，而以粲荆州依刘事点染其间。略云：

三国时王粲，字仲宣，高平玉井人。学富家贫，丞相蔡邕与粲父指腹为婚，以女桂花字粲。粲恃才矜傲，邕数遣书邀之，皆不肯往。粲母李氏强使诣京师谒邕。先是，邕与学士曹植密商，托植名为书，荐粲于刘表。及粲至，邕于筵席中故不为礼，对植则持觞甚恭。粲愤而辞归，植乃具荐书，赠资斧，令投刘表。实则具荐既为蔡邕之意，资斧亦邕所出，而故不使粲知之，所以激励其志气也。及与刘表晤，表以粲貌不扬，且性复孤傲，未予任用，遂落魄荆楚间。饶阳人许达，字安道，建一楼曰溪山风月。左有鹿门山，右有金沙泉，清风霁岭，明月云峰，雅擅名胜，尝偕粲登楼吟咏。粲醉，辄望乡思亲，潸然泪下。一日，达邀粲饮楼中，赋诗酬唱，辞多牢愁。正饮酒间，圣旨忽至，授粲为天下兵马大元师。盖粲曾作《万言策》，恳植献于朝，邕为进呈，故有此授，而粲不知策为邕所代进也。及粲还，邕与植把盏迎贺，粲怀旧恨，不与邕为礼。植乃具道始末，粲始恍然，感邕之德，与邕女谐伉俪云。

按王粲在荆州依刘表，意不自得，乃作《登楼赋》以见志，赋载《文选》中，久为后世传诵。作者本此，改赋为诗，以便点缀，又前后布置，将虚作实。以蔡邕最赏识粲，而陈思与粲并称曹王，故用两人作关目。邕与植时代前后不相值，则未遑计及也。

《三国志·魏志》卷二十一《王粲传》云：

王粲，字仲宣，山阳高平人也。曾祖父龚，祖父畅，皆为汉三公。父谦，为大将军何进长史。进以谦名公之胄，欲与为婚，见其二子便择焉，谦勿许。以疾免，卒于家。

剧云粲父默，为太常博士，卒于官，与传不合。又云：

献帝西迁，粲徙长安，左中郎将蔡邕见而奇之。时邕才学显著，贵重朝廷，常车骑填巷。宾客盈坐。闻况至门，倒屣迎之。粲至，年既幼弱，容状短小，一坐尽惊。邕曰："此王公孙也，有异才，吾不如也，吾家书籍文章，尽当与之。"

剧以此遂谓粲为邕婿，按邕女文姬，嫁于董祀。又羊祜之母，亦是邕女。《文选》有祜让封于舅子蔡袭表，是邕有两女，亦有子也，但与粲无涉耳。又云：

年十七，司徒辟，诏除黄门侍郎，以西京扰乱皆不就，乃之荆州依刘表。

据此辟除在前，依刘在后，剧则与此互异。又云：

表以粲貌寝，而体弱通侻，不甚重也。表卒，粲劝表子琮，令归太祖（曹操）。太祖辟为丞相掾，赐爵关内侯。

剧以此谓粲曾作《万言策》，恳学士曹植献于朝，丞相蔡邕为之进呈，乃召授天下兵马大元帅，皆随意点染，然亦太荒诞矣。

《周公摄政》

本剧演周公摄政，辅成王及东征管蔡事。略云：

周武王既定天下，四海升平，而王忽染沉疴，周公为王祝天，冀延其寿，终未见起色。武王自知不起，恐太子成王幼小，不能以德威服天下，乃预修遗诏，入太庙，以其文册及卜兆书藏诸金縢之柜中。复谓周公曰："吾不久当逝，太子幼小，不能秉国政，尔其扶持之；若有不服，赐尔金剑一柄，以之代朕折不臣，夷背逆，诛谗佞。"武王既崩，周公乃奉遗诏，册东宫，登宝位，代先帝拜南郊。公摄政未几，管叔、蔡叔、霍叔果叛，兵临京畿，谓周公有篡位之谋。公乃起兵东征，二年，乱平。其年秋，雷雨忽作，飞沙走石，偃田禾，伤稼穑，林木拔折，国中皆惊。乃启武王金縢之书视之，其中果有令周公摄政辅成王及伐东土之说，于是天下咸服。风雨亦息，禾苗尽起，岁大熟。唐叔献嘉禾以祭先王云。

按本剧取材，多凭史传，《尚书·金縢》云：

既克商二年，王有疾，弗豫，二公曰："我其为王穆卜。"周公曰："未可以戚我先王。"公乃自以为功，为三坛同墠。为坛于南方，北面，周公立焉，植璧秉珪，乃告太王、王季、文王。史乃册祝曰："惟尔元孙某，遘厉虐疾；若尔三王，是有丕子之责于天，以旦代某之身。予仁若考，能多才多艺，能事鬼神；乃元孙不若旦多才多艺，不能事鬼神。乃命于帝庭，敷佑四方，用能定尔子孙于下地，四方之民，罔不祗畏。呜呼！无坠天之降宝命，我先王亦永有依归。今我即命于元龟。尔之许我，我其以璧与珪，归俟尔命；尔不许我，我乃屏璧与珪。"乃卜三龟，一习吉，启籥见书，乃并是吉。公曰："体，王其罔害，予小子新命于三王，惟永终是图，兹攸俟，能念予一人。"公归，乃纳册于金縢之匮中，王翼日乃瘳。武王既丧，管叔及其群弟乃流言于国，曰："公将不利于孺子。"周公乃告二公曰："我之弗辟，我无以告我先王。"周公居东二年，则罪人斯得，于后，公乃为诗以贻王，名之曰《鸱鸮》：王亦未敢诮公。秋，大熟，未获，天大电雷以风，禾尽偃，大木斯拔，邦人大恐，王与大夫尽弁，以启金縢之书，乃得周公所自以为功，代武王之说。二公及王，乃问诸史与百执事。对曰："信。噫！公命，我勿敢言。"王执书以泣，曰："其勿穆卜。昔公勤劳王家，惟予冲人弗及知，今天动威，以彰周公之德，惟朕小子其新逆，我国家礼亦宜之。"王出郊，天乃雨，反风，禾则尽起。二公命邦人，凡大木所偃，尽起而筑之，岁则大熟。

又按周公摄政辅成王及东征事，亦见《史记》卷四《周本纪》，其文略谓：武王崩，太子诵代立，是为成王。成王少，周初定天下，周公恐诸侯叛。周公乃摄政当国，管叔、蔡叔群弟疑周公，与武庚作乱叛周。周公奉成王命，伐诛武庚、管叔，放蔡叔，以微子开代殷后，国于宋。颇收殷余民以封武王少弟康叔于卫。晋唐叔得嘉禾，献之成王，成王以归周公于兵所。周公受禾东土，鲁天子之命。初，管、蔡叛周，周公讨之，三年而毕定，故初作《大诰》，次作《微子之命》，次《归禾》，次《嘉禾》，次《康诰》《酒诰》《梓材》其事在周公之篇。周公行政七年，成王长，周公反政成王，北面就群臣之位。成王在丰，使召公复营洛邑，如武王之意。周公复卜申祝，卒营筑，居九鼎焉。曰："此天下之中，四方入贡，道里均。"作《多士》《无佚》。召公为保，周公为师，东伐淮夷、残奄，迁其君薄姑。成王自奄归，在宗周，作《多方》。既绌殷命，袭淮夷，归在丰，作《周官》，兴正礼乐制度，于是改而民和睦，颂声兴。成王既伐东夷，息慎来贺，王赐荣伯作《贿息慎之命》。

《史记》卷三十三《鲁周公世家》云：武王既崩，成王少，在襁褓之中，周公恐天下闻武王崩而叛，周公乃践阼代成王摄行政当国。管叔及其群弟流言于国曰："周公将不利于成王。"周公乃告太公望、召公奭曰："我之所以弗辟而摄行政者，恐天下叛周，无以告我先王大王、王季、文王。三王之忧劳天下久矣，于今而后成。武王蚤终，成王少，将以成周，我所以为之若此。"于是卒相成王，而使其子伯禽代就封于鲁。周公戒伯禽曰："我文王之子，武王之弟，成王之叔父。我于天下，亦不贱矣。然我一沐三握发，一饭三吐哺，起以待士，犹恐失天下之贤人。子之鲁，慎无以国骄人。"管、蔡、武庚等果率淮夷而反。周公乃奉成王命，兴师东伐，作大诰。遂诛管叔，杀武庚，放蔡叔。收殷余民以封康叔于卫，封微子于宋以奉殷祀。宁淮夷，东土二年而毕定，诸侯咸服宗周，天降祉福。唐叔得禾，异母同颖，献之成王，成王命唐叔以馈周公于东土，作《馈禾》。周公既受命禾，嘉天子命，作《嘉禾》，东土以集。周公归报成王，乃为诗贻王，命之曰《鸱鸮》。王长，能听政，于是周公乃还政于成王，北面就臣位，鞠躬如畏然。

按：元金仁杰另有《周公旦抱子摄朝》杂剧，今不传。

三十一、金仁杰　（一本）

《追韩信》

本剧演萧何追韩信，及韩信垓下破楚军事。略云：

淮阴人韩信，家贫无以自立，至城下垂钓，有漂母哀其孤寒，以饭予之。信感母之恩，言日后富贵当报。淮阴恶少，见信仁弱，聚众欺之，令出跨（一作胯）下，信勉从之。后信离淮阴奔楚，投项梁麾下。不用，又投汉，沛公亦未重其材，终日抑郁不乐。丞相萧何知其贤，欲荐于沛公，未及上言而信已亡走。何乘夜追之，劝其返，引见沛公。沛公将离汉中东返，因何之请，斋戒登坛，拜信为大将。信乃领兵伐楚，声威日振，项羽败走垓下，兵少食尽，度当见擒，与爱姬虞美人别。自言无面目见江东父老，遂仗剑自刎，信得竟全其功云。

按本剧第四折有脱文，不能尽窥全豹，大致叙垓下之战。至萧何追韩信事，则见《史记》卷九十二列传第三十二《淮阴侯列传》及《汉书》卷三十四列传第四《韩信传》俱言信，淮阴人，家贫，至城下钓。有一漂母哀之，饭信。信谓曰："吾必重报母。"母怒曰："大丈夫不能自食，吾哀王孙而进食，岂望报乎？"淮阴少年，又众辱信，令信俛出跨（一作胯）下。及项梁渡淮，信杖剑从之，居戏下，无所知名。梁败，又属项羽为郎中。数以策干羽，羽不用。汉王之入蜀，信亡归汉，未得知名，为连敖。坐法当斩，滕公壮其貌，与语，大悦之。释未杀，言于汉王。汉王以为治粟都尉，未之奇也。

信数与萧何语，何奇之。至南郑，诸将道亡者数十人。信度不用，即亡。何闻信亡，不及以闻，自追之。及来谒上，问所追者谁何？曰韩信。并言信国士无双，王必欲争天下，非信无可与计事者。王因欲召信拜为大将。何曰："王欲拜之，择日斋戒，设坛场，具礼乃可。"王许之。

汉王举兵东出陈仓，定三秦。信遂击魏，擒魏王豹，因以兵数万，欲东下井陉击赵。赵广武君李左车说成安君陈馀以奇计，馀不听。信即夜选轻骑二千人，人持一帜，戒曰："赵空壁逐我，若疾入，拔赵帜，立汉赤帜。"又使万人先行，背水阵，于是夹击破赵军，斩安成君泜水上，擒赵王歇。令军中生购广武君，顷之，缚至戏下，信解其缚，东向坐，西向对而师事之。及已定临淄，楚使龙且将，救齐，与信夹潍水陈。信夜令人为万余囊，盛沙以壅上流，引兵半渡击龙且。楚以亡龙且，项王恐。使武涉说信，信不听。蒯通又说信以三分天下之计，信亦不听，乃会兵垓下。项羽死，汉立信为楚王。信至国，召所从食漂母，赐千金，辱己少年令出跨下者，以为都尉。

又考《史记》卷七本纪第七《项羽本纪》，谓汉五年，韩信与彭越既会垓下，项羽兵少食尽，夜闻汉军四面皆楚歌，项王乃大惊，则夜起饮帐中。有美人名虞，常从幸，骏马名骓，常骑之。于是项王乃悲歌慷慨自为诗，美人和之，遂夜溃围南出。至阴陵，迷失道，田父绐曰左，左乃陷大泽中，以故汉追及之。于是项王欲东渡乌江，乌江亭长舣船待。项王笑曰："我何渡为？籍与江东子弟八千人渡江而西，今无一人还，纵江东父老怜而王我，我何面目见之？"乃自刎而死。

按本剧第二折情节及曲文，为明沈采《千金记》所收入，乃成其第二十二出《北追》及第二十六出《登拜》。《纳书楹曲谱》又据《千金记》收入《追信》《点将》《虞探》三出。《缀白裘》收入《跌霸》《别姬》《楚歌》《探营》《起霸》《撇斗》《拜将》七出。

又按金院本有《霸王院本》六种，又有《霸王草》一种。元武汉臣有《穷韩信登坛拜将》杂剧，张时起有《霸王垓下别虞姬》杂剧，无名氏有《韩元帅暗度陈仓》杂剧。《今乐考证》及《曲录》中均有清无名氏作《续千金》，惜皆不传。

三十二、范康　（一本）

《竹叶舟》

本剧演吕洞宾以竹叶为舟，设诸幻境，点化陈季卿入道事。略云：

武陵余杭人陈季卿，幼习儒业，颇有文名，因时运未通，应举不第，以至流落。值岁暮严冬，饥寒相迫，忽忆与终南山青龙寺惠安长老有乡里之谊，乃往投之。惠安留住寺中，温习经史，以候选场。一日，季卿为惠安指引，闲赏终南胜景，而有思归之意，乃题《满庭芳》词一阕以寄恨。忽有一道者来访，言欲度之修行。季卿不肯，道者又言：观君所题《满庭芳》词，急欲返里，若肯从余出家则愿借小船，送君返乡。言犹未毕，道者已摘竹叶一片，黏之壁上，化作小船。季卿于迷离恍惚之际，乘坐其上，至家省亲。路又过此，道者及列御寇、葛洪、张子房诸仙，共劝季卿"办道"，季卿仍不悟。及抵家，家人相见甚欢，而季卿仍以功名为念。不久乘船赴京城求官，路逢暴雨，风浪大作，季卿坠入江中，惊惧呼救，一跃而醒，始知梦也。寻道者，已失所在，唯留诗一首，具言季卿梦中情景。至是，季卿始悟道者必为仙人，急起追之，复逢列御寇、葛洪、张子房等。最后见道者，始知为吕洞宾所化，以季卿有仙缘，故来度脱。于是季卿决心弃凡入道，与八仙相会，共赴西王母蟠桃宴云。

按陈季卿悟道事见《异文实录》及《慕异记》，《太平广记》卷七十四道术类四亦转载之，其文云：

陈季卿者，家于江南。辞家十年，举进士，志不能无成归，羁栖辇下，鬻书判给衣食。常访僧于青龙寺，遇僧他适，因息于暖阁中，以待僧还。有终南山翁，亦伺僧归，方拥炉而坐，揖季卿就炉。坐久，谓季卿曰："日已晡矣，得无馁乎？"季卿曰："实饥矣，僧且不在，为之奈何？"翁乃于肘后解一小囊，出药方寸七，一杯与季卿，曰："粗可疗饥矣。"季卿啜讫，充然畅适，饥寒之苦，洗然而愈。东壁有《寰瀛图》，季卿乃寻江南路，因长叹曰："得自渭泛于河，游于洛，泳于淮，济于江，达于家，亦不悔无成而归。"翁笑曰："此不难致！"乃命僧童折阶前一竹叶，作叶舟，置图中渭水之上，曰："公但注目于此舟，则如公向来所愿耳。然至家，慎勿久留！"季卿熟视久之，稍觉渭水波浪，一叶渐大。席帆既张，恍然若登舟，始自渭及河。维舟于禅窟、兰若，题诗于南楹，曰："霜钟鸣时夕风急，乱鸦又望寒林集。此时辍棹悲且吟，独向莲花一峰立。"明日，次潼关，登岸，题句于关门东普通院门云："度关悲失志，万绪乱心机。下坂马无力，扫门尘满衣。计谋多不就，心口自相违。已作羞归计，还胜羞不归。"自陕东凡所经历，一如前愿。旬余至家，妻子兄弟拜迎于门侧，有《江亭晚望》诗题于书斋云："立向江亭满目愁，十年前事信悠悠。田园已逐浮云散，乡里平随逝水流。川上莫逢诸钓叟，浦边难得旧沙鸥。不缘齿发未迟暮，吟对远山堪白头。"此夕谓其妻曰："吾试期近，不可久留，即当进棹。"乃吟一章别其妻云："月斜寒露白，此夕去留心。酒至添愁饮，诗成和泪吟。离歌凄凤管，别鹤怨瑶琴。明夜相思处，秋风吹半衾。"将登舟，又留一章别诸兄弟云："谋身非不早，其奈命来迟。旧友皆霄汉，此身犹路歧。北风微雪后，晚景有云时。惆怅清江上，区区趁试期。"一更后，复登叶舟，泛江而逝。兄弟妻属恸哭水滨，谓其鬼物矣。一叶漾漾遵旧途，至于渭滨，乃赁乘复游青龙寺，宛然见山翁拥褐而坐。季卿谢曰："归则归矣，得非梦乎？"翁笑曰："后六十日，方自知。"而日将晚，僧尚不至，翁去，季卿还主人。经二月，季卿之妻子赍金帛自江南来，谓季卿厌世矣，故来访之。妻曰："某月某日归，是夕作诗于西斋，并留别二章，始知非梦。"明年春，季卿下第东归，至禅窟及关门兰若见所题两篇，翰墨尚新。后年，季卿成名，遂绝粒入终南山云。

本剧盖据此敷衍而成者也。

三十三、乔吉　（二本）

《两世姻缘》

本剧演韦皋与韩玉箫两世姻缘事，略云：

唐韦皋少时，性嗜花酒，不乐上进，与妓女韩玉箫有白首之盟。时朝廷挂榜招贤，假母迫皋往取功名。临别，与箫相期，得官后当来迎娶。阅数年，音讯全无，玉箫相思成疾，卒归黄土。临终时，自写真容一帧，吟词一首，嘱其母携之往京师访皋。时皋已状元及第，官翰林院编修，旋领兵西征吐蕃，母不遇而返。皋复征西夏有功，历官至镇西大元帅，遣人往取玉箫母女，始知玉箫已亡，与其母亦不相值。皋班师回朝，路过荆州。荆州节度使张延赏与皋有旧，皋便道往访，延赏出其义女侑酒，貌与韩酷似，两人相视情动。皋不自禁，微呼玉箫名，其女辄应，乃知此女亦名玉箫也。时去韩玉箫之死已十八年矣。皋向延赏具道所以，并乞此女同归。延赏以为辱己，大怒，皋亦怒，几至相杀。适玉箫之母持真容至，皋使趋张处卖之。延赏见画，始知皋与其义女相亲之故，乃以其事奏知中宗，遂奉旨成婚，一门欢度云。

按玉箫女事出唐人《玉箫传》，《情史》卷十《韦皋》条下亦转载之，其文曰：

唐四川节度使韦皋，少游江夏，止于姜使君之馆。姜氏孺子曰荆宝，已习二经，虽兄呼韦而恭事之礼如父也。荆宝有小青衣曰玉箫，才十岁，常令祗事韦兄，玉箫亦勤于应奉。后二载，姜使君入关求官，而家累不行。韦乃居止头陀寺，荆宝亦时遣玉箫往役给奉。玉箫年稍长大，因而有情。时陈廉使得韦季父书云："侄皋久客贵州，切望发遣归觐。"廉使启缄遗以舟楫服用，仍恐淹留，请不相见。泊舟江濑，俾高士促行，韦昏暝拭泪，乃载书以别荆宝。宝顷刻与玉箫俱来，既悲且喜。宝命青衣从往，韦以违觐日久，不敢俱行，乃固辞之。遂与言约少则五载，多则七载，取玉箫。因留玉环一枝，并诗一首遗之。暨五年，既不至，玉箫乃静祷于鹦鹉洲。又逾年，至八年春，玉箫叹曰："韦家郎君，一别七年，是不来耳。"遂绝食而殒。姜氏悯其节操，以玉环著于中指而殡焉。后韦镇蜀，到府三日，询狱囚其轻重之系。近三百余人，其中一辈五器所拘，偷视厅事私语云："仆射是当时韦兄也。"乃厉声曰："仆射，仆射，忆姜家荆宝否？"韦曰："深忆之日即某是也。"公曰："犯何罪而重系？"答曰："某辞别之后，寻以明经及第，再选青城县令。家人误执廨舍库牌印等。"韦曰："家人之犯，固非己尤。"即与雪冤，仍归墨绶，乃奏眉州牧，敕下未令赴任，遣人监守，且留宾幕。时属大军之后，草创事繁，凡经数月，方问玉箫何在。姜曰："仆射维舟之夕，与伊留约七载，是期既逾时不至，乃绝食而终。"因令留《留赠玉环诗》曰："黄雀衔来已数春，别时留解赠佳人。长江不见鱼书至，为遣相思梦入秦。"韦闻之，益增凄叹，广修经像以报凤心。且想念之怀，无由再会。时有祖山人者，有少翁之术，能令逝者相亲，但令府公斋戒七日。清夜玉箫乃至。谢曰："承仆射写经造像之力，旬日便当托生，却后十三年，再为侍妾，以谢鸿恩。"临去微笑曰："丈夫薄情，令人死生隔矣。"后韦以陇右之功，终德宗之代，理蜀不替。是故年深，累迁中书令，天下响附，泸僰归心。因作生日，节镇所贺皆贡珍奇。独东川卢八座送一歌姬，未当破瓜之年，亦以玉箫为号。观之乃真姜氏之玉箫也，而中指有玉环隐出，不异留别之玉环也。韦叹曰："吾乃知存殁之分，一往一来，玉箫之言验矣。"

又按《云溪友议》云：

张延赏选婿，无可意者。延赏之妻苗氏，贤而知人，特选进士韦皋许之。皋性疏旷，不拘细行，延赏窃悔，由是婢仆颇轻慢之，惟苗氏待之益厚。皋固辞东游，张氏罄奁具以治行，延赏幸其去，以七驮物为赠。皋行翌日，悉还之，惟留奁具及书册而已。后五年，皋拥节旄。会德宗幸奉天，持节西川替延赏，乃改姓名作韩翱，人莫敢言。至大回驿，去府三十里，人有报曰："替相公者韦皋，非韩翱。"苗氏曰："必韦郎也。"延赏曰："天下姓名同者甚众，彼韦生必填沟壑，岂能乘吾位乎？"次日，果韦皋也。延赏惭惧，自西门潜遁。皋入见苗，礼奉过衣布之日。求前轻慢者，皆杖死之。时泗滨郭圉因为诗曰："宣父从周又入秦，昔贤谁不困风尘。当时甚讶张延赏，不识韦皋是贵人。"

后人本此乃作《玉环记》，但姓名穿插，各有不同。盖《玉环记》以张延赏为主，而此剧则以玉箫为主。并纽合延赏，云再世之玉箫，乃延赏义女。盖因皋本延赏之婿，而元曲只叙一事，不作串插，故直以玉箫为延赏女也。玉箫本姜荆宝之婢，剧言姓韩，为上厅行首，《玉环记》亦据此。但剧言玉箫转世为延赏之义女，以貌相似，及写真为证明，而不言指有玉环，此其异也。《玉环记》载使与承大怒赌赛，则又本之于此。考小说载杨太真生而有玉环在臂，故小字玉环，或即《玉环记》之名所自来。《纳书楹》所收《离魂记》一出，即此剧第三折。剧中弱延赏，旧卷一百二十九列传第七十九有传，《韦皋传》亦见同书卷一百四十列传第九十中。

《扬州梦》

本剧演杜牧与歌妓张好好事。略云：

唐杜牧迷花好酒，于豫章太守张纺筵上，结识歌妓张好好。好好年方十三，能歌善舞，姿色妍丽。纺旋以好好过房与旧友牛僧孺为义女。

后僧孺官扬州太守,牧之为翰林侍读,因公路过扬州,牛氏设宴款待,乃于席上又逢好好。忆曾相识,感怀往事,然不便遽诉衷曲,仅屡以眉目传情。僧孺以恶牧之轻薄,遂不为礼。扬州富翁白文礼与僧孺交谊颇厚,牧之乃请文礼作合,文礼慨然许诺。择日邀牛、杜共宴,三人于席间商谈,僧孺卒允其事,令当日成亲。未几张纺亦至,时纺官京兆尹,朝命因牧纵情花酒,本当谪罚,赖纺保奏,始得赦免,纺以此告知牧之,劝其发愤自励云。

按唐于邺《扬州梦记》云:

中书舍人杜牧,少有逸才,下笔成咏,弱冠擢进士第,复捷制科。性疏野放宕,虽为检制,而不能自禁。会丞相牛僧孺出镇扬州,辟掌书记,供职之外,唯以宴游为事。扬州,胜地也,每重城向夕,倡楼之上,绛纱灯万数。辉耀空中。街衢巷陌,珠翠填咽,邈若仙境。牧出没驰逐其间,无虚夕。复有卒三十人,易服随后潜护之,僧孺之密教也。而牧自谓得计,人不知之,所至成欢,无不会意。如是且数年,及征拜侍御史。僧孺设馔于中堂,因戒之曰:"以侍御之才气,固当飞腾,然风情不节,常虑尊体乖和。"牧因谬曰:"某幸常自检守不至贻尊虑耳。"僧孺笑而不答,即命侍儿取一小书篋,对牧发之,乃街卒之密报也。凡数千百,悉曰:杜书记过某家无恙,某夕宴某家亦如之。牧大惭,泣拜致谢,而终身感焉。牧既为御史,久之,分务洛阳,时李司徒愿,罢镇闲居,声伎豪华,当时第一。尝大开筵燕,当朝客名流无不奔赴,以牧持宪,不敢邀致。牧遣坐客达意,愿预斯会,李不得已,乃投一简。方对酒独酌,亦已酣畅,闻命遽来,独坐南行,引满三卮。时会中已饮酒,女妓百余人,皆绝艺殊色。牧瞪目注视,问李曰:"闻有紫云者,孰是?"李指示之,牧凝睇良久,曰:"名不虚得,宜以见惠。"李俯而笑,诸妓亦皆回首破颜。复自饮三爵,朗吟而起曰:"华堂今日绮筵开,谁唤分司御史来。忽发狂言惊满座,两行红粉一时回。"意气闲逸,旁若无人。后年渐迟暮,赋诗曰:

"落魄江湖载酒行，楚腰纤细掌中轻。十年一觉扬州萝，赢得青楼薄幸名。"又曰："舣船一棹百分空，十载青春不负公。今日病丝禅榻畔，茶烟轻飏落花风。"

作者命名之意，盖本于此记。

又按杜本集有《张好好诗》，其序云：

牧太和三年（唐文宗年号，829），佐故吏部沈公江西幕，好好年十三，始以善歌来乐籍中。后一岁，公移镇城，复置好好于宣城籍中。后二岁为沈著作述师以双鬟纳之。后二岁，于洛阳东城重睹好好，感旧伤怀，故题诗赠之。

作者以于氏传文与此诗序参合成文，俊逸豪爽，雅与事称。特好好本隶籍江西，主者则为沈公，而此谓豫章太守张纺移赠僧孺。又牧作诗之故，以旧识重逢，时移事易，不胜感怆，聊用寄怀，盖好好时已属沈著作矣，初未归牧也。唯牧诗有"赠之天马锦，副以水犀梳"之句，缠头之赏，形于歌咏。填词家遂借此设色，既使关目有情，兼谓牧眷念未忘，遂为生波作合耳！

清嵇永仁有《扬州梦传奇》（有《今乐考证》《曲录》《读曲类稿》），陈栋有《维扬梦传奇》（见《读曲类稿》，有《清人杂剧二集》本）皆本此敷衍而成者也。

三十四、秦简夫　（三本）

《剪发待宾》

本剧演陶侃家贫，其母曾剪发售钱，为侃款待宾客，侃后卒大贵事。略云：

晋陶侃，少孤贫，闻范逵将来访，愧无以款待，乃书"钱""信"二字，向韩夫人解典库质银五贯。韩夫人与之晤谈，知侃器宇不凡，将必大贵，乃以钱与之，且强与具饮。侃归，母见侃有酒客，并诘得以字质钱事，大怒，痛责之，并令侃向韩夫人处将字赎回。母乃自剪其发，赴市出售，适与韩夫人遇。韩夫人见其貌似侃，甚礼下之，且言欲以女妻侃，侃母谢之。遂以卖发所得钱款待范逵。逵劝侃赴京应举，果得状元，令奉其母，翰苑修文。并赐侃母黄金千两，授封为盖国义烈夫人。韩夫人知侃得官，复以女求配，侃母始允之，两家乃结秦晋之好云。

按陶侃母剪发待宾事，见《晋书》第六十六卷列传第三十六侃传，传云：

陶侃，字士行，本鄱阳人也。吴平，徙家庐江之寻阳。父丹，吴扬武将军。侃早孤贫，为县吏，鄱阳孝廉范逵尝过侃，时仓卒无以待宾，其母乃截发得双髲以易酒肴，乐饮极欢，虽仆从亦过所望。及逵去，侃追送百余里。逵曰："卿欲仕郡乎？"侃曰："欲之，困无津耳！"逵过庐江太守张夔称美之，夔召为督邮，领枞阳令。有能名，迁主簿。

传又云："长沙太守万嗣过庐江，见侃，虚心敬悦，曰：'君终当有大名。'命其子与之结友而去。"又云："侃每饮酒，有定限，常欢有余而限已竭，（殷）浩等劝更少进，侃凄怀良久曰：'少时曾有酒失，亡亲见约，故不敢逾。'"又云："或已云少时渔于雷泽，网得一织梭，以挂于壁，有顷雷雨，自化为龙而去。又梦生八翼飞而上天，见天门九重，已登其八，唯一门不得入，阍者以杖击之，因坠地，折其左翼。及寤，左腋犹痛。又常如厕，见一人朱衣介帻，敛板曰：'以君长者，故来相报。君后当为公，位至八州都督。'有善相者师圭谓侃曰：'君左手中指有竖理，当为公，若彻于上，贵不可言。'侃以针决之，见血洒壁而为'公'字，以纸泡手，公字愈明。及都督八州，据上流，握强兵，潜有窥窬之志，每思折翼之祥，自抑而止。"由此以见，本剧所记各节固有所本，唯史称侃妻龚氏，而剧云为韩夫人女，殆为虚称。

《东堂老》

本剧演李实（东堂老）教导故人赵国器遗孤扬州奴，使能改过自新，并代保全家产事。略云：

东平府人赵国器寓扬州行商，妻李氏早逝，留一子曰扬州奴，性至乖忤，好饮酒宿娼，国器忧闷成疾。其友李实有古君子风，人皆称为东堂老。国器病危，乃阴以托孤重任委之。国器既殁，扬州奴益恣肆，为无赖汉柳隆卿、胡子传引诱，家日破耗。东堂老屡加苛责，扬州奴虽颇畏惮，而卒不悛，因而产业倾尽，以至行乞。东堂老之妻稍稍衣食之，给以微赀，令作生业。扬州奴计无所出，投柳胡二人。柳、胡皆若不相识，扬州奴始大悲悔，而以东堂老所给赀，卖菜自给，刻苦营生。东堂老觇知之，以己生辰之日设筵席大召乡里故人及扬州奴夫妇，乃出国器托孤遗嘱，令扬州奴读之。始知国器临终时，暗寄银五百锭于东堂老处，嘱俟其子困极时始给之。东堂老曾以此银为经营生息，凡扬州奴所卖出田产驴马奴婢及家中所有之物，东堂老皆假名转买之。至是始出簿籍，详列年月，一一付还，无少欠缺，而扬州奴依然富足。柳、胡闻讯复至，为东堂老所痛斥。扬州奴亦严拒之，不复与交云。

按本剧当是取民间传闻写成，他无可考。剧中所言无赖汉柳隆卿、胡子传二人，亦见《杀狗记》中，其行径与此相类。疑元时实有此二人，故杂剧作者多援用其名也。

《赵礼让肥》

本剧演赵礼、赵孝兄弟避乱遇寇，将杀之，兄弟争求代死，遂皆获免，后且得富贵事。略云：

王莽篡位，兵戈四起，士民纷纷逃窜。有汴梁人赵礼、赵孝兄弟，侍母避乱，行至宜秋山，复遇荒年，采野菜充饥。一日赵孝入山，为山贼马武所擒，欲杀而食之。孝谓家有老母弱兄，乏人奉养，请暂假一时，归家告别，再来受死。武以为妄，初不肯，孝乃以"信"为辞，始允。孝归家与老母诀别，遂复入山。事为兄赵礼知悉，急追视之。孝既入山见武，武云："君不再来，是君失信；既来而我不杀君，乃我失信。"于是将令人斩之，而赵礼至。礼曰："吾弟甚羸弱，请留之；礼肥胖，可代弟死。"孝又曰："请留吾兄侍母，余实更肥。"正当兄弟相让之际，赵母亦至，三人皆相争让。武大为感动，皆免之令归。临别，武询二人姓名，知系朝中三请不至之贤士，更加礼遇。赵氏兄弟乃劝武入京应试。武后得中武举，随光武帝起兵，讨平赤眉、铜马大盗，战功独多，封为天下兵马大元帅，敕丞相邓禹加官赐赏，并令武等举荐贤士，佐理太平，武乃以赵礼、赵孝奏闻。封孝为翰林学士，礼为御史中丞，更赐黄金千两，令有司旌表门庭云。

按赵孝事见《后汉书》卷三十九列传第二十九，其文云：

赵孝者，字长平，沛国蕲人也。父晋，王莽时为田禾将军。任孝为郎……及天下乱，人相食，孝弟礼，为饿贼所得。孝闻之，即自缚诣贼曰："礼，久饿羸瘦，不如孝肥饱。"贼大惊，并放之，谓曰："可且归，更持米糒来。"孝求不能得，复往报贼，愿就烹；众异之，遂不害。乡党服其义，州郡辟召，进退必以礼。举孝廉，不应。永平（汉明帝）中，辟太尉府。显宗素闻其行，诏拜谏议大夫；迁侍中，又迁长乐卫尉。复征弟礼，为御史中丞。礼亦恭谦行已，类于孝。帝嘉其兄弟笃行，欲宠异之。诏礼十日一就卫尉府，大官送供具，令共相对尽欢。数年礼卒，帝令孝从官属送丧归葬。

剧中大部分情节，即本此渲染而成，但以饥贼为宜秋山虎头寨盗魁马武，后孝亦因之力荐于宰相邓禹，禹复奏其事于朝，则系作者捏造。又言孝母，求代子死，更属凭空结撰。小说戏剧中敷衍故事，自不能全依史传而毫无增饰，此固不独元人杂剧为然也。

三十五、陆登善　（一本）

《勘头巾》

本剧演张鼎平反王小二冤狱事。略云：

有王小二者，祖居南京，落籍开封。母子二人，别无眷属，家中穷窘，朝趁暮食，富户刘平远稍稍周之。一日，小二往见平远，欲求资助，而门有卧犬，小二以砖击之。误投缸，缸破，平远妻见而怒詈。平远出问，小二伪言为犬所伤，故以石投犬。及邻众验小二身，并无伤痕。平远诉之，小二怒曰："无人处且杀汝。"平远妻闻之，遽责小二输状，保平远百日内无事。小二自知失口，输状而去。平远妻与太清庵道士王知观私通，久欲杀平远，得小二情状，潜与知观谋，令于城外无人处杀平远，取其芝麻罗头巾，减银环子为信，而嫁其责于王小二。平远出城收债，醉归，果被杀。妻遂执小二券，诬小二杀其夫。官听令史言，严拷小二。小二不堪其苦，谬谓罗头巾及减银环埋于某处石板下，盖欲以此暂缓酷刑也。知观此时适在狱门外探听，从卖草于狱吏之村夫处询知其情，即驰去。及令吏遣役往小二所供处取巾环，果得之。遇一道士，行色匆遽而不知其故。实则此道士即知观，既闻小二供词，乃径置巾环于此以实小二之罪也。小二以赃证俱全将就戮，孔目张鼎微闻其冤，质之该管赵令史，索文卷及巾环验视，见形色甚新洁，不似久埋泥土中者，心益疑之。请于官，官令复审，小二称冤，告以屈供。鼎乃勾平远妻至，而以卖草村夫加道装蒙其面，指谓平远妻曰："奸夫已供，汝讳无益。"于是尽得其详，诛知观及平远妻，而释王小二云。

按孟汉卿《魔合罗》杂剧亦有张鼎其人，并此凡两见。盖鼎乃当时名吏（见第三章），职位声名虽不如宋代包拯之显赫，而其善破疑案则相若也。

剧中第二折谓此张鼎官河南府六案都孔目。按孔目为官名，掌收贮图书、勾稽文牍等事，即俗所称把笔司吏（见《黑旋风》杂剧）。唐有集贤殿孔目，宋时内外衙府多置之。王府亦然。如《宋史》有秦府孔目官阁密是也。其三司都转运司等，又有都孔目官。元改都孔目官为都目，置于诸司。明唯翰林院置孔目，其余依元制，概称吏目，而不设都目之官。清因之。张鼎又云："凡为吏人，非同容易，有八件事：一笔札、二算子、三文状、四把法、五条划、六书契、七抄写、八行止。"按周浩：庶人在官，与下士同禄。秦法弃儒重吏，汉初以文学掌故补卒吏，而于定国、丙吉、卫青等皆自吏起。蜀董钦为府令史，晋有都令史、奉朝请，隋有都事（即后世所谓都孔目）。自隋以来，令史渐卑，不参官品。唐有优叙，令史岁满，授官流外，为小选。后唐有流外铨（后世所以称令史为外郎）。宋初，流外经十考，方得引对注拟。元岁贡吏试，诸路长佐同入学考试，习行移算术，字画谨严，语言辩利，《四书》内通一经者为中式，补充。再试贡解，必以入吏兼通为止。又职官才堪省掾令吏者，亦用，并悉用秀才进士。其著者李思谦、谢文蔚、樊楫、谢让、郭贯、夏思忠，以功名显。足见剧中张鼎所云为吏之难，自有所本。

三十六、朱凯　（一本）

《昊天塔》

本剧演杨景至昊天塔盗回其父令公骨殖事。略云：

杨令公子六郎，名景，字彦明，奉令镇守遂城、益津、瓦桥三关。一夕，六郎于神思恍惚中见令公率七郎延嗣至，谓因与北番韩延寿交战，被困虎口交牙峪，命延嗣回朝求援，反为奸臣潘美害死。令公粮尽援绝，不能得脱，乃撞死李陵碑下，被番兵将尸首焚烧，骨殖悬于幽州昊天寺塔上，每日令小军百名，轮射三箭以泄愤，名曰百箭会。今来托梦，着六郎速取骨回云云。次日，六郎得其母佘太君书，与梦中所述无异，乃与部将孟良同往盗骨。骨既得，六郎负之先行，孟良留后阻追兵，并纵火毁其寺。六郎路经五台山，借宿兴国寺中，而寺中之僧即五郎延昭也。时番将韩延寿领兵追至，五郎遂击杀延寿，枭其首为父雪恨，又于寺中诵经追荐。时莱国公寇准与孟良亦至，宣旨表杨氏父子及孟良之功云。

按杨业，并州太原人，《宋史》卷二百七十二有传。幼倜傥任侠，善骑射，好畋猎，所获倍于人。尝谓其徒曰："我他日为将用兵，亦犹用鹰犬逐雉兔尔。"在北汉为将，以骁勇闻。后归于宋，领兵戍边，契丹望见业旌旗，即引去，不敢与战。因是主将戍边者多忌之，有潜上谤书斥言其短者，帝览之皆不问，封其奏以付业。与辽兵战，主将潘美忌其成功，坐视不救，身被数十创，为契丹所擒。其子六郎，名延昭，镇守三关，亦以勇闻。今北方州县，处处有杨六郎故迹，其为名将无疑。寇准澶渊之役，分遣将校防守，其中亦有延昭。盖三关，是其所辖，为宋扼辽，厥功甚伟。然《宋史》所载，略而不详。或谓杨家将事迹多在边方，中朝不能尽知，知者亦多晦而不彰，盖遭人嫉忌使然也。民间闻见亦多影响，故不免疑信参半，世所传《杨家将演义》及《北宋演义》又往往过于渲染，伪多于真。于是里巷之所流传，歌场之所演唱，稗乘之所缀缉，信者悉认为真，而疑者又并其真者，亦斥为子虚乌有矣。

剧谓杨业撞死李陵碑下，亦史传所无。韩延寿乃以赵延寿、韩延徽合为一人。六郎，名景，即延昭。点入寇莱公，因延昭曾受寇准指挥也。延寿枭首，无此事，盖非此不便结束耳。五郎、孟良、岳胜等事迹，或据演义所增益者。《纳书楹》所收《五台》一出，即本剧第四折；《缀白裘》收入《孟良盗骨》一出。秦腔中有《李陵碑》一折，亦演此事。

又第一折杨景白诗云："雄镇三关几度秋，番兵不敢犯白沟。父兄为国行忠孝，敕赐清风无佞楼。"按此诗又见《谢金吾》第一折中，亦以六郎口出之，唯改"几度秋"为"二十秋"耳。

三十七、王晔 （一本）

《桃花女》

本剧演桃花女与名周公之术士斗法获胜事。略云：

洛阳村中有三大姓，一姓彭、一姓任、一姓石。彭大公无子，为人佣；任二公有女，曰桃花女；石婆婆有子，曰留住。大公之主人曰周公者，善卜算，断祸福如神，常以银一锭悬之门首，而自题云："一卦不灵，愿罚此银。"留住出经商，历久不返。石妪问其子归期，周公布算毕，拍案叫曰："卦大凶，夜三更有板僵之厄。"妪归，适桃花女来借针，自言亦能算，试卜之，谓此灾可以禳除。令妪夜三更坐门限上，披发击马勺，呼石留住者三，即无恙矣。妪如其法施行。是夜留住归，将抵家，遇风雨，避于破窑中。夜过半，方欲睡，忽闻有人呼其名者三。起视之，甫出门而窑竟倒塌，周公所谓板僵之厄者，盖即此也。留住既免于难，明日随母往索周公罚银。周无辞以对，忽忽不乐，聊取彭大公生年月日算之，又大凶，以告于彭，谓彭将死。彭过任氏，遇桃花女，女复谓可禳。嘱彭云，明晚北斗星君下降，以香花灯果供养，伺其临去，可求益寿。彭如其言，果无事。周公大惊，知受桃花女解禳法，深恨之，乃设计强彭为媒，娶桃花女为子媳，预定新妇出门登车，以至成婚之时，使皆犯凶神恶煞，无可避。而桃花女已一一知之，备诸什物，使留住为己用，一一破之。戴花冠，持筛子，云破日游神及金神七杀也。以车倒拽，以帕蒙头，云避太岁也。以席二领，倒换铺地，云易黑道为黄道也。以马鞍置门限，云当日马也。携镜及碎草五色米谷，云破鬼金羊昂日鸡也。张弓搭箭者三，云破丧门吊客也。于是桃花女自出门至夫家卧室，竟得无恙。而周公之女腊梅，反以犯白虎而殁，赖桃花女救之，得苏。周公益愤，更择时日，令彭大斫倒城外东南角小桃花树一株，盖此桃树已生长十八年，而桃花女恰亦十八岁，若斫树，则可伤桃花女本命。此法复为桃花女所破，反命彭大斫其桃树之枝，携至周公宅门限上敲之，敲一次，死一人，二次，死二人，周公全家竟俱死。桃花女复以净水念咒喷之，一一复活。周公始大惭服，终身不复言阴阳卜算云。

按此剧叙桃花女事，本诸小说家所载解禳神煞之法，至今世俗婚娶，犹多用之。谓为桃花女所传，然不知其何代人也。考山东《新泰县志》有周公庙及桃花女墓，度即本剧所谓周公与桃花女也。然本剧既以为洛阳人，而《新泰县志》又误以周公为鲁公，事本民间传述，自无怪其纷歧也。

考解禳之法自古有之。《礼记·月令》："季春之月……令国傩，九门磔攘，以毕春气。"郑注云："磔牲以禳于四方之神，所以毕止其灾也。"其后风角占相之道，盛于汉魏，而管辂、郭璞之术为尤著。观文察变，考验阴阳五行生克之理，以趋吉避凶，亦理所不废也。

《夷门广牍》载《玄女经》云："诸欲娶妇嫁女，必计初许嫁之日以为本，其娶妇时，慎无令克其许嫁日辰也。又欲令日辰阴阳中，及用神中有天后无腾蛇，白兽相克，吉。谓内妇时如此者即吉。又无令夫家之门伤妇年，即妇有咎；又无令妇年上神，伤夫家之门，即夫家有咎也。又不欲所出入之神伤日辰，为女固有败伤；又不欲令伤日，为害翁，谓神将共伤日也。神将并伤日，害舅；日并伤神将，害夫；神将共伤辰，害妇。"

《管辂别传》引辂弟辰叙曰："夫魏晋之士，见辂道术神妙，占俱无错，以为有隐书及象甲之数。辰每观辂书传，惟有易林风角及鸟鸣、仰观星书三十余卷，世所共有。"又云："仰察星辰，俯定吉凶，远期不失年岁，近期不失日月，辰以甘石之妙不克也。"又云远邻患数失火，辂教使伺一角巾书生，固留止宿。书生以为图己，把刀倚薪积间，见有物手中持火吹之，生举刀斫腰，视之则狐，自此灾息。又云有民捕鹿者，为人所盗，辂为卦云，盗者，东巷中第三家也。汝往取一瓦，密发其屋东头第七橡，以瓦著下，明日食时，自送还汝。其夜，盗者父头痛吐热烦疼，亦诣辂卜。辂令以鹿还故处，又教鹿主举标弃瓦，盗父亦差。又云有失物者，辂使明晨于寺门外看，当逢一人，使指天画地，举手四向，自当得之。暮果获于故处。他如《三国志·魏志·方伎传》第二十九《辂本传》云："始辂过魏郡太守钟毓，共论易义，辂因言卜可知君生死之日。毓使筮其生日月，如言无蹉跌。毓大愕然曰：'君可畏人也。命以付天，不以付君。'遂不复筮。"剧中桃花女诸事即影借此数则而成者也。

按管辂，三国魏人，字公明，籍平原，容貌粗丑，无威仪而嗜酒。饮食言戏，不择非类，故人多爱之而不敬也。八九岁，便喜欢视星辰，得人辄问其名，夜不肯寐。父母常禁之，犹不可止，自言我年虽小，然眼中喜视天文。常云家鸡野鹄，犹尚知时，况于人乎？与邻比儿共戏土壤中，辄画地作天文日月星辰。每答言说事，语皆不常，宿学老人，不能折之，皆知其当有大异之才。及成人，果明《周易》，仰观风角占相之道，无不精微。体性宽大，多所含受，憎己不仇，爱己不褒，每欲以德报怨。常谓忠、孝、信、义，人之根本，不可不厚；廉、介、细、直，士之浮饰，不足为务也。自言知我者稀，则我贵矣，安能断江、汉之流，为激石之清，乐与季主论道，不欲与渔夫同舟，此吾志也（以上仅见《辂传》）。

今安庆梆子中，亦有《桃花女与周公斗法》剧，盖由本剧改编而成。

三十八、杨梓　（三本）

《豫让吞炭》

本剧演春秋战国时义士豫让，刺赵襄子以报智伯仇事。略云：

春秋时，晋智伯为六卿之长，先后灭范氏、中行氏，尽有其地，犹不自足。一日，宴韩、赵、魏三卿于兰台。酒过三巡，智伯索借三家采邑，韩、魏二卿惧其势，皆从其请，唯赵襄子不肯。智伯谢二卿毕，复请于襄子，襄子离席而去，智伯怒，乃合韩、魏之师，将以攻赵。智伯有家臣曰豫让，谏其不可，智伯未之信。豫让犹苦谏不已，智伯怒，欲斩之，得韩、魏二卿告免。智伯统军攻赵。赵襄子自知不敌，乃出走，据守晋阳。智伯围攻不下，命军士环城筑堤，将引水灌城。襄子闻讯，急遣张孟同潜赴城外，说韩、赵二卿曰："赵若亡，二公安能久长，何如共讨智伯？事成，当三分其地，富贵与共。"于是三家合兵灭智伯，及智伯灭，乃三分其地。襄子恨犹未已，漆智伯头骨以为饮器。豫让逃入山中，乃变姓名为刑人，伏厕以刺襄子，为襄子所擒，义其为人，释之去。豫让又漆身为厉，吞炭为哑，使形状不为人识，匿襄子所过桥下，思狙击之，复为襄子所得。襄子曰："子亦尝事范氏、中行氏，智伯灭二氏，子不为之报仇，而今独为智伯报仇，是何厚智伯而薄二氏邪？"豫让曰："子言差矣，范氏、中行氏，以常人待我，我故以常人报之。智伯以国士待我，我故以国士报之。"言讫，更求襄子之衣，以剑击碎，曰："此亦为王复仇也。"旋自刎而死，襄子命厚葬之云。

按本剧所演情节全系史实，《史记》卷四十三《赵世家》（世家十三）云：

襄子立四年，知伯与赵、韩、魏尽分其范、中行故地。晋出公怒，告齐、鲁，欲以伐四卿，四卿恐，遂共攻出公。出公奔齐，道死，知伯乃立昭公曾孙骄，是为晋懿公。知伯益骄，请地韩、魏，韩、魏与之。请地赵，赵不与，以其围郑之辱。知伯怒，遂率韩、魏攻赵。赵襄子惧，乃奔保晋阳。原过从后，至于王泽……三国攻晋阳，岁余，易子而食，群臣皆有外心，礼益慢，唯高共不敢失礼。襄子惧，乃夜使相张孟同私于韩、魏，韩、魏与合谋，以三日丙戌，三国反灭知伯，共分其地。

又《史记》卷八十六《刺客列传》（列传二十六），记豫让复仇事云：

豫让者，晋人也。故尝事范氏及中行氏，而无所知名。去而事智伯，智伯甚尊宠之。及智伯伐赵襄子，赵襄子与韩、魏合谋，灭智伯。灭智伯之后，而三分其地。赵襄子最怨智伯，漆其头以为饮器，豫让遁逃山中，曰："嗟乎！士为知己者死，女为说己者容，今智伯知我，我必为报仇而死，以报智伯，则我魂魄不愧矣。"乃变名姓为刑人，入宫涂厕中，挟匕首欲以刺襄子。襄子如厕，心动，执问涂厕之刑人，则豫让内持刀兵，曰："欲为智伯报仇！"左右欲诛之，襄子曰："彼义人也，吾谨避之耳。且智伯亡，无后，而其臣欲为报仇，此天下之贤人也。"卒释去之。居顷之，豫让又漆身为厉，吞炭为哑，使形状不可知，行乞于市，其妻不识也。行见其友，其友识之，曰："汝非豫让也邪？"曰："我是也。"其友为泣曰："以子之才，委质而臣事襄子，襄子必近幸子。近幸子，乃为所欲，顾不易邪？何必残身苦形，欲以报襄子，不亦难乎？"豫让曰："既已委质臣事人，而求杀之，是怀二心以事其君也。且我所为者极难耳，然所以为此者，将以愧天下后世之为人臣怀二心以事其君者也。"既去，顷之，襄子当出，豫让伏于所当过之桥下。襄子至桥，马惊，襄子曰："此必是豫让也。"使人问之，果豫让也。于是襄子乃数豫让曰："子不尝事范、中行氏乎！智伯尽灭之，而子不为报仇，而反委质臣於智伯。智伯亦已死矣，而子独何以为之报仇之深也？"豫让曰："臣事范中行氏，范中行氏皆众人遇我，我故众人报之；至于智伯，国士遇我，我故国士报之。"襄子喟然叹息而泣曰："嗟乎！豫子，子之为智伯，名既成矣，而寡人赦子，亦已足矣，子其自为计，寡人不复释子。"使兵围之。豫让曰："臣闻明主不掩人之美，而忠臣有死名之义，前君已宽赦臣，天下莫不知君之贤。今日之事，臣固伏诛，然愿请君之衣而击之焉，以致报仇之意，则虽死不恨，非所敢望也，敢布腹心。"于是襄子大义之，乃使使持衣与豫让，豫让拔剑三跃而击之，曰："我可以下报智伯矣。"遂伏剑自杀。

此剧即以史传为蓝本而演成。盖元人写剧，穿凿附会，信手点染，常与史实大相违午。独此剧不仅情节相符，即宾白亦多引用原文字句，此在元剧中为不可多得之作。今皮黄戏中有《豫让桥》，为伶人高庆奎所排演，即述豫让伏桥击襄子一节。又秦腔中有《水灌晋阳》，乃演智伯围城始末，皆系由此剧推衍而成者。

又按本剧可与《东周列国志》（据《七国讲史》改编）第八十四回："智伯决水灌晋阳，豫让击衣报襄子"相参看。

《霍光鬼谏》

本剧演霍光鬼魂示梦汉帝，告其子孙谋反，以全忠节事。略云：

汉昭帝驾崩后，文官尚书杨敞、武官大司马霍光、共立昌邑王即位。未及一月，昌邑王淫乱，朝中不安，咸谓乃光之罪。杨敞屡谏，昌邑王不从；光复谏之，亦不从。光乃与杨敞议废昌邑，迎宣帝入宫，光以其女成君妻帝。光子霍禹，孙霍山，以父荫亦握重权，为官不肖，光甚恶之。一日光病，其女成君服侍，宣帝亦亲往探疾。光乃告以治国之道，令其赦罪囚、薄税敛、恤户口、修庙宇，纳士招贤，立汉兴刘。并谓己死后，山、禹二子，定当谋反，乞宣帝预赐赦书一纸，免祸及丘冢。未几光逝，山、禹果有叛谋，为光鬼魂知悉，乃乘夜于宣帝梦中谏之，谓当崇政修德，祸乱乃止。次日，宣帝早朝，依光梦中所示，令赴霍氏私宅，捕山、禹，治之以罪。然后告祭于光，以谢其厚恩云。

本剧《太和正音谱》云，无名氏作。考姚桐寿《乐郊私语》称：澉州杨氏，康惠公梓，节侠风流，善音律，今杂剧中有《豫让吞炭》《霍光鬼谏》《敬德不伏老》，皆公自制云云。可知作者乃杨梓也。王国维曾于《元刊古今杂剧》序说中据姚说辨明《正音谱》之误。

按霍光事见《汉书》卷六十八《霍光金日䃅传》。其文略云：霍光，字子孟，骠骑将军去病弟也。去病死后，光为奉车都尉光禄大夫，出则奉车，入侍左右，出入禁闼二十余年，小心谨慎，未尝有过，甚见亲信。后元初，封为大司马大将军。受遗诏，辅幼主，封博陆侯，政事一决于光。讫十三年，百姓充实，四夷宾服。元平元年，昭帝崩，无嗣，立昌邑王贺。贺者，武帝孙，昌邑哀王子也。既至，即位，行淫乱，光忧懑，独以问所亲故吏大司农田延年。延年曰："将军为国柱石，审此人不可，何不建白太后，更选贤而立之？"光曰："今欲如是，于古尝有此否？"延年曰："伊尹相殷，废太甲以安宗庙，后世称其忠。将军若能行此，亦汉之伊尹也。"光即与群臣奏请废昌邑王贺，复迎立宣帝。光每朝见，上虚己敛容，礼下之已甚。地节二年病笃，车驾自临问光病，上为之涕泣。光卒，宣帝亲政，收霍氏兵权。以光子霍禹、光从孙霍云、霍山谋反，乃致夷族。光不学亡术，暗于大理，族党满朝，权倾内外。宣帝自在民间，闻知霍氏尊盛日久，内不能善。当宣帝始立，光从骖乘，帝内严惮之，若有芒刺在背。及造反诸事皆与史合。唯鬼谏一节，载籍不述，或作者悯霍氏之忠，思股肱之美，而有以增饰表扬之也。

又检光传：当霍山、霍禹等谋反时，霍显（光妻）梦第中井水溢流庭下，灶居树上。又梦大将军谓显曰："知捕儿不？亟下捕之。"第中鼠暴多，与人相触，以尾画地。鸮数鸣殿前树上，第门自坏。云尚冠里宅中门亦坏，巷端人共见有人居云屋上，彻瓦投地，就视，亡有，大怪之。禹梦车骑声正欢来捕禹，举家忧愁。作者盖即据此附会增出《鬼谏》一节。

除上列诸节而外，有关霍光废昌邑王，迎宣帝，立成君等，又见刘向《古列女传》卷八杨夫人及霍夫人显条，兹分别引录如下，其文云：

杨夫人者，汉丞相安平侯杨敞之妻也。汉昭帝崩，昌邑王贺即帝位，淫乱。大将军霍光与车骑将军张安世谋欲废贺，更立帝。议已定，使大司农田延年报敞。敞惊惧，不知所言，汗出浃背，徒曰唯唯而已。延年出更衣，夫人遽从东厢谓敞曰："此国之大事，今大将军计已定，使九卿来报君侯，君侯不疾应，与大将军同心，犹豫无决，先事诛矣。"延年从更衣还，敞夫人与延年参语许诺，请奉大将军教令。遂共废昌邑王，立宣帝。月余，敞薨，益封三千五百户。

又霍夫人显条云：

霍夫人显者，汉大将军博陆侯霍光之妻也，奢淫虐害，不循轨度。光以忠慎受孝武皇帝遗诏，辅翼少主。当孝宣帝时，又以立帝之功，甚见尊宠，人臣无二。显有小女，字成君，欲贵之，其道无由。会宣帝许后当产疾，显乃谓女监淳于衍曰："妇人娩乳大故，十死一生。今皇后当娩身，可因投药去之，使我女得为后，富贵共之。"衍承其言，捣附子碎太医太丸中持入，遂药弑许后。事急，显以情告光，光惊愕，业已治衍奏，因令上署勿论。显遂为成君衣补治入宫具，果立为后。是时许后之子以正适立为太子，显怒，呕血不食，曰："此乃帝在民间时子，安得为太子。即我女有子，反得为王耶？"复教皇后，令毒杀太子。皇后数召太子食，保阿辄先尝之。光既薨，子禹嗣为博陆侯，显改更光时所造茔而侈大之。筑神道为荤阁，幽闭良人奴婢。又治第宅，作乘舆辇，尽绣绲靷黄金涂为荐轮，侍婢以五采丝挽显游戏。又与监奴冯子都淫乱。禹等纵弛日甚。宣帝既闻霍氏不道，又弑许后事泄，显恐怖，乃谋为逆,欲废天子而立禹。发觉,霍氏中外皆腰斩,而显弃市。后废,处昭台官。

《敬德不伏老》

本剧演尉迟恭在功臣宴中,与任城王李道宗争座失仪而遭贬谪,后起复还朝,率军征高丽事。略云:

唐太宗以平定四海,实赖将士用命,于是设功臣宴,功大者上座,次者旁列,并命房玄龄为主宴官。开宴之日,殷开山、程咬金、杜如晦、高士廉、尉迟恭(敬德)、秦琼(叔宝)等功臣毕至。徐茂公曰:"论功行赏,该叔宝、敬德两位将军上座。"两人相互谦逊,避不就席。适任城王李道宗至,自恃亲贵,径至首席坐定,置众人于不顾。叔宝、敬德睹状,心怀不平,乃相与论理。道宗出言不逊,敬德怒不可遏,遂挥拳击落道宗门牙,血流满口。道宗诉诸房玄龄,玄龄以敬德失仪跋扈,殴伤亲王,请旨命左右斩之。幸徐茂公诸将劝止,乃免其官职,谪居职田庄。敬德将赴贬所,徐茂公率公卿至十里长亭饯别,唯叔宝未至,敬德询问,众咸谓"老将军染疾在床矣"。敬德追忆当年叔宝之英武,不胜感慨。敬德谪居,忽忽三载,时高丽王闻知中国大将军秦叔宝染疾,敬德复谪居,以为有隙可乘,遂命将铁肋金牙率兵进犯。太宗得报,乃命徐茂公传旨,起用敬德以御高丽。敬德积怨未平,佯为风疾,辞不受命。徐茂公疑其为伪,乃设一计,命士卒伪为高丽兵,往敬德门前骚扰。敬德大怒,启门击之,众卒纷纷退走。正追逐间,忽闻身后有人曰:"将军之疾,愈何速也!"急回首视之,则徐茂公也。敬德知中计,为之赧然。茂公乃还朝相劝,敬德许之。既还朝太宗命官复鄂国公原职,领旨出征。将行茂公笑谓敬德曰:"将军年事已老,此去万勿轻敌!"敬德闻之,不伏已老,乃曰:"某年虽老,然转战沙场,不减当年也。"是为剧名所由来。敬德引军起程,至鸭绿江畔,与高丽军鏖战,奋其神威,生擒铁肋金牙,大破敌军,凯旋还朝。满朝文武,为之设宴庆功,称誉不置云。

按敬德侍太宗宴，拳伤李道宗事，见《旧唐书》卷六十八列传第十八《尉迟敬德传》，传云：

（敬德）尝侍宴庆善宫，时有班在其上者。敬德怒曰："汝有何功，合坐我上？"任城王道宗次其下，因解喻之。敬德勃然拳殴道宗，目几至眇。太宗不怿而罢，谓敬德曰："朕览汉史，见高祖功臣获全者少，意常尤之；及居大位以来，常欲保全功臣，令子孙无绝。然卿居官，辄犯宪法，方知韩、彭夷戮，非汉祖之愆。国家大事，唯赏与罚，非分之恩，不可数行，勉自修饬，无贻后悔也。"

由是观之，道宗固未尝与敬德争座，而敬德殴之实以与他人争座也。事后太宗亦未贬谪敬德，仅严加训饬耳。传又云：

及太宗将征高丽，敬德奏言："车驾若自往辽左，皇太子又在定州，东西二京，府库所在，虽有镇守，终是空虚。辽东路遥，恐有玄感之变？且边隅小国，不足亲劳万乘。伏望委之良将，自可应时摧灭。"太宗不纳，令以本官行太常卿，为左一马军总管。从破高丽于驻跸山，军还，依旧致仕。

据此，则高丽之役乃太宗御驾亲征，非敬德效力而往也。至于剧中谓敬德谪居职田庄，佯狂风魔，为徐茂公识破，始返朝受命，出征高丽等情，于史无据。盖此为作者欲增其戏剧效果所杜撰，或本民间传闻所附益耳。

三十九、李致远　（一本）

《还牢末》

梁山宋江闻东平府有刘唐、史进二人，习武艺，有勇力，欲邀入山寨，乃遣李逵下山访之。逵改名李得，因路见不平，打死一人，拘至官，将抵命。孔目李荣祖，重逵胆识，乃改为误伤，杖脊八十，迭配沙门岛。临行，逵感荣祖恩，至家拜谢，道真名，并赠金环一枚为礼。荣祖不受，逵遂遗之门口，为荣祖妾萧娥所得。萧娥与令史赵某有私，既闻逵名，知为大盗，乃与赵谋，首之于官。时刘唐、史进并在官为吏役。往者，荣祖尝以事责唐，唐恨之。见娥出首，即至其家收荣祖，毒拷之，下于狱。萧娥又以银嘱唐，令勒死荣祖，弃于墙外。荣祖之子女哀呼之而复醒。萧娥见之，告唐，复收之下狱。江久不见逵返，再遣阮小五持书挟金，来招唐、进。逵亦闻荣祖下狱，奔救，四人相值，各知事之始末。唐乃释荣祖，与逵、进及阮小五共擒赵令史、萧娥，挈荣祖儿女共赴山寨。赵、萧二人，剖腹剜心而死云。

按本剧演水浒事，与《燕青博鱼》及《争报恩》等，今本水浒皆不载，或系掇拾今本未收之民间传闻而成。

四十、高茂卿　（一本）

《儿女团圆》

本剧演韩弘道、俞循礼两家儿女团圆事。略云：

蠡州白鹭村农家子韩弘道，兄早亡，事寡嫂，尽礼。有侄福童、安童，抚之如己出。弘道家资颇厚，中年无子，与婢李春梅私通，婢有孕。其嫂终日诟谇，欲分家，弘道以十之九于两侄，自取其一，而嫂犹未厌。春梅将生子，其嫂乃于弘道妇前谮构春梅，弘道妇信其言，辱春梅不已，并勒弘道出之，以死相逼。弘道不得已，乃出春梅，春梅不肯别嫁，乞食自活。新庄店人俞循礼亦垂老无子，其妻产一女。妻弟王兽医晚归，闻林间儿啼声，见一乞妇方产儿欲弃。兽医问其姓名，则李春梅也。医乃抱子与其姊，易姊生女归为己女。越十二载，兽医至循礼家借牛具，循礼不与，因而相诟。循礼詈兽医"绝户"，兽医亦斥循礼"绝户"。循礼争不已，兽医忿甚，将访春梅以证循礼之子非亲生。兽医又尝负弘道银，持息往酬，弘道不取，出券焚之。兽医深德弘道而悯其亦无子，云何故不早纳婢。弘道夫妇亦自痛悔不当出春梅，乃以旧事告之。兽医曰："若然，则君固有子也。"遂具述十三年前事。弘道夫妇急欲见其子，兽医竟造循礼家塾中，语其子以真父所在，遂携归弘道。循礼悲愤，莫知所出，徐得其详，因求所生女，则兽医固已换养长成，仍归循礼。弘道亦感循礼抚子恩，率子登门，求为婚配，且呼春梅复还，两家儿女遂团圆云。

按本剧所述，殆取民间传闻，事之虚实，皆不可考。明人无名氏有《银牌记》传奇，即据此稍加增饰，情节略同，唯添出银牌各执一半为会合符验，故曰《银牌记》也。

四十一、李唐宾 （一本）

《梧桐叶》

本剧演李云英遭安禄山之乱，与夫任继图相失，偶题诗梧桐叶上，西风吹送，为继图所得。后得丞相牛僧孺之助，夫妇团圆事。略云：

西蜀人任继图娶故相李林甫之孙女云英为妻。继图友人哥舒翰镇守边疆，邀继图前往参赞军事。云英以安禄山方作乱，恐遭不测，婉言止之，继图不从。行后不久，禄山兵陷长安，明皇幸蜀，云英为乱兵所劫。幸遇尚书牛僧孺，收为义女，命与亲女金哥做伴。禄山乱平，牛尚书随驾返京。云英亦从行。时继图已罢军归里，访云英不遇。偶与友人花卿之子花仲清同游大慈寺，题《木兰词》一首于壁而去。一日，云英随牛尚书夫妇至寺进香，睹词，疑出乃夫之手，遂题和词于后。事闻于尚书夫妇，责之，云英乃以实告。云英自寺返家，思夫之情益切。时值深秋，西风落叶，增人愁绪。云英伴金哥闲坐，忽风吹一桐叶至座前。云英拾之，题诗于叶上以寄愁怀。叶因风送，复飘落大慈寺中，继图适在寺中，见叶大为惊奇，然不知其所由来也。后继图获状元及第，花仲清亦获武状元。牛尚书夫妇闻本科文武状元皆人品出众，欲命金哥、云英抛彩球择婿。云英以烈女不事二夫辞之。尚书夫妇嘉其志，乃独命金哥抛球。两人夸官之日，云英伴金哥登彩楼，球中继图。继图亦以思念旧妻不接，花仲清接之，遂为金哥婿。翌日，继图伴仲清至牛府成亲，云英亦伴金哥出堂，四目相视，宛然无误，继图大喜。乃偕至牛尚书前，禀明实情，尚书夫妇益喜，命夫妻团圆云。

按风送梧桐叶事，见《太平广记》卷一百六十定数类十五，谓出《玉溪编事》。又见明冯梦龙辑《情史》卷二侯继图条，文云：

蜀尚书侯继图，本儒士。一日，秋风四起，偶倚阑于大慈寺楼。有大桐叶飘然而坠，上有诗云："拭翠敛双蛾，为郁心中事。搦管下庭除，书就相思字。此字不书石，此字不书纸。书向秋叶上，愿随秋风起。天下有心人，尽解相思死。天下负心人，不识相思意。有心与负心，不知落何地。"侯贮小帖，凡五六年，方卜任氏为婚。尝讽此诗，任氏曰："此是妾书，争得在君手？"曰："向在大慈寺阁上倚阑得之，即知今日聘卿，非偶然也。"侯令以书较之，与叶上无异。

观此，则剧所谓任继图者，实侯继图之误。又《情史》只言继图妻任氏而不名，此剧作者以李林甫孙女云英为配，盖随意牵引也（《情史》此节出处待考）。

又按以叶题诗而谐姻眷者，其事甚伙。如《云溪友议》之舍人卢渥得红叶娶韩氏，《北窗琐言》之进士李茵，《绿窗新话》之韩夫人题叶成亲，以及《侍儿小名录补遗》之王凤儿事，虽各有微异，而皆与本剧相类，疑本一事，而流传歧异耳。今引录《绿窗新话》卷上《韩夫人题叶成亲》一节，谓出张硕《流红记》，其文云：

唐僖宗时，有儒士于祐，晚步禁衢。于时万物摇落，悲风素秋，颓阳西倾，羁怀增感。视御沟浮叶，徐徐而下，祐临流浣手。久之，有一脱叶，差大于他叶，远望若有墨迹其上，浮红泛泛，远意绵绵。祐取视之，果有诗四句云："流水何太急，深宫尽日闲。殷情谢红叶，好去到人间。"祐得之，以置书笥，终日吟咏，莫知谁作，注意思念，精神俱耗。一日，友人见曰："子何清削如此？必有故，为吾言之。"祐因以告，其友大笑曰："子何愚也，彼书之者，无意于人，子偶得之，何足置念？"

祐曰："天虽高，听甚卑，苟有志，亦从人愿，我闻仙客之于无双，卒得古生之托，事固未可知也。"乃复题二句于叶上云："曾闻叶上题红怨，叶上题诗寄阿谁？"亦乘上流置水中，俾入宫中。好事者每称道之，赠以诗曰："君恩不禁东流水，流出宫情是此沟。"祐后累举不第，迹颇羁倦，乃依河中贵人韩泳门馆，得钱帛自给，亦无意进取。久之，韩泳召祐，谓之曰："帝禁宫人三十余得罪者，使各适人。有韩夫人者，吾同姓，今在遣，居吾舍，子未娶，又年逾壮，困苦无成，吾甚怜焉。韩夫人箧颇赡，年才三十，色甚丽，吾言之使聘子何如？"祐避席伏地曰："穷困书生，寄食门下，受赐实多，不能图报，早暮愧惧，安敢复冀非望。"泳令人通媒妁，助进羔雁，尽六礼之数，给二姓之欢。久之，韩氏欲祐笥中见红叶，不知何人作也。发箧取视，乃祐所题之诗，相对惊叹感泣。久之曰："事岂偶然，皆定命也。"韩氏曰："吾初得叶，尝有诗，今尚藏之。"乃取以示祐，诗云："独步天沟岸，临流得叶时。此情谁会得？肠断一联诗。"闻者莫不叹异。一日，泳开宴，召祐暨韩氏，谓曰："子二人今日可谢媒人矣！"韩乃笑而索笔为诗曰："一联佳句随流水，十载幽思满素怀。今日却成鸾凤友，方知红叶是良媒。"唐小说又有《本事诗》，谓顾况在洛，乘间与一二诗友游苑中，流水上得大梧叶，题诗云："一入深宫里，年年不见春，聊题一片叶，寄与有情人。"况明于上流亦题云："愁见莺啼柳絮飞，上阳宫女断肠时。君王不禁东流水，叶上题诗寄于谁？"后十余日，有客来苑中，又于叶上得诗，以示况曰："一叶题诗出禁城，谁人酬和独含情。自嗟不及波中叶，荡样乘春取次行。"

四十二、刘军锡　（一本）

《来生债》

本剧演庞蕴居士偶闻驴马作人语，因感悟而弃家修道事。略云：

襄阳人李孝先，曾借同县庞居士银为商，本亏不能还。偶过县府，闻县令方为债主拷掠逋户十余人，惊惧成病。居士悉之，往问病由，孝先以实告。居士因念平日济人之急，本为行善，若尽如孝先，反成造孽，遂折其券，复以银赒之。归则搜所藏积券，尽付丙丁，烟焰冲天，上通帝阙。有增福神化为秀士，托名曾信实，细诘始末，极赞庞之疏财仗义，且期以二十年后相会。一夕，行经磨房，见磨博士备受驱牛打罗之苦，给银令辍业，别谋生计。磨博士持银归，噩梦频挠，终夜不能醒，自知无此福分，乃以银交还。居士又尝过马槽门，闻有问答声，细听之，乃驴马作人语也。各谓前生曾积欠庞银若干，今未了债。居士大惊曰：余平日好施与，今乃知所行善事，皆弄巧成拙，尽放作来生债矣。于是召妻及子凤毛，女灵照，详告之，释牛、马、驴，任其所如，并悉焚田宅契券，复以数大舸装载家资巨万，悉沉于海。挈家入鹿门山，斫竹编篱，易米食粥，励志清修。灵照因卖所编笊篱至灵岩寺，遇寺中长老丹霞禅师。师故以语嘲拨之，反为灵照一言点化，师乃得悟道。后居士闻天乐声，全家同上兜率宫，见注禄神，即李孝先，增福神，即曾信实，共谓奉玉帝命，以四圣功成行满，皆得证果朝元。盖居士，原系上界宾陀罗尊者，居士妻乃执幡罗刹女，子凤毛是善才童子，女灵照乃南海普陀落迦山观音菩萨云。

按庞蕴实有其人，兹将有关其学佛诸事，撷录如下：

《释氏稽古略》云：襄州居士庞蕴，字道云，衡州衡阳人。贞元初，谒石头迁有省，后与丹霞天然禅师为友。一日，石头问曰："子以缁邪？素邪？"蕴曰："愿从所慕！"遂不剃染，后参马祖，参承二载。有偈曰："有男不婚，有女不嫁。大家团乐头，共说无生话。"（按剧中引偈语云：有儿不曾娶，有女不曾嫁，大家团圆头，说会无生话。）机辩捷出，诸方向之。元和六年，北游襄汉，随处而居，有女名灵兆，卖竹漉篱以供朝夕。（剧中有灵兆卖漉篱，为丹霞禅师所戏弄一节即出此传。）士问灵兆："古人道'明明百草头，明明祖师意'，如何会？"女曰："老老大大，作这个语。"士曰："你怎么生？"女曰："明明百草头，明明祖师意。"

《宝伦集》，夫妇学佛说云："庞公曰：'难！难！难！十石油麻树上摊。'庞婆曰：'易！易！易！百草头边祖师意。'后庞公坐脱，庞婆别亲故入山，不知所终。庞公女灵兆修禅，亦坐化。"

《传灯录》云："禅门庞居士，即毗耶净名也。有诗偈三百余篇，传于世。"

《五灯会元》云："丹霞天然禅师，初本业儒，将应举长安，遇禅者于旅邸，曰：'选官何如选佛？'曰：'选佛当往何处？'曰：'江西马大师出世。此选佛之场。'遂造江西见祖。祖令参石头，后再谒祖，名曰天然。"按蕴亦有诗云："十方同聚会，个个学无为。此是选佛场，心空及第归。"剧中印证丹霞本此。但云丹霞调戏灵兆，为所点化，未逸近于亵侮耳。

庞居士语录："一日问马祖云：'不昧本来人，请师高眼着。'祖直下觑。士云：'一种没弦琴，惟师弹得妙。'祖直上觑。下座，居士随后云：'适来弄巧成拙'。"剧中弄巧成拙语，即本此。

按清周杲撰《竹漉篱》，亦演庞蕴事。又有无名氏撰《两生天》，则以卢至、庞蕴二人事相扭合也。

四十三、孟汉卿　（一本）

《魔合罗》

本剧演李文道设计毒死从兄德昌，反诬其嫂玉娘谋杀亲夫。狱已定谳，赖张鼎复审，真情始露，其破案线索为一魔合罗，即剧名之所由来也。略云：

河南府录事司李彦实居住醋务巷。子文道，侄德昌，德昌妻刘玉娘，子佛留。文道为医，开药铺，德昌作贾，开线铺，同巷分居。文道无行。数过德昌家，玉娘呼彦实至，责文道，文道益怀恨。及德昌归，因冒雨受寒，病于城外五道将军庙。时当七夕，有卖魔合罗者曰高山，入庙避雨，德昌告以居址，嘱通信于其妻。高山入城，至文道药铺中问路，文道绐之走枉道，而怀毒药先行至庙，毒杀德昌，劫其资以归。高山绕道访至德昌家，乃知即药铺之对门也。山送信既达，乃以魔合罗一，留赠佛留而去。玉娘至庙，德昌已垂绝，扶至家，七窍流血死。文道乘机勒逼其嫂为妇，玉娘不从，遂诬其因奸杀夫。官吏皆受贿严拷，玉娘诬服。翌年，新官至，玉娘将就戮。孔目张鼎疑玉娘冤，请卷阅之，疑窦至多。乃与令史力争，而请新官复审，官即责鼎三日内定虚实。鼎出玉娘于狱，首询报讯人形状，玉娘出佛留所存魔合罗。视之，上刻"高山制"云云，乃访得高山，诘以报信之日，尚有何人见闻。山言药店主人，及绐之绕道事。乃拘文道，文道不承。文道之父彦实年已八十，老聩。鼎使人赚以文道已供，彦实不能隐，拘至官，一一证之。文道伏诛，玉娘之冤始得白云。

按魔合罗者，即蜡人土偶之谓也。本《释典》名词，原系印度之神，在佛典中音译为"摩睺罗"，俗亦写作"磨喝乐"，或云"摩㬋罗"。考《岁时纪异》："七夕，俗以蜡作婴儿形浮水中以为戏，为妇人宜男之详，谓之化生。本出西域，谓之摩㬋罗。今曰魔合罗，盖流俗相沿，音讹字谬也。"又《东京梦华录》卷八云："七月七夕，京师卖小塑土偶，悉以雕木彩装栏座，或用红碧纱笼，或饰以金珠牙翠，有一对直数千者，禁中及贵戚家与士庶为时物。"按此皆摩㬋罗之踵事增华者，今流俗所见不倒翁、泥美人、洋囡囡等，皆其类也。《武林旧事》卷三、《梦粱录》卷四亦有记载。又宋金盈《醉翁谈录》云："京师七夕多抟泥孩儿，端正细腻，京语谓之摩睺罗，小大甚不一，价亦不廉。或加饰以男女衣服，有及于华侈者，南人目为巧儿。"

又按元人百种曲中，记贤能官吏、判决疑狱者，除本剧外，尚有《合同文字》《救孝子》《勘头巾》《灰阑记》《后庭花》《神奴儿》《生金阁》等，事虽未必皆实，而其钩距得情，伸泄枉滥处，有关吏治，不同苟作，此皆据民间相传故事编演而成者，非尽出虚构也。

四十四、罗本 （一本）

《龙虎风云会》

本剧谓五代周世宗时，天下扰攘，都指挥使石守信，奉旨招募智勇之士以靖四方。守信应统制官王全斌之请，派潘美重礼往聘马军副都指挥使赵弘殷长男匡胤。匡胤文武双全，好交结天下豪杰。一日，匡胤偕友郑恩至一卦铺问卜，铺主苗训善相人，见匡胤乃真主之相，下跪连呼万岁。匡胤惊曰："先生何敢乱言？"训曰："臣相人多矣，未有如主公者，实四百年开基真主也。"适潘美至，乃止而不言。匡胤既见守信，守信异其才，乃引见世宗，授宫殿前都点检。未几，世宗晏驾，幼子宗训立。时汉辽兵入寇，匡胤奉旨率赵普、郑恩、苗训等誓师北征。军次陈桥驿，郑恩、苗训诸将趁赵匡胤酣睡，以黄旗加其身，然后呼万岁。匡胤惊觉，坚辞不获，继而怒曰："君等自贪富贵耳，如能从吾命即可，不从吾命，决不可行。"众皆跪曰："唯命是听！"匡胤乃曰："太后幼主，我北面事之，公卿大臣，皆我比肩，汝等不得动扰黎民，劫掠府军。违令者斩！"众再拜就命。于是匡胤遂受周禅，是为宋太祖，时赵普为相。一夜，风雪严寒，太祖微服徒步至赵普邸与其密议平天下之策。太祖欲先伐太原刘崇，普曰："太原当西北两边，使一举而下，则两边之患，我独当之。不若稍待时日，西蜀、南唐、南汉、吴越皆不施仁政，百姓怒望，今以义师归之，无不成功。"太祖称善，传旨王全斌取西蜀，石守信收吴越，曹彬下江南，潘美征南汉，然后返宫。不久捷报传来，四路兵皆大胜，四国之主先后臣服来朝。于是太祖命赵普大设筵席，宴诸将及降国君臣于一堂，共庆大一统云。

按此剧后人多误入明传奇，非是。金院本有《陈桥兵变》，亦演太祖北征，黄衣加身事。《宋史》卷一《太祖本纪》曰：

（显德）七年春，北汉结契丹入寇，命出师御之。次陈桥驿，军中知星者苗训，引门吏楚昭辅视日下复有一日，黑光摩荡者久之。夜五鼓，军士集驿门宣言策点检为天子，或止之，众不听。迟明，迫寝所，太宗入白，太祖起，诸校露刃列于庭曰："诸军无主，愿策太尉为天子。"未及对，有以黄衣加太祖身者，众皆拥拜呼万岁，即掖太祖乘马。太祖揽辔，谓诸将曰："我有号令，尔能从乎？"皆下马曰："唯命！"太祖曰："太后、主上，吾皆北面事之，汝辈不得惊犯，大臣皆我比肩，不得侵凌，朝廷府库，士庶之家，不得欺掠，用令有重赏，违者孥戮汝。"诸将皆再拜，肃队以入。

剧中谓诸将乘太祖酣睡，以黄旗加其身，黄旗当为黄衣之误，今流俗相传，有讹为黄袍。袍固衣之一种也。

第三折太祖雪夜过赵普邸事，见《宋史》卷二百五十六《赵普传》（列传第十五）。传曰：

太祖数微行过功臣家。普每退朝，不敢便衣冠。一日，大雪向夜，普意帝不出。久之，闻叩门声，普亟出，帝立风雪中，普惶惧迎拜。帝曰："已约晋王矣。"已而太宗至，设重裀，地坐堂中，炽炭烧肉，普妻行酒，帝以嫂呼之。因与普计下太原。普曰："太原当西北二面，太原既下，则我独当之，不如姑俟。削平诸国，则弹丸黑子之地将安逃乎！"帝笑曰："吾意正如此，特试卿尔。"

他如苗训、石守信诸将，皆有史实可据，本剧所演诸事亦与史书所载无大出入。此盖元人历史剧中之典雅者也。《纳书楹》《缀白裘》《与众曲谱》以及《风月锦囊》等书中均收入《访普》一出，即本剧之第三折也。其后，清李玄玉亦有《风云会传奇》（见《曲海总目提要》《传奇异考》《今乐证》《曲录》《读曲类稿》），盖根据元彭伯城之《京娘怨》及本剧而成。

四十五、杨景贤　（一本）

《西游记》

本剧演唐三藏西天取经事。略云：

陈萼，字光蕊，海州弘农人。唐太宗时以状元及第，除洪州太守，挈妻殷氏赴任。小憩百花店，购得鲤鱼一尾，睹其双目转动，知非凡物，释之。舟行至大姑山，舟人刘洪窥殷貌美，投光蕊于江而胁殷氏，时殷氏已孕八月，冀延陈氏一脉，忍辱相从。洪乃冒光蕊名之洪州任，殷氏生子匝月，洪又迫令弃之。殷氏乘间作血书，备叙颠末，繫子胸前而浮诸江，并为取名曰江流生。渔人得之，以呈金山寺丹霞禅师。禅师令人抚养，及长，落发为僧，取名玄奘。越十八年，告以前事，玄奘遂往洪州寻母。时刘洪已因病致仕，仍居洪州，继任者为虞世南，殷氏令子往愬之。执刘洪，缚之江边，生祭其父。俄见光蕊凌波而至，言己以落水为龙王所救。得不死，此龙王即曩时所放鲤鱼也。至是夫妇父子遂得团圆，而玄奘为僧如故。其后长安苦旱，赤地千里，玄奘因虞世南之荐，入京求雨。结坛甫移时，而甘霖普降，太宗大悦，授光蕊中书门下平章事，特进楚国公，殷氏为楚国夫人，赐公田四十顷，归老弘农。封玄奘为三藏法师，令往西方取经，诏大臣尉迟敬德、房玄龄等饯送。玄奘既行，玉帝念路途遥远，恐遭不测，敕命观音佛、李天王、天王三子哪吒及灌口二郎诸神暗中庇佑，并有孙悟空、猪八戒、沙僧等随行。途中果历红孩儿、鬼子母、黑风山、女儿国、火焰山、铁扇公主诸难，始达天竺国，赴灵鹫山参佛取经，得与迦叶、阿难、文殊、普贤诸菩萨会晤。求得《大藏经》五千四百八十卷，尽归中土。盖玄奘本西天毗卢伽尊者，奉如来佛命，托化阐教，取经既归，功行圆满，乃重赴灵山云。

按宋周密《齐东野语》卷八云：

有某郡倅江行遇盗，杀之。其妻有色，盗胁之曰："能从我乎？"妻曰："吾事夫十年仅有一儿才数月，我欲浮之江中，庶有遗种，然后从汝。"盗许之。乃以黑漆圆盒盛此儿，藉以文褓，且置银二片其旁，使随流去。如是十余年。盗至鄂，舣舟，挟其妻入某寺设供。至一僧房，黑盒在焉，妻乘间问僧何以得此？僧言："某年月日，得于水滨，有婴儿白金在焉,吾收育之,今在此,年长矣。"呼视之,酷肖其父,乃为僧言始末,僧为报尉,获之,遂取其子以归。

剧中所言陈光蕊事,盖本《野语》所记增饰而成。《南词叙录》及钱南扬《宋元南戏百一录》,均收有《陈光蕊江流和尚》一戏之残文。《南九宫谱》《九宫大成》《雍熙乐府》诸书皆载之。又金院本有《唐三藏》一本,见《辍耕录》。元无名氏有《唐三藏西天取经》一本,见《录鬼簿》。清传奇有张照《升平宝筏》十本,见《啸亭续录》(今有抄本)《慈悲愿》一本,见《曲海总目提要》,大抵皆以取经为主。

考玄奘尝游五印度,归著《大唐西域记》,因述所历诸国风土,辩机编类成书,凡十二卷,有四部丛刊本。至取经事,更为世人所艳称。史传及小说中载之甚伙,今择录与本剧有关者如下。《旧唐书》卷一百九十一列传第一百四十一《方伎传》《玄奘本传》云:

僧玄奘,姓陈氏,洛州偃师人。大业末出家,博涉经论,尝谓翻译者多有讹谬,故就西域广求异本以参验之。贞观初,随商人往游西域。玄奘既辩博出群,所在必为讲释论难。蕃人远近,咸尊伏之。在西域十七年,经百余国,悉解其国之语,仍采其山川谣俗,土地所有,撰《西域记》十二卷。贞观十九年(645),归至京师,太宗见之大悦,与之谈论,于是诏将梵本六百五十七部于弘福寺翻译,仍敕右仆射房玄龄、太子左庶子许敬宗,广召硕学沙门五十余人,相助整比。高宗在宫,为文德太后追福,造慈恩寺及翻经院,内出大幡敕《九部乐》及京城诸寺幡盖众伎,送玄奘及所翻经像、诸高僧等,入住慈恩寺。显庆元年(656),高宗又令左仆射于志宁、侍中许敬宗、中书令来济、李义府、杜正伦、黄门侍郎薛元超等,共润色玄奘所定之经。国子博士范义硕、太子洗马郭瑜、弘文馆学士高若思等,助加翻译,凡成七十五部,奏上之后。以京城人众,竞来礼谒。玄奘乃奏请逐静翻译。敕乃移于宜君山,故玉华宫。六年,卒,时年五十六,归葬于白鹿原,士女送葬者数万人。

剧言玄奘为海州弘农人，而传云系洛州偃师人（按《大藏经续高僧传》卷四《玄奘传》，谓玄奘姓陈，本名祎，洛州人）。当以本传为是，弘农在今陕西，不属海州也。《太平广记》卷九十二异僧类六《玄奘传》，亦谓玄奘为偃师人。其文云：

沙门玄奘，俗姓陈，偃师县人也。幼聪慧，有操行。唐武德初，行西域取经。行至罽宾国，道险虎豹不可过，奘不知为计，乃锁房门而坐。至夕开门，见一老僧，头面疮痍，身体脓血，床上独坐，莫知来由。奘乃礼拜勤求，僧口授《多心经》一卷，令奘诵之，遂得山川平易，道路开辟，虎豹藏形，魔鬼潜迹，遂至佛国，取经六百余部而归。其《多心经》，至今诵之。初奘往西域，于灵岩寺，见有松一树，奘立于庭，以手摩其枝曰："吾西去求佛教，汝可西长，若吾归，即却东回，使吾弟子知之。"及去，其枝年年西指，约长数丈。一年忽东回。门人弟子曰："教主归矣。"乃西迎之，奘果还。至今谓此松为摩顶松。

本文原载《独异志》及《唐新语》，为《广记》所引录，《大藏经》卷三百六十七《神僧传》卷六亦引之。考元释觉岸撰《释氏稽古略》卷三（清道光刊本）略云：

三藏玄奘法师，贞观三年（629）冬，往西域取未至佛经，诣阙陈表，帝不允，师私遁。自原州出玉关，抵高昌、叶护等国而去。贞观七年（633），至中印度，遇大乘居士，受瑜珈师地。入王舍城，止那兰陀寺，从上方戒贤论师，受瑜珈唯识宗旨。留十年，归自王舍城。贞观十九年（645）正月丙子至京师，长安留守房玄龄表闻。壬辰法师如洛阳。二月己亥，见于仪鸾殿，帝曰："师去何不相报？"曰："当去时表三上，不蒙谅许，乃辄私行。"帝曰："师能委命求法，惠师苍生，朕甚嘉焉。"师因奏西域所护梵本经论六百七十部。乞就洛阳嵩山少林寺，为国宣释。帝曰："朕顷为穆太后创弘福寺，可就彼翻译。敕平章房玄龄专知监护，资备所须，一从天府。"贞观二十二年（648）六月，帝制法师新译经《大唐三藏圣教序》。时皇太子睹圣序，遂撰述圣记，诏皇太子撰《菩萨藏经后序》。八月，帝赐法师百金磨衲，并宝剃刀。法师奉表谢。略云："忍辱之服，彩合流霞，智慧之刀，铦逾切玉，谨当衣以降烦恼之魔，佩以断尘劳之网。"高宗永徽三年，法师于慈恩寺将建大塔，奉安西取经论梵本。表奏，敕赐大内及东宫掖庭等七宫亡人衣物，助师营办。法师授以西域制度。塔成，高二百尺。显庆四年（659）十月，制以玉华宫为寺，追崇先帝，诏法师居之。次年，师于玉华译《般若经》。麟德元年二月，法师命弟子大乘光抄录所译经论，凡七十五部，一千二百三十五卷。又召门人造像设斋，与众辞决。令左右念弥勒如来。初五日中夜，右胁安卧而逝，寿六十五。帝辍朝三日，敕敛以金棺银椁。四月，塔于浐东原，弟子神泰、栖元、会隐、慧立、明浚、义褒、大乘光，皆法门龙象。法师以西域戒贤论师处所得瑜珈师地唯识宗旨，授窥基。

此节所述，大要与《玄奘本传》合，唯传言五十六卒，而此言六十五卒，或字乙之误。考《稽古略》所言"法师以西域戒贤论师处所得瑜珈师地唯识宗旨授窥基"。按窥基，即《紫桃轩杂缀》所云奎基法师，传系唐大将尉迟敬德幼子，说见本书《小尉迟》一剧，今不赘述。又按王祎《青岩丛录》，言"唐贞观三年，三藏玄奘往西域诸国，会戒贤于那兰陀寺，因授唯识宗旨以归，授慈恩基。乃网罗旧说，广制疏论，是为慈恩之宗"。盖其实也。

宋张伯端《悟真篇》（道藏辑要本）云："释氏教人修极乐，只缘极乐是金方。大都色相唯兹实，余二非真漫度量。"注曰："极乐净土在西方。西者，金之方，此中唯产金丹，一粒如黍，其重一斤，释氏饵之，故有丈六金身，妙色身像，盖亦由金丹而产化也。"本剧第二十二出所言"金身丈六长"云云，即本此。又丈六，犹言二八之数，西方，即金也。古仙明有歌曰："借问瞿昙是阿谁，住在西方极乐国。其中二八产金精，丈六金身从此得。若人空此幻化身，亲授圣师真轨则。霎时咽罢一黍珠，立化金刚身顷刻。"

此外，宋小说中言玄奘事者有《大唐三藏取经诗话》，又名《大唐三藏法师取经记》，全书分三卷，共十七章，可谓为中国章回小说之祖。其第一章已缺。第二章，行程遇猴行者处。第三章，入火梵天王宫。第四章，遇狮子林及树人国。第六章，过长坑大蛇岭处。第七章，入九龙池处。第八章，缺前段。第九章，入鬼子母国处。第十章，经过女人国处。第十一章，入王母池之处。第十二章，入沉香国处。第十三章，入波罗国处。第十四章，入优钵罗国处。第十五章，入竺国渡海之处。第十六章，转至香林寺受心经本。第十七章，到陕西王长者妻杀儿处。书多浪漫情调与神话意味，大半乃本剧取材所自。

复次，《永乐大典》一万三千一百三十九卷有《魏征梦斩泾河龙》一则，引书标题作《西游记》。明人吴承恩拾诸籍乃著今本《西游记》。厥后尚有陈士斌之《西游记真诠》，张书绅之《西游记新说》，刘一明之《西游记原旨》，汪象旭之《西游证道书》，张逢原之《西游正旨》等，皆以金丹妙诀，或禅门新法之论，实属无稽矣。至如无名氏之《续西游记》（有一百回及四十四本），董若雨之《西游补》，皆缘此关目而加以渲染扩大者也。

四十六、谷子敬　（一本）

《城南柳》

本剧演吕洞宾度脱岳州柳树成仙事。略云：

岳州城南一柳树，生数百余年，已有仙风道骨，吕洞宾奉钟离老祖之命，前往度脱。洞宾既至岳州，赴岳阳楼饮酒，并取王母所赐蟠桃啖之。寻念柳树乃土木之物，难登仙籍，必使之成精之后，方可成人；成人之后，方可成道。遂以蟠桃核抛于东墙之下，待长成之后，与柳树俱化为花月之妖，结为夫妇，然后度之。柳桃成精后，洞宾又使柳树托生杨氏为男，名老柳；桃树托生邻舍李氏为女，名小桃，并结为夫妇。小桃年届二十，犹不能言。一日，洞宾复来岳阳楼饮酒，问小桃，小桃始能言。洞宾乃劝小桃出家修道，小桃允之，随洞宾去。老柳伏剑追而杀之，遂以杀人罪被送官，合当偿命。既受刑，老柳顿悟前身，喜其未死，并知官府公人为汉钟离、铁拐李、张果老、蓝采和、徐神翁、韩湘子、曹国舅等所化。洞宾至此始率老柳、小桃，同赴瑶池西王母蟠桃会云。

按本剧与马致远《吕洞宾三醉岳阳楼》甚为近似。考《古今诗话》云：

岳阳楼有碑极大，乃李观记吕仙翁笔迹。李知贺州日，有道士相访，自云吕先生，诵《过岳阳诗》云："唯有城南老树精，分明知道神仙过。"李亦不晓。后知岳州，有白鹤寺僧见过，道及吕仙翁尝憩于寺前松下，有老人自松梢冉冉而下，致恭于先生之前曰："某松之精也，今见先生过，礼当致谒。"吕书一绝于寺壁而去："独自行时独自卧，无限世人不识我。唯有城南老树精，分明知道神仙过。"后郡守为创亭于松下，名曰回先生云。

此事《冷斋夜话》等书中皆载之，已见《岳阳楼》剧，兹不另述。本剧即以斯事为主，而衍设关目，唯易松为柳耳。贾仲明亦有《吕洞宾桃柳升仙梦》杂剧。

又按明初朱有燉之《紫阳仙三度长春寿》，乃演吕洞宾弟子紫阳仙度脱成都府锦香楼边大椿树者，全自本剧翻案而来，唯以"椿树""牡丹"代"桃""柳"；以"紫阳仙"代"吕洞宾"；以成都"锦香楼"代岳州"岳阳楼"耳。然其第三折及第四折之关目颇为简略，与谷氏原作相较，自不及也。

四十七、王子一　（一本）

《误入桃源》

本剧演刘晨、阮肇入山采药，遇仙女迎入桃源洞中，结为婚配事。

略云：

有刘晨、阮肇者，宿具仙缘。因晋室衰颓，奸佞窃柄。甘分山林之下，修真炼药，以度春秋。一日刘、阮共赴天台山采药，上帝命太白金星洒布白云迷其归途，化作樵夫，立于路旁。刘、阮既迷途，问于樵夫，告以可赴桃源洞中人家借宿。刘阮路入桃源，见一溪流水，几片落花，乃题诗咏怀，心神荡然。忽见霞光凤驭，羽盖霓旌，冉冉而来，知必有异。既至，则为二女仙直呼刘、阮名。迎至桃源洞中，各结为夫妇。二仙者系上界紫霄玉女，以凡心偶动，谪降于此也。婚后一载，刘、阮因闻百鸟鸣春，归心甚切，二仙子送之长亭，赠诗相别。及归，道里风物皆非旧观，家人无相识者。询之邻里，始知时距二人采药入山已过百年矣。至是乃知桃源为神仙之境，复入山寻访，渺无踪迹。又为太白金星所引，与二仙子重会，同赴蓬莱，各还仙位云。

按刘晨、阮肇事见《列仙传》卷三，《太平广记》卷六十二及《绿窗新话》卷上，今但录《绿窗新话》如下：

剡县刘晨、阮肇，入天台山采药，因失道路，粮尽。望山头有桃，共取食之，便觉稍健。乃下涧引水，见一瓢流出，中有胡麻饭屑。二人相语曰："此去人不远。"因行，度一山，出大溪，见二女，貌容绝妙，便唤刘、阮姓名，如旧曾相识者，问："郎来何晚？"因邀过家，厅堂亭馆，服饰精华，东西两壁，各铺设床帐帷幔，七宝璎珞，非世所有。左右青衣端正，都无男子。须臾，下胡麻饭、山羊脯，甚美。又设甘酒。俄有数仙女，将桃至，云："来庆女婿。"各出乐器，歌舞作乐。日向暮，仙女各去，刘阮止宿，行夫妻之道。留十五日，求还，女曰："来此皆宿福所招，与仙女交结，流俗何所乐哉！"遂留住半年，天气常如二三月。求归不已，女令诸仙女作乐送出。及归家乡，并无相识，乃询得七代子孙："传闻上祖入山不出，不知何在。"既无亲属，欲再还仙女家。寻山路不获，后失二人所在（《刘、阮遇天台仙女》）。

本文《绿窗新话》原注出《齐谐记》。考《齐谐记》系南朝宋东阳无疑撰，书久佚，仅《太平御览》《太平广记》中时见零星散篇。近人《古小说钩沉》中辑录数条。此条亦见《古小说钩沉》，然原注出《幽明录》，与《绿窗新话》所注互异。《太平广记》所载《天台二女》注云出《神仙传》，与《绿窗新话》及《列仙传》所载，虽文字略有不同，而其事则一，兹不具引。

剧中关目与《新话》所载亦无甚异。唯云二女乃紫霄玉女谪降，与刘、阮有宿缘，玉帝敕太白金星指引入桃源洞。后归家复往，遂至迷路，复得星官引回仙境，行满功成，同赴蓬莱云云，则为作者增饰。清人张匀本此作《长生乐传奇》（有涵芬楼藏旧抄本），则又言刘、阮俱为状元及第者，以重阳登高，为麻姑幻化引入天台，令与仙女瑞鹤仙、嘉庆子为配，备享逍遥之乐。后乞归，已过六十年，晨子余荫已中状元，官宰相云云，又与旧说大异，而腐气扑人矣。

考本剧所用刘、阮及仙女诗，具引唐人曹寅作，其一《刘阮洞中遇仙子》诗云："天和树色霭苍苍，霞重岚深路渺茫。云实满山无鸟雀，水声沿涧有笙簧。碧沙洞里乾坤别，红树枝头日月长。愿得花间有人出，不令仙犬吠刘郎。"其二《仙子送刘阮出洞诗》云："殷勤相送出天台，仙境那能却再来？云液既归须强饮，玉书无事莫频开。花当洞口应常在，水到人间定不回。惆怅溪头从此别，碧山明月照苍苔。"其三《刘阮再到天台，不复见仙子》诗云："再到天台访玉真，青苔白石已成尘。笙歌冥寞闲深洞，云鹤萧条绝旧邻。草树总非前度色，烟霞不似往年春。桃花流水依然在，不见当时劝酒人。"又金院本有《入桃源》，元马致远亦有《刘阮误入桃源洞》杂剧，今具不传。

四十八、贾仲名 （五本）

《对玉梳》

本剧演荆楚臣与妓顾玉香分袂，断玉梳为二，各执其半。后玉梳重

合,结为夫妇事。略云:

扬州秀才荆楚臣,与松江上厅行首顾玉香善。玉香双十年华,顾盼生姿。楚臣与之相处二年,金尽,假母不容,因负气成疾,寄居故旧,然玉香则誓不他嫁也。有富商柳茂英,以厚资啖母,欲强娶玉香。玉香不从,乃邀楚臣至家,尽脱钗环,助之赴举。濒行,出玉梳一枚,断为二,各收其半。楚臣既行,母百般劝诱,茂英亦长跪求许,辄为玉香所辞。楚臣应举得第,授句容县令,到任数日,方欲遣人迎玉香,而玉香因不堪母迫,偕俾潜行,拟之京访楚臣。于丹阳途遇风浪,舍舟登陆,觅寄旅,茂英忽追踪至,逼勒邀欢。不从,将杀之。适楚臣奉府牒下乡催办粮草,路经其地,闻有呼杀人声。迹之,则玉香也。于是互道所以,擒茂英送府治罪,携玉香归署成婚,并各出玉梳之半,令银匠以金对嵌,复合为一。未几,玉英假母亦至,楚臣不念旧恶,厚资遣去云。

按此剧关目与世所传"散乐女助宋齐丘"事相类,其事见《曲海总目提要》引略云:齐邱,豫章人,父卒,家计荡尽,朝不谋夕。时姚洞天为淮阴骑将,素好士,齐邱欲谒之,奈囊空无以备纸笔,但于逆旅闷坐。如此数日,邻房有散乐女甚幼,问曰:"秀才何以杜门不出?"齐邱以实告,女叹曰:"此事甚小,何吝一言相示。"乃惠以数缗。齐邱市纸笔,以诗投洞天,洞天悯之,稍加拯救。徐温闻其名,召至门下。及昇之有江南也,齐邱以佐命,遂至上柑。乃上表云:娶散乐女为妻,以报宿惠,许之。

考陆游《南唐书》卷二十,《宋齐邱传》云:

宋齐邱,字子崧,世为庐陵人。父诚,与钟传同起兵。高骈表传为洪州节度使,以诚副之。卒官因家洪州。齐邱好学,工属文,尤喜纵横长短之说。烈祖为昇州刺史,齐邱因骑将姚克瞻得见,暇日陪燕游,赋诗以献……烈祖奇其志,待以国士。

吴任臣《十国春秋·宋齐邱传》所载,与此大致相同。

《萧淑兰》

本剧演萧淑兰悦其兄友张世英，私往见之，世英拒不纳，后卒以礼结为夫妇事。略云：

浙江温州府人张世英，字云杰，自幼苦志勤学，博通经史。其友人萧公让雅重之，延为馆宾，课二子焉。公让之妹淑兰貌美能诗，年十九，犹未字人。窥见世英，悦其丰姿，知非凡器。清明节，公让与妻崔氏及二子俱往扫墓，唯淑兰托病不行，潜至书馆见世英，世英视若无睹。淑兰又以言挑之，世英正色曰："男女婚姻，必遵父母之命，从媒妁之言，不然则非礼。非礼之事，吾不为也。况萧公待我为上宾，我如逾礼，他日何颜见之？当速归室，兄嫂至，必见其责也。"淑兰惶愧而退。世英欲告公让，又虑淑兰见责，将言辄止。淑兰抱疾作《菩萨蛮》一词，使老妪达于世英。词云："君心情远迷蓬岛，妾心命薄怜芳草。芳草正凄凄，君心知不知。妾身轻似叶，君意坚如铁。妾意为君多，君心弃妾何？"世英终以礼自持，欲执以告公让，妪窘避，世英乃托故往西兴。濒行，题诗于壁云："感公清盼寄余生，三载交游两月情。别去难言心下事，月明酒醒在西兴。"公让见诗，不解其故，修书遣使往西兴恳问。淑兰病中闻之，复作《菩萨蛮》一首，欲并入兄书寄去。词云："无情水满西兴渡，多情人往西兴去。西兴去路遥，教奴魂梦劳。今将心内苦，联作相思句。君若见情词，同谐连理枝。"词为公让所见，审得其详，益重世英人品。于是托媒以礼至西兴，招世英为妹婿云。

按萧淑兰事见卓人月《词统》。《词统》所收萧作《菩萨蛮》云："有情潮落西陵浦，无情人向西陵去。去也不教知，怕人留恋伊。忆了千千万，恨了千千万。毕竟忆时多，恨时无奈何。"注引诗《女史》。由是知剧中所云萧淑兰，乃实有其人。又有萧淑兰寄张世英词云："天教刘郎迷蓬岛，桃花片片依芳草。芳草惹春思，王孙知不知？红颜轻似叶，薄幸坚如铁。妾意为君多，君心弃妾那。"以上两词，与剧中萧淑兰作，虽字句微异，而大致不差也。

又云：张世英馆于萧公让家，其妹投词挑之，张拒而不纳，故托词以归。后萧公让知之，以妹许张，备礼而婚云云，皆与剧合。姚华《菉猗室曲话》卷一亦引录之。概据《词统》，今不赘。

《玉壶春》

本剧演玉壶生李斌与妓李素兰相恋，中经波折，卒成眷属事。略云：

维扬人李斌，字唐斌，别号玉壶生，美才品。因游学至嘉禾，清明日，与妓李素兰邂逅郊外，两相爱慕，遂访其家，自此眷恋不能舍。斌有密友陶纲，字伯常，官杭州郡佐。闻斌客嘉禾，过而访之，劝其应试。斌告以为李羁留，势难割舍，于是纲乃袖斌《万言策》赴京，代为呈献。纲去后，斌与李情好益笃。李画素兰一枝，插玉壶中，题《玉壶春》词云："香娇淡雅天然格，蕊嫩幽奇能艳白。看四季，永馨香，远蓬荜。堂邻野陌唯待客，不许游人闲摘。玲珑莹软无暇色，玉洁冰清有润泽。玉壶内，插兰花，压花瓣，寿阳点额。休榨捽，莫伴群芳乱折。"斌极称赏。嗣后，斌资斧渐乏，为假母所厌。适有山西绸商名甚黑子者，闻李美欲娶之，假母心动。李坚拒，促斌娶己，斌嘱李义妹陈玉英作合，而假母谓同姓不当为婚。李则言己本姓张，非李所出，无嫌也。假母利商财，复强之，李断发以拒，母怒甚，鸣于官。时纲为嘉兴府太守，复至嘉禾，拘而质之，乃知被告即老友李斌也。询兰意所适，兰出自绘《玉壶春》图及词以见志。母犹争不已，纲乃言斌所献策称旨，已授杭州本府同知，令斌付银百两为恩养礼费，杖甚黑子四十，饬还其乡。于是斌与素兰，结为夫妇云。

按本剧杂取民间情事而撰成者，其事有无，不可考也。

《金童玉女》

本剧演李铁拐度化金童玉女降生之金安寿童、娇兰夫妇重登仙籍事。略云：

女直人金安寿娶夹谷童家女娇兰为妻，家业世丰，夫妇绸缪。娇兰生日，安寿设家宴以庆，忽有道士添寿化斋，谓来自三岛，度寿等共赴蓬莱。安寿笑曰："吾等方享富贵,焉能从尔共食菜根乎?"因命家僮盛陈使乐,以夸道者,并为道锦堂绣幕之华丽,朝歌暮弦,胜于十洲三岛多矣。道者以言仙家之乐无穷,而安寿终不省也。自是道者每日必来,安寿颇憎之。时当春日,安寿携娇兰踏青郊外,道者即借春色指点,安寿犹不悟。瞬值炎夏,夫妇深锁重门,纳凉于后院中,方以不见道者为幸。而道者忽又在前,安寿讶之。道者先以语开导娇兰,娇兰省悟。复引安寿入梦,以其本身为婴儿姹女,意马心猿,现形点化。及至梦醒,已阅世四十年矣。道者复以四时变易,喻人世之倏忽,安寿始悟,乃自为诗云:"才见垂杨绿,俄然麦又黄。蝉声犹未尽,寒雁已成行。"因知夫妇本王母金童玉女,为思凡降谪下界,此道者乃铁拐也。于是夫妇同赴瑶池,参谒王母。王母喜其重登仙果,为奏八仙歌舞云。

按《山海经·大荒西经》云:"西海之南,流河之滨,赤水之后,黑水之前,有大山,名曰昆仑之丘。有神,人面虎身,有文有尾皆白处之。其下有弱水之渊环之,其外有炎火之山,投物辄然。有人戴胜、虎齿、豹尾,穴处,名曰西王母,此山万物尽有。"是西王母,本为人兽合体,而虎齿豹尾,穴居野处者。然考汉桓驎《西王母传》,则云:"西王母者,九灵太妙龟山金母也。一号太虚九光龟台金母元君,乃西华之至妙,洞阴之极尊。以东华至真之气,化而生金母。"梁陶弘景《真灵位业图》则谓紫微元灵白玉龟台九灵元真元君。似此,则其名位与本传小异。又云,西王母侍女王上华、董双成、石公子等九十五位。本剧所言金童玉女,未知何指。

《汉武内传》:帝闲居承华殿,东方朔、董仲舒在侧。忽见一女子,着青衣,美丽非常,帝愕然问之。女对曰:"我墉宫玉女王子登也,为王母所使,从昆仑山来。"语帝曰:"从今日清斋,不闲人事,至七月七日,王母暂来也。"言讫,玉女忽然不知所在。帝问东方朔,此何人?朔曰:"是西王母紫兰宫玉女,常传使命,往来扶桑,出入灵州,交关常阳,传言元都阿母,西出配北烛仙人。近又召还,使领命禄，真灵官也。"剧中玉女之说，疑即本此。

铁拐李，别见岳伯川《吕洞宾度铁拐李岳》杂剧中，兹不另述。

剧云：金安寿命家伶盛陈使乐，以夸道者，更为道锦堂绣幕之华，朝歌暮弦，胜于十洲三岛。按十洲三岛，见于东方朔《海内十洲记》，记云："祖洲、瀛洲、炎洲、元洲、长洲、悬洲、流洲、生洲、凤麟洲、聚窟洲。三岛，蓬莱、方丈、瀛洲也。蓬莱山即蓬丘，对东海之东北岸，周回五十里，外别有圆海绕山，圆海水正黑，而谓之冥海也。九天真王宫，盖太上真人所居，唯飞仙有能到其处耳。方丈洲，在东海中心，西南东北正等。方丈方面各五千里，有金玉琉璃之宫，三天司命所治之处，群仙不欲升天者，皆往来此洲。仙家数十万，耕田种芝仙草。又有玉石，高且千丈，出泉如酒，味甘，名之为玉醴泉，饮之数升辄醉，令人长生。洲上多仙家，风俗似吴人，山川如中国也。"

《裴度还带》

本剧演唐宰相裴度微时，偶拾得玉带，还于失主女子韩琼英，琼英以之救父。度后与韩结为夫妇，且因此事积有阴功，卒享富贵事。略云：

裴度，字中立，未遇时，父母双亡，家贫无以为生。乃借住山神庙中，常往白马寺乞斋过日。度姨夫王员外者，颇有资产，欲令度弃儒行商，度不肯。王乃佯加羞辱，而阴令寺中长老助之以金，着其赴京应试。启行之前，偶于庙中遇长老故友赵野鹤。野鹤号尤虚道人，善相人祸福，言度次午必死，全无救处，度疑信参半而去。向晚，入山神庙宿，忽拾一玉带，盖洛阳太守韩廷幹之女琼英所遗者也。廷幹为官廉洁，以不善逢迎，国舅傅彬恨之，下于缧绁，需钱三千贯可免。琼英以善吟诗为钦差大臣李文俊所赏识，特赠玉带一条，令卖以赎父。琼英因行色仓促，竟失落玉带于庙中。度固不知其何人所遗也。次日，琼英急入庙觅之，不得，欲自尽，度持以还之。琼英母女甚感其德。度乃复往白马寺中，见赵野鹤，责其言不验。野鹤惊度未死，意必有活人阴骘，遂又相之。见度气色大变，已转祸为福矣。因问所以，野鹤长老皆欣然为度置酒相贺。廷幹于狱中闻知其事，感度之德，乃以女琼英字度。后廷幹因李文俊为雪冤外释，且升为都省参知政事，而度亦状元及第，于是奉朝命结为夫妇。王员外、白马寺长老及赵野鹤等亦皆来贺，度因曾受王轻侮，不予接纳。长老具道助金之事，于是大开欢宴，备受赐赏云。

按裴度还带事见《唐摭言》卷四，其文云：

裴晋公质状眇小，相不入贵。既屡屈名场，颇亦自惑。会有相者在洛中，大为缙绅所神，公时造之问命。相者曰："郎君形神稍异于人，不入相书，若不至贵，即当饿死。然今则殊未见贵处，可别日垂访，勿以蔬粝相鄙，候旬日为郎君细看。"公然之，凡数往矣。无何，阻朝客在彼，因退游香山佛寺，徘徊廊庑之下。忽有一素衣妇人，置一缇褶于僧伽和尚栏楯之上，祈祝良久，复取玖掷之，叩头瞻拜而去。少顷，度方见其所致，意彼遗忘。既不可追，然料其必再至，因为收取，踌躇至暮，不至。度不得已，携之归所止，诘旦，复携就彼。时寺门始辟，俄睹向者素衣而至，逡巡抚膺惋叹，若有非横，度从而讯之。妇人曰："新妇阿父，无罪被系，昨告人假得玉带二，犀带一，直千余缗，以遗津要，不幸遗失于此，今老父不测之祸，无所逃矣。"度怃然，复细诘其物色，因而授之。妇人拜泣，请留其一，度不顾而去。寻诣相者，相者审度声色顿异。大言曰："此必有阴德及物，此后前途万里，非某所知也。"再三诘之，度偶以此言之，相者曰："只此便是阴功矣，他日无相忘，勉旃！勉旃！"度果位极人臣。

是剧即本此而作，唯少变其情节，以资绾合。相士赵野鹤之名，姨夫王员外，失带者韩琼英且后即嫁度，皆增饰也。明沈练川有《还带记传奇》，多与原书乖异，非庐山真面目矣。

又按裴度，《旧唐书》列传一百二十有传，谓其于贞元时，以进士及第，登宏词科，历中书舍人，御史中丞，刑部侍郎。协赞宪皇，荡平宿寇，为盗憎，入朝遇劫，不能伤，遂拜相。为蔡州节度使，督诸军力战，四十日，擒吴元济。未几，平郓州。太和五年，册拜司徒，累拜侍中、中书令。凡六拜，近古儒生未有也。度神观迈爽，操守坚正。既有功，名震四方，以其用不用为天下重轻。

第二节　无名氏作品　上
（二十二本）

《五侯宴》

本剧演五代时，唐明宗李嗣源养子李从珂与生母团圆事。略云：

五代时，唐高祖李克用之养子李嗣源出猎见一白兔。追逐间，遇王屠妻李氏，为典主赵大公所逼，方弃其子王阿三于野。嗣源见李氏形色悲苦，若有隐情，乃拘而问之，得悉其情本末，遂收阿三为己子，改名李从珂。从珂长成，勇略不群，与李亚子、石敬瑭、孟知祥、刘智远共为五虎大将，战胜王彦章，凯旋而归。从珂殿后，路遇其生母李氏因汲水将吊桶失落，畏赵太公严恶，恐被斥责，欲寻自尽。从珂怜之，令人代为捞取。李氏见从珂貌似己子阿三，遂告以往事，使归询之。从珂既归，李嗣源之母刘夫人设五侯宴庆贺战功，从珂即席问己身所从出，夫人支吾，不欲吐实。从珂以自刎相迫，夫人乃详语告之，从珂遂亲迎李氏归，终身奉养云。

按剧中情节与无名氏《白兔记传奇》相类似。《白兔记》所演为五代汉高祖刘知远事，出于宋元话本《五代史平话》。本剧作者，或亦是受平话影响，增饰关目，改易主名，渲染而成者也。

又按五代唐高祖李克用，相传有五百义儿家将，颇多骁勇。《旧五代史》及《五代史记》为之立传者，除明宗李嗣源而外，尚有李嗣昭、嗣本、嗣恩、存信、存孝、存进、存璋、存贤等八人。据《旧五代史》卷三十五《明宗纪》谓：嗣源长子为存珂而非从珂。至收养事有无，已不可考，唯剧中人物，皆与史合，或有所本也。

《杀狗劝夫》

本剧演孙荣妻杨氏以夫行为不轨,乃杀狗以劝夫之事。略云:

宋仁宗时,南京人孙荣父母双亡,不务正业,日与歹徒柳隆卿、胡子转为伍,并结为兄弟。荣胞弟华,小名虫儿,天性孝悌,为柳、胡所不容,乃离间其骨肉之情,华遂为荣所逐,在城南破瓦窑中栖身。一日,值荣生日,虫儿前往庆贺,荣自与柳、胡酣饮,置虫儿不顾,且逐之。荣妻杨氏素贤,见状不忍,乃以善言慰之。翌日清明,荣邀柳、胡等同往扫墓,适虫儿亦来。遥见其兄正偕柳、胡于墓前酣饮,趑趄不敢近前,其嫂杨氏见而招之,始至墓侧。荣复起殴虫儿,虫儿急退,始罢。此后,荣与柳、胡过从更密。一日,同饮于谢家酒楼,荣醉,倒卧街巷大雪中,柳、胡乃乘机尽取其囊中金而去。适虫儿行经其地,见而负之返家。荣酒醒,不见囊中金,以为虫儿窃去,复痛责之,并令跪倒雪中,以资惩罚。后柳、胡复来,佯谓荣曰:"兄夜大醉,弟等乃负之还家。"杨氏云:"此妄言也,妾系目睹虫儿负员外归来。"柳、胡曰:"此乃弟等负员外至门口,适遇虫儿,故嘱其负入。"荣乃深信不疑,称谢不置。荣妻杨氏,每念虫儿受屈,心有未甘。忽心生一计,于邻居王婆处索狗一只,乘荣返家时杀之,断头去尾,裹以衣衫,置于门前。深夜,荣带醉返家,见门前尸体横陈,以为人也,大惊失色,恐罪及己,欲掩埋之。杨氏曰:"可请柳、胡相助。"荣遂急往二人处求助,柳、胡因杀人事大,翻脸不理。荣怒且惧,思欲自尽。杨氏曰:"唯有求汝同胞兄弟耳?"荣自度平日对弟寡恩,惭不欲往,杨氏强之,乃与杨氏同赴城南破窑中,具道所以。虫儿闻言,欣然允诺,立至其家,负尸埋汴河堤下。荣感其德,自此痛改前非,迎虫儿返家同住。柳、胡两人既知孙荣遭此横祸,乃借端欲勒索三千金以便灭口,否则将告荣杀人。荣闻言未决,虫儿曰:"宁可见官,有弟在,兄何惧?"于是柳、胡向开封府尹王翛然告荣杀人,虫儿径告府尹曰:"杀人者乃我,非关家兄事!"府尹正欲杖责虫儿,而杨氏闻讯赶至,详述杀狗劝夫事，并以王婆为证。复于汴河堤下掘尸视之，果然狗也。至此，真相大白。府尹乃将柳、胡各杖九十，以示惩罚。并奏请朝廷旌表杨氏之贤，复授虫儿为当地县令，全案始终。

按本剧所演故事来源无考，殆作者根据当时民间传闻而写成者也。明徐时敏复据此剧演成《杀狗记传奇》。徐氏《玉福记》序曰："今岁改孙郎埋狗传，笔砚精良。"盖徐氏于其中细目，悉加点染，凡匪徒面貌，贤妇苦心，俱极形容尽致，而欲以垂训后昆也。明人选本《风月锦囊》中亦载《杀狗记》一出。又柳隆卿、胡子转二人，亦见于秦简夫之《东堂老》杂剧中，其行为一如在此剧中者，想元代实有此二歹徒，故剧作者多引入关目也。

又按本剧所言开封府尹王翛然乃实有其人，以能吏著称，见《金史》卷一百零五列传第四十三，传云：

王翛，字翛然，涿州人也。登皇统二年进士第，由尚书省令吏，除同知霸州事。累迁刑部员外郎。……明昌二年，改知大兴府事。时僧徒多游贵戚门，翛恶之，乃禁僧午后不得出寺。尝一僧犯禁，皇姑大长公主为请，翛曰："奉上命，即令出之。"立召僧杖一百死，京师肃然……翛性刚严，临事果决，吏民惮其威，虽豪右不敢犯。

关于王翛然事，焦循《剧说》卷二亦征引之，其言云："断《杀狗劝夫》之王翛然，《归潜志》云：金朝士大夫以政事著名者曰王翛然，尝同知咸平府。摄府事时，辽东路多世袭猛安、谋克居焉，其人皆功臣子，骜亢奢纵不法，公思有以治之。会郡民负一世袭猛安者钱，贫不能偿，猛安者大怒，率家僮强入其家，牵其牛以去。公得其情，令一吏呼猛安者，其猛安者盛陈骑从以来，公朝服召至厅事前，诘其事，趋左右械系之，乃以强盗论，杖杀于市，一路悚然。后知大兴府，素察僧徒多游贵戚家作过，乃下令午后僧不得出寺，街中不得见一僧。有一长老犯禁，公械之。长老者，素为贵戚所重，皇姑某国公主，使人诣公请焉。公曰：'奉王命！'即令出，立召僧杖一百死，自是京辇肃清。世宗深见知，故公得行其志也。至今人云过宋包拯远甚。"特附录于此，以资参考。本论文第三章于王翛然事另有考证，兹不赘。

《智勇定齐》

本剧演无盐女钟离春以智破秦、燕两国而定齐事。略云：

战国时，齐公子出猎，向无盐邑丑女钟离春问路，女不答，转责公子以禾苗在地，不宜驰马。时齐相晏婴亦至，见女虽丑而状貌不凡，诘问之，并题一诗云："采桑忙来采桑忙，朝朝每日串桑行。织下绫罗和匹段，未知那个着衣裳？"女亦答云："将军忙来将军忙，朝朝每日斗争强。空有江山并社稷，无人敢与定封疆。"言下有讥齐国无人能御秦、楚二强之意。婴由是知女贤，劝齐公子娶为夫人，齐国或可大治。公子许之，以玉带为信，纳为正妃。其后，秦遣使持玉连环至齐，令解开之；燕亦遣使持蒲弦琴至齐，令弹响之。能则两国称臣进贡，否则统兵前来，征伐交锋。公子无计可施，谋之于女，女乃以长竿挂琴，风吹之而自响；以椎击玉环，玉环自解。遂将两使黥面刺背而纵之归。秦、燕大怒，合兵伐齐。女统兵迎战又大胜之，擒其将领，于是各国皆服，尊齐为上国。齐因女功封其父为太师柱国，母为柱国太夫人云。

按本剧取材，见《列女传》及《战国策》，《列女传》卷六《齐钟离春传》云：

钟离春者，齐无盐邑之女，宣王之正后也。其为人极丑无双，白头深目，长指大节，卬（即仰）鼻，结喉，肥项少发，折腰出胸，皮肤若漆，行年四十无所容，入街嫁不仇，流弃莫执。于是乃拂拭短褐，自诣宣王。谓谒者曰："妾齐之不仇女也，闻君王之圣德，愿借后宫之扫除，顿首司马门外，唯王幸许之。"谒者以闻。宣王方置酒于渐台，左右闻之，莫不掩口大笑，曰："此天下强颜女子也。岂不异哉！"于是宣王乃召见之，谓曰："昔者先王为寡人娶妃匹，皆已备有列位矣。今夫人不容于乡里布衣，而欲干万乘之主，亦有何奇能哉？"钟离春曰："无有！特窃慕大王之美义耳！"王曰："虽然，何喜！"良久曰：

"窃尝喜隐。"宣王曰:"隐,固寡人之所愿也。试一行之!"言未卒,忽然不见。宣王大惊,立发隐书而读之,退而推之,又未能得。明日,又更召而问之,不以隐对,但扬目衔齿,举手附膝曰:"殆哉!殆哉!"如此者四。宣王曰:"愿遂闻命!"钟离春对曰:"今大王之国也,西有衡秦之患,南有强楚之雠,外有二国之难。内聚奸臣,众人不附,春秋四十,壮男不立,不务众子而务众妇,尊所好,忽所时,一旦山陵崩弛,社稷不定,此一殆也。渐台五重,黄金白玉,琅玕笼疏,翡翠珠玑,幕络连饰,万民罢极,此二殆也。贤者匿于山林,谄谀强于左右,邪伪立于本朝,谏者不得通入,此三殆也。饮酒沉湎,以夜继昼,女乐俳优,纵横大笑,外不修诸侯之礼,内不秉国家之治,此四殆也。故曰殆哉!殆哉!"于是宣王喟然而叹曰:"痛哉!无盐君之言,乃今一闻。"于是拆渐台,罢女乐,退谄谀,去雕琢,选兵马,实府库,四辟公门,招进直言,延及侧陋,卜择吉日,立太子,进慈母,拜无盐君为后。而齐国大安者,丑女之力也。

又《战国策》卷十三《齐策六》云:

襄王立,以太史氏女为王后,生子建……襄王卒,子建立,为齐王。君王后事秦谨,与诸侯信,以故建立四十有余年,不受兵。秦始皇尝使使者遗君王后玉连环。曰:"齐多智,而(一作能)解此环不?"君王后以示群臣,群臣不知解。君王后引椎椎破之,谢秦使曰:"谨以解矣!"

由是观之,本剧乃撮合二事为一,复增以出猎问路,晏婴劝娶及迎战秦、燕等情事也。

《东墙记》

本剧演马文辅与董秀英私会东墙下,后卒成婚事。略云:

马彬,字文辅,临阳人。父昂,曾为三原县令,与松江董莹为至友。莹女秀英,与文辅有婚约,未及成婚而昂、莹皆先卒,两家音问遂疏。文辅长而至松江寻访女家,假馆山寿家之花木堂,所居恰与秀英为邻，仅隔东墙耳。一日，文辅攀墙看花，适与秀英遇，彼此有情，而无以通其款曲。文辅思念成疾，乃操琴以遣闷，并为之歌曰："明月娟娟兮，夜永生凉。花影摇风兮，宿鸟惊慌。有美佳人兮，牵我情肠。徘徊不见兮，只隔东墙。佳期无奈兮，使我遑遑。相思致疴兮，汤药无方。托琴消闷兮，音韵悠扬。离家千里兮，身在他乡。孤眠客邸兮，更漏声长。"秀英闻之，深受感动。乃命侍女梅香为之递简传情，约文辅至海棠亭欢会。事为秀英母所见，大怒。梅香乃陈明文辅自幼与秀英有婚约，不如就此成全，以掩家门之丑。英母无奈允之，且逼文辅赴京应试。既得状元，并授翰林学士，始正式成婚云。

按本剧关目与《西厢记》同，盖作者有意仿作，借以取悦观众，是以剧名亦故与《西厢记》同也。

考《永乐大典》卷一万三千九百八十二《戏文十八》《南词叙录》皆有《董秀英花月东墙记》，全剧今佚，情节未详，仅旧编《南九宫谱》征引曲文四支，《南九宫十三调谱》别出二支，《南词定律》别出三支，《九宫大成》别出一支。共得逸曲十支，俱见钱南扬《宋元南戏百一录》。

又按陆侃如、冯沅君合著之《南戏拾遗》中有《赛东墙》，疑出本剧之后，《九宫正始》第八册录二曲，余不可考。

《张天师》

本剧演陈世英与桂花仙子爱而不见，思念成疾。张天师为之结坛，勘问风花雪月诸仙事。略云：

洛阳太守陈全忠，西洛人也。有侄曰世英，赴京应举，便道来访。是日值中秋佳节，叔侄共饮后园中，持杯赏月。世英醉后，题诗鼓琴，时罗睺计都星缠月（谓月食也。按天文书，火之余为罗睺，土之余为计都。计都犯罗睺则日蚀，罗睺侵计都则月蚀），世英琴声感动娄宿，得救月宫之难。月中桂花仙子深感世英之恩，且与世英有宿缘，乃潜下人间与封姨桃花仙子叩世英馆，共饮而去。订以明年此夕再会。世英思仙子不置，染疾伏枕。适第三十七代天师道玄返龙虎山，路经洛阳，来访全忠。交谈之际，天师忽觉有异，言园中有花月之妖，遂为结坛，勾摄梅、菊、荷、桃、风、花、雪、月诸神勘问，皆言乃桂花仙子思凡所致。天师遂又牒致西池长眉仙问罪。长眉仙者，群仙之总也。接天师牒后，怒斥仙子，令驱往阴山待罪，继念其本为酬恩下世，且从无匹配，竟得释免。其余众仙，各归本位。而世英魂为长眉仙所勾，见此情形，疾亦平云。

按剧中所云桂花仙子者，即张衡《灵宪》所云羿请不死药于王母，姮娥窃之奔月宫。唐李商隐诗遂有"姮娥应悔偷灵药，碧海青天夜夜心"之句。又虞喜《安天论》谓：俗传月中仙人桂树，今视其初生，见仙人之足，见已成形，桂树复生。次言菊花仙者，本之《夷坚志》。志曰：成都府学，有神曰菊花仙，相传为汉宫女，诸求名者往祈影响，神必明告。仙为汉宫女，盖在汉宫饮菊花酒者，或云成都汉文翁石室壁间画一妇人，手持菊仙，前对一猴，号菊花娘子。大比之岁，士人多乞梦，颇有灵异。其他梅、荷、桃、风、花、雪、月诸仙，皆系陪衬者也。又天师白中谓菊花仙曰："东坡昔贬黄州道，吹落黄花满地金。"按此本稗史之说，谓王安石三难苏东坡，有黄州菊花落地之说，然此说实误。《史正志·菊花叙》云："黄花飘零满地金。"欧阳曰："秋花不比春花落，凭仗诗人仔细看。"荆公笑曰："欧九不学故也，不见楚辞云，餐秋菊之落英云云。噫！荆公盖拗性自文耳，诗之训落为始，盖谓花始敷也，残芳剩馥，岂堪咀嚼乎？尝询楚黄土人，实无此种。"据此，乃欧阳事，非苏轼也。《赤壁赋》一剧亦载之，见《警世通言》，可与此参看。白中陈世英云："三十三天，离恨天最高；四百四病，相思病最苦。"此语皆出《内典》。又天师白云："引诱嫦娥，辄入五姓之家。"按五姓，谓张、王、赵、李、刘也。元时以此为旧族之最著者，故云。至剧中谓张天师三十七代孙之说，非是。按《元史·释老传》："正一天师者，始自汉张道陵。其后四代孙曰盛，来居信之龙虎山，相传至三十六代宗演。当至元十三年（1276），世祖召之，待以客礼，特赐玉芙蓉冠、组金无缝衣，命主领江南道教，仍赐银印，尝命取其祖天师所传玉印、宝剑观之，二十九年卒（1292）。子与棣嗣，为三十七代，袭掌江南道教。三十一年入觐，卒于京师。"据此，所言天师三十七代孙，乃名与棣，而剧云道玄，此系杜撰。盖本天师弟子吴全节，尝授崇文弘道玄德真人，作者乃撷取其中二字以为名耳。明周宪王有《张天师明断辰钩月》杂剧，即本此敷衍而成者。

本剧之作乃有所寄托。唐人诗："桂花香处同高第，领取嫦娥攀取桂。"盖旧时习俗，凡登高第者，誉之为月中折桂，故剧中以桃桂二仙偕至，其主角则为桂花仙子也。桃仙、封姨，本唐人《博异记》所载《崔元徽月夜遇美女》一则，但记有杨氏、李氏、石醋并陶氏为四。其封十八姨，乃谓风神，此则兼四时言，故添梅、荷、菊诸花神与雪天王。云风花雪月，月即指桂花，谓月中仙也。

又按冯梦龙《情史》卷九中有桂花仙子条，大要与本剧相似，可资参览。其文云：

钱塘一士人，少年狂荡，其妻早亡，独居廊处。偶于市中，购得唐解元绢画《桂花仙子图》一轴。悬书斋中，日夕倚案瞪目注视，念欲得佳偶如图中人。凡园圃花果，必采撷以荐。一夕有女郎年可十六七，容颜娇丽，裳衣轻妍，从月色中来。士人询其居止，笑而应曰："家在墙东。"士人心意东邻无是子也，但贪慕艳色，狂不自制。拥之入帏，妖态横生，曲尽欢昵，凌晓趣辞去，定昏之后复来。自是夕夕无间，每至则室中起灵香，枕席皆芬，时说蓬莱阆苑之事。士人颇讶异之，经数旬而内外亲表及藏获辈窃窃倚听。空壁面窥，乃绝代姿首，世所无也。惊为狐魅之属，乘士人他出，觅南昌道士来治之。道士吐匣中青蛇遍索，因指此图谓曰："非尔为祟耶？尝吾剑！"忽应曰："身是昆仑山女，与此郎有累世姻缘，是以暂谐缱绻耳。卿有何禁术而欲制我乎？"复语其藏获辈曰："君今如此行径，不可留矣。"其声若出画中也。语未毕，道士裂眦上视，持剑自抵其胸，反走出门。家人忙怖号叫，急谋焚毁此画。

俄顷昼晦，忽有怪风暴起，云埃四合，弥漫一室，移时朗然。阅其像神如洗矣，隐隐渐失所在，久之空轴而已。里中数岁小儿，并见绡衣神女罗袜行空而去。士人归，惊讯其事，方悟神仙之游。臂妆衣香，氤氲不散者经月。凄恋宛转凝望无聊，乃延画师好手数十家，重写其真，莫能仿佛，于是乃止。终身不复琴瑟焉。好事者赋《无题》数章纪之，其一曰："玉京仙路杳冥冥，凤拆鸾飞去不停。泣尽云軿何日返，教人遗恨失丹青。"《耳谈》云：张文卿秀才亲见其事。

至本剧情节，据周宪王《辰钩月》杂剧"说道嫦娥思凡来，立名做辰钩月"（第四折正旦白）之语意窥之，则所谓月蚀者，盖本嫦娥思凡之俗说也。

《留鞋记》

本剧演郭华与王月英有约，及月英至，而华已入睡，月英乃留鞋而去，华竟因此自尽。既经官府，终得大白，郭、王遂结为姻眷事。略云：

洛阳人郭华，奉父命至京应试，以时运不济，文场失利，乃淹留京师，与胭脂铺女子王月英相恋。常借买胭脂为名，得相与交谈。月英亦以华翩翩少年，企慕不已。时月英已二九年华，春情难遣，思念郭华，日益憔悴。侍儿梅香谙其心曲，向月英示意，愿效红娘之劳。于是月英赋诗一首，遣梅香送于郭华，约郭华于当夜至相国寺观音殿中相会，盖值元宵佳节也。华得诗大悦，是晚应友人元夜宴毕，带醉至相国寺践约。时月英犹未至，华候少顷，忽忽觉神思困倦，不觉趁醉入睡。月英至，呼华不醒，无奈留罗帕一方，绣鞋一双而去。及华睡醒，见罗帕绣鞋，料为月英所留，于是大悔，竟吞罗帕自尽。及其琴童寻至，华已毕命，乃以为和尚谋杀，立至开封府告状。府尹包拯善断疑案，接状觉绣鞋一双，事涉暧昧，乃命张千乔装货郎，肩担行李于市。并以此鞋置担上，有识鞋者，即与本案有关，可拘捕之。事有巧合，月英之母途遇张千，见鞋曰："此吾女之鞋，何以在此？"张千乃拘之，又捕月英及梅香，月英始供出元夜及罗帕事。府尹以罗帕尚无着落，命张千押月英至相国寺觅之。至相国寺，月英见郭华尸体横陈，不禁痛哭。忽见其口边露出罗帕一角，遂急抽出。华竟徐徐苏醒，观者大惊。于是华见府尹，供明因酒醉误约，悔恨自尽等情。至是案情大白，府尹乃断月英嫁华，成其好事云。

按宋元南戏文亦有《王月英月下留鞋记》，见徐文长《南词叙录》，今已不传。《太平广记》二百七十四有《买粉儿》一条曰：

有人家甚富，止有一男，宠恣过常。游市，见一女子美丽，卖胡粉，爱之，无由自达，乃托买粉。日往市，得粉便去。初无所言，积渐久，女深疑之。明日复来，问曰："君买此粉，将欲何施？"答曰："意相爱乐，不敢自达，然恒欲相见，故假此以观姿耳。"女怅然有感，遂相许与私，克以明日。其夜，安寝堂屋，以俟女来。薄暮果到，男不胜其悦，把臂曰："宿愿始伸。"于此欢跃遂死。女惶惧，不知所以，因遁去。明还粉店，至食时，父母怪男不起，往视，已死矣。当就殡殓，发篋笥中见百余裹胡粉，大小一积。其母曰："杀我儿者，必此粉也。"入市遍买胡粉，次此女比之，手迹如先，遂执问女曰："何杀吾儿？"女鸣咽具以实告陈。父母不信，遂以诉官。女曰："妾岂复吝一死，乞一临尸尽哀。"县令许焉。径往抚之，恸哭曰："不幸致此，若死魂而灵，复何恨哉！"男豁然更生，具说情状。遂为夫妇，子孙繁茂。

本剧即据此演成，仅易胡粉为胭脂，而又增益元夜留鞋一节耳。盖《太平广记》所载故事，多动人视听，元剧作家，每喜取材于此书也。又按明代戏文中有《胭脂记》，亦谱此事，虽全本未见，而青木正儿《中国近世戏曲史》中谓曾见北京马廉氏藏本之照片数帧云。

《赵氏孤儿》

本剧演晋赵氏家臣程婴、公孙杵臼合力保全赵氏孤儿，二十年后，终得杀世仇屠岸贾而雪积恨事。略云：

晋灵公时，文臣赵盾与武将屠岸贾不睦。贾使勇士锄麑刺盾，麑误触槐树而死。后西戎进一犬，呼之曰"神獒"，灵公以赐贾。贾闭之密室，三四日不与饮食，而以草扎作盾状，置羊心肺于其中，出神獒，使剖而啖之，如是者再。贾因言于灵公曰：神獒能识邪佞。灵公使试于朝，獒既习于盾之服貌，即扑噬之，为殿前太尉提弥明所杀。盾出，贾预毁其车马，盾昔所救桑间饿夫名灵辄者忽至，掖之而去。贾复谮盾于灵公，诛绝赵氏一门三百口。盾子朔乃灵公驸马，亦不免于死。朔妻公主有子甫生，贾搜之甚急。朔门下客程婴，伪为医者，得见公主，公主以孤授程婴而自缢。婴藏孤于药笼中，为贾所置监视公主之小将韩厥所见。厥与朔有旧，故纵之出，厥亦自刎以示不泄。贾索孤不得，欲尽收国中婴儿杀之，以绝后患。婴乃携孤投赵氏老臣公孙杵臼，将使杵臼匿孤，而已挟亲子，亦新生者伪称孤儿，令杵臼告发，诱贾杀假孤，以全其真者。杵臼以己年老，恐不及抚孤成立，乃使婴匿孤山中而置婴子于杵臼家，即由婴往告密。岸贾执杵臼，即令婴拷之，杵臼乃撞阶基而死。岸贾既搜杀伪孤，自谓赵氏已尽灭矣，遂厚赏婴，且收养婴子为义儿，以酬婴功。而不知其为真孤也。贾改儿名为屠成，自教以兵法，而令婴教以诗书。越二十年，孤已长成，娴于武术，婴乃以赵氏全家及公主、韩厥、杵臼诸人死状，绘为一图，对之而泣。屠成见而询之，婴为详言始末，成乃知己即赵氏孤儿也，大为悲愤，发兵擒屠岸贾，缚送之晋上卿魏绛。绛亦仇贾，遂令凌迟处死。旨复孤儿姓，赐名赵武，袭父祖爵，为上卿，并厚褒诸义士云。

按本剧取材于《春秋》《左国》《史记》。《春秋》成公八年经云："晋杀其大夫赵同、赵括。"《左氏传》云："赵庄姬为赵婴之亡，故谮于晋侯曰：'原、屏将为乱。'栾、郤为征。六月，晋讨赵同、赵括。武从姬畜于公宫，以其田与祁奚。韩厥言于晋侯曰：'成季之勋，宣孟之忠，而无后，为善者其惧矣。三代之王，皆数百年保天之禄，夫岂无辟王，赖前哲以免也。'《周书》曰：'不敢侮鳏寡，所以明德也。乃立武而反其田焉。'"又考《史记》卷四十三《赵世家》第十三，叙之更详，世家云：

晋襄公之六年，而赵衰卒，谥为成季。赵盾代成季任国政二年，而晋襄公卒。太子夷皋年少，盾为多难，欲立襄公弟雍。雍时在秦，使使迎之。太子母日夜啼泣，顿首谓赵盾曰："先君何罪，释其适子，而更求君？"赵盾患之，恐其宗与大夫袭诛之，乃遂立太子，是为灵公。发兵距所迎襄公弟于秦者。灵公既立，赵盾益专国政。灵公立十四年，益骄。赵盾骤谏，灵公弗听。及食熊蹯，胹不熟，杀宰人，持其尸出，赵盾见之，灵公由此惧，欲杀盾。盾素仁爱人，尝所食桑下饿人，反扞救盾，盾以得亡。未出境而赵穿弑灵公，而立襄公弟黑臀，是为成公。赵盾复反，任国政，君子讥盾为正卿，亡不出境，反不讨贼，故太史书曰："赵盾弑其君。"晋景公时，而赵盾卒，谥为宣孟，子朔嗣。晋景公之三年，朔为晋将下军救郑，与楚庄王战河上。朔娶晋成公姊为夫人。晋景公之三年，大夫屠岸贾欲诛赵氏。初赵盾在时，梦见叔带持要而哭，甚悲，已而笑，拊手且歌。盾卜之兆，绝而后好。赵史援占之曰："此梦甚恶，非君之身乃君之子，然亦君之咎。至孙赵将，世益衰。"屠岸贾者，始有宠于灵公，及至于景公，而贾为司寇，将作难，乃治灵公之贼以致赵盾遍告诸将曰："盾虽不知，犹为贼首。以臣弑君，子孙在朝，何以惩罪？请诛之。"韩厥曰："灵公遇贼，赵盾在外，吾先君以为无罪，故不诛。今诸君将诛其后，是非先君之意。而今妄诛，妄诛谓之乱臣，有大事而君不闻，是无君也。"屠岸贾不听，韩厥告赵朔趣亡，朔不肯，曰："子必不绝赵祀，朔死不恨。"韩厥许诺，称疾不出，贾不请而擅与诸将攻赵氏于下宫，杀赵朔、赵同、赵括、赵婴齐，皆灭其族。赵朔妻，成公姊，有遗腹，走公宫匿。赵朔客曰公孙杵臼，杵臼谓朔友人程婴曰："胡不死？"程婴曰："朔之妇有遗腹，若幸而男，吾奉之，即女也，吾徐死耳。"居无何而朔妇免身生男，屠岸贾闻之，索于宫中。夫人置儿绔中，祝曰："赵宗灭乎若号。即不灭，若无声。"及索儿，竟无声。已脱，程婴谓公孙杵臼曰："今一索不得，后必且复索之奈何？"公孙杵臼曰："立孤与死孰难？"程婴曰："死易，立孤难耳！"公孙杵臼曰："赵氏先君，遇子厚，子强为其难者，吾为其易者，请先死。"乃二人谋取他人婴儿负之，衣以文葆，匿山中。程婴出，谬谓诸将军曰："婴不肖，不能立赵孤，谁能与我千金，吾告赵氏孤处。"诸将皆喜，许之，发师随程婴攻公孙杵臼。杵臼谬曰："小人哉，程婴。昔下宫之难不能死，与我谋匿赵氏孤儿，今又卖我，纵不能立，而忍卖之乎？"抱儿呼曰："天乎！天乎！赵氏孤儿何罪，请活之，独杀杵臼可也。"诸将不许，遂杀杵臼与孤儿。诸将以为赵氏孤儿良已死，皆喜，然赵氏真孤，乃反在。程婴卒与俱匿山中。居十五年，晋景公疾，卜之，大业之后，不遂者为祟。景公问韩厥，厥知赵孤在，乃曰："大业之后，在晋绝祀者，其赵氏乎！夫自中衍者，皆嬴姓也。中衍人面鸟噣降佐殷帝大戊，及周天子，皆有明德。下及幽厉无道，而叔带去周适晋事先君文侯，至于成公，世有立功，未尝绝祀。今吾君独灭赵宗，国人哀之，故见龟策，唯君图之。"景公问赵尚："有后子孙乎？"韩厥具以实告，于是景公乃与韩厥谋立赵孤儿，召而匿之宫中。诸将入问疾，景公因韩厥之众以胁诸将，而见赵孤。赵孤名曰武，诸将不得已，乃曰："昔下宫之难，屠岸贾为之，矫以君命，并命群臣，非然，孰敢作难。微君之疾，群臣固且请立赵后，今君有命，群臣之愿也。"于是召赵武、程婴遍拜诸将，遂反与程婴、赵武攻屠岸贾，灭其族。复与赵武田邑如故。及赵武冠，为成人，程婴乃辞诸大夫，谓赵武曰："昔下宫之难，皆能死。我非不可死，我思立赵氏之后。今赵武既立，为成人，复故位，我将下报赵宣孟与公孙杵臼。"赵武啼泣顿首，因请曰："武愿苦筋骨，以报子至死，而子忍去我死乎？"程婴曰："不可！彼以我为能成事，故先我死，今我不报，是以我事为不成。"遂自杀。赵武服齐衰三年，为之祭邑，春秋祠之，世世勿绝。

以此观之，剧中非尽据史实，不无增饰点染，然大半皆有所本，不同妄作。唯明文林《琅琊漫钞》云："世以《史记·赵氏孤儿》作杂剧，是以杂剧为《史记》也。史迁好摭拾不经之言为传，不怪其然也。又或辨其有无者。噫！不足辨也。经曰：'赵盾弑其君。'则盾固尝弑于灵公也。盾之善终,又何尝死于屠岸贾也。邪史之言,不足信者多。"特录出以供参看。又剧中有驸马公主等名,然春秋时,并无此称。作者往往因时随俗,不复顾本事年代,乃元人杂剧之通病也。

明徐叔同有《八义记》(有汲古阁六十种曲本),即本此而作。《缀白裘》收入《遣鉏》《上朝》《扑犬》《吓痴》《翳桑》《争朝》《盗孤》《观画》八出。《纳书楹》收入《翳桑》《付孤》《观画》三出。皮黄戏中有《八义图》,但近日常演者,只公孙杵臼及程婴二人事,亦名搜孤、救孤。

宋元南戏文有《赵氏孤儿》,见徐文长《南词叙录》,有明富春堂刻本,今尚存。

又按本剧各情节亦分见《东周列国志》(《七国讲史》改编)第五十七回"娶夏姬巫臣逃晋,围下宫程婴匿孤"及第五十九回"宠奚童晋国大乱,诛岸贾赵氏复兴"中。

《生金阁》

本剧演郭成以家传至宝生金阁及美妻而贾祸,包拯为之申雪事。略云:

蒲州河中府人郭成,妻名李幼奴,世代务农,至成改习儒业。成偶得噩梦,乃问卜于卖卦先生开口灵,卜者云:"有百日血光之灾,宜避于千里之外,庶可幸免。"时成方欲应举,遂请之父母,挈妻束装就道。濒行,其父出一家传宝物,名生金阁,曰:"持此以献当路,可得官。"阁以生金造成,置风中则有声如仙乐,以扇扇之亦然。成行,将至汴梁,天大雪,夫妻憩于酒店。有权豪庞衙内者,雪中出猎,亦饮于店中。成见其声势赫奕,知为要人,出生金阁献之,庞厚加赏赐,许以官爵。成喜,率妻拜谢。庞遂邀至其家,设酒款待,实欲夺幼奴也。成不从,庞禁之后园,而令一老妪劝幼奴。幼奴剺面自誓不愿与夫分离,妪为所感,反助幼奴骂庞。庞怒,缚妪投井中,且令家人于幼奴面前杀成。成既被杀,家人见其尸提首越墙而去。越岁元宵,都人竞出赏灯,庞亦出游。忽见一鬼提首逐庞,众各惊散。会包待制之任,夜行遇成魂，乃命役娄青至城隍庙焚牒拘鬼。成魂至，诉其事甚详。庞妪子福童闻母死，阴助幼奴同逸，至是，亦来署申冤。拯乃置酒邀庞，伪云西延赏军时得一宝，名生金塔，人拜之，塔尖有五色毫光耀出，可见真佛。庞乃自言有生金阁，风扇之，可泠然作响，仙音嘹亮。拯因诘以阁所为自来，庞方饰词自解，幼奴、福童并从阶下出申诉其冤。包缚庞，拷掠具服，诛之，并旌幼奴之节，封为贤德夫人，护送还乡，侍奉公婆。又分庞家财以恤福童云。

按本剧或属龙图公案之一，然不见于今本公案，事无可考，其情节与《灰阑记》《盆见鬼》《神奴儿》诸剧相似。

《罗李郎》

本剧演罗李郎抚友人儿女，为恶仆所欺，历经波折，终得骨肉团聚事，略云：

陈州人苏文顺与孟仓士为同窗好友，俱丧妻。苏妻遗女定奴，孟妻遗子汤哥。两人欲入都应举，家贫无资，遂以子女质于其友罗李郎。郎本姓李名玉，字和之，因幼年时曾织造罗缎为生。后又入赘罗氏，故咸以罗李郎呼之。罗李郎家道素丰而无子女，以汤哥为子，定奴为媳，善视之。既长，使成婚，生子受春。汤哥浮浪不率教，沉酣歌场酒肆间，负债无算。罗李责治不悛，因悲愤曰："人言儿要自养，谷要自种，诚然。"汤哥闻之，始疑罗李非生父，质之仆人侯兴。兴为人险恶，素怀不轨，乃乘机告以生父在京为官，可往访之，并以假银助之使行。汤哥既去，罗李使兴追之，则诡报已死，复伪作汤哥魂附己状，欲占定奴。罗李愤甚成疾，兴竟劫赀挟定奴及受春而逃。罗李病愈，知兴奸恶，遂弃家觅汤哥而追兴，兼访苏、孟。初，苏、孟至京，先后得第。文顺官尚书左丞，仓士礼部侍郎，乞归，不允，久留京师。后文顺奉命监修相国寺，新买一僮，而失去银唾壶。时汤哥以假银事发得罪，流落造寺执役，忽见子受春，与语，知为兴所掠卖。而文顺之仆则以为其人必盗唾壶者，急缚汤哥父子。罗李寻访适至，汤哥、受春并呼救，方相视错愕。而文顺出，见罗李大惊喜，罗李为徐道其详，始知汤哥即其婿，受春乃其外孙也。时仓士亦奉使来寺降香，两家相值，互道所以。忽闻门外喧噪，盖侯兴因盗马被获，且供出唾壶亦为己所窃。由是并得定奴，于是苏孟两家骨肉团圆，皆感罗李之恩而奉之终身云。

按本剧故事来源无考。

《蒋神灵应》

本剧演晋谢玄拒苻坚，祷于钟山蒋神庙。蒋神显灵于八公山，令满山草木皆化为晋兵，大破苻坚事。略云：

秦苻坚大举攻晋，军师王猛、阳平公苻融谏阻之，坚不肯，乃命慕容垂及梁成为将，分道进兵。晋丞相谢安因侄谢玄能洞解其棋中奥旨，以为善用兵，乃举之为帅，谢石副之。先令大兵于钟山安营，会合众将。谢玄既至钟山，乃入蒋神庙祈求阴助。两军兵临淝水，谢玄谓苻坚云："苻公强兵百万，与玄十万为敌，自量必败，公且退，容玄与众将谋，然后请降，犹未为晚也。"于是苻坚下令退兵，是时蒋神乃阴助晋，将八公山草木皆变为晋兵，乘坚退兵之际，众军呐喊。秦兵大乱，伤亡殆尽。玄既取胜，乃班师回朝，旨加谢安为太保，中书省太宰，谢玄为定番掳大元帅，谢石为征讨副帅，举国称庆云。

按谢玄大破苻坚于淝（字本作肥）水事，见《晋书》卷七十九列传第四十九《玄本传》，兹摘录有关各条如后：

玄字幼度，少颖悟，与从兄朗俱为叔父安所器重……苻坚强盛，边境数被侵寇，朝廷求文武良将可以镇御北方者，安乃以玄应，举中书郎。郗超虽素与玄不善，闻而叹之曰："安违众举亲，明也；玄必不负举，才也。"时咸以为不然。超曰："吾尝与玄，共在桓公府，见其使才，虽履屐间，亦得其任，所以知之。"……及苻坚自率兵次于项城，众号百万……坚进屯寿阳，列阵临肥水，玄军不得渡。玄使谓苻融曰："君远涉吾境，而临水为阵，是不欲速战，诸君稍却，令将士得周旋，仆与诸君缓辔而观之，不亦乐乎？"坚众皆曰："宜阻肥水，莫令得上，我众彼寡，势必万全。"坚曰："但却军令得过，而我以铁骑数十万向水，逼而杀之。"融亦以为然，遂麾使却阵，众因乱，不能止。于是玄与琰、伊等以精锐八千涉渡肥水。石军距张蚝，小退，玄、琰仍进，决战肥水南。坚中流矢，临阵斩融。坚众奔溃，自相蹈藉，投水死者不可胜计，肥水为之不流。余众弃甲宵遁，闻风声鹤唳，皆以为王师已至，草行露宿，重以饥冻，死者十七八。

又同书《谢安传》云：

苻坚强盛，疆场多虞，诸将败退相继。安遣弟石，及兄子玄等，应机征讨，所在克捷。拜卫将军开府，仪同三司，封建昌县公。坚后率众号百万，次于淮肥，京师震恐，加安征讨大都督。玄入问计，安夷然无惧色，答曰："已别有旨。"既而寂然。玄不敢复言，乃令张玄重请。安遂命驾出山墅。安常棋劣于玄，是日玄惧，便为敌手，而又不胜也。安顾谓其甥羊昙曰："以墅乞汝！"安遂游涉至夜乃还，指授将帅，各当其任。玄等既破坚，有驿书至，安方对客围棋，看书既竟，便摄放床上，了无喜色，棋如故。客问之徐答云："小儿辈遂已破贼。"既罢，还内过户限，心喜甚，不觉屐齿之折。其矫情镇物如此。

又按钟山蒋神事，本与此役无关，盖本剧作者有意牵合之也。蒋神，即蒋子文，见《搜神记》卷五，原文云：

蒋子文者，广陵人也。嗜酒好色，挑挞无度，常自谓己骨青，死当为神。汉末，为秣陵尉，逐贼至钟山下，贼击伤额，因解绶缚之，有顷遂死。及吴先主之初，其故吏见文于道，乘白马，执白羽，侍从如平生，见者惊走。文追之，谓曰："我当为此土地神，以福尔下民。尔可宣告百姓，为我立祠。不尔，将有大咎。"是岁夏大疫，百姓窃相恐动，颇有窃祠之者矣。文又下巫祝："吾将大启佑孙氏，为我立祠，不尔，将使虫入人耳为灾。"俄而小虫为尘虻，入耳皆死，医不能治，百姓愈恐，孙主未之信也。又下巫祝："若不祠我，将又以大火为灾。"是岁火灾大发，一日数十处，火及公宫。议者以为鬼有所归，乃不为厉，宜有以抚之。于是使使者封子文为中都侯，次弟子绪为长水校尉，皆加印绶。为立庙堂，转号钟山为蒋山，今建康东北蒋山是也。自是灾厉止息，百姓遂大事之。

至蒋神其他灵应事，今亦摘录《搜神记》数则，以供参览：

刘赤父者，梦蒋侯召为主簿，期日促，乃往庙陈情："母老子弱，情事过切，乞蒙放恕。会稽魏过，多材艺，善事神，请举过自代。"因叩头流血。庙祝曰："特愿相屈，魏过何人而有斯举？"赤父固请，终不许，寻而赤父死焉。

陈郡谢玉，为琅邪内史，在京城，所在虎暴，杀人甚众。有一人以小船载年少妇，以大刀插着船边，挟暮来至逻所。将出语云："此间顷来甚多草秽，君载细小作此轻行，大为不易，可止逻宿也。"相问讯既毕，逻将适还去，其妇上岸，便为虎将去。其夫拔刀大唤，遂逐之。先奉事蒋侯，乃唤求助。如此当行十里，忽如有一黑衣为之导，其人随之，当复二十里，见大树。既至一穴，虎子闻行声，谓其母至，皆走出，其人即其所杀之，便拔刀隐树侧。住良久，虎方至，便下妇着地，倒牵入穴，其人以刀当腰砍断之。虎既死，其妇故活，向晓能语。问之，云："虎初取，便负着背上，临至而后下之，四体无他，止为草木伤耳。"扶归还船。明夜梦一人语之曰："蒋侯使助，汝知否？"至家杀猪祠焉。

《太平广记》卷二百九十三，《神类》三亦转引之，注出《搜神记》《幽明录》《志怪》等书。

《升仙梦》

本剧演吕洞宾度化桃、柳树精成仙事，略云：

南极仙于朝玉帝之际，见有青气两道下照汴京梁园馆聚香亭畔，因知其地有桃、柳二树，岁久成精，已具仙风道骨。恐其迷忘本性，不得归真，乃令吕洞宾度之。洞宾先至梁园聚香亭饮酒。夜半，二精出，洞宾乃令柳精托生长安柳氏为男，桃精托生陶氏为女，配作夫妻，俱为豪富。三十年后，洞宾前往度脱。陶、柳方宴饮，洞宾化斋，因劝其出家修道，二人不悟。吕又于梦中令二人遇盗，被盗杀，忽焉惊醒，二人遂看破红尘，随吕出家。其后桃树、柳树二神，又于梦中杀陶、柳二人，于是二人凡体与二神精魄相合，共成真仙，同赴天庭云。

按谷子敬有《吕洞宾三度城南柳》，其关目与此大同小异。其后周宪王之《诚斋乐府》及内廷供奉诸神仙剧，大都脱胎于此。又清郑瑜有《黄鹤楼传奇》，记吕洞宾重至黄鹤楼上，与弟子柳树精问答事，有《盛明杂剧》三集本，亦属此类。

《陈州粜米》

本剧演陈州大旱，粜米官因便敛财，为包拯勘斩事。略云：

宋代范仲淹，字希文，官拜户部尚书，加授天章阁大学士。会陈州大旱，三年不雨，上命范仲淹集公卿大夫韩琦、吕夷简、刘衙内等议，差清官两员，至陈州开仓粜米，以拯生灵。钦定白银五两售米一石，刘衙内力举其子得中及婿杨金吾往，仲淹从之。衙内乃窃谕其子婿曰："尔等此去，可加改白银十两，售米一石，并将斗易八升，称复加三，若此则可致富。"特恐陈州百姓刁顽，无法制伏，敕赐紫金槌以行，俾弹压之。刘、杨抵州后，与吏朋比为奸，依衙内暗示，倍增银数，大秤小斗，民受其害。有张撇古者，性倔强，与其子小撇古至仓粜米。仓吏以十二两为八两，给米不满一斛，互相争论。触得中怒，以紫金槌击之，张撇古气绝而死。小撇古素闻包待制之名，遂具状以闻，为衙内所得，意欲掩之。会包待制至，小撇古乃详为陈情，待制大怒。时范仲淹、韩琦亦并闻刘、杨不法，请于朝，遣包待制前往勘断，如有不服，以所赐势剑金牌先斩后报。包抵陈州，命侍从先入城查访。己独在后微服而行，伪为赋役。适逢妓女王粉莲，乃为之牵马服劳。从此女口中得悉，刘、杨与之淫暱，不顾政事，并将御赐紫金槌亦寄存粉莲处，有辱君命。刘、杨闻包至，惧祸及己，乃先赴接官厅迎候，久不见来。粉莲既到官厅与刘、杨会晤，状极亲瘗，置包于不顾。且以包言词不逊，刘得中乃命人缚之庭树，欲鞭之。少顷，包侍从至，佯谓包已私行入城，刘、杨乃急行往谒，而不知所缚欲鞭之者即包待制也。包入城，即升堂勘断，先后提刘、杨及王粉莲、小撒古等到案，乃以棍责王氏，斩杨金吾，枭首示众。命小撒古以紫金槌击死刘得中，以报父仇。会刘衙内于宋帝处乞得赦书一纸，命包释放。既至，为时已晚，徒唤奈何耳！

按《宋史》列传第七十三《范仲淹传》谓仲淹由知苏州召拜天章阁待制，不言为大学士，薨赠兵部尚书，谥文正，生时并未为户部尚书。

按《宋史》列传第七十五《包拯传》云："拯，字希仁，庐州合肥人也。先后曾官天章阁待制，龙图阁直学士等职，位终枢密副使，谥孝肃。为人方严，善断疑案，知开封府，当时语曰：'关节不到，有阎罗包老。'"小说《龙图公案》中有陈州粜米案，其情事与本剧异，然均为《宋史·包拯传》所无，盖皆属假托也。剧中所谓刘衙内者，于史无征，大抵虚设其人，以刺权要耳。他如吕夷简为相时，范仲淹、韩琦皆未大用。及范执政，则吕已退休，并未曾共事朝廷也。又按宋神宗熙宁间，有结籴、寄籴、俵籴、均籴、博籴、兑籴等名。此云粜米，殆所谓均籴也。其制大略等于今日之配售廉价米。

《单鞭夺槊》

本剧演尉迟敬德降唐，随李世民大败单雄信事，略云：

唐初，定阳刘武周为乱，高祖命李世民、徐茂公等率师讨伐，军至美良川，为武周将尉迟恭所阻。恭字敬德，朔州善阳人，使单鞭，勇冠三军。世民爱其材，设计擒杀刘武周，劝之降。敬德既降唐，世民倍加优礼，然敬德因曾在赤瓜峪鞭伤世民弟元吉，恒不自安。后元吉果诬敬德有离叛意，下之于狱，并请斩之，以绝后患。世民乃召敬德曰："将军既欲归，某当饯行，何故私奔？"敬德无以自明，欲以死见志，为世民所止。元吉心犹未甘，徐茂公请命二人比武以决之，元吉大败，乃释敬德。时洛阳王世充大将军单雄信来攻，世民率部拒之。世民轻敌，一日，与徐茂公等轻骑往视洛阳形势，雄信突骤马横槊而至。茂公自思与雄信有旧，乃嘱世民速避，自策马以迎雄信，牵其袖曰："将军别来无恙乎！"雄信意在世民，急云："茂公放手，今日各为其主也。"茂公犹不放，雄信怒，以剑断其袖，驰马以向世民，时世民去未远也。正危急间，一黑将军匹马单鞭而至，径取雄信，不一合，夺其槊。世民惊魂甫定，视之，则敬德也。于是大喜，相将而返。翌日，两军再战，敬德奋其神威，复夺雄信槊，并以鞭鞭之。雄信负伤，伏鞍而逃，唐军大胜云。

考尉迟敬德性骁果，而尤善避槊，每单骑入敌，人刺之，非唯不中，反夺其槊，其事屡见载籍，殆实有之。然间有穿凿附会者，今按《旧唐书》卷六十八列传第十八《敬德传》云：

尉迟敬德，朔州善阳人，大业末，从军于高阳，讨捕群贼，以武勇称……武德三年，太宗讨刘武周于柏壁，武周令敬德与宋金刚来拒王师于介休，金刚战败，奔于突厥，敬德收其余众，城守介休。太宗遣任城王道宗、宇文士及往谕之。敬德与寻相举城来降，太宗大悦，赐以宴，引为右一府统军，从击王世充于东都。既而，寻相与武周下降将皆叛，诸将疑敬德必叛，囚于军中行台。左仆射屈突通、尚书殷开山咸言："敬德初归国家，情志未附，此人勇健非常，縶之又久，既被猜贰，怨望必生。留之恐贻后悔，请即杀之。"太宗曰："寡人所见，有异于此。敬德若怀翻背之计，岂在寻相之后耶！"遽命释之，引入卧内，赐以金宝。谓曰："丈夫以意气相期，勿以小疑介意，寡人终不听谗言，以害忠良，公宜体之。必应欲去，今以此物相资，表一时共事之情也。"是日，因从猎于榆窠，遇王世充领步骑数万来战。世充骁将单雄信领骑直趋太宗。敬德跃马大呼，横刺雄信坠马，贼徒稍却。敬德翼太宗以出贼围，更率骑兵与世充交战，数合，其众大溃，擒伪将陈智略，获排槊兵六千人。太宗谓敬德曰："比众人证公必叛，天诱我意，独保明之，福善有征，何相报之速也。"特赐金银一箧，此后恩眄日隆。敬德善解避槊，每单骑入贼阵，贼槊攒刺，终不能伤。又能夺取贼槊，还以刺之。是日，出入重围，往返无碍。齐王元吉，亦善马槊，闻而轻之，欲亲自试，命去槊刃，以竿相刺。敬德曰："纵使加刃，终能伤,请勿除之,敬德稍谨当却刃。"元吉竟不能中。太宗问曰:"夺槊、避槊,何者难易?"对曰:"夺槊难。"乃命敬德夺元吉槊,元吉执槊跃马,志在刺之。敬德俄顷,三夺其槊。元吉素骁勇,虽相叹异,甚以为耻……元吉等深忌敬德,令壮士往刺之,敬德知其计,乃重门洞开,安卧不动,贼频至其庭,终不敢入。元吉乃谮敬德于高祖,下诏狱,讯验,将杀之,太宗固谏,得释。

关于敬德善避槊、夺槊,及与元吉比武事,唐刘餗《隋唐嘉话》亦载之,其文曰:

鄂国公尉迟敬德,性骁果,而尤善避槊,每单骑入,敌人刺之,终不能中,反夺其槊以刺敌。海陵王元吉闻之,不信,乃令去槊刃试之。敬德云:"饶王著刃,亦不畏伤。"元吉再三来刺,既不少中,而槊皆被夺去。元吉力敌十夫,由是大惭恨。

元吉之疾敬德,盖由此比武之败。传又谓其后元吉将谋害太宗,密致书以招敬德曰:"愿迂长者之眷,敦布衣之交,幸副所望也。"并赠以金银器物一车,敬德拒之。由是元吉益恨敬德,卒谮之于高祖,然以太宗力谏,终无可如何也。剧中言元吉恨敬德,乃为报赤瓜峪一鞭之仇,遂于平刘武周后,诬敬德谋叛,谅即由此讹传。《隋唐演义》《说唐全传》等说部复加以渲染,其实时地错置,与史大异,不足信也。单鞭夺槊故事流传极广,杂剧以此为题材者,除本剧外,又有尚仲贤《三夺槊》,专演敬德与元吉比武事,与本剧有别,昔人误以为一,今知其非。此外元剧中演敬德故事者又有《鞭打单雄信》,收入孤本《元明杂剧》。

又按《封氏见闻记》所载,谓于唐代即有木偶搬演尉迟恭作战者,足证其英武,久已传播民间矣。

《庄周梦》

本剧演庄周为风花雪月四仙女所迷,得太白金星点化成道事。略云:

战国时,庄周字子休,四川成都府人。本为大罗仙,因在玉帝座前失仪，谪降尘寰。庄游学杭州，蓬壶仙恐其迷失正道，特领风、花、雪、月四仙女，化为倡妓以迷之。更由太白金星化为李府尹，令燕、莺、蜂、蝶为四仙女，各携琴、棋、书、画作诗唱和，乘间劝庄戒却酒、色、财、气。旋又带春、夏、秋、冬四仙，作为桃、柳、竹、石四女，为之炼丹。丹成后，先由三曹官责四女泄露天机，擒之去，然后金星引庄周证果还元，仍入仙籍云。

按庄子《齐物论》云：

昔者，庄周梦为蝴蝶，栩栩然蝴蝶也，自喻适志欤，不知周也。俄而觉，则蘧蘧然周也。不知周之梦为蝴蝶欤？蝴蝶之梦为周欤？周与蝴蝶，则必有分矣，此之谓物化。

清人乃据此作《蝴蝶梦传奇》（见《曲海总目提要》），并演庄子试妻事。因言庄周前生本混沌出生时一白蝴蝶，采百花之精，夺日月之光，得长生不死。以偷瑶池蟠桃花，为王母青鸾啄杀，遂托生为周。此种谬悠无稽之说，盖据宋贾善翊《高道传》。传谓："唐明皇问叶法善曰：'张果何时人？'曰：'混沌初分时白蝙蝠也。'"作者乃改蝙蝠为蝴蝶，张果为庄周，以附会《齐物论》之说。

剧中言庄周为四川成都府人，更属荒诞。考《史记》卷六十三列传第三，《老子韩非列传》云：

庄子者，蒙人也，名周。周尝为蒙漆园吏，与梁惠王、齐宣王同时，其学无所不窥，然其要本，归于老子之言，故其著书十余万言，大抵率寓言也。作《渔父》《盗跖》《胠箧》，以诋訿孔子之徒，以明老子之术。《畏累虚》《亢桑子》之属，皆空语无事实。然善属书离辞，指事类情用，剽剥儒、墨，虽当世宿学，不能自解免也。其言洸洋自恣以适己，故自王公大人不能器之。楚庄王闻庄周贤，使使厚币迎之，许以为相。庄周笑谓楚使曰："千金重利，卿相尊位也。子独不见郊祭之牺牛乎？养食之数岁，衣以文绣，以入太庙。当是时，虽欲为孤豚，岂可得乎？子亟去，无污我。我宁游戏污渎之中自快，无为有国者所羁。

终身不仕，以快吾志焉。"

刘向《别录》亦谓周乃宋之蒙人。考蒙县，乃春秋宋蒙泽，汉置蒙县，晋因之。苟晞自仓垣徙屯蒙城，置行台，寻为石勒所陷，县遂废。故城在今河南商丘市东北二十二里，其非四川明矣。因四川有蒙山县，故作者误以庄为蜀人也。《夷门广牍》中《赤凤髓》有庄周梦蝴蝶图，仰卧，右手枕头，左手用功，左腿直舒，右腿蜷缩，存想运气二十四口。

又按剧中第一折《醉中天咏大蝴蝶曲》，乃元中统初年王鼎之作，见《尧山堂曲纪》。本为绝妙好辞，人皆传诵，用之于此，妙在与剧情及套数体式皆相吻合，非无故袭旧也。

《刘行首》

本剧演汴梁行首刘倩娇，为马丹阳三度而始悟道证果事。略云：

仙人王嘉，道号重阳真人。未成道时，名王三舍，在登州甘河镇开一酒肆，遇正阳祖师及纯阳真人饮酒，因叩长生不老之诀，得成大道。后承吕祖之命，化作道人，云游尘世度化有缘。一夕，至西安城外北邙山口，憩于松阴下。有鬼仙者，乃唐明皇时管玉斝夫人，五世为童女身，恶世间生死，居山三百余年。是日，风月清朗，鬼仙口占《柳梢青》词一阕。嘉知为鬼仙，依韵和之。鬼仙遂求嘉度脱，嘉谓须托生人间为女子，偿完宿债，然后可度。乃召东岳神，导往汴梁刘氏为女，嘱以二十年后，遇三丫髻马真人来度，急须回首，勿忘前因。其后汴梁有行首刘倩娇，色艺双绝，名冠乐籍，即玉斝夫人后身也。节逢重阳，官衙设席，倩娇往侑酒，途中逢一道人，梳三丫髻，盖即王重阳弟子马丹阳奉师命来度也。倩娇已忘前生，丹阳呼之不应。乃命东岳神于梦中告以前生公案，倩娇醒而尚忆所赋《柳梢青》词半阕，丹阳为续其半，倩娇乃大悟。适有员外林盛来欲娶倩娇为妻，娇佯为疯疾以拒之。盛迁怒丹阳，殴之以手，一击而倒，拽弃荒郊，欲拉倩娇行。忽见丹阳击渔鼓从外至，又有六贼若将军者，共擒盛，盛窘而遁走。倩娇乃从丹阳朝东华帝君，得成正果云。

按剧中谓鬼仙所作《柳梢青》词云："天淡晓风明灭，白露点苍苔败叶。断址颓垣，（元曲选作'端止翠园'误，此从古名家杂剧。）荒烟衰草，汉家陵阙。咸阳陌上，行人依旧，名亲利切。改换容颜，消磨古今，陇头残月。"此词一名《陇头月》，见《鸣鹤余音》，及《乐章考索》诸书。或云何仙姑所作，或云无名氏，莫能定其所自来，盖文人假托为之。考《唐才子传》云："钱起，字仲文，吴兴人……少聪敏，承乡曲之誉。初从计吏，至京，客舍，月夜闲步，闻户外有行吟声。哦曰：'曲终人不见，江上数峰青。'凡再三往来，起邃从之，无所见矣。尝怪异之，及就试粉闱，诗题乃《湘灵鼓琴》。起缀就，即以鬼谣十字为落句，主文李暐深嘉美，击节吟味久之，曰：'是必有神助之耳！'遂擢置高第。"按此条亦见《云溪友议》《述异记》及《绿窗新话》等。又考小说谓有王绍者夜读书，忽窗外有言借笔者，绍予之，于窗上题一诗曰："何人窗下读书声，南斗阑干北斗横。千里思家归不得，春风肠断石头城。"可与此参看。

《降桑椹》

本剧演东汉蔡顺，以母病严冬入山采桑椹，感动神祇，为之改易节令事。略云：

后汉时汝南人蔡宁，妻延氏，有子曰蔡顺，媳名李润莲。一日，延氏因上庙行香，偶沾寒气，卧床不起，病中思食桑椹。时正严冬，万木凋零，无从得椹。顺无奈，乃于后园中设香案，对天祈祷，叩头出血，愿减己寿以益母。诸神为之感动，乃变冬为春，降甘露瑞雪，令满山遍峪之桑树，皆结桑椹，供顺采椹。遇盗执之至山寨，盗魁延岑，往时延父母曾周济之，且认为义子。岑询知顺姓名，遂释而厚赠之。岑因顺之孝行感天，自悔为盗，送顺归后，遂解散山寨，投汉帝立功。因将蔡顺孝行奏闻，帝为之赐宴庆贺，并封顺为翰林学士，顺妻李氏为贤德夫人云。

按《后汉书》列传第二十九《周磐传》附载蔡顺事云：

蔡顺，字君仲，亦以至孝称。顺少孤养母，尝出求薪，有客卒至，母望顺不还，乃噬其指，顺即心动，弃薪驰归。跪问其故，母曰："有急客来，吾噬指以悟汝耳。"母年九十，以寿终，未及得葬，里中灾火将逼其舍，顺抱伏棺柩，号哭叫天，火遂越烧它室，顺独得免。太守韩崇，召为东阁祭酒。母平生畏雷，自亡后，每有雷震，顺辄圜冢泣曰："顺在此。"崇闻之，每雷，辄为差车马到墓所。后太守鲍众举孝廉，顺不能远离坟墓，遂不就，年八十终于家。

据此知蔡顺之至孝，见于史传，然不载分椹事，唯合璧事类。载蔡顺事母至孝，王莽末岁荒，顺拾椹以异器盛之，赤眉见而问焉，曰："黑者味甘奉母，赤者味酸自食。"贼异其孝，以米肉贻之。剧即本此增饰以成关目。

《鲁斋郎》

本剧演鲁斋郎强占李四、张珪二人妻，为包拯所戮，张、李两家夫妻子女复得团聚事。略云：

汴梁有恶霸鲁斋郎，恃势凌人，素行强暴，日以飞鹰走犬，街市闲荡为事。后往许州，于马上见银匠李四妻张氏貌美，欲占为妾，托以银酒器令李修整，径诣其家劫张而去。张有子曰喜童，女曰娇儿，恸哭伏地。李四尾至郑州，欲控理，投都孔目张珪，忽心痛晕厥，珪以药治之，始苏。询其姓，与珪妻同，乃认为妻弟。李因诉劫妻事，珪畏鲁势，赠以资斧，令且归慰儿女。李返家，不见喜童、娇儿，其邻告云："因出觅汝，遂不知所往。"李益悲痛。节届清明，张珪携妻子扫墓，适鲁亦在郊外习射，试弹中珪子金郎。珪不知为鲁，高声斥骂，鲁怒责珪，珪惧谢罪。鲁又睹珪妻美，谓曰："速献汝妻，可免罪。"珪虑祸，绐妻暂至舅家，竟以献鲁。鲁乃以初所劫李四妻张氏赏珪，令抚其儿女。珪偕张氏归家，则儿女皆散失不知所往矣。李于此时亦诣珪探问，见张氏，惊问曰："何竟至此？"珪告之故，还李妻，且以家事付之，遂离家云游。初包拯为湖南采访使，过许州，遇李四儿女，诉母被鲁劫，无所归，包乃收而抚之。还过郑州，复遇张珪儿女，亦诉母被夺事，包复留养，皆令读书。包愤鲁稔恶，欲除之，以其有奥援，恐幸脱，乃易"鲁斋郎"三字为"鱼齐即"，奏其罪，得旨批斩。包遂擒鲁绳之以法，复书鲁斋郎以覆命，云即其人也。士庶皆大悦，且服其智。后喜童入试，擢大魁，金郎亦中进士，两家儿女，皆醮金于云台观追荐父母亡灵。李四携其妻，亦诣观追荐喜童娇儿。张珪妻因鲁已诛，亦来追荐珪及郎，女玉姐。适珪云游至观，见荐疏有己姓名，为大惊异，于是两家父子夫妻皆相认。包闻，甚奇之，令以张女配喜童，李女配金郎。珪则不愿还俗，包与其妻子皆劝慰之，始从。二姓深感包德云。

本剧故事来源无考，或取民间传闻撮合而成者。按斋郎，本祭祀时执事之人也。魏有太常斋郎，唐宋皆置之，或称太庙斋郎，仍属太常寺。《唐书》斋郎八百六十二人。韩愈文"斋郎奉宗庙社稷之事"盖士之贱者也。《宋史》：绍兴初，有司请募民入赀补官。张守曰："祖宗时授以斋郎，"今之将仕郎也。

《老君堂》

本剧演唐太宗为程咬金所迫，避入老君堂事。略云：

唐太宗奉大司马刘文静之命，率部下袁天罡、李淳风、马三宝、段志玄攻王世充。路经北邙山，见一白鹿，引弓欲射，倏焉失其所在，急驰追之，不觉已至金墉城下，太宗乃便道窥其虚实。会魏王李密部将程咬金巡绰边境，见而击之，太宗走避老君堂中，咬金劈开庙门，擒太宗，欲杀之。适秦叔宝至，劝咬金勿伤太宗，生献于密。密囚太宗于南牢，刘文静往见密，劝释太宗，亦同被囚。其后密出征沧州孟海公，命魏征、徐茂公、秦叔宝守金墉城。密因大获全胜，恩赦牢囚，唯诏书："南牢二子，不放还乡。"谓太宗及刘文静也。秦叔宝力劝征等释放二人，征固倾心于太宗，乃改诏书之"不"字为"本"字，释二人出。太宗既获释，复领军伐萧铣，斩之，江南遂平。时李密已败，咬金等亦皆来降。太宗嘉其骁勇,不念旧恶,且重用之而共定天下云。

按魏征、秦琼、程咬金等俱曾臣事李密,见《唐书》诸人本传。然考之太宗事迹,并无窥金墉城为密所囚诸事,改诏一节,更属子虚。唯罗贯中《说唐演义》书目二十四:"遭雷击元霸归天,因射鹿秦王落难"一回中,有程咬金刀劈老君堂事。又书目四十三:"改赦书世民被释,抛彩球雄信成婚"一回中,有魏征改诏事。乃据本剧编撰而成,非史实也。

《伊尹耕莘》

本剧演伊尹扶汤事。略云:

玉帝因夏帝履癸不修德政,暴戾顽狠,诸侯多叛,当有起而代之者。乃敕命文曲星下界,降生义水村有莘里赵氏,以应新运。赵氏以女不夫而孕,有辱门庭,令弃之于伊员外庄后空桑中。伊氏家仆外出,忽见空桑下满地红光,异香扑鼻,就而视之,乃一婴儿也。遂抱归交伊员外收养,即伊尹也。长而耕于有莘之野,汤知其贤,荐于夏桀而不用。汤乃背桀自立,与右丞相仲虺议,差上大夫汝方往聘伊尹。既至,汤告以夏桀不道,残虐生灵,欲兴兵讨伐。随命伊尹为军师,平夏桀,放之于鸣条,立新朝,国号大商,都于亳邑。四方归之,天下始定,于是乃敕封伊尹为太师左相,仲虺为太师右相云。

按伊尹事,见《史记》卷三《殷本纪》,纪云:

伊尹,名阿衡。衡欲干汤而无由,乃为有莘氏媵臣,负鼎俎以滋味说汤致于王道。或曰:伊尹处士,汤使人聘迎之,五反然后肯往,从汤言素王及九主之事,汤举任以国政。伊尹去汤适夏,既丑有夏,复归于亳。入自北门,遇女鸠、女房,作《女鸠》《女房》。汤出,见野张网四面,祝曰:"自天下四方,皆入吾网!"汤曰:"嘻!尽之矣。"乃去其三面,祝曰:"欲左左。欲右右,不用命,乃入吾网。"诸侯闻之曰:"汤德至矣,及禽兽。"当是时,夏桀为虐,政淫荒。而诸侯昆吾氏为乱,汤乃兴师,率诸侯,伊尹从汤,汤自把钺以伐昆吾,遂伐桀……桀败于有娀之虚,桀奔于鸣条,夏师败绩。

又按司马贞《史记索引》谓《吕氏春秋》载有侁氏女采桑，得婴儿于空桑，母居伊水，命曰伊尹，剧盖本此二者加以粉饰而成。

《渑池会》

本剧演蔺相如完璧归赵，渑池抗秦，及廉颇向相如负荆请罪诸事。略云：

战国时，秦为七雄之长，五国皆服，唯赵不至。秦昭王闻赵有楚和氏璧，差大将白起入赵，将以十五城易之。赵畏强秦，不敢违，又虑见欺，乃命中大夫蔺相如送璧至秦。相如既至，见昭王有得璧之心，无与城之意，遂计诳秦王，乘夜逃出潼关，完璧归赵。赵王大悦，加相如上大夫之职，与大将廉颇同列。颇自思出生入死，始获此职，今相如仅以口舌之劳而与己同列，甚以为耻。顷之，秦以相如逃归，心有未甘，复令人邀赵王渑池会盟。赵王惧，谋之廉颇，廉颇欲领兵护送，相如止之，愿独保赵王与会。既至渑池，秦王令赵王为秦王鼓瑟，相如亦请秦王为赵王击缶，秦王以为辱己，坚不肯。相如以死逼之，秦王乃击缶。秦王复令二人舞剑，欲乘间刺赵王。相如起曰："王若令人舞剑，下官则先杀大王！"秦王无奈，遂释赵王归。王嘉相如之能，设宴庆功。廉颇既先怀不服，至是益忿，待终席后，路阻相如殴之。相如被殴，卧病不出，尝谓人云："秦所以不敢动兵者，盖惧下官与廉将军在也。若吾二人斗，正秦之所欲，吾是以不与颇相争也。"颇闻之，既服且惭，负荆请罪。二人乃共谋保国而拒强秦云。

按本剧记事，皆本之《国策》《史记》，稍加增饰，无大乖异，盖杂剧中之雅驯者也。今但录《史记》卷八十一列传第二十一《廉颇蔺相如列传》如下。传云：

廉颇者，赵之良将也。赵惠文王十六年，廉颇为赵将，伐齐，大破之，取阳晋拜为上卿，以勇气闻于诸侯。蔺相如者，赵人也，为赵宦者令缪贤舍人。赵惠文王时，得楚和氏璧，秦昭王闻之，使人遗赵王书，愿以十五城请易璧。赵王与大将军廉颇诸大臣谋，欲予秦，秦城恐不可得，徒见欺；欲勿予，即患秦兵之来。计未定，求人可使报秦者，未得。宦者令缪贤曰："臣舍人蔺相如可使。"王问："何以知之？"对曰："臣尝有罪，窃计欲亡走燕，臣舍人相如止臣，曰：'君何以知燕王？'臣语曰：'臣尝从大王与燕王会境上，燕王私握臣手曰，愿结友。以此知之，故欲往。'相如谓臣曰：'夫赵强而燕弱，而君幸于赵王。故燕王欲结于君。今君乃亡赵走燕，燕畏赵，其势必不敢留君，而束君归赵矣。君不如肉袒伏斧质请罪，则幸得脱矣。'臣从其计，大王亦幸赦臣。臣窃以为其人勇士，有智谋，宜可使。"于是王召见，问蔺相如曰："秦王以十五城请易寡人之璧，可予否？"相如曰："秦强而赵弱，不可不许。"王曰："取吾璧不予我城，奈何？"相如曰："秦以城求璧而赵不许，曲在赵；赵予璧而秦不予赵城，曲在秦。均之二策，宁许以负秦曲。"王曰："谁可使者？"相如曰："王必无人，臣愿奉璧往，使城入赵而璧留秦；城不入，臣请完璧归赵。"赵王于是遂遣相如奉璧西入秦，秦王坐章台见相如，相如奉璧奏秦王。秦王大喜，传以示美人及左右，左右皆呼万岁。相如视秦王无意偿赵城，乃前曰："璧有瑕，请指示王！"王授璧，相如因持璧却立倚柱，怒发上冲冠，谓秦王曰："大王欲得璧，使人发书至赵王，赵王悉召群臣议，皆曰'秦贪，负其强，以空言求璧，偿城恐不可得。'议不欲予秦璧。臣以为布衣之交，尚不相欺，况大国乎？且以一璧之故，逆强秦之欢，不可。于是赵王乃斋戒五日，使臣奉璧，拜送书于庭。何者？严大国之威，以修敬也。今臣至，大王见臣列观，礼节甚倨，得璧，传之美人以戏弄臣。臣观大王无意偿赵王城邑，故臣复取璧，大王必欲急臣，臣头今与璧俱碎于柱矣。"相如持其璧睨柱，欲以击柱。秦王恐其破璧，乃辞谢。固请，召有司案图，指从此以往十五都予赵。相如度秦王特以诈详为予赵城，实不可得。乃谓秦王曰："和氏璧天下所共传宝也，赵王恐，不敢不献。赵王送璧时，斋戒五日，今大王亦宜斋戒五日，设九宾于庭，臣乃敢上璧。"秦王度之，终不可强夺，遂许斋五日，舍相如广成传舍。相如度秦王虽斋，决负约不偿城，乃使其从者衣褐，怀其璧从径道亡，归璧于赵。秦王斋五日后，乃设九宾礼于庭，引赵使者蔺相如。相如至，谓秦王曰："秦自穆公以来，二十余君，未尝有坚明约束者也。臣诚恐见欺于王而负赵，故令人持璧归，间至赵矣。且秦强而赵弱，大王遣一介之使至赵，赵立奉璧来，今以秦之强而先割十五都予赵，赵岂敢留璧而得罪于大王乎？臣知欺大王之罪当诛，臣请就汤镬，唯大王与群臣熟计议之！"秦王与群臣相视而嘻，左右或欲引相如去。秦王因曰："今杀相如，终不能得璧也，而绝秦赵之欢，不如因而厚遇之，使归赵，赵王岂以一璧之故欺秦邪？"卒廷见相如，毕礼而归之。相如既归，赵王以为贤大夫，使不辱于诸侯，拜相如为上大夫。秦亦不以城予赵，赵亦终不予秦璧。其后，秦伐赵，拔石城。明年，复攻赵，杀二万人。秦王使使者告赵王，欲与王为好，会于西河外渑池。赵王畏秦，欲毋行。廉颇、蔺相如计曰："王不行，示赵弱且怯也。"赵王遂行，相如从。廉颇送至境，与王诀曰："王行，度道里，会遇之礼毕，还不过三十日。三十日不还，则请立太子为王，以绝秦望。"王许之，遂与秦王会渑池。秦王饮酒酣，曰："寡人窃闻赵王好音，请奏瑟。"赵王鼓瑟。秦御史前书曰："某年月日，秦王与赵王会饮，令赵王鼓瑟。"蔺相如前曰："赵王窃闻秦王善为秦声，请奉盆缻秦王以相娱乐。"秦王怒，不许，于是相如前，进缻因跪请秦王。秦王不肯击缻，相如曰："五步之内，相如请得以颈血溅大王矣。"左右欲刃相如，相如张目叱之，左右皆靡。于是秦王不怿，为一击缻。相如顾召赵御史书曰："某年月日，秦王为赵王击缻。"秦之群臣曰："请以赵十五城为秦王寿。"蔺相如亦曰："请以秦之咸阳为赵王寿。"

秦王竟酒，终不能加胜于赵，赵亦盛设兵以待秦，秦不敢动。既罢归国，以相如功大，拜为上卿，位在廉颇之右。廉颇曰："我为赵将，有攻城野战之大功，而相如徒以口舌为劳，而位居我上，且相如素贱人，吾羞不忍为之下。"宣言曰："我见相如，必辱之。"相如闻，不肯与会。相如每朝时，常称病，不肯与廉颇争列。已而相如出，望见廉颇，相如引车避匿。于是舍人相与谏曰："臣所以去亲戚而事君者，徒慕君之高义也。今君与廉颇同列，廉君宣恶言而君畏匿之，恐惧殊甚，且庸人尚羞之，况于将相乎？臣等不肖，请辞去。"相如固止之曰："公之视廉将军孰与秦王？"曰："不若也。"相如曰："夫以秦王之威，而相如廷叱之，辱其群臣，相如虽驽，独畏廉将军哉？顾吾念之，强秦之所以不敢加兵于赵者，徒以吾两人在也。今两虎俱斗，其势不俱生。吾所以为此者，以先国家之急而后私仇也。"廉颇闻之，肉袒负荆，因宾客至蔺相如门谢罪。曰："鄙贱之人，不知将军宽之至此也。"卒相与欢，为刎颈之交。

明无名氏有《完璧归赵记》，即演此事。又皮黄戏亦有《完璧归赵》。

《黄鹤楼》

本剧演刘备为周瑜困于黄鹤楼，卒依诸葛亮预定计谋脱逃事。略云：

赤壁战后，刘备向东吴借荆州，久假不归。周瑜乃设碧莲会于黄鹤楼，差鲁肃邀先主过江，以索荆州。瑜暗定三计：第一计于席间问其强弱，如备应答不合，用剑斩之。第二计命大将于樊紧守楼门，无论何人，若无令箭，不许下楼。第三计乘酒酣之际，迫备顺情归吴。意有不从，击金钟为号，伏兵尽举，擒备囚江东。备至，果困于楼中。诸葛亮命姜维扮作渔翁，托言献鱼至楼，嘱先主以"彼骄必衰，彼醉必逃"二语。又令关平送暖衣拂子至先主处，拂子中暗藏有孔明借东风时向周瑜取得之镇坛令箭。酒半酣，周瑜醉而欲睡，恐先主窃令箭下楼，将置座上者折之，投入江中。先主彷徨无计，以拂子擲地有声，怪而察之，乃得令箭。于是乘瑜醉卧，携箭下楼，张飞迎之过江，先主甚嘉孔明之功云。

按本剧所演各节，《三国志》及《三国演义》皆不载，而于京戏及秦腔中颇盛行之，盖其排场生动，有以致之也。

《冤家债主》

本剧演张善友因妻子病殁悼念不已，其友人崔子玉导善友魂游地府，乃知一切遭遇皆由宿缘，遂大悟，剃发修道事。略云：

晋州古城县人张善友，性慈祥朴实，茹斋事佛，与同邑崔珏契厚，结为兄弟。珏字子玉，素刚直，博学多闻，能断阴府事。有贫人赵廷玉，葬母乏资，夜窃善友银五锭，善友妻李氏念此为辛劳所蓄，日夕嗟怨。适有五台僧募得修殿银十锭，寄藏善友处。善友出进香，谓李氏云，僧至即付还。及僧来取索，李不承其事，且设恶誓狡辩。僧愤愤离去，张归询之，则云银已还僧，盖以此数加倍补偿廷玉所窃也。善友夫妇本无子嗣，至是李忽有娠，生一男，名乞僧，自此家渐丰裕。迁居福阳县，又生一男，名福僧。二子皆成立婚娶，乞僧甚慧，为其父广殖货财，福僧则愚妄，嗜酒色，不惜家产。善友恚次子荡费，析田产与之，又挥霍殆尽。乞僧怜弟落魄，每代偿其债。善友夫妇以乞僧孝悌，甚为钟爱，忽患病不起，善友痛惜之。适崔珏第状元，除磁州福阳县尹，来谒善友，慰以此系定数。俄而李氏亦殁，善友益怨咨。不数日，福僧又病亡，善友至是悲愤交集，已不能堪。乃遣二媳妇归宁择配。善友素知珏能断阴府事，数请珏断己事。珏欲彰示因果，摄善友魂往见阎罗泰山府君。阎罗遣二子出，善友抱之恸哭，而二子状殊落寞。乞僧谓张曰："余本赵廷玉也，昔窃汝银五锭，今倍偿之矣，何又索我邪？"福僧云："余乃五台僧也，昔寄修殿银，为汝妻干没，今倍偿清，与汝无涉矣。"言讫相偕去，皆不稍顾。张询李氏何在？则云因负僧银，堕入狱中，亦令出见。李氏告以受苦不胜，请速为忏罪。阎罗又云："汝识吾否？"善友视之，即珏也。及醒，乃大悟，始信善恶因果丝毫不爽，遂剃发入山云。

按本剧事实无考，大抵演善恶因果之说以动人耳。剧中所云崔子玉为泰山府君，唐宋人杂说中常及之。今北方各县市，亦往往有崔府君庙。

又按宋元南戏文有《冤家债主》，见徐文长《南词叙录》，今不传。《今古奇观》卷十有"看财奴刁买冤家主"，盖出《初拍》卷三十五，原题："诉穷汉暂掌别人钱，看财奴刁买冤家主。"系聊缀本剧及《看钱奴》两剧之科白而成，文字情节，尽出抄袭。若试勘之，可知小说戏曲体裁之异矣。

第三节　无名氏作品　下
（三十九本）

《碧桃花》

本剧演徐端女碧桃，死后魂附其妹玉兰之身，与张道南结为夫妇事。略云：

广东潮阳县县丞张珪，字庭玉，东京人。有子道南，博通经史，人皆许为国器。知县徐端亦东京人，有女名碧桃，许字道南而未婚。时三月，牡丹盛开，珪治具邀端夫妇相赏，而碧桃与婢游于后园。适道南有白鹦鹉飞入园中，道南逾墙觅之，甫与碧桃相遇，而端夫妇归。端见二人共语，怒责其女越礼，碧桃愤极而死，即葬园中。后端致仕，珪亦任满还京，道南应举得第，亦授潮阳县知县，赴任至园，见碧桃花盛开，追思旧游，诵崔护桃花人面句，忆碧桃不置。夜中忽见一女子殊丽，询之，则但云邻家女，而不言姓名。道南悦之，赠以词，女收之，此女实即碧桃之魂也。自此往来甚密，道南遂染重疾，医药罔效。珪闻有萨真人者，行五雷法，乃延为禳祷。真人结坛作法，摄女魂诘责，女自云为碧桃，生前与道南许为夫妇，殁葬园中，阴府以阳寿未绝而放回。然"屋舍"（尸体）已坏。因道南至此始相见，赠词致病，非无端作祟也。真人为检姻缘簿，知碧桃与道南当复合，而其妹玉兰又当禄尽，乃假玉兰之身，使碧桃附之还魂。适端欲以玉兰与道南续旧好，而玉兰暴亡，比苏，则自称碧桃，叙前事历历。真人亦为珪道其详，而道南疾亦愈，遂再合姻缘，结为夫妇，举家称谢真人不置云。

按剧中述碧桃借妹尸还魂事，与《情史》卷九所载吴兴娘附魂于妹庆娘大略相仿，仅姓名不同。兹引录如下，借供印证：

大德中，扬州富人吴防御居春风楼侧，与宦族崔君为邻，交契甚厚。崔有子曰兴哥，防御有女曰兴娘，俱在襁褓。崔君因求女为兴哥妇，防御许之，以金凤钗一只为约。既而崔君远宦，凡一十五载，音耗竟绝。女年十九矣。其母谓防御曰："崔家郎君，一去杳然，兴娘长成矣，不可执守前言，令其失时也。"防御曰："吾已许吾故人矣，诚约已定，可食言耶？"女亦望生不至，因而感疾，沉绵枕席，半岁而终。父母哭之恸，临殓，母持金凤钗抚尸而泣曰："此汝夫家之物也，今汝逝矣，吾留此安用？"遂簪于其髻而殡焉。殡两月而崔生至，防御迎之，访问其故。则曰："父为宣德府理官而卒，母亦先逝数年矣。今已服除，故不远千里而来。"防御下泪曰："兴娘薄命，为念君故，得疾于两月前饮恨而死，今殡之矣。"引生入室，至其灵席前，焚楮钱以告之，举家号恸。防御谓生曰："郎君父母既没，道途又远，今既来此，可便于吾家暂住，故人之子，即吾子也。勿以兴娘殁故，自同外人。"即令搬挈行李于门侧小斋安泊，将及半月，时值清明，防御以女新殁，举家上墓。兴娘妹庆娘年甫十七，是日与家众同赴新坟，惟留崔生在家。至暮回归，天色已晚，崔生见近门有轿二乘，前轿已入，后轿至生前，忽有物堕地铿然。生急往拾之，乃金凤钗一只，欲纳还防御，则中门已闭。生还小斋，明烛兀坐，思念姻缘挫失，而孑身寄迹于人，亦非久计，长叹数声，方欲就枕，忽闻剥啄叩门，问之，则不答。不问，则又叩。如是者三，乃强起开门，视之一女姝丽，立于门外，遽褰裙而入，生大惊。女子低容敛气，向生细语曰："崔郎不识妾也，妾乃兴娘之爱妹庆娘也。适来堕钗轿下，君拾得否？"欲止生室。生以其父待之厚，拒之甚确，至于再三，女忽赧怒曰："吾父以子侄之礼待子，置留小室，汝乃敢于深夜诱我至此，将欲如何？我诉之于父，讼汝于官，必不舍汝矣。"生惧不得已而从焉，至晓乃去。自是暮隐而入，朝隐而出，往来于小斋，可一月半。忽一夕谓生曰："妾处深闺，君居外馆，今日之事，幸无人觉。诚恐好事多磨，佳期易阻。一旦声迹彰露，亲庭罪责，闭笼而锁鹦鹉，打鸭而惊鸳鸯，在妾固所甘心，于君诚恐累德，莫若先事而发，怀璧而逃，或晦迹深村，或潜迹别郡，庶优游偕老，不致分离也。"生颇然其计，曰："卿言亦自有理，吾方思之。"因自念"零丁孤苦，素乏亲知。虽欲逃亡，竟将焉往？尝闻父言有旧仆金荣者，信义人也，居镇江吕城，以耕种为业，今往投之，庶不我拒"。至明日五更，与女轻装而出，买船过瓜州奔丹阳，访于村氓，则金荣在焉，其家殷富，为本村保正。生乃大喜，造其门，至则初不相识也。生言其父姓名爵里，乃己乳名，方始记认，则思而哭其主，挽生在堂而拜认曰："此吾家郎君也。"生具告以故，乃虚正堂而处之，事之如事旧主，衣食之需，供给甚至。生住金荣家将及一年，女告生曰："始惧父母见责，故与君为卓氏之逃，大非获已，今已及期矣。爱子之心，人皆有之，倘其自归，喜于再见，必不我罪。况亲恩莫大，岂有终绝之理乎？"生从其言，即与之别金荣，渡江入城。将近其家，谓生曰："妾逃窜一年，今遽与君往，或恐触彼之怒，君可先之，妾舣舟于此以候。"临行复呼生回，以金钗与之曰："如或疑惧，当出此以示之可也。"生至门，防御欣然迎之，反致谢曰："昨顾待不周，致君他适，老夫之罪也，幸勿见责。"生拜伏不敢仰视，但称"死罪"。防御骇然曰："何故乃尔？愿得开陈，释我疑虑。"生惶愧言曰："曩者房帏事密，儿女情多，负不义之名，犯私通之律，不告而娶，窃负而逃，窜伏村墟，旷绝音问。今携令爱同此归宁，伏望恕其罪谴，使得终遂于飞。大人有溺爱之恩，小子有室家之乐，是所幸也。"防御曰："吾女卧病在床，今乃一载，饘粥不进，转侧须人，岂有此事也？"生谓其恐门户之辱，故饰词以拒之，乃曰："目今庆娘在予舟中，可令人舁取之来。"防御虽不信,姑令家僮驰往视之。至江并无见,防御大怒,责生妖妄,生乃袖中取出金凤钗以进。防御见之大惊曰:"此物吾亡女兴娘殉葬之物,胡为至此?"疑惑之际,庆娘忽于床上欣然而起,出至堂前拜其父曰:"兴娘不幸,早辞严侍,远弃荒郊,然与崔生缘分未断。今来此意亦无他请,以爱妹庆娘续其婚尔。如从所请,妹病即愈,不然命尽此矣。"举家惊骇,视其身则庆娘,而言动举止即兴娘也。父诘之曰:"汝既死矣,安得复于人世为此乱惑乎?"对曰:"女之死也,冥司以女无罪,不复拘禁,得隶于王娘娘帐下,掌传笺奏。切以世缘未尽,故特给假一年,来与崔郎了此一段姻缘耳。"防御闻其言许之,即敛容拜谢其父。又与崔生执手歔欷为别,且曰:"父母许我矣,汝好做娇客,慎毋以新人而忘故人也。"言讫,恸哭仆地,视之已死矣。急以汤药灌之,移时方醒,其病即瘥,行动如常。叩以前事,并云罔知。防御涓吉续崔生之婚,生感兴娘之情,以金凤钗卖于市,得钞二十锭,尽买香烛楮币赍诣琼花观,命道士建醮三昼夜,以报。兴娘复托梦于崔曰:"荐拔尚有余情,虽隔幽冥,实深感佩。小妹庆娘直性柔和,宜善待之。"生闻之,惊悼而觉,此后遂绝。

清人李渔,乃据此作《一种情传奇》,采入卢二舅引女子弹箜篌一节,以为关目焉。

又按《情史》所载贾平章(似道)女贾云华附魂月娥事,亦与此相类,其文曰:

至正间,有魏鹏者,字寓言,襄阳人。父巫臣,延祐初参政浙江行省卒。母郧国萧夫人。二兄鸑鷟,惟生独秀美,善属文,乡里称焉。先是参政时,萧夫人善于贾平章之夫人曰邢国。平章幽州人,卒于杭,遂留居焉。至是生母遣生诣之,授以书曰:"以此呈邢国,勿妄开也。"生私启之,知有指腹之约,欣喜而已。逾月抵杭,旅边姬之舍,边故达官宠姬,后嫁民间,今虽已老,然善刺绣,喜谈谑,多往来达官者。生问贾平章家事,谓妪备道之。生亦为语郧国遣己,故妪为人先于邢国。

邢国惊喜，使亟召之，生至再拜，呈母书。顷间，一童子出，娟娟如琼瑶，邢国曰："小儿子麟也。"令拜生已。复命侍儿唤娉娉，须臾双鬟拥一女子。穿绣幕而来曰："小女子也。"亦拜生已，乃退立邢国左右，生窃视，真国色矣。邢国与生各为寒温，少焉治具，亲酌饮生。生跪而受，顾谓娉曰："郎君长汝，汝兄事之。"更令娉与麟酌以饮生，既乃令家僮引生就堂外东厢止宿，生至则妪家，行李已先在焉。居月余，生念邢国虽甚款爱，而语不及姻事。且疑兄事之命，乃密祈梦于伍相祠，得神报云："洒雪堂中人再世，月中方得见嫦娥。"莫晓所谓，但私识之。一日平旦，生入省邢国，至重堂，转堂后曲巷，以造娉室。娉方低鬟拥双弯，着罗袜。生屏身户外，窥于隙间。福福见之以报，娉娉怒，将白邢国。生惶恐谢，娉亦解。更以阁前瑞香赠生，令福福送生出。生即重赂福福，使之挑娉。福福出吴绫令生书，有"海棠枝上拭新红"之句。谓生曰："我持此去，君徐来反见娉。"乃佯堕，娉见诗色变，生趋谢，继之以跪，娉乃令生就坐。生从容曰："千里至此，本为姻盟，今夫人了无一语，其意可知？而子复漠然相视，当即促装与子诀矣。"娉叹曰："人非木石，谁独无情，君之此言，岂知我者。"生即求合，娉拒之曰："晚当遣福福诣君，有语相告。"已而夫人归，生乃趋出。至暮福福至，约以明夜达生处，生喜不可制。明日生之友招生过平康。生辞，固曳以去，劝饮至醉。归则卧石栏侧地上，时娉乘间赴生。而生适大醉，呼之不觉，乃怅然书一绝于生练裙上，有曰："襄王自是无情绪，醉卧月明花影中。"生觉怅然追恨，逾数日，邢国往作佛事，娉与生送之。娉密语生，是夜竟达娉处，少焉就枕，生曰："今夕可谓'海棠枝上拭新红'也。"自是更数夕。而生得母、兄书，令归就试。更有书及邢国使促生还，生不得已，夜入别娉，相视悲泣。明日生入拜邢国，遂竟别去。抵家就试，得首选，赴燕复登第。及廷试名在前列。生思念娉，乃以翰苑自求外补，得浙江提举。乃赴钱塘，先诣贾宅谒邢国，娉娉见生悲喜交集。已而命酌，既暮就馆。居月余，生与娉情好愈笃，多不自简。侍女有春鸿者，以宿恨怨娉欲报之。一日生与娉对弈池畔小亭上，鸿趋夫人曰："圃中池莲并蒂二色，请观之。"时娉与生方谈笑争局，适风撼花架坠局中。娉起视之，见夫人且止，生乃遁去。明日夫人召生为瑞莲之宴，娉及麟皆在，各为吟咏，相称赏而退，自是娉屈意事鸿，得其心且乐为用，而生母讣音已至，生乃仓卒告归。先是生以姻事属边姬，使探邢国意，会邢国属边姬觅婿，姬曰："颇牧自在禁中，何远求耶？"夫人曰："非魏提举乎？佳则佳矣，但终历仕途，势且携去。若嫁他乡宁不一忍。"姬还以复生，生曰："余固知之，况重罹荼毒，行色匆匆，殒越之余，宁恨及此？虽然此先堂意也，天地鬼神，昭布森列。息壤在彼，岂以吾母既亡，而背盟弃好？姬若责以大义，或庶几焉。"姬如言以进，夫人曰："纵有苏张，如不听何？"姬退，生叹曰："死生之期，自此至矣。"为促装以归，娉伺夫人既寝，召生入与诀。至则相持而泣，魂断心摧，福福等亦哽咽凄怆，不能仰视。酒半，娉举杯前曰："兄不来矣，不偕伉俪，从此途人，妾命薄春冰，身轻秋叶，云泥异路，浊水清尘。然既委身，岂能再适？死以为期，言犹在耳。行当寄魂空木，毕命穷泉，长恨悠悠，曷其有极！平时兄命我歌，我每抱愧，今当永诀，为君一曲，君其听之，正唐人所谓'一声河满子，双泪落君前'也。"歌曰："流水落花，离弦飞箭，今生无处能相见。长江纵使向西流，也应不尽千年怨。盟词无凭，情缘无便，愿魂化作衔泥燕。一年一度一归来，孤雌独入郎庭院。"明日娉乃破匣中镜，及琴上冰弦，遣福福付生，生入别邢国，邢国召娉别生。娉不肯出，生亦不强，遂行。是岁麟举乡试，明年登进士，授咸宁尹，乃举家之陕，娉亦随行。娉自别生，食寝俱废，兼之道途困顿，抵县浃旬而势且垂绝矣。邢国忧之，莫晓其故，研问侍婢，始得其概，懊恨无及。一日，沐浴梳饰衣服如常，拜于母前曰："儿不幸，死在旦夕。母恩未报，饮恨黄泉。赖有灵昭麟弟，可为终养，愿夫人割不忍之爱。"又语麟曰："弟早掇巍科，前程远大，但愿早寻佳偶，以奉夫人。我命薄年促，徒以死相累耳。若我殁后，托一坏之土，权殡于此，俟弟改官北归，携骨还葬，志愿毕矣。"语毕，返室。以手书嘱福福，又以字寄魏生，俾知我为泉下客矣。言讫泪如雨下，至晚竟逝。麟漆棺敛之，寄开元寺中。无何，县有巨盗遁于襄阳，官遣胥吏康铧往捕之。福乃出娉缄于麟，俾因铧寄去。麟览之，乃集唐绝句十首与生，为诀之辞也。麟以白母曰："人已逝去，勿违其意。"遂命寄去，诗曰："两行清泪语前流，千里佳期一夕休。倚柱寻思倍惆怅，寂寥灯下不胜愁。倚栏无语倍伤情，相思撩人拨不平。寂寞闲庭春又晚，烟花冷落过清明。相见时难别亦难，寒潮惟带夕阳还。钿蝉金雁皆零落，离别烟波伤玉颜。自从消瘦减容光，云雨巫山枉断肠。独宿孤房泪如雨，秋宵只为一人长。纱窗日落渐黄昏，春梦无心只是云。万里寂寥音信断，将身何处更逢君。一身憔悴对花眠，零落残魂倍黯然。人面不知何处去，悠悠生死别经年。真成薄命久寻思，宛转娥眉能几时。汉水楚云千万里，留君不住益凄其。魂归冥漠魄归泉，却恨青娥误少年。三尺孤坟何处是，每逢寒食一潸然。物换星移几度秋，鸟啼花落水空流。人间何事堪惆怅，贵贱同归土一丘。一封书寄数行啼，莫动哀吟易惨凄。古往今来只如此，几多红粉委黄泥。"生家屋苦块，度日如年，追念旧欢，遽成陈迹。忽康铧者自陕至，得娉凶问，并所集古句，读之复苏，誓不再娶。乃于岘山堕碑侧为位以哭。未久生服满赴都，除陕西儒学正提举，复得与麟相见，拜谒夫人，已乃询娉殡棺，即往痛哭。以手叩墓曰："寓言在此，想子生平，精灵未散，岂不能为华山畿乎？"是夕宿公署，仿佛见娉来曰："天果从人愿乎？"生忘其死也，遽拥抱之。娉曰："君勿见持，当有奉告，妾死后，冥司以妾无罪过，命入金华宫，得掌笺奏。今更感君不娶之言，将命我返魂，而屋舍已散，当假他尸，尚未有便，数在冬末方可遂耳。"语毕不见，生惊觉，但见淡月浸檐，冷风拂面，四顾凄然，泣数行下。四年冬，有长安城宋子璧者，一女暴卒，三日忽醒，不认其父母曰："我贾平章女，今咸宁县尹之姊也。死已二载，数当返魂。"

竟奔贾宅，见夫人及麟，呼福福、春鸿名字，索存日遗物，毫发不爽。夫人曰："此天作之合也。"乃报魏生，生亦以梦中话告，于是再缔前盟。夫人暨福福等俱往送焉。花烛之夕，真处子也。枕上话旧，一事不遗。是日宴于提举后堂，宋丞一门亦与焉，询丞女名曰月娥，堂有匾额曰洒雪，因悟伍相梦中语，至是皆验。月娥后生三子，皆得官，生仕至兵部尚书，月娥封鄀国夫人。辑其吟咏，题曰《唱随集》，贯云石为之序云。

冯梦龙改定楚黄梅孝巳本《洒雪堂传奇》即据此而成者也。

《冯玉兰》

本剧演冯玉兰父为巡江官屠世雄所杀，母为所劫，都御史金圭破案雪冤事。略云：

冯鸾，字文翔，洛阳人，由进士累官郡守，改授福建泉州知府。挈妻田氏，子憨哥，女玉兰，从水道赴任。舟行至大江，夜泊芦洲，遇巡江官屠世雄求见，鸾留与饮。世雄见田氏貌美，乘夜杀鸾父子及童婢、舫公，劫田氏去。玉兰将鸾书匣抛入江中，而己则匿舵底，幸而得存，随波飘荡。有都御史金圭奉命巡抚江南，停舟夜坐，批阅文卷。灯下忽见鬼魂提头阻挠，又闻舱外隐隐有女子哭泣声，知有异。俄而一物触其榜，圭遣人寻问，则玉兰也。询知其详，并于舟中得一刀。明日泊清江浦，坐驿中，广召官属以盗杀人命事讯问。责世雄防范不力，收之，并于其行李中得刀鞘，拷问不服，乃命玉兰至世雄船侧呼其母。田氏闻声果出，见女相持大恸。世雄乃具服，收其党，并斩之，送田氏母女还京云。

按本剧情节与宋人《摭青杂说》所载徐倅事略同，作者即因此窜易增损，结撰成文也。《摭青》云：

项四郎，泰州盐商也。常泛自荆湖，归至太平州，中夜月明不睡，闻有物触船。项起视之，似一人，救之起，乃一丫鬟女子也。问其所自，曰姓徐，本北人，寓居澧州。父自辰倅解官赴临安，至此江中，忽逢劫贼，某惊堕水中，附一踏道漂流至此，父母想皆遭贼手矣。项以其贵家女，留之至家。邻有一金官人，受得澧州安乡尉，丧妻，见项求娶。女闻是尉职，或能获贼，便可报仇，白项嫁之。从金到官一年，获一大劫盗，推勘，供云曾在太平州劫一徐通判船，担一笼出，闻鸣锣声散去，不曾伤人。女闻之稍安。又一年，金摄邑事。有一徐将仕过邑借脚夫，女自屏后窥之，甚类其兄。告尉具食，召将仕至，问其父及履历，具言曾在太平遭劫，失一小妹，其父后得鄂倅，现在岳州。尉乃引将仕入中堂，与其妹相见，相持而哭。将仕欲挈妹归，知已字金尉，于是发书告知父母。女德项，书像终身奉之。

又按：本剧传为元人之作，然其中有清江浦之名，浦乃明永乐十年平江伯陈瑄所开。剧又谓都御史金圭巡抚江南，都御史及巡抚亦皆明时官制。《曲海总目提要》据此以为剧系永乐以后人所作，不为无见。然今本元人杂剧中宾白，多有明人篡改增易之处，未能尽据，故仍从旧说，列为元剧。

《云窗梦》

本剧演妓女郑月莲嫁秀才张均卿事。略云：

汴京乐户女郑月莲与秀才张均卿相爱，誓托终身。而女假母以均卿财尽，欲嫁月莲于江西茶商李多。月莲不从，乃逼令均卿上京应举。均卿濒行，月莲厚赠川资，言得官后来娶。假母旋又迫月莲嫁人，月莲终不肯，遂转卖之张行首家。其后均卿得进士，除洛阳县宰。洛阳府尹李敬以爱女招之为婿。敬即多之叔父，时多亦在洛阳。均卿成婚之日，敬唤乐户唱歌，月莲适在众妓内，为均卿把盏。相见大惊，互道衷曲。敬异而诘之，均卿自认月莲为其旧室，李多亦谓月莲为其妻。府尹谓天上人间，方便第一，遂即席令均卿、月莲二人成婚，一座尽欢云。

按：本剧故事来源无考。

《符金锭》

本剧演赵匡义与韩松争娶符金锭事。略云：

五代周时，殿前都指挥使赵弘殷有二子一女。长子匡胤，次子匡义,与郑恩、石守信等皆以文武才著名京师。某年春,旨命汴京太守符彦卿将其所有之聚锦园开放,与民同乐。时匡胤偕石守信等赴关西操练,仅匡义、郑恩二人在京,乃偕往观赏。有韩松者,乃豪门子弟,是日亦偕从者歪缠、胡缠二人前往。匡义、郑恩至园,时已薄暮,游人多散去。二人方尽兴赏玩,符太守之女金锭率侍女梅香亦来园中。匡义久慕金锭之美,遂吟诗挑之。金锭四顾无人,亦低声以诗相和。盖金锭亦悦匡义之少年英俊,不禁芳心暗许矣。二人未及尽言,韩松偕从人至,欲戏谑金锭。郑恩自远见之,飞步上前,欲殴韩松。松久闻郑恩孔武善斗,不敢与争,怀恨而退。松归后,心有未甘,乃以重金托媒至符太守家作伐。而匡义亦以思念金锭成疾,倩王节度往求婚配。太守以韩、赵皆名门,莫知所从,乃与夫人议结彩楼,令女自择。金锭登楼下望,匡义、韩松皆翘首而待,球为匡义所得。迎娶之日,松等预伏途中,劫取花轿,掀帘视之,乃一大汉似怒目金刚,端坐轿中,则郑恩是也。松大惊,欲回身遁去,为恩等围殴,狼狈而归。匡义乃与金锭成婚,席间备述郑恩乔装新娘及韩松被殴事,皆欢笑倾倒云。

按《宋史》卷二百四十二列传第一《后妃列传》上曰:

懿德符皇后,陈州宛丘人,魏王彦卿第六女也。周显德中归太宗。建隆初,封汝南郡夫人,进封楚国夫人。太宗封晋王,改越国。开宝八年(975)薨,年三十四,葬安陵西北。帝即位,追册为皇后,谥懿德。

据此则符彦卿女果为太宗皇后,然传中未言其名,本剧则名之为金锭。剧中所演故事,虽饶风趣,然近乎儿戏,盖小说家言,无史实可据,或系由民间传闻而来也。

《千里独行》

本剧演关羽封金辞曹,保皇嫂驾至古城,与刘备、张飞重聚事。略云:

黄巾乱平后,刘备、关羽、张飞三人不从曹操调遣,暗出许都,袭杀徐州刺史车胄。曹操闻之,大怒,亲率雄兵十万征讨。刘、关、张三人定议，关守下邳，刘、张二人往劫曹寨。不意刘部将张虎因与飞不和，降曹，教以破刘之计，刘军大败。曹掳获甘、糜二夫人，挟之往下邳劝关羽投降。羽因权宜之计，降曹。为曹操斩颜良、文丑，操乃表封羽为汉寿亭侯。刘、张二人则败走古城，张虎时在古城，二人逐虎据城而坚守之。羽在曹营中，闻刘、张所在，乃封金挂印保二嫂，星夜驰赴古城。张辽诉诸曹操，操即率兵追之，及于中途，乃设计以赠锦战袍为名，诱羽下马著之，然后擒缚回营。羽洞悉其计，仅在马上以刀挑袍，不肯下马。操见计不逞，复命上将蔡阳与羽交锋。羽驰走，抵古城，刘、张以其降曹，不放入城。旋蔡阳追至，羽于鼓声三响中斩之，刘、张始欢然迎入，庆功重聚云。

按元人《三国志平话》中有《关公千里独行》一节。今本《三国志演义》第二十七、八两回俱写"美髯公千里走单骑"事，为此剧所本。明无名氏有《古城记传奇》亦演此事。考《三国志·蜀书》卷第六《关羽传》，羽实奔先主于袁军，无至古城会张飞之说。又同卷飞传中，但言其随先主依袁绍，略不载其据古城事。又剧中所演斩蔡阳乃先主在汝南事，剧中以为关羽至古城时所杀，此乃本诸传闻，未尝考实也。

《三国志·蜀书》卷二《先主传》云：袁术欲经徐州，北就袁绍，曹公遣先主督朱灵路招要击术。未至，术病死。先主据下邳，灵等还，先主乃杀徐州刺史车胄，留关羽守下邳，而身还小沛。东海昌霸反，郡县多叛曹公为先主众数万人，遣孙乾与袁绍连和。曹公遣刘岱、王忠击之，不克。五年，曹公东征先主，先主败绩。曹公尽收其众，虏先主妻子，并擒关羽以归。先主走青州，青州刺史袁谭，先主故茂才也，将步骑迎先主，先主随谭到平原，谭驰使白绍。绍遣将道路奉迎，身去邺二百里，与先主相见。驻月余日，所失亡士卒稍稍来集。曹公与袁绍相拒于官渡，汝南黄中、刘辟等叛曹公应绍。绍遣先主将兵与辟等略许下，关羽亡归先主。曹公遣曹仁将兵击先主，先主还绍军，阴欲离绍，乃说绍南连荆州牧刘表。绍遣先主将本兵复至汝南，与贼龚都等合，众数千人。曹公遣蔡阳击之，为先主所杀。

又考《关羽传》：关羽，字云长，河东解人也。亡命奔涿郡。先主于乡里合徒众，而羽与张飞为之御侮，先主与二人恩若兄弟。先主袭杀徐州刺史车胄，使羽守下邳城，行太守事，而身还小沛。建安五年，曹公东征，先主奔袁绍，曹公擒羽以归，拜为偏将军，礼之甚厚。绍遣大将颜良攻东郡太守刘延于白马，曹公使张辽及羽为先锋，击之。羽望见良麾盖，策马刺良于万众之中，斩其首还，绍诸将莫能当者，遂解白马围。曹公即表封羽汉寿亭侯。初，曹公壮羽为人，而察其心神，无久留之意，谓张辽曰："卿试以情问之。"既而辽以问羽，羽叹曰："吾极知曹公待我厚，然吾受刘将军厚恩，誓以共死，不可背之，吾终不留。吾要当立效以报曹公，乃去。"辽以羽言报曹公，曹公义之。及羽杀颜良，曹公知其必去，重加赏赐。羽尽封其所赐，拜书告辞，而奔先主于袁军。左右欲追之，曹公曰："彼各为其主，勿追也。"

又按演此事之杂剧约有数种，王季烈以为《雍熙乐府》卷一所载《千里独行》之"我则待创立刘朝"一套，用【仙吕】【点绛唇】，皆为正末关公口气。此本第一折，亦用【仙吕】【点绛唇】全套，而为正旦甘夫人所唱，词句全不相同，非一本也。考《太和正音谱》载有此目，两本虽异，然各有胜处。又《纳书楹曲谱》载《挑袍》两折，一标《古城记》，用【正宫】【端正好】【滚绣球】【倘秀才】【九转货郎儿】及【尾声】全套。自杂剧《十段锦》出，始知为明周宪王朱有燉（诚斋）所撰《义勇辞金》中之一折，非《古城记》也。一标《三国志》，亦用【九转货郎儿】，而无【端正好】【滚绣球】【倘秀才】【尾声】四曲。其【货郎儿】之第一支，颇袭《义勇辞金》，二转之后，则各不同。两相比较，当以诚斋之笔墨为胜。此本曲文，不及诚斋之典雅，然其古拙朴茂，则诚斋所不能及，自非元人莫办也。

《隔江斗智》

本剧演周瑜、诸葛亮隔江斗智事，即小说家所谓三气周瑜也。

略云：

曹操统兵南下，攻刘备，备与关羽、张飞弃樊城而走江夏。诸葛亮过江借孙权兵，权助以水兵三万，以周瑜为帅，黄盖为先锋，大破曹兵于赤壁。备遂趁势入据荆州，瑜不胜愤慨，于是合请诸将谋，拟以权妹与刘备结婚，引兵迎亲，趁其不备而掩取之。瑜以计奏闻孙权，权转禀母后及妹，妹初不从，权再三强之，始允。瑜乃遣鲁肃为媒，阴令甘宁、凌统各领精兵一千，以护送为名，袭荆州，而己则屯柴桑渡，以图进取。肃见备、亮，亮预知其谋，欢然应命，而阴令张飞以兵守城。戒以孙夫人至，唯许夫人翠鸾车一乘，及随嫁女入，余兵皆列城外。及期，孙夫人至，兵不得入，而孙、刘已成礼为夫妇，瑜计遂不行。瑜初意此计若不逞，则令夫人害备。而权亦以此嘱妹，然夫人与刘情意相得，瑜计又不得行。婚既匝月，瑜复语权，邀备夫妇过江，因而羁留之，则荆州终为吴有。亮促备径往，而俟过江后，令人送冬衣与之，附一锦囊，嘱其以佯醉遗囊，使权得见。备如计，权得囊启视，则云："曹操以赤壁之恨，方大集兵来攻，公且缓归，我当复来借兵共拒曹也。"权欲假手于曹以害备，遂立使其妹从备行，于是备及夫人皆得归。瑜闻之，追及夫人车，跪请回驭，而车中之人，乃张飞也。盖亮发书时预命飞将兵迎备及夫人，令别乘先驰而归，飞则乘夫人车缓行。瑜计终不得行，又被飞辱，竟以积愤而死，此即小说家所谓三气周瑜也。

按本剧事实多见诸《三国演义》，与正史不合处甚多，缘《演义》相传已久，世人习见共闻，遂以为实事。其后明人张翀所作《锦囊记传奇》，又多援此事实。

据《演义》：赤壁鏖兵，曹操败走，刘备掠得四郡，占有荆州。周瑜与孙权画策，闻备丧甘夫人，伪以权妹许备。始至南徐，幽禁于狱，即遣将取荆州。诸葛亮劝备因计就计，使瑜反堕其计中。亮密授赵云三锦囊，内藏三计，危急之际，即开一囊。

其一，孙权非实嫁妹，特欲因备计取荆州。云展亮策，先以其事语大乔之父，令告权母吴夫人。太夫人盛怒叱权，力主婚事，权遂不得不嫁妹于备。

其二，周瑜劝权以金玉玩好豢养刘备，备在东府燕乐，不复思归。云展亮策，使备诳孙夫人以荆州危急，欲自回荆，夫人愿与同往，乃共设计，托江边祭祖为辞，出南徐而去。

其三，权闻备去，遣诸将急追，至封刀与蒋钦、周泰，令杀备，且并杀妹。云展亮策，令备以情力恳夫人，追者四将，皆被夫人叱骂而去。及钦、泰追至柴桑江口，则亮先以船二十候于江边，接备与夫人，绝江而去。瑜令水军追至黄州，关羽黄忠魏延拒战，亮令军士诮瑜曰："周郎妙计安天下，赔了夫人又折兵。"

初，瑜欲取南郡，亲攻曹仁，而亮已遣赵云入南郡，是为一气周瑜（见《三国演义》五十一回）。瑜以美人计诳备，而孙夫人竟从备去，是为二气周瑜（见《三国演义》五十五回）。其后瑜托言亲往西川伐刘璋，道由荆州，使备共应，实为假途灭虢之计，窥取荆州。亮令备伪许瑜，待其抵荆，四面以兵相拒，瑜为所诳，箭疮迸裂，行至巴丘而卒。是为三气周瑜（见《三国演义》五十六回）。此剧中全本关目，皆在权妹与瑜，而尤以瑜为主。

考《地理志》，湖广荆州府有刘郎浦，在石首界，为昭烈娶孙夫人渡处，此最得实。时备在公安也。史称权妹才捷刚猛，有诸兄风，侍婢百人，皆执刀侍立，备每人，心常凛凛。今剧中所演孙夫人，婉娈柔顺，颇不相似，云止随嫁女入，更不合矣。

按《吴志·吴夫人传》：孙破虏吴夫人，吴主权母也，本吴人，徙钱唐，生四男一女（传不言女何人，当即是嫁先主者）权少年统业，夫人助治军国，甚有裨益，建安七年薨。《会稽典录》言夫人有智略权谲。又《志林》按会稽贡举簿，言吴后以建安十二年薨。据此，吴夫人已逝而权妹始嫁于备。《锦囊记》据《演义》及本剧，言将婚时，吴夫人于甘露寺观婿，既婚得以无患，皆夫人之力，乃系妄说。又按孙策攻皖得桥公二女，策纳大桥。桥公即后汉司空桥玄也（后通作乔）。建安之初，桥公已逝，而《锦囊记》中谓桥国老在建安十四年，曾救刘先主，亦妄说也。

《举案齐眉》

本剧演后汉梁鸿、孟光夫妇事。略云：

后汉女子孟光，字德耀，父名从叔，母王氏，祖居汴之扶沟。从叔曾官府尹，乞老家居，与同堂友梁公弼善，两人妻俱怀妊，指腹结姻。后公弼夫妇逝世，子名鸿，学富而家贫，从叔欲悔亲。置酒邀豪家子及鸿，令光隔帘自选。度鸿衣衫褴褛，必不入光目。迨席间，询光所适，光志坚金石，甘守贫窭。从叔不得已，遂赘鸿。越七日，夫妇犹未曾觌面，光乘父母外出之际私访之。鸿责其戴珠衣绣，非己所愿，光即易布袄荆钗。从叔归，知女私与鸿晤，谓其辱己，怒逐之。鸿夫妇往依富家皋伯通，赁舂糊口。每举食，光举案齐眉，不敢仰视。从叔闻之，乃阴助鸿衣银鞍马，绐云乳媪所赠，劝鸿应试。鸿应试擢甲科，除授扶沟县县令，乳娟乃述赠金劝试，皆出从叔。鸿感其德，与光奉侍尽礼云。

本剧系以汉高士梁鸿、孟光夫妇事敷衍而成。按梁鸿事见《后汉书列传》第七十三《逸民传》，其文云：

梁鸿，字伯鸾，扶风平陵人也。父让，王莽时为城门校尉，封修远伯，使奉少昊后，寓于北地而卒。鸿时尚幼，以遭乱世，因卷席而葬。后受业太学，家贫而尚节介。博览无不通，而不为章句。学毕，乃牧豕于上林苑中。曾误遗火，延及它舍，鸿乃寻访烧者，问所去失，悉以豕偿之，其主犹以为少。鸿曰："无它财，愿以身居作。"主人许之。因为执勤，不懈朝夕。邻家耆老见鸿非恒人，乃共责让主人，而称鸿长者。于是始敬异焉，悉还其豕，鸿不受而去，归乡里。势家慕其高节，多欲女之。鸿并绝不娶。同县孟氏有女，状肥丑而黑，力举石白，择对不嫁，至年三十。父母问其故，曰："欲得贤如梁伯鸾者。"鸿闻而聘之。女求作布衣麻履，织作筐缉绩之具。及嫁，始以装饰入门，七日而鸿不答。妻乃跪床下请曰:"窃闻夫子高义,简斥数妇,妾亦偃蹇数夫矣。今而见择,敢不请罪。"鸿曰:"吾欲裘褐之人,可与俱隐深山者,今乃衣绮缟,傅粉墨,岂鸿所愿哉?"妻曰:"以观夫子之志耳,妾自有隐居之服。"乃更为椎髻,著布衣,操作而前。鸿大喜,曰:"此真梁鸿妻也,能奉我矣。"字之曰德曜,名孟光。居有顷,妻曰:"常闻夫子欲隐居避患,今何为默默,无乃欲低头就之乎?"鸿曰:"诺!"乃共入霸陵山中,以耕织为业,咏诗书、弹琴以自娱。仰慕前世高士,而为四皓以来二十四人作颂。因东出关,过京师,作《五噫之歌》……肃宗闻而非之,求鸿不得。乃姓运期,名耀,字侯光,与妻子居齐鲁之间。有顷,又去适吴……依大家皋伯通,居庑下,(按今苏州阊门内有皋桥,即伯通故址。)为人赁舂。每归,妻为具食,不敢于鸿前仰视,举案齐眉。伯通察而异之,曰:"彼佣能使其妻敬之如此,非凡人也。"乃方舍之于家。鸿潜闭著书十余篇,疾且困,告主人曰:"昔延陵季子,葬子于嬴博之间,不归乡里,慎勿令我子持丧归去。"及卒,伯通等为求葬地于吴要离冢旁。咸曰:"要离烈士,而伯鸾清高,可令相近。"葬毕,妻子归扶风。初,鸿友人京兆高恢,少好老子,隐于华阴山中。及鸿东游,思恢作诗曰:"鸟嘤嘤兮友之期,念高子兮仆怀思。想念恢兮爰集兹。"二人遂不复相见。恢亦高抗,终身不仕。

以此观之,剧情与本传实大相径庭。

又鸿父名让,而剧曰公弼,亦非其实。考《情史》卷二亦载孟光事,文后有评语云:"长卿氏曰:'夫以肥黑而丑之女,衣绮缟,傅粉墨,设以身当之,将何如乎?夫有所受之也。钟离春黄头深目,长肚大节,昂鼻结喉,肥项少发,折腰出胸,皮肤若漆。行年三十,无所容入衒嫁不售。乃自诣齐宣,乞备后宫,乃说王以四殆,王拜为后,此丑妇求夫诀也。此法一传而为桓少君。少君归鲍宣,装送甚盛。'宣不悦曰:'少君生富,骄习美饰,而吾食贫贱,不敢当礼。'少君曰:'大人以先生修德守行,故使贱妾侍巾栉,既奉承君子,唯命是从。'乃悉归侍，御服饰。共着短布裳，与宣共挽鹿车，归乡里，拜姑礼毕，提瓮出汲。再传而为袁隗妻马伦。伦是融女，家势丰豪，装遣甚盛。隗问曰：'妇奉箕帚而已，何乃过珍丽乎？'对曰：'慈亲垂爱，不敢逆命，君若欲慕鲍宣、梁鸿之高，妾亦愿从少君、孟光之事矣。此富家女降夫入门诀也。'"如此议论，实明人儇薄之习，去古人之醇厚远矣。

《谢金吾》

本剧演谢金吾与奸臣王钦若勾结，毁杨令公清风无佞楼事。略云：

宋真宗时，契丹人王钦若，原名贺驴儿，奉萧太后之命，入宋作奸细。太后恐钦若恋南朝富贵，乐而忘返，乃于其左脚刺贺驴儿三字。钦若至宋，累官至枢密使。是时，杨令公之子六郎名景，镇守瓦桥三关。部下有二十四将，萧后惧景之威，不敢入寇。钦若深忌景，欲杀之以除后患。令公宅有清风无佞楼，为太宗敕建。钦若乃奏闻真宗，言楼当官道，车驾往来不便，令其婿谢金吾拆毁之。景母佘氏不能御，使人报景，而钦若之意，实欲以此激怒景而陷之也。景闻其事，果以兵权暂授部将岳胜，而私下三关探母。景将焦赞密闻其事，亦暗中随景而行。比入都城，赞乘间独入谢金吾家，杀其良贱十七口，题诗于壁而去。钦若擒获景、赞奏闻，真宗令斩二人以惩其罪。景之妻母柴国姑至法场劫景、赞而去。钦若方欲复奏，而景部将孟良适获谍报，备知钦若即贺驴儿，与辽相韩延寿约为内应事。帝乃命校尉擒钦若按验，脚下果有贺驴儿三字。于是诛钦若而赦景、赞，召重修清风无佞楼，并令景复镇三关云。

本剧系取小说《杨家将演义》改编而成，与正史抵牾，不足信，又有与演义乖异者，兹略举其大端如后。《演义》云王钦，此剧直云钦若。《演义》云：谢金吾与王钦同官枢密，此剧云金吾乃钦若之婿。《演义》但云毁楼，此剧则云金吾推六郎女下阶破头。《演义》云九妹往三关请六郎，而此剧云院公。《演义》云八王救景、赞，免死发配，此剧云柴国姑劫法场。《演义》云萧后已败，王钦逃遁被擒，验得其左足之刺字而诛之，此剧则云正欲诛景、赞时，适孟良奏钦若通谋契丹，即按验诛戮。

《演义》谓焦赞杀金吾后题诗云："四水星连家下流，二仙并立背峰头。明明写出真名姓，仔细参详莫浪求。"乃隐焦赞二字，此剧谓诗云："多来少去关西汉，杀人放火曾经惯。一十七口谁杀来，六郎手下焦光赞。"乃明书焦光赞三字。

剧中杨景白云："俺弟兄七个，乃是平、定、光、昭、朗、景、嗣，某居第六。"今考《宋史》卷二百七十二列传第三十一《杨业传》，谓有子曰延浦、延训、延环、延贵、延朗（即景）、延彬。传又谓业为契丹所擒，其子延玉亦殁焉，业不食三日死，是业有七子。剧与传名虽不同而其数则合。

杨景白云："某……镇守三关……是梁州遂城关、霸州益津关、雄州瓦桥关。"按《五代史·周纪》注："世宗下三关"，此三关，指瓦桥、益津、草桥，俱在今河北省，关北属辽，关南属宋。瓦桥关属雄州，在雄县；益津关属霸州，在霸州市；草桥关，亦曰高阳关，在高阳县西，唯无遂城关。又按遂城为隋置县名，在今河北徐水县西，宋为广信军治。真宗时，以魏能守安肃军（即今徐水县），杨延朗守广信军。二城东西相望，逼近契丹，契丹屡次攻围，百战不下，时人号为铜梁门、铁遂城。梁州遂城之名盖由此附会而来。

杨景白又云，某受六使之职，谓边关里外点检使，界河两岸巡绰使，关西五路廉访使，淮浙两场催运使，幽汾二州防御使，河北三十八处救应使。按此说无据，且多不类，系作者之装点语。宋时何承矩守雄州，谓之六宅使，疑六使乃六宅使之简称，而传者误以为六种使职也。

按《小浮梅闲话》：衍义家所称名将，在唐曰薛家，皆薛仁贵子孙也。在宋曰杨家，皆杨业子孙也。故《文献通考》曰："使枪之法十七，一曰杨家三十六路花枪。"《小知录》云："枪法之传，始于杨氏，谓之曰梨花枪。天下盛尚之。"殆有所本，非妄传也。考《宋史·杨业传》，谓业七子，以延昭（本名延朗）最知名。史称延昭智勇善战，所得奉赐，悉犒军，未尝问家事。出入骑从如小校，号令严明，与士卒同甘苦。遇敌必先行阵，克捷，推功于下，故人乐于用。在边防二十余年（剧中杨六郎白诗云"雄镇三关二十秋"，与此合），契丹惮之，目为杨六郎。及卒，帝嗟悼之，遣中使护榇以归，河朔之人，多望柩而泣。延昭子文广，以讨贼张海功，授殿直。范仲淹宣抚陕西，与语奇之，置麾下。从狄青南征。后为定州路副都总管，迁步军都虞侯，盖亦不坠其家风者。

又按王钦若，《宋史》卷二百八十三列传第四十二有传。《宋人轶事汇编》中亦颇多其记载。钦若乃新喻人，字定国，擢进士甲科，累官司空、门下侍郎、同平章事。钦若状貌短小，项有附疣，时人目为瘿相。然智略过人，每朝廷有所兴造，委曲迁就以中帝意。又性倾巧，敢为矫诞，招纳赃贿。真宗封泰山、祀汾阴，天下争言符瑞，皆钦若及丁谓倡之。与丁谓、林特、陈彭年、刘承珪为五鬼。卒谥文穆。

元剧中演杨家将者，除本剧而外，尚有《昊天塔》《破天阵》等。《破天阵》一剧，即演杨景因杀谢金吾而贬谪事，与此剧有关。明人施凤来撰《三关记》后半部，即本此而成。

《货郎旦》

本剧演李彦和为妾张玉娥与奸夫谋害，家败人离，终得团聚事。略云：

长安富翁李英，字彦和，妻刘氏，子春郎，春郎有乳母张三姑。彦和与上厅行首张玉娥往来甚密，纳之为妾。玉娥既嫁彦和，悍甚，每欺凌刘氏，刘氏以积郁死。玉娥遂与往日奸夫魏邦彦纵火焚彦和宅，而使魏舣舟河上相待。火发，玉娥诱彦和、春郎、三姑俱奔至河。彦和不知其诈也，遂登魏舟。至中流，玉娥推彦和堕水，并欲缢杀三姑及春郎，为他舟救免，魏与玉娥持彦和所携财物逸去。有完颜女直人拈各千户，以公干过河，见三姑及春郎，欲收买春郎为义子。适有唱货郎儿张撒古者亦在河上。拈各千户令三姑写卖契，三姑不能书，求撒古代之。春郎既归千户，撒古怜三姑无依，收为义女，教之唱货郎，是为剧名之所由来。千户无子，抚春郎如己出。后千户病卒，临终，出卖契付春郎，嘱往寻本生父。春郎既葬千户，袭其职，以催趱窝脱银行至河南驿站。驿中独饮无聊，命吏呼唤唱货郎儿者以解闷。时撒古已死，三姑欲归洛阳，道逢牧人呼其名，徐视之，则彦和也。错愕相询，知堕河未死，流落为人牧牛，于是与三姑相感身世飘零，结为兄妹，而习唱货郎以度活。既逢吏召，俱至驿舍，见千户貌似春郎，心疑而不敢言。俄见春郎遗一纸，检视之，则为撒古所书卖契也，乃知其为春郎无疑。然犹不敢直陈，而撒古尝以彦和事，编成【货郎】曲十二回，教三姑。三姑遂以此曲向春郎唱之，春郎长果一一详问，知唱者即乳母三姑，并知所谓三姑之兄即其生父。父子重逢，相持恸哭。适吏役缉获窝脱银人犯，解送春郎正法。询知此犯即魏邦彦也。遂并收玉娥，共诛之以复父仇，而祭告亡母云。

考明人陶九成《论曲》。正宫五十四章，内有【货郎儿】，注云与【仙吕】出入，九转，有煞尾，不知其名所自。按此剧第四折【南吕】【一枝花】有云："虽则是打牌儿出野村，不比那吊名儿临拘肆。"又梁州第七云："正遇着美遨游融和的天气，更兼着没烦恼丰稔的年时。有谁人不想快平生志？都只待高张绣幕，都只待烂醉金卮。我本是穷乡寡妇，没甚的艳色娇姿。又不会卖风流弄粉调脂，又不会按宫商品竹弹丝。无过是赶几处沸腾腾热闹场儿，摇几下桑琅琅蛇皮鼓儿，唱几句韵悠悠信口腔儿。一诗，　词，都是些人间新近稀奇事。纽捏来，无诠次。倒也会动的人心，谐的人耳，都一般喜笑孜孜。"读其曲，与世传鼓儿词相似。其曰货郎儿者，货郎乃沿街叫唱卖货之人，旦则示此剧为旦本也。元剧中此例甚多，如《詈罨旦》《切脍旦》，皆是。《纳书楹曲谱》所收女弹，即此剧第四折，今尚有能歌之者。云女弹者，以别于长生殿之李龟年弹词也。

《鸳鸯被》

本剧演李玉英于玉清庵中，以所制鸳鸯被误送张瑞卿，后乃得结为夫妇事。略云：

河南府尹李彦实，妻早亡，有女曰李玉英，年方十八，尚未许人。彦实居官清正，为左司诬劾，逮京勘问。乏行资，浼玉清庵刘道姑向富户刘彦明借银十锭。彦明欲亲属书名债券，并倩刘道姑作保。彦明以登程在即，需款甚急，乃命玉英书券借银后，留之别馆而去。濒行，彦实嘱玉英以终身大事，令其自主。逾年，彦实音信杳然，彦明闻玉英姿色甚美，图占为妻，乃迫令道姑劝玉英从之。玉英恐累姑，以所绣鸳鸯被付姑，并曰："此被到处，即吾一生栖身之地也。"并令约彦明入夜于道姑玉清庵中私会，以成姻眷。彦明得报后，喜不自胜，乃夜行赴约，将入庵门，为逻卒所见，知其行动不轨，拘之而去。适逢道姑亦因事他出，临行嘱小道姑代为接待刘员外及李玉英。时有姑苏人张瑞卿者，因赴京应试，道经此庵，日暮欲投宿。小道姑误以为彦明至，引入室。玉英既至，亦以为彦明，遂与之偕鱼水之欢。东方既白，将欲别，瑞卿始以实告。玉英闻之，亦莫可如何，遂将鸳鸯被赠瑞卿，权作定情之物。瑞卿乃携被入京，拟得第后，娶玉英为妻。明日，彦明至庵，知玉英与他人成欢，怒甚。乃令刘道姑约玉英至家中成婚。玉英以既失身于张，安能又许身于刘？虽彦明威逼百端，玉英宁死不从，乃令玉英于其酒店中当炉以辱之。会瑞卿得第授官，微行访玉英踪迹。至店，已不相识，而觉当垆者有异，试问其姓氏里居，始知为玉英也。瑞卿乃诳为府尹长子，笑谓玉英曰："吾即汝兄，昔日出外游学，将近廿载。其时，尔年尚幼，故不知也。"玉英信而不疑，乃为其兄道明一切，既而呼彦明与话，绐以三日后具礼来迎玉英。言毕，即携玉英归寓。玉英至瑞卿寓，即以兄礼之。及瑞卿出示往日英所赠鸳鸯被示之，始知即其夫张瑞卿也。越三日，彦明来迎娶，知其情，乃与瑞卿争论。适玉英父彦实因冤雪还官，仍任河南府尹。途中遇人争吵，乃执之问讯，见玉英亦在被执之列，乃询得其详。瑞卿亦表明身份，原为新除本处知县。府尹乃笞彦明，并送之有司治罪。复以玉英陪瑞卿云。

按《曲海总目提要》引"小说"云："有王玉英者，父为闽守，将兵御乱，战死，玉英守节不辱，死岭下。福清韩生庆云为之埋瘗。夜有人剥啄叩户，启视，见一女子，甚端丽。自言姓名家世，感掩覆恩，来相报，遂与成欢。无何生子，恐为人见，弃之河旁，有黄公拾去，命名曰鹤龄。后复与云相见。"此剧中所称李府尹女，名虽与闽守女同，而关目事迹殊不合，作者或就玉英之名，幻出空中楼阁耳。小说载玉英赠庆云诗曰："莫讶鸳鸯会有缘，桃花结子已千年。尘心不识蓝桥路，信是蓬莱有谪仙。"今剧取鸳鸯被为名，盖用诗中语也。

又按：李彦实之名，元杂剧中屡见不鲜，亦见于明人散曲，如刘效祖拜年词"刚送出张世英，又接进李彦实"云云。盖犹杂剧中张千李万或俗语张三李四之类，乃作者随手捏造，后遂相沿使用也。

元人孙季昌有集杂剧名《咏情》（见《朝野新声太平乐府》卷六）有《鸳鸯被》与《抱妆盒》二剧。

《张千替杀妻》

本剧演张千代友杀淫妇，为包待制勘断事。略云：

有屠户张千，家贫亲老，生计维艰。千有盟兄成员外，颇富有，不时济之。成员外出行商，半载未归。时逢清明节，千偕母及成妻扫墓，成妻赋性淫荡，放郊外挑千，强使从己。千谓此事伤德败俗，断不可为，成妻仍纠缠不已，千伪称郊外人多，待返家后当偕缱绻。及抵家，成妻具酒食以待张，员外适归，见其妻备肴设宴，疑而问之，成妻支吾以对。时员外满身风尘，行路困倦，亦不深究，乃命往请千共饮。兄弟相见甚欢，酒未三巡而员外已醉。成妻淫心未退，乘其夫醉，提刀欲杀之。张急阻，成妻不从，张怒，夺其刀而杀妇。事闻于官，众言成杀其妻，而张则谓己杀之，疑狱不明。解送开封府尹包待制再审，张又率言杀妇者实己也，并恳释成员外。定谳当斩，张乃托其母于成而引首受戮云。

按：宋元以来所传包待制断案事，至为繁多，此剧所演情节不见于今本《龙图公案》及《包公案》诸书，别无可考。殆人间凡有疑冤不决之案，皆纳诸包氏名下也。

《小张屠》

本剧演孝子张屠，以母病祷于神，愿焚儿于醮盆以活母命事。略云：

汴梁人张某，轶其名，以经营肉铺为业，人乃以小张屠呼之。张性至孝，其母年逾花甲，忽染重病，张晨昏亲侍汤药，久而不愈。时逢三月二十八日，张与妻议，偕子喜孙同往泰安神州东岳庙进香，并将喜孙许愿于神，投入醮盆内焚之，以乞母命。又有同邑王员外者，行事刁恶，瞒心昧己，而家颇丰裕，亦于是日携子万宝奴赴东岳庙行商。阎罗知其情，谓王氏当罚，而张氏孝心感天，遂令神急脚李能救喜孙出阴，而代以万宝奴。李能既救喜孙出，先送之还家。谓张母云："张屠酒醉，弃儿于市不顾，吾与屠为至友，乃送之还家。"言讫即去。及张屠夫妇归，母问孙安在？张以实对。母怒曰："汝本纵酒行乐，尚巧言为我祈病？若不信，吾呼喜孙出。"呼之，喜孙果在。夫妇相惊失色，急问送儿者何往，云已行矣。始悟神祇为张屠孝心所感，而母病寻亦自愈，于是举家跪拜，答谢神灵云。

按王国维《元刊杂剧三十种序说》云：

《元典章》五十七，载皇庆元年（元仁宗，公元1312年）正月某日，福建廉访使承奉行台准御史台咨，承奉中书省札付呈，据山东京西道廉访司申：本道封内，有泰山东岳，已有朝廷颁降祀典，岁时致祭，殊非细民谄渎之事。（中略）近为刘信酬愿，将伊三岁痴儿，抛投醮纸火盆，以致伤残骨肉，灭绝天理云云。则此事元时乃有之，不过剧中易刘为张，又谬悠其事实耳。

由此以见本剧之作，或系当时实情，遂为才人撰作杂剧以传。

《博望烧屯》

本剧演刘备三顾茅庐，及孔明火烧博望事。略云：

汉末群雄并起，刘备与关羽、张飞结为兄弟，逐鹿中原。备因徐庶之荐，曾二访诸葛亮不遇，三访乃得见，张飞固不悦亮之傲也。孔明虽见备，犹无意出山。忽传备甘夫人生一子，赵云飞驰报喜，孔明始允备请，拜为军师。时曹操令夏侯惇领十万大军，乘攻备等驻地新野。亮令赵云率五百军引战夏侯惇，去博望城南门，与之对敌。且与云约，败则有功，胜则当斩。孔明乃自祭东风，差刘封播土扬尘，糜竺、糜芳于博望城南，举火烧屯，关云长于潺陵度口提闸放水，独以飞情性暴躁，屏斥不用。先主为之恳请，始令于翌日卓午，于许昌道上，待夏侯惇率溃残军百人经过，擒之。但亮谓飞决不能成功，飞不服，遂与亮赌头争军师印，并立军状为凭。次日夏侯惇来战溃败，道经许昌而终得逃窜，飞既未能擒夏侯惇，乃负荆请罪，孔明令依军状斩之，备等跪请始免。曹操一战不胜，又遣管通为说客，劝孔明降曹。孔明擒之，送至先主处，先主即令出斩，孔明为之告免而囚狱中云。

此剧所演情节，与《三国演义》第三十六回至三十九回同。明人《草庐记传奇》前半亦演此事，元无名氏有《诸葛亮挂印气张飞》杂剧，亦即演本剧之一节也。

按《三国志·蜀书》卷五《诸葛亮传》：诸葛亮字孔明，琅琊阳都人也，躬耕陇亩，好为《梁父吟》，每自比于管仲、乐毅。时先主屯新野，徐庶见先主，谓先主曰："诸葛孔明者，卧龙也，将军岂愿见之乎？"先主曰："君与俱来！"庶曰："此人可就见，不可屈致也。将军宜枉驾顾之。"由是，先主遂诣亮，凡三往，乃见。于是与亮情好日密。关羽、张飞等不悦，先主解之曰："孤之有孔明，犹鱼之有水也。"羽飞乃止。刘表卒，少子琮闻曹公来征，遣使请降。先主在樊闻之，率其众南行，亮与徐庶并从，为曹公所追破，获庶母。庶辞先主，而指其心曰："本欲与将军共图王霸之业者，以此方寸之地也。今已失老母，方寸乱矣，请从此别。"遂诣曹公。先主至于夏口，亮曰："事急矣，请奉命求救于孙将军。"时权拥军在柴桑，观望成败，亮乃说权。权即遣周瑜、程普、鲁肃等水军三万，随亮诣先主，并力拒曹公。曹公败于赤壁，引军还邺。先主遂收江南，以亮为军师。又云："曹公破袁绍，以击先主，先主遣糜竺、孙乾与刘表相闻。表自郊迎，以上宾礼待之，益其兵，使屯于新野。荆州豪杰，归先主者日益多。表疑其心，阴御之，使拒夏侯惇、于禁等于博望。先主设伏兵，一旦自烧屯伪遁，惇等追之，为伏兵所破。"本剧及《三国演义》所记博望坡事，即据此传文敷衍而成者也。

此剧有元刊本及孤本元明杂剧本，元刊本宾白简略，且只有正末之白，孤本则为全宾。唯孤本曲文多经俗伶改易，大逊于元刊本。且两本第四折之关目亦各不同。

《九世同居》

本剧演张公艺自其祖先以来，以能忍处家，九世同居事。略云：

寿张县人张公艺，有三子，长名悦，次名珝，三名英。悦持家，珝习文，英习武。自北齐至隋唐九世同居，曾蒙两朝旌表门闾，人呼为义门张氏。有主考总裁王澄，字伯清者，昔年丧父，家贫无以为葬。因闻公艺恤孤念寡，敬老怜贫，出无倚之丧，嫁孤寒之女，乃往求助。公艺周以殡费，且赠衣服鞍马，使之上京应举，遂得显达。及公艺子求仕，伯清乃擢珝为文状元，英为武状元，并将前后情事奏之朝廷。朝廷旨问公艺有何治家之道，公艺书忍字百许以答。伯清复命，上大喜，更命赐色绢百疋，立牌坊，免差徭以旌其门云。

按《新唐书》列传第一百二十《孝友传》序云：

张公艺九世同居……高宗有事泰山，临幸其居，问本末，书忍字以对，天子为流涕，赐缣帛而去。

剧即本此增饰而成，乃系实事，非尽虚构也。

又按：无生法忍，出《大藏般若经》，则忍字本《释典》要旨。唐时佛教盛行中土，宜有此论也。郑廷玉有《忍字记》杂剧，可与本剧参看。

《衣袄车》

本剧演宋狄青以军功为范仲淹所识拔事。略云：

天章阁学士范仲淹，奉朝命携五百辆衣袄扛车，赴西延边赏军，派狄青为押衣袄扛军大使。青字汉臣，汾州西河人，勇略出群，膂力绝众。行至中途，天降大雪，青入酒店暂歇。忽有部下飞山虎刘庆来报，言衣袄车马为番将咎雄所夺，青闻言驰马追之于野牛岭，复夺回衣袄车。刘庆乃持番将首级先回报功，范麾下将黄轸与之同行。轸见狄青获胜，知必有赏，乃暗推刘庆于山涧中，径往报范，谓狄青失车而己夺回之。范得报大怒，令斩狄青，适刘庆为树枝阻挂未死，随军赶至，详陈仲淹，谓立功者实为狄青。于是范令重赏狄青，加升为总都大元帅云。

按：《宋史》列传第四十九《狄青传》谓：

狄青，字汉臣，汾州西河人，善骑射。尹洙荐于韩琦、范仲淹曰："此良材也。"二人一见奇之，待遇甚厚。仲淹以《左氏春秋》授之曰："将不知古今，匹夫勇尔。"青折节读书，悉通秦汉以来将帅兵法。由是为人慎密寡言，尤喜推功与将佐。仁宗时，西夏叛，青为延州指使，临敌被发，带铜面具，敌望之如神。后宣抚荆湖南北路，经制广南盗贼事。时广源州蛮侬智高反，青至宾州，值上元节，张灯设宴，三鼓，以奇兵夺昆仑关，一昼夜破贼。还至京师，拜枢密使，卒谥武襄。

此剧云青为仲淹所识拔，与传相合。所演押衣袄车，以酒醉被咎雄夺去，青复夺回之事，则为史传所无。清人有《五虎平西》小说，记狄青、刘庆诸人事，惜在台无从觅得其书，不能与此剧对勘，姑从阙。

《射柳捶丸》

本剧演延寿马为宋将，以寡胜众，有葛监军者与之争功，乃设射柳捶丸之戏，角艺以决胜负事。略云：

北地番将耶律万户率雄兵数十万欲与宋战，朝命范仲淹与八府宰相韩琦、吕夷简、葛监军、陈尧佐、唐介、文彦博等议。葛监军毛遂自荐，愿与耶律万户一决胜败。其人有勇无谋，仲淹乃从唐介之请，派女直人延寿马为先锋，葛监军殿后，李信为参谋使，共往迎敌。时延寿马因有过谪云州巡边，仲淹令陈尧佐星夜宣旨，免其罪，官复原职，即日兴师。阵前一战，耶律万户为延寿马射杀，残兵鼠窜而去，宋师大胜回朝。仲淹奉命于御园中设筵洗尘,时逢蕤宾节令,众将例行射柳捶丸之戏。席间葛监军与延寿马争功,仲淹不能定,乃言能穿杨射柳,打过球门者为胜,御赐锦袍一袭,玉带一条,否则为赖人功次,理当受斩。延寿马果获胜,八府宰相共为延寿马称贺云。

本剧原题《阀阅舞射柳蕤丸记》,王季烈云:"阀阅舞三字,既未知所本,'蕤丸'二字,尤不得其解。嗣校《庆赏端阳》杂剧,屡云捶丸射柳,其事与此本第四折之射柳打球相同,乃知'蕤丸'实'捶丸'之误,捶本训打击(按今北方尚有此说),丸即球。射柳捶丸,为古端阳节所举行之角艺,其证甚明。而《庆赏端阳》第二折之尾声中,有'御园中排士卒,贺蕤宾阅阀舞'二语,可知此种愿意之角艺,名曰:'阀阅舞',作'阅阀'者,误倒耳。本剧中之正末为延寿马,史无可考。"

今按:射柳事,见程大昌《演繁露》,其文云:"射柳,本古之躤柳,折柳环插球场,军士驰马附之。其镞甚阔,射之即断。"又《文昌杂录》云:"军中以端午走马,为之躤柳,亦曰札柳,今武人于端阳为穿杨之戏。"捶丸也者,其法于旷野之地,画线为基,纵横各约一尺,于直向远处掘浅穴为窝,取毯置基中,以棒击之,中入窝者为胜。元人著有《丸经》两卷,谓为战国之遗制,宋徽宗、金章宗皆爱之。

《病刘千》

本剧演刘千于病中愤而打倒力士独角牛事。略云:

刘太公,深州饶阳县人,有子名千,形体瘦弱,而终日以刺枪弄棒、打拳摔跤为事。太公弟名折拆驴,盖因膂力过人,曾双手折断驴腰,故有此称。另有石州马用者,绰号独角牛,每年三月二十八日,于东岳泰安神州"争交赌筹,劈排定对",世无与敌。某年角力,独角牛在擂台上打倒折拆驴两次,又打倒刘千之父,调戏刘千之妻。第三次复上擂台,无人敢与抗衡。时刘千方在病中,乃愤而与独角牛斗,以巧力胜之,独角牛倒地称负。于是香官重赏刘千,并加赐深州饶阳县县令,即日走马赴任云。

按本剧故事来源无考。刘千以角力获胜而授县令，甚荒唐无稽，亦至为可笑也。

《十探子》

本剧演宋人李圭为刘彦芳勘冤事。略云：

镇守西延葛监军之子葛彪清明扫墓，见延安府人刘彦芳之妻貌美，邀之把盏不从，乃怒击刘妻及母二人致死。时彦芳供职开封府庞衙内处，为把笔司吏，其父荣祖走告之，彦芳即向庞衙内诉请申冤。不意葛彪即庞之妻弟，庞乃借故下彦芳于死因牢中。荣祖含冤无可申诉，愤欲自尽。适遇廉使李圭微服访查民隐，诘得其实。时庞衙内方在丞相吕夷简府中宴饮，李圭率荣祖至，向夷简求申冤，夷简为之奏闻。上命圭至延安府勘问此事，赐以势剑金牌，先斩后奏。葛监军闻之，遣探子二人至延安勾拿李圭。圭不伏勾，责探子四十，逐出之，如是者五次，即剧名所谓"十探子"也。葛监军勾圭不来，乃自至延安。李圭复责以擅离汛地之罪，于是将全案勘问明白。范希文宣旨，李圭升尚书，葛监军削兵权充军，庞衙内扭直为曲，贬为庶人，葛彪处斩，刘彦芳无辜囚禁，升为主簿云。

按本剧故事，不见于史籍或小说，无可考证。唯葛监军之名，又见《射柳搥丸》剧中耳。

《黄花峪》

本剧演蔡衙内强劫民妻，为水浒鲁智深至黄花峪擒杀事。略云：

济州人刘庆甫，以许愿偕妻李幼奴至泰安神州进香。途遇豪强蔡衙内者，悦幼奴貌，命劝酒，刘怒詈之，蔡遂将刘吊打。值梁山泊宋江所属第十七头领杨雄过而解救之，蔡怀恨不已。后又遇刘夫妇，遂强劫幼奴至水南寨中，幼奴临别，以枣木梳付刘，为日后报仇寻妻之证。刘无奈，赴梁山诉诸宋江，江遣李逵至水南寨，劫出幼奴。蔡衙内遭逵毒打，逃至黄花峪云岩寺暂避。不意鲁智深亦至此寺，梁山诸人乃共擒蔡杀之云。

按此剧事本无稽，亦不见今本《水浒》，盖作者取传闻水浒诸人之名，而演扑刀赶棒之剧也。

《锁魔镜》

本剧演二郎神醉射锁魔镜，镜破魔走，玉帝复令二郎率神将擒回事。略云：

嘉州太守赵昱，字从道，有功于民，死后为城隍。旋以嘉州河水泛滥，健蛟为灾，昱挥刀斩之。玉帝敕封为灌口二郎清源妙真道君，镇守四川，生民立祠祀之。一日，二郎神便道往访降妖大元帅哪吒三太子，哪吒置酒款待，醉后两神比箭为戏。二郎射破锁魔镜，众魔自洞中逃出，小圣韩元帅追之不及，驱邪院主奉玉帝之命，责令二郎神与哪吒尽擒诸魔，押入丰都，众神复还本位云。

此剧所演灌口二郎神射镜事，不见于《西游记》及《封神演义》诸神怪小说，《太平广记》中所引古小说亦无述及之者，盖宋元以来民间传说也。考《朱子语录》：

蜀中灌口二郎神庙，当时是李冰因开离堆有功立庙，今来现许多灵怪，乃是他第二儿子。初间封为王，后来徽宗好道，谓他是什么真君。向张魏公用兵，梦神与语："须复我封为王。"魏公遂乞复其封。

按今二郎神庙，所在多奉之，盖始于宋时，朱子但言其为李冰之第二子，未详其名也。剧中之赵昱，乃隋时蜀人，然《隋史》不载，仅见《中国人名大辞典》所引录，谓其隐青城山。炀帝闻其贤，征召不起，督让益州刺史强起之。昱至京师，縻以上爵，不就，独乞为蜀太守。帝从之，拜嘉州太守，斩潭中老蛟，以除民害。苴政五月，国大乱，遂隐去，不知所终。作者乃扭合此二事为一，复采入俗传神名以为点染也。

又按此剧钱氏也是园藏有二本，一明抄。第一折至第三折，两本相同。唯刻本白较简洁，曲中衬字较少；抄本白至拖沓，曲中多无谓之衬字，上场人物，亦较刻本为繁，乃搬演时伶工所增加，以延长时刻。伶人传抄，遂相沿不改也。第四折两本互异。孤本元明杂剧本乃依刻本重印,而将抄本之第四折改作第五折。如此合并添改,殊违存真崇实之义。

《马陵道》

本剧演孙膑大败庞涓于马陵道事。略云:

春秋时,孙膑与庞涓同居云梦山,从鬼谷先生王蟾受业。先后十年,兵书战略无不通晓。一日,仙师谓二人曰:"吾今试汝二人智谋孰胜,胜者先下山出仕。"言讫,遂率二人至洞口,命二人站定,然后独自入洞,曰:"孰能赚吾出洞,即为胜者。"孙膑沉吟片刻,曰:"弟子无使师出洞之计,但有使师入洞之计。"仙师不信,欣然出洞曰:"吾立洞外,试汝有何使吾入洞之计?"孙膑稽首曰:"此即弟子使师出洞之计也。"仙师笑曰:"果然妙计。"庞涓曰:"弟子亦有妙计,置干柴于洞口焚之,则师自夺门而出矣。"仙师闻言不悦,以涓生性阴险,不若膑之心存忠厚也。仙师复察二人气色,卒令庞涓先行下山。庞涓下山后,至魏,得封武阴君,权重一时。涓向公子申力荐孙膑,公子乃召膑为四门都教练使。一日,涓请公子命孙膑操演阵势,己则陪侍公子,登台观阅,频述破阵之法,以逞其能。膑谙其意,乃布一奇阵难之,涓不识此阵,乃命将军郑安平攻之,安平为膑所擒。涓怒,自引军攻之,亦见擒,自此妒恨孙膑入骨矣。涓乃设计言孙膑谋反,公子大怒,命斩之。膑临刑,乃长叹一声曰:"死不足惜,惜腹中天书从此失传耳!"涓闻言大惊,欲得天书之秘,又诈传公子命,免膑死罪,但刖其双足,然后假意殷勤,迎之宅中,命其默写天书。膑既软禁,忽忽半载。一日,佯为风魔以行,将写竟之天书,付之一炬。时逢齐使卜商至魏贡茶,卜商暗中识破膑乃伪装疯魔,劝膑赴齐,膑遂潜行至商寓。庞涓得讯,以兵围商寓所搜索,不得而去。次日,膑易服杂卜商行列中,离魏去齐。膑至齐,齐公子拜为军师。齐将田忌合赵将李牧、楚将吴起、秦将王翦、韩将马服子、燕将乐毅伐魏。膑素知庞涓好胜轻敌,乃以添兵减灶之计赚之入马陵道,伏兵四起,魏兵溃败。涓率数骑夺路急走,遇一白杨树横阻去路，树上题一诗云："白杨树下白杨峪，正是庞涓全死处。今夜不斩魏人头，孙膑不回齐国去。"涓知中计，大惊失色，时四面乱箭齐发，涓欲逃不得，终为齐军所擒而杀之云。

按孙、庞事，见《史记》卷六十五列传第五《孙武吴起列传》。传云：

孙膑尝与庞涓俱学兵法。庞涓既事魏，得为魏王将军。而自以为能不及孙膑，乃阴使召孙膑。膑至，庞涓恐其贤于己，疾之，则以法刑断其两足而黥之，欲隐勿见。齐使者如梁，孙膑以刑徒阴见，说齐使。齐使以为奇，窃载与之齐，齐田忌善而客待之。

其后田忌引孙膑见威王，王以之为军师。传又记齐魏交兵时事云：

魏与赵攻韩，韩告急于齐。齐使田忌将而往，直走大梁。魏将庞涓闻之，去韩而归。齐军既过而西矣，孙子谓田忌曰："彼三晋之兵，素悍勇而轻齐，齐号为怯，善战者因其势而利导之。兵法：'百里而趋利者蹶上将，五十里而趣趋利者军半至。'使齐军入魏地，为十万灶；明日，为五万灶；又明日，为三万灶。"庞涓行三日，大喜曰："我因知齐军怯，入吾地三日，士卒亡者过半矣。"乃弃其步军，与其轻锐倍日并行逐之。孙子度其行，暮当至马陵。马陵狭，而旁多阻隘，可伏兵，乃斫大树，白而书之，曰"庞涓死于此树之下"。于是令齐军善射者万弩，夹道而伏，期曰"暮见火举而俱发"。庞涓果夜至斫木下，见白书，乃钻火烛之。读其书未毕，齐军万弩俱发，魏军大乱相失。庞涓自知智穷兵败，乃自刭，曰："遂成竖子之名！"齐因乘胜尽破其军。

剧情大致据此，而益以孙庞同业于鬼谷子，及其后孙膑佯作风魔等关目，自较史传所记曲折动人。唯传中未言齐使为谁，而杂剧则实之为卜商。按《史记》卷六十七列传第七《仲尼弟子列传》谓"卜商，字子夏，尝居西河教授，为魏文侯师"，并无为齐使魏事。此剧所言，盖故取名贤以为点缀耳。又若剧中言田忌伐魏时，合赵将李牧、楚将吴起、秦将王翦、韩将马服子、燕将乐毅，则更属随意牵引，大与史违。他如传中言涓乃射死，而剧则曰生擒。凡此云云，皆饰说也。又剧中谓鬼谷仙师试取孙庞智谋一节，盖出于王充《论衡·答佞篇》，而所指人物不同。其文曰："苏秦、张仪从横，习之鬼谷先生。掘地为坑，曰：'下说令我泣出，则耐分人君之地。'苏秦下说，鬼谷先生泣下沾襟。"据此，则知史传所载乃苏秦、张仪事，而杂剧谓系孙、庞，亦属谬悠之说。

今传本《东周列国志》（据《七国讲史》改编）中，其第八十七回"说秦君卫鞅变法，辞鬼谷孙膑下山"、第八十八回"孙膑佯狂脱祸，庞涓兵败桂林"及第八十九回"马陵道万弩射庞涓，咸阳市五牛分商鞅"，皆可与本剧参看。又剧中有卜商，而安庆梆子中之《五雷轰》，盖演孙膑事，内有卜子夏，即本剧之卜商也。

《抱妆盒》

本据演宋仁宗初生时，正宫刘后以非己所出，妒甚，欲杀人，为陈琳置妆盒中抱出，由楚王德芳抚养成人，入承大统事。略云：

宋真宗乏嗣，太史官王宏奏称，太子前星舒彩，应以金弹射御园，宫眷拾得者进幸，当有圣嗣。上可其奏，行之，弹为西宫李美人拾得，遂进幸怀娠生子，是为仁宗。真宗后刘氏见李美人生子，妒甚，密遣宫人寇成御诓子出杀之，弃于金水桥河内。寇忽见太子身有异象，欲救之而计无所出。适内监陈琳抱妆盒赴御园摘新果，为南清宫八大王上寿。八大王者，真宗弟楚王德芳也。寇以情告，琳藏太子于盒中，将托于德芳，矢各勿泄。琳出，适遇刘后，诘琳，琳遽以果品对。刘后心疑，欲揭妆盒视之，寇忽来报驾幸中宫，刘后趋往迎宾贺，琳得脱去。琳谒德芳，告以始末，德芳抚太子如己出，戒左右密之。逾十载，率之朝真宗于后宫，真宗观其子有龙凤之姿，状貌不凡，甚异之。时刘后亦侍座，疑必为李美人子，遂托辞出，痛拷寇承御，承御终无所言。后度琳为同谋，呼使质对。琳亦云确为楚王子，后遂使琳杖寇，寇不胜杖，触阶毙，事终不明。真宗崩，仁宗入承大统，赴各宫朝见。刘后独不容入西宫，盖西宫为李美人所居。仁宗疑其事，密询于琳，琳以实奏。仁宗知己所从出，重赏德芳。奉李美人为纯圣皇太后，封寇宫人墓，赐琳田宅，并加保定公云。

按剧谓真宗以金丸射御园，正史不载。考王建《宫词》："众里遥抛金吉子，就中拾得便承恩。"剧殆因此诗而缘饰成文也。

又按《宋史》卷二百四十二列传第一《后妃上》，章献明肃《刘皇后传》云：

李宸妃生仁宗，后以为己子，与杨淑妃抚礼甚至。后性警悟，晓书史，闻朝廷事，能记其本末，真宗退朝，阅天下封奏，多至中夜，后皆预闻，宫围事有问辄傅引故实以对。天禧四年，帝久疾，居宫中，事多决于后……仁宗即位，尚少，太后称制，虽政出宫闱而号令严明。恩威加天下。左右近习，亦少所假借，宫掖间未尝妄改作，内外赐与有节……太后保护帝既尽力，而仁宗所以奉太后亦甚备。上春秋，犹不知为宸妃所出。终太后之世，无毫发间隙焉。

同卷《李宸妃传》亦云：

李宸妃，杭州人也……入宫为章献太后侍儿，庄重寡言，真宗以为司寝。既有娠，从帝临砌台，玉钗坠，妃恶之。帝心卜钗完，当为男子。左右取以进，钗果不毁，帝甚喜。已而生仁宗，封崇阳县君……初，仁宗在襁褓，章献（刘皇后谥号）以为己子，使杨淑妃保视之。仁宗即位，妃嘿处先朝嫔御中，未尝自异。人畏太后，亦无敢言者。终太后世，仁宗不自知为妃所出也……后章献太后崩，燕王为仁宗言："陛下乃李宸妃所生，妃死以非命。"仁宗号恸顿毁，不视朝累日，下哀痛之诏自责，尊宸妃为皇太后，谥庄懿。幸洪福寺，祭告易梓宫，亲哭视之，妃玉色如生，冠服如皇太后，以水银养之，故不坏。

《邵氏闻见录》所载，与此略同。然并无陈琳、寇承御其人。至仁宗之生，宋人王明清《挥尘后录》载其事。文云：

张懿李后初在侧微，事章献明肃（刘皇后）。章圣（真宗）偶过阁中，欲盥手，后捧洗而前，上悦其肤色玉耀。与之言，后奏："昨夕忽梦一羽衣之士，跣足从空下云，来为汝子。"时上未有嗣，闻之，大喜，曰："当为汝成之。"是夕召幸，有娠。明年，诞昭陵（仁宗）。昭陵幼年每穿履袜，即亟令脱去。常徒步禁掖，宫内皆呼为赤脚仙人。赤脚仙人，盖古之得道李君也。

又王铚《默记》云：

章懿李太后生昭陵，终章献之世，不知章懿为母也。章懿卒，先殡奉先寺（《邵氏闻见录》作洪福寺）。昭陵以章献之崩，号泣过度。章惠太后劝帝曰："此非帝母，帝自有母宸妃李氏，已卒，在奉先寺殡之。"仁宗即以犊车亟走奉先寺，撤殡观之，在一大井上，四铁索维之。既启棺而形容如生，略不坏也。时已遣兵围章献之第矣。既启棺，知非鸩死，乃罢遣之。

今观剧中所演各节，与明姚静山《金丸记》之明孝宗（弘治）事相类。醉怡情节及收入此剧《妆盒》《盘盒》《收养》《拷寇》四出。清人石子斐之《正朝阳传奇》（有上海涵芬楼旧藏本）亦演其事，即今剧所谓《狸猫换太子》也，然多属野叟论谈之类，未可尽信。

《雁门关》

本剧演李存孝打虎及破黄巢事。略云：

唐末四夷交侵，黄巢为乱，朝命陈景思宣喻沙陀李克用为天下兵马大元帅，率师征讨。兵未发，克用出猎，至雁门关，遇安敬思为邓大户放牧。因虎食其羊，敬思怒，起追虎，搏而杀之。克用见状，嘉其勇武，喜甚，意必能驰骋疆场，为己效命，乃收为义儿，是为十三太保，改名李存孝。克用赏邓大户以金银，作为恩养费。大户度存孝当贵，辞谢不受，更以女金定妻之。后克用令存孝领人马三千，直入长安，大破黄巢云。

按本剧情节新、旧《五代史·李存孝传》均不载，仅言："存孝，本姓安，名敬思，少于俘囚中得隶纪纲，给事帐中。及壮，便骑射，骁勇冠绝，常将骑为先锋，未尝挫败。"传并言其猿臂善射，身被重铠，櫜弓坐梢，手舞铁挝。出入阵中以两骑自从，战酣易骑，上下如飞。

又按关汉卿有《哭存孝》一剧，言李存信谮存孝有二心，为克用车裂而死，其夫人邓氏哭之。据此则存孝妻果为邓女也。

考《五代史演义》第一回"睹赤蛇老母觉异微，得艳凤枭雄偿夙愿"，谓黄巢僭称冲天大将军，驱众南下，转战浙闽，直入广南，沿途骚扰，鸡犬皆空。因而疫疠甚盛，十死三四，巢乃变计北归，自桂州渡江，沿湘而下，拔东都（即洛阳）入潼关，竟陷长安。唐僖宗奔往兴元。巢竟僭号称大齐皇帝，改元金统。又第二回云"报亲恩欢迎朱母，探妻病惨别张妃"，言于僖宗六年四月，河东节度使李克用等攻克长安，驱走黄巢云云，即本剧之煞尾也。

《刘弘嫁婢》

本剧演刘弘以婢积阴德而获善报事。略云：

汴梁人李逊，字克让，妻张氏，子春郎。逊广览诗书，状元及第，除钱塘为理。行至望京店，染疾不起。逊临终，虑身后妻子无依，闻洛阳有刘弘者，疏财仗义，乃修书令往投之。弘字元溥，年老乏嗣。相者又言寿不过五十，唯当行善，或可转移天命。刘见逊书，虽素昧平生，然悯刘氏母子孤苦，乃收养之。又有襄阳裴使君之女，小字兰孙，父死无以为葬，遂卖刘宅作奴。刘乃以兰孙嫁春郎，并令春郎上京应试，得大魁。后朝命开放婴童举场，春郎为主司考卷。有一子名奇童，年方十三，中解元。春郎询之，乃刘弘子也。盖春郎抵京后，春郎父李逊，兰孙父裴使君，魂在天庭。以弘出无倚之丧，嫁贫寒之女，奏知玉帝，特赐一子为嗣也。奇童既获解，春郎复以其妹桂花许之为妻，举家欢庆云。

按刘弘乃隋人，见《隋书》卷七十一列传第三十六《诚节传》。传云：

刘弘，字仲远，彭城丛亭里人，魏太常卿芳之孙也。少好学，有行检，重节概，仕齐行台郎中，襄城、沛郡、谷阳三郡太守，西楚州刺史。及齐亡，周武帝以为本郡太守。尉𢌞之乱也，遣其将席毗掠徐兖。

弘勒兵拒之，以功授仪同、永昌太守，齐州长史。志在立功，不安佐职，平陈之役，表请从军，以行军长史从总管吐万绪渡江，以功加上仪同，封濩泽县令，拜泉州刺史。会高智慧作乱，以兵攻州，弘城守百余日。救兵不至，前后出战，死亡大半，粮尽无所食，与士卒数百人煮犀甲腰带及剥树皮而食之，一无离叛。贼知其饥饿欲降之，弘抗节弥厉，贼悉众来攻，城陷，为贼所害。上闻而嘉叹者久之，赐物二千段。子长信，袭其官爵。

此仅言其节操之英烈与功勋之彪炳，而不及嫁婢事。至嫁婢事见之史乘者，有陈规及钟离君，今分别移录如后：

《宋史》卷三百七十七列传第一百三十六《陈规传》云：

陈规，字元则，密州安丘人……端毅寡言笑，然待人和易，以忠义自许，尤好拯施，家无赢财。尝为女求从婢，得一妇，甚闲雅，怪而询之，乃云梦张贡士女也。乱离夫死，无所托，鬻身求活。规即辍女奁嫁之，闻者感泣。

魏泰《东轩笔录》卷十二云：

余为儿童时，尝闻祖母集庆郡太守陈夫人言：江南有国日，有县令钟君，与邻县令许君结姻，钟离女将出适，买一婢以从嫁。一日，其婢执箕帚治地，至堂前，熟视地之窊处，恻然泣下。钟离君适见，怪而问之。婢泣曰："幼时，我父于此凹地为球窝，诲我戏剧，岁久矣，而窊处未改也。"钟离君惊曰："而父何人？"婢曰："我父乃两考前县令也。身死家破，我遂流落民间，而更卖为婢。"钟离君遽呼牙侩问之，复质于老吏，得其实。是时许令子纳采有日，钟离君遽以书抵许令，而止其子。且曰："吾买婢，得前令之女，吾特怜而悲之，义不可久辱，当辍吾女之奁篚，先求婿以嫁前令之女也。更俟一年，别为女营办嫁资，以归君子，可乎？"许答书曰："蘧伯玉耻独为君子，君何自专仁义？愿以前令之女配吾子，然后君别求良婿以嫁君女。"于是，前令之女，卒归许氏。

本剧所演故事，则见于《太平广记》卷一百一十七引《阴德传》。

传云：

唐彭城刘弘敬，字元溥，世居淮淝间，资财丰盛。长庆初，有善相人于寿春道逢，决其更二三年必死。元溥信之，乃为身后之计。有女将适，抵维扬求女奴资行，用钱八十万，得四人焉。内一人方兰荪者，有殊色，而风骨姿态，殊不类贱流。元溥诘其情，久乃对曰："贱妾本河洛人，先父卑官淮西，不幸遭吴寇跋扈，缘姓与寇同，疑为近属，身委锋刃，家仍没官，以此湮沉无诉。贱妾一身，再易其主，今及此焉。"元溥太息久之，因问其亲戚，知其外氏刘也，遂焚其券，收为甥，以家财五十万，先其女而嫁之。兰荪既归，元溥梦见一人，被青衣秉简望尘而拜曰："余兰荪之父也，君寿限将尽，余感君之恩，余当为君请于上帝。"后三日，元溥复梦兰荪之父立于庭，紫衣象简，侍卫甚严，前谢元溥曰："余幸得请君于帝，许延君寿二十五载，富及三代，其残害吾家者，悉获案理。帝又悯余之冤，署以重职，获主山川于淮海之间。"呜咽再拜而去。后三年，相者复至，迎而贺元溥曰："君寿延矣。自眉至发而视之，有阴德上动于天者。"元溥始以兰荪之父为告。相者曰："昔韩子阴存赵氏，太史公以韩氏十世而位至王侯者，有阴德故也。"

本剧即据此故事增饰而成。清无名氏有《通仙枕》及《尺素书》两传奇，皆演此事。

又按明人小说《初刻拍案惊奇》卷二十，有刘元普（不作溥）行阴德延嗣事，与此相类。原题为"李克让竟达空函，刘元普双生贵子"。唯《广记》所载本唐长庆时人，而《初拍》则云乃宋真宗时人。盖小说传闻，极不一致，又往往与史实相乖。所言刘弘其人，虽时地各有不同，情节则无大异也。

《小尉迟》

本剧演尉迟敬德之幼子宝林认父归唐事。略云：

尉迟敬德初为刘武周大将，后降唐，遗一子曰宝林在番中。时甫三岁，武周之子刘季真养为己子，改名曰刘无敌。既长，武艺绝伦，季真闻唐将老兵骄，兴师窥伺，下战书欲独与敬德战，即命无敌为前锋。盖季真所惧者唯敬德一人，以为擒敬德，则其他不足虑也。敬德之仆宇文庆者，在番中抚宝林成立，宝林呼为养爷。至是以往事详告宝林，并以敬德所遗水磨鞭与之，使乘机骨肉团聚。宝林在阵前与敬德战，佯败。敬德追至无人处，宝林乃下马，跪地认父，取水磨鞭为证。于是回军缚季真，降唐献功。先是敬德在阵前与宝林密语时，监军疑之，以为敬德有反叛之心。奏闻，敕令徐茂公勘问，房玄龄保其无他。宝林既至唐，敬德乃率子上闻，命为金吾上将，世掌军权云。

按尉迟敬德事，见《麒麟阁三夺槊》《单鞭夺槊》及《鞭打单雄信》诸剧中，新、旧《唐书·敬德传》皆不载其有子留沙陀，后复归唐，其事盖空中楼阁也。按李日华《紫桃轩杂缀》卷二谓敬德有一子，幼而好武。其文云："奎基法师尉迟敬德之子也。年十八，有绝力，每出以三车自随：一载醇酒精馔，一载女乐十余人，一载兵器。而自与壮士锦袍花帽以骑从，遇所欲留处，纵饮至醉，拥女乐遍幸之，而后与壮士运矛挺槊，搏刺自快，率以为常。奘法师自西域取经回，欲立贤首宗旨，而难其堪授者。一日，请于唐文皇曰：'大唐国中，能承我法嗣者，尉迟子耳！'帝命敬德令依奘剃落。奘为开示数语，即尽弃其习，而精研宗乘。今相宗诸秘奥，皆其所披析也。然性廓落，不知有戒律。饥则恣餐，饱则鼾睡而已。一日，行脚买牛肉啖之，而挂其余于锡端。至一刹，乃宣律师所住也，留之三宿别去。宣律平日受天供，不御人间食，至是，天供三日不至。奎师行，复来，宣律曰：'日来为粗行者腥秽所触耶？'天人曰：'不然，我辈岳渎小圣耳！两日闻本刹有大乘菩萨，四洲大力神王，色欲界主，咸在拥护，故不敢唐突。今幸其行，始得修敬也。'宣律为之三叹，久之曰：'我不能也。'而奉律益严。"剧中所称留番中者，未识即此小尉迟否？考《释氏稽古略》卷三玄奘条中，谓奘曾以西域戒贤论师处所得瑜伽地唯识宗旨授窥基，盖即其人也。又考《大藏经》卷三百六十七

《神僧传》卷六云："释窥基，字洪道，姓尉迟氏，京兆长安人也。初基之生母裴氏，梦掌月轮吞之，寤而有孕。及乎盈月弥，与群儿弗类，数方诵习，神晤精爽。至年十七，遂预缁林，及乎入法，奉敕为奘弟子……先是，奘公亲搜西域戒贤瑜伽师地论唯识宗，而师尽领其妙，世谓之慈恩教。"此与李氏所记，大致相合。

又按本剧关目或取材于《说唐全传》前身之《隋唐讲史》。今考罗贯中《说唐演义》第六十三及六十四回云：伍云召子伍登，为朱燦收养，改名朱登，后封阳王，属刘黑闼麾下。黑闼闻唐朝骨肉相残，乃举兵犯阙。朱登年最少，有勇力，唐将无可与敌。唯秦琼知其出身，又与登父云召为旧交，乃于阵前交战之际，说明究竟，登即以叔父呼之。于是佯败，入营反杀刘黑闼降唐云。此与本剧所演各节大略相似，盖作者故意牵合诸事，一新观众之耳目也。

《飞刀对箭》

本剧演薛仁贵征高丽三箭定天山事，略云：

薛仁贵，绛州龙门镇大黄庄人，妻柳氏。仁贵家世业农而不乐耕种，唯喜武艺。会高丽大将盖苏文下战书至唐挑战，朝命黄榜招贤却敌。仁贵揭榜应召，以少年气盛得罪大将张士贵，将致之死。赖徐茂公救之，令随士贵出战，士贵大败。仁贵连射三箭，杀高丽名将三人，盖苏文畏之，弃甲曳兵而逃，天山遂定。士贵见高丽兵溃走，欲掩仁贵功为己有，赖徐茂公出证，奏知朝廷，其事乃明。敕封仁贵为征东兵马大元帅，金吾上将军，父母妻子皆受赏赐云。

按薛仁贵三箭定天山事，见《旧唐书》卷八十三列传第三十三，及《新唐书》卷一百一十一列传第三十六《薛仁贵传》，今但引《新唐书》传如下：

薛仁贵，绛州龙门人，少贫贱，以田为业。将改葬其先，妻柳氏曰："夫有高世之材，要须遇时乃发，今天子自征辽东，求猛将，此难得之时，君盍图功名以自显？富贵还乡，葬未晚。"仁贵乃往见将军张士贵，应募至安地。会郎将刘君邛为贼所围，仁贵驰救之，斩贼将，系首马鞍，贼皆慑伏，由是知名。王师攻安市城，高离摩利支遣将高延寿等率兵二十万（《旧唐书》言二十五万）拒战，倚山结屯，太宗命诸将分击之。仁贵时骁悍，欲立奇功，乃着白衣自标显，持戟，腰鞬两弓，呼而驰，所向披靡，军乘之，贼遂奔溃。帝望见，遣使驰问先锋白衣者谁？曰："薛仁贵"。帝召见嗟异，赐金帛、口马甚众，授游击将军，云泉府果毅令北门长上。师还，帝谓曰："朕旧将皆老，欲擢骁勇，付闻外事，莫如卿者，朕不喜得辽东，喜得虓将。"迁右领军中郎将……（高宗）显庆三年，诏副程名振经略辽东，破高丽于贵端城，斩首三千级。明年，与梁建方、契苾何力遇高丽大将温沙多门战横山，仁贵独驰入，所射皆应弦仆。又战石城，有善射者杀官军十余人。仁贵怒，单骑突击，贼弓矢俱废，遂生禽之。俄与辛文陵破契丹于黑山，执其王阿卜固，献东都，拜左武卫将军……时九姓众十余万令骁骑数千来挑战，仁贵发三矢，辄杀三人，于是虏气慑，皆降。仁贵虑为后患，悉坑之。转讨碛北余众，擒伪叶护兄弟三人以归。军中歌曰："将军三箭定天山，壮士长歌入汉关。"九姓遂衰……久之，与李勣攻降扶余，威镇辽海，诏镇平壤，封平阳郡公。

元无名氏有《贤达妇龙门隐秀》杂剧，明无名氏有《薛仁贵跨海征东白袍记》，清铁笛道人有《定天山传奇》，皆演此事。

《连环计》

本剧演王允与蔡邕设美人连环计，先以貂蝉许吕布，后又送于董卓，激吕布怒而杀卓事。略云：

汉边将董卓，陇西临洮人。因何进之荐，入朝，官封太师，又加九锡。用李儒、李肃为腹心，吕布为牙爪，专擅朝政，将危社稷。太尉杨彪、司徒王允忧之，密谋图卓。学士蔡邕谓宜用连环计，而允未得其解也。允所抚义女貂蝉，本忻州任昂之女，小字红昌。灵帝选入宫中，掌貂蝉冠，因呼为貂蝉。后赐丁原，原以配吕布。黄巾作乱，貂蝉与布相失，为允所收养。某夜貂蝉于后花园烧香，祷佑吕布，允见之而有所悟。因与貂蝉密计，召布欢饮，令貂蝉侑觞，即以许布。明日，复宴董卓，又以貂蝉许之。本约定期送貂蝉于布，而竟入董府。允伪告布以貂蝉为董强纳，布闻之大愤，畏卓而不敢发，乃私入董府晤貂蝉。方共语间，为卓所见，大诟之。布乃挥拳殴卓仆地，遂出投王允。卓使李肃追布入允宅，允以大义激肃，布、肃皆许为允杀卓。于是允、彪伪称汉帝禅位于卓，作受禅台于银台门，令蔡邕诱卓来受禅。李儒劝阻不从，自撞死。卓竟至，布、肃共杀之，于是彪、允、肃、邕等皆受汉帝赏，而以貂蝉仍为吕布妻云。

本剧以吕布杀董卓为关目，虚实参半。盖与《三国演义》第八回："王司徒巧施连环计，董太师大闹凤仪亭"略同。按《后汉书》卷一百二列传第六十二《董卓传》云：

董卓，字仲颖，陇西临洮人也。性粗猛有谋……王允与吕布及仆射士孙瑞谋诛卓，有人书"吕"字于布上负而行于市，歌曰布乎。有告卓者，卓不悟。三年四月，帝疾新愈，大会未央殿。卓朝服升车，既而马惊堕泥，还入更衣。其少妻止之，卓不从，遂行。乃陈兵夹道，自垒及宫，左步右骑，屯卫周匝，令吕布等捍卫前后。王允乃与士孙瑞密表其事，使瑞自书诏以授布，令骑都尉李肃，与布同心勇士十余人，伪着卫士服于北掖门内以待卓。卓将至，马惊不行，怪惧欲还。吕布劝令进，遂入门。肃以戟刺之，卓衷甲不入，伤臂堕车，顾大呼曰："吕布何在？"布曰："有诏讨贼臣？"卓大骂曰："庸狗敢如是邪！"布应声持矛刺卓，趣兵斩之。

又按《英雄记》云："有道士书布为吕字，持以示卓，卓不知其为吕布也。"剧中谓此道士乃太白金星所化。又《献帝春秋》云："董卓未诛，有道士持三尺布幅，上作两口相衔之字，负之于道，歌曰：'布乎！'。及布杀卓，负布者不复见。"考《东观汉记》载逢萌知莽将败，乃首载韭臼，哭于市曰："辛乎！辛乎！"与此相类，盖俱谬为卖物者，故莽卓不悟也。又考《后汉书》卷二十三《五行志》云："献帝初，童谣曰：'千里草，何青青。十日卜，不得生。'按千里草为董，十日卜为卓，青青者，暴盛之貌也。"不得生者，亦旋破亡也。

考《三国志》卷七《吕布传》云："董卓性刚而褊……尝小失意，拔手戟掷布，布拳捷避之……布与卓侍婢私通，恐发觉，心不自安。先是司徒王允厚接纳之。后布诣允……密谋诛卓。"布传中侍婢，不载姓名。然按日本内阁文库所藏元至治间新安虞氏所刊行之《三国志平话》中有云："王允归宅下马，信步到后园内，小庭闷坐，独言献帝懦弱，董卓弄权，天下危矣。忽见一妇人烧香……王允自言，吾忧国事，此妇人因甚祷祝？王允不免出庭问曰：'你为甚烧香？对我实说。'唬得貂蝉连忙跪下，不敢抵讳，实诉其由：'贱妾本姓任，小字貂蝉，家长是吕布。自临洮府相失，至今不曾见面，因此烧香。'丞相大喜：'安汉天下，此妇人也。'"据此，貂蝉本人名，而剧中则曰因掌貂蝉冠，故名貂蝉，且撰其名曰红昌。盖所谓"貂蝉冠"，始见《汉书·舆服志》。《志》云："武冠一名武弁大冠，诸武官冠之。侍中、中常侍加黄金珰，附蝉为文，貂尾为饰，谓之赵惠文冠。胡广曰：赵武灵王效胡服，以金珰饰首，前插貂尾为贵职。秦灭赵，以其君冠赐近臣。建武时，匈奴内属，世祖赐南单于衣服，以中常侍惠文冠，中黄门童子佩刀云。"由此以见当时系称"惠文冠"，而不曰"貂蝉冠"。《晋书》卷二十七《彭城穆工权传》附其孙弘传云："入继本宗，拜国子祭酒，加散骑常侍，寻迁大宗正、秘书监……杜门让还章印于貂蝉，着杜门赋以显其志，由是更拜光禄大夫。"若此，冠之称貂蝉，实始于晋代。刘昭于《舆服志》"秦灭赵，以其君冠赐近臣。"下注云："应劭汉官曰：说者以金取坚刚，百炼不耗。蝉居高饮洁，口在腋下。貂内劲悍而外温润……胡广又曰：意谓北方寒凉，本以貂皮暖额，附施于冠，因遂成首饰。"此乃貂蝉二字之本意也。

按允与布谋卓，而布肃共杀卓，皆与史合，其间关目，则点染居多。又千里草及书吕字于布皆系实事，今剧中宾白有此，而谓蔡邕为董卓详解，乃是增饰。与允共谋诛卓者乃士孙瑞，剧以为杨彪；止卓出者少妻，而剧以为李儒；传诏讨贼，本吕布语，而剧以为系蔡邕宣诏。他如剧中梅香自云："人中吕布，女中貂蝉。"按《曹瞒传》："时人语曰：人中有吕布，马中有赤兔。"此借用其语。剧中又有与史实相忤者，为董卓被何进召入朝中，官封太师，又加九锡。按卓但为太师，未加九锡，九锡乃曹瞒事。剧中言卓用李儒、李肃为腹心，吕布为牙爪。按史无李儒其人。剧中谓司徒王允，密谋图卓，学士蔡邕，谓允宜用连环计。按邕非学士，汉时亦无学士之称，又邕未尝与允定谋，故改为允杀，剧盖为邕出脱耳。

明王济有《连环计》（北平图书馆藏有旧钞本），即以此为稿本，又复翻换增添，互有异同。《缀白裘》收入其《议剑》《梳妆》《掷戟》《起布》《问探》《赐环》《拜月》《小宴》《大宴》《献剑》《斩貂》十一出。

金院本有《刺董卓》。元武汉臣、郑光祖均有《虎牢关三战吕布》杂剧，元无名氏有《张翼德单战吕布》杂剧，元无名氏有《关大王月夜斩貂蝉》杂剧，明无名氏有《貂蝉女》，《九宫正始》第七册录其一曲，盖貂蝉伤春自怜之词。

《渔樵记》

本剧演朱买臣妻，以家贫伪与朱离异，激其仕进事。略云：

汉武帝时，会稽人朱买臣屡试不第，家贫无以为生。入赘于刘二公家，采薪度日。某年冬，买臣罢樵而归，于途中寻思，年已四十有九，功名无望，生计日艰，不禁长叹。正低首疾行之际，误犯大司徒严助行列，左右欲殴之。助呵止，上前问讯，始知为名士朱买臣。时助正奉命访贤，买臣乃出万言策以献，助许以还朝荐达而去。初，刘二公以买臣偎妻靠妇，不求进取，常思有以激励之。是日，心生一计，命其女玉天仙俟买臣返，向买臣索休书，与之离异。玉天仙不解乃父用心，讶问曰："儿与买臣，誓共生死，奈何无端弃绝！"刘二公厉色斥责，玉天仙惧而从之。少顷，买臣自风雪中归，手无寸薪，其妻乃借题求去。买臣劝慰无效，遂勉付休书。买臣既被逐，刘二公度其必愤而求官，乃备川资，送买臣义兄王安道家，阴告究竟。买臣果至，安乃以其金与之，伪言为己所赠。买臣得金至京师，一举及第，复以严助之力，授会稽太守，择日上任。刘二公闻之，大悦，携玉女天仙往会，又恐买臣反目不认，乃谋于安道。安道邀买臣宴，并约刘氏父女作陪，买臣果负气不欲相见，后经安道说明前情，买臣始避席而谢，与玉天仙复团圆云。

按朱买臣出妻事，见《汉书》卷六十四列传第三十四上本传，传曰：

朱买臣，字翁子，吴人也。家贫，好读书，不治产业，常艾薪樵，卖以给食，担束薪，行且诵书，其妻亦负载相随，数止买臣，毋歌呕道中。买臣益疾歌，妻羞之，求去。买臣笑曰："吾年五十当富贵，今已四十余矣。女苦日久，待我富贵，报女功。"妻恚怒曰："如公等，终饿死沟中耳。何能富贵？"买臣不能留，即听去。其后，买臣独行过道中，负薪墓间。故妻与夫家俱上冢，见买臣饥寒，呼饭饮之。

其后大司徒严助荐买臣于武帝，拜中大夫，旋迁会稽太守。本传又记其之官情状云：

会稽闻太守将至，发民除道，县吏并迎送车百余乘。入吴界见其故妻。妻夫治道，买臣驻车呼令后车载其夫妻到太守舍，置园中给食之。居一月，妻自经死，买臣乞其夫钱令葬。

传中并无复为夫妇情事，与此剧异，盖杂剧总不免落结局团圆之窠臼也。剧中谓玉天仙弃夫，原非本意，乃奉父命以激励买臣进取耳，则又似有意翻案矣。买臣之妻，姓氏无考，剧中名之为玉天仙，第言其美好耳！刘二公、王安道、杨孝先辈，亦不见史传，其为作者杜撰无疑。又流俗所谓《马前泼水》亦传买臣事，与本剧异。清李调元《雨村剧话》卷六云："买臣负薪剧，见《汉书》，今俗传此事，大略相符。而言买臣既贵，妻再拜马前求合，买臣取盆水覆地，示其不能更收之意。妻遂抱恨死，此则太公望事，词曲家再撮合也。"《知新录》云："覆水事，乃姜太公少婿马氏，已离矣。见太公封齐，妻拜求和，公取覆水云云。故《战国策》姚贾对秦王曰：'太公望，齐之逐夫。'今以覆水为买臣事，非也。"焦循《剧说》卷四亦载之，与此略同。《纳书楹》所收《渔樵》《逼休》《寄信》三出，即本剧本第三折。宋元南戏文有《朱买臣休妻记》，见徐文长《南词叙录》，钱南扬《南戏百一录》，存其残曲二支。元庾吉甫有《会稽山买臣负薪》杂剧，一说即此作，今无可考信。明顾怀琳有《佩印记》，见《曲品》。清无名氏有《烂柯山》，见《曲海总目提要》，亦传此事。今俗传嘉兴有羞墓，苏州有死亭湾，皆云是买臣妻故迹。

《赚蒯通》

本剧演辩士蒯通曾劝韩信自立为王，及信为高祖所杀，萧何拘通讯问事。略云：

汉高祖平定天下后，以萧何为相，治理国政，乃封三大功臣：韩信为齐王，英布为九江王，彭越为大梁王。三王中以韩信军权最重，为恐影响社稷，萧何忧之。于是邀请樊哙、张良私议，欲杀害之，以绝后患。唯张良不从，萧、樊强之，良遂拂袖而去，入山学道。萧何因从樊哙计，伪称高祖将游云梦山，诏信还朝留守，乘机诬其谋反，拟定十大罪，即可杀戮。信接获诏书后乃诏其门下辩士蒯通商讨。通劝勿往，信不从，通遂于信前生祭，谓其必死。信怒，逐之，即命驾星夜奔驰入朝。信入朝，旋被诛。通虑祸及己，乃伪装疯魔，佯狂于市。先是萧何已闻知蒯通曾劝信与刘项三分天下，今又阻信入朝，以为无理，遂遣随何前往，以察虚实。随何即见蒯通，通卧羊圈中，何观其神情，心知为伪，复潜窥听之。通乃作歌寓志，何闻之遂得其实，因以达萧，萧即执诣汉庭，遂与曹参、王陵议，欲烹之。通略无惧色，汉臣议其助信，通曰："桀犬吠尧，尧非不仁，固吠其非主也。"复述信有十大罪状，众询之，通乃一一细述。萧曰："此本韩信十大功劳，焉得罪之？"通即又谓信有三愚，曰："收燕赵，破三齐兵四十万，是时不叛，今乃叛，此一愚。汉王出成皋，信屯修武，将二百员，兵八十万，此时犹不欲叛，今乃叛，此二愚。九里山大会垓下，握兵百万，此时且犹不叛，今忽叛，此三愚也。"高祖闻其言，赦通罪，授以京兆职官，赐金千两，旌其直。诏复信原官，封树其墓云。

按蒯通事见《史记》卷九十二列传第三十二《淮阴侯传》，《汉书》卷三十四列传第四《韩信传》及卷四十五列传第十五《蒯通传》，兹录《史记·淮阴侯传》原文如下，以与本剧参照：

齐人蒯通，知天下权在韩信，欲为奇策而感动之，以相人说韩信曰："仆尝受相人之术。"韩信曰："先生相人何如？"对曰："贵贱在于骨法，忧喜在于容色，成败在于决断。以此参之，万不失一。"韩信曰："善！先生相寡人何如？"对曰："愿少闲！"信曰："左右去矣！"通曰："相君之面，不过封侯，又危不安。相君之背，贵乃不可言！"韩信曰："何谓也？"蒯通曰："天下初发难也，俊雄豪杰，建号一呼，天下之士，云合雾集，鱼鳞杂遝，熛至风起，当此之时，忧在亡秦而已！今楚汉分争，使天下无罪之人肝胆涂地，父子暴骸骨于中野，不可胜数。楚人起彭城，转斗逐北，至于荥阳，乘利席卷，威震天下。然兵困于京、索之间，迫西山而不进者，三年于此矣。汉王将数十万之众，距巩、雒，阻山河之险，一日数战，无尺寸之功，折北不救，败荥阳，伤成皋，遂走宛、叶之间，此所谓智勇俱困者也。夫锐气挫于阻塞，而粮食竭于内府，百姓罢极，怨望容容无所倚，以臣料之，其势非天下之贤圣，固不能息天下之祸。当今两主之命，县于足下，足下为汉，则汉胜；为楚，则楚胜。臣愿披腹心，输肝胆，效愚计，恐足下不能用也！诚能听臣之计，莫若两利而俱存之，三分天下，鼎足而居，其势莫敢先动。夫以足下之贤圣，有甲兵之众，据强齐，从燕赵，出空虚之地，而制其后，因民之欲，西乡为百姓请命，则天下风走而响应，孰敢不听？割大弱强，以立诸侯，诸侯已立，天下服听，而归德于齐。案齐之故有胶、泗之地，怀诸侯以德，深拱揖让，则天下之君王相率而朝于齐矣。盖闻天与弗取，反受其咎；时至不行，反受其殃。愿足下孰虑之！"

韩信曰："汉王遇我甚厚，载我以其车，衣我以其衣，食我以其食。吾闻之，乘人之车者，载人之患；衣人之衣者，怀人之忧；食人之食者，死人之事。吾岂可以向利倍义乎？"

蒯生曰："足下以为善汉王，欲建万世之业，臣窃以为误矣。臣且闻勇略震主者身危，而功盖天下者不赏……今足下戴震主之威，挟不赏之功，归楚，楚人不信；归汉，汉人震恐。足下欲持是安归乎？夫势在人臣之位，而有震主之威，名高天下，窃为足下危之！"韩信谢曰："先生且休矣，吾将念之！"

后数日，蒯通复说曰："夫听者事之候也，计者事之机也。听过计失，而能久安者鲜矣。听不失一二者，不可乱以言；计不失本末者，不可纷以辞。夫随厮养之役者失万乘之权；守儋石之禄者阙卿相之位，故知者决之断也。审毫厘之小计，遗天下之大数。智诚知之决弗敢行者，百事之祸也。故曰：猛虎之犹豫，不若蜂虿之致螫；骐骥之踞躅,不如驽马之安步；孟贲之狐疑，不如庸夫之必至也。虽有舜禹之智，吟而不言，不如喑聋之指麾也。此言贵能行之。夫功者难成而易败，时者难得而易失也。时乎！时不再来，愿足下详察之！"

韩信犹豫不忍倍汉，又自以为功多，汉终不夺我齐，遂谢蒯通。蒯通说不听，已说佯狂为巫。

又曰：

汉六年，人有上书告楚王信反，高帝以陈平计，天子巡狩会诸侯，南方有云梦。发使告诸侯会陈：吾将游云梦。实欲袭信，信知。高祖且至楚，信欲发兵反，自度无罪。欲谒上，恐见禽。或说信曰："斩（钟离）昧谒上，上必喜无患。"信见昧计事。昧曰："汉所以不击取楚，以昧在，公所欲捕我以自媚于汉。吾今日死，公亦随手亡矣？"乃骂信曰："公非长者！"卒自到。信持其首，谒高祖于陈，上令武士缚信载后车。信曰："果若人言：狡兔死，良狗烹；高鸟尽，良弓藏；敌国破，谋臣亡。天下已定，我固当亨！"上曰："人告公反。"遂械系信至雒阳，赦信罪，以为淮阴侯。

又曰：

汉十一年……告信欲反状于吕后，吕后欲召，恐其党不就，乃与萧相国谋……信入，吕后使武士缚信，斩之长乐钟室。信方斩，曰："吾悔不用蒯通之计，乃为儿女子所诈，岂非天哉？"……（高祖）问："信死亦何言？"吕后曰："信言恨不用蒯通计。"高祖曰："是齐辩士也。"乃诏齐捕蒯通。蒯通至，上曰："若教淮阴侯反乎？"对曰："然！臣固教之。竖子不用臣之策，故令自夷于此。如彼竖子，用臣之计，陛下安得而夷之乎？"上怒曰："烹之。"通曰："嗟乎！冤哉！烹也！"上曰："若教韩信反，何冤？"对曰："秦之纲绝而维弛，山东大扰，异姓并起，英俊乌集。秦失其鹿，天下共逐之，于是高材疾足者先得焉。跖之狗吠尧，尧非不仁，狗因吠其非主。当是时，臣唯独知韩信，非知陛下也。且天下锐精持锋，欲为陛下所为者甚众，顾力不能耳，又可尽亨之邪？"高帝曰："置之！"乃释通之罪。

《盆儿鬼》

本剧演杨国用为盆罐赵夫妇谋财劫杀，焚尸灭迹。其魂附于瓦盆申冤，为张撇古告官，包拯勘断事。略云：

汴梁人杨国用入市，欲觅友好共营商业，闻有卖卜者贾半仙，善断吉凶，乃就卜之。卜谓国用百日内有血光之灾，须远避千里，不满百日勿归。国用遂向其表弟处借银五两，辞父出外行商。三月后，得利十倍而归。将抵家，以未满百日，宿于离汴四十里破瓦邨客店中。店主赵氏以烧瓦罐为业，人呼盆罐赵。其妻曰撇枝秀，妻窥知国用富厚。遂与赵谋，劫而杀之，移尸入瓦窑中，烧灰和土，作为瓦盆，以灭其迹。嗣后赵宅时见冤魂，夫妇神志颠倒。复梦窑神怒甚，擒两人将诛之，醒而惧祸，欲逃无所。有张撇古者，开封府中老役也。曾向赵索瓦器，至是复来，赵随意于架中取瓦盆与之，忘其即杨尸所烧者也。撒古携盆至家，忽作人声，大惧。细叩之，盆跃起数尺，备诉其冤，恳撒古以告包尹。撒古果持盆至府，包鞫之，瓦盆默然，携出则复作人语。如是者再，包责撒古妄告，撒古乃责瓦盆。瓦盆曰："门神阻我。"乃为焚纸钱于门，复入，则诉说甚详。包遂勾赵夫妇，一讯而伏，乃处赵夫妇极刑，以抵国用命，并厚赏撒古云。

按《搜神记》卷三十有云：

汉献帝建安中，东郡民家有怪，无故瓮器自发，訇訇作声，若有击盆案在前，忽然便失。

又按《后汉书》列传第七十一《独行传》载王忳事亦与本剧相类。传云：

王忳，字少林，为绍令。一夕，有女子称欲诉冤，无衣自盖，忳以衣与之，诉为县门下游徼所害。忳曰："当为尔报之。"鬼捉衣而去。

谣曰："信哉少林世无偶，飞彼走马与鬼语。"

又《睽车志》云：

有巫送鬼，自持咒前行，令一童担羹饭。既行，童觉担渐重，至不能任。巫曰："此冤鬼，难送也。"

小说有《乌盆子》，略言拯守定州时，扬州富人李浩，至定州买卖，尝醉卧城外。有丁千丁万者，夺浩裹金而杀之，火焚其尸，捣骨杂泥土，烧作瓦盆，卖与王老。一日，王老小遗，盆子叫屈，复细述被杀缘由。王老遂携盆出首，拯呼瓦盆问之，寂然无声，拯怒责王老。王老归，甚怒恨之，而瓦盆复冤，言借一衣掩盖，便可见天日。王老复携盆谒拯，拯问之，瓦盆乃历诉冤情，拯拘千、万两人勘问，不承。又拘二人妻究问，供所夺浩金见埋墙内，两人乃伏罪云云。事见《曲海总目提要》卷三十六所引，虽姓名不同，而事实则一。清无名氏有《断乌盆》，盖本此剧敷衍而成。又添出钟馗作证一节，以实龙图日断阳、夜断阴之说。皮黄戏中亦有《乌盆记》，一名《奇冤报》，皆缘此增饰而成者也。

《神奴儿》

本剧演汴梁人李德义妻王氏，图谋家产，勒杀德义兄子神奴儿，为包拯勘断事。略云：

李德仁，汴梁人，妻陈氏。弟德义，妻王氏。兄弟同居，德仁有独子曰神奴。王氏贪而悍，妯娌不和，强德义与兄分家，诟谇不已。又使德义逼其兄弃嫂，德仁因之愤懑而死。陈氏与子神奴别居，王氏妒陈氏有子，日夜谋欲杀之。神奴随老仆嬉于市，思得傀儡，仆往买。会德义醉归，遇神奴于桥上，以为独出迷途，抱之返家。将至，有开封府役何正，因接包待制急行，误撞德义几倒。德义怒骂之，正含忍而去。德义携神奴归付王氏，己则醉卧。王氏乘间勒杀神奴，埋沟中，以石压之，然冤气固不散也。德义醒，索神奴，王氏反诬德义醉中命之勒死者。德义惧内，隐忍不敢发。老仆买傀儡回，不见神奴，奔告陈氏。陈氏惊骇，沿途访至德义家。王氏又诬陈有奸，故杀子而灭其尸。且贿嘱官吏，严刑诬陷。狱将成，适包待制来知开封府莅任，路见冤气若小儿状。抵衙阅陈氏一案，见供词与卷不符，心知其冤，自语曰："苦无干证！"府役何正，误听以为呼其名，上堂忽见德义，力殴之。拯诘其故，正因告某日某地曾遇德义，抱小儿归，拯遂诘德义神奴下落。德义供已付妻王氏，乃捕王氏。王氏为神奴魂所击，上堂即服罪。拯又见神奴魂至，历诉其冤甚悉。于是往德义宅掘得神奴尸，诛王氏，杖德义，并释陈氏而还其家赀云。

按小说及诸剧中，皆称包待制日断冤狱，夜决鬼簿，几于妇孺皆知。《龙图公案》一书，所载尤多。本剧剧情，虽不见于有关孝肃诸记载，而与干宝《搜神记》卷十六所载苏娥诉冤事颇相类。记云：

汉九江何敞，为交州刺史，行部到苍梧郡高安县，暮宿鹄奔亭。夜犹未半，有一女，从楼下出，呼曰："妾姓苏名娥，字始珠。本居广信县修里人，早失父母，又无兄弟，嫁与同县施氏，薄命夫死，有杂缯帛百二十疋，及婢一人，名致富。妾孤穷羸弱，不能自振，欲之旁县卖缯，从同县男子王伯赁车牛一乘，直钱万二千，载妾并缯，令致富执辔，乃以前年四月十日，到此亭外。于时，日已向暮，行人断绝，不敢复进，因即留住。致富暴得腹痛，妾之亭长舍乞浆取火。亭长龚寿，操戈持戟，来至车旁，问妾曰："夫人从何所来？车上所载何物？丈夫安在？何故独行？"妾应曰："何劳问之？"寿因持妾臂曰："少年爱有色，冀可乐也。"妾惧怖不从，寿即持刀刺胁下一创，立死，又刺致富亦死。寿掘楼下合埋，妾在下，婢在上，取财物去。杀牛烧车，车扛及牛骨贮亭东空井中。妾既冤死，痛感皇天无所告诉，故来自归于明使君。敞曰："今欲发出汝尸，以何为验？"女曰："妾上下着白衣，青丝履，犹未朽也。愿访乡里，以骸骨归死夫。"掘之，果然。遣吏捕捉，拷问具服，下广信县验问，与娥语合。寿父母兄弟悉捕系狱。敞表："寿常律杀人，不至族诛，然寿为恶首，隐密数年，王法自所不免。令鬼神诉者，千载无一，请皆诛之，以明鬼神，以助阴诛。"上报听之。

世谓白日有冤鬼，他人不见，唯包拯见之，盖皆本于"关节不到，有阎罗包老"之语。观此剧，非无因也。由斯以见明有国法，幽有鬼神，令作恶者有所忌惮而不敢为非，亦警示之意也。

《冻苏秦》

本剧演张仪为秦相，故友苏秦往谒，仪故薄待之以激秦。秦乃发奋往他国进取，卒佩六国相印事。略云：

苏大公有二子，长名苏梨，次曰苏秦，世业农。秦不喜稼穑而好仕进，与金兰友张仪同攻诗书。两人学成，赴京求官，途中秦病，仪乃先行。仪入咸阳，见秦王，献策称旨，拜右丞相。而秦困居逆旅，无以为生，遂抱病返家。时天降寒雪，秦衣衫褴褛，父母不见容，兄嫂亦倨傲。妻复语多讥讽，盖嫌其落魄而归也。秦正无奈，闻张仪发迹，乃往投之。仪恐秦志意不振，故相轻慢，羞辱备至。秦负气而走，四顾茫然，将欲自缢。仪阴令仆人陈用赠春衣一袭，白银二锭，助其行。秦至赵国，以策说赵王，王大悦，拜为相。又历说韩、魏、燕、齐、楚，官封六国都元帅，衣锦还乡。父母兄嫂远道迎之，秦不与为礼。时张仪与陈用亦至，秦见用感恩下拜，而置仪于不顾。用乃具道始末，于是苏张重修旧好，举家欢聚称庆云。

按苏、张事详《战国策》卷三《秦策》。又《史记》卷七十列传第十《张仪传》云：

张仪者，魏人也。始尝与苏秦俱事鬼谷先生学术，苏秦自以不及张仪，张仪已学而游说诸侯。尝从楚相饮，已而楚相亡璧，门下意张仪曰："仪贫无行，必此盗相君之璧。"共执张仪掠笞数百，不服，醳之。其妻曰："嘻！子毋读书游说，安得此辱乎？"张仪谓其妻曰："视吾舌尚在不？"其妻笑曰："舌在也。"仪曰："足矣。"苏秦已说赵王，而得相约从亲，然恐秦之攻诸侯，败约后负。念莫可使用于秦者，乃使人微感张仪曰："子始与苏秦善，今秦已当路，子何不往游以求通子之愿？"张仪于是之赵上谒，求见苏秦。苏秦乃诫门下人不为通，又使不得去者数日。已而见之，坐之堂下，赐仆妾之食。因而数让之，曰："以子之材能，乃自令困辱至此。吾宁不能言而富贵子，子不足收也。"谢去之。张仪之来也，自以为故人求益，反见辱，怒，念诸侯莫可事，独秦能苦赵，乃遂入秦。

苏秦已而告其舍人曰："张仪，天下贤士，吾殆弗如也。今吾幸先用，而能用秦柄者，独张仪可耳。然贫，无因以进。吾恐其乐小利而不遂，故召辱之，以激其意，子为我阴奉之。"乃言赵王发金币车马，使人微随张仪，与同宿舍，稍稍近就之，奉以车马金钱，所欲用，为取给而弗告。张仪遂得以见秦惠王。惠王以为客卿，与谋伐诸侯。苏秦之舍人乃辞去，张仪曰："赖子得显，方且报德，何故去也？"舍人曰："臣非知君，知君乃苏君。苏君忧秦伐赵，败从约，以为非君莫能得秦柄，故感怒君，使臣阴奉给君资，尽苏君之计谋。今君已用，请归报。"张仪曰:"嗟乎!此在吾术中而不悟,吾不及苏君明矣,吾又新用,安能谋赵乎!为吾谢苏君。"

据此则原为苏秦激张仪,今秦腔中亦有此一折。本剧谓张仪已先相秦,苏秦往谒,仪故薄待之,以激怒秦云云,盖系撰者有意作翻案文章也。至明人徐复之所作《金印记》(一名《合纵记》,又称《黑貂裘》)则全依史传也。宋元人所作南戏文,有《苏秦衣锦还乡》,见徐文长《南词叙录》,旧编《南九宫谱》《宋元南戏百一录》,皆收其残存曲文。金院本中有《衣锦还乡》,见《辍耕录》。明南戏又有《苏秦戏文大全》一本,见宝文堂书目。

古人事迹与本剧剧情类似者。有唐人元载、宋人杨沂中二事。张固《幽闲鼓吹》云:

元相载在中书日,有丈人自宣州所居来投,求一职事。中书度其才不任职事,赠河北一函书而遣之。丈人悁怒,不得已,持书而去。既至幽州,念破产而来,止得一书,书若恳切,犹可望,乃拆而阅之,更无一辞,唯署名而已,大悔怒,欲回。念已行数千里,试谒院寮。问:"既是相公丈人,岂无缄题?"曰:"有。"判官大惊,立命谒者上白。斯须,乃有大校持箱复请书,书既入,馆之上舍。留连数日,及辞去,奉绢一千匹。

《宋稗类钞》云:

绍兴间,有代北人卫校尉者,从襄汉来。时杨和王为殿帅,曩在行伍中,与结义为兄弟,首往投谒。杨一见欢如平生,仍事以兄礼,且令夫人出拜。复招饮于堂,款曲殷勤,而不问其所向。两日后,忽浸疏之,来则见于室外。卫雅意以为杨方得路,志在一官,故不舍间关赴之。至是,大失望。栖泊过半年,疑为人所嫉谮,乃告辞,又不得通。或教使伺其入朝回,遮道陈状,杨亦略不与语。判状尾云:"执就常州本府某庄支钱一百贯。"卫愈不乐,念已无可奈何,倘得钱,尚可治归装。而一身从北来,何由访杨庄所在。正彷徨旅邸,遇一客,自云是程副将，谓之曰："无容忧，吾将往常州，当陪君往，奉为取之。"既得钱，相从累日，情好无间，遂密语之曰："吾实欲游中原，君能扶偕往否！"卫欣然许之，迤里抵长安，入河东，以至代郡。倩卫买田："我欲作一窟于此。"卫使牙侩为寻置，无何得膏腴千亩，卫治具待程，程亦报席。久之，乃言曰："吾本无意于斯，此行尽出杨相公处分，初虑公贪小利轻舍乡里，当今兵革不用，非展奋功名之秋，故遣我相随为办生计。所买良田，已悉作卫氏名，敬以相付。"于是悉取契券付之，厥值万缗，黯然而别。

以上所引二则皆唐宋事，剧作者或因此有所感触，借题寓意耳。又浮白主人于选刊明冯梦龙【挂枝儿】小曲时，会附录《梦龙轶事》云：

熊公廷弼，当督学江南时，试卷皆亲自批阅。阅则连长几于中堂，鳞摊诸卷于上，左右置酒一罐，剑一口，手操不律，一目十行。每得佳篇，辄浮大白，用识赏心之快；遇荒谬者，则舞剑一回，以抒其郁。凡有隽才宿学，甄拔无遗。吴中冯梦龙亦其门下士也。梦龙文多游戏，挂枝儿小曲，与叶子新斗谱，皆其所撰。浮薄子弟，靡然倾动，至有覆家破产者。其父兄群起讦之，事不可解。适熊公廷弼在告，梦龙泛舟江西，求解于熊。相见之顷，熊忽问曰："海内盛传冯生挂枝儿曲，曾携一二册以惠老夫乎？"冯踽踽不敢置对，唯唯引咎，因致千里求援之意。熊曰："此易事，毋足虑也，我且饭了，徐为子筹之。"须臾，供枯鱼焦腐二簋，粟饭一盂，冯下箸有难色。熊曰："晨选佳肴，夕谋精粲，吴下书生，大抵皆然，似此草具，当非所以侍子者。然丈夫处世，不应与饮食求工，能饱餐粗粝者，真英雄也。"熊遂大恣咀啖，冯啜饭匕馀而已！熊起入内，良久始出。曰："我有书一缄，便道可致我故人，毋忘也。"求援之事，并无所答，而挟一冬瓜为赠。瓜重数十斤，冯伛偻祗受，而意甚怏怏，且力不能胜。未及舟，即委瓜于地，鼓棹而去。行数日，泊一巨镇，熊故人之居在焉。书报未几，主人即躬谒冯，延至其家，华筵奇馔，妙妓清歌，咄嗟而办。席罢，主人揖冯曰："先生文章震焕，才辨珠流，天下之士，莫不延颈企踵，愿言觏止。今幸亲见降玉趾，是天假鄙人以纳履之缘也。但念吴头楚尾，云树为遥，荆柴陋宇，岂足羁长者车辙哉！敬备不腆，以犒从者，先生其无辞？"冯不解其故，婉谢以别，则白金三百，蚤舁舟中矣。抵家后，熊飞书当道，而被讦之事已释。盖熊公固心爱龙子，惜其露才炫名，故示菲薄，而行李之穷，则假诸途以厚济之，怨谤之集，则移书以潜消之，英豪举动，其不令人易测如此。

上节所引事例，固在本剧之后，而其情节略似，仍一并移录之，以资参考。

又按本剧可与《东周列国志》第九十回："苏秦合纵相六国，张仪被邀往秦邦"相参看。

《朱砂担》

本剧演凶徒铁幡竿白正劫其友王文用担中朱砂，且杀之，后遭冥谴事。略云：

王从道，河南人，有子文用，业贾而贫。卜者曾告以有百日血光之灾，须至千里外避之方免。文用乃贩朱砂抵江西南昌，旅店中遇凶徒白正，绰号铁幡竿，欲谋其资，伪称同乡，并结为兄弟，步步随之。文用亦觉白居心不良，脱身归河南。白蹑其后，又相遇于旅邸，夜枕其股而睡。文用乘白入睡，绐以如厕，令店厮代枕之，己则遁往他店。谓主人曰："有恶人尾我，汝不宿单客，当酬汝。"入卧密室中，白果后至，询文用踪迹，店主辞之。白云："彼曾与我赌，知其藏处则胜；汝能导我赢得彼物，当谢汝。"主人竟以实告，白乃入。文用知之，越墙避走东岳庙中，歇担检朱砂无失，祈庙中太尉神庇佑。白突入，迫索朱砂，文用予之。白将逸去，偶闻文用自语欲告官。乃复返，欲刃之以绝后患。文用云："汝杀我！当诉诸阴府。"白云："无所证！"文用曰："有太尉神为证。"时方雨，白云："泥神无灵。"且指檐漏云："除是滴水浮沤，乃申汝冤耳。"遂杀之。二人对语及文用被杀情状，悉为太尉神知。神云："天若不降严霜，松柏不如蒿草。神灵若不报应，积善不如积恶。"文用死后，白尽劫朱砂，自往河南，谓其父曰："汝子路殁，曾与我结为兄弟，嘱令侍汝。"父信其言，留与同居。一日，白绐父汲井推之入，文用妻痛哭。白又挟使从己，否则杀之。妻知其凶狡，念沉冤未雪，姑从之，许以百日后成婚。自此白即病不能起，从道魂诉于天曹，文用魂诉于东岳，岳神使太尉神及地曹率冤魂往勾白。文用妻亦日闻白自吐害文用事，复云痛楚不胜，当入阴受审矣。遂殁，遍受地狱诸苦云。

按本剧故事来源无考。

《合同文字》

本剧演刘天祥妻杨氏，自其夫弟天瑞遗孤手中夺取天祥兄弟处置家务之合同文字，欲独霸产业，为包拯用智赚回合同，秉公处断事。略云：

汴梁西关人刘天祥，继室杨氏。天祥弟天瑞，妻张氏。天祥无子，天瑞有子安住，与李社长女定奴为指腹婚，俱年三岁。时值饿荒，官令民间分房灭口，各适他邦自谋生活。天祥兄弟议定兄守家，弟他往，然产业未分，于是作合同文字。上书田房筹件，社长为证，兄弟各执一纸。天瑞与妻子行至潞州高平县下马村，舍于张秉彝家。秉彝待之颇厚。不久天瑞夫妇忽染重病，乃出合同文字，托孤于秉彝而逝。秉彝为埋葬抚孤。至安住年十八时，始告以乡里姓氏，交还合同文字，使负父母骨归葬。时天祥家已富厚，而杨氏因有前夫所出女，赘婿在家，见安住归，恐夺分资产，乃先赚出合同文字，而击破安住额，排之门外，谓系骗财。天祥惑于妇言，亦以为非己侄。安住无奈，倚门而哭。适李社长来，助安住争之，杨氏终不肯收留。社长乃率安住申冤于包拯。拯接案数日不问，而阴遣人往潞州取张秉彝至，乃鞫杨氏。杨氏坚持不认，鞫天祥，亦如妇言。拯命下安住于狱，俄而狱吏来报，言安住为杨氏所伤，伤发已毙。拯从容问杨氏曰："杀人者死，是亲则不问，非亲则须抵命。"杨氏惧罪，乃曰："安住实我亲侄？"拯故斥之以为无据不足信，杨氏乃以所夺安住合同文字出诸袖中。拯犹以一纸为不足信，杨氏遂并出二纸。拯忽命狱吏取安住，安住固健在也。杨氏始知为包拯所赚，然已无及，又召秉彝四面质证，事遂大白。于是赏社长，奖秉彝，罚杨氏，逐赘婿。移葬天瑞夫妇于其先茔，择日为安住、定奴成婚云。

按本剧故事亦见《清平山堂话本》，但无从辨为宋元旧本或明人拟作，今录其文如下：

话说宋仁宗朝庆历年间，去这东京汴梁城，离城三十里有个村，唤作老儿村。老儿村有个农庄人家，弟兄二人姓刘，哥哥名刘添祥，年四十岁，妻已故。弟弟名刘添瑞，年三十五岁，妻田氏，年三十岁，生得一个孩儿，名叫安住，年三岁。弟兄专靠耕田种地度日，其年因为旱涝不收。一日添瑞向哥哥道："看这田禾不收，如何过日，不若我们搬去路州高平县下马村，投奔我姨夫张学究处一趁熟，将勤补拙过几时，你意下如何？"添祥道："我年纪高大，去不得。兄弟，你和二嫂去走一遭。"添瑞道："哥哥，则今日请我友人李社长为明证，见立两纸合同文字，哥哥收一纸，兄弟收一纸。兄弟往他州趁熟，人无前后眼，哥哥年纪大，有桑田、物业、家缘，又将不去，今日写为照证。"添祥道："兄弟见得是。"

遂请李社长来家写立合同，明白各收一纸。

安排酒，相待之间，这李社长对刘添祥说："我有个女孩儿，刘二哥求做媳妇，就今日说开。"刘大言："即如此，选个吉日良辰，下些定礼。"

不数日完备刘二辞了哥哥，收拾了行李，长行而去。

只因刘二要去趁熟，去时有路，回却无门。正是：

旱涝天气数，家国有兴亡。万事分已定，浮生空自忙。

当日刘二带了妻子在路行了数日，已到高平县下马村，见了姨夫张学究，讲说来趁熟之事，其人大喜留在家。光阴荏苒，不觉两年，这刘二嫂害着个脑病疮，医疗一月有余，疼痛难忍，饮食不进，一命倾世。刘二痛哭哀哀，殡葬已毕。又过两月，刘二怏怏成病，医疗少可。张学究劝刘二休忆妻子，将息身体，好养孩儿安住。又过半年，忽然刘二感天行时气，头痛发热。正是：

福无双至从来了，祸不单行自古闻。

害了六七日，一命呜呼，已归泉下，张学究葬于祖坟边刘二嫂坟上已毕。光阴似箭，日月如梭，安住在张家村里一住十五年，孩儿长大十八岁，聪明智慧德行，方能读书学礼。

一日，正值清明节日，张学究夫妇两口儿打点祭物，同安住去坟上祭扫。到坟前将祭物供养，张学究与婆婆道："我有话和你说，想安住已长成人了，今年是大通之年，我有心待交他将着刘二两口儿骨殖还乡认他伯父，你意下如何？"婆婆道："夫丈你说的是，这的是阴骘勾当。"当夫妇商议已定，教安住拜了祖坟，孩儿然后去那坟前也拜了几拜。安住问云："父亲这是何人的坟？"拜毕，学究说："孩儿休问，烧了纸回家去。"安住云："父亲，不通名姓，有失其亲，我要姓命名如何？不如寻个自刎。"学究说："孩儿且住，我说与你，这是你生身父母，我是你养身父母。你是汴梁离城十里老儿村居住，你的伯父刘添祥。你父刘添端同你母亲刘二嫂，将着你年方三岁，十五年前三口儿因为年歉来俺家趁熟。你母患脑疽疮身死，你父得天行时气而亡。俺夫妻两口儿备棺木殡葬了，将孩儿如嫡亲儿子看养。"不说万物皆休，说罢，安住向坟前放声大哭曰："不孝子那知生身父母双亡。"学究云："孩儿你不须烦恼，选吉日良辰，将你父母骨殖还乡去认了伯父刘添祥，埋葬你父母骨殖，休忘了俺两口儿的抚养之恩。"安住说："父亲、母亲之恩，过如生身父母，孩儿怎敢忘恩？若得身荣，结草衔环报答。"道罢收拾回家。

至次日，交人择选吉日，将父母骨殖包裹了，收拾衣服、盘费，并合同文字做一担儿，挑了来辞张学究夫妇两口儿。学究云："你爹娘来时盘缠无一文！一头挑着孩儿，一头是些穷家私。孩儿路上在意，山峻难行，到地头便捎信来与我知之。"

安住云："父亲放心休忆念。"遂拜别父母，挑了担儿而去。

话休絮烦，却说刘添祥忽一日自思："我兄弟刘二夫妻两个都去趁熟，至今十五六年，并无音信，不知有无？"因为家中无人，娶这个婆婆王氏，带着前夫之子来家，一同过活。

一日，王氏自思："我丈夫老刘有个兄弟和侄儿趁熟去，倘若还乡来时，那里发付我孩儿？好烦恼人哉！"

当日"春社"，老刘吃酒不在家。至下午酒散回家，却好安住于路问人，来到门首歇下担儿。刘婆婆问云："你这后生寻谁？"安住云："伯娘，孩儿是刘添瑞之子。十五年前，父母与孩儿外出赴熟，今日回来。"正议论间，刘大醉了回来见了安住问云："你是谁？来俺门前做甚么？"安住云："爹爹，孩儿是安住。"老刘问："你那父母在何处？"安住云："自从离了伯父，到路州高平县下马村张学究家趁熟，过不得两年，父母双亡，止存得孩儿。亲父母已故，多亏张学究看养到今，今将父母骨殖还乡安葬，望伯父见怜。"当下老刘酒醉。刘婆言："我家无在外趁熟之人，那里走这个人来胡认我家？"安住曰："我见有合同文字为照，特来认伯父。"刘婆教老刘："打这厮出去，胡厮缠来认我们。"老刘拿块砖将安住打破了头，重伤血去。倒于地下，李社长遇问老刘："打倒的是谁人？"老刘云："他诈称是刘二儿子，认我又骂我，被我打倒推死。"李社长云："我听得人说，因此看来。休问是与不是，等我扶起你问他。"社长问："你许多年，那里去来？"安住云："孩儿在路州高平县下马村张学究家抚养长成，如今带父母骨殖回乡安葬。伯父、伯母言孩儿诈认我，见将着合同文字又不肯看，把我打倒，又得爹爹救命。"社长教安住："挑了担儿，且同我回去。"即时领安住回家中歇下担儿，拜了李社长。社长道："婆婆，你的女婿刘安住，将着父母骨殖回乡。"李社长教安住将骨殖放在堂前，乃言："安住！我是你丈人，婆婆是你丈母，教满堂女孩儿出来参拜了你公公、婆婆的灵柩。"安排祭物，祭祀，化纸已毕，安排酒食相待。乃言："孩儿明日去开封府包府尹处，告理被晚伯母、亲伯父打伤事。"

当日歇了一夜，至次早安住径往开封府告包相公。相公随即差人捉刘添祥晚婆婆来，就带合同一并赴官。又拘李社长明证。

当日一干人到开封府厅上，包公问刘添祥道："安住是你侄儿不是？"老刘言："不是。"刘婆亦言："不是。"问既是亲侄儿，缘何多年不知有无？包相公取两纸合同一看，大怒，将老刘收监问罪。安住告："相公可怜伯伯年老，无儿无女，望相公可怜见。"包相公言："将晚伯母收监问罪。"安住道："望相公只问孩儿之罪，不干伯父、伯母之事。"包相公教将老刘打三十下，安住告："相公宁可打安住，不可打伯父，告相公只要明白家事，安住日后不忘相公之恩。"包相公见安住孝义，发放各回家："待吾具表奏闻。"朝廷喜其孝心，旌表孝子刘安住孝义双全，加赠陈留县尹，刘添祥一家团圆。包相判毕，各自回家。

李社长选日令刘安住与女李满堂成亲。一月之后，收拾行装，夫妻二人拜辞两家父母，就起程直到高平县，拜谢张学究已毕，遂往陈留县赴任为官。夫妻偕老，百年而终，正是：李社长不悔婚姻事，刘晚妻欲损相公嗣。刘安住孝义两双全，包待制断合同文字。

观此，知话本所述与剧中情节及人名姓氏大略相同。又按宋人事迹，流行民间最普遍者为包拯，几于妇竖皆知。拯曾为龙图阁待制，故曰包龙图。考孝肃之为人，《宋史》本传称其性情峭直，恶吏苛刻，务敦厚。虽甚疾恶，而未尝不推以忠恕，则其为人与世所传亦小异矣。小说有《龙图公案》，载其所断疑狱甚多，其书之成，在本剧之后。元人去宋未远，流传乐府，或得其真，未可知也。

《蓝采和》

本剧演伶人许坚，乐名蓝采和，为钟离权度脱成仙事。略云：

大罗仙钟离权偶见下界一道青气，直冲九霄，知有洛阳伶人蓝采和当成半仙，乃亲往引度。蓝采和原名许坚，在勾栏中饰软末泥，颇负时誉。钟离权化为道人往访，劝其出家，蓝采和婉谢，而道人纠缠不已，致误登场时间，乃大怒，反锁道人于勾栏中自去。钟离权知其未离恶境，不肯回头，乃召吕洞宾至下界相助。蓝采和寿诞之日，同业来贺，欢饮半酣，忽闻门外有人时哭时笑。启门观之，则钟离权所化道人是也。道人谓之曰："君今为寿星，明日将成灾星矣。"蓝采和以其出语不详，闭门拒之。少顷，忽闻有人叩门曰："大人呼蓝采和官身。"乃从之行，既至官以其迟误，命责四十棍。蓝采和闻言大惧，忽见钟离权出堂告曰："君若从贫道出家，可免此厄。"蓝采和无奈许之，于是钟离权向官说情而释采和，此官即吕洞宾所化也。蓝采和既出家，日从钟离权修行。一日，偶经勾栏，为其妻儿、同业所见，乃告以出家经过。其妻等众口一声，请其重理旧业。蓝采和掉头不顾，高歌而去，渐行渐远，不知所往。三十年后，蓝采和之妻及旧日同业皆老矣，独蓝采和丰貌如故，不减当年。一日，又相逢于勾栏院，初皆不相识。后经采和言明，始相与欢然道故，不胜唏嘘。蓝采和欲入幕后，一睹旧时衣冠。忽见钟离权端坐幕后，大惊。钟离权曰："许坚！莫萌凡心，汝乃八仙之一，即可同登仙界。"采和闻言，再拜受命，乃从钟离权飞升而去。

按蓝采和事迹，散见《太平广记》《神仙传》《续仙传》《列仙传》等书，但以南唐沈汾《续仙传》记载最详。其文曰：

蓝采和，不知何许人也。常衣破蓝衫，六銙，黑墨腰带，阔三寸余，一脚着靴，一脚跣行。夏则衫内加絮，冬则卧于雪中，气出如蒸。每行歌于城市乞索，持大拍板，长三尺余。常醉踏歌，老少皆随看之。机捷谐谑，人问，应声答之，笑皆绝倒。似狂非狂，行则振靴，言：

"踏歌踏歌蓝采和。世界能几何？红颜三春树，流光一掷梭，古人混混去不返，今人纷纷来更多。朝骑鸾凤到碧落，暮见苍田生白波。长景明晖在空际，金银宫阙高嵯峨。"歌词极多，率皆仙意，人莫之测。但以钱予之，以长绳穿，拖地行，或散失，亦不回顾。或见贫人，即与之，及与酒家。周游天下，人有为儿童时至及斑白见之，颜状如故。后踏歌于濠梁间于酒楼，乘醉，有云鹤笙箫声，忽然轻举于云中，掷下靴衫、腰带、拍板，冉冉而去。

以此与本剧参照，颇多相似处。本剧盖即据沈氏所记，复又增益钟离权下凡引度等关目而成。唯剧中言采和原名许坚，在勾栏中饰软末泥，颇负时誉云云，不知何据？疑作者为求便于搬演而杜撰耳。陆游《南唐书》则云：五代时有蓝采和，相传以为即陈陶也。又《辽海丛书》所收元代世祖时宰相耶律铸《双溪醉隐集》，有为阅俳优诸相赠优歌道士诗云："一曲春风踏踏歌，月光明似镜新磨。谁游碧落骑鸾凤，记姓蓝人是采和。"据此，则知蓝采和之名，在元时辄为人所引用也。

又本剧作者，《元明杂剧本》及《续古名家杂剧》本皆不载。《小说考证》引《花朝生笔记》曰："萧山来元成有蓝采和杂剧。"按来元成，即来集之，元成其字也。明萧山人，崇祯进士，官安庆府推官，有《读易隅通》《卦义一得》《易图亲见》《倘胡樵唱》《博学汇书》等。本剧刊行在来氏之前，自非来氏所作，盖元明间无名氏手笔。来氏或即据此而另撰一剧，然不可考矣。

《猿听经》

本剧演修公禅师讲经于龙济山中，有白猿精因闻经而悟妙道事。略云：

高僧修公禅师，驻锡龙济山中，潜心修行数十年。一日，见一樵夫行至，自谓："姓余，名舜夫，幼业儒，以功名失意，负薪维生，今见大师，诚为万幸。"师喜其器宇不凡，遂留作长谈，良久辞去。山中有老猿，已千百余载，常窃听禅师诵经。一日，见僧房无人，乃入内。

禅师闻声寻至，恐其顽劣撕毁经文。乃作法召山神逐之，但告以不得伤害。山神至，老猿大惧，伏地求救。山神戒以不得再至，然后纵之。又一日，一秀士入见禅师曰："仆姓袁名逊，平生不喜功名，常遨游名山大泽间，久闻吾师佛法高深，不远千里而来，愿师指点道妙。"禅师欣然接待，并相伴周游山中名胜。又命行者打扫僧房，供其住宿。盖禅师慧眼，已识破曩之樵夫余舜夫，今之秀士袁逊，实皆老猿所化，此猿盖与佛有缘者也。一日，袁秀才正于僧房翻阅经文，禅师遣行者至，告曰："明日讲经，请相公往听。"秀才闻言，喜不自胜。明日，佛堂中僧徒云集，袁秀才亦入座听讲。禅师言辞中有意点化老猿。讲毕，僧徒相继问禅，禅师对秀才指示特详。秀才大悟，乃说明己实山中老猿，生性好佛，是以两度化身求救。于是拜谢禅师指示迷津，当场坐化，登西方极乐世界云。

按本剧旨在宣扬佛法，意即万物皆有佛性，若能潜心释典，自可得度也。至于故事来源，则无可考索。《图书集成》博物汇编神异卷一百二十八僧部列《传四宝掌列传》云："千岁和尚……终夕诵般若，忽有五人居岩北之上。怪而问焉，乃曰：'弟子是山中五通，特来听经。'"又卷一百三十僧部列传《六法庄传》云："法庄姓申，淮南人，十岁出家，为庐山慧远禅师弟子……诵大涅槃法华净名，每后夜讽诵，比房常闻庄房前有如兵仗羽卫之响，实天神来听也。"复按祁荫杰先生《漓云诗存》有云："湘潭雨过龙偷水，僧殿月高猿听经。"盖猿能听经，容或有之。

考《韵府》载，有僧讲经，一叟来听，曰某山下龙也。幸岁旱，得闲来此云云。据此，龙能听经，则猿亦能听经也。

《赤壁赋》

本剧演苏东坡醉写《赤壁赋》事。略云：

宋苏轼进官端明殿大学士，宰相王安石设宴相贺。安石夫人久闻轼才名，欲一见之，乃请诸安石。安石命夫人乔装杂诸姬中，至堂前弹奏，庶可窥轼，而不为所觉。华筵既开，轼自帘内窥见诸姬，疑有安石夫人在内，乃赋诗云："只闻檀板与歌喉，不见如花闭月羞。安得好风从地起，倒吹帘卷上金钩。"安石乃命从人卷起绣帘，并请夫人上前，与众敬酒一巡。轼酒醉失礼，当筵戏谑夫人，触怒安石。翌日，安石奏闻，遂贬轼于黄州。轼出都之日，邵尧夫等诸官送于长亭。轼怅然谓尧夫曰："仆此去何日得还？"尧夫以家谱授子瞻，嘱熟记之，曰："君将以此返朝也。"轼遂拜别而去。轼归黄州一年，抑郁不得志，唯与佛印禅师、黄鲁直等相过从。是年七月十五日之夜，银汉无声，景物幽绝，三人驾一叶扁舟，作赤壁之游。舟至江心，三人饮酒笑语，不觉皆醉。佛印顾谓轼曰："公何不作一赋，以志今夕之游？"轼正不胜感慨，闻言立成一赋，即《赤壁赋》是也。东方既白，三人始尽兴而返。邵尧夫能知过去未来，朝廷尊信之，其殁也，朝廷欲为立碑，但询其家谱，无人能知。尧夫之子伯温曰："唯苏轼知之最详。"于是朝廷命轼返京，官复原职，为尧夫撰家谱。至是，尧夫昔日之言始验矣。

按王安石执政时，倡言变法，苏轼与安石政见不同，屡上书阻挠，且借策问讽刺，故为安石所不容，出为杭州通判。继迁密、徐、湖诸州，终至贬谪，事详《宋史》轼本传（列传第九十七）。传曰：

徙知湖州，上表以谢，又以事之不便民者不敢言，以诗托讽，庶有补于国。御史李定、舒亶、何正臣摭其表语，并媒蘖所为诗，以为讪谤，逮赴台狱，欲置之死。锻炼久之，不决，神宗独怜之，以黄州团练副使安置。轼与田父野老相从溪山间，筑室于东坡，自号东坡居士。三年，神宗数有意复用，辄为当路者沮之。

盖轼之被谪，直至哲宗即位，始得应召返朝，为礼部郎中。今此剧所演，与本传迥异，但民间则有此种传说。明冯梦龙编《警世通言》有"王安石三难苏学士"一篇（卷三），所记与此剧颇有相似处。兹述其大略如下，以资互证：

东坡自恃聪明，肆讥评。荆公常作《字说》，训驷为四马，蚕为天虫，并谓古人造字，定非无义。东坡拱手进言曰："鸠字九鸟，可知有故？"荆公信之，欣然请教。东坡笑曰："《毛诗》云：'鸣鸠在桑，其子七兮'。连爷带娘，共是九个。"荆公默然，恶其轻薄，左迁为湖州刺史。逾三年，东坡任满返朝，往谒荆公，值公昼寝，乃于书室暂候。偶睹案上未竟诗稿，诗云："西风昨夜过园林，吹落黄花满地金。"东坡笑曰："此公糊涂！"遂乘兴挥毫，续书二句云："秋花不比春花谢，说与诗人仔细吟。"旋觉唐突，然已不及矣。荆公见诗不悦，复左迁东坡为黄州团练副使。东坡将发，诣相府辞行，荆公托取瞿塘中峡水一瓮，作烹阳羡茶之用。东坡诺之，既至黄州，饮酒赋诗，怡然自得。时值重九之后，东坡偶与友人陈季常至后园赏菊，则见黄花尽落于地，若铺金然，始悟荆公之句不诬。后东坡以进冬至贺表进京，先陆行至夔州，买棹东下，盖须取瞿塘中峡水呈荆公也。然以旅途劳顿困卧，及醒，已过中峡。欲回舟不得，无奈，取下峡水一瓮，以为荆公不辨也。既至京，谒荆公，谢昔日续诗之罪，并以蜀水一瓮呈上，荆公启瓮取水，以烹阳羡茶。少顷，公细察茶色，曰："此下峡水也。"东坡赧然，益服荆公之博学多闻。荆公复欲难之，出三句属对，东坡苦思不得，无以自容。荆公终惜其才，复官之为翰林学士云。

剧中穿插邵尧夫事，按：尧夫名雍。事详《宋史》一百四十七本传。传曰："雍知虑绝人，遇事能先知。"故俗传尧夫能知过去、未来。今尚有"邵氏神数"之说，杂剧中似即据此。然传曰："因雍之前知，谓雍于几物声气之所感触，辄以其动而推其变焉。于是摭世事之已然者，皆以雍言先之，雍盖未必然也。"由此可知俗传不足尽信。又杂剧言尧夫与东坡同朝为官，东坡贬黄州后，且以尧夫之家谱始得返朝。前者与本传所记违午，盖传谓尧夫以贤德闻于乡里，朝廷屡召起用，皆固辞，卒不仕而终，何从与东坡同朝？后说更近荒诞，或作者游戏之笔，此固剧作者之常态，雅不必以其近妄而责之也。至剧中所言东坡于安石席上戏谑其夫人事，乃扭合金世宗与耶律履之问答，见《国朝文类》卷六十七，元好问"故金尚书左丞耶律公神道碑"，其文曰：

世宗尝问，宋名臣孰为优，公对以端明殿学士苏轼对。世宗曰："吾闻苏轼与驸马都尉王诜交甚款，作歌曲，及至戏帝女，非礼之甚者，其人何足数哉？"公曰："小说传闻，未必可信，就有之，戏笑之间，亦何须深责？岂得其人并废！陛下无信小说传闻，而忽贤臣之言。"明日录轼奏议上之，诏国子监刊行。

耶律履，即元开国大臣耶律楚材之父，博学多艺，精究历数，善易及太玄。此言东坡所调戏者乃驸马王诜之妻，并非安石夫人。

作者盖以此渲染剧情也，演东坡《赤壁赋》事者，尚有明代许潮之《赤壁游》杂剧，沈炼川之《赤壁记传奇》。许作见《曲海总目提要》《传奇汇考》《今乐考证》《曲录》及《读曲类稿》今已不传。又清人车江英亦有《赤壁游传奇》。但述秦少游娶苏小妹及东坡金莲归院赤壁湖江事与此剧异，而去史实更远矣。

《争报恩》

本剧演梁山泊关胜等救恩人李千娇事。略云：

梁山泊与东平府相邻，每月宋江遣一人至府探事。初遣关胜，逾月不至而宋江不知也。时有新任济州通判赵士谦，率其妻李千娇及妾王腊梅，家人丁都管等赴任。途经梁山，以道路难行，乃留其家属暂寓逆旅，己独先行之官，然后差人奉迎。先是，王腊梅与丁都管有私，士谦去后，腊梅乃邀丁都管共饮。适关胜病愈，亦来旅居，持烧肉，卖以自给。与丁都管相遇，一言不合，胜乃挥拳将丁都管击倒，关因事涉人命，惊慌不知所措。幸蒙夫人李千娇恩舍，始相安无事，并与关胜结为兄弟。宋江以关胜久出不归，乃复遣徐宁下山接应。宁下山后因患病以行乞度日。一日，天色将晚，夜幕低垂，宁乃窃入旅店卧房中暂息。其时，丁都管与王腊梅亦来此幽会。既见徐宁，指以为贼，欲捕之送官。事为夫人李千娇所悉，知徐宁乃梁山泊好汉，亦与之结为兄弟，并赠以旅费。宋江久候关、徐而不返，疑之，乃复遣花荣下山寻访。不久，赵通判亦接家人齐到任所，夫人李千娇独居署之后园，夜烧香告天：一愿天下太平，二愿其夫及儿女康健，三愿天下好男子休遭罗网之灾。语未毕，会花荣为人识破为盗，追逐至园，逾墙逃避。闻千娇语，以为吉利，甚为感激，欲一见之。千娇闻步履声，误为夫至，出遇荣，见其年少英武，亦结为兄弟。千娇、花荣谈语之际，适为丁都管与王腊梅所见。腊梅以为千娇奸夫，乃奔告士谦，士谦入室将杀荣，荣格倒士谦而逸，腊梅遂告千娇以通奸谋夫之罪。太守乃收千娇严拷，按律将处以死刑，不日将送法场处斩。关胜、徐宁、花荣各自闻风赶至，不期而遇，互道所以，共往营救。执行者闻有梁山泊好汉至，皆逃匿奔散，于是三人乃接奉李千娇上梁山泊休养。关胜等为千娇设宴祝贺，席间与千娇敬酒，千娇以不见儿女无心下咽，于是关胜遣徐宁接取其儿女至。复敬酒，又不饮，曰："吾仇未报岂肯乐此？"于是关胜又遣徐宁领赵士谦、丁都管、王腊梅等至。后奉宋江命，立将丁、王处死，遂令赵士谦率儿女与千娇团圆云云。

按此剧所演情节，不见于明以来诸本《水浒传》，其说甚鄙猥可笑。盖与《燕青博鱼》《还牢末》等，皆借《水浒传》中人名而任意妆点者也。

《百花亭》

本剧演王焕与妓贺怜怜相遇于百花亭，两相爱慕而好事未谐。焕后往西延从军，功名成就，两人终为夫妇事。略云：

王焕，字明秀，汴梁人，父早逝，依叔居洛阳。焕年少美丰姿，善吟咏，兼精骑射，人遂以风流王焕呼之。时届清明，与奚童六儿出游。有妓贺怜怜者踏青至陈家园百花亭暂憩，与焕相值。焕惊贺之艳，伫立亭边不去。贺亦爱焕才品，遂折兰花于手，吟诗云："折得名花心自愁，春光一去可能留？"焕亦续之云："东风若是相怜惜，争忍开时不并头？"然不知其为谁氏女也。因卖查梨王小二介绍，互道慕悦之情，后遂按址造访其家，相与狎昵。居半载，囊资告乏。会有西延边将高邈，取君需赴洛，闻贺美欲买之，假母乃逐焕，嫁贺于邈。贺随邈移居承天寺中，犹眷恋焕，拟定生死约，而乏通问之使。适王小二至寺，乃托柬达焕。启视之，则《长相思》词，词云："朝相思，暮相思，朝暮相思无尽时，奉君断肠词。生相思，死相思，生死相思两处辞，何由得见之？"焕遂易装作卖查梨者，觇邈出，至寺门高声呼卖。贺出与语，令焕赴西延立功，且伺机控邈，强占有夫之妇，又赠以川资，赋《南乡子》词为别。焕抵西延，投经略种师道，初充马前头目，以战功授西凉节度使。师道核邈擅用军需，以致缺额，且闻其私移公币以娶妓，拘而讯之。贺言身为焕妻，不愿从邈。适焕凯旋入谒，言贺实已所聘妻。师道乃将邈依律处斩，断贺归焕，并为之设宴庆功云。

按本剧所演王焕事，于宋度宗咸淳间即已盛行。考《钱塘遗事》云：

湖山歌舞，沉酣百年。贾似道少时佻挞尤甚，自入相后，犹微服闲行，或饮于伎家。至戊辰己巳间（按咸淳四年及五年），王焕戏文，盛行于都下，始自太学有黄可道者为之。一仓官诸妾见之，至于群奔，遂以言去。

据此，王焕戏文乃宋时黄可道所作，元人又袭其说以撰杂剧也。《永乐大典》卷一万三千九百七十八戏文十四及《南词叙录》均载贺怜怜《烟花怨》与《百花亭》两本，全剧今佚。《旧编南九宫谱》征引曲义九支，《南九宫十三调谱》别出二支，《九宫大成》别出二支，共得逸曲十三支。《宋元南戏百一录》《南曲拾遗》皆收之。

第三章　现存元人杂剧之分类

本论文第二章，既已考证现存元人杂剧之本事，得其梗概。今再进而就其内容，分类探讨。借以窥知元代杂剧作者，处理各种题材，描写不同事物之技巧，以及对人生社会诸问题所持之态度，俾研究元杂剧中各项问题者有所取材焉。

元人作剧，不拘形体，云峰烟壑，随意卷舒。意欲为官，则顷刻之间，便臻荣贵；意欲退隐，则转盼之际，又入山林；意欲作人间才子，即为李白、杜甫之后身；意欲娶绝代佳人，即以王嫱、西施为匹配；意欲成佛升仙，则西天蓬岛，即在笔墨之间；意欲尽孝输忠，则君治亲年，可跻尧彭之上。因而品类纷如，区分不易。明初宁献王朱权（涵虚子）著《太和正音谱》始分杂剧为十二科，即：

一、神仙道化

二、隐居乐道（又曰林泉丘壑）括弧内为原注，下同。

三、披袍秉笏（即君臣杂剧）

四、忠臣烈士

五、孝义廉节

六、叱奸骂谗

七、逐臣孤子

八、铍刀赶棒（即脱膊杂剧）

九、风花雪月

十、悲欢离合

十一、烟花粉黛（即花旦杂剧）

十二、神头鬼面（即神佛杂剧）

此外，当时流行之分类，其名称可考者，又有八种：

一、君臣杂剧

二、脱膊杂剧

三、花旦杂剧

四、神佛杂剧

五、驾头杂剧

六、闺怨杂剧

七、绿林杂剧

八、软末泥

以上前四种，见于前引《正音谱》十二科之注文，后四种见于夏伯和（雪蓑渔隐）之《青楼集》。夏氏亦为元末明初人，可见区分杂剧，依类命名，为元明间风尚。此后，明清曲籍，则无论及之者；近人著作，仅日本青木正儿博士之《元人杂剧序说》（第二章第七八两节）依据此两种分法，略为区分而已。今按此两种分类名称虽异，而内容实相仿佛。兹逐一说明如后：

神仙道化，多取材于道教传说。隐居乐道，大要以隐遁者之生活为主而多杂以佛老思想。披袍秉笏，出场者为衣冠束带之君主与朝臣。忠臣烈士，多本史传而略事渲染。孝义廉洁，则以民间传说为主，间或取自史传。叱奸骂谗，多凭史传，借以讽世。逐臣孤子，乃以贬谪不遇之名臣文士为题材。铍刀赶棒，概以刀剑打斗为能事①。风花雪月，以男女间恋爱为主体。悲欢离合，则叙家人骨肉一旦因故分散。其后又庆重合之故事。烟花粉黛，系指妓女而言。神头鬼面，则专演仙佛神怪之事。此朱权所分十二科之大概也。至于当时社会流行之区分，当不止于前文所叙之八类，今仅就其可考者言之。前四类已见朱权之十二科中，同体而异名，今不复赘。此外四类分述如下：驾头杂剧，凡主角之扮演帝王者是也。驾头本为宋时之御座，皇帝出，则载之以行，乘舆行列，首为此座，故通称曰驾头。引申其义，遂为皇帝之代名词。孙楷第有《说驾头杂剧》一文（《俗文学》第十二期）言之甚祥。闺怨杂剧，为敷衍良家少女思春悲秋之戏曲。绿林杂剧，多写江湖侠盗之事。软末泥之下，虽未标"杂剧"二字，但在《青楼集》中实与其他杂剧并称，如云："珠帘秀……杂剧为当今独步，驾头、花旦、软末泥等，悉造其妙。"驾头与花旦既为杂剧之类称，软末泥与之并列，自亦为杂剧之类称无疑。末泥即正末，软为文弱之意。软末泥者，乃年轻俊秀之正末，亦即今所谓小生，如《田真泣树》之田真是也②。

由以上解释观之，关于杂剧之分类，朱氏十二科之说盖依剧本之内容而言。流行八种之说，则或依剧本内容，如君臣、神佛；或依角色名称，如驾头、花旦、软末泥。以今观之，此两种分类，多支离破碎，难称允当。朱氏十二科虽所涉颇广，然如《魔合罗》《勘头巾》等以断狱

---

① 朱权自注：铍刀赶棒，即脱膊杂剧。今按：《通俗编》卷三有"一日脱膊，三日龌龊"之谚语，盖言十二月季节，若有一日温暖，则为气候将变严寒之兆。因而脱膊二字，系指天气和暖，卷起衣袖而露出两肘，引申之。当为攘臂奋战之意，亦即杂剧分类所谓铍刀赶棒。如蓝采和第一折油葫芦云："我试数儿段脱剥（即脱膊之讹）杂剧：做一段老令公对刀，小尉迟鞭对鞭，或是三王定政临虎殿，都不如诗酒丽春园。"曲中所言《小尉迟》剧今尚存，其故事以战阵为主；《老令公》《三王定政》《丽春园》三剧今俱失传。《丽春园》即高文秀之《黑旋风诗酒丽春园》，当无可疑，系水浒剧之一。前二者虽不详内容，但观其题目，亦可略知梗概，盖皆以打斗取胜者，此即所谓脱膊杂剧也。

② 周宪王《香囊怨》第一折咏杂剧名目有云："做一个泣树的田真是软末泥。"田真事见梁吴均《续齐谐记》，略谓：田真兄弟三人，于分家时，不得均平，欲断庭前紫荆树为三，因田真泣谏而止。《正音谱》著录无名氏杂剧有《田真泣树》，盖即此剧也。

为主之杂剧仍无法归类；尚有其他作品，何去何从，亦难切合。盖以其所立名目与现存杂剧之本事不甚贴切，且不合于近代观点。故也流行之八类，既非全璧，更难据以为区分之标准矣。今参酌两家之说及剧本内容，重新分为八类，各类之中，又视实际需要，分为若干细目。先列其名称如下，再依次第，详为论述。

一、历史剧

  （一）以历史事迹为主者

  （二）以个人事迹为主而其事迹与史事相关联者

二、社会剧

  （一）朋友

  （二）公案

    1.决疑平反

    2.压抑豪强

  （三）绿林（借旧名）

三、家庭剧

四、恋爱剧

  （一）良家男女之恋爱

  （二）良贱间之恋爱

五、风情剧

六、仕隐剧

  （一）发迹变泰（借旧名）

  （二）迁谪放逐

  （三）隐居乐道（借旧名）

七、道释剧

  （一）道教剧

  （二）释教剧

    1.弘法度世

2.因果轮回

八、神怪剧

今就以上所列八项，分别论述之。

第一节　历史剧
（三十五本）

元人杂剧之题材往往以史传为本，然并非直接引据，而系间接改编。盖当北宋之际，说评话之风甚盛，而讲史为其大宗，如孟元老《东京梦华录》所谓："孙宽、曾无党、高恕、李孝祥讲史……霍四究说三分，尹常卖五代史"皆是也。南渡以后，讲史之风盛于昔日。周密《武林旧事》所记各种说话人姓名，长于说史者有二十三人之多。吴自牧《梦粱录》亦云："有王六大夫，元系御前供话，为幕客请给，讲诸史俱通。于咸淳年间，敷衍《复华篇》及《中兴名将传》，听者纷纷。盖讲得字真不俗，记问渊源甚广耳。"此等说话题材流行既久，几于家喻户晓；元初杂剧兴起，当时作者乃因势利导，改小说为戏剧。如《豫让吞炭》《介子推》《楚昭公》《伍员吹箫》《冻苏秦》《谇范叔》《秋胡戏妻》《赵氏孤儿》等，取材于《东周列国志》前身之《七国讲史》；《七里滩》《连环计》《隔江斗智》等，取材于《两汉演义》前身之《两汉讲史》；《薛仁贵》《小尉迟》《单鞭夺槊》《三夺槊》等，取材于说《唐全传》前身之《隋唐讲史》；《陈抟高卧》等取材于《飞龙全传》前身之《五代讲史》；《谢金吾》《昊天塔》等，取材于《杨家将演义》《杨家将传》《北宋志传》前身之《杨家将故事》。此外亦有直接以正史为本者如《周公摄政》《渑池会》《气英布》《龙虎风云会》等，兹依其性质之不同，分为两项，叙录如下：

一、以历史事迹为主者

凡十五本，其次序依时代先后排列：

周公摄政（西周）　渑池会（战国）　连环计（以下三国）
三战吕布　　　　　襄阳会　　　　　博望烧屯
黄鹤楼　　　　　　隔江斗智　　　　蒋神灵应（晋）
老君堂（唐）　　　雁门关（五代）　龙虎风云会（以下宋）
抱妆盒　　　　　　衣袄车　　　　　射柳捶丸

二、以个人事迹为主而其事迹于史事相关联者

凡二十本，其次序仍依时代先后排列：

介子推（以下春秋）　伍员吹箫　　　　楚昭公
赵氏孤儿　　　　　　豫让吞炭（战国）气英布（以下汉）
赚蒯通　　　　　　　霍光鬼谏　　　　汉宫秋
千里独行（以下三国）单刀会　　　　　西蜀梦
三夺槊（以下唐）　　单鞭夺槊　　　　小尉迟
梧桐雨　　　　　　　哭存孝（五代）　昊天塔（以下宋）
谢金吾　　　　　　　东窗事犯

以上历史剧约等于十二科之披袍秉笏、忠臣烈士、叱奸骂谗等类之全部，及逐臣孤子、拨刀赶棒之各一部。此类诸剧因多依据载籍，尚不过于荒唐无稽。其有不合史实者，不外三项：第一，因处理材料之便利而稍事增损。第二，为表现某种情调或意义而变动史实，如《气英布》意在表彰高祖用人之智略；《西蜀梦》意在褒扬关、张之高义；《小尉迟》意在说明父子之情感；《霍光鬼谏》意在称道重臣之忠贞；《东窗事犯》意在责叱权相之奸佞皆是也。第三，作者身处乱世，愤世嫉俗而玩世不恭，故为荒唐谬悠之说，以泄愤寄慨。以上第一项之实例，在元代历史剧中随处皆有，乃古今中外写作历史剧之一般原则；二、三两项

则为元代历史剧真精神、真面目之所在。今试举马致远之《汉宫秋》为例，以述明之。

《汉宫秋》第二折中有云："当日个谁展英雄手，能枭项羽头，把江山属俺炎刘。全亏韩元帅，九里山前战斗，十大功劳成就。恁也丹墀里头，枉被金章紫绶。恁也朱门里头，都笼着歌衫舞袖。恐怕边关透漏，央及家人笨骤，似箭穿着雁口。没个人敢咳嗽。吾当僝僽。他也！他也！红妆年幼，无人搭救。昭君共你每有甚么杀父母冤仇。休休，少不的满朝中都做了毛延寿。我呵！空掌着文武三千队，中原四百州，只待要割鸿沟。陡恁的千军易得，一将难求。"（【斗虾蟆】）此段曲文，要紧处不在词句之美，而在描绘出弱国受强邻之欺，满朝文武束手无策，而寄求和之望于一女子之身。元帝所唱："我呵！空掌着文武三千队，中原四百州"，言下至为沉痛。剧中罪魁为毛延寿，然对毛延寿反无责难，其所责难者则为庸碌之臣宰。又在宫天挺《范张鸡黍》剧中亦复如是。盖自元灭今后，停科举垂七十八年之久，汉族人才，皆压于蒙古人之下，志不得伸。如《元文类》卷五十七《耶律公神道碑》云："自太祖西征之后，仓廪府库，无斗粟尺帛，而中使别迭等签言：'虽得汉人，亦无所用，不若尽去之，使草木畅茂，以为牧地。'公（即耶律楚材）即前曰：'夫天下之广，四海之大，何求而不得，但不为耳，何名无用哉？'"《元史·木华黎传》云："广宁刘琰、懿州田和尚降，木华黎曰：'此叛寇，存之无以惩后，除工匠优伶外，悉屠之。'"《元史·百官志序》亦云："世祖即位……酌古今之宜，定内外之官……官有常员。其长则蒙古人为之，而汉人、南人贰焉。"谢枋得《送方伯载归三山序》亦云："滑稽之雄，以儒为戏者曰：'我大元制典，人有十等。一官二吏，先之者贵也。七匠八娼，九儒十丐，后之者贱也。'吾人品岂在娼之下丐之上乎？"又郑思肖《大义略序》云："鞑法：一官、二吏、三僧、四道、五医、六工、七猎、八民、九儒、十丐，各有所统辖。"汉人处此凌辱之下，抑郁不伸，无可告语。《汉宫秋》作者马致远生当元初，睹南宋之见灭于元，皆文治不修，武功不振之故；而又身受蒙古人之压迫，一腔愤恨无从发泄，乃借王昭君之事以舒其胸臆。作者自居于汉元帝之地位，以天子之尊而不能保其所爱，拱手送人。于痛处下针砭，语重心长。箕子睹麦秀渐渐而伤殷之亡，周大夫见彼黍离离而伤周之迁。致远心境正与此同，故于昭君事实不得不略有变更。所变更者：元帝未尝前见昭君，而剧文则谓既已见之，复又幸之矣。盖借此以强调割离之痛，和番之辱也。昭君嫁单于，生有子女，而剧文则谓其投水自尽；呼韩邪实以郅支既诛而求亲于汉，剧中则谓其国力强盛，汉不能敌。盖不如此，不足以发泄弱国小民之满腹牢愁也。元剧作者往往如此，若必执正史以责其谬，迂矣。

第二节　社会剧
（二十四本）

所谓社会剧，凡描写社会各种情态，叙述社会各种事实者，皆属此类。此等社会剧之取材，一方面就当时传说之奇情异事加以整理，撰为剧木，以供梨园演唱；另一方面复自前人遗留话本中撷取故实，谱成乐曲，以新观众耳目。如现存无名氏所编《京本通俗小说》，明中叶洪楩所刊行《清平山堂话本》，又如明末冯梦龙所编纂《警世通言》《醒世恒言》《喻世明言》之类，中多宋元话本之笔录。此等话本皆系元人作剧之最佳题材也。社会情态，千绪万端，自非三数种类之所能尽。然元人杂剧传世者稀，故不能兼容并蓄，今仅就现存剧本中之涉及社会题材者分为三类，范围虽狭，乃为材料所限，亦无可如何也。

一、朋友

此类剧凡四本，次序依内容性质排列：前三本为生死不渝者，后一本为凶终隙末者：

  范张鸡黍 东堂老 张千替杀妻 马陵道

二、公案

此类剧凡十四本，又可分为两部：一为决疑平反，一为压抑豪强。

（一）决疑平反，凡十本，次序依断案者时代先后分：

  金凤钗（宋上皇） 绯衣梦（钱可） 盆儿鬼（以下包拯）

  后庭花   蝴蝶梦   救孝子（王翛然）

  魔合罗（以下张鼎） 勘头巾   冯玉兰（金圭）

  朱砂担（冥诛）

（二）压抑豪强，凡四本，次序依主角分：

  鲁斋郎（以下包拯）陈州粜米 生金阁 十探子（李圭）

三、绿林（借旧名）

  凡六本，皆系写水浒故事者，次序依主角分：

  争报恩（关胜徐宁花荣） 黄花峪（鲁智深）

  燕青博鱼（燕青）   双献功（以下李逵）

  李逵负荆   病刘千（附）

以上三类中，朋友一类之《范张鸡黍》见生死之交情；《马陵道》明猜忌之为害；《张千替杀妻》明交谊之厚，皆有关世道之作。至于《东堂老》一剧，尤可为研究古代社会者之借鉴。盖我国人之为父母者，终日劳碌，仆仆风尘，其最终鹄的不过积蓄资产，遗留子孙；然遗产制之不善，不待今人言之，古人已详言之矣。如《尚书》周公云：

"相小人，厥父母勤劳稼穑，厥子乃不知稼穑之艰难，乃逸、乃谚、既诞。否则侮厥父母曰：'昔之人，无闻知！'"因而汉疏广曰："贤而多财，则损其志；愚而多财，则益其过。"此遗产为害之明证也。

但人以爱子孙故，恒欲多蓄田宅财务以遗之。其究也，不知稼穑艰难之子孙，欲其善保遗产，又恶可得，终致人财两丧者，比比然也。

此非爱之，而实害之也。殊不知子孙若贤，自有营生之计，留田产焉用？若子孙不贤，顷刻荡尽，留财物又安用邪？即以《东堂老》故事言之，幸李茂卿受友之托，忠实可靠，故扬州奴仍得享有父产。然如李茂卿者何可多得！则遗产制之利仅矣。又剧中所言扬州奴败产之事，不外狎妓饮酒，其淫朋恶党则为狎妓饮酒之媒介。此外，《杀狗劝夫》中之孙荣，亦复如是，想元代所有耗金之术，多出于此矣。

又如仁宗朝名臣王结为顺德路（今河北邢台）总管时，曾谕示部民之《善俗要义》第三十三"戒游惰"所云："颇闻人家子弟，多有不遵先业，游荡好闲。或蹴鞠击球，或射弹黏雀，或频游歌酒之肆，或常登优戏之楼，放恣日深，家产尽废。"此固研究古代社会资料之一种也。

其次为公案剧。考公案一词，见于南宋耐得翁《都城纪胜》，其文云："说公案皆是搏刀赶棒，及发迹变泰之事。"本文所云公案，则指决疑平反及压抑豪强而言；压抑豪强，或与搏刀赶棒近似。决疑平反，则不能归纳于南宋话本所谓公案之类。盖此一名词，为近代研究戏曲小说者之所借用，已失其本意，本论文所用亦新意也。

公案剧中人物，见于本节者有宋上皇、钱可、包拯、王翛然、张鼎、金圭、李圭等七人，然为元人所乐道者则为包拯、张鼎、王翛然、钱大尹（钱可）等人。包拯见于本节之《盆儿鬼》《后庭花》《蝴蝶梦》《鲁齐郎》《陈州粜米》《生金阁》。又见于家庭剧中之《合同文字》《神奴儿》《灰阑记》，以及恋爱剧中之《留鞋记》诸剧。张鼎见于本节之《魔合罗》《勘头巾》两剧。王翛然见于本节之《救孝子》，又见于家庭剧中之《杀狗劝夫》。钱大尹见于本节之《绯衣梦》，又见于风情剧中之《谢天香》。

今就此三人，分别考证如下。

包拯乃北宋名臣，《宋史》有传。略云，拯字希仁，合肥人，始举进士，除大理评事，知建昌县。仁宗时，除龙图阁直学士，历知开封府，迁右司郎中。立朝刚毅，贵戚显宦，为之敛手。性峭直，恶吏苛刻，闻者皆惮之。人以拯笑比黄河清，童稚妇女，亦知其名，呼曰包待制，或包龙图。京师为语曰："关节不到，有阎罗包老。"

包拯之名流传普遍如此，故常为小说、戏剧作者之所引用，而以其故事为题材，世传《龙图公案》及《警世通言》中之《三现身包龙图断冤》皆小说中叙述包拯故事之主要者。元人去宋未远，流传乐府，或得其实，未可知也。

张鼎，见《元史·世祖本纪》，纪云："世祖中统十四年，鄂州总管府达鲁花赤张鼎参知政事。十五年，近侍刘铁木儿言，阿里海牙属史张鼎，今亦参知政事。诏即罢去。"焦循《易余钥录》（新曲苑本）以为《魔合罗》及《勘头巾》中之张鼎，盖即此人。《勘头巾》一剧中所称之开封府吏张鼎，自言乃"完颜女真人"，盖金人入元者也。按《还牢末》杂剧有云："令史呵！赛张鼎千般智量。"又《太平乐府》卷六载邓学可散套云："休说为吏道的张平叔"。平叔，即张鼎字，可知张鼎之名，为人称道，与包拯无异也。

王翛然，在《救孝子》中为金大兴府尹，在《杀狗劝夫》中，则为宋仁宗时之开封府尹。据焦循《剧说》卷二考证，其人即刘祁《归潜志》卷八所云："金朝士大夫以政事著名者。"并非如《杀狗劝夫》所云为宋仁宗时人。《归潜志》又记其断狱逸事云："王翛然尝同知咸平府，摄府事。时辽东路多世袭猛安，谋克焉。其人皆功臣子，骜兀奢纵不法，公思有以治之。会郡民负一世袭猛安者钱，贫不能偿。猛安者大怒，率家童强入其家，牵牛以去。公得其情，令一吏呼猛安至。猛安盛陈骑从以来。公朝服召至厅前，诘其事，趋左右械击之，乃以强盗论，杖杀于市，一路悚然。后知大兴府，素察僧徒多游贵戚家作过，乃下令午后僧不得出寺，街中不得见一僧。有一长老犯禁，公械之。长老者，素为贵戚所重，皇姑某国公主，使人诣公请焉。公曰：'奉王命，即令出。'立召僧杖一百死。自是京辇肃清。世宗深见知，故公得行其志也。至今人云过包拯远甚。"又考元遗山《中州集》卷八云："王大尹翛，字翛然，范阳人，皇统二年进士。章宗即位，召拜礼部尚书，以选为大兴尹。"按：王翛，金史卷一百五十有传，剧中云翛然者，盖以字行也。

钱大尹，《谢天香》剧中言为钱塘人，官开封府尹，名可，字可道。《清平山堂话本》中之《简帖和尚》，传为宋人作品，其中勘断疑狱之判官亦为钱大尹，并称之为"两浙钱王子，吴越国中孙"，此与《谢天香》剧中所称钱塘人正相符合。宋郑克《折狱龟鉴》（四库本卷七）包拯条云："按近时小说，载朝散大夫钱和一事云……"并记有钱龢为秀州嘉兴县知事时之断狱逸事。日本京都大学教授吉川幸次郎博士《元杂剧研究》中以为钱龢即钱可，盖可和音近，故作者随手点换而成。按和字昌仲，乃钱勰之弟。居杭州九里松，建杰阁，藏书甚富。苏轼榜曰钱氏书藏，仕至直密阁，知荆南府。勰和兄弟皆宋能吏。其父钱彦远，其祖钱易，其曾祖钱倧，《宋史》传中皆可考见，且钱倧乃吴越废王，正与"两浙钱王子，吴越国中孙"吻合。吉川先生之言，当可从信。

以上诸吏断案，往往杂以鬼神报应。鬼神之事，虽儒者所不道，而为下愚人说法，亦可为治政之助。盖杂剧作者布置事迹，务极奇诡，每遇山穷水尽之际，辄假神鬼为转圆余地，但期不背于理，固君子所许也。此等杂剧，青木正儿博士《元人杂剧序说》称为断狱剧。又有《灰阑记》一本，亦为包拯断狱事。然详察剧情，旨在表彰妾妇之贤及母爱之深，故列入家庭剧中也。

绿林杂剧之名，见于前引夏伯和《青楼集》，本以绿林诸盗行侠仗义之事迹为题材者。而现存元剧之可入此类者，皆不出水浒诸人之范围，盖梁山人物及其故事为宋元以来社会上所盛传故也。如本节之《李逵负荆》中有宋江、吴学究、鲁智深、李逵四人；《燕青博鱼》中有宋江、吴学究、燕青三人；《争报恩》中有宋江、关胜、徐宁、花荣四人；《黄花峪》中有宋江、吴学究、杨雄、关胜、李逵五人；《双献功》中有宋江、吴学究、李逵、戴宗四人；同时在家庭剧之《还牢末》中，亦有宋江、刘唐、李逵、阮小五、史进五人。诸人名皆见于《宣和遗事》，而宋末龚圣与《三十六人像赞》中亦有之。据周密《癸辛杂识》引云："宋江事见于街谈巷语，不足采著，虽有高如、李嵩辈传写，士大夫亦不见黜。余少年时壮其人，欲存之画赞。"可知水浒故事于宋末已遍传民间矣。施耐庵之《水浒传》仅系采择民间所传梁山诸人故事之一部分编撰成书，故元人杂剧中水浒诸剧如《燕青博鱼》《争报恩》《还牢末》等所演各情节，皆为《水浒传》所无。又于《双献功》第一折中，宋江白云："某姓宋名江，字公明，绰号及时雨者是也。幼年曾为郓州郓城县把笔司吏，因带酒杀了阎婆惜，被告到官，脊杖六十，迭配江州牢城。因打此梁山经过，有我八拜交的哥哥晁盖，知某有难，领偻儸下山，将解人打死，救某上山，就让我第二把交椅坐。哥哥晁盖三打祝家庄身亡，众兄弟拜某为头领。某聚三十六大伙，七十二小伙小半垓来小偻儸，寨名水浒，泊号梁山。"施氏《演义》有三打祝家庄，然宋江迭配江州等事，盖本诸《双献功》杂剧也。除以上所论各剧而外，《录鬼簿》高文秀名下又有《黑旋风诗酒丽春园》《黑旋风大闹牡丹园》《黑旋风敷衍刘耍和》《黑旋风斗鸡会》《黑旋风乔教学》《黑旋风穷风月》《黑旋风借尸还魂》等七本。杨显之有《黑旋风乔断案》。红字李二有《病杨雄板踏儿》《黑旋风折担儿》《武松打虎》三本。康进之于《李逵负荆》外，复有《黑旋风老收心》一本。此皆水浒剧，惜今俱不传，第就其剧目推测，大半非耐庵一传之所记述，可云极恢诡之致矣。由上观之，元人社会剧中，写朋友者四本，写公案者十四本，写绿林者则为六本。此等绿林剧，皆敷衍官方之贪赃枉法，及诸盗之疏财仗义，既足为江等生色，又可见时政之一斑也。

第三节　家庭剧

（二十七本）

所谓家庭剧者，乃属于伦理范围之戏剧。伦理者，人与人间之关系，与夫由此关系所生之情感、道义也。我国古有五伦之说，即君臣[①]、父子、夫妇、兄弟、朋友。君臣、朋友为社会关系，父子、夫妇、兄弟为家庭关系，人与人间之关系，尽于此矣。[②]

降桑葚	剪发待宾	陈母教子	焚儿救母
虎头牌	秋胡戏妻	举案齐眉	破窑记
酷寒亭	还牢末	货郎旦	灰阑记
赵礼让肥	杀狗劝夫	老生儿	神奴儿
合同文字	五侯宴	儿女团圆	合汗衫
罗李郎	潇湘雨	鸳鸯被	竹坞听琴
梧桐叶	窦娥冤	九世同居	

此类诸剧，为描写古代家庭情态之洋洋大观。有写母教之重要者，如《降桑葚》《剪发待宾》《陈母教子》；有写匹夫匹妇之愚孝者，如《焚儿救母》；有写军纪亲情两无偏废者，如《虎头牌》。有写夫妻偕隐明志者，如《举案齐眉》；有写妻激励其夫进取者，如《破窑记》；有写纳妾之为害家庭甚至人亡财散者，如《酷寒亭》《还牢末》《货郎旦》；亦有写妾贤于大妇者，如《灰阑记》；有写兄弟以礼让处患难者，如《赵礼让肥》；有写悌弟敬爱其兄，终始不

---

① 古代小说戏剧之所叙述描写者，此种人与人间之关系亦即所谓伦理，实为其主要课题之一，自当别为一类。然君臣间事，无一不与历史有关，朋友往来则为社会事项，故今以君臣剧归入历史类，朋友剧归入社会类，而取其余关于亲属之三伦立为家庭类，约相当于旧时分类之孝义廉节及悲欢离合之各一部，凡二十七本。

② 君臣一伦似不适用于今日，然就其广义言之，僚属之与长官、国民之与元首，固皆有其相处之道，非必如古之所谓君臣。且元剧为古代戏剧，所演皆古代事，故元末流行之杂剧分类有君臣一目（见前），今论列元剧，自不能屏而不顾也。

渝者，如《杀狗劝夫》；有写老年盼子之心情者，如《老生儿》；有写遗产纠纷者，如《神奴儿》《合同文字》；有写家人骨肉之聚散离合者，如《五侯宴》及《窦娥冤》诸剧；有写门庭雍睦者，如《九世同居》。综合观之，旧式家庭中所发生之事迹，离合悲欢之情态尽于此矣。此不仅为研究元剧文学之对象，亦研究旧式家庭制度及家庭情况之资料也。

家庭剧中，《焚儿救母》一剧尤为特殊，此剧非但写匹夫匹妇之愚孝，亦可察知元代社会之陋习。《元典章》卷五十七刑部杂禁条载："山东京西道廉访司申：本道府内有泰山东岳，已有朝廷颁降祀典，岁时致祭，殊非细民谄渎之事……近为刘信酬愿，将伊三岁痴儿，抛投醮纸火盆，以致伤残骨肉，灭绝天理"云云，盖即《焚儿救母》剧取材之所本，详情已见该剧本事考，兹不赘。又类似情事，在元代社会中屡见不鲜。如《通制条格》（民十九年国立北平图书馆影印）卷二十七杂令，非理行孝条云："至元三年十月，中书省左三部呈：上都路梁重兴为母病割肝行孝。合依旧例，诸如祖父母、父母、伯、叔、姑、兄、妹、舅姑、割肝剜眼，割臂裔胸之类，并行禁断。都省准拟。"又云："延祐元年十月，中书省礼部呈：枢密院都事呈：'保定路清苑县安圣乡军户张驴儿，为父张伯坚患病，割股行孝；止有一子舍儿，三岁，为侵父食，抱于祖茔内活埋。'本部议得：割股毁体，已常禁约。张驴儿活埋其子，诚恐愚民仿效，拟合遍行禁约，都省准拟。"由此观之，元人之行孝不止焚儿一事，或割其股，或断其臂，或刮其肝，或剜其眼，诸如此类，不及备载。非特为研究社会学者之助，亦且为研究元代律法者之参考。此外，于《通制条格》中，兹将有关家庭剧之史料，移录两则，以供参览。如中统四年（1263）六月十三日钦奉圣旨："据燕京路总管府同知郭汝梅奏告：本路官员百姓富家子弟，不问尊长，暗与财主作弊，取借债负及冒卖田宅。虚钱实契，一同非理使用，意望尊长亡殁归还，以致临时破坏家业，乞行禁约事。准奏。仰尊长在日，不得私借钱债及典卖田宅人口，财主亦不得与富家通同故行借与钱债。如违，其借钱人、并借与钱人、牙保人等，一例断罪，及将原借田物，追没入官。仍仰中书省遍行随路一体禁断施行。钦此！"又如至元八年（1271）六月尚书省御史台呈："监察御史体究得随处诸色人等，往往父母在堂，子孙分另，别籍异财，实伤风俗，送户部讲究。得旧例：祖父母、父母，不得令子孙别籍，其支析财产者，听令。照得士民之家，往往祖父母、父母在日，明有支析文字，或未曾支析者，其父母疾笃及亡殁之后，不以求医、侍疾、丧葬为事，止以相争财产为务。以此参详，拟合酌合准令，如祖父母、父母在，许合支析者听，违者治罪。都省准拟。"以上所引两则足可与本节《神奴儿》《合同文字》以及社会剧中之《东堂老》相参看。

第四节　恋爱剧

（二十本）

恋爱剧约等于十二科之风花雪月及烟花粉黛之各一部。风花雪月一词简称风月，其见于杂剧者，如《金钱记》第三折云："本是些风花雪月，都做了笞杖徒流。"又如周宪王《香囊怨》剧第一折云："有一个风月传奇，做一个赏黄花浪子回回。"皆指儿女私情而言也。烟花粉黛，即花旦杂剧。《青楼记》云："凡妓以墨点破其面者为花旦。"据此则所谓花旦，大半为扮演轻佻之妓女或人家婢妾者。如周宪王《香囊怨》杂剧第一折有云："（末白）都不要，只索大姐做个花旦杂剧。（旦唱）【寄生草】：有一个寄恨向银筝怨，有一个志赏在金线池。有一个崔莺莺待月西厢记，有一个王月英元夜留鞋记，有一个苏小卿月夜贩茶船，有一个吕云英风月玉匣记。"此剧中所述各本，现存者仅《金线池》《西厢记》《留鞋记》三剧。金线池主角为妓女杜蕊娘。《西厢记》中若干折之主角为崔莺莺之侍婢红娘,《留鞋记》主角王月英,乃卖胭脂之女子,身份低微。《贩茶船》剧虽不传,然其主角苏小卿,见于明梅禹金纂《青泥莲花记》卷七,亦妓女也。由此可知,元人杂剧中所演恋爱故事,可划分为两类,一为良家男女之恋爱,一为良贱间之恋爱。主角身份不同,剧之关目情趣亦随之而异。兹分述如下:

一、良家男女之恋爱

凡十本,次序依作者时代先后排列:

拜月亭	墙头马上	西厢记	倩女离魂
金钱记	留鞋记①	萧淑兰	碧桃花
符金锭	东墙记		

二、良贱间恋爱

凡十本,次序依作者时代先后排列:

金线池	青衫泪	曲江池	红梨花
玉壶春	紫云庭	两世姻缘	对玉梳
百花亭	云窗梦		

以上第一项良家男女之恋爱,亦即所谓才子佳人之恋爱。凡此等杂剧,男女主角多为品学兼优、才貌无双之典型。大略皆言某公子年少貌美,满腹才学,唯因择偶不易,二十未娶。一日出游花园或寺宇,邂逅一少女,年方二八,有沉鱼落雁之容、闭月羞花之貌,因之惊为天人。与之语,佯羞不答,然芳心暗许,脉脉含情。于是男女心中各怀相思,若有所失。男则无心经史,女则不思茶饭。此时必有伶俐之婢女一人,出而传书递简,或情寄丝帕,或暗投诗笺,两心相许,私订终身,乃指

---

① 《留鞋记》女主角身份低而不贱,故仍入此类。

天为盟，对月矢誓。而此女又多为其父母掌珠，因才貌过人，择配甚苛，尚待字闺中。后因某权臣或豪绅闻女之艳，设法求为子媳，女家不许；于是求而不得者百般破坏，爱而不见者艰苦备尝。最后则为公子高中状元，挂名金榜，至是秘情始露，两姓欢腾，男女双双，终偕秦晋。所谓良家男女之恋爱，其情节大都如此，虽各以其环境不同稍有歧异，然总不出上述之范围。加以文字清丽，曲词缠绵，于恋爱过程中时点缀以文雅风流，功名遇合，情致蕴藉，波澜叠生，故颇为社会人士所喜。因而此等描写体裁，直接、间接影响明清才子佳人之恋爱小说甚巨。如《玉娇梨》《好逑传》《平山冷燕》《铁花仙史》《玉支矶》《画阁绿》《蝴蝶媒》《五凤吟》《巧联珠》《锦香亭》《驻春园》诸作，无不以此为穿插结构之主题也。

第二项所云良贱间恋爱，即以妓女为主角，其所言不过男女燕媟之辞，而皆能入情入理，词华精警；且描写勾栏中炎凉之态，刻画生动，此又良家恋爱剧中之所不能有者，盖以恋爱剧兼社会剧也。元以来妓女剧甚多，概以"正末"为与妓女相恋之青年，而以"净"为富豪或大贾，因慕此女姿色，设计欲夺之；假母贪金迫妓女，妓女以坚守贞操而备尝苦辛，然其结局，则多吉庆团圆，殆同一律。按元代以蒙古人治天下，经国以武，文事不修；但因其将欧亚打成一片，国际交通往来便利，遂造成中国商工业之鼎盛。由于商工业之鼎盛，国富民殷，贵族官吏之生活骄奢淫逸；外商往来，亦日益频繁。故《马可波罗游记》曾描述当时之大都（北平）云："城市既大而富，商人众多，商业工艺之民，大多数制造丝业武器与鞍辔以及各种商品。"于此富饶之大都市中，妓女娼户自然繁多。因而马可波罗又云："彼处营业之妓女、娟好者达两万人，每日商旅及外侨往来者，难以数计，故均应接不暇。至所有珍宝物品之数，更非世界上任何城市可比。余首述印度输入者，如宝玉珍珠及其他珍品。中国及其他区域之精美珍贵物品均荟萃于此，以供奉此地之皇室、贵妇、诸侯、将佐，及大汗朝中之臣僚。故余谓此间之富裕，及所用之珍奇宝货，为世界上其他城市所无。商品之交易亦至繁多，每日所到之丝何只千车，并造金丝呢绒及丝织品等。城市远近计二百，均购买所需者。"于此商品富庶、妓院林立之大都市中，一般杂剧作者亦皆聚集于此。现有作品流传之初期作家，共计三十一人，全为北籍。而大都独占十人，得总数三分之一。此等杂剧作者皆因元代之废弃科举、轻视儒流而失其所业，落魄不偶，乃就当时烟花场中所闻所见之事撰为杂剧，以遣时送日，寄其胸中烦闷不平之气。如《青楼集》中所记樊事真事，即其一例。记云："樊事真，京师名妓也，周仲宏参议嬖之。周归江南，樊饮饯齐化门外。周曰：'别后善自保持，毋贻他人之诮。'樊以酒醉地而誓曰：'妾若负君，当刳一目以谢君子。'亡何，有权豪子来，其母既迫于势，又利其财；樊则始毅然，终不获已。后周来京师，樊相语曰：'别后非不欲保持，卒为豪势所逼，昔日之誓，岂徒设哉！'乃抽金篦刺左目，血流满地，周为之骇然，因欢好如初。好事者编为杂剧，曰《樊事真金篦刺目》行于世。"于此段记事中，一则可窥知妓女辈中可歌可泣之故事，多由文人取为杂剧之题材；再则又可明了所谓至低至贱之妓女，往往多有感人肺腑之贞烈情事。如《青衫泪》之裴兴奴，《曲江池》之李娃，《玉壶春》之李素兰，《百花亭》之贺怜怜，《云窗梦》之郑月莲，《紫云庭》之韩楚兰，《对玉梳》之颜玉香等，此皆以一操贱业之风尘女流，能推财助困，守志坚贞，且不污强暴，卒遂其愿，实为青楼中之杰出者。史称"设形容，楔鸣琴，榆长袂，蹑利屣"为青楼常态，然房千里之《称杨娟》，许尧佐之《传柳氏》，皆可谓青莲之出于淤泥也。至如《金线池》中记杜蕊娘于花柳场中备极翻云覆雨之情状，亦可见此中常情，事之有无，不必论也。

第五节　风情剧
（八本）

凡以男女间风流而兼有滑稽情趣之故事为主题者皆归此类，约等于十二科之风花雪月及烟花粉黛之各一部。兹列举如下，其次序依内容性质分：

玉镜台（以下良家妇女）　　望江亭　　调风月（以下侍婢）

㑳梅香　　扬州梦（以下妓女）　救风尘

谢天香　　风光好

此类所收各剧，俱为描写艳情，但务带潇洒诙谐之趣，若以庄雅之态度、热烈之情感出之，则为恋爱剧而非风情剧矣。然综其大要，固仍不出才子佳人之范畴，如《玉镜台》之温峤与倩英，《望江亭》之白士中与谭记儿，《调风月》之小千户与燕燕，《㑳梅香》之白敏中与小蛮是也。此皆属于良家男女及侍婢者。其中《㑳梅香》一剧，虽关目宾白皆剽窃《西厢》（详见第三章本事考），然写樊素之乖觉，奇情跌宕，动人心弦，较《西厢》中之红娘，其巧黠敏慧有过之而无不及。加以曲辞流丽，尤能传神绘影，如第一折云："花共柳，笑相迎。风与月，更多情。酝酿出嫩绿娇红，淡白深青。对如此良辰美景，可知道动骚人风调才情。"【鹊踏枝】又云："此景，翰林才吟难尽，丹青笔画不成。觑海棠风，锦机摇动鲛绡冷。芳草烟，翠纱笼罩玻璃净。垂杨露，绿丝穿透珍珠迸。池中星，有如那玉盘乱撒水晶丸；松梢月，怡便似苍龙捧出轩辕镜。"【寄生草】又云："他曲未终，肠先断；俺耳才闻，愁越增。一程程捱入相思境，一声声总是相思令，一星星尽诉相思病。不争间，琴操中单诉着你飘零。可不道，窗儿外更有个人孤零。"【幺篇】如此笔墨，香艳而不落俗套，虽出侍女之口。然含蓄有致，并无浅俚之描写与尘下之语句，此所以与妓女剧有别也。《录鬼簿》谓郑光祖"名香天下,声振闺阁。"盖即指此等句而言。

至于敷衍妓女之风情者,如《扬州梦》之杜牧与张好好,《救风尘》之赵盼儿与安秀实、宋引章,《谢天香》之柳永与谢天香,《风光好》之陶毂与秦若兰是也。此数剧中,以《救风尘》最为出色,盖自其外表观之,仅系写妓女之情事,与为一充满滑稽趣味之喜剧耳;然自其内容观之,则暗含有无限之悲苦与哀情。此种悲苦与哀情,唯有饱经风尘之赵盼儿了解之,而初入烟花之引章不知也。如盼儿为引章言择配之不易云:

【油葫芦】姻缘簿全凭我共你,谁不待拣个称意的。他每都拣来拣去百千回。待嫁一个老实的,又怕尽世儿难成对。待嫁一个聪俊的,又怕半路里轻抛弃。遮莫向狗溺处藏,遮莫向牛屎里堆,忽地便吃了一个扑地,那时节睁着眼怨他谁。

【寄生草】他每有人爱为娼妓,有人爱做次妻。干家的乾落得闲淘气,买虚的看取些羊羔利。嫁人的早中了拖刀计。他正是南头做了北头开,东行不见西行例。

【元和令】做丈夫的便做不的子弟,那做子弟的影儿里会虚脾。那做丈夫的太老实。那厮虽穿着几件蛇蜴皮,人伦事晓的甚的。

【胜葫芦】你道这子弟情场甜似蜜,但娶到他家里,多无半载周年相弃掷。早努牙突嘴,拳推脚踢,打的你哭啼啼。

【幺篇】恁时节,船到江心补漏迟,烦恼怨他谁,事要前思免后悔。我也劝你不得,有朝一日,准备着搭救你块望夫石。

此段曲文中借赵盼儿之口,道出妓女生活与心理之苦痛,以及对于嫁夫从良之见解,既深刻而又练达,乃为严重社会问题之一。千百年来,皆系如此。若仅作为寻常之风情剧观之,则有负作者之用心矣。

第六节　仕隐剧
（二十一本）

仕隐剧分为三类：一为发迹变泰，一为迁谪放逐，一为隐居乐道。发迹变泰，借宋人话本之名；隐居乐道，则为十二科之一；迁谪放逐，约等于十二科之逐臣孤子。但现存剧本中，未见有写孤子者，且孤子亦不属于仕隐，故另立新名，以求切合。

一、发迹变泰

凡十四本，次序依时代先后排列：

伊尹耕莘（商）	智勇定齐（以下战国）	冻苏秦
谇范叔	圯桥进履（以下汉）	追韩信
渔樵记	王粲登楼	薛仁贵（以下唐）
飞刀对箭	裴度还带	刘弘嫁婢（隋）
遇上皇（以下宋）	荐福碑	

二、迁谪放逐

凡五本，次序依内容性质分：

贬夜郎（以下文人）	贬黄州	赤壁赋
丽春堂（文官）	敬德不服老（武官）	

三、隐居乐道

凡两本，次序依时代先后排列：

七里滩（汉）　　陈抟高卧（宋）

元代文人，生当忧患之中，处于落魄之境，因于时势，不能自振。明胡侍《真珠船》卷四云："盖当时台省元臣，郡邑正官，及雄要之职,中州人多不得为之,每沉抑下僚,志不得伸……于是以其有用之才,而一寓于之乎声歌之末,以抒其拂郁感慨之怀,盖所谓不得其平则鸣者也。"本节所列各剧自其外表视之,皆为古人古事,然其内涵则作者于无可奈何之情境下,以悲歌慷慨之气寓于嬉笑怒骂之文辞,固乱世文人自求解脱、自遣自慰之不二法门。如发迹变泰类《伊尹耕莘》剧之伊尹,《智勇定齐》剧之钟离春,《冻苏秦》剧之苏秦,《谇范叔》剧之范雎,《圯桥进履》之张良,《追韩信》剧之韩信,《渔樵记》剧之朱买臣,《王粲登楼》剧之王粲,《薛仁贵》及《飞刀对箭》剧之薛仁贵,《裴度还带》剧之裴度,《遇上皇》剧之赵元,《荐福碑》剧之张镐等,皆为始困终达之古人。此等人,当艰窘落破之时,每多愤懑不平之气,如《王粲登楼》第一折有云:

【那吒令】我怎肯空隐在严子陵钓滩。我怎肯甘老在班定远玉关。我则待大走上韩元帅将坛。我虽贫呵乐有余,便贱呵非无惮。可难道脱不的二字饥寒。

【鹊踏枝】赤紧的世途难。主人悭,那里也握发周公,下榻陈蕃。这世里,冻饿死闲居的范丹。哎天呵,兀的不忧愁杀高卧袁安。

怀才不遇之愤慨溢于言表,元剧作家即借此等人之生平以自为写照,所谓借他人酒杯,浇胸中块垒是也。又《荐福碑》第一折云:"这壁拦住贤路,那壁挡住仕途。如今这越聪明越受尽聪明苦,越呆痴越享了呆痴福,越糊涂越有糊涂富。则这有银的陶令不休官,无钱的子张学干禄。"(【寄生草】【幺篇】)唯有在此种杂剧中,方可窥知乱世文人之心理,一则力求仕进而不得,再则愤世嫉俗而自舒其志。然当仕进之后,才高功大者又多不为同侪所容,易招妒恨,如迁谪放逐类中之李太白(见《贬夜郎》)、苏东坡(见《贬黄州》及《赤壁赋》)、乐善(见《丽春堂》)、尉迟恭(见《敬德不服老》)等;此四人者,除乐善之名不见史传外,其他三人皆世所习知也。由此以言,有才者多遭困厄而求发迹,既发迹而又多遭迁逐之苦;乃觉富贵荣华,其受用不过如此，是皆不若隐居乐道之为愈。故《七里滩》之严子陵，《陈抟高卧》之陈抟等，乃成士林追慕之对象。如《陈抟高卧》第二折云："想他那乱扰扰红尘内争名利的愚人。更和那闹攘攘黄阁上为官的贵人。争如这，闲摇摇华山得道的仙人。一身，驾云，九垓八表神游尽。觑浮世暗中哂。坐看蟠桃几度春，岁月常新。"（【梁州第七】）又第三折云："身安静宇蝉初蜕，梦绕南华蝶正飞，卧一榻清风，看一轮明月，盖一片白云，枕一块顽石。直睡得陵迁谷变，斗转星移。长则抱元守一，穷妙理，造玄机。"（【三煞】）于此两段曲文中，作者除借陈抟之口描述隐居者之逍遥自在外，而又嘲讽争名夺利者之纷纷攘攘，有一种夷然不屑，视富贵如浮云之气概，此正为元人受蒙古族高压政策后之一种反响。因而元朱经序《青楼集》云："我皇元初并海宇，而金之遗民若杜散人（杜仁杰）、白兰若（白朴）、关已斋（关汉卿）辈，皆不屑仕进，乃嘲风弄月，留连光景。"杜氏专作散曲，故置不论，白关两家，皆以杂剧名世，与《陈抟高卧》之作者马致远约略同时，故其心境与遭遇亦泰半相似也。

第七节　道释剧
（二十二本）

道释剧相当于十二科中之神仙道化。元人杂剧取材于宗教者，道教多于佛教。盖自太祖成吉思汗礼遇全真派道士丘处机而受其教以后，有元一代，历朝君主皆尊崇之；至元中叶以后，佛教势力始渐兴盛。当时文士志不得伸，内心空虚，厌恶现实，而又不能潜修佛理，安于寂灭，故所受道教影响尤甚。十二科中首列"神仙道化"，此亦风气使然，举凡元剧中之道教剧，盖无一不与神仙显示、度脱凡人有关，故青木正儿博士《元人杂剧序说》称此等度脱剧。如马致远为元剧第一大家，其所作剧即最喜取材于道教之度脱传说。现存者如《岳阳楼》《任风子》《黄粱梦》等，亡佚者如《王祖师三度马丹阳》皆系明证。宋金之际，道教有南北二宗，北宗盛于金，元代承之，遂得独行，即所谓全真派是也。此派之道统传授大略为：钟离权（道号正阳）传之吕严（字洞宾，道号纯阳），吕严传之王嚞（道号重阳），王嚞传之马钰（道号丹阳）、丘处机（道号长春）等。而东篱作品，《黄粱梦》为钟离度脱洞宾，《岳阳楼》为洞宾度脱柳树精，《马丹阳》为王嘉度脱马钰，《任风子》为马钰度脱任屠，次序井然不紊，盖皆有本之作也。至于释道剧，在元剧中亦有数本，其主题多为弘法度世与因果轮回之说，而又仙佛混淆，非尽佛说也。兹取本节所收各剧，分别述之。

一、道教剧

凡十四本，次序依度人者时代先后排列，第一、二两本为太白金星；第三本为东华仙及毛女；第四、五本为钟离权；六、七、八、九、十，五本为吕洞宾；十一、十二两本为李铁拐，十三、十四两本为马丹阳。

庄周梦	误入桃源	张生煮海	黄粱梦
蓝采和	铁拐李	竹叶舟	岳阳楼
城南柳	升仙梦	金童玉女	玩江亭
任风子	刘行首		

二、释教剧

又分为弘法度世与因果轮回两类：

（一）弘法度世　凡五本，其次序依时代先后排列：

西游记	东坡梦	忍字记
度柳翠	猿听经	

（二）因果轮回　凡三本：

来生债　　冤家债主　　看钱奴

此类道释剧中有关道教之作，皆以解脱尘寰、逍遥物外为依归。仰道德之崇高，视富贵如浮云，痛斥一切争名夺利、纷纷攘攘之徒。专描绘清静淡泊、空阔无碍之神仙情趣，在苦闷不平之元代社会中，实不啻为一剂清凉散，而其可贵之处尚不止此。盖古代文学中凡涉及成仙、成佛之思想，皆系文人之自我解脱，如屈平之赋远游，郭璞之咏游仙等皆是，乃专为上流阶级说法者。但在元人杂剧中，则一反传统之旧观念。除文人本身以外，恶吏如岳寿（《见铁拐李》），俳优如许坚（见《蓝采和》），茶博士如郭马儿（见《岳阳楼》），富农如金安寿（见《金童玉女》），屠夫如任屠（见《任风子》），倡妓如刘行首（见《刘行首》），鬼怪如柳树精（见《城南柳》），无情之草木如桃柳（见《升仙梦》）等，若能省悟，皆可摆却魔障，飘然仙去。由此借可窥知元时宗教已步入平民化之途，而不为士大夫之专利品矣。此固研究社会与宗教史者之宝贵启示也。

至于有关佛教之作，虽以弘法度世及因果轮回之说为本，实皆写众生平等之意。如《度柳翠》中之柳翠，《猿听经》中之老猿，一为低贱之妓女，一为浑噩之兽类，亦皆因能省悟而得解脱，此正与佛家所谓万物皆有佛性之说相符。盖妓女修真入道，虽出倡优之门而能坚守戒律，比之良家妇女之不能守志何如？是其作剧宗旨亦复正大。敷衍宗门教旨极为精致，非沉潜内典者不能率尔操觚也。

第八节　神怪剧
（四本）

凡属于神怪剧者，皆为显示灵怪，叙述变异之作，即十二科之神头鬼面也。现存元人杂剧可以归入此类者其数不多。盖因神怪剧重在关目之新颖，排场之热闹，若夫文字之优美，则为次要，乃场上之戏，而非案头之曲，故在歌场，不再表演之后，其剧本遂逐渐散佚。抑有进者，元代剧场之设备，戏班之组织均甚简陋，实不适于表演大规模之神怪剧，是以不但现存诸剧可归入此类者仅有四本，即亡佚诸剧就其题目推测，可称为神怪剧者亦不过十余本。

直至明初，剧场设备、戏班组织、渐趋完善，神怪剧乃随之而发达，如周宪王朱有炖所撰《诚斋杂剧》，明初内廷之承应剧，皆所谓应运而生者也。至清代内廷承应之神怪剧，如《劝善金科》《升平宝筏》，其规模之宏大，又非明初杂剧所能比拟者也。今录归入本类之四剧题目于后：

张天师　　桃花女　　柳毅传书　　锁魔镜

在此四剧中，《张天师》《桃花女》两本旨在说明法力之浩大与符咒之奇妙，故其剧情诡异迭出，波澜横生，更杂以阴阳五行之说，森森然有鬼气矣。至《柳毅传书》与《锁魔镜》两本，一系言神，一为志怪，然又无不出奇制胜，盖皆道释剧之枝蔓也。

此等杂剧虽系神怪，然又往往羼入风情之事，如《张天师》及《柳毅传书》皆是也。《张天师》第三折写天师结坛勘问风花雪月诸神一段之宾白，尤为风趣盎然。语义双关，而杂以诙谐，节节直逼，推勘到底，然后始转入正文，由桂花仙子出场招供，全案始结。吾人读之，虽知其妄而不以为妄，反觉其平易近人，盖美妙之文笔风调有以致之也。又如《柳毅传书》第二折写战争之雄壮，前半仅以科白方式叙述之，后半泾河老龙从电母口中听其用曲辞描绘战况，简短有力，排场生动。与《张天师》剧之科白，同一效果。此外元杂剧中以科白取胜者尚有《老生儿》《东堂老》及《李逵负荆》诸剧。读元人杂剧者，固不应仅欣赏其曲辞也。

若取本编所列各家之作品综合观之，则因作者生活环境之特殊，古典文学修养之深浅，以及个人性格之差异，其作品无论在文字上、精神上、题材上，皆显现不同之风格。约而言之，可分为南北两大系①。王派作者，文学素养较深，执笔为文以辞藻为尚，又喜引经据典而趋于雅正。且其取材多为才子佳人之恋爱，宫廷中之风流艳闻，学士文人之浪漫故事，以及神仙隐逸之思想，即本章所云恋爱剧（一部分）、风情剧、历史剧、仕隐剧、道释剧与神怪剧是也。此类作品，较富于浪漫之情调与贵族之精神；且由于美妙之辞藻与动人之题材相互配合，故作品多清丽典雅。此种清丽典雅之杂剧，或不适于舞台之演唱，而为当时群众所漠视，但却为后世研究戏曲者及文学史者所欣赏赞美，故能于中国文学史上享有甚高之评价，而普遍流传于士林。此派作家，除王实甫、马致远、白朴为三大代表外，其他如吴昌龄、李寿卿、石子章、张寿卿等人皆属之。至关派作者，其所受古典文学之影响较浅，好以方言土语入曲，而形成元杂剧之最大特色。其文采虽不如王派，但在描写各种人物性格之肖似与口吻之逼真，却较王派之作更形生动而富于情趣。其取材多系现实之社会问题，家庭事件及自古史或小说中摘取悲壮慷慨之豪侠英烈故事，即本章所云社会剧、家庭剧、恋爱剧（一部分）等是也。此等杂剧，时而出之以滑稽，时而出之以严肃，生动活泼，情趣盎然，又能以浅显之文字配合通俗之题材，富现实之色彩，合乎一般人之趣味，故均能获得舞台效果，而易为当代观众所接受。然却因此不为后世文人学士所重视，所谓有利必有弊，有得必有失也。如《太和正音谱》评关汉卿之曲云："关汉卿如琼筵醉客，观其词语，乃可上可下之才。"遂将此大作家之名黜列于马致远、白朴、王实甫、乔吉、宫天挺等八、九人之后。但若纯粹就戏曲立场而言，则关派之作实较王派更富于戏曲之生命。汉卿在当时之盛名非偶致也。此派作家，除关汉卿外，其较著者尚有杨显

---

① 北系以大都为中心，南系以杭州为重镇。属于北方系之作者，又可以王实甫与关汉卿两派概之。

之、武汉臣、高文秀、尚仲贤诸人。

元代统一全国后,政治势力渐次南侵,杂剧亦因之由北而南,使当日南方流行之戏文黯然失色。《青楼集》所载当时杭州女伶名妓,以杂剧名者三十三人,以南戏名者仅三人,由此可见当时杂剧独盛之一斑也。属于南方作者,如宫天挺、乔吉、郑光祖诸人,虽为北籍,然皆流寓杭州。至于杨梓、金仁杰、范康、肖德祥、王晔、曾瑞、陆登善、庾吉甫、周文质等,皆系浙江人。罗本原籍太原,秦简夫、宋凯籍贯虽不详,然亦皆寄迹江南。加以北方系作家如马致远、尚仲贤、戴善甫等,均曾为江浙行省务官,姚守中为平江路吏,李文蔚为江州路瑞昌县尹,赵天锡为镇江府判,张寿卿为浙江省椽史。此等作者之南游,亦为促成杂剧重心南移之主因也。南系作家杂剧之取材,如郑光祖、乔吉、宫天挺、金仁杰、范康、杨梓、谷子敬、贾仲明等,其作风与北系之王实甫派略同。秦简夫、陆登善、罗本等则与北系关汉卿派略同。要之,元代杂剧,北方作者为最盛,其作品流传亦最富;南方作者,除郑光祖、乔吉、宫天挺三人外,其余几无足观,而此三人,亦皆为侨寓江南之北客。可知杂剧之作,乃北人特技,一入南方,其词句之爽朗,文笔之浑朴,气势之豪迈,意境之雄厚,以及音乐之高亢,皆不复见,而流于衰颓之机运也。

总之,现存元人杂剧,虽仅一百六十一本。然各体皆备,有慷慨激烈之语,亦有旖旎风光之作;有缠绵悱恻之情,亦有神仙超妙之谈;有破镜重圆之喜,亦有骨肉分离之痛;有骚人牢愁之怨,亦有故国沧桑之感;与夫山林之美、田园之乐,时有真挚之理与秀杰之气流露其间,遂为一代之巨制,后世有作,莫之与京也。

附注

按元人杂剧之分派，非本编范围所及，故不具论，兹略述各种有关资料如下。以备参考：

一、分期

关于杂剧之分期，始于元末钟嗣成之《录鬼薄》，此书取元代杂剧作家，略依时代之先后，区分为：

> （一）前辈已死名公才人，有所编传奇行于世者（所云传奇，即指杂剧）。
>
> （二）方今已亡才人，余相知者，为之所传。
>
> （三）已死才人，不相知者。
>
> （四）方今才人，相知者，纪其姓名行实并所编。
>
> （五）方今才人，闻名而不相知者。

钟氏书中虽分列为以上五项，若以年代而论，实仅有"前辈已死名公""方今已亡才人"及"方今才人"三项耳。因而王国维《宋元戏曲史》（第九章）乃据以分为三期：

> （一）蒙古时代：自太宗取中原以后，直至元一统之初；《录鬼簿》卷上所录之作者五十七人，大都在此期中，其人皆北方人也。
>
> （二）一统时代：自至元后期至至顺、后至元间，《录鬼簿》所谓已亡名公才人，与余相知或不相知者是也。其人则南方为多，否则，北人而侨寓南方者也。
>
> （三）至正时代：《录鬼簿》所谓方今才人是也。

日本青木正儿《元人杂剧序说》（第三章），又据王氏之说而分为：

> （一）初期：自元灭金及灭南宋，一统南北之略后。

（二）中期：自元统一中国至钟嗣成编《录鬼簿》时之至顺元年之略前。

（三）自至顺元年至明初洪武年间。

二、分派

关于杂剧之分派，未见前人论及，仅青木正儿《元人杂剧序说》中，试分为本色与文采两派。大约以曲辞素朴多用口语者为本色派，曲辞藻丽尚用雅言者为文采派。并列表如下：

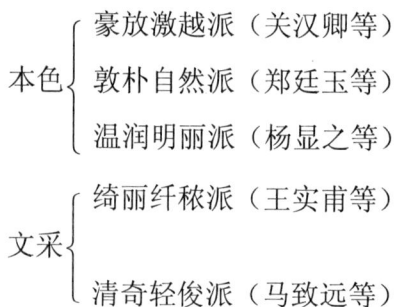

本色 { 豪放激越派（关汉卿等）
敦朴自然派（郑廷玉等）
温润明丽派（杨显之等）

文采 { 绮丽纤秾派（王实甫等）
清奇轻俊派（马致远等）

在青木氏表中，豪放激越派除关汉卿外，以高文秀、纪君祥、王仲文、康进之、李文蔚、杨梓、朱凯、萧德祥诸人属之。敦朴自然派中，除郑廷玉外，以武汉臣、岳伯川、孟汉卿、李直夫、李行道、张国宾、秦简夫诸人属之。温润明丽派除杨显之外，以石君宝、戴善甫、尚忠书、吴昌龄诸人属之。绮丽纤秾派，除王实甫外，以白朴、张寿卿、郑光祖、乔吉、李好古诸人属之。清奇轻俊派，除马致远外，以李寿卿、石子章、宫天挺、范康、罗本诸人属之。按青木氏此种分法，虽颇明晰而失之琐屑，且其评论尚多可议之处，姑录之以备参考耳。